Erschienen im
Jubiläumsjahr 1997
bei Klett-Cotta

ERNST
RUDOLF
JÜNGER
SCHLICHTER

BRIEFE 1935–1955

Herausgegeben, kommentiert
und mit einem Nachwort von
Dirk Heißerer

KLETT-COTTA

ERNST JÜNGER – RUDOLF SCHLICHTER
BRIEFE 1935–1955

Mit Briefen an und von Gretha Jünger und Speedy Schlichter
sowie Ernst Niekisch, Armin Mohler, Carl Schmitt,
A. Paul Weber und Paul Wilhelm Wenger

INHALT

1. TEIL: BRIEFE 1935–1943

RUDOLF SCHLICHTER an ERNST JÜNGER

Rottenburg 9./6.35

Lieber Herr Jünger!

Wenn man auch selten von einander hört, so hört man doch so viel, daß man bedauert, nicht mehr Möglichkeiten einer öfteren Begegnung zu haben. Schon oft seit Ihrem Wegzuge aus Berlin wollte ich Ihnen schreiben, aber Sie wissen selbst, was alles einen daran hindern kann. Ich hoffte auch heimlich auf Ihren Besuch, da Sie seinerzeit den Plan hatten, eine größere Tour durch Süddeutschland zu machen. Wenn ich Ihnen heute schreibe, so tue ich das, um Ihre Freundschaft in einer Angelegenheit in Anspruch zu nehmen, bei der für mich viel auf dem Spiele steht. Aus dem beigelegten Schriftstück ersehen Sie, was für ein lächerliches Schelmenstück gegen mich inszeniert werden soll, um mich sozusagen als dunklen Fleck auf dem schimmernden Gewande arteigener Kulturbelange auszutilgen. Ich frage mich, woraus diese Herren die Eignung herleiten, Menschen, die immerhin durch ein nicht unbeträchtliches Werk einige Fähigkeit bewiesen haben, die »Eignung für einen kulturschöpferischen Beruf« abzusprechen. Da ich nicht gesonnen bin, mich auf diese schofle Art aus dem deutschen Kunsttempel hinauswerfen zu lassen, habe ich bereits in einer vorläufigen Erklärung um genauere Angabe der Gründe ersucht, die zu einem solchen Verfahren Anlaß geben. In einem meiner letzten Schreiben habe ich Sie und Herrn v. Salomon als meine Bürgen angegeben. Nun verlangt man von mir, von den beiden Bürgen eine Empfehlung bzw. ein Gutachten beizubringen. Ich habe bereits Herrn v. Salomon um ein solches gebeten und möchte nun auch Sie bitten, ein Gutachten über meine »Eignung zu einem kulturschöpferischen Beruf« an die Schrifttumskammer zu senden, von dem ich Sie bitte, mir ein Duplikat zugehen zu lassen. Verzeihen Sie mir, daß ich Sie in einer so unerquicklichen und lächerlichen Angelegenheit in Anspruch nehme, aber diese Farce hat leider beruflich für mich einen ernsten Hintergrund, da mir durch diese Formulierung auch das Recht zu meiner zeichnerischen und malerischen Betätigung abgesprochen wird. Anscheinend würde man es am liebsten sehen, wenn ich wieder in die Goldarbeiterbranche zurückkehrte und dort als einfacher Volksgenosse Kraft durch Freude-Klimmzüge machte. Aber den Gefallen tue ich den Herren auf keinen Fall.

Was nun die als zweites Delikt angeführte Zeichnung betrifft, so hat es damit folgende Bewandtnis: Die »Junge Front« forderte mich seinerzeit auf, etwas zur künstlerischen Bebilderung ihres Blattes beizutragen. Ich schickte ca 17 Zeichnungen verschiedenen Inhalts, Landschaften, Köpfe, Tiere, Kompositionen etc... Darunter war auch das Blatt »Goliath fordert Israel zum Kampf«. Diese Arbeit gehört zu einem Zyklus, den ich zum Buch der Könige zeichnete, war also ohne jede politische Hinterabsicht entstanden. Der Adler auf der Rüstung hatte einen rein dekorativen Zweck und nichts mit dem Hoheitszeichen der NS.d.A.p zu tun. Der Adler ist ja als symbolische Kriegerzier bei fast allen syrisch-vorderasiatischen Völkern zu finden, die Römer übernahmen ihn sogar von den +++verd... Etruskern. Dies gab ich den Herren auch in meinem Antwortschreiben zu bedenken. Die Unterschrift zu dem Bilde stammte nicht von mir, sie wurde auf der Redaktion der »J.[ungen] Fr.[ont]« ausgeknobelt, ohne mich davon vorher in Kenntnis zu setzen. Dies alles zu Ihrer Orientierung.

Aber ich will Sie jetzt nicht mehr länger mit dieser unerfreulichen Gänsedreckzieherei behelligen. Wie geht es Ihnen in der Provinz? Hat sich Ihre Frau gut eingelebt? Geht es Ihnen auch so wie uns, die wir hier die Rolle von gehässig-neugierig betrachteten interessanten Fremdkörpern spielen, um die Tag für Tag in gleichem Rhythmus die gemächliche Dummheit des mobilisierten Kleinbürgers kreist? Wenn Speedy durch die Straßen geht, sieht es ungefähr so aus, als ob die ihrer Schätze beraubte Königin von Saba in einer dazischen Militärkolonie einzieht. Ohne die wirklich schöne Landschaft mit ihrer guten Luft und einem Kreis geistiger Menschen wäre es unter diesen Troglodyten schwer auszuhalten. Doch ich habe mich hier gut entwickelt, sicher besser als es mir je in Berlin oder sonst in einem nordischen Stein[-] und Asphalthaufen möglich gewesen wäre. Denn der Maler braucht die Natur, (so weit noch welche vorhanden ist) und ich möchte diese Jahre wirklich nicht missen. Ich habe viel gemalt und noch mehr gezeichnet. Jetzt gerade ist ein großes Bild »An die Schönheit« fertig geworden: Eine nackte weibliche Gestalt, schlafend in einer weiten Juralandschaft. Ein anderes großes Bild stellt »Mars« dar, allerdings nicht in der beliebten optimistisch-herrischen Schau, die heute so beliebt ist.

Um Ihnen jedoch einigermaßen ein Bild von meinem Schaffen zu geben, sende ich Ihnen hier einige Photos. Es ist natürlich nur ein kleiner Ausschnitt und giebt deshalb ein unvollkommenes Bild, zumal die großen Bilder fehlen. Aber sie können Ihnen doch einen guten Eindruck vermitteln. Ich wäre Ihnen dankbar, wenn Sie mir die Photos gelegentlich wieder zurückschickten, da ich sie für Reproduktionszwecke häufig benötige.

Grüßen Sie Ihre Familie recht herzlich von uns und seien Sie selbst in alter Freundschaft gegrüßt

Rudolf Schlichter

[Am Rand der ersten Seite:] Ich würde mich freuen, bald etwas von Ihnen zu erfahren. Die Sache ist mir deshalb so wichtig, weil ich beabsichtige, bald ein Landschaftsbuch herauszubringen. (b. Rowohlt!)

[Am Rand der zweiten Seite:] Speedy läßt Sie ganz besonders herzlich grüßen und läßt sagen, daß Sie jederzeit herzlich eingeladen sind.

[Anlage]
Abschrift

Der Präsident der Reichsschrifttumskammer an Rudolf Schlichter. Berlin W 8, den 1. Juni 1935.

[Betreff: *Ausschluss.*]
Nach den beiden von Ihnen verfassten Büchern »Das widerspenstige Fleisch« und »Tönerne Füsse« habe ich den Eindruck, dass Sie nicht die charakterliche Eignung für einen kulturschöpferischen Beruf besitzen. Bestätigt wird mir diese Ansicht dadurch, dass Sie in der Zeitschrift »Junge Front« noch im Jahre 1934 eine Zeichnung geliefert haben, die unter dem Titel »Goliath verhöhnt das Volk Israel«, einen Goliath darstellt, der auf seinem Brustpanzer das Hoheitszeichen der NSDAP. trägt.

Ich stelle Ihnen anheim, binnen 2 Wochen hierzu Stellung zu nehmen und evtl. Empfehlungen von Jünger und Salomon beizubringen.

Heil Hitler!

Stempel der Reichskulturkammer — Im Auftrage [hs. U.] H.Haupt

[hs. Zusatz] eingeg. am 8. Juni 35 vorm 8^h

RUDOLF SCHLICHTER an ERNST JÜNGER

Rottenburg a. N. 18./6.35

Lieber Herr Jünger!

Eben komme ich von einem mehrtägigen Studienaufenthalt in der Schwäbischen Alb zurück u. bin tief erfreut, Ihre pünktliche Antwort vorzufinden. Für Ihre Bereitschaft, für mich zu sprechen, danke ich Ihnen herzlich. Auch ich verspreche mir viel von der Wirksamkeit eines an mich gerichteten Briefes, den ich weiterleiten werde.

Ich lege besonderen Wert auf folgende Punkte: der dokumentarische Wert der Bücher, - daß ich gerade damit die Zerrüttung der liberalistischen Epoche demonstrieren wollte - daß ein dritter u. vierter Band in Aussicht genommen war, in denen ich die weitere Entwicklung zeigen wollte - daß, wenn man mich weltanschaulich abstempeln will, man das nicht aus einer unvollendeten Autobiographie tun darf! - Es muß gesagt werden, daß die Wesenheit meiner Bücher unbedingt deutsch ist, - daß ich die schmerzliche Spannung zwischen dem Irrtum der Kindheit u. den zerstörerischen Einflüssen einer zerfallenden u. amorphen Umwelt gestalten wollte, u. dies mit der Aufrichtigkeit und künstlerischen Absicht der Goethischen Erziehungsromane, wobei ich in der stilistischen Unmittelbarkeit der Darstellung hinter Goethe zurückgreifend eher an den Realismus des erwachenden deutschen Schrifttums des 17. Jahrh. anknüpfte (Grimmelshausen, Hutten, Frischlin). Es müßte also hingewiesen werden auf meine unbestreitbare Verbundenheit mit guter deutscher Tradition.

Ich tue mir etwas darauf zu Gute, einer der ersten unter den Malern dieser Epoche gewesen zu sein, der sich als Aufgabe gestellt hat, die Wiedererweckung einer echten Beziehung zur deutschen Landschaft zu fördern. Ich glaube hierin sowohl zeichnerisch als auch malerisch etwas entscheidendes zu leisten u. schon geleistet zu haben.

Vielleicht wäre es wertvoll, auf den Zusammenhang zwischen dem Gehalt der Bücher und der bildnerischen Produktion aufmerksam zu machen.

Dann möchte ich noch, daß folgende Tatsache betont wird:

Während alle »deutschen[«] Maler der Republik nach Südfrankreich u.s.w. fuhren, um dort ihre Motive zu holen, war ich der einzige, der sich zur deutschen Landschaft bekannte u. in ihr die Schönheit u. Größe neu entdeckte. Meine Gestaltungsweise wird von jedem Kenner der deutschen Kunst als innig verwandt mit der Auffassung der großen Meister des 16. Jahrhunderts empfunden (Donauschule, Dürer, Altdorfer).

Außerdem wissen Sie selbst, lieber Herr Jünger, welche Entwicklung ich durchmachte, wie ich mich zu Deutschland bekannte und dafür boykot[t]iert wurde. Sie werden sich noch erinnern, wie ich mich bei Ihnen beklagte, keine Resonanz auf der nationalen Seite zu finden, als mir von der jüdischen Kritik alle Türen verschlossen wurden. Der Umschlag, den ich damals für Ihr Buch machte, brachte mir ja die ersten Beschimpfungen mit darauffolgender Auftragssperre. Ich zog die Konsequenzen aus meinem Bekenntnis u. ging meinen Weg allein. Daß er nicht leicht war u. ist, können Sie sich denken. Es wäre ein grotesker Witz, mich mit der Begründung mangelnder Qualifikation auszuschalten.

Es ist jammerschade, daß Sie mich z. Zeit nicht besuchen können, denn ich hätte Ihnen zu gerne meine neueren Arbeiten gezeigt. In den nächsten Tagen schicke ich Ihnen eine kleine Bleistiftzeichnung, da ich in Rohrfeder nur große Formate habe.

Ich hoffe, daß sich doch bald die Gelegenheit ergibt, Sie einmal persönlich zu sprechen.

Mit herzlichem Gruß u. Dank

Ihr Rudolf Schlichter

P.S. Grüßen Sie Ihre Gattin u. Ihren Bruder ebenfalls herzlich von uns.

Weber

J

Abschrift

ERNST JÜNGER an RUDOLF SCHLICHTER

Goslar, 25. Juni 1935

Anbei das versprochene Schreiben; ich habe es so abgefaßt, daß es auf eine mittlere Intelligenz zugeschnitten ist. Vielleicht nehmen Sie noch eine Abschrift für Ihren persönlichen Gebrauch; verfahren Sie überhaupt damit, wie es Ihnen angemessen erscheint. Die Aufgabe schien mir absurd wie in der umgekehrten Welt, denn eigentlich haben diese Leute doch bei uns den Nachweis zu führen, daß sie überhaupt Menschen sind.

In diesen Tagen war ich bei dem Zeichner Paul Weber, den meine Erzählungen sehr neugierig auf Ihre Sachen machten. Könnten Sie ihm nicht die Reproduktionen, die ich sah, zur Ansicht schicken? Er wohnt auf dem Brümmerhof bei Soltau. Wenn es mir gelänge, genügend Material zu bekommen, so möchte ich wohl einmal im Winter über Kubin, Sie und Weber als Zeichner drei kurze Betrachtungen schreiben. Ich fahre Mitte Juli wahrscheinlich nach Norwegen.

Abschrift

ERNST JÜNGER an RUDOLF SCHLICHTER

G 9 Albrecht 3860. Goslar, Nonnenweg 4, 25.6.1935.

Sehr geehrter Herr Schlichter!

Sie bitten mich um eine kurze Äusserung über Ihre Person und Ihr Werk. Ich beeile mich, Ihrer Bitte zu entsprechen, obwohl mir ein solches Gutachten, zum mindesten was Ihre Bilder anbetrifft, fast überflüssig erscheint, denn Ihr graphisches und malerisches Werk spricht für sich selbst. Es würde meiner Ansicht nach genügen, dass Sie ein Dutzend Ihrer Blätter vorweisen, um jedes Auge davon zu überzeugen, dass Sie den Zeichenstift, die Rohrfeder und den Pinsel als ein Meister zu führen verstehn. Ich begnüge mich daher mit der Versicherung, dass ich Sie von dem Augenblick an, in dem ich Ihre ersten Zeichnungen zu Gesicht bekam, für einen Künstler gehalten habe, und dass ich mich Ihnen zu Dank verpflichtet fühle wie jedem, der schöne und bedeutende Dinge zu schöpfen weiss.

Ich will jedoch zugeben, dass ich Ihrer Gesamterscheinung gegenüber eine Haltung einnehme, die den bürgerlichen Wertungen widerspricht. Es handelt sich da wohl vor allem um Ihre Bücher, von denen, soviel ich weiss, einige verboten worden sind. Ich habe diese Bücher gelesen, aber ich fand, obwohl das Geschlechtliche hier mit Freiheit und sogar mit Wildheit behandelt wird, in ihnen nichts eigentlich Anstössiges; es war eher ein Gefühl des Schmerzes, das mich beim Lesen ergriff. Freilich war ich nicht erstaunt, als ich von den Verboten erfuhr, denn es handelt sich hier offensichtlich um einen Angriff auf die bürgerliche Welt und die in dieser Welt gültige Moral, und Sie mussten damit rechnen, dass man Sie überall dort, wo der Bürger noch herrscht, und dieser Bezirk ist nicht gering, als Feind betrachten würde.

Ich möchte noch betonen, dass Sie mir von Anfang an in allen wesentlichen Dingen als ein Deutscher erschienen sind. Ich meine damit nicht, dass ich Sie gerade in der Zeit kennen lernte, in der Sie, vom Kommunismus kommend, sich dem Nationalismus zuwandten, - denn das sind schliesslich Fragen der Weltanschauung, nicht aber der Substanz. Für mich sind Sie Deutscher aus Substanz; ich ersah das sowohl aus Ihren Büchern, die über den Entwicklungsroman des 19. Jahrhunderts hinweg an Grimmelshausen anknüpfen, als auch aus Ihren Zeichnungen, unter denen es Blätter gibt, durch die man an Altdorfer erinnert wird. Endlich tragen Sie persönlich alle Züge der schwäbischen Stammesart, die sich sowohl durch ihr genialisches Wesen als durch ihre tollen Streiche kennzeichnet. Obwohl Sie durch alle Zersetzungsprozesse der Großstadt hindurchgegangen sind, haben Sie doch in Ihrem Kern die Verbindung mit der Erde behalten; Sie sind der Schilderer der schwäbischen Wälder und Berge, und Ihnen ist von Natur aus gegeben, wonach so mancher heute vergeblich strebt.

Ihr Ernst Jünger

RUDOLF SCHLICHTER an ERNST JÜNGER
Rottenburg 1./7.35

Lieber Herr Jünger

Für Ihr Gutachten danke ich Ihnen herzlich. Vortrefflich u. sehr erfreulich die Dosis Juckpulver, die Sie beigegeben haben. Das wird diesen Anbetern des Chauffeurideals doch ein wenig die gut kanalisierten Blubosäfte in Wallung bringen u. ein wenig die dicke Haut alterieren. Sie haben natürlich recht, diese Leute müßten erst den Nachweis erbringen, daß der aufrechte Gang eine tägliche Gewohnheit ist u. nicht ein Ausnahmezustand. - Hier im sonnigen Süden hat sich wieder einmal die Erde geschüttelt, man könnte fast glauben vor Ekel. Unser kajütenartig gebautes Wohnhaus aus den 90er Jahren (mit Söller), das im hiesigen Volksmund den vielversprechenden Namen »Wiener Bazar« führt, zitterte wie ein von seiner Fachschaft gerüffelter Oberlehrer u. schwankte beim letzten Stoß wie ein betrunkener Vollmatrose. Es war ziemlich unheimlich. Dabei schaut die schöne Landschaft mit dem harmlosesten Gesicht zum Fenster herein. Ich habe ihr zwar, im Gegensatz zu den heimatbeflissenen Bamperln[,] die Harmlosigkeit nie so ganz geglaubt, dazu erschien sie mir zu afrikanisch-vorderasiatisch in ihrem strukturellen Gefüge; wären nicht die besänftigenden grünen Wälder, die die verdächtige Exotik der jähen Kegel u. Tafeln etwas mildern, so könnte man sich manchmal wo ganz anders hin versetzt glauben. Doch das gehört zu den unerlaubten Gedanken. - Ich möchte Sie gerne einmal an die schönsten Stellen dieses noch wenig bekannten Landstrichs führen.

Für Ihre »Lustwanderung« in Norwegen wünsche ich Ihnen alles Gute. Sie dürfen mir glauben, daß ich Sie darum beneide. Herrn Nikisch werde ich von dem Fall unterrichten ebenso Herrn C. Schmitt u. an Herrn Weber werde ich einige Photos senden.

Seien Sie und Ihre Familie von uns herzlichst gegrüßt

Ihr Rudolf Schlichter

P.S. Ist es möglich, daß Sie mir durch Ihren Verlag Ihr letztes Buch »Blätter u. Steine« zusenden lassen?
[hs. Zusatz] Sehr herzliche Grüsse von mir / Speedy

RUDOLF SCHLICHTER an CARL SCHMITT

Rottenburg, den 5. Juli 1935.

Sehr verehrter Herr Staatsrat Schmitt!

Auf Veranlassung von Herrn Ernst Jünger sende ich Ihnen eine Abschrift eines Gutachtens. Es betrifft den Ausbootungsversuch meiner Person aus der Reichskulturkammer. Sie sehen aus dem beigelegten Dokument, mit welchem Leichtsinn man an diesen Stellen ein solches Verfahren inszeniert.

Ich hoffte bisher, Sie persönlich kennen zu lernen, da Herr Jünger seinerzeit plante, mit Ihnen zusammen eine Tour durch Süddeutschland zu machen. Leider bot sich diese Gelegenheit nicht. Ich hätte Ihnen sehr gerne meine Arbeiten gezeigt.

Mit freundlichen Grüssen und Dank für das Interesse, das Sie mir entgegenbringen bin ich

[hs.] Ihr sehr ergebener Rudolf Schlichter

RUDOLF SCHLICHTER an ERNST JÜNGER

Rottenburg 5./10 35

Lieber Herr Jünger

Zunächst muß ich mich noch entschuldigen, daß ich Ihrer Bitte, Herrn Weber einige Photos meiner Arbeiten zu senden, damals nicht nachkam. Indeß, es ging wirklich nicht, weil ich fast alles an Zeitschriftenverlage geschickt hatte. Auch jetzt kann ich leider nur eine unvollständige Sammlung meiner Arbeiten, besonders der neuesten, bieten; denn die meisten Sendungen sind immer noch bei den besagten Verlagen.

Trotzdem habe ich, so gut es ging, noch eine ganz passable Schau zusammengebracht. Wenigstens kann Herr Weber einigermaßen ein Bild von mir bekommen. Ich habe auch eine Anzahl meiner älteren Arbeiten beigelegt, weil ich sie nicht für unwichtig halte, wenn man einen richtigen Eindruck von mir bekommen soll. Wegen dem großen Bild »An die Schönheit« bitte ich Nachsicht zu haben. Der dunkle Fleck an den Beinen ist die Schuld des Photographen; es war einer der ersten Abzüge, die guten habe ich, wie schon gesagt, z. Zeit alle auswärts. Sie müssen also bei der Betrachtung dieses Bildes von dem irreführenden Flecken abstrahieren. Der Akt ist natürlich in einem ganz gleichmäßigen Ton gehalten.

Was meinen Ausschluß aus der R[eichs]schr[ifttums]k.[ammer] betrifft, so habe ich bereits dagegen in einem sechs Seiten langen Schreiben Einspruch erhoben. Dieser Brief war allerdings noch an Herrn Blun[c]k gerichtet. Inzwischen ist Herr Johst an dessen Stelle gerückt. Ob sich dadurch die Situation verbessert oder verschlimmert, kann ich allerdings nicht sagen, da ich weder den einen noch anderen zu kennen die Ehre habe. Der Ausschluß hat übrigens schon seine Früchte gezeitigt. Ein gewisser Herr Gordon brachte im neuen Querschnitt (Oktoberheft No 10) drei Bilder von mir mit einem kleinen Aufsatz. In dem Begleitschreiben warf er mir vor, ihn nicht von dem Ausschluß unterrichtet zu haben, denn »unter diesen Umständen läge es weder in seinem noch in meinem Interesse, Bilder von mir zu veröffentlichen. Ich möchte mich doch zu dem Fall äußern!«. Ich habe mich sofort dazu geäußert und diesem General Schixier einen Brief geschrieben, den er sich nicht hinter den Spiegel stecken wird.

Ich würde übrigens gerne Ihre Meinung über die Angelegenheit hören. Sie schreiben auf Ihrer Karte, »mündlich mehr«. Haben Sie die Absicht, in absehbarer Zeit nach Süddeutschland zu kommen? Wir würden uns unendlich freuen, Sie einmal hier als Gast zu haben. Auch wäre eine mündliche Aussprache wirklich äußerst notwendig. Ich denke dabei auch an Ihre Absicht, über mich zu schreiben. Da wäre es natürlich gut, wenn Sie meine Originale sehen würden. Übermitteln Sie Herrn Weber meine besten Grüße u. sagen Sie ihm, ich hätte mich über seine Zeichnungen im Widerstand jedesmal herzlich gefreut. Herzliche Grüße auch Ihrer Gattin und [an] Ihren Bruder.

Ihr Rudolf Schlichter

Senden Sie mir die Photos bald wieder zurück.
[Am Rand] Sie können sich denken, wie satt ich es habe, meine Zeit mit den ewigen Verteidigungsepisteln totzuschlagen. Diese ewigen Schikanen lähmen eben auf die Dauer doch. Ich beabsichtige, ein großes Landschaftsbuch herauszubringen. Was soll ich machen, wenn mir jeder Weg zur Öffentlichkeit abgeschnitten wird?

ERNST JÜNGER an A. PAUL WEBER
Goslar, 13. Oktober 1935

Hier sende ich Ihnen einige Papiere, die Sie bei mir zurückließen. Das Bild fühlt sich noch immer nicht trocken an, sodaß wir es bislang nicht zu verpacken wagten.

Wie ich von einem meiner Besucher hörte, befindet Schlichter sich jetzt in sehr bedrängter Lage; ich vernahm, daß er geradezu hungern soll. Hier müssen wir wohl helfen, damit eine solche Kraft nicht den Verfolgungen des Pöbels unterliegt. Vielleicht gelingt es Ihnen und Niekisch, ihm einige Aufträge zuzuführen; auch ich sehe mich hier danach um. Wer ein Bild von Schlichter erwirbt, begeht keinen Akt der Wohltätigkeit, sondern findet für sein Geld eine der wenigen Verwendungen, die heute nicht lächerlich sind.

Mein Berliner Aufenthalt hat mir gute Laune gemacht. Es scheint, daß für Viele der Augenblick naht, in dem an die Pille gedacht werden muß.

RUDOLF SCHLICHTER an ERNST JÜNGER
Rottenburg, 20./10.35

Lieber Herr Jünger

Ihr echtes u. ernsthaftes Interesse an meinem Schaffen ermutigt mich sehr, zumal man in dieser Zeit fast nichts erlebt als stumpfe Gleichgültigkeit u. Mißverständnis. Sie können sich denken wie verbitternd alle diese Demütigungen u. plumpen Zugriffe wirken, denen man täglich ausgesetzt ist, wenn man nicht gerade die unempfindlichen Nerven eines Bärenhäuters besitzt. Der Satz Nietzsches, den Deutschen fehle vor allem der Sinn für Nüancen, wird einem leider immer wieder von neuem bestätigt. Sie fragen mich, ob mich der Klerus nicht unterstütze? Darauf kann ich Ihnen nur antworten: Ich bin nicht ihr Mann! Allmählich kommt man eben doch dahinter, daß die Kirche ein Verwaltungsapparat u. der mystisch-metaphysische Inhalt ihrer Lehre zur Ideologie u. damit zu einem gefährlichen Mißbrauch von Symbolen geworden ist. Ideologiediener waren mir noch nie besonders gewogen u. da es heute dort kaum volle Menschen, geschweige denn Priester, dafür aber umsomehr Funktionäre giebt, so können Sie sich denken, wie sich solche Leute im Bereiche der Kunst bewegen. Das ist eine Mischung von Tantenhaftigkeit u. Spießerbrutalität. Die Legende von der kunstfördernden Kirche ist genau so merkwürdig u. durch nichts begründet, wie die Legende von der abgrundtiefen Schläue u. jahrtausendalten Erfahrung der vatikanischen Diplomatie. Daran glauben nur noch harmlose durch nichts belehrbare protestantische Gemüter. Die Kirche hat so lange Kunst gefördert, als ihre Vertreter jenem noblen Typus Mensch angehörten, der hie u. da im Bereiche oligarchischer Lebensformen in kultivierten Spätzeiten gedeiht. Heute sind an deren Stelle die Exponenten verängstigter raffsüchtiger Kleinbürger getreten, die auf dem letzten Loche pfeifen. In diesem zerfallenden Prunkgehäuse herrscht heute Dürre u. geistige Öde. Die paar schöngeistigen Außenseiter im Schmollwinkel bestätigen nur diesen belämmerten Zustand. Somit hat sich die Situation für den Künstler sehr wesentlich geändert; er hat dort nichts mehr zu suchen.

Die Bilder lasse ich Ihnen gerne noch eine Weile. Ihre Absicht, noch eine kleine Arbeit von mir zu erwerben, freut mich außerordentlich. Doch wäre es mir lieb, wenn Sie mich wissen ließen, ob Sie gerne etwas figürliches oder wieder eine Landschaft wünschen. Ich würde Ihnen zu etwas figürlichem raten. Nur die Frage der Größe beschränkt die Auswahl. (Sie kennen ja mein gewöhnliches Format). Denn die Preisfrage wird kein Hinderungsgrund sein. Teilen Sie mir doch mit, was Sie anlegen möchten und welcher Art das Sujet sein müßte.

Ich habe noch einige Wagnerblätter gemacht. Gerne möchte ich mit Ihnen einmal ausführlich über diese heute leicht zu Mißdeutung verführende Beschäftigung mit Wagnerischen Themen sprechen. Für mich ist Wagner eine der größten u. geheimnisvollsten Erscheinungen im Bereiche menschlicher Ausdrucksmöglichkeit. Daß er in Deutschland ein einziges Mißverständnis ist, spricht nur für ihn (was hat man hierzulande nicht schon alles mißverstanden) u. macht ihn für sublimere Geister umso anziehender. Ich erinnere Sie nur an die starke Beziehung Baudelaires, Peladans und der ganzen symbolistischen Schule Frankreichs zu Wagner. Doch leider reicht der Rahmen eines Briefes bei weitem nicht aus, um das, was wesentlich wäre zu sagen, auszuführen.

Seit einiger Zeit beschäftigen mich sehr stark die okkulten Phänomene. Anregung hiezu gaben teils eigene Erlebnisse, teils die Beschäftigung mit einer bestimmten Richtung in der modernen Literatur. Ich habe dabei einige sehr beachtliche Werke aufgestöbert. So z. B. die Bücher zweier französischer Autoren. Das eine heißt »Die Grundlagen der okkulten Wissenschaften« von Papus, das andere »Dogma der hohen Magie« von Eliphas Levi (Pseudonym Abbé A. Louis Constant). Ich weiß zwar, daß es auf diesem Gebiet viel Scharlatanerie u. Schwindel giebt (auf welchem Gebiet gäbe es das nicht) aber ich verlasse mich in diesem Falle auf meinen guten Instinkt, den Spreu vom Weizen unterscheiden zu können. Mir scheint diese Wissenschaft hat eine große Zukunft; nicht auf dem lauten Markte geschwätziger Konjunkturschreiberei, sondern im kleinen Kreis derer, die die Brücken zum Allerweltsstapelplatz zeitbedingter Lektorenliteratur hinter sich abgebrochen haben. Der direkte Anlaß dieser Hinwendung zum Esoterischen war die Lektüre Meyrinks, den ich eines Tages wieder hervorholte, um ein Gegengewicht zu der steigenden Welle barbarischen Stumpfsinns zu finden.

Nun habe ich überhaupt in den letzten zwei Jahren noch einmal alles, was mir an literarischen Eindrücken von Bedeutung schien, rekapituliert. Ich glaube, das ist eine gute Probe für das, was einem bleibt. Es ist nicht allzu viel u. meistens bleibt es bei den alten Lieben u. Vorlieben. Insofern war die Stille der Provinz, wie Sie richtig vermuten, von großem Vorteil; denn man konzentriert sich hier leichter u. wird weniger durch müßige Schwätzer abgelenkt, die einem in Berlin die Bude einliefen. Wie groß das Verdienst Speedys an dieser Entwicklung war, brauche ich Ihnen nicht versichern; ihre scharfe Kritik, ihr eminent wacher Geist war mir oft genug ein heilsames Korrektiv u. verhinderte mehr als einmal ein gefährliches Abgleiten in unwegsames Dunkel. Wir haben hier einen netten Freundeskreis, Studenten u. angehende Juristen; darunter einen jungen vielversprechenden Poeten. Vielleicht hat Ihnen Herr v. Salomon davon erzählt. Im übrigen befolgen wir, so gut es geht, den Rat des alten Goethe. Als der pathetische Lärm der Freiheitskriege durch die deutschen Gaue brandete, machte er die schöne Bemerkung »er sei jetzt gezwungen, die Mauer um sich herum um einige Schuh zu erhöhen«! Das wurde ihm bekanntlich von den damaligen gloriosen »Zeit«barden sehr verübelt. Nun, trotz aller Not u. Schererei hatten wir hier doch die beglückende Möglichkeit, einen Schutzwall oder auch Pestkordon um uns zu ziehen, was uns wo anders vielleicht nicht so gelungen wäre. Jetzt wird allerdings die Lage prekärer, da die Abseitigkeit wirtschaftliche Nachteile bedenklich spürbar macht. Wir gehen deshalb mit dem Plan um, nach Stuttgart zu ziehen. Es ist nicht weit von der Alb weg, hat eine herrliche Lage u. landschaftlich reizvolle Umgebung u. bietet doch als Stadt größere Möglichkeiten als die hiesige Gegend. All dies hängt natürlich sehr von der finanziellen Entwicklung unserer Situation ab.

Daß Sie trotz des mir allzu verständlichen Zustandes Ihrer Kasse ein Blatt von mir erwerben wollen, berührt mich tief. In Deutschland haben im allgemeinen die Schriftsteller, im Gegensatz zu Frankreich, wenig Beziehung zur bildenden

Kunst u. diese Tradition scheint sich zu erhalten u. zu verfestigen. Umgekehrt ist es natürlich auch der Fall, denn was wissen unsere Pinsler von Literatur. Diese primitiven Kraft[-] und Saftspritzer halten die Beschäftigung mit Literatur sogar für gesundheitsschädlich. Das war zur Zeit Dürers u. der Klassik anders.

Ihre Absicht, Kreise für mich zu bewegen, begrüße ich von Herzen. Hoffentlich erreichen Sie etwas. Ich gestehe, ich bin sehr gespannt auf den Erfolg Ihrer Aktion. Sollten Sie für diesen Zweck Originale brauchen, so stehen Ihnen dieselben zur Verfügung.

Meine freundlichsten Grüße an Ihre Gattin u. Familie

Rudolf Schlichter

[Am Rand] Wie gerne möchte ich über alles einmal mündlich mit Ihnen sprechen. Wann wird sich diese Gelegenheit geben? Ich fühle in Ihnen einen Geist, dessen Mitteilung für mich von großer Wichtigkeit ist. In dieser Verbundenheit grüße ich Sie sehr herzlich.

ERNST JÜNGER an RUDOLF SCHLICHTER
[Goslar] 22.10. [1935]

Lieber Herr Schlichter!

Für Ihren Brief besten Dank. Am besten sehe ich mir Ihre neuen Bilder einmal an. Sind Sie den November über noch in Rottenburg? Ich käme dann wahrscheinlich in der 2. u. 3. November-Woche einmal vorbei. Unkosten sollen Ihnen dadurch nicht erwachsen; ich wohne und esse außerhalb; will auch noch einige andere Besuche in der Gegend machen.

Bitte schreiben Sie mir zunächst, ob Sie im November anzutreffen sind, damit ich danach disponieren kann.

Mit den besten Grüßen, Ihnen u. Ihrer Gattin,

Ihr Ernst Jünger

Vielleicht bringe ich A.P. Weber mit.

ERNST JÜNGER an RUDOLF SCHLICHTER

[Goslar] 28.10.1935.

Lieber Herr Schlichter!

Ich komme also höchstwahrscheinlich am 10. oder 11. bei Ihnen vorbei; will dann wahrscheinlich auch noch nach Tübingen, um einige Philosophen dort heimzusuchen. Welchen Zug benutzt man am besten, wenn man von Stuttgart kommt? Ich wollte von St. in den frühen Nachmittags-Stunden oder Morgens hinüberfahren.

Mit bestem Gruß

Ihr Ernst Jünger

ERNST JÜNGER an RUDOLF und SPEEDY SCHLICHTER

Goslar 17.11.[1935]

Lieber Herr u. Frau Schlichter!

Nach einigem Hin- und Herreisen bin ich wieder in Goslar angelangt. Hier fand ich die Bilder bereits vor, die ich [binnen] kurzem zu[m] Rahmen bringen lassen will. Am selben Abend kam noch Martin v. Katte mit Frau, die vor allem

»Atlantis« gebührend bewunderten. Innerhalb der nächsten 14 Tage will ich Ihnen ein Buch zusenden, das über die Graphik von Weber erscheint. Es wäre sehr gut, wenn über Ihre Bilder eine ähnliche Sammlung herausgebracht werden könnte. Auch »Blätter u. Steine« lasse ich Ihnen zugehen. In Rottenburg u. Tübingen gefiel es mir sehr gut; noch einmal herzlichen Dank für Ihre Aufnahme.

Ihr Ernst Jünger

ERNST JÜNGER an RUDOLF SCHLICHTER
Goslar, 28. 11. 35.

Lieber Herr Schlichter!

Ihre Bilder werden hier viel besehen. Ich habe begründete Hoffnung, daß ich Ihnen hier in Goslar vielleicht noch vor Weihnachten die eine oder andere Bestellung vermitteln kann.

Vor einigen Tagen bekam ich von Frau Masseck die Anzeige, daß ihr Sohn Richard gestorben ist. Sie haben wahrscheinlich schon davon gehört.

Ihre Novelle habe ich inzwischen mit Vergnügen gelesen; ich glaube aber kaum, daß sich eine selbständige Herausgabe lohnen wird, weder für den Autor noch für den Verlag. Dagegen rege ich N.[iekisch] an, ein Buch Reproduktionen Ihrer Bilder herauszugeben; er sendet Ihnen zunächst das Buch über Weber zu, das in diesen Tagen erscheinen soll. Es besteht aus einer einleitenden Würdigung und einer großen Anzahl von Reproduktionen von Zeichnungen, Radierungen und Gemälden. Bitte schreiben Sie mir dann, was Sie davon halten.

Mit herzlichem Gruß, auch an Ihre Gattin,

Ihr Ernst Jünger

RUDOLF SCHLICHTER an ERNST JÜNGER

Rottenburg 2./12. 35

Lieber Herr Jünger!

Für Ihre erfreulichen Nachrichten u. vor allem für Ihre Bemühungen meinen herzlichsten Dank. Ich bin angenehm überrascht von dem Interesse, das meine Arbeiten in Ihrem dortigen Bekanntenkreis finden. Es würde eine große Erleichterung für meine nächsten Bilderpläne bedeuten, wenn vor Weihnachten noch ein Verkauf oder Auftrag zustande käme. Ich habe letzte Woche in Stuttgart fest gemietet, eine ganz praktikable Wohnung (Neubau) in einer ruhigen Halbhöhenlage. Da wir aber vor dem 1. April dort nicht einziehen können, habe ich noch Zeit, allerlei Pläne zu verwirklichen.

Die Nachricht von Massecks Tod erhielten wir von Schöningh. Sie kam uns nicht so überraschend, da wir seinen Gesundheitszustand sehr genau kannten; lag er doch auch bei uns einige Wochen an demselben Übel darnieder, an dem er jetzt starb. Nebenbei: Sein Vater ist meines Wissens am gleichen [Übel], ja sogar unter den gleichen Umständen gestorben. Was mich persönlich an der Geschichte besonders bewegt, ist der seltsame Lauf der Dinge. Derselbe Mann, der einst die völlige Außerkraftsetzung meiner Person erstrebte, zerstörte sich unbewußt damit selbst; als er sich von uns entfernte, schwanden auch seine lebenserhaltenden Kräfte dahin. Das rücksichtslose Spiel mit der Existenz des andern kann sich ungestraft wahrscheinlich nur der Stärkere erlauben.

Was meine Novelle »Albwanderung« betrifft, so bin ich Ihrer Meinung. Ich habe übrigens auch nie an eine Einzelveröffentlichung gedacht. Ursprünglich plante ich ein Landschaftsbuch mit einer Reihe derartiger Aufsätze. Vielleicht kann es Herr Niekisch doch verwerten, wenn Sie ihn erst zu einer Publikation meiner Bilder bewegt haben werden. Auf das Weber'sche Buch bin ich sehr gespannt. Ungefähr so dachte ich mir auch die textliche Ausstattung meines Buches über mich. Und da könnten ja solche Aufsätze ev. eingefügt werden.

Vor einigen Tagen war unser großer Dschinni aus Tübingen wieder hier, da gab es für uns allerhand spaßige Situationen. Sie scheinen ihn sehr stark beeindruckt zu haben, denn er zeigte große Begeisterung über das Zusammentreffen. Es war so eine Art Verjüngungsbad für ihn. Mit den Photos seiner »provençalischen Ahnen« deklarierte er Sie zum vollendeten Nihilisten. Er versteht nicht, warum Sie sich nicht ein u. für allemal für die Kunst entscheiden anstatt für die Philosophie. Letztere erlaubt er nur sich u. ev. noch den Ordensbrüdern vom siebenten Ring. Ganz zu schweigen von meiner Tätigkeit, die eigentlich nur als Randleiste im Bilderrahmen großer Hierarchen geduldet wird. Am liebsten hörte er es, wenn ich ihn mit den Worten empfangen würde: »Wird es dem hohen Geistesfürsten gefallen, die niedrige Hütte seines geringen Dieners zu betreten.« Manchmal aber bekommt er auch Anwandlungen von Selbstverwerfung; dann fällt er sichtlich zusammen wird grätig u. beneidet den hl. Vater um sein silbernes Telephon. Unter anderm behauptete er auch an jenem Abend, Sie sähen ganz französisch aus u. müßten eigentlich einen großen Roman schreiben. Außerdem versicherte er noch, er lese jetzt überhaupt nichts mehr (das wiederholt er all Vierteljahr) um dabei mit dem nächsten Atemzug zu verraten, daß er nicht nur Herings »Der Mond braust durch das Neckartal« sondern auch noch etliche andere neuerschienene Schmöcker gelesen hatte. Zeitungen rührt [er] nicht mehr an, obwohl er sie bis in die letzte Tratschspalte kennt. Zum Schlusse warf er würdevoll die purpurne mit gestickten Veilchen verzierte Toga würdevoll über die Schulter u. erzählte uns, er hätte von einem Studenten eine Forderung erhalten. Er hätte aber jede Auseinandersetzung abgelehnt, obwohl ein befreundeter Arzt sich erboten hätte, sofort nach Heidelberg zu fahren u. den Beleidiger über den Haufen zu schießen. Auf die Frage meiner Frau, ob der Mann das wirklich auch getan hätte, erwiderte er mit der Miene eines Horatius Cokles: Er hätte es getan!

Wir hatten wirklich einmal wieder unsere helle Freude an ihm. Um es nicht zu vergessen, ich soll Ihnen Grüße übermitteln; er wird bald selbst schreiben u. Sie nochmals nach Tübingen einladen.

Diese Tage habe ich ein neues Ölbild gemalt. Es heißt: »Im Mittag glüht die gelbe Klippe«. Jurafelsen unter glühendem Sommerhimmel. Sobald ich ein Photo habe, sende ich Ihnen einen Abzug.

Grüßen Sie Ihre Familie herzlich u. seien Sie selbst von Speedy u. mir herzlich gegrüßt

Ihr Rudolf Schlichter

[Am Rand] Haben Sie vom Vogel Rukh ein Photo machen lassen?
[Im unteren linken Eck] Wenn Sie Marku schreiben grüßen Sie ihn von mir.

RUDOLF SCHLICHTER an ERNST JÜNGER

Rottenburg 5./1. 36

Lieber Herr Jünger!

Kurz vor den Feiertagen bekam ich von Herrn Niekisch das Buch über Paul Weber zugeschickt. In dem beigelegten Brief bat er mich, rückhaltlos meine Meinung über die Weber'sche Kunst zu äußern. Ich habe dies getan u. wie Sie aus dem beigelegten Durchschlag sehen, in sehr offener Weise. Hoffentlich nimmt mir Herr Niekisch diese Offenheit nicht übel. Daß mich die Vorrede Herrn Fischers nicht gerade erfreute, werden Sie verstehen. Mir sind nun einmal solche Einteilungen u. ideologische[n] Vereinfachungen in der Seele zuwider. Dieser Hang zum Einklassifizieren (System Schubfach) ist eine spezifisch deutsche Unart u. die Hauptquelle all der geistigen Schiefheiten, die (sehr zum Schaden dieses Volkes) selbst die besseren Köpfe immer wieder vernebeln. Auch gefällt mir der gelehrt dozierende Ton nicht, u. in der Arroganz der Ansprüche empfinde ich Unreife. Ich habe Herrn Fischer im Verdacht, daß die vordergründige Simplizität u. Leichtigkeit, mit der er hantiert, aus der Unkenntnis der Kunstgeschichte herrührt. An diesen saloppen pseudowissenschaftlichen Ton glaube ich nicht mehr. Dieselbe Sprache wird, seit Deutschland druckt, in allen Broschüren geführt; das ist die bekannte »Broschürenkampfwissenschaftliche Sprache«!

Von den Bildnissen Herrn Webers hat mich am meisten das Portrait Herrn Petras beschäftigt, dessen Broschüre ich z. Zeit lese. Selten habe ich ein kälteres Gesicht gesehen, selten eines, das erotisch so erschreckend keimfrei wäre wie dieses. Das ist jener stählerne Wasserkantenblick, der wie der knirschende Ton einer Fleischsäge durch Mark u. Bein geht u. nichts als ein leeres Unbehagen zurückläßt. Dieselbe lähmende u. sterilisierende Wirkung geht auch von seiner Broschüre »Post Christum« aus. Eine Art deutscher Iwan Karamasow, doch ohne den Charme des russischen Verführers u. trotz allem Sträuben u. Wettern sehr moralisch u. protestantisch. Immerhin ist sein Bemühen druckenswert, räumt er doch in erfreulicher Weise mit dem säkularisierten Pseudochristentum wildgewordener Staatskrüppel u. Christen auf. -

Hier in Rottenburg ist die Weihnachtsfreude wie im ganzen Reich programmäßig verlaufen. Am Weihnachtsabend kam das Christkindlein im Volksauto angefahren mit Sammelbüchse u. Rute. Auf seinem Brustlätzchen trug es eine Reklame für Volksempfänger mit der Inschrift: »Praktisch denken, elektrisch schenken«! Alt u. grau gewordene Kommißstiefel schluchzten in Gasschutzversammlungen Weihnachtslieder u. betriebsame Ehegattinnen forderten wollustvoll schaudernd Nachrichten über Rassenschänder ein. Feierliche Fressen spazierten durch winter-weihnachtliche Straßen u. lauschten gerührt dem sakralen Dröhnen der Lautsprecher. Starke Esser sah man begeistert den Leibriemen enger schnallen u. fette Zeitgenossen jubelnd auf ihr Fett verzichten. In die Hohlräume, wo sonst die Herzen schlagen, zog die heilige Sehnsucht ein, das nächste Jahr möchte den Rebbach nicht noch mehr verringern durch Steuern, Sammlungen u. charitative Abgaben. Fromme Staatsbürger versicherten, solange sie noch weiße Vorhängchen an den Fenstern u. eine schöne Anrichte im besseren Zimmer hätten, würden sie jedes Ungemach, das etwa in Gestalt von Dörrgemüsen, Sägemehlwürsten u. Kadaverfett über sie käme, gern ertragen. Am elektrisch beleuchteten Christbaum auf dem Marktplatz verkündete ein braver Mann:

Wir Deutschen machen unsere Revolutionen nie nach innen, sondern nach außen. Er meinte, unsere Zimmer u. Bahnhofseinrichtungen wären zu kostspielig als daß wir sie für einen solchen Unfug aufs Spiel setzen dürften. »Unsere Revolution macht uns keiner nach«, schloß er befriedigt.

Im großen ganzen verflossen die Feiertage ruhig. Für die Erheiterung stimmungshungriger Gemüter sorgten die Berichte von den ostafrikanischen Bombenexkursionen der Italiener; sie unterbrachen wohltuend die etwas eintönige Stimmung der stillen u. heiligen Nacht. - Leider wurde auch dieses Jahr die Weihnachtsfreude in unserer Stadt wieder durch einige bedauerliche Unglücksfälle getrübt: Einige Weihnachtsengelchen, die auf Schleichwegen in die Stadt einzudringen suchten, um armen HJkindern eiserne Liederbüchlein zu schenken, verunglückten in den Stacheldrahtzäunen, womit unsere Bürger selbst die kleinsten u. unscheinbarsten Gärtlein zu zieren pflegen. Diese unvorschriftsmäßigen Vorkommnisse veranlaßten die Kreisleitung (Abt. für positives Christentum) einen Erlaß herauszugeben, wonach sich auch Weihnachtsengel künftig der von der Stadt hergestellten legalen Wege zu bedienen hätten; außerdem seien sie genau wie die andern Bürger meldepflichtig u. hätten einen Wandergewerbeschein zu führen. Das bischöfliche Ordinariat ordnete seinerseits an, daß künftighin alle Engel anzuhalten seien, nicht mehr in ärmellosen Kleidern zu erscheinen, denn »das ist uns zu nackt« äußerte sich anläßlich dieses seine Exzellenz!

Eine betrübliche Erscheinung im öffentlichen Leben ist auch das bedenkliche Schwinden einer guten Staatsgesinnung. So berichtete kürzlich unser Freund Refr. Blessing, den Sie auch kennen, folgenden traurigen Fall: Vor der Strafkammer 7. hatte sich kürzlich ein Mann zu verantworten, der sich erfrechte erstens Hitlerpostkarten zu verkaufen mit der

Unterschrift »Der Oberbosch« zweitens scheute sich dieser vaterlandslose Geselle nicht, an einem der schönen Bäume in der Platanenallee eine große Pappdeckeltafel anzubringen mit der Inschrift »Selig sind die Armen im Geiste, denn ihrer ist das Dritte Reich« u. drittens hatte derselbe die Ungezogenheit, die Steuerbehörde in einer Anschrift die »allerboscheste gesetzlich legitimierte Ausbeutungsbehörde« zu titulieren. Der Mann, der sich in so beschämender Weise produzierte, ist seines Zeichens Seifensieder. Merkwürdig war ja das geringe Strafmaß, das die Tübinger Strafkammer ansetzte; er bekam nur einen Monat Gefängnis.

[Am Rand] Als das Gericht dem Angeklagten nahelegte, er könne Berufung gegen das Urteil einlegen, meinte dieser, »einen Monat wäre ihm die Sache schon wert«. Ein böses Zeichen von Laxheit!

Bezüglich des Buches von Bernanos scheint mir ein Irrtum vorzuliegen. Das Buch ist erst 1935 erschienen. Es heißt »Un crime«. Vielleicht haben Sie es mit dem ersten Teil des Romans »Unter der Sonne Satans« verwechselt, der ja auch (soviel ich mich erinnere) den Titel »ein Verbrechen« führt. Mich interessiert die Sache deshalb so sehr, weil dieses Buch, wie ich Ihnen schon schrieb, einen starken Eindruck bei mir hinterließ.

Das Bild, das Herr Weber von Ihnen malte, hat mich enttäuscht. Obwohl man es farbig sehen müßte, um ein endgültiges Urteil darüber abzugeben. Es fehlt im Ausdruck gerade der Ihnen eigentümliche Charme, man spürt zu wenig den geistigen Eros, die aggressive Spannung, kurzum Ihre Bedeutung. Speedy meinte, auf Grund dieses Bildes könnte man nicht das ausgesprochen originelle u. sensible Ihres Wesens erraten. Das ist alles zu blechern.

[Am Seitenende] Ich wüßte, wie ich Sie mit meiner jetzigen Technik malen würde.

Ich finde Kubin u. - verzeihen Sie diese Ketzerei - auch Großz besser, oder wenn Sie so wollen künstlerischer. Mich überfällt manchmal eine abgründige Trauer, wenn ich an all diese fruchtlosen Bemühungen denke, die in diesem Lande schon unternommen wurden, um der latenten Barbarei Herr zu werden. Immer wieder muß ich an die ergreifende Klage Hölderlins im Hyperion denken ... »ist das nicht, wie ein Schlachtfeld, wo Hände u. Arme zerstückelt untereinander liegen, indessen das vergossene Lebensblut im Sande zer[r]innt«... [»]Diese Deutschen aber bleiben gerne beim Notwendigsten u. darum ist bei ihnen auch so viele Stümperarbeit u. so wenig Freies, Echterfreuliches«!

Es ist eben nicht gut, wenn man sich, wie Herr Fischer es tut, nur wieder auf die idealistischen Konstruktionen der großen Deutschen beruft, anstatt das schauerliche Scheitern dieser der Roheit u. dem Stumpfsinn geopferten Geister vor Augen zu halten oder sich einmal Gedanken über die Ursache solcher geistiger Katastrophen zu machen!

Aber man könnte ja endlos fortmachen, dieses traurige Thema ist leider unerschöpflich. Ich würde mich freuen, bald wieder etwas von Ihnen zu hören und grüße Sie u. Ihre Familie allerherzlichst

Ihr Rudolf Schlichter

Die herzlichsten Grüße auch von Speedy
N.S. Grüßen Sie auch Marku von mir wenn Sie ihm wieder schreiben

[Anlage]

Rottenburg, a. N., den 31/12/35

Lieber Herr Niekisch,

Mit grosser Freude empfing ich das mit Spannung erwartete Buch Webers und danke Ihnen von Herzen für Ihr schönes Geschenk. Ich muß Ihnen schon gestehen, daß mir die Aufmachung des Buches ganz ausserordentlich gefällt. Sie ist in jeder Hinsicht geschmackvoll; die Schrifttypen, das Papier, die Reproduktionen und die Farbe des Einbandes sind sehr glücklich gewählt. Was nun die Arbeiten Herrn Weber's betrifft, so wird es mir schwer, mich darüber zu äussern, denn das Urteil eines Künstlers über den andern wird so sehr von der Besonderheit der eigenen Schau bestimmt, daß die Gefahr, dem andern nicht gerecht zu werden oder besser nicht gerecht werden zu können, fast unvermeidlich ist. Künstlerurteile sind immer subjektiv und einseitig. Sachlich kann ich eigentlich nur zu den Äusserungen Herrn Fischers einiges sagen und vielleicht noch zum Formalen und Technischen in Webers Arbeiten. Es liegt mir fern, in die innere Welt Paul Webers mit unvorsichtigen Urteilen und Vorurteilen hineinzugreifen. Was in diesem Falle einzig interessiert, wäre dies: den Ort zu bestimmen, wo wir beide beheimatet sind, und den Punkt zu finden, wo sich die beiderseitigen Wege treffen oder kreuzen.

An dem Vorwort Herrn Fischers fiel mir zum Beispiel eine gewisse Diskrepanz zwischen seinen Ausführungen und dem Werke Paul Webers auf. Es finden sich da einige tendenziöse Konstruktionen, die mir trotz oder vielleicht gerade wegen ihrer scheinbaren Simplizität nicht einleuchten wollen. Ich verstehe nicht die Einteilung »westlich« = »flacher bürgerlicher Optimismus«, »deutsch« = »tief« oder »Östlich«

= »vitale Geistigkeit«. Es wäre doch viel wichtiger, zuerst präzise zu sagen, was mit dem vieldeutigen und viel mißbrauchten Wort »westlich« hier gemeint ist. Meint Herr Fischer damit die heute sich überall gleiche Schicht brüllender, verdienender, schwitzender Vertreter hungriger und hysterisch gewordener Volksmassen, mit einem Wort das, was man heute Nationen nennt; oder meint er damit die kleine Elite, die das geistige Gesicht einer Kulturschicht bestimmt? Im ersteren Fall sehe ich kaum mehr einen Unterschied zwischen den Völkern; da hat der technisch-ökonomische Rasierapparat fast alle Unebenheiten gründlich beseitigt. Im zweiten Falle dürfte der Unterschied noch geringer sein. Ja ich möchte sagen, daß die Gegenüberstellung eher zu Ungunsten Deutschlands und des heutigen Ostens ausfallen würde. Denn aus Mangel an Eros und aus Feigheit vor der Realität sich entweder dem Materialkrieg ausliefern oder romantischer Barbarei in die Arme werfen scheint mir genau so suspekt wie die merkwürdigen Zornesausbrüche enthusiastischer Kollektividealisten über die Kunst des Spargelessens bei den »feinen Pinkels«. Gefühllosigkeit mit bleckender Heiterkeit serviert ist noch kein Vorzug. Mir scheint, hierzulande übersieht man leicht die wesentlichen Tatsachen des Lebens. Wie man sich ja auch immer über das Wesentliche in den Aussagen Nietzsche's, Wagner's, Hölderlin's und anderer guten deutschen Geister getäuscht hat. Nicht umsonst hat Nietzsche vor dem deutschen Volk als dem »Tiusche- dem Täuschevolk« gewarnt; es war nicht nur der Ausfluss böswilliger Verärgerung, wenn er von Deutschland als dem Flachlande Europas sprach, kein verwerflicher »welscher« Sinn verführte ihn dazu, nur an die französische Bildung zu glauben! Sondern ein wohlbegründetes Mißtrauen gegen den unausrottbaren Hang zur Barbarei, der keineswegs etwa aus den ungebrochenen Instinkten des Wilden stammt (wäre es dies, könnte man vielleicht ja dazu sagen), vielmehr den wüsten chaotischen Instinkten einer mit Verdrängung und Ressentiments vollgepfropften schlechten Rasse entspringt. Glückliche Mischungen waren ja in diesem Lande immer selten und wenn sie in Erscheinung traten, wurden sie meistens mit Dreck zugedeckt.

Um aber wieder auf die Vorrede Herrn Fischers zurückzukommen, so will ich mit der oben geäusserten Ablehnung seiner Formulierungen keineswegs sagen, daß ich in der Kunst das Spezifische des nationalen Charakteristikums unterschätze. Im Gegenteil. Als formbestimmendes und gestaltendes Element jeder Sichtbarmachung geistiger Werte in der sinnlichen Wirklichkeit ist es schlechthin eine unumstössliche Tatsache. Nur ein blutleerer Massenkollektivismus konnte eine solche Tatsache übersehen. Doch diese Tatsache scheint mir in den Bereich der ästhetischen Kategorien zu gehören, die allerdings so zwingend sein können, daß man das »gerade so-sein« selbst mit der Aufgabe seiner physischen Existenz besiegelt. Aber andererseits sieht man oft genug dieses »so-sein« sich unter Fremdherrschaften oder in politischer Ohnmacht glänzend entfalten und wiederum bei politischer Gestaltwerdung auf den Nullpunkt sinken. Das gilt besonders für die Deutschen, die darin eine merkwürdige Ähnlichkeit mit dem jüdischen Volke haben, - wie auch die gute deutsche Sprache bereits wie eine tote Sprache wirkt (denn der Jobberjargon, der heute bei der Abwicklung politischer und gesellschaftlicher Geschäfte geredet wird, hat ja nichts mehr mit der Sprache gemein[,] er entspricht eher einem gewissen jidisch!).

Noch eines: Herr Fischer sagt in der Vorrede, die Kunst Webers hätte ebenso wenig etwas mit romanischen Verdrehungskünsten zu schaffen wie mit amerikanischer Massendemagogie. Was meint er damit? Soweit man sich im staatlich-gesellschaftlichen Gefüge der Völker und Kulturen bewegt, dürfte die Fähigkeit zu Verdrehungskünsten und Massendemagogie wohl überall gleicherweise zu Hause zu sein. Bloß mit dem Unterschied, daß man woanders weniger idealistische Täuscherkunststücke produziert zur Vernebelung von Tatbeständen. Wir alle kennen doch jenen treuherzig in die Welt blickenden Hans im Glück, jenen viel wissenden und vielbelesenen u. gar nicht naiven Trottel, der mit der Miene des tumben Unschuldspinsels alle menschlichen Möglichkeiten in den Boden tritt! Warum verleugnet Herr Fischer so die künstlerischen Ahnen Webers? Ohne Daumier und Doré, ohne Rowlandson und Newton wäre doch seine Kunst nicht zu denken. Es ist meines Erachtens keine Schande, seine Herkunft zu bekennen. Wir stehen alle auf den Schultern unserer Vorgänger. Das ist die abreissende Kette der europäischen Tradition, an der alle Völker gleich beteiligt sind und wozu ich auch die Russen rechne. Ich muß sagen, ich bekenne mich gerne zu dieser Tradition; hierin bin ich wie Nietzsche es forderte, ein guter Europäer. Trotz allem Geschrei der Ratten und Kirchturmästheten. Ja noch mehr. Ich fühle mich aller Kunst verwandt, die an das Geheimnis des Lebens rührt. Ich verdanke nicht wenig den Arabern und Persern, den Indern und Chinesen. Wie gut es übrigens dem Deutschen bekommt, wenn er sich an romanischer Disziplin und Form schult, ist, glaube ich, sattsam bekannt. »Die Pflege des schönen Scheins spricht keineswegs gegen ihre Tiefe«, sagt Nietzsche mit Recht von den Franzosen. Nur kleine Heimatschwindler und krampfhafte Männerbündler glauben dabei ihrer Substanz verlustig zu gehen. Und meistens schreien jene kleinen Schwachmatiker am heftigsten, bei denen am wenigsten davon vorhanden ist. Wenn Bismar[c]k einmal äußerte, die Slaven und Romanen wären als Völker mehr weiblicher, die germanischen Völker dagegen mehr männlicher Natur, so scheint mir das eher zuzutreffen als jene ominöse Seelenverwandtschaft mit dem Osten, von der heute so viel geredet wird. Obgleich ich für mich das negative Vorzeichen, mit dem Bismar[c]k diese Äusserung versah, ablehne; aber in diesem Falle sprach er politisch, als deutscher Vorstehhund. Ich meinesteils finde ja gerade in dieser deutschen Männerei die Wurzel alles Übels, vor allem stammt von dort das Elend unser[er] Kunst. Deshalb wird hier jede Differenziertheit, jede erotische Verfeinerung mit den scheusslichsten Bezeichnungen diffamiert, jede Sensibilität mit Eisenhämmern totgeschlagen.

Doch nun zu der Kunst Paul Webers. Es ist ausser Frage, daß Herr Weber ein starkes Talent ist und daß er eine grosse Kraft besitzt. Er gehört jedoch, besonders was die Porträts betrifft, in der Manier noch zur Schule der Neuen Sachlichkeit. Eine Richtung, die man mit Reife und Einsicht zwangsläufig zu überwinden trachtet. Aus seinen Werken spricht nur ein polemisches aber kein menschliches Pathos. Es fehlt ihm die »Grazie« und dieser Mangel gibt seinen Bildern etwas eigentümlich starres. Wenn ich Ihnen ehrlich und rückhaltlos, wie Sie es wünschen, meine Meinung über die Weber'sche Kunst mitteile, so ist es diese: diese Kunst lässt mich kalt. Ich vermisse darin die Spannung von Freude und Schmerz. Sie wirkt moralisch und nicht ethisch und enthält nicht jenes Ferment, das zu philosophischer Meditation anregt. Mit einem Wort: ich würde von einem solchen Künstler behaupten, er ignoriere die Liebe. Das alles hätte ich Herrn Weber selbst gesagt, wenn ich ihn persönlich begegnet hätte. Doch da ich diese Gelegenheit bisher nicht hatte, bitte ich Sie, diese Ausführungen diskret zu behandeln, da ich Mißverständnisse fürchte und die Empfindlichkeit meiner Kollegen kenne.

Ich habe diesem Briefe eine Anzahl Photos beigelegt; sie geben natürlich ein unvollkommenes Bild meiner Arbeit. Die grossen Photos sind meist Arbeiten älteren Datums. Sollten Sie die Bilder in absehbarer Zeit verwenden können, so behalten Sie dieselben einfach dort. Wenn nicht, bitte ich Sie, sie mir einstweilen wi[e]der zurückzusenden.

Die beiden Bände meiner Autobiographie gehen Ihnen diese Tage zu. Zu dem ersten Band möchte ich folgendes bemerken: er ist stylistisch stellenweise von einer barocken Unbeholfenheit, die eines Teils ihren Reiz hat (ungefähr wie in der Malerei die Unbeholfenheit des Primitiven) aber andern Teils doch für ein verwöhntes Ohr störend wirken kann. Immerhin dürfte das, was darin ausgesagt wird, für diesen Mangel entschädigen. Der Band fällt zeitlich in die Periode meiner Rückwendung zum Katholizismus. Aus dieser Situation ist manches zu erklären. Doch ich überlasse Ihnen das Urteil und bitte Sie, sich eben so rückhaltlos zu äußern, wie ich es getan habe.

Nehmen Sie mir meine Offenheit nicht übel und seien Sie herzlichst gegrüßt

Ihr Rudolf Schlichter

N. S.: Anliegend eine Landschaftsschilderung, die im verflossenen Sommer entstand. Vielleicht können Sie etwas damit anfangen!

ERNST NIEKISCH an RUDOLF SCHLICHTER

14.1.36.

Lieber Herr Schlichter!

Ihre Bilder sind bei mir eingegangen; ich danke Ihnen vielmals dafür.

Diesen Bildern entnehme ich, dass Sie ein Mensch ganz anderer Art sind als es Weber ist. Sie sind, diesen Eindruck habe ich, doppelpolig; das gibt Ihnen eine starke innere Spannung und bestimmt auch den Weg Ihrer inneren und äusseren Entwicklung. Weber ist zweifellos einfacher konstruiert als Sie es sind; er hat eine erstaunliche Naivität und ist von der Problematik kaum berührt, durch welche Sie im Innern aufgewühlt sind. Mir scheint, dass Fischer ganz recht hatte, als er die Erinnerung an Grimmelshausen beschwor, da er von Weber redete. Weber tritt frisch und unbefangen an die Dinge heran; er ist von einer Unbefangenheit, die in unserer modernen Zeit kaum noch glaublich ist. Darum bin ich der Meinung, dass Sie irre gehen, wenn Sie bei ihm nur ein polemisches aber kein menschliches Pathos vermuten. Ein polemisches Pathos setzt eine gewisse Intellektualität voraus, Weber ist gar nicht intellektuell; Hielscher sagte einmal, als er ihn persönlich erlebt hatte, Weber sei ein »Waldschratt«. Die politischen Zeichnungen, die am bissigsten, grausamsten, aufwühlendsten sind, entstanden zumeist in einer heiteren, übermütigen Laune; bei vielen war ich während des produktiven Prozesses anwesend; die Arbeit wurde zuweilen durch das stürmischste Gelächter unterbrochen. Es war gewissermassen lediglich eine Registrierung, ein inneres Unbeteiligtsein, während der apokalyptische Gehalt naiv abgespiegelt wurde. Darum glaube ich auch nicht, dass die Weber'sche Kunst wirklich moralischer Natur ist; es steckt wirklich nicht die leiseste Empörung, Erbitterung als Antrieb dahinter; auch ist in keinem irgendwie gearteten Sinne eine pädagogische Tendenz am Werke. Dass Sie die Spannung von Freude und Schmerz vermissen, begreife ich; in Weber tobt keine Hölle, in ihm ist keine Erlösungssehnsucht; so muss er Sie wohl kalt lassen.

Bei Ihren Arbeiten ist der Einschnitt, den das Jahr 1933 bedeutete, mit Händen zu greifen. Zu den Arbeite[n] Ihrer ersten Periode habe ich, wenigstens soweit Sie mir Proben vorgelegt haben, kein unmittelbares Verhältnis. Am stärksten empfinde ich Pirandello. Ausserordentlich angetan aber bin ich von den Arbeiten Ihrer zweiten Periode. In Ihren Landschaften steckt eine Weite, die sehr stark berührt. Wissen Sie, dass ich in der schwäbischen Alb (Nördlingen) aufgewachsen bin? Als Junge streifte ich, mitunter auch allein, durch einen Teil der Landschaften, die ich jetzt durch Sie im Bilde festgehalten sehe. Insbesondere ist mir eine einsame Wanderung in Erinnerung, die ich vom Hohenstaufen über den Lichtenstein zum Hohenzollern ausführte.

Eindrucksvoll finde ich auch das Porträt Ihrer Frau.

Ganz ausserordentlich sprach mich die Verspottung Christi an. Das ist eine Realistik von unerhörter Kraft; das ganze Untermenschentum hat man hier beisammen; ich muss es immer wieder ansehen. Stärker, tiefer und erschütternder kann man wohl kaum den Gehalt einer Zeit gestalterisch ausschöpfen.

Ihre Skizze »Albwanderung« hat mich durch ihre sinnenstarke Gesundheit gefesselt. Ihre beiden biographischen Bände habe ich durchblättert; im ersten Band habe ich auch schon mehrere Kapitel gelesen. Sie sind auch ein starkes Erzählertalent; die Spannweite Ihrer Begabung ist ausserordentlich.

Ich beabsichtige dem Plan, ein Buch mit Ihren Arbeiten herauszubringen, näherzutreten. In Hinsicht auf Umfang und vielleicht auch in Hinsicht auf Ausstattung muss man vielleicht etwas zurückhaltender sein als beim Weber-Buch, da es eine ungeheure finanzielle Belastung wäre. Ich bitte Sie, mir eine Auswahl Ihrer Arbeiten zusammenzustellen, die Sie bringen möchten. Soll ich Ihnen die Photographien, die schon hier liegen, wieder zurücksenden? Wenn Sie mir die Reihenfolge der von Ihnen ausgewählten Bilder bezeichnen und das zusenden, was nach Ihrem Dafürhalten noch ausser den Mustern die ich schon hier habe in das Buch hinein soll, kann ich mir ein Gesamtbild machen. Ich wäre durchaus nich[t] abgeneigt, auch eine Novelle oder die »Albwanderung« mit hineinzunehmen. Jedenfalls erwarte ich Ihre ganz genau präzisierten Vorschläge. Ich würde natürlich auch damit rechnen, dass Ihr Freund Jünger die Einleitung schreibt.

Mit besten Grüssen bin ich

Ihr [Ernst Niekisch]

ERNST JÜNGER an RUDOLF SCHLICHTER

Goslar, 14. 1. 1936.

Lieber Herr Schlichter!

Ihre Ausführungen über die Bilder A. P. Webers haben mich nicht überrascht, obwohl ich da anderer Meinung bin als Sie. Es mag sein, daß ich in diesem Punkte mehr literarisch als aesthetisch urteile, aber gerade in Bezug auf die Zeichnung, die mich vor allem fesselt, gewährt auch dieses Verhältnis eine gewisse Ausbeute. Auch halte ich in künstlerischen

Dingen die Kategorien für weniger getrennt, als man gemeinhin denkt; Sie, der Sie nicht nur Maler und Zeichner, sondern auch Dichter sind, werden mir darin vielleicht beistimmen. Auch Ihre Bilder besitzen für mich literarische Anziehungskraft, etwa »An die Schönheit« bedeutet für mich Beschreibung im höchsten Sinn.

Ich hätte es gern gesehen, und habe Weber das auch gesagt, daß er die Graphik seiner früheren Zeit, in der noch Elemente der Jugendbewegung vorhanden sind, nicht mit aufgenommen hätte. Daß er nicht darauf verzichten wollte, ist jedoch zu begreifen; auch Sie möchten sicher dieses oder jenes Bild Ihrer Berliner Zeit nicht missen, obwohl Sie doch inzwischen ganz anderer Dinge fähig geworden sind. Ebenso hat die nicht farbige Wiedergabe von Gemälden immer etwas Mißliches. Was mein Bild, über das Sie schreiben, betrifft, so muß ich es als das beste bezeichnen, was bisher besteht - das, was Sie in Berlin von mir malten, eingeschlossen, denn dieses gibt, ebenso wie Ihr Portrait von Ernst v. Salomon, einen Zustand, in dem die geistige Bewegung die Gestaltung allzusehr überwiegt. Wenn Weber in seinem Bilde auch nur einen Zug, nämlich den der Melancholie, die mich beim Anblick dieser Zeit leider häufig befällt, festgehalten hat, so ist das doch eine Leistung, die ich zu würdigen weiß. Ich glaube freilich, daß auch Sie inzwischen diese Aufgabe ganz anders lösen würden; Ihr Bild von Speedy in der Mondlandschaft ist der beste Beweis, und das könnte mich fast verlocken, im Frühling noch einmal herüberzukommen.

Das, was mich jedoch die Arbeit Webers mit größter Aufmerksamkeit verfolgen läßt, sind Dinge ganz anderer Art. Der Genuß, den ich beim Betrachten mancher seiner Blätter empfinde, ist politischer Natur, und es gibt niemand, der die politische Neigung und den politischen Haß, den ich empfinde, auf eine Weise darstellen könnte, die der seinen gewachsen wäre. Aehnliches gab nur Kubin in seiner dämonischen Beschreibung des Unterganges der bürgerlichen Welt. Weber aber bedeutet für mich einen weiteren, wichtigen Schritt; was bei Kubin noch Schmerz bereitet, gewährt bei ihm schon ein Gefühl von grausamer Lust. In dieser Beziehung ist er einem noch nicht verwirklichten, politischen Zustande koordiniert, einem höchst gefährlichen Raum, der von einem unverletzlichen Auge gespiegelt wird. In dieser Ordnung aber kann von künstlerischen Wertungen im alten Sinne kaum mehr die Rede sein; beim Betrachten solcher Blätter werde ich eher an den unerbittlichen Charakter der Photographie erinnert, und ich möchte sie weniger in Alben und Kunstausstellungen, als an allen Litfaßsäulen angeschlagen sehn. Der Bildende Künstler hat heute die Aufgabe, uns zu zeigen, daß der Spaß einmal aufhören wird; die Zeit für Stilleben ist vorbei. Ob das durch die Schilderung des Schönen, des Häßlichen oder auf sonst eine Weise geschieht, ist einerlei. Ich erinnere Sie an Ihren geblendeten Mars, der auch nicht von Pappe ist. Ich vermute, daß es eine Art zu malen und zu zeichnen gibt, auf die der Tyrannenmord unmittelbar folgen muß.

Weber ist heute noch nicht viel über vierzig Jahre alt. Da er erst vor kurzem wirklich zu zeichnen begonnen hat, nehme ich an, daß er in drei Jahren eine Reihe von Caprichos vorlegen können wird, von denen ein Blatt wie das andere ist, und die allen faulen Dingen verderblicher sein werden als die Arbeiten Daumiers. Vielleicht sehen Sie sich unter diesem Gesichtswinkel seine Sachen noch einmal an, auch eingedenk der Regel, daß man einen Geist an seiner tiefsten Stelle ausloten muß.

Mit herzlichem Gruß, auch an Frau Speedy,

Ihr EJ.

RUDOLF SCHLICHTER an ERNST JÜNGER

Rottenburg, 2.11.36

Lieber Herr Jünger!

In Ihrer Beantwortung meiner Kritik am Weber'schen Buch sind verschiedene Punkte, die mir durch die Art Ihrer ganz persönlichen Betrachtungsweise bedingt erscheinen. Es will mir aber nicht einleuchten, warum Sie zwischen literarisch und ästhetisch eine Trennung machen. Auch ich halte die Kategorien für weniger getrennt, als man gemeinhin annimmt und was man auf Grund eines verabsolutierten Formalismus als unverbrüchliches Gesetz postuliert hat. Nun bin ich der Meinung, dass beide Tätigkeiten, die des Schriftstellers ebenso wie die des Malers oder Bildhauers, unter das Gesetz der Ästhetik fallen. Doch ist für mich dieses Gesetz keineswegs ein starres Prinzip im alten akademischen Sinn, sondern ein äusserst bewegliches Vehikel, das je nach dem Inhalt seine Gestalt immer wieder wandelt. Ich möchte so sagen, dass jede echte Schau das Gesetz ihrer ästhetischen Form in sich trägt. Nun kommt es natürlich auf den Grad der menschlichen Möglichkeiten an, die eine künstlerische Individualität in sich birgt. Je mehr Zugänge eine solche zu den vielfältigen Äusserungen des menschlichen Herzens hat, je tiefer die Lust- und Schmerzfähigkeit reicht, desto mehr wird sie Spannweite und psychologische Eindringlichkeit haben; desto tyrannischer und zwingender wird auch die Formgebung sein. Es ist eine eigentümliche Sache um den künstlerischen Ausdruck. Das »Wie« verrät meist mehr als das »Was«. Oder anders ausgedrückt, das sinnlich-geistige Erlebnis ist so stark, dass es Linie und Farbe eine umwerfende Prägnanz verleiht. Sie werden das am besten an der Wirkung studieren können, die das echte Kunstwerk auf den

Banausen ausübt. Seine Reaktion wird immer zunächst eine heftige, Affekt-auslösende sein. Solange ethische Begriffe und Ideen unverbindlich im Raume vagieren, wird er sich gerne davon unterhalten lassen. Es wird ihm aber sofort unbehaglich, wenn sie Gestalt und damit eine präzise und aggressive Form gewinnen. Denn die Unerbittlichkeit der Form, die sowohl das Schöne wie das Hässliche in unerträglicher Reinheit näher rückt, erregt seine Todfeindschaft. Deshalb hasst er Bot[t]icelli ebenso wie Hieronymus Bosch, Poussin ebenso wie Callot und Grosz ebenso wie Pikasso. Wohl aber fühlt er sich mit Oberländer und Heinrich Kley sofort in ihm adäquater Gesellschaft.

Übrigens bedauere ich nicht, dass Weber auch Arbeiten der Früheren Zeit veröffentlichte. Was einer ist, spricht sich meist, wenn auch oft noch unvollkommen, schon in seinen früheren Werken aus. Ich möchte eine ganze Reihe Arbeiten aus meiner Karlsruher und Berliner Zeit nicht missen. Es sind darunter Arbeiten, deren Springlebendigkeit und Unmittelbarkeit mir heute noch grosse Freude bereiten. Mancher Autor und mancher Maler erreicht sogar nie wieder die unmittelbare Eindringlichkeit und Frische seiner Erstlinge. Meine tristeste und sterilste Periode war die kurze Zeit, in der ich hundertprozentige Parteiideologie zeichnete. Aber auch der Aufenthalt in dieser Niederung war nicht umsonst. Habe ich doch dabei die unverlierbare Erkenntnis gemacht, dass die aktuell politische Tageskunst, der aktionswütige kalte, politische Pamphletismus immer nur auf Kosten der Substanz sein Dasein fristet. Künstler wie Daumier und Grosz werden dort banal, wo sie einer durchaus vergänglichen Tagespolitik ihren Tribut zollen; sie sind dort bedeutend, wo sie den Menschen in seiner Armseligkeit auf dem Weg alles Fleisches zeigen. Kubin ist deshalb eine so runde

Persönlichkeit, weil er ganz ohne politische Hinterabsicht seine Welt, die die Welt des zerbröckelnden Habsburgerreiches ist, darstellte. Er selbst ist ein Teil dieser Welt[,] trägt die Schauer ihrer Agonie im eigenen Fleisch und zwingt daher dem Beschauer seine Sicht, die Sicht des »Nicht anders sein könnens« auf.

Was Sie bei Weber als einen weiteren wichtigen Schritt bezeichnen, nämlich die Abwesenheit des Schmerzes, möchte ich zu Webers Gunsten als nicht zutreffend annehmen, denn es ist mir schlechterdings keine Kunst vorstellbar, die ohne den gewaltigen Antrieb dieser stärksten Emotion überhaupt möglich wäre. Gerade dies unterscheidet echte Kunst von kalter Artistik, die nur reproduzierend ist. Pathos im ursprünglichsten Sinn des Wortes ist Leidensfähigkeit überhaupt. Eine Kunst, die über das hinweg täuschen will, ist eine Täuschekunst. Auch die Lust ist ein Korrelat des Schmerzes. Und die grausame Lust, die Sie an Stelle des Schmerzes bei Weber sehen, erscheint mir als der Versuch, den Schmerz nicht wahrhaben zu müssen. Ich kenne Menschen, die, wenn sie das Wort Metaphysik hören, sich in eine wichtige Pose stellen und sagen: »Wieso Metaphysik, verstehe ich nicht!« Diese Menschen geben sich, gerade weil sie Metaphysiker sind, in der antimetaphysischen Pose des Nurempirikers (der Fall Bert Brecht). Ebenso geht es mit Menschen, deren Weltgefühl ein stoisches ist, sie leugnen auch den Abgrund, vor dem sie stehen und doch ist ihre Philosophie nichts anderes als eine Brücke über Abgründe. Man erfährt nicht, wie sie sich verhalten, wenn die Brücken krachen.

Ich weiss, wie die Sphäre der Gefährlichkeit Sie fesselt; doch meiner Ansicht nach ist das Leben überhaupt gefährlich, selbst das eines Salates, der von einer Schnecke langsam verzehrt wird. Insofern gibt es keine Stilleben. Schauen Sie sich einmal den Kohlkopf von James Ensor an, der in Dresden hängt. Da liegt die Dynamik einer Brisanzgranate drin. Wie anders ist diese Darstellung im Gegensatz zu denjenigen, die diese Gefährlichkeit nicht wiedergeben konnten. Alles ist eine Frage der Kraft, der Potenz, der metaphysischen Schau. Es ist bedauerlich, dass wir uns über all das nicht mündlich aussprechen können.

Nun möchte ich Sie noch in eigener Sache in Anspruch nehmen. Vielleicht wissen Sie schon, dass Herr Niekisch dem Plan, ein Buch von mir zu machen, nicht abgeneigt ist. Wir stehen zur Zeit diesbezüglich in Briefwechsel. Herr Niekisch schrieb allerdings, die Voraussetzung dafür wäre, dass Sie ein Vorwort dazu schrieben. Die Realisierung des Buches hängt also von Ihrer Zusage ab. Ich würde selbstverständlich eine positive Antwort von Ihnen mit Begeisterung begrüssen. Es würde mich freuen, wenn Sie mir bald darüber Nachricht geben könnten.

Zurzeit stecke ich bis über die Ohren in der Arbeit. Das Bild »Liebe in mondloser Zeit« ist dieser Tage fertig geworden. Ausserdem arbeite ich noch an einer Wettbewerbsache. Eine Newyorker Gesellschaft hat einen internationalen Wettbewerb für Illustrationskunst veranstaltet. Es sind eine Reihe englischer und französischer Romane vorgeschlagen. Ich habe mir »Die Insel der Pinguine« von Anatole France gewählt, ein köstlich freches Buch, das mir schon früher viel Spaß bereitete. Sie können sich vorstellen, welche Heidenarbeit das ist, zumal bis 15. März abgeliefert werden muss. Wenn auch hierbei nichts oder nicht viel herausspringt, so ist diese Arbeit doch insofern nicht umsonst, als ich mir damit Beziehungen schaffen und für eventuelle Auftragserteilung jederzeit gute Proben vorlegen kann. Zu alldem habe ich auch noch das erste Kapitel des dritten Bandes meiner Autobiographie angefangen. Es heisst: »1914. Die Verteidigung der Folterkammer«. Auch Speedy arbeitet an einem Roman, der sehr gut zu werden verspricht. Er führt den trivialen Titel »Der Lacher«.

In der Erwartung bald wieder von Ihnen zu hören, grüssen Speedy und ich Sie herzlich

Ihr Rudolf Schlichter

P.S. Hatten Sie noch keinen Erfolg mit Ihren Werbungen für meine Kunst. Woran liegt es, daß Ihre Hoffnungen getrogen wurden?

RUDOLF SCHLICHTER an ERNST JÜNGER
Rottenburg, den 25. II. 36.

Lieber Ernst Jünger,

Anbei eine Photo meines neuen Bildes »Liebe in mondloser Zeit«. Das Bild ist gut gelungen, die Tonwerte entsprechen im grossen Ganzen genau dem Original. Die Farbengebung ist folgende: Gewand der Frau weiss, die Schärpe hellrosa, die Schuhe zinnoberrot, Hautfarbe blassbräunlich (wie beim Akt), Haare blond; das Gewand des Mannes ist purpurrot, Westenausschnitt blau, Haare dunkelblond, Schuhe braun, Strümpfe weiss. Hintergrund dunkles Grün mit roten, weissen und gelben Dahlien und Chrysanthemen. Die Steinbank graurötlich mit Moos überwachsen. Abendhimmel kurz vor Sonnenuntergang. Die Stadt rötlichbläulich. Vielleicht gibt diese Beschreibung Ihnen eine ungefähre Vorstellung des Bildes.

Das andere Bild »An die Schönheit« ist zur Zeit mit dem »Ende blinder Macht« in Stuttgart. Ich habe beide zur Ausstellung der im März stattfindenden »Schwäbischen Kulturschau« gegeben. Ich bin nun neugierig, ob die Jury sich für eines der Bilder entscheidet.

Herr Niekisch hat sich bereit erklärt, das Buch zu machen. Ich wäre Ihnen dankbar, wenn Sie mir mitteilen würden, ob Sie die Vorrede dazu schreiben wollen. Sie wissen, ich lege grossen Wert darauf, meine Arbeiten von Ihnen besprochen zu sehen, zumal ich der Meinung bin, dass Sie Wesentliches darüber auszusagen haben. Da ich auf meinen letzten Brief von Ihnen noch keine Antwort erhielt, befürchte ich, dass mein Wunsch für Sie eine lästige Zumutung bedeutet.

Mit Herrn Fischer hatte ich einen sehr anregenden Briefwechsel. Er ist ein leidenschaftlicher Mensch, von einer heute seltenen Besessenheit für grosse und noble Passionen. Ich kann Ihnen nur versichern, er gefällt mir.

Nun eine Neuigkeit: wir wohnen ab ersten April in Stuttgart, Neue Weinsteige fünf. Es hat allerhand Mühe gekostet, eine passende Wohnung zu finden. Dreimal musste ich nach Stuttgart fahren, ehe ich das Richtige fand. Aber ich glaube, wir können mit dem, was wir jetzt gefunden haben, zufrieden sein. Der Umzug macht mir allerdings noch einiges Kopfzerbrechen, da unsere Mittel nicht allzu reichlich sind. Immerhin freue ich mich auf die neuen Perspektiven, die dieser Wechsel mit sich bringen wird.

Wir würden uns alle sehr freuen, wenn Sie diesen Frühling nach Stuttgart kämen. Es wäre dann möglich, Ihrem Vorschlag, ein Bild von Ihnen zu machen, näherzutreten. Diese Aufgabe interessiert mich ausserordentlich. Vielleicht ergibt sich dann diesmal auch die Möglichkeit, unsern gemeinsamen Plan einer Albtour zu verwirklichen. Seien Sie so gut, bald etwas von sich hören zu lassen.

Wir alle denken oft an Sie und grüssen Sie und Ihre Familie sehr herzlich

Ihr Rudolf Schlichter

P.S. Ich lege auch noch einen Abzug vom »Ende blinder Macht« bei.

ERNST UND GRETHA JÜNGER an RUDOLF SCHLICHTER
Goslar, Nonnenweg 4, 26.2.36.

Lieber Herr Schlichter!

Ihre »Liebe in mondloser Zeit« habe ich gestern abend lange betrachtet und meine Begier ist groß, das Bild in seiner farbigen Wirklichkeit zu sehen. Mein Bruder Friedrich Georg fühlte sich an den »Liebeszauber« erinnert - das Bild eines unbekannten Meisters in der Leipziger Galerie. Vor allem zieht mich die Luftleere des Raumes an, die Sie gut getroffen haben - der Anblick ruft den Wunsch nach einer Welt hervor, in der die Menschen ausgestorben sind.

»Vaste comme la nuit et comme la clarté,
Les parfums, les couleurs et les sons se répondent.«

Auch ich halte es für wichtig, daß eine Auswahl Ihrer Werke erscheint, und bin bereit, die Einführung zu übernehmen, ohne daß Ihnen oder Herrn Niekisch dadurch Unkosten entstehn. Es ist dies freilich keine ganz einfache Aufgabe; sie setzt voraus, daß ich mich im Laufe dieses Jahres noch eingehend mit Ihren Arbeiten beschäftige. Eine besondere Schwierigkeit liegt darin, daß ich Sie nach Ihrer Uebersiedlung noch einmal aufsuchen kann, um Ihnen einige weitere Geheimnisse abzulauschen. Vielleicht teilen Sie meine Zusage Herrn Niekisch mit, den ich bei seinem letzten Besuche bei mir dem Plane zugeneigt fand.

Ich habe in der letzten Zeit mit vielen Bekannten über Sie gesprochen; vielleicht haben Sie hin und wieder etwas davon gemerkt. Hier in Goslar, das schließlich auch nur ein norddeutsches Rottenburg ist, den Ankauf von Bildern zu vermitteln, ist jedoch schwieriger, als ich vermutete. Das mag auch die Rache des kleinen Mannes sein. Immerhin habe ich auch hierin meine Bemühungen noch nicht aufgegeben.

Mit herzlichem Gruß Ihnen und Ihrer Gattin

Ihr Ernst Jünger

[Zusatz von Gretha Jünger] Lieber Herr Schlichter, ich muss Ihnen doch noch meine Bewunderung dieses letzten Bildes ausdrücken, es hat auf uns alle den stärksten Eindruck hinterlassen. Die Blumen auf jedem Ihrer Bilder sind Gegenstand meiner besonderen Liebe. Ich muss mich meinem Mann einmal anschliessen, wenn er Sie in Stuttgart aufsucht, um die Originale zu sehen.

Ihnen und Spe[e]dy die herzlichsten Grüsse! Wir sprechen oft und gern von Ihnen.

Ihre Gretha Jünger

RUDOLF SCHLICHTER an ERNST JÜNGER
Rottenburg 28./3. 36

Lieber Herr Jünger!

Gerne hätte ich schon früher auf Ihren freundlichen Brief geantwortet, aber Sie wissen ja selbst, was die Vorbereitung eines Umzugs bedeutet. Das gewohnte Heim löst sich in seine Bestandteile auf, man irrt umher wie ein versprengter Soldat auf falschem Terrain, die Gegenstände fangen an, ein gewalttätiges Eigenleben zu führen, die Gesichter bekommen das Aussehen zerknitterter Photographien, Staubwolken ziehen über den Plafondhimmel u. zuletzt sitzt man wie eine verscheuchte Krähe über einer sonderbaren Trümmerwelt u. spürt des Daseins Grenzen in bedenkliche Nähe rücken. - Daß das Bild von Ihnen allen so gewürdigt wurde, ermutigte mich, umsomehr, als ich jetzt wieder eine neue betrübliche Erfahrung mit der »Öffentlichkeit« machte. Anläßlich der vom Reichspropagandaministerium (uff!) veranstalteten Ausstellung »Schwäbisches Kulturschaffen der Gegenwart« schickte ich das große Bild »An die Schönheit« nach Stuttgart. Dieses Bild wurde von der ersten Jury (Künstlerjury) angenommen, dagegen von der zweiten (weltanschaulichen) refusiert. Hätte ich nicht durch Freunde diese Tatsache erfahren, würde ich noch heute nicht wissen, was los ist. Der ganze Betrieb ist zum Verzweifeln.

Sie können sich denken, wie ich mich über Ihre freundliche Zusage, die Einführung für das geplante Buch zu schreiben, freue. Soeben habe ich Herrn Niekisch die gute Nachricht mitgeteilt. Die Schwierigkeit, von der Sie sprechen, »ein so sich bewegendes Objekt zu betrachten«, ist zweifellos da. Doch glaube ich, daß auch meine neuen Arbeiten nicht mehr als einen reineren u. geklärteren Ausdruck des auch in früheren Werken für den aufmerksamen Beschauer erkennbaren Weges darstellen. Wichtig erscheint mir, aus der Buntheit der Variabilität die Konstante herauszuholen und scharf zu umreißen. Es wäre natürlich gut, wenn Sie bei dem beabsichtigten Besuch noch einmal durch eine genaue Einsicht in das vorhandene Material Ihre Kenntnis bereichern könnten. Ich konnte Ihnen bei Ihrem letzten Aufenthalt leider nur weniges von den sehr aufschlußreichen Versuchen früherer Jahre vorführen. Das müßte diesmal nachgeholt werden.

Die Wirksamkeit Ihrer Bemühungen bei Freunden u. Bekannten habe ich wohl verspürt. Daß Werbeaktionen bei Bürgern nur langsam Erfolge zeitigen u. oft scheitern, muß man eben mit Gleichmut tragen. Ich weiß aus eigener Erfahrung, wie zäh der Widerstand sein kann, wenn man Menschen für ungewohnte Dinge gewinnen will. Die Indifferenz für alles, was nicht zum engeren Hausrat gehört, ist ein solider Wehrgraben gegen alle Angriffe der Kunst.

Übermitteln Sie auch die herzlichsten Grüße Ihrer Frau, deren Zeilen uns große Freude bereitet haben u. seien Sie selbst von mir u. meiner Frau herzlichst gegrüßt

Ihr Rudolf Schlichter

Teilen Sie bitte meine freundlichsten Empfehlungen Ihrem Herrn Bruder mit.
Unsere Freunde lassen Sie ebenfalls herzlich grüßen.
Meine neue Adresse ist ab 1. April: Stuttgart, Neue Weinsteige 5.

ERNST JÜNGER an ERNST NIEKISCH
Goslar, 9. April 1936

Wie Schlichter Ihnen vielleicht schrieb, versprach ich ihm einen Aufsatz über sein Werk, für den ich allerdings noch eine Reihe von Vorstudien als nötig erachte. Dadurch wird das Versprechen, das ich Weber gab, natürlich nicht hinfällig. Leider hat die nicht farbige Reproduktion von Gemälden immer etwas mißliches.

(...)

ERNST JÜNGER an ERNST NIEKISCH
Goslar, 21. April 1936

Was Schlichter betrifft, so will ich versuchen, im Laufe des Sommers einige Tage in Stuttgart zu verbringen, um mir alle seine Sachen noch einmal gründlich anzusehn. Das Mißliche ist der Verlust, den vor allem die Gemälde in der Wiedergabe zu tragen haben.

Von der Arbeit meines Bruders über den Begriff des Komischen verspreche ich mir viel Gutes; wie ich höre, kommt sie bei Ihnen heraus.

(...)

RUDOLF SCHLICHTER an ERNST JÜNGER

Stuttgart, Neue Weinsteige 5, den 25.5.36.

Lieber Herr Jünger!

Sie werden wohl schon von dem Missgeschick erfahren haben, das Herrn Niekisch's Verlag betroffen hat. Herr Niekisch besuchte uns anfangs Mai auf seiner Durchreise nach der Schweiz. Auf der Rückreise wollte er noch einmal für einige Tage hier Aufenthalt nehmen, um mit mir zusammen die Bilder für das Buch auszusuchen. Leider wurde nichts daraus, er musste auf dem raschesten Weg nach Berlin zurück. Von dort aus teilte er mir dann Näheres über die neue Kampagne mit, womit ihn die Reichsschrifttumskammer beehrte. Er hat mir auch einen Durchschlag von dem Wisch beigelegt, auf dem seine sämtlichen Verfehlungen paragraphiert sind. Das ist alles zum Kotzen! Bei aller Einsicht in die nun einmal nicht zu ändernde Situation wird es einem doch schwer, angesichts der sich häufenden Schikanen immer den nötigen Gleichmut zu bewahren. Sie können sich denken, wie ärgerlich es auch für mich ist, immer wieder den Weg in die Öffentlichkeit auf so dämliche Weise verbarrikadiert zu sehen. Es ist sehr fraglich, ob Herr Niekisch den Versuch, ihm den Garaus zu machen, noch einmal abwehren kann. Allem Anschein nach versucht man ihn jetzt endgültig zum Schweigen zu bringen. Damit wäre die letzte Position für freie Geister glücklich eingeebnet. Es lebe die Einbahnstrasse!

Wir haben uns nun hier einigermassen eingelebt. Die Wohnung ist sehr schön, geräumig hell und luftig. Sie liegt in Viertelshöhe am östlichen Hügel, der die Stadt abschliesst. Arbeiten konnte ich noch nicht soviel, weil ich mich zunächst um die Beschaffung einer finanziellen Basis bemühen musste. Das ist natürlich nicht leicht, zumal bei den Schwaben und speziell bei den Stuttgartern das Geld sehr fest sitzt, und man bei diesem Geschlecht von Dickköpfen und strebsamen Sparern viel Zähigkeit und Geduld aufwenden muss, um es zu lockern. Nicht umsonst werden die Hiesigen vom Volksmund mit dem schönen Beinamen »Klemmer« bedacht. Aber Geiz ist eine deutsche Haupteigenschaft. Immerhin, bis jetzt ging es ganz leidlich, und einige schöne Blätter habe ich trotz forciertem Kundendienst zuwege gebracht. Ich habe übrigens eine neue technische Möglichkeit (Ölkreide auf Papier) entdeckt, die mir viel Freude macht und auch sehr befriedigende Resultate zeitigte. Literarisch habe ich mich ebenfalls betätigt und zwar habe ich einen Stoff gestaltet, der mir schon lange am Herzen lag. Die Geschichte heisst »Kreuztragung«. Fünfzig Schreibmaschinenseiten liegen bis jetzt vor. Der Vorgang spielt sich in Jerusalem zwischen Neun und Zwölf Uhr ab. Es treten ausser den bekannten Gestalten sämtliche politische Parteien des römischen Judäa auf: Zeloten, Essener, Pharisäer und Sadduzäer. Ausserdem Legale und Illegale, Freiheitskämpfer, Intriganten und Spiessbürger; ferner Militärs, Verwaltungsbeamte, Ideologen, Spitzel, Räuber, Erpresser und Terroristen. Als Hauptquelle benütze ich den »Jüdischen Krieg« von Flavius Josephus. (Übrigens eine ausgezeichnete Schilderung mit guten realistischen Details.) Denselben Stoff plane ich als grosses Bild, ebenso eine Alexanderschlacht. Hierzulande werde ich wohl wenig Aussicht haben, das Buch zu veröffentlichen, und in der braven Schweiz wird man so etwas als Gotteslästerung bezettern. Aber kommt Zeit, kommt Rat!

Nun noch eine Frage: Sie hatten doch die Absicht, uns dieses Frühjahr zu besuchen? Auch Herr Niekisch sprach bei seinem letzten Hiersein davon. Wann dürfen wir Sie hier erwarten? Ich würde mich freuen, mit Ihnen die geplante Albtour unternehmen zu können. Es wäre auch sehr gut, wenn wir uns über alles, was uns bewegt, aussprechen könnten. - Was ist übrigens aus dem Interessenten für das »Wiesenstück« geworden? Sie baten mich doch damals um Preisangabe. Haben Sie meine Karte seiner Zeit erhalten?

Übermitteln Sie bitte Ihrer Frau und Ihrem Bruder unsere besten Grüsse und seien Sie selbst herzlichst von uns gegrüsst

Ihr Rudolf Schlichter

Herr Blessing u. Herr Sekler lassen Sie ebenfalls grüßen

RUDOLF SCHLICHTER an ERNST JÜNGER
Stuttgart 1./7. 36

Lieber Herr Jünger

Ihr Plan, im nächsten Frühjahr nach dem Süden überzusiedeln, erfüllt uns alle mit größter Freude. Wir sind selbstverständlich bereit, Ihnen bei der Wohnungsuche in jeder Weise zu helfen. Daß Sie Tübingen gewählt haben, verstehe ich; die landschaftliche Lage der Stadt ist außerordentlich schön u. wir haben uns damals, als wir nach Süddeutschland übersiedelten, die Wahl zwischen Rottenburg u. Tübingen schwer überlegt. Wir wären wahrscheinlich sogar nach T. gezogen, wenn wir dort eine passende Wohnung gefunden hätten.

Trotzdem möchte ich Ihnen meine Bedenken über Tübingen nicht vorenthalten. Die Erfahrungen, die wir mit der Kleinstadt machten, mahnen zur Vorsicht u. verlangen die gründliche Erwägung eines solchen Planes. Sie wissen, Tübingen ist voll Professoren, die Luft ist erfüllt von Klatsch u. der eingefrorene Akademikerdünkel, dem man allerorten begegnet, kann einem unter Umständen sehr auf die Nerven gehen. Herr Dr. Schmid, den Sie ja kennen, kann Ihnen davon einiges erzählen; er hat sich bei uns oft genug darüber beklagt, wenn er nicht gerade in romantischer Stimmung schwelgte. Hinzu kommt noch der Charakter der schwäbischen Bevölkerung; der Schwabe ist leicht indiskret u. neigt zur Promiskuität.

Sicher ist Tübingen eine reizvolle u. z. Teil auch sehr anregende Stadt, die vieles bietet, was die kleinen Städte des Nordens vermissen lassen. Man findet hier alles mögliche; vor allem viel Buntheit u. amüsante Hinterwäldlerei; Religionsstifter mit Aktentaschen u. Wickelgamaschen, St. Georgeritter, die papieren[e] blaue Blume im Knopfloch u. den unsichtbaren Papierhelm auf dem Kopf, Familienglück besingende Mediziner u. philosophierende Konditoren. Was dagegen unangenehm auffällt, ist die zunehmende Nivellierung im geistigen Bereiche, der man aber heute wohl nirgends mehr entgeht. Der Kreis von Menschen, die einen etwas angehen, wird immer kleiner. Sie sind überall verstreut u. es ist die Frage des persönlichen Glücks, wenn man sie findet. Daß wir unter der Tübinger Studentenschaft immerhin einige wertvolle Menschen gefunden haben u. daß man hin u. wieder Gesichtern begegnet, die den Wunsch der Ansprache erwecken, (vielleicht mehr als wo anders) könnte für diese Stadt sprechen. Doch gerade von diesen hört man die ständige Klage: Könnte ich diesem Nest doch den Rücken kehren!

Das wären die für u. wider. Nun möchte ich Sie fragen. Wie wäre es mit Stuttgart? Hätten Sie keine Lust zu dieser Stadt? Ihre Lage ist mindestens ebenso schön wie die Tübingens, wenn nicht noch schöner. Es gibt da auf den Höhen eine solche Menge großartiger Aspekte, daß einem die Wahl recht schwer würde, wenn man die Absicht hätte, sich hier irgendwo ein Haus hinzustellen. Diese Hügelstadt erinnert wohl am meisten von allen deutschen Großstädten an südliches Gelände. Sie hat vor Tübingen den Vorzug, auch ohne Meistersingerkulisse u. Butzenscheibenstil einen angenehmen u.. befriedigenden Eindruck zu hinterlassen. Außerdem kann man sich hier isolieren u. ist fast ebenso schnell in der Alb wie von Tübingen aus.

Abgesehen von meinem egoistischen Wunsch, würde ich es überhaupt begrüßen, wenn Stuttgart durch Ihre Anwesenheit einen Zuwachs an Menschen von Geist erfahren würde. Und ich habe das Gefühl, lieber Herr Jünger, diese Zeit erzwingt geradezu eine engere Fühlungnahme der wenigen Menschen, die entschlossen sind, ein gemeinsames Gut zu schirmen.

Im Übrigen kenne ich zu wenig die Gründe, die Sie zu Ihrem Wohnungswechsel bewegen. Vielleicht wäre es gut, wenn Sie mir einige Andeutungen darüber machten. Am besten wäre es freilich, wenn Sie uns besuchten u. wir die Angelegenheit mündlich besprechen würden. Sie könnten bei uns wohnen u. bei dieser Gelegenheit gleich die Möglichkeit der beiden Städte in Augenschein nehmen.

Ich erwarte Ihre Nachrichten u. grüße Sie u. Ihre Familie sehr herzlich

Ihr Rudolf Schlichter

RUDOLF SCHLICHTER an ERNST JÜNGER
Stuttgart 25./7.36

Lieber Herr Jünger

Ihr Entschluß, eventuell an das schwäbische Meer zu ziehen, findet unseren vollen Beifall. Als ich mich kürzlich mit Speedy dort einige Tage aufhielt, war ich überrascht von der Schönheit der Landschaft. Sicher trägt auch das Gefühl, allzu großer Inanspruchnahme der Nerven für einige Tage nach gastlicheren Gestaden ausweichen zu können, nicht wenig zu einer günstigeren Beurteilung dieses Landstrichs bei.

Über meine Arbeiten u. Pläne möchte ich mit Ihnen viel ausführlicher sprechen als dies in einem Briefe möglich ist. Doch kann ich Ihnen einiges andeuten. Schon während der letzten Rottenburger Zeit hat bei mir eine Art Krise eingesetzt, die sich in Stuttgart noch verstärkte. Hinzu kam noch ein lähmendes Gefühl der Ohnmacht, als ich mich wieder diesem alles fressenden Leerlauf einer sich mit insektenhafter Kribbligkeit bewegenden Masse gegenüber sah. Gleichzeitig tauchten auch allerlei Zweifel an der bisherigen Form der Ölmalerei auf. Es entwickelte sich in mir ein innerer Widerstand gegen die Zähflüssigkeit der kanonischen Maltechnik, ich empfand sie nicht mehr dem adäquat, was man heute ausdrücken muß. Nun beschäftige ich mich seit Monaten - zunächst allerdings mehr theoretisch - mit der Möglichkeit, das spröde Material aufzulockern; ich möchte ihm die Transparenz u. Spiritualität abgewinnen, die das Aquarell u. die graphische Darstellung auszeichnet. Das ist natürlich schwierig, weil beinahe vierhundert Jahre Tradition auf dieser Technik lasten. Das Aquarell hingegen ist in seiner heutigen Form ein Kind des neunzehnten Jahrh. u. bezeichnenderweise eine englische Erfindung. Das Ausdrucksmittel wird eben sehr weitgehend von den Strukturveränderungen der menschlichen Gesellschaft bestimmt. Ob hell-dunkel wie im aufklärerischen Baro[c]k, ob bunt u. grellfarbig wie im »finstern Mittelalter«, oder ob plein-air wie im romantisch-materialistischen 19. Jahrh., immer ist die Farbgebung eine Spiegelung des Raumes, in dem der Mensch lebt. Was ich wiedergeben möchte ist das seltsame Zwielicht, in dem alle Dinge stehen, u. zugleich die Härte, mit der sie sich im Raume stoßen. Die Vorstöße, die heute nach zwei sich scheinbar widersprechenden Richtungen erfolgen, vermitteln mir zwar höchst schmerzhafte aber desto fruchtbarere Choks. Ich meine damit einerseits die Bemühungen um ein unmittelbares magisches Urwissen u. Vermögen, die Beschäftigung mit den Urformen im Bereiche der Kunst, das neugewonnene Verständnis für die geheimnisvolle Wechselbeziehung zwischen Menschen u. Mächten; u. andererseits die nicht weniger erstaunlichen u. umwälzenden Erscheinungen im Bereiche der Technik. Es wird einem leicht schwindlig, wenn man sich das gigantische Unternehmen vergegenwärtigt, mit Hilfe phantastischer Erfindungen Zeit u. Raum zu verflüchtigen, um so den außerräumlichen u. -zeitlichen Mächten Paroli zu bieten. Vielleicht erinnern Sie sich dabei eines Aquarells, das ich vor Jahren malte u. das den Titel »Das einsame Gehirn« führt. Ich habe dort mit einigem Glück versucht, in Sinn u. Farbe dieser erschreckenden Hybris Ausdruck zu verleihen. Der grausige Versuch energiegeladener Hohlköpfe, Menschenmaterial wie Bazillenkulturen zu züchten, um dem Menschen u. damit auch Gott den Garaus zu machen, liegt zeitweise wie ein bleierner Traum auf der Seele. Obwohl ich zugeben muß, daß die Ungeheuerlichkeit des Vorganges auch für edlere Geister etwas faszinierendes haben kann. Was mich hierbei aber am meisten erschüttert, ist das immense Ausmaß an absoluter

Schlechtigkeit, das bei derartigen Versuchen zu Tage tritt. Ich meine dies keineswegs blos[s] moralisch. Betrachtet man z. B. an einem heiteren Sonntagnachmittag die Haut- Fleisch- u. Knorpelgebilde, die sich als Menschengesichter drapieren u. zwischen Industrieanlagen u. Erholungsstätten die Reste der Landschaft schänden[,] so stellt man unwillkürlich die Frage nach dem verborgenen Sinn solcher Erscheinungen. Dann beginnt Politik u. Soziologie zu versagen u. man dringt über Sportplätze u. hygienisch einwandfreie Wohnkolonien ins dunkle Reich unfaßbarer Dämonie vor. Diese im wörtlichsten Sinn grund- u. grenzenlose Schlechtigkeit, die doch wieder wie ein komprimiertes schwarzes Nichts alle Gestalt aufzusaugen droht, erschreckt mich tief, denn ich spüre, daß diese Finsternis auch Anteil an mir hat u. daß auf den Anruf aus jener Sphäre nur allzu willige Bereitschaft antwortet. Oft genug kommen auch für mich jene schlimmen Zeiten, in denen der Teufel los ist; unheimliche Gestalten fallen unversehens über mich her, verschaffen sich Eingang, besetzen meine Träume u. in meinem Zimmer geht es nächtlicherweile ungeheuerlich zu. Heimgesucht von solch unholden Wesen fühle ich meine seelischen Kräfte schwinden; das kalte Reich der Beziehungslosigkeit umfängt mich. Verzweifelt wehre ich mich u. suche das wärmende Du, aber eine dicke klirrende Kruste verhindert das Ergreifen der lebenspendenden Hand. Das Gespenst des Kältetodes taucht am Horizonte auf u. die Angst sitzt fletschend auf dem Throne. Dieses Vis à vis-sitzen dem absolut Bösen, das meist auch noch von allen Schaudern einer unbegreiflichen geschlechtlichen Lust begleitet ist, hat etwas unsagbar grausiges. Eine solche Aufspaltung des Gut- u. Bösekomplexes stürzt mich - ich gestehe es offen - immer wieder von neuem in Wirrnis u. schwerste Bedrängnis. Ist diese Dualität doch das fruchtbare Substrat meiner Produktion mit einer leider nicht unbedenklichen u. hemmungslosen Akzentuierung des Negativen. Das Wandern an Abgründen u. lustbetontes Schauen in die Tiefen der Verderbnis bezahlt sich teuer. Aber was will man machen, hier giebt es kein Kneifen, dem Zwang von Thesis u. Antithesis kann keiner entrinnen. Sehr treffend hat dies Hegel in dem großartigen Satze formuliert »... nur der Mensch, insofern er auch böse sein kann, ist gut«. Noch richtiger wird es, wenn das »kann« mit »muß« ersetzt [wird] wie Leop. Ziegler es vorschlägt. Nun, das künstlerische Schaffen wird weitgehend vom Bewußtsein dieses Zustandes bestimmt, ja ich möchte sagen, ist ohne ihn gar nicht denkbar (Von hier aus werden Sie meine damaligen Einwände gegen Weber besser verstehen.) Bei vielen hat es indes den Anschein, als ob das Bannen in Formen für sie die erlösende Synthesis sei; der zauberische Akt der Figurierung eines unheimlichen Seinszustandes im Bilde löst zweifellos bei vielen ein Gefühl der Befreiung aus. Doch zu jenen Glücklichen kann ich mich nicht zählen, weil ich stets die Erfahrung mache, daß dahinter erst die Entscheidung beginnt, die sich unaufhörlich wiederholt. Ach, lieber Ernst Jünger, es giebt schlimme Tage u. Monate, wo man fühlt, Entscheidungen sind über einen gehängt; man weiß es, man spürt es u. möchte doch so tun, als ob es Lappalien wären. Man windet sich, dreht sich, reißt Possen wie ein Clown oder fuhrwerkt herum wie ein Exzentriker zwischen seinen Requisiten. Ungut u. in latenter Wutbereitschaft drangsaliert man sich u. seine Nächsten, seine Nächsten, mit denen man das schwierige Unternehmen begann, eine Gemeinschaft zu gründen, die weder ein bürgerlicher Interessensbrei, noch eine literarische Klique mit gegenseitiger Beweihräucherungspflicht, noch auch eine brüchige Hierarchie im Kleinen, sondern eine Gesellschaft der Gleichen im unerbittlichsten Sinne des Wortes [ist]. Das ist schwer, glauben Sie es mir u. manchmal verzweifelnd, denn es erfordert soviel Takt u. soldatische Tugend, daß es mir als ein zur schweifenden Verpflichtungslosigkeit neigendes Wesen die schwerste Pein bereitet. Kennen Sie den Zustand, eine Notwendigkeit erkannt haben u. sich doch mit der rasenden Wut eines Kaliban dagegen sträuben? Die Schönheit lieben u. sie töten wollen, dem satanischen Hang zur Zerstörung aller Bindungen mit blindem Trotz fröhnen, auf dunkelsten Schleichwegen Lust schinden, in Tort u. Tücke wohl erfahren, besessen von kannibalischer Besitzesgier, und dabei sich selbst u. alle andern belügen mit den Miene des Unschuldspinsels, das ist das Grunderbe, das man in diesem Lande mitbekommt. In Fachkreisen nennt man das Schizophrenie, was ich schlichter mit dem guten deutschen Wort Herzlosigkeit belegen würde. Ich möchte jedem, der Einblick in dieses merkwürdige Wesen gewinnen will, raten, eine Zeitlang unter Schwaben zu leben. Dieser begabte Stamm ist vielleicht das erschreckendste u. einleuchtendste Beispiel jener seltsamen Spaltung, es ist sein Fluch u. seine Berufung, im mitteleuropäischen Raum das Ahriman u. Ormudz grinzig in seiner reinsten Ausprägung darzustellen. Man braucht nur einmal mit geschärftem Ohr der Sprache dieses Volkes zu lauschen. Es giebt wohl kaum einen Dialekt, der soviel charakteristische Bilder u. Wendungen für das Widerspruchsvoll[e] unserer Existenz hat, aber auch keinen mit einer solch abgründigen Fähigkeit »das Große zu beschmutzen u. das Erhabene in den Staub zu ziehen«. Dieser Dialekt enthält in nuce alle Möglichkeiten einer durchaus relativistischen Dialektik. Es ist ein Kreuz u. eine Lust, in dieser Zone zu leben. Und eine ständige Gefahr. Welch ein Unsinn, ein solches Phänomen zu irgend einem vagen Gemütsallerlei zu verharmlosen. Der große unglückliche Polterer Nietzsche hat etwas davon geahnt, als er riet, einmal unter Schwaben zu leben, um die abgründige Hinterfotzigkeit deutscher Philosophie zu erfahren. Aus der Unfähigkeit, diese Spaltung zu überwinden, stammt alle Formlosigkeit, aller Haß gegen das Gebändigte, gegen das Maß, all dies unerquickliche Mißtrauen gegen die Ästhetik. Nur der starke Schuß Romanitas u. ein Stück Orient, das auf dem Donauwege schon sehr früh in den schwäbischen Raum eindrang u. ihn durchsetzte, ermöglichte die erstaunlichen Erscheinungen im geistigen Bereiche. Für das übrige sorgte der dreißigjährige Krieg, der wohl nirgends so bedeutsame Spuren hinterließ wie gerade hier. Der Mann der Wasserkante u. der nordwestlichen Gefilde hat nach meinem Empfinden nie diese abgründige Doppelgesichtigkeit besessen, weshalb er auch von je fähiger war, seinen Gestaltwillen im Politischen auszuleben. Er ist bei aller Spöckenkiekerei doch eingleisig. -

Ich fürchte fast zu geschwätzig zu werden, aber da Sie von mir selbst eine Mitteilung über die Wurzeln meiner Gestaltung wünschen, versuche ich sie zu geben, so gut ich es vermag. Ich scheue mich deshalb nicht, Ihnen einige dichterische Versuche beizulegen, um diese Einsicht noch zu verstärken. Haben Sie Nachsicht mit dem oft unbeholfenen Stammeln[;] nehmen Sie sie hin als das was sie sind, als Bekenntnis. Sie geben, wenn auch noch unvollkommen, ein Bild meiner Welt, wie sie sich entwickelte u. entfaltete. Zugleich gebe ich Ihnen auch noch ein Fragment der »Kreuztragung« dazu. Ich bitte Sie, mir die Sachen, wenn Sie sie gelesen haben wieder zurückzusenden.

... Seit wir hier in Stuttgart hausen, bin ich noch nicht viel zur Produktion gekommen. Teils lag dies an dem verschärften Kampf um die materielle Existenz, teils auch an den neuen Eindrücken, die ich erst verarbeiten mußte. Trotzdem, der Wechsel ist fruchtbar, zwingt er mich doch erneut zur Überprüfung des bisherigen Weges. Übrigens hätte ich in Rottenburg nicht mehr weiterexistieren können. Das Legat, das ich vor einigen Jahren nach dem Willen meines verstorbenen Bruders ausbezahlt bekam, war aufgezehrt. Hier habe ich immerhin noch eher die Möglichkeit, Freunde meiner Kunst zu finden. Sie wissen, der Malerberuf hängt in viel stärkerer Weise vom Markt ab, als der des Schriftstellers. Es giebt nebenbei bemerkt hier einen bekannten Sammler moderner Kunst, der eine eigene Galerie u. von fast allen namhaften Malern Europas Bilder besitzt. In Süddeutschland wohl der einzige Sammler dieser Art. Der Mann hat Interesse an mir gewonnen u. bereits viele Arbeiten erworben. Das war mir eine große Hilfe. Von Rottenburg aus konnte ich diese Beziehung nicht so pflegen, wie es nötig ist. Solche Möglichkeiten darf man nicht unterschätzen.

Indes trotz aller Schwierigkeiten habe ich doch einiges geschaffen. Unter anderem auch eine neue Technik versucht u. damit eine sehr schöne Wirkung erzielt. Es sind Zeichnungen mit Farbstiften. Nun, Sie werden ja diese Sachen sehen, wenn Sie uns besuchen.

Verzeihen Sie mir, wenn ich Sie so stark mit meinen Angelegenheiten in Anspruch nehme. Aber wenn ich irgend einem Menschen das Vertrauen entgegenbringe, solche heiklen Dinge ohne Voreingenommenheit beurteilen zu können, so sind Sie es. Da Sie gewillt sind, über mich zu schreiben, so ist es sicher nicht ohne Nutzen, wenn ich Ihnen ein möglichst genaues u. unretouschiertes Bild meiner Person gebe.

Zu Ihrer Absicht, an den Bodensee zu ziehen, möchte ich Ihnen noch folgendes sagen: der Autor des Kochbuchs, das ich illustriere, sitzt am Bodensee. Er verbringt dort schon seit Jahren seine Sommerferien. Ich nehme an, daß er die Verhältnisse dort einigermaßen kennt. Wenn es Ihnen recht ist, schreibe ich ihm von Ihrer Absicht. Vielleicht weiß er etwas passendes. Er heißt Nebelthau u. war oder ist noch im Inselverlag, wo er Bücher über Obst- u. Gemüsebau veröffentlicht. Früher war er auch einmal bei der Hanseatischen Verlagsanstalt. Herr Nebelthau ist Norddeutscher (Bremenser) u. macht einen recht guten u. zuverlässigen Eindruck.

Speedy liegt z. Zeit an einem bösen Blasenkatarrh darnieder u. braucht viel Pflege. Herr Blessing ist seit drei Wochen in einem Schulungslager für Juristen, wo er zwei Monate lang körperlich u. geistig ertüchtigt wird. Zum Glück schlägt so etwas bei ihm nicht an. Also von den Herren, die Sie kennen ist z. Zeit nur Herr Sekler hier. Herr Wenger sitzt in Rottenburg u. bemüht sich sehr um eine neue u. prägnante Form seines Stils. Hie u. da besucht er uns für einige Tage. Er hat Ihr Buch »Blätter u. Steine« gelesen u. ist außerordentlich davon beeindruckt. Er hatte es hier u. ich habe den Aufsatz über den Schmerz angefangen. Leider mußte er das Buch wieder mitnehmen, da er es aus der Tübinger Bibliothek entliehen hatte. Das wenige was ich las, hat mir so gut gefallen, daß ich Sie bitte, (verzeihen Sie die Unbescheidenheit) mir so bald als möglich durch den Verlag ein Exemplar senden zu lassen.

Ich hoffe, Sie bald wieder als unser Gast hier zu sehen, u. diesmal vielleicht mit Ihrer Gattin. Wir alle grüßen Sie [in] herzlichster Freundschaft, ebenso Ihre Gattin u. Ihren Bruder

Und seien Sie von mir besonders herzlich gegrüßt

Ihr Rudolf Schlichter

RUDOLF SCHLICHTER an ERNST JÜNGER
Stuttgart 29./7.36

Lieber Herr Jünger

Inzwischen werden Sie wohl meine umfangreiche Sendung bekommen haben. Die Kreuztragung ist natürlich erst ein kleiner Teil des geplanten Buches. Das nächste, was käme, wäre die Erzählung des Lebens der Maria Magdalena, der Bericht des Nikodemus, die Aussagen eines griechischen Sophisten, die Ansicht eines römischen Senators u. Ritters u. so w. Das ganze soll dann im Zug des Kreuzträgers gipfeln, wobei der Mann Jesus nur wenige Worte sagt. Wie gesagt, das ist alles erst geplant. Nebenbei: die Figuren der polit. Verschwörer sind nach dem Leben gezeichnet. Modell standen dazu russische Bolschewiken, auch ein österreichischer Graf, der bei den Roten eine große Rolle spielte. Ich glaubte mir das erlauben zu dürfen, weil politisches Verschwörertum dieser Art unter bestimmten Umständen immer den gleichen Typus erzeugt. Das wurde mir übrigens durch den Bericht des Augenzeugen Flavius Josephus wieder vollauf bestätigt.

Doch das ist nicht eigentlich der Grund, warum ich Ihnen schreibe. Der Grund ist eine neue Schweinerei, die ich Ihnen berichten will. Ich habe mich noch einmal an einer öffentlichen Ausstellung beteiligt u. mir nun zum letzten Mal den sicheren Beweis geholt, daß mir der Weg in die Öffentlichkeit über das staatliche Ausstellungswesen endgültig verschlossen ist. Bei der Olympiaausstellung wurden drei Werke, die ich einschickte (darunter der Akt) refusiert. Der Areopag, der darüber zu bestimmen hatte, bestand aus einem einzigen Mann, nämlich dem Zeichner Schweitzer (zeichnet in der Brennessel unter dem Pseudonym Miölnyr) [!].

Der Bursche ist Rosenbergianer u. das sagt alles. Immerhin, ich habe nun den doppelten Beweis, daß ich auf einer schwarzen Liste stehe, daß man aber trotz Machtposition zu feige ist, einen Mann wie mich offen abzulehnen. Aber über dieses spezifisch deutsche Verhalten siehe: Hölderlin, Bogumil Goltz, Göthe u.a. Ich verliere darüber kein Wort mehr. Ja, ich möchte sogar sagen, ich bin froh, endlich habe ich es eindeutig bestätigt bekommen, nach welchen Gesichtspunkten gehandelt wird. Die Stuttgarter u. Berliner Erfahrungen haben jede Illusion, die ich etwa noch hatte, zerstreut.

Ich grüße Sie herzlich

Ihr Rudolf Schlichter

Von Speedy ebenfalls herzliche Grüße
[Am Rand] Herrn Nebelthau habe ich bereits Mitteilung von Ihrer Absicht gemacht u. gebeten, mir sofort Nachricht zu geben, wenn er etwas weiß

RUDOLF SCHLICHTER an ERNST JÜNGER
Stuttgart 4./8.36

Lieber Herr Jünger

Ihrem Wunsche entsprechend habe ich alle unsere Freunde von der neuesten Verleumdungskampagne gegen Sie unterrichtet. Die Methoden in diesem Lande, den Geist zu diskreditieren oder an jeglicher Wirksamkeit zu hindern, sind mannigfaltig. Was mich immer wieder erstaunt, ist die gigantische Feigheit dieser Literatur[-] u. Kunstwächter, die doch in der Macht sitzen, also ohne weiteres mit offenem Visier fechten könnten. Aber nein, man führt einen versteckten Kampf aus dem bequemen Dunkel der Anonymität. Stellen Sie einmal einen solchen geläufigen Scheißkopf, so kann er Ihnen noch nicht einmal gerade in die Augen schauen. Aus dem Hinterhalt - mitten ins Herz! So ist die fromme Absicht. Daß es zum Glück doch meist weit daneben geht, ist die Folge der diesen Krappülen anhaftenden Tölpelhaftigkeit. Dennoch, es ist schwer, eine solche Zwangsgesellschaft auf die Dauer ohne Schädigung seiner Gesundheit zu ertragen. Es giebt Momente, wo man sich scheut, auch nur zum Fenster hinaus zu schauen; kaum tut man es, fällt auch schon der Blick auf eine sich fröhlich produzierende Mißgeburt. Trüb, trüb sieht es aus in diesem mitteleuropäischen Raum.

Die Illustrierung des Kochbuches ist auch gerade kein Vergnügen, zumal Herr Nebelthau ein mäckliger Herr ist u. selbst keine klare Vorstellung von dem hat, was er eigentlich will. Was ich da z. Zeit treibe, ist ein mühseliges Kunstrobottertum. Das macht mich oft mißlaunig, denn die Zeit, die man auf solchen Kruscht verwendet, würde man lieber für substanziellere Dinge verbrauchen. Mich kotzt es an, auch hier Ideale befriedigen zu müssen, die sich verdammt der offiziellen optimistischen Olympiadenschnittigkeit nähern. Ich möchte oft bitter lachen wie der Milizer in meiner Kreuztragung, wenn ich solche Herren über die »Herbheit« meiner Zeichnungen stöhnen höre. Der verullsteinerte Gebrauchsklassizismus des mittleren deutschen Bildungsgehirns, u. dazu noch mit allem Komfort der Neuzeit ausgestattet, hat etwas Peinliches. Leni Riefenstahlklassik mit fußleidenden Industrieschloten garniert. Pappdeckelmythos in Betontheatern, moralingeschwängerte Sprechchöre, Amazonen mit Sozialversicherung u. Bankkonten im Hintergrund. »Gebundene Sprache« für Courths=Mahlerstimmungen u. Leibhusarenromantik. Schreiberlinge die mutig in Löwenfellen paradieren u. jedem Köter für Geld u. gute Worte Pfötchen geben. Mimen mit dem Herzen auf dem rechten Fleck u. guter Note im Betragen, Homoeroten mit Fortpflanzungsidealen u. Militärs mit Edelnis u. Sportgesinnung! So sieht das aus.

Herr Nebelthau bittet mich um nähere Angaben über Ihre Wünsche betr. Wohnung. Ich werde ihm mitteilen, was Sie mir darüber geschrieben haben. Er kommt diesen Donnerstag hierher, dann kann ich ja alles persönlich mit ihm besprechen.

Ich habe jetzt ein Bild angefangen »Zeitloses Antlitz«. In Öl! Dabei will ich einmal die aufgelockerte Technik versuchen; sie ev. mit Tuschetechnik kombinieren. Will sehen, was dabei herauskommt. Von Speedy habe ich ein sehr schönes Farbstiftblatt gemacht, ebenso habe ich in dieser Weise Herrn Blessing verewigt.

Für die Übersendung der »Blätter und Steine« danke ich Ihnen herzlich. Wir werden es in den kommenden Abenden gemeinsam lesen. Speedy ist wieder gesund, aber auch sie leidet sehr unter den Anfechtungen jener Melancholie, die heute jeden Menschen befällt, der sich dem Walten grinsender Wahngestalten fast wehrlos ausgeliefert fühlt.

Wir alle grüßen Sie u. Ihre Familie sehr herzlich. Und seien Sie vor allem von mir gegrüßt.

Ihr Rudolf Schlichter

GRETHA JÜNGER an RUDOLF SCHLICHTER
Goslar, d. 9. August 1936

Lieber Herr Schlichter,

das mir befreundete Wesen, das ein Bild von Ihnen als Hochzeitsgut mit in die Ehe zu bringen gewillt ist, nennt sich Hilde Gönnert, und wohnt in Berlin W, Kleist Strasse 36.

Ich möchte Sie bitten, ihr einige Photographien zu senden, die Sie sicher zur Hand haben. In Frage kommt wohl nur Öl, und als nähere Auswahl Landschaften, Blumenstücke, - ich weiss nicht, was Sie fertig haben und glaube, Ihnen den richtigen Tip zu geben, wenn ich Ihnen sage, dass benamstes Mädchen bürgerlich und sensibel ist, und vor dem »Ende der blinden Gewalt« erschrocken ist. Wählen Sie also das Sanftere, und wenn Sie ein Übriges tun wollen, schreiben Sie die einzelnen Farben und den jeweiligen Preis auf die Rückseite der Photographien. Ich werde ihr noch das Blumenstück senden, das ich sehr liebe, das aber wohl in Aquarell gemalt ist.

Ihr Liebespaar, »Liebe in mondloser Zeit« habe ich mir eingerahmt, da ich das Original nicht kaufen kann. Glauben Sie mir, dass ich einer Ihrer aufrichtigsten Bewunderer bin.

Wie geht es Speedy? Wir werden Sie im Herbst auf unserer Rückreise vom Bodensee aufsuchen, um eine Nacht lang mit Ihnen beiden den Becher zu schwingen. Es gibt so wenig gute Stunden in dieser Zeit. Der grosse Olympimpim verflacht noch das Wenige, was übrig bleibt.

Addio, wir hoffen, Sie werden Ihren nächsten Sommerurlaub in unserer Klause am Bodensee verbringen.

Ihnen und Speedy herzliche Grüsse!

Ihre Gretha Jünger.

Stuttgart 10./8.36

Lieber Herr Jünger

Anbei das Manuskript; ich würde mich freuen, wenn Sie es irgendwo unterbringen könnten. Am besten wäre vielleicht eine Schweizer Zeitschrift, denn ich glaube kaum, daß es, außer Herr Niekisch noch jemanden in diesem gesegneten Lande giebt, der den Mut aufbrächte, mich zu veröffentlichen. Aber vielleicht irre ich mich auch u. es giebt tatsächlich mehr als einen Gerechten unter den Verlegern Sodoms. Die Sache mit dem Maisbrot habe ich geändert, obwohl mir Herr Nebelthau versicherte, Mais gäbe es im Orient schon seit uralten Zeiten, er wäre etwas verschieden vom amerik.[anischen] Zuckermais u. hätte früher bei uns »türkisches Korn« geheißen. Aber das wissen wohl wenige Leser u. um Irrungen zu vermeiden, habe ich den Mais gestrichen.

Herr Nebelthau bittet mich, Ihnen zu sagen, Sie möchten ihm doch schreiben u. bezüglich des Komforts einige nähere Angaben machen; anscheinend hat er etwas, weiß aber nicht, ob es Ihnen zusagen würde. Ich gebe Ihnen also hier seine Adresse: Otto Nebelthau, Nonnenhorn a./Bodensee

Nochmals meinen herzlichsten Dank für Ihre Bemühungen. Grüßen Sie bitte Ihre Frau u. Ihren Herrn Bruder von uns. Und seien Sie selbst von uns allen herzlichst gegrüßt

Ihr Rudolf Schlichter

RUDOLF SCHLICHTER an GRETHA JÜNGER
Stuttgart, 14./8.36

Liebe Frau Jünger

Heute ging eine Anzahl Photos an Ihre Freundin Frl. Gönnert ab. Ich habe Ihre Ratschläge genau befolgt u. überall auf der Rückseite die Preise angegeben, ebenso habe ich versucht, die Farbengebung der Bilder zu beschreiben. Hoffentlich erschrickt sie nicht über die Preise. Sie wissen selbst, die Menschen haben manchmal merkwürdige Vorstellungen davon. Indes nehme ich an, Sie haben Frl. Gönnert darüber schon einige Tips gegeben. Ich danke Ihnen herzlich für Ihre Bemühungen, die mich tief rühren u. freue mich aufrichtig über das Verständnis, das Sie meinen Arbeiten entgegenbringen. Sie werden verstehen, wenn ich Ihnen sage, wie wohltuend es berührt, einem so direkten Verhältnis zu schönen Dingen zu begegnen; dies umsomehr in einer Zeit, die die Tüchtigkeit des Muskotenschweißfußes als oberstes Gesetz postuliert u. an Stelle von Kopf und Herz Registrierapparate einbaut. Wo Frauen zwar nicht zu Hyänen aber zu Leistungsmaschinen sowohl im Gebären als auch im Weitsprung gemacht werden. Allerorten ist jetzt »Keep smiling« zur Pflicht geworden u. jede Spottgeburt aus Mief und Herrin bemüht sich, ein smartverbindliches Lächeln auf die Fresse zu zaubern. Jedesmal, wenn ich diesen scheißfreundlichen Einbahnvisagen in den Zeitungen begegne, bekomme ich Kotzgefühle. - Sie haben recht, man hat wenig gute Stunden u. die rechten Freunde sind rar. Kunst u. Literatur sind läufig geworden und schwänzeln wonnepissend vor Demagogenthronen. Ich ahne, wie auch Sie leiden u. welche Abstriche Sie an manchem ragenden Monument vornehmen mußten. Wie wir alle! Diese Zeit reift u. nimmt den letzten Schmelz von faulenden Fossilien!

Wir freuen uns alle sehr, daß Sie diesmal mit hierher kommen. Speedy geht es wieder gut; sie hat eine böse Krankheit hinter sich. Schreiben Sie bitte vorher genau, wann Sie hier durchkommen, damit wir uns darnach richten können. Wir haben nämlich die Absicht, eine Woche auf der Alb zu verbringen. Schade, daß Sie so kurz hier sind, sonst hätten wir zusammen einen Abstecher dorthin machen können. - Doch aufgeschoben ist nicht aufgehoben; wenn Sie erst mal am Bodensee hausen, wird sich des öfteren die Gelegenheit geben, sich auf der Alb oder im schönen Donautal zu treffen.

Grüßen Sie Ihren Mann und Herrn Fr.[iedrich] Georg Jünger von uns u. seien Sie von Speedy u mir herzlichst gegrüßt

Ihr Rudolf Schlichter

RUDOLF SCHLICHTER an ERNST JÜNGER

Stuttgart 3./9.36

Lieber Herr Jünger

Beiliegendes Schreiben unterrichtet Sie von dem Unglück, das uns betroffen hat. Die Beschädigung des Bildes rührt ganz einwandfrei von einem Gewaltakt her. Es ist eines jener feigen u. tückischen Attentate, wie sie bei diesem heroischen Volke üblich sind. Hier hat wieder einmal ein gesinnungstüchtiger Schandbube seine verdrängten Affekte ausgelebt. Sie können sich denken, in welch unbeschreiblicher Gemütsverfassung wir uns befinden. Aus dem Dunkeln in so gemeiner Weise attaquiert zu werden u. sich nicht wehren können, macht einen krank. Man ist ja faktisch völlig ohnmächtig, denn ich glaube kaum, daß bei Weiterverfolg der Geschichte irgend etwas heraus kommt. Das geht wie seinerzeit bei den Steinwürfen durchs Fenster unserer Rottenburger Wohnung. Der Täter ist nicht zu ermitteln, heißt es dann! Ich muß froh sein, wenn ich überhaupt eine Entschädigung herausbekomme. Und selbst das ist noch äußerst unsicher. Den Schaden werde ich versuchen zu reparieren. Indes, das Bild bleibt lädiert, ganz wird sich das nie beheben lassen. Eine Narbe bleibt. Ich hätte gute Lust, das Bild so photographieren zu lassen als Dokument deutscher Kulturbelange.

Senden Sie mir bitte das anliegende Schreiben wieder zurück u. seien Sie von uns allen herzlichst gegrüßt

Ihr Rudolf Schlichter

Herzliche Grüße Frau Greta u. Ihrem Bruder
[Am Rand] Speedy ist sehr betroffen, sie fühlt das Attentat nicht nur gegen das Bild, sondern auch gegen sich selbst gerichtet.

RUDOLF SCHLICHTER an PAUL WILHELM WENGER
Stuttgart 3./9.36

Lieber Wully!

Deine Karte kam heute mittag an; das hast Du ja großartig erwischt mit dem Fahren; die Spießergesellschaft muß man dabei schon mit in Kauf nehmen, das läßt sich nun einmal nicht umgehen, wenn man an ihre gut fundierte Großmut appelliert. Ich hätte ja an Deiner Stelle ein mit hoher Stimme bestrittenes Gespräch mit ihnen geführt, dabei kommen oft groteske Situationen heraus.

Nun muß ich Dir meinerseits ein sehr trauriges Ereignis berichten, ein Ereignis, das uns alle sehr schwer traf. Denke Dir, als Dieter u. Ozef gestern das große Bild ›An die Schönheit‹ aus der Kiste packten, entdeckten wir m[itten] im Bild gerade [a]n der Obersch[enkel]partie e[inen] zirka 15 cm langen Riß. Bei näherer Untersuchung stellte es sich heraus, daß der Schnitt mit einem großen Messer gemacht wurde; die Wellpappen, mit de[nen] das Bild umgeben war, wiesen genau an derselben Stelle große Schnitte auf. Da das Bild in einer Gitterkiste verpackt war, war es dem [Schand]buben ein leichtes, zwischen den Latten durchzustechen. Daß es etwa aus Zufall auf dem Transport geschah, ist ausgeschlossen, dazu war der Tatbestand zu deutlich. Nein, das ist ein offenkundiges heimtückisches Attentat gegen mich! Du kannst Dir denken, in welcher Stimmung wir gestern abend waren. Man ist allmählig an vieles gewöhnt worden, aber diese neue u. unerwartete Form von Schufterei machte uns doch fassungslos. Wehrlos u. ohnmächtig dem Walten solcher Schweine ausgesetzt zu sein, stimmt trübe, sehr trübe. Wir haben sofort an den Berliner Spediteur Knauer als dem Verantwortlichen geschrieben u. Schadenersatz verlangt. Natürlich ist die Sache insofern schwierig als man nicht weiß, an wen man sich zu halten hat. Die Firma Knauer wird sich die Geschichte vom Hals schaffen wollen, indem sie sich auf den Standpunkt stellt, der Unfall hätte auch auf der Bahn oder auf dem Transport nach unserer Wohnung passiert sein können. Ich vermute, daß es noch in den Ausstellungsräumlichkeiten geschah, als das Bild schon wieder eingepackt zum Transport bereit dort stand. Allerdings muß es einer gemacht haben, der bei der Jury mit zugegen war u. der das Bild gesehen hat. Der Bursche wir[d] [sich] die Kiste gemerkt u. in einem u[n]bewachten Augenblick das Attentat ausgeführt haben. So stellen wir uns die Geschichte vor. Aber mag dem sein wie ihm wolle, es ist eine Affenschande. Und die reden von Marxistengräuel!!! Zur Not kann man ja den Schaden flicken, aber das Bild bleibt doch lädiert, ganz kann man das Unheil nicht zum Verschwinden bringen. - Wuwu war schwer deprimiert, fühlte sie sich doch in dem Bilde selbst auf die widerwärtigste Weise insultiert. O dieses Land u. diese feigen hintervotzigen Barbaren! Alles geschieht bei diesen vor Männerwürde u. Idealismus triefenden Lumpen anonym! - Wir wollen jetzt, ehe wir weitere Schritte unternehmen, die Antwort des Spediteurs abwarten. Schreibe mir gleich Antwort, wenn Du den Brief erhalten hast.

Mit herzlichem Gruß Dein alter

Rudolf

[Am Rand] Viele Grüße von Wuwu, ebenso von Dieter u. Ozef.

RUDOLF SCHLICHTER an ERNST JÜNGER
Stuttgart 10./9.36

Lieber Herr Jünger

Sie haben recht, man muß wahrscheinlich in absehbarer Zeit noch mit einem Steigen der Pöbelflut rechnen. Die alten gemütlichen Einteilungen in rechts u. links haben erzieherisch ihren Sinn verloren. Das Untertanentum ist in allen Lagern gleich stark vertreten. Restauration oder Revolution, alle bedienen sich des gleichen ekelhaften Vokabulariums, gemixt in der Sudelküche des kleinen Mannes.

Rechts leiden sie an pathologischen Sexualverdrängungen u. Moralinkrätze u. links kranken sie am humanitären Aussatz u. an Gehirnversandung. (Die letzteren haben wenigstens den einen Vorzug, daß sie keine alten Vogelscheuchen wie Familienschwindel u. Sippenwahn hieratisch aufmutzen) Unsereiner kann sich nur noch überlegen, wie er, ohne größere Havarie zu erleiden, glücklich zwischen Skylla u. Charybdis hindurchsegelt. Das spanische Schauspiel betrachte ich mit gemischten Gefühlen. Die Herren Franco u. Mola genießen indes keineswegs meine Sympathie mit ihrem Gefolge von Geldraffern u. Baalspfaffen. Was die hiesige Berichterstattung angeht, so muß ich sagen, sie übertrifft sich selbst

In dem Delikt, das mich betroffen hat, ärgert mich vor allem die feige Anonymität. Und dieser Typ ist heute geradezu gesetzlich geschützt, was in der vielverlästerten liberalistischen Ära sicher nicht der Fall gewesen wäre. Ich las kürzlich in einer Schweizer Zeitschrift wieder einmal Äußerungen des vortrefflichen Jakob Burckhardt u. war erstaunt über die prophetische Hellsicht dieses gescheiten Mannes. Für einen solchen Geist gebe ich ein ganzes Schock dieser deutschen philosophierenden Tintenfische hin.

Nun eine Frage: Ich habe vor einiger Zeit an die von Ihrer Frau empfohlene Interessentin in Berlin eine Anzahl Photos mit einem Brief abgeschickt, aber noch keine Antwort erhalten. Fragen Sie doch einmal Ihre Frau, ob sie vielleicht Nachricht bekommen hat. Wir sind z. Zeit wieder einmal schrecklich im Druck u. eine baldige Entscheidung könnte uns von der jetzigen finanziellen Atemnot schnell befreien.

Herr Niekisch hat bei mir angefragt, ob ich schon die Arbeiten für das geplante Buch ausgesucht hätte. Anscheinend ist er nun doch in der Lage, die Sache in Angriff zu nehmen.

Außerdem schickte er mir noch die Druckbogen des neuen Werkes Ihres Bruders »Über das Komische« mit der Anfrage, ob ich Lust hätte, den Umschlag dafür zu machen. Sagen Sie bitte Ihrem Bruder, daß ich das Buch schon durchgelesen habe u. vorzüglich finde. Es ist ein sehr wesentliches Büchlein. Speedy ist ebenso begeistert, hätte aber gern noch manches zum Kapitel »Ironie« gesagt. Diese Frage beschäftigt sie gerade sehr stark. Aus der Lust an dem Buch kam mir auch sogleich eine Idee, die, wie ich glaube, sehr bildhaft u. dem Inhalt angemessen ist. In einem unwirklich seltsamen Raum purzeln eine Anzahl grotesker menschlicher Figuren, Pflanzen u. Gegenstände wild durcheinander. Aus dem kuriosen Trubel ragt geisterhaft groß u. einsam das Haupt der Pallas Athene. Das Ganze vielleicht in zwei Farben (blau u. grauschwarz auf hellem Grund). Können Sie sich das ungefähr vorstellen? Fragen Sie bitte Ihren Bruder, ob er damit einverstanden wäre. Ich bin auf jeden Fall besessen von der Idee. Auch Speedy findet sie gut. –

In der Bildangelegenheit ist leider nichts zu machen. Der Spediteur lehnt jede Entschädigung ab mit der Begründung, es könne ebenso gut auf der Eisenbahn oder auf dem Transport vom Bahnhof in mein Haus oder im Hause passiert sein. Leider war das Bild, wie ich nachträglich erfuhr, auf dem Rücktransport nicht versichert, was Pflicht der Ausstellungsleitung gewesen wäre. Früher in der Verfallszeit war das üblich, aber im Reiche der Ordnung und Sauberkeit gilt anderes Brauchtum. Ich hatte es auf dem Hinwege jedenfalls versichert. Übrigens scheint der Schaden bis zu einem gewissen Grade reparierbar, wenn auch eine Spur immer bleiben wird.

Ich hoffe, daß wir Sie bald hier begrüßen können. Bis dahin grüße ich Sie herzlich in treuer Freundschaft

Ihr Rudolf Schlichter

Speedy dankt sehr für Ihre lieben Grüße
[Am Rand] Übermitteln Sie auch Frau Greta u. Ihrem Bruder die herzlichsten Grüße.

GRETHA JÜNGER an RUDOLF SCHLICHTER
Goslar, den 11. Sept. 1936.

Lieber Herr Schlichter,

die Dame Hilde ist auf Hochzeits-Tournée, und das schon seit einiger Zeit. Dies ist der Grund zur Verzögerung. Ich schreibe ihr jedoch mit gleicher Post an die Berliner Adresse, und hoffe, man wird es ihr nachsenden. Im Uebrigen wünsche ich Ihnen einen Verkauf, der Sie einigermassen zufrieden stellt; ich bin auch dauernd auf der Suche nach Käufern, die sich leider Gottes in diesem Wüstenbabel nur selten finden lassen. Nach 50 Jahren wird man sich wie die Schar der Gläubigen um Ihre Bilder drängen; nur werden Sie dann leider nicht mehr in der Lage sein, ihnen Absolution erteilen zu können. Das heisst, meine durchaus heidnischen Wünsche gehen dahin, sie samt und sonders rösten zu lassen.

Speedy geht es wieder besser, das erfreut mein Gemüt. Wir werden Mitte Oktober auf der Fahrt nach dem Bodensee bei Ihnen vorsprechen. Schon erhielten wir ein sehr günstiges Angebot von dort; es ist möglich, dass wir uns mitten auf dem Lande niederlassen, um Hof und Stall mit dem viel gepriesenen Federvieh und dem nötigen Geschrei der Söhne zu erfüllen.

Hier in Niedersachsen lebt ein gar zu kümmerliches Geschlecht, von Frauen gar nicht erst zu reden. Speedy würde allsogleich statt der Virginia, die sie auf dem Spreedampfer genoss, eine Brasil mit Selbstentzündung von Giftgasen auf sie loslassen.

Denken Sie noch manchmal an die Abende in der Stralauer Allee zurück, wo wir die Puterbeine schwangen, und den Erzählungen über den Geischt des Urian lauschten? Das waren noch kleine Oasen im Vergleich zu den folgenden Jahren. Indessen bin ich nicht böse über die Erfahrungen, die wir gemacht haben. Es ist wie die Prosa eines Buches: man wird sich über den Stil erst im Klaren sein, nachdem man in allen möglichen und schlechten Winkelbuchläden zu Hause war.

Ich danke Ihnen herzlich für Ihren Brief, und freue mich auf Ihre Bilder. Die Photographien können unmöglich alles wiedergeben.

Ihnen und Speedy herzlichste Grüsse

Ihrer Gretha Jünger.

GRETHA JÜNGER an RUDOLF SCHLICHTER
[Goslar, 29. 9. 1936]

Lieber Herr Schlichter,

herzl. Dank für Ihre Karte! Meine Reise verschiebt sich um einen Tag. Ich werde am Sonnabend Morgen gegen 11 Uhr bei Ihnen vorsprechen, und freue mich sehr auf unser Wiedersehen. Mit herzlichen Grüssen auch von meinem Mann

Ihre Gretha Jünger.

ERNST JÜNGER an RUDOLF SCHLICHTER
Goslar, 18.10.36.

Lieber Herr Schlichter!

Ihre Zeilen erreichen mich im Trubel des Aufbruches. Ihr Bild habe ich leider nicht gesehen; ich hole das im Frühling nach. Ihre Widmung bereitet mir Vergnügen; sie bedeutet für mich eine der wenigen Auszeichnungen, die ich unter den gegenwärtigen Umständen annehmen darf.

Morgen früh reise ich ab. Ich werde mich bemühen, auch für Sie einige Farben des fremden Continentes zu beobachten und sie Ihnen durch die Schilderung zu übermitteln, denn die Farbe und das Wort sind verwandt; hierauf gründet sich die Verwandtschaft, die zwischen dem Maler und dem Autor besteht.

Am Schwäbischen Meer werden wir uns hoffentlich öfter sehn. Ihnen und Frau Speedy meinen herzlichen Gruß

Ihr Ernst Jünger

RUDOLF SCHLICHTER an GRETHA JÜNGER
Stuttgart, 20.10.36

Liebe Frau Jünger

Hat Ihnen Ihre Freundin schon mitgeteilt, ob das Pastell ihrem Geschmack zusagt? Die Frage des Preises ist natürlich bedauerlich, denn eine solche Arbeit gebe ich, offen gestanden, nicht gern zu reduziertem Preis weg. Aber was soll man tun, wenn einerseits soviel guter Wille sich bewies u. andrerseits mein Schornstein rauchen muß! Da bleibt nichts übrig als ja zu sagen. Vielleicht wird mir dieser

Schmerz etwas gemildert, wenn Sie es mit geschickter Beredsamkeit fertig brächten, Ihre Freundin zu einer früheren Zahlung zu bewegen. Für den Dienst, den Sie mir damit leisteten, würde ich Ihnen sehr dankbar sein. Hoffentlich zeigt sich bald am Horizont jene Gestalt, auf die wir es abgesehen haben.

Ich denke viel an Ihren Mann u. bin neugierig, Nachrichten über seine stürmische Fahrt zu erfahren. Es wird wohl keine Kleinigkeit sein, aber seine Beziehung zu den Elementen wird ihn die Fährnisse der Reise gut überstehen lassen. Wir alle in unserm Haus, die ihn lieben u. verehren, wünschen ihm großes Glück.

Ihre Nachricht, daß Sie schon am 15. Dezember die Fahrt nach dem Süden antreten, hat uns sehr begeistert. Speedy hat dauernd vor, Ihnen zu schreiben, aber sie möchte zuviel auf einmal sagen, daher bleibt sie still. Ihr Besuch hat ihr eine ganz besondere Freude gemacht; sie hat Sie wirklich sehr lieb.

Übermitteln Sie bitte meine herzlichsten Grüße Ihrem Herrn Schwager Fr.[iedrich] Georg Jünger u. seien Sie selbst freundschaftlich von uns allen gegrüßt

Ihr Rudolf Schlichter

ERNST JÜNGER an RUDOLF SCHLICHTER
Para, 8.11.36.

Lieber Herr Schlichter!

An den Ufern des Rio Para beobachtete ich für Sie eine schöne große Spinne, aber nicht behaart, sondern moosgrün mit gelber Rückenzeichnung. Sie hätte sehr wohl einem Colibri das Blut aussaugen können. Ich fühle mich hier sehr wohl. Ihnen u. Ihrer Gattin die besten Grüße

Ihr Ernst Jünger

ERNST JÜNGER an RUDOLF SCHLICHTER
Rio de Janeiro, 22. 11.36

Lieber Herr Schlichter!

Aus dieser Residenz des Sonnengottes meinen Gruß. Hier könnte eine künftige Hierarchie ihre Capitale bauen. Endlich fand ich auch einen Ort, an dem mir die Sonne genügt. Ich hatte in den Wäldern schon eine große Spinne für Sie im Glas; leider entkam sie, als ich es wieder öffnete. Ihnen u Frau Speedy herzl. Grüße

E. J.

GRETHA und ERNST JÜNGER
an SPEEDY und RUDOLF SCHLICHTER
[Überlingen, 16.1.1937]

Liebe Frau Speedy,

was ist in den grossen Sohn des Schwabenlandes gefahren, dass er sich so in Schweigen hüllt? Ich hätte Sie gern auf meiner Hinfahrt in Stuttgart gesehen, da ich jedoch keine Antwort erhielt, glaubte ich, Sie nicht anzutreffen. Auf dieser Karte bezeichnen Pfeil und Punkt unser neues Haus. Sie müssen uns bald besuchen, im Februar erscheint auch Friedrich-Georg. Ihnen Beiden herzlichste Grüsse

Ihre G. Jünger

[Zusatz von Ernst Jünger]

L. H. S. Aus Brasilien zurück. Wie ich von Weber höre, besteht nach Abzügen seines Portraits Nachfrage. Vielleicht versuchen Sie es einmal mit einem Ihrer gloriosen Hintergründe. Ihnen beiden beste Grüße E.J.

RUDOLF SCHLICHTER an ERNST und GRETHA JÜNGER
Stuttgart 19./1.37

Liebe Freunde!

Unser Schweigen, das Sie mit Recht bemängeln, hatte seinen Grund in einer Kette von Widrigkeiten, die uns seit Schluß meiner Ausstellung heimsuchten. Zuerst befiel mich eine hartnäckige Grippe, die mich für drei Wochen arbeitsunfähig machte. Hinzu kam noch eine schwere seelische Depression, deren Hauptursache der unerträgliche Druck war, dem man unter diesen verabscheuungswürdigen Knoten ständig ausgesetzt ist. Als ich wieder einigermaßen gebrauchsfähig war, bekam Speedy die Grippe. Leider blieb es nicht bei der Grippe, sie bekam auch noch am Goldfinger der linken Hand eine schlimme Nagelwurzelentzündung, die in eine kleine Blutvergiftung überging. Anscheinend hatte sie sich beim Schneiden der Nagelhaut mit einer nicht ganz sauberen Schere verletzt. Der Finger mußte aufgeschnitten u. die vereiterte Wurzel gekürzt werden. Sie können sich denken, daß die Schmerzen, die sie aushielt, nicht gering waren. So etwas zieht den ganzen Organismus in Mitleidenschaft. Es hätte nicht viel gefehlt u. es hätte ihr den Finger oder den Arm gekostet. Die Operation geschah gerade noch zur rechten Zeit, sozusagen fünf Minuten vor zwölf. Zu gleicher Zeit stieg Herr Blessing mit einer leichten Grippe ins Examen.

Unser trautes Heim glich zeitweise einem Lazarett. Jetzt sind wir alle wieder notdürftig hergestellt u. haben nur noch die Nachwehen zu überwinden.

Mit der Nichtbeantwortung Ihrer Karte, liebe Frau Jünger, verhielt es sich so. Wir haben den Sinn Ihrer Worte so verstanden, daß Ihr Besuch eine fest abgemachte Sache sei u. haben Sie an jenem Tag erwartet. Wir waren erstaunt, als Sie nicht kamen. Hinterher nahmen wir an, daß Ihr Aufenthalt in Stuttgart zu kurz war, um den versprochenen Besuch zu machen.

Meine »Kreuztragung« ist trotz aller Miseren weiter gediehen, ebenso der Roman Speedy's. Diesen Donnerstag fahre ich nach Berlin, um die verschiedenen Verlagsmöglichkeiten abzutasten. Bei dieser Gelegenheit will ich auch versuchen, eine Revision meines Ausschlusses aus der Schriftkunstkammer durchzusetzen. Viel Hoffnung habe ich allerdings nicht; ich will es aber dennoch versuchen, da ich immer wieder die Erfahrung mache, daß kein Verlag den Mumm hat, etwas von mir zu nehmen, solange dieser Ausschluß besteht.

Über Ihre schöne Wohnung freuen wir uns außerordentlich, noch mehr aber freuen wir uns auf den ersten Besuch dort, der, wie ich hoffe, recht bald, wenn möglich in den ersten schönen Vorfrühlingstagen, stattfinden wird. Es kann sein, daß ich selbst schon früher bei Ihnen erscheine. Auf Ihren Bericht von Ihrer Reise, lieber Herr Jünger, bin ich ordentlich gespannt. Ihre schönen Karten, für die ich Ihnen nachträglich danke, haben mich sehr angemacht, Ihnen baldmöglichst nachzueifern. Ich vermute, daß die Ausbeute Ihrer Reise nicht unbeträchtlich ist. Schade, daß Ihnen die Spinne, womit Sie mich erfreuen wollten, entwischt ist.

Ein Porträt von Ihnen mit einem »gloriosen Hintergrund« reizt mich schon lange, Ihre Anregung ist mir dazu noch eine erfreuliche Bestätigung. Ich hoffe, daß ich im kommenden Sommer oder Herbst Gelegenheit finde, unser beider Absicht zu verwirklichen.

Wir alle grüßen Sie beide sehr herzlich

Ihr Rudolf Schlichter

Übermitteln Sie auch Herrn Fr.[iedrich] Georg Jünger unsere Grüße.

RUDOLF SCHLICHTER an ERNST NIEKISCH
Stuttgart, Neue Weinsteige 5, den 5. III. 1937

Lieber Herr Niekisch!

Ihr Buch habe ich gelesen. Es hat mich sehr stark beeindruckt, sowohl durch die präzise Diktion, als auch durch die flüssige Klarheit des Stiles, der ohne Ächzen und lederne Gewichtigkeit ein kompliziertes Thema bewältigt. Die Leichtflüssigkeit Ihrer Sätze hat mich begeistert, denn eine solche Fähigkeit ist hierzulande selten. Besonders gefiel mir der Abschnitt »Zwischenspiele«. - Zu den im Buche verfochtenen Anschauungen sage ich im grossen Ganzen Ja; aber das Endresultat Ihrer Untersuchungen leuchtet mir nicht ganz ein. Für mich beginnt die Frage dort, wo das Buch aufhört. Das »Wovon lebt der Mensch« beschäftigt mich nur insofern, als ich meinen Frass auf irgendeine Weise erjagen oder finden muss und deshalb in Beziehung zu anderen trete. Weit mehr beschäftigt mich die Frage: Was ist der Mensch! Nun kann man diese Dinge im Grunde nicht trennen; was jedoch meist geschieht, entweder durch die Verabsolutierung der einen oder der anderen Frage. Wenn ich nach dem

Menschen frage, so meine ich natürlich nicht jenes abgezogene Wesen der bürgerlichen Aufklärung, sondern jenes seltsame komplexe Wesen, das man immer wieder in Verruf bringen und immer wieder zum Verbrecher gegen irgendeine Ordnung stempeln muss, um es für diese jeweilige Ordnung brauchbar zu machen. Das seit Anbeginn nacheinander als ein Gefallener und Abgefallener, Sünder, Unreiner, Barbar, Fremdling, Verräter, Frevler, Paria, Parasit und zuletzt als Bürger figuriert. Es scheint doch, dass die totale Ideologie immer wieder am totalen Menschen scheitert, weil dessen eigentliche Natur stets überdeckt und daher kaum erkennbar ist. Dieser verborgene Kern, den man gerne als Restbestand bezeichnet, geht in der Rechnung nicht nur nicht auf, sondern schwillt sogar oft zu einer unverhältnismässigen Grösse auf. Daraus entsteht jene tragische Spannung, welche die Dichter aller bewussten Zeiten beschäftigte.

Das ist ja das aufregende an diesem Wesen, dass es alle Möglichkeiten der uns bekannten Natur in sich trägt. Während der Löwe nur Löwe sein kann und der Büffel nur Büffel, kann dieses verdammte Monstrum alles sein: Löwe, Affe, Hornochse, Herdenvieh, Einzelgänger, Gruppenwesen; kriechendes Reptil und Ameise, Molluske und Schalentier. Deshalb hinkt ja jeder Versuch zu absolutem Vergleich. Einmal behauptet man er sei wie die Ameise und müsse Planwirtschaft treiben, dann wieder er gleiche dem Adler. Ein andermal beschimpft er sich als Affe, dann wieder als Hund, dessen Eigenschaften er andererseits wieder zur höchsten Tugend verklärt. Es gibt Krapülen, die haben die Gepflogenheit von Spinnen, und andere sind von der unersättlichen Gefrässigkeit der Tiefseeungeheuer. Man sieht da nicht durch! Je mehr die Ideologien simplifizieren, desto bunter entfaltet sich die Species. Neuerdings hat man sogar, weil man sich über die Viechseigenschaften zu erheben glaubt, zum Gebrauchsgegenstand als Symbol gegriffen. Das verrät idealistisch-theologischen Instinkt: Früher Schlüssel u. Kelch, heute Hammer, Sichel und Spaten! Indes wächst unter der Werkzeugsymbolik wie gewöhnlich die Viecherei und sprengt eines Tages den Laden. Das ist alles sehr geheimnisvoll wie die Magie der Tibeter.

An die imperiale Kraft des Arbeiters glaube ich nicht. Dazu fehlt ihm der selbständige Trieb, da er ja nur getrieben wird, von dem, was er zu treiben glaubt. Er ist nicht frei und zu sehr Apparatschi[!], um einen treffenden russischen Ausdruck zu gebrauchen. Wie der alte Mensch der Scholle, ist dieser neue Adam dem Werkzeug und seiner Funktion versklavt, d.h. der Maschinerie. Da er ein Teil von ihr geworden ist, kann er nicht über ihren Funktionen stehen und sie dirigieren - dazu gehören andere Kraftquellen -, sowenig wie der Schollenbauer und Pfahlbürger über sich hinaus in den Bereich des »ewigen Römers« gelangen konnte, solange er in die landschaftliche und ständische Gliederung gefesselt war. Dass der tatarische und mongolische Steppenhirt, eingespannt in die zermalmende Gleichförmigkeit des laufenden Bandes, sehr schnell seine vitalen Reserven verbraucht und zum geduldig blickenden Siedelungsbewohner wird, also als schöpferischer revolutionärer Typ kaum mehr in Betracht kommt, ist nach den Erfahrungen z. B. in China und anderwärts wohl kaum mehr zu bestreiten. Zur imperialen Kreation gehört mehr als nur nutzbare Eigenschaften, sonst entstehen höchstens kleine Bauern- und Bürgerrepubliken, im heutigen Fall menschewistische Arbeiterländchen. Von der Nähe gesehen bieten Techniker, Ingenieure, Chemiker, Monteure und Vorarbeiter - also die technokratische Crème - doch einen traurigen Anblick; eine wahre Musterkollektion geistiger Inferiorität. Im Grunde ist es immer wieder der abenteuernde Intellektuelle, der die Dinge vorwärts treibt. In Zukunft vielleicht ein geistiges Gangstertum.

Doch über all dieses möchte ich mit Ihnen noch ausführlicher sprechen. Nun hätte ich noch eine Bitte: Schicken Sie mir doch, bitte, das genaue Zitat des römischen Autors über die Germanen; ich möchte es in meiner Kreuztragung verwenden!

Die Religionssoziologie von Weber habe ich mir Ihrem Rate gemäss besorgt. Ich habe sie noch nicht ganz gelesen, finde sie aber bis jetzt sehr wertvoll und instruktiv. Überrascht bin ich über die Vorurteilslosigkeit und Kühnheit seiner Gedanken, er reicht weit über das Mass der typisch-bürgerlichen Gelehrten hinaus. Was mich indes besonders freut ist die Feststellung, dass ich in meinem Roman trotz unbekümmerter Aktualität das Wesen des spätantiken Juden gut getroffen habe. Ich brauche an dem, was ich bis jetzt geschrieben habe, nichts zu ändern.

Ich hoffe, dass wir uns bald wieder sehen können, sei es hier oder in Berlin, und grüsse Sie bis dahin herzlichst

Ihr Rudolf Schlichter

[Hs. Zusatz] Meine Frau hat es sehr bedauert, Sie nicht mehr sehen zu können u. bittet mich, Sie sehr herzlich zu grüßen. Übermitteln Sie auch Ihrer lieben Gattin meine besten Grüße.

RUDOLF SCHLICHTER an ERNST JÜNGER
Stuttgart 16./3.37.

Lieber Herr Jünger

Da jetzt der Frühling schon in allen Gliedern zu spüren ist, wandelt mich eine große Lust an, zu Ihnen an das schwäbische Meer zu kommen. Ich war drei Wochen in Berlin u. einige Tage in München u. in Rosenheim. Über Berlin möchte ich Ihnen mündlich berichten. Die einzige Figur, die in der Erscheinungen Flucht einen starken Eindruck bei mir hinterlassen hat, war Herr Niekisch. Sonst allerorten billiger Zynismus. Man sucht sich mit Witzen u. Klatsch über die unheimliche Aushöhlung hinwegzutäuschen. Ich werde voraussichtlich im Mai bei Buchholz in der Leipziger Straße ausstellen. Als ich diese Galerie besuchte, war dort gerade eine Ausstellung von Kubin zu sehen. - Im übrigen war die Reise nicht ohne Erfolg, ich konnte einiges verkaufen u. habe auch Aufträge mitgebracht. Herr Niekisch hat die Absicht, die Kreuztragung zu verlegen. Er las mir auch einige von den neuen Gedichten Ihres Bruders vor. Sie haben mich sehr stark beeindruckt u. ich habe den großen Wunsch, das Bändchen zu besitzen. Ist es schon erschienen?

Speedy's Roman habe ich Herrn Rowohlt angeboten, er scheint nicht abgeneigt, ihn zu verlegen, zumal die Beurteilung durch seinen früheren Lektor Herrn Hessel, auf den er große Stücke hält (ein Jude) u. durch E. v. Salomon, sehr günstig ausgefallen ist. - Die »Kreuztragung« ist ein großes Stück weitergediehen. Wenn es Sie interessiert, bringe ich den zweiten Teil gerne mit; ebenso Speedy's Werk, soweit es vorliegt.

Geben Sie mir also bald Nachricht, ob es Ihnen diesen Monat passt, wenn ich für einige Tage Ihre Gastfreundschaft in Anspruch nehme. Ich habe das große Bedürfnis, mit Ihnen wieder einige Stunden zusammen zu sein, um über all die Dinge zu plaudern, die uns gemeinsam bewegen.

Seien Sie beide von uns allen in alter Herzlichkeit gegrüßt

Ihr Rudolf Schlichter

Übermitteln Sie auch Ihrem Herrn Bruder unsere besten Grüße

GRETHA JÜNGER an RUDOLF SCHLICHTER
[Überlingen, 25.3.37]

Lieber Herr Schlichter,

wir freuen uns sehr auf Ihren Besuch! Es ist schade, dass Sie den genauen Zug nicht angeben können, sonst wären wir an der Bahn. Sehen Sie zu, dass Sie Überlingen-*Ost* aussteigen können, dies ist der nächste Weg zu uns. Ich hoffe Sie werden sich zurecht fragen, man geht vom West-Bahnhof wohl eine halbe Stunde immer geradeaus der Nase lang, nach Nussdorf zu. Wenn Sie übrigens schon in Nussdorf aussteigen wollen, so ist dies der nächste Weg, das wäre noch das Beste. Nun, mit Gottes Hilfe werden Sie schon bei uns landen; ich werde den guten Tropfen bereit halten. Zu aller Eile Ihnen und Speedy herzl. Grüsse

Ihre Gretha Jünger.

GRETHA, ERNST und HANS-OTTO JÜNGER sowie RUDOLF SCHLICHTER an SPEEDY SCHLICHTER
[Überlingen, 31. März 1937]

Liebe Speedy,

wir senden Ihnen herzliche Grüsse von unserem abendlichen Stammtisch; so weit der Wein reicht, wird er ausgetrunken. Sie müssen im Frühling einmal mit Ihrem Manne gemeinsam nach hier kommen!

Ihre Gretha Jünger

Mein geliebtes Kind! Deinen Brief habe ich bekommen. Komme am 1. od. 2. zurück. Mit tausend Küssen Dein / Roro.
Auch von mir herzliche Grüsse / Ernst Jünger
H.-O. Jünger
[Zusatz von Schlichter am Rand] Dieser Tage gehen Dir 100 M von Herrn Jünger zu

GRETHA JÜNGER an RUDOLF SCHLICHTER
[Friedrichshafen, 4.5.37]

Lieber Herr Schlichter,

herzl. Dank noch für Ihre Grüsse! Sie können uns nicht mehr Freude bereiten, als wenn Sie schreiben, dass Sie sich bei uns zu Hause fühlen. Ich sende bald das Manuskript zurück, das wir alle mit grossem Interesse gelesen haben. Gerade ergötze ich mich an der Lektüre Hsi Mens; ein prächtiger Strauss von Orchideen! Ihnen und Speedy herzliche Grüsse

Ihre Gretha Jünger

Stuttgart 11./5.37

Lieber Herr Jünger

Nun ist der Mai gekommen u. Sie werden sicher daran denken, daß ich für diesen Monat meinen Besuch ansagte. Diese Absicht besteht immer noch; indes haben sich inzwischen einige Komplikationen ergeben, die den Plan voraussichtlich hinausschieben. Wie Sie wissen, beabsichtige ich schon lange eine Reise nach der Schweiz. Mitte April gab ich um einen Paß ein. Während man sonst den Paß innerhalb vier Tage bekommt, dauerte es diesmal Wochen. Schließlich machte ich, weil es mir zu dumm wurde, eine Dringlichkeitseingabe. Darauf bekam ich letzten Samstag den Paß zugestellt, allerdings nur bis zum 31. Mai u. nur für die Schweiz gültig. Wenn ich also nächsten Monat fahren will, muß ich eine neue Eingabe machen. Wir leben, wie Sie sehen, im Zeitalter des beschleunigten Verkehrs. Natürlich wurden mir durch die Verzögerung verschiedene Dispositionen umgestoßen. Ich habe nun die Absicht, mit unserem Calwer Freund Perrot, der geschäftlich in der Schweiz zu tun hat, nach Zürich zu fahren (in diesem Falle würden wir sein Auto benutzen). Sollte Herr Perrot zur Zeit verhindert sein, dann fahre ich eben im Laufe der nächsten 14 Tage allein. Aller Wahrscheinlichkeit nach wird es mir erst im Juni möglich sein, zu Ihnen zu kommen. Aber wie gesagt, ich befinde mir [!] selbst noch sehr im Zustande der Unschlüssigkeit. Speedy meint, ich sollte die Gelegenheit benutzen u. ihre Familie in Genf besuchen. Neuerdings hat sie sogar selbst den Entschluß gefaßt, mitzufahren. Man müßte dabei, da sie ebenfalls ihren Paß erneuern lassen muß, sicher wieder [mit] Schwierigkeiten rechnen müssen[!]. So ist alles noch in der

Schwebe. Leider ist auch unsere finanzielle Lage keineswegs rosig und so etwas wirkt hemmend.

Über die bekannte Angelegenheit habe ich nichts weiter erfahren, als daß sie sich auch auf die Frau erstreckt hat. Haben Sie neue Nachrichten?

Von Dr. Steiner bekam ich mein Manuskript wortlos zurück. Ich frage mich, was das zu bedeuten hat. Wenn es ihm nicht zusagt, braucht er es mir doch nicht zu verheimlichen. Hat er Ihnen geschrieben? Ich wäre Ihnen sehr dankbar, wenn Sie mir dies mitteilen würden.

Wir haben in der letzten Zeit einige schöne Dinge gelesen. Unter anderm den Lazarillo da Tormes, den Sie sicher schon lange kennen. Nun für uns war er neu u. er hat uns stark beeindruckt. Als erster realistischer u. autobiographischer Roman (im modernen Sinn) für Europa von nicht zu unterschätzender Bedeutung. Der erste Auftakt zur Entlarvung ästhetisierender u. »kunst«machender Formpedanten. Erschütternd in seiner Menschlichkeit. Von hier aus kann man eine direkte Linie bis Celine ziehen. Die Betrachtungsweise beider sehr ähnlich, im Grunde genau genuin christlich; der Mensch ein Stück Scheiße mit einigen Chancen zur Güte; kein Heros, sondern ein im irdischen Zwielicht sich abzappelnder Hampelmann seiner Triebe u. Wünsche. Erfreulich ist die naive Direktheit, mit der den Dingen zu Leibe gegangen wird. Hierin erinnert er manchmal an 1001 Nacht. Ohne Metaphernschwindel u. ohne pretiöse Wichtigtuerei mit gekünstelten Stilfurzereien, wie das bei uns neuerlich so überhand nimmt. Und das wurde geschrieben als Spanien im Zenit seiner Macht stand. Es ist eben kein Zufall, wenn ein Volk sich eine solche Literatur unter so günstigen äußeren Bedingungen leistet. (Hierbei richte ich meinen betrübten Blick wieder auf das Land der Mitte). Welch unbestechliches Auge, welch geschärfter Blick! Es ist bezeichnend, daß diesen Anregungen die Franzosen gefolgt sind, nicht aber die Deutschen (von wenigen rühmlichen Ausnahmen, wie der unsterbliche Grimmelshausen u. Goethe abgesehen). Was es bei uns an alter u. neuer Literatur giebt, ist von den paar Außenseitern abgesehen, meist unreifer Pennälerscheiß, idealistischer Schwindel teils dämonistischer, teils klassizistischer Prägung. Entweder inhumaner Nihilismus oder unausstehliche Edelnis!

Sonst haben wir noch den 3. Bd der Friedellschen »Kulturgeschichte der Neuzeit« gelesen. Wie ich Ihnen schon sagte, trotz allen Schwächen ein lesenswertes Buch, sehr amüsant u. witzig. Da Sie Marku schätzen, wird Ihnen glaube ich auch dieses zusagen (mit allem Vorbehalt natürlich). Das 19. Jahrhundert wird einem auf jeden Fall sehr prägnant gegenwärtig. Wenn Sie Lust danach haben, sende ich Ihnen den Band gerne.

Von Hafis haben wir Gedichte gelesen, in der Übertragung von Hans Bethge; ein erstaunlich freier Geist, wie Omar Chajiam ein aggressiver Feind allen Muffs u. Miefs. Kein Mannesmann, sondern ein Frauenlob. Unbefangene Songs auf die Freuden des Leibes, ohne der Katzenjammerstimmung zu erliegen. Dabei doch spirituell u. subtil.

Gemalt habe ich Verschiedenes: Eine Steinmühle am Neckar, sieht sehr verwünscht aus; ein Profil Speedy's in einer Juralandschaft (noch in Arbeit), ein Alpenbild u. einen riesigen schön gegliederten Jurafelsen in einem schwäbischen Hügelland. Das letztere Bild ist mir sehr gut gelungen; Speedy meint sogar, es sei eine meiner besten Landschaften. Mit Ihrem Bild beschäftige ich mich immer wieder. Es ist schwer, die adäquate seelische »Landschaft« zu finden, denn ich möchte schon bekannte Gestaltungen vermeiden. Am besten ist es, ich überlasse mich der Eingebung des günstigen Augenblicks.

Sagen Sie Frau Gretha, daß ich ihr für ihre liebe Karte herzlich danke. Ich kann mir gut denken, welchen Spaß sie an den wunderlichen Abenteuern Hsie-mens hatte. Wie hat Ihnen übrigens Conrad gefallen? Ihr Urteil darüber würde mich sehr interessieren.

In der Hoffnung eines baldigen Wiedersehens grüße ich Sie u. Frau Gretha herzlichst

Ihr Rudolf Schlichter.

Unsere Freunde lassen ebenfalls bestens grüßen
[Zusatz von Speedy Schlichter] Mit Verehrung und viel Liebe grüsse ich Sie. Ich empfinde eine tiefe Dankbarkeit für die freundschaftliche Aufnahme, die Sie Rodolphe zuteil werden liessen. Vielleicht erlebe auch ich bald die Freude, Sie besuchen zu dürfen. Speedy

ERNST JÜNGER an RUDOLF SCHLICHTER
Ueberlingen / Weinbergstraße 11 14.5.1937.

Lieber Herr Schlichter!

Es ist schade, daß sich Ihr Besuch verschiebt. Inzwischen werden Sie vielleicht das Bild im Geiste zurechtlegen. Als ich meinem Bruder gestern, als Ihr Brief eintraf, von unserem Plane erzählte, meinte er, daß Sie vielleicht eine Alb-Zinne nehmen könnten, etwa mit einem Höhlen-Eingang oder einer sehr fernen Burg im Hintergrund. Die Person in noch näher zu bestimmender Kleidung davor, und in einiger Entfernung zwei große Geier, die an einem Aas beschäftigt sind.

Der Hintergrund zauberisch, während das Gesicht den Ausdruck gleichmütiger Betrachtung zeigt. Ich teile Ihnen diesen nicht ganz unbedenklichen Gedanken aus dem Handgelenke mit.

Aus Berlin leider nur die Nachricht, daß alles wohl recht lange dauern wird. Grüßen Sie bitte Frau Speedy und Ihre Freunde von mir.

Ihr Ernst Jünger

NB. Mit Herrn Steiner trifft die Schuld mich; ich gab's ihm mit und sagte, dass er es Ihnen, wenn's nicht in seinen Rahmen passte, ohne weitere Komplimente zurücksenden möge.

RUDOLF SCHLICHTER an ERNST JÜNGER
Stuttgart 1./7.37

Lieber Herr Jünger

Wir wären schon längst gekommen, wenn es unsere Situation erlaubt hätte. Die heißen Tage haben sich auf den Verkauf von Bildern sehr ungünstig ausgewirkt; es scheint, daß unterm Einfluß der Hitze das Kunstinteresse zerschmilzt wie Neuschnee. Ich mußte allerlei Aufträge ausführen, um einigermaßen sauber durchzukommen. Doch hinderte mich diese unerwünschte Tätigkeit nicht, einige neue Ölbilder u. vor allem eine Reihe gut gelungener Aquarelle zu malen. (Darunter einige sehr interessante tropische Pflanzenmotive, z.B. die Nepenthesblume. Der hiesige botan.[ische] Garten bietet ausgezeichnetes Material).

Der Aufenthalt in der Schweiz war insofern von guter

Wirkung, als ich durch das Erlebnis dieser Reise wieder einen starken Auftrieb bekommen habe. Ich war übrigens erstaunt, welchen Beifall meine Arbeiten, besonders in der französ.[ischen] Schweiz, fanden. Durch Speedy's Bruder, der ein sehr begabter u. origineller Schriftsteller ist, hatte ich die Möglichkeit, meine Arbeiten verschiedenen Leuten zu zeigen. Ich hatte 67 Zeichn. u Aqu. mit Mühe über die Grenze gebracht, konnte davon allerdings nichts verkaufen, weil sie sozusagen als Musterkollektion für Ausstellungszwecke galten. Immerhin habe ich soviel erreicht, daß die Galerie Moos in Genf, die erste u. modernste am Platze, bereit ist, eine Ausstellung von mir zu machen. In Zürich wohnte ich bei Herrn Dr. Walter Meier, Herausg. der N. Schweizer Rundschau (der Sie übrigens kennt u. schätzt). Ich verhandelte dort mit dem Direktor des Kunsthauses wegen einer Ausstellung u. wie ich glaube, nicht ganz ohne Erfolg. Sie können sich denken, daß man jetzt vielerlei Schwierigkeiten zu überwinden hat. Jedes Land sperrt sich eben gegen fremde Einfuhr. Eine Schweizer Kunst[-] u. Literaturzeitschrift (Die Zeit) bringt von mir zwei Rohrfederzeichnungen. - Über unsere sonstigen Eindrücke u. Erlebnisse werde ich Ihnen besser mündlich berichten.

Von der Berliner Angelegenheit habe ich wenig gutes gehört, aber ich nehme an, Sie sind darüber orientiert. Wir hoffen ev. diesen Monat noch unseren Besuch am Bodensee realisieren zu können. Wir bitten Sie, uns mitzuteilen, ob Sie in der nächsten Zeit zu Hause sind u. ob es Ihnen möglich ist, uns für einige Tage zu beherbergen. Vor allem möchten wir an Frau Gretha diese Frage richten, denn ein Besuch bedeutet allemal eine Mehrbelastung an Arbeit u. Aufwand. Ich lege Ihnen hier einen Artikel aus dem Stuttg.[arter] Tagbl.[att] bei, der Sie vielleicht interessieren wird.

Grüßen Sie Ihren Bruder Friedrich Georg u. Frau Gretha recht herzlich von uns. In alter Freundschaft

Ihr R. Schlichter

[Am Rand] N.S. Kommen Sie vielleicht vorher zufällig einmal durch Stuttgart?

GRETHA und ERNST JÜNGER an RUDOLF SCHLICHTER

Überlingen, d. 6. Juli 1937.

Lieber Herr Schlichter!

Die Ankündigung Ihres Besuches hat uns sehr erfreut. Sie wissen, dass für Sie Beide ständig ein Zimmer im Weinberghaus gerüstet ist. Am Donnerstag erwarte ich meine Mutter mit meiner kleinen Nichte, und nehme an, dass gegen Ende Juli das Quartier in den Katakomben frei für Sie ist. Passt es Ihnen um diese Zeit? Ich werde Sie sogleich benachrichtigen, wenn die schwiegermütterliche Wolke sich wieder nach dem Norden zu verzogen hat, worüber der Hausvater gewiss nicht in Grämlichkeit versinken wird.

Hier ist noch die Aufnahme aus den Ostertagen für Sie; ich finde, Sie verkörpern die wahre Würde des Orients, fehlt nur das Kostüm des Beherrschers der Scharazed, und statt des kahlen Bäumchens, das neben Ihnen sein kümmerliches Dasein fristet, müssten wir den Hintergrund der ›Liebe in mondloser Zeit‹ hinzudenken.

Wir leben im sommerlichen Garten als friedliches Terzett; Sie werden mit uns gemeinsam den Weinkeller plündern, und uns dabei von Ihrer Genfer Reise erzählen. Speedy wird sich gewiss hier wohl fühlen.

So lange noch die Hühner Eier legen, und ich durch hinterlistige Bauersfrauen die frischen, ungestempelten erhalte, so lang noch Brot und Schinken im Keller vorrätig sind, - bin ich nicht bang um die Versorgung meiner Gäste und erwarte Sie Beide mit Freude.

Ihre Gretha Jünger.

[Zusatz von Ernst Jünger] Lieber Herr Schlichter! Auch ich war inzwischen in der Schweiz, in Zürich, und werde Anfang September ein wenig nach Südfrankreich fahren. Hoffentlich kommen Sie nun Ende Juli / Anfang August und bringen Malzeug mit. Mir wäre recht damit gedient, wenn ich einmal durch einen Menschen gesehen würde - auf dieser Welt der Ersatz - Stoffe. Ihnen und Frau Speedy herzliche Grüsse

Stets Ihr Ernst Jünger

[Am Rand] PS. Brauchen Sie den »Alten vom Berge« noch? Ich hätte gerade Laune, mich wieder einmal daran zu ergötzen!

RUDOLF SCHLICHTER an ERNST JÜNGER
Stuttgart 8./Aug.37

Lieber Herr Jünger

Ihnen u. Greta nochmals unseren tiefsten Dank für die gastliche Aufnahme u. herzlichstes Gedenken für die fruchtbaren Tage in Ihrem Kreise. Anbei die versprochenen Bücher. Ich habe auch K. Kraus »Die letzten Tage d. Menschheit« beigelegt, da ich annehme, daß Sie dieses Werk interessiert. Es ist meines Erachtens das beste Dokument jener Zeit, allerdings von der Kehrseite, die aber nicht minder erregende Aspekte bieten dürfte als die Vorderseite, zumal der Verfasser zu der seltenen Spezies geistig sauberer Menschen gehört. - Bei Meyrink habe ich die besten u. witzigsten Geschichten im Verzeichnis angestrichen.

Heute schrieb mir ein Herr Litzmann aus Hamburg. Er teilt mir mit, Sie hätten ihm viel von meinen Arbeiten erzählt u. er hege schon lange den Wunsch, mich zu besuchen, wäre aber bis jetzt noch nicht in der Lage gewesen, seine Absicht zu verwirklichen. Nun bittet er mich um einige Photos meiner Bilder. Können Sie mir etwas näheres über diesen Herrn mitteilen, damit ich weiß, wie ich ihm antworten soll!

Bei mir geht die Arbeit jetzt rüstig weiter. Das Bild haben wir unversehrt durch die Fährnisse der Reise gerettet; weder ein Zugbrand noch die Hand eines kunstmordenden Buben bedrohte seine Existenz. Unsere beiden Freunde waren sehr begeistert von der Art, wie ich Sie auffaßte.

Grüßen Sie auch Ihren Bruder Fritz von mir u. sagen Sie ihm, daß ich mich ihm sehr verbunden fühle. Ebenso Greta meine besten Grüße u. gute Besserung. Ernstle einige Shake-hands; ich werde ihm gelegentlich eine Wildwestgeschichte zeichnen.

Herzlichst Ihr Rudolf Schlichter.

[Zusatz von Speedy Schlichter] In Muse verdaue ich nun die empfangenen starken unvergessbaren Eindrücke. Ich höre und sehe ihre unaufhörlichen Nüancen, ein Traum, immateriell, schwer und leicht, heiter und traurig. Beglückt und verzweifelt spreche ich allen meine tiefe Dankbarkeit aus.

Speedy

ERNST JÜNGER an SPEEDY und RUDOLF SCHLICHTER
Üb.[erlingen] 17.8.1937.

Für Sp. u. R. Schlichter zur Erinnerung an die Tage, in denen das Bild gemalt wurde. Ernst Jünger

ERNST JÜNGER an RUDOLF SCHLICHTER
Überlingen, 26. August 1937

Die Nachricht, daß Ihnen der Hintergrund gelungen ist, erfreute uns sehr. Hoffentlich machen Sie mit dem Bilde nun gute Erfahrungen. Natürlich bin ich sehr gespannt und gedenke, in den nächsten Wochen Sonntags einmal bei Ihnen vorzusprechen, kann aber noch nicht genau sagen, wann. Jedenfalls frage ich dann vorher noch einmal an. Können Sie nicht inzwischen unsere erste Neugier durch ein Lichtbild befriedigen?

Bei dem Herrn Litzmann, von dem Sie schreiben, handelt es sich um ein Fräulein, namens Ulrike, - auch ich fiel durch die undeutliche Unterschrift, die ich für Ulrich nahm, diesem Irrtum anheim. Ich nannte ihr im vorigen Herbst in Hamburg Ihren Namen, da ich den Eindruck hatte, daß sie vielleicht für Ihre Bilder etwas tun könnte.

Für die Bücher vielen Dank; sie trafen richtig hier ein. Inzwischen las ich bereits den »Jardin des supplices«. Besonders schön sind darin die sehr klaren und eindringlichen Schilderungen überirdischer Landschaften. Auch darin hat Mirbeau für mein Gefühl recht, daß die Gewalt des Schönen durch die Nähe des Schmerzes erhöht und gleichsam unterkellert wird. Eigenartig ist die Rolle, die der Wohlgeruch dabei für ihn spielt. Was mir aber durchaus mißfällt, ist der

Umstand, daß er sich diese Genüsse auf Kosten von armen Teufeln verschafft, denen die Haut abgezogen wird. Ich würde es als billiger empfinden, daß er sich selbst in Gefahr begibt und sich dadurch Spannweite verschafft. Es ist übrigens ganz gut, daß das Buch hier verboten ist, denn ich halte es nicht für nötig, daß die Kunst der Unterdrückung noch durch besondere Fachleute angeregt wird.

Mit ungetrübter Freude dagegen las ich die Abenteuer des Hadschi Baba aus Ispahan. Es scheint mir fast verwunderlich, daß ich von dem Buche, das recht gut einen Abschnitt von ›1001 Nacht‹ bilden könnte, bislang noch nicht gehört hatte. Auch mein Bruder ergötzte sich sehr an diesem persischen Interieur, dessen Figuren so scharf wie die Bilder auf leuchtenden Laternen gezeichnet sind. Ich hoffe, daß Ihnen dafür zum Entgelt der wackere Contreras manchen Genuß bereitete.

Bitte grüßen Sie Ihren Hausstand herzlich von mir. Ich wäre neugierig, gelegentlich zu erfahren, was Speedy über den Octave Mirbeau meint. Wie ich sehe, schrieb er auch ein ›Journal d'une femme de chambre‹, – wissen Sie, was sich unter diesem nicht sehr originellen Titel verbirgt?

RUDOLF SCHLICHTER an ERNST JÜNGER

Stuttgart 11./9.37

Lieber Herr Jünger

Hier ein Photo Ihres Bildes; sie [!] ist gut ausgefallen u. entspricht in den Tonwerten ziemlich genau dem Original. Ich habe noch einen Abzug von Speedy's Profilbild beigelegt, von dem ich annehme, daß es Sie interessiert. Unterdessen habe ich ein neues Bild gemalt: Zwei Geier in einer wilden Gebirgspartie! Das Bild ist in der Wirkung eines der seltsamsten unter meinen letzten Arbeiten. Ich habe darin etwas erreicht, was mir bis jetzt nur mit wenigen Arbeiten gelungen ist; jeder Gegenstand hat seine eigene Aura u. das Ganze bleibt trotzdem einheitlich u. harmonisch. Doch Sie werden ja, wenn Sie hierher kommen, selbst sehen, wieweit das gelungen ist. Ich bin sehr gespannt, was Sie dazu sagen.

Die Firma Hanfstängl reproduziert zur Zeit meine »Neckarlandschaft b. Wurmlingen« in Originalgröße. Ich nehme an, daß gegen Ende des Monats ein Druck vorliegt. Sie wissen, wie gut diese Hanfstängeldrucke sind, man kann sie in einiger Entfernung kaum vom Original unterscheiden. Wenn Sie einen haben wollen, will ich gerne versuchen, ein Belegexemplar mehr zu bekommen.

Speedy war in der letzten Zeit krank, sie wurde von demselben Übel befallen wie Gretha. Hexenschuß! Das ist merkwürdig, zumal sie noch nie von dieser oder einer ähnlichen Krankheit heimgesucht wurde. Es scheint doch, daß hauptsächlich Frauen u. zwar in einem bestimmten Alter davon betroffen werden. Auf jeden Fall ist es ein Kreuz u. eine lächerliche Plage. Sie wollte Ihnen Beiden schon schreiben, wurde aber durch diese dumme Geschichte daran verhindert. Sie will es nachholen, wenn sie wieder ganz hergestellt ist. Zum Glück ist sie jetzt auf dem Wege der Besserung.

Wie ich Ihnen schrieb, haben wir Musils »Mann ohne Eigenschaften« gelesen. Dieses über 1000 Seiten starke Buch hat uns alle sehr beschäftigt. Es ist ein ungeheuer kluges, unbehagliches u. trostarmes Buch. Das klassische Muster eines psychologisch-analytischen Romans, fast ohne nennenswerte Handlung, aber von einer seltsamen zersetzenden

Atmosphäre durchwittert. Man hört förmlich das ständige Knacken u. Bröckeln im Gebälk. Beladen mit einem steigenden Wissen versucht sich der Autor in scharfsinnigen Untersuchungen an den auseinanderstrebenden Bestandteilen des modernen Ich's Rechenschaft über die Restbestände der geistigen Möglichkeiten unserer Zeit zu geben. Eigentlich schon kein Roman mehr, sondern eher eine geisteswissenschaftliche Untersuchung; es zeugt von unheimlicher Beobachtungsgabe u. Kenntnis der modernen Seele. Die handelnden Figuren sind bekannte Zeitgenossen der jüngst verflossenen Epoche. (Rathenau, Graf Czernin etc...) Ort der Handlung ist Wien 1913-14. Typisch österreichisch das Milieu, man spürt den Verwesungsprozeß der Donaumonarchie dahinter, die hier geradezu zum Symbol der gesamteuropäischen Misere anwächst. Ich muß schon sagen, dieses Österreich hat vor seinem Abtreten vom politischen Schauplatz schon überraschende Blüten gezeitigt u. ich möchte hinzusetzen, mir nicht unsympathische.

Z. Zeit lese ich den Contreras. Es ist schwer, sich von der mit letztem psychologischem Raffinement getränkten Lektüre auf die eines primitiv eitlen Totschlägers umzustellen. Aber abgesehen davon, mir geht es bei dem wackeren christlichen Streithahn etwas zu einfach zu, auch gemessen an gleichzeitiger oder früherer guter Literatur. Der Mann denkt doch ein bißchen zu wenig. Er selbst ist uninteressiert u. eigentlich nur der legal fühlende u. legalisierte Räubersoldat, den es zu allen Zeiten gab. Fesselnd ist das Kulturbild, das er unabsichtlich entwirft u. das mancher dummen Legende ein Ende macht. Doch gehört als wichtigere Ergänzung dazu Lazarillo da Tormes, den ich ungleich höher schätze, weil er Hochmut, Eitelkeit, Armut u. Schwindel als bleibende Grundlagen aller auf verrückten Illusionen aufgebauten Machtgebilde so schön u. eindringlich vor Augen führt. Der Hadschi Baba ist meines Erachtens ein höherer Typus als dieser tapfere Bramarbas.

- Wir haben wieder einen sehr schönen Conrad gelesen, »Spannung«, ein Roman aus der Zeit Napoleons. Das ist doch eine erfrischende u. befriedigende Lektüre. Männlich, ohne imponieren wollendes Radschlagen, u. dabei echt poetisch. Und nachdem wir seine Lebenserinnerungen gelesen haben, möchte ich noch hinzusetzen, ein ungewöhnlich sympathischer Gentleman.

Nun noch eine Frage: Könnten Sie der Corona nicht Ihr Bild zur Reproduktion u. meine Kunstrede (anläßlich der Ausstellung) zum Abdruck vorschlagen. Sie würde sich nach meiner Ansicht recht gut in den Rahmen dieser Zeitschrift einfügen, zumal die darin enthaltene Auseinandersetzung mit der abstrakten Malerei nicht unaktuell sein dürften. Aber vielleicht wissen Sie etwas besseres. Ich bitte Sie, mir darüber Ihre Meinung zu schreiben.

Übermitteln Sie Fritz meine freundschaftlichsten Grüße u. sagen Sie ihm, ich wäre sehr gespannt, was er zu K. Kraus sagt. Ich habe das Gefühl, daß diese Gestalt sein besonderes Interesse beanspruchen dürfte.

Die herzlichsten Grüße u. besten Wünsche Ihnen u. Frau Gretha von uns allen

Ihr Rudolf Schlichter

Stuttgart 14.9.37

Lieber und sehr verehrter Herr Jünger,

»Ich würde es als billiger empfinden, dass er selbst sich in Gefahr begibt und sich dadurch Spannweite verschafft.« Dieses Urteil scheint mir moralisch zu sein. Meiner Ansicht nach ist das Thema jeweils ein anderes, wenn ich die durch den Anblick der Grausamkeit sich auslösenden Wirkungen schildere, oder wenn ich eine Grausamkeit erlebe, oder wenn ich eine solche selbst begehe. In allen drei Situationen ist die Möglichkeit der Begegnung mit dem Schmerz und der Lust gegeben. Nur weil Mirbeau den Standort, den Sie kritisieren, bezieht, kann er Schönheit und die Folter hart neben einander stellen. Denn würde die Person seines Romans die Folter an sich selbst erleben, dann wäre sie ausserstande, sowohl die Spannweite von Schönheit zu Schmerz als auch den Schmerz in der Schönheit oder noch die Schönheit als Verführerin zum Schmerz zu konstatieren. Die Überreizungen, welche sowohl die Schönheit als auch der Schmerz auslösen, würden nicht in derselben lustvollen Ohnmacht kulminieren können. (Ich gebrauche das Wort »lustvoll« in dem Augenblick völlig wertfrei.).

Die simultane Begegnung von Mittag und Nacht, von aufgehender Pracht und Vernichtung, von enchantement und désenchantement, von Leben und Tod, von Kälte und Feuer löst ein anderes Bewusstsein aus als das persönliche Verstricktsein in eine dieser Kräfte. Würde besagte Person die Folter an sich selbst erleben, so würde ihr Erlebnis ein anderes sein, weil eben ihr Standort verschieden wäre. Ihre physisch-geistige Disposition würde sie andere Spannungen erkennen lassen. Die Natur der Erfahrung wäre nicht dieselbe. Dies gilt ebenfalls für den Fall, wo die Person eine Grausamkeit begeht.

Die ethische Absicht Mirbeau's liegt vielleicht darin, uns die Verzehrung der erlebenden Personen aufzuzeigen. Sie sind die Beute einer Spannung, und insofern als nicht direkt-Handelnde zu betrachten. Ich würde Ihnen nicht absprechen, dass sie sich in die *höchste Gefahr* begeben, die es überhaupt gibt. Insofern urteile ich anders als Sie. Hier möchte ich andeuten, warum ich den kontemplativen Menschen für gefährdeter ansehe als den Agierenden.

Sich in einem [!] paradiesischen Garten, wo gefoltert wird, bewusst begeben, würde ich gleichsetzen, sich vorzunehmen, die Welt mit offenen Sinnen anzuschauen. Was darauf folgt, ist auf alle Fälle Lust und Schmerz. Die Differenz in der Intensität der Erfahrung hängt sowohl vom Erlebenden als auch vom Maass der aufeinander wirkenden Kräfte ab.

Was verstehen Sie unter Gefahr?

Hier scheint alles gefährlich zu sein. Diese Anschauung setzt natürlich den Glauben an eine Wertung voraus. Alles, was ist - und alles ist! - steht inmitten von Spannungen. Nur die Annahme einer Ethik lässt uns Menschen ein schwaches Wahlvermögen. Es steht jedem frei, sich seine Gefahr auszusuchen im Rahmen der möglichen Wahl. Über die daraus entstandene Qualität können wir nur hypothetisch denken.

Mirbeau ist eine Herrenprobe, wie alles, was uns offene rücksichtslose Menschen vorführen. Mirbeau gehört zu jenen Franzosen, die scharfe Kritik an der Gesellschaft und an ihrem Lande übten. Ich halte ihn für stark und sehr ernst. In meiner Kindheit galt er als einer der grossen kühnen Realisten. Und wie alle Realisten übt er auf mich eine geistig-erotisierende Kraft aus. Er besitzt kein[en] hypertrophierten Sch.begriff. Was er mitteilt interessiert auf alle Fälle, ob negativ oder positiv, den Leser. Das ist die grosse Kunst der Franzosen: ein deutlich spürbares sich durchsetzendes Ich zu besitzen, ohne der Eitelkeit und Mimosenhaftigkeit zu verfallen.

Es ist eine sich sehr vital verschenkende Liebeskraft. Die Gehirn-Arbeit tritt nicht als Schild hervor.

Ich grüsse Sie sehr herzlich und freue mich auf Ihr[en] baldigen Besuch. Es wäre uns allen eine grosse Freude, wenn Sie während Ihrem Aufenthalt in Stuttgart bei uns übernachten würden. Teilen Sie auch bitte Gretha mit, dass ich Ihr bald schreiben werde. Ich denke gern an sie. Meine besten Grüsse auch an Ihren Herrn Bruder.

Ihre Speedy

SPEEDY SCHLICHTER an GRETHA JÜNGER
St.[uttgart] 21.9.37

Meine liebe Gretha,

Haben Sie aus kollegialem Instinkt meine Adresse der famosen Hexe gegeben? Kaum war ich vom schönen Bodensee zurück, als ich einen ihrer Schüsse im tiefsten Teil des Rückens wohl oder übel empfing. Die Empfindung war mir sehr neu, so neu, daß ich nicht mehr weit davon war zu glauben, es würde sich ein Pferdeschwanz daraus entwickeln. Wäre dies eine Rückentwicklung gewesen? Aus menschlichem Vorurteil nahm ich es an und litt an dieser Vorstellung. Lange Tage lag ich mit partieller Lähmung im Bett, unfähig selbst aufzustehen, mich zu bücken, die Körperstellung zu wechseln. Anfänglich und aus Freundschaft für Sie, interessierte mich die Geschichte, aber mit der Zeit wurde ich diesbezüglich blasiert und liess mich nicht mehr durch überraschende Empfindungen von dem Unbehagen meiner Situation ablenken. Ich sah ein, dass es doch lustiger ist ohne Hexenschuß zu leben. Meine Phantasie erzeugte auch keine Blüten mehr. Ich blieb, der Trenner aller Wonnen sei bedankt, ohne Pferdeschwanz. Ach liebe Gretha, ich weiss jetzt, was Sie immer auszuhalten haben und mein Lachen wird in Zukunft die Untertöne des Wissens besitzen. Ich werde Ihnen jedesmal den Ermunterungsgruss des Kenners senden dürfen. Diese Krankheit hat wahrhaftig ihre Eigenart. Der Patient lebt inmitten eines unvermeidlichen Gelächters. Die mitleidvollsten Krankenpfleger lachen, lachen und behaupten nach wie vor es gut mit einem zu meinen!

Ihr Brief, sehr liebe Gretha, tat mir große Freude, ebenso Ihre warmen Geburtstags-Wünsche. Sie ahnen ja nicht wie oft und lieb ich an Sie denke. Sie gefallen mir. Sie haben einen sonnigen Charakter, sind tapfer, gütig und offen. Es ist jammerschade, dass ich Ihre Nähe so selten geniessen darf.

Neulich, kurz vor 7 Uhr Abends, erschien bei uns Frau Dr Mirgeler. Sie teilte uns mit, einen ganzen Nachmittag bei Ihnen, »am Bodensee«, gewesen zu sein. Lag es am Wetter oder an mir, ich fand zwischen ihr und mir kein[en] einzigen Verbindungspunkt. Die Höflichkeitsworte zu welchen mein Gehirn sich bemühte, gelangten nicht bis zu ihrem Ohr. Die schwarzen Augen besagter Doktorsgattin erwürgten meine Eloquenz. Ihre Stimme sprach aus jenen hohen Regionen, in die ich mich trotz bekanntem Hochmut und Wagemut, noch nicht gewagt habe. Ich staunte, und gab mich der Anschauung hin. Die Dame verbarg ihre schmalen Hüften unter einem schlichten grünen Rock. Die Brust war mit Hilfe eines dunklen hoffnungslosen grünen Herrenhemdes verdeckt. Der selbständige Schädel war von einem schiefgesetzten gleichfarbigen Hut vor Unwetter geschützt und diente als Schmuck. Unbekümmert ihres energischen Sex Appeal's, zeigte ihr Rodolphe geduldig Bilder und Zeichnungen. Die Dame sprach von Dürer und nannte ihn einen »Anstreicher«. In diesem Augenblick dachte ich an sein schönes Grasstück!! Um ja dem Haus den Ruf des »schwäbischen Gemüts« zu lassen, verliess ich sanft das Zimmer. Ja, liebe Gretha, ich ging in mein Schlafzimmer, um mich so zu sagen, »hinter einer Lappe zu verkrocken«. Wie Rodolphe und Dieter Sekler mit diesem sensiblen fast weiblichen Wesen fertig wurden, weiss ich nicht. Als ich Roro wiedersah, waren die Züge seines Gesichtes ziemlich abwärts gesunken und die unseres Dieter berührten beinahe die kurze Wolle des Teppichs. Die Privatiersgattin hatte es gut gemeint, ahnungslos über die Beschaffenheit unserer Nerven. Sie blieb munter und gewandt, entschuldigte sich schmutzige Finger von der Reise bekommen zu haben und legte darnach unbedenklich ihre zwei Hände auf jede Zeichnung. Sie schwitzte nicht, so dass die Abdrücke kaum zu sehen sind. Liebe Gretha, Sie werden sicherlich ihr an jenem Nachmittag Kaffee gekocht haben und Kraft Ihres guten Charakters die positiven Seiten unserer Zeitgenossin entdeckt haben. Ich beneide Sie darum. Doch denken Sie an mich und Sie werden mich köstlich auslachen dürfen. Fast zwei Stunden lang sass ich in Anachoretenhaltung in meinem ungeheizten Schlafzimmer und grübelte über den Begriff »Freiheit« nach. Als das Emanzipationsprodukt fort war, verspürten wir alle das Bedürfnis es uns wieder »gemütlich« zu machen.

Sind das Eindrücke oder hässliche Nachreden, die ich Ihnen da mitteile? Eigentlich wollte ich nur über ein neues Mitglied unseres gemeinsamen Bekanntenkreis[es] plaudern!

Dies allerdings auf völlig subjektive Weise und für den internen Gebrauch.

Wie geht es Ihnen? Haben Sie sich von einem Spezial-Frauenarzt untersuchen lassen? Ich rate dringend dazu, weil ich mir gedacht habe, dass vielleicht warme radioaktiven [!] Sitzbäder, die Sie zu Hause nehmen könnten, gut tun würden. Ihr gesundheitlicher Zustand beunruhigt mich etwas. In Stuttgart gibt es einen empfehlenswerten Frauenarzt. Unterleibsgeschichten können nicht früh genug gepflegt werden. Ich warne Sie vor einer leichtsinnigen Nachlässigkeit. Liebe Gretha, schon lange wollte ich Ihnen schreiben, aber es kam jedesmal etwas Hinderndes, sei es gesundheitlicher oder anderer Natur, dazwischen. Ich denke oft und mit Dankbarkeit an Ihre entzückende Gastfreundlichkeit und mache mir Vorwürfe Ihnen die ganze Arbeit überlassen zu haben. Etwas stimmt bei mir nicht, weil diese Erkenntnisse mir immer zu spät kommen. Lachen Sie nicht, gerade dieser Satz ist ernst. »Sie haben Komplexe, mein Kind«, werden Sie mir (tröstend!!!) antworten. Was kann ich dagegen tun?, frage ich.

Wie sieht die Natur bei Euch zur Zeit aus? Die Kälte kam hier ohne Übergang und so schickten wir gewissenhaft eine neue Anzahlung unserem Kohlenlieferanten zu. Wir hatten ihn während des Sommers beinahe vergessen.

Wann sehen wir uns wieder? Kommen Sie doch für ein paar Tage zu uns, damit auch Sie einmal den Beobachtungsposten besetzen! Wir sind zweifellos sehenswürdig. Nachdem wir alle Sie und Ihre Familie freundlich grüssen gebe *ich* Ihnen einen zärtlichen Kuss.

Ihre Speedy

[Am Rand] Ihre Kinder gefallen mir ausserordentlich. Sie sind klug.

ERNST JÜNGER an SPEEDY SCHLICHTER
[Überlingen] 23. 9. 37

Liebe Frau Schlichter!

Für Ihren ausführlichen Brief auf meine kleine Anfrage sage ich Ihnen meinen herzlichen Dank. Es sind sehr schöne Sätze darin wie der, dass die Geheim-Arbeit nicht als Schild hervortritt. Ich lese daraufhin den Mirbeau noch einmal durch. Gerade schrieb mir Kubin einen sehr schönen Brief in dem er ausführt, dass der Künstler aus jeder Zeit seine geistige Nahrung zieht, und wie unrecht man tut, wenn man ihn für seine Spiegelungen unter ganz anderen Verhältnissen verantwortlich zu machen sucht. Entschuldigen Sie, dass ich der Frau Mirgeler, die uns hier überraschte, Ihre Anschrift gab; ich nenne Sie aber jedem meiner Besucher, denn jedes Bild von Ihrem Gatten, das irgendwo aushängt ist eine Propaganda für ihn. Sehr schön gelungen finde ich Ihr letztes Porträt.

Mit herzlichem Gruß Ihnen allen

Ihr E. Jünger.

RUDOLF SCHLICHTER an ERNST JÜNGER
Stuttgart, 5./10.37

Lieber Herr Jünger

Wir erwarten immer noch Ihren Besuch. Es wäre schön wenn auch Ihr Bruder mitkäme. Seine Grüße aus München haben uns sehr gefreut. Ist er wieder zurück? Ich selbst habe auch die Absicht, noch in diesem Monat nach M. zu fahren (vorausgesetzt natürlich, daß sich das Wetter bessert u. das nötige Geld vorhanden ist); von M. aus möchte ich nämlich für einige Tage nach dem Wendelsteingebiet, um Hochgebirgsstudien zu machen.

Von der letzthin erwähnten Kunstrede lege ich Ihnen zwei Exemplare bei, vielleicht eignet sie sich für die Corona; ich könnte sie, wenn es erwünscht wäre, auch noch erweitern.

Das Photo von meinem neuen Bild ist, wie Sie sehen, recht gut ausgefallen. Es ist nur schade, daß die Farbe fehlt. Inzwischen habe ich ein weiteres Bild gemalt »Süddeutsches Land«, das ebenfalls recht gut gelungen ist. Da es erst gestern fertig wurde, kann ich Ihnen noch kein Photo senden, werde es aber nachholen, sobald es möglich ist. Der Jurafelsen ist älteren Datums, er wurde Anfangs dieses Jahres gemalt.

Wir haben wieder viel Conrad gelesen u. sind in der Schätzung dieses Meisters nur bestärkt worden. Wenn bei irgend einem modernen Autor, so kann man bei ihm von einer heroischen Auffassung des Lebens sprechen. Er ist einer der wenigen echten Tragiker der neueren Literatur. Wir sind alle außerordentlich stark von seinen Büchern beeindruckt. Ich habe jetzt vielleicht acht Bände u. sie nehmen wie 1001 Nacht einen Ehrenplatz in unserer Bibliothek ein.

Was ist aus Ihrer beabsichtigten Reise nach Südfrankreich geworden u. waren Sie inzwischen wieder in Zürich?

Mit herzlichem Gruß von uns allen

Ihr Rudolf Schlichter

Grüßen Sie auch Ihren Bruder Fritz herzlich von uns.

N. S: Haben Sie Lust, meine Conrads zu lesen, soll ich Ihnen welche schicken?

ERNST JÜNGER an RUDOLF SCHLICHTER

[Überlingen] 8.X.37

Lieber Herr Schlichter!

Ihre »Worte der Einführung« erhielt ich mit bestem Dank. Ein Exemplar sandte ich an Herrn Steiner weiter, der augenblicklich in Schloss Muzot wohnt, in dem Rilke sich viel aufhielt. Einfluß auf seine Zeitschrift besitze ich freilich nicht.

Ihre neuen Bilder gefielen uns ganz ausgezeichnet. Sie sind jetzt gut im Zuge und von beneidenswerter Arbeitskraft.

Was Conrad betrifft, so teile ich Ihren Geschmack, oder besser gesagt, Ihre Wertung nicht ganz. Was sich im Raume der Décadence abspielt, reicht eben nicht zu, auch dann nicht, wenn es an besseren Meistern fehlt. Das Morbide stört mich dabei keineswegs, ist ja auch durch einen gehörigen Schuß Puritanismus paralysiert. Das Morbide ist auch bei Poe vorhanden, an dem sowohl Conrad als auch Stephenson und London sich ihr Vorbild genommen haben, und doch besitzt er, was ihnen allen fehlt, und was ihn den großen Erzählern aller Zeiten ebenbürtig macht. Ich hoffe, daß ich noch in diesem Monat einmal vor[bei]kommen kann.

Herzliche Grüße auch an Frau Speedy

Ihr Ernst Jünger.

RUDOLF SCHLICHTER an ERNST JÜNGER
Stuttgart 19./11.37

Lieber Herr Jünger

Anbei die versprochene Gabe für Ihren Sohn Ernst. Die Zeichnung ist eine Illustr.[ation] zum »Blutigen Blockhaus« von Sealsfield (übrigens eine vorzügliche Erzählung.) Lassen Sie ein schmales Rähmchen drum machen, dann kann er's in sein Zimmer hängen.

Für Ihre Karte aus Kubins Behausung danke ich Ihnen. Sein freundlicher Gruß hat mich sehr gefreut. - Wir lesen zur Z.[eit] eifrig Ortega, Aufstand d. Massen! Ein ungewöhnlich geistvolles u. interessantes Buch. Dieser Mann beobachtet sehr gut u. weiß vor allem die Symptome richtig zu deuten. Eine Fähigkeit, die ich bis jetzt bei keinem zeitgenössischen Autor in dem Umfange antraf. Er bezieht, schlicht gesagt, die nach meiner Ansicht einzig mögliche Position eines geistigen Menschen: Nämlich die, daß eben bestimmte Normen anerkannt werden müssen, um überhaupt einen Verkehr unter Menschen zu ermöglichen. Dadurch unterscheidet sich nach seiner Ansicht der höhere Typus vom Massenmensch, der wertfrei denkt. Seine Alternative ist: Zivilisation u. damit die Möglichkeit einer Elite oder Barbarei u. damit Sieg des Massentypus. Das sind natürlich nur ganz grobe Andeutungen des Inhalts. Der ganze Komplex wird von ihm von allen Seiten beleuchtet u. das Phänomen der Masse gründlich analysiert. Ich würde Ihnen dringend raten, das Buch aufmerksam zu lesen. Es verrät wie keines sonst, den wirklichen Pegelstand des europäischen Geistes.

Auf Ihre Nachrichten von Kubin bin ich sehr gespannt. Die »Sprache« von K. Kraus habe ich für Sie bestellt. Sie wird, denke ich bald bei Ihnen eintreffen.

Grüßen Sie Ihren Bruder Fritz von uns allen sehr herzlich, ebenso Frau Gretha u. den kleinen Ernst.

Herzlichst Ihr Rudolf Schlichter

ERNST JÜNGER an RUDOLF SCHLICHTER
Überlingen/Bodensee, Weinbergstraße 11 24. 11. 1937

Lieber Herr Schlichter!

Die Zeichnung, die wohlbehalten hier anlangte, wird dem Ernstel große Freude machen. Ich lasse sie rahmen und lege sie dann unter den Weihnachtsbaum. Mein Besuch bei Alfred Kubin, über den ich Ihnen noch berichten sollte, verlief sehr zu meiner Zufriedenheit. Ich fand den Mann und sein Gehäuse ganz so, wie er dem Werke entspricht. Amüsant war, daß Kubin mich muskulöser gedacht hatte, während ich mir ihn schmächtiger vorgestellt hatte, als er [in] Wirklichkeit ist. Freilich hat er ein sehr feines Sensorium, durch das man fast an die Lauscher der Hasen oder an die unheimlichen Ohren der Fledermäuse erinnert wird. Das absolut Seltene an diesem Manne jedoch liegt darin, daß man in seiner Person Dinge studieren kann, die sonst in unserer Zeit sehr selten geworden sind. In unserer Zeit, die das Planmäßige und das Konstruktive über Alles liebt, werden lange die ungeheuren Mächte unterschätzt, die der Verfall besitzt, dem doch endlich alles wieder zum Opfer fallen muß. Gerade hier für hat Kubin einen feinen Sinn, und damit ein bedeutendes Verhältnis zur Zeit. Das drückt sich bereits in seiner Lebensweise aus, auch in seinem Möblement, dann in seinem Wohnsitz, am Böhmischen, in den das Balkanische schon seine ersten Fühler streckt. Wir sprachen über Napoleon III., den er sehr schätzt. Wenn sich in solche Art der Existenz noch das Exotische einmischt wie in die Figur des Maximilian von Mexiko (der dazu noch Habsburger ist!), dann ist Kubin vollauf in seinem Element. Diese kurzen Andeutungen nur zum Zeichen, daß wir uns sehr gut unterhalten haben. Daneben habe ich noch sehr viel Unveröffentlichtes von ihm gesehen.

Haben Sie Speedy noch einmal meinen Dank ausgesprochen für die Aufnahme, die ich bei Ihnen fand? Sie haben mich zu sehr verwöhnt. Ihnen allen meinen herzlichen Gruß

Ihr Ernst Jünger.

[Am oberen Rand von S. 1] Die Fotos kamen hier an. Ich lese jetzt Max Réné Hesse: »Dietrich und der Herr der Welt.« Empfehlenswert. Ferner »Das Mondjahr«. Eine Schilderung der Chinesischen Sitten u. Gebräuche, soeben bei Zsolnay erschienen. Auch der Hemmingway war gut!

ERNST JÜNGER an RUDOLF SCHLICHTER
Überlingen/Bodensee, Weinbergstraße 11 3.2.1938.

Lieber Herr Schlichter!

Ihr Brief scheint die diesjährige Frühjahrs-Offensive einzuleiten, denn am gleichen Tage trafen zwei weitere Schreiben ein, die mir ähnliches mitteilten.

Das Gremium, das sich an Sie wendet, ist mir insofern unbekannt, als ich seine Zuschriften nicht beantworte. Einmal im Jahre werde ich durch eine Nachnahme von ihm gebrandschatzt. So setzt es mich in Verlegenheit, die Frage, die Sie an mich richten, zu beantworten. Daß ich nach wie vor bereit bin zu bekunden, daß ich Sie für den besten Maler halte, den ich kenne, versteht sich von selbst. Freilich hege ich starke Zweifel, ob Ihnen das nützen kann.

Ich nehme an, daß Sie inzwischen bereits Einspruch erhoben haben, und daß Sie auch diese oder jene Kraft innerhalb des Gremiums selbst besitzen, die sich für Sie interessiert. Schreiben Sie auch an Dr. Otte, weil er gerade Erfahrungen auf diesem Gebiet gesammelt hat.

Sicher ist Ihnen die Sache sehr ärgerlich, dennoch halte ich es für am wichtigsten, daß Sie sich die Laune nicht verderben lassen. Schlimmsten Falles gründen wir einen Schlichter-Verein und machen es zur Ehrensache, Ihnen behilflich zu sein.

Das Ganze erinnert mich sehr an die Traumstadt von Kubin, auch die anderen Briefe, die hier eintrafen.

Mit herzlichem Gruß, auch an Ihre Gattin

Ihr Ernst Jünger

RUDOLF SCHLICHTER an ERNST JÜNGER

Stuttgart=S, Neue Weinsteige 5 11./2.38

Lieber Herr Jünger

Ihr Brief hat mir sehr wohl getan u. viel Mut gegeben. Dieser Reichskammerausschluß hat natürlich schon seine unangenehmen Seiten, da ängstliche Gemüter, sobald sie davon Wind bekommen, Herz u. Beutel verschließen. Denn der Mutigen, die sich nicht abschrecken lassen, sind wenige. Ich muß eben sehen, wie ich mich durchschlage. Hierbei zeigt sich auch der Wert einer Gemeinschaft, wie wir sie pflegen.

Es ist in meinem Fall günstig, daß Herr Blessing gut verdient u. Herr Sekler von zu Hause sein Monatsgeld bekommt. Da wir eine gemeinsame Haushaltskasse führen, ist es zunächst noch erträglich. Außerdem habe ich von meinem Neffen in Berlin noch einen kleinen monatlichen Zuschuß zu erwarten. Indes die Situation bleibt noch peinlich genug, zumal ich mich nicht gerne in solcher hilflosen Abhängigkeit bewege. Das alles sind ja nur vorläufige Lösungen, die wiederum sehr von den Zeitumständen abhängig sind. Andererseits ist es lehrreich, auch diese letzte radikale Form menschlicher u. bürgerlicher Existenzunsicherheit durchzumachen. In der Hinsicht kann ich mich wahrlich nicht beklagen, ich glaube, ich habe im Laufe meines Lebens so ziemlich alle möglichen Formen der Existenzbedrohung erprobt, angefangen mit der Liebe u. aufgehört mit dem Machtspruch öffentlicher Gewalt.

Also, ich werde versuchen, mich auch davon nicht klein kriegen zu lassen. Da ich keinerlei Bedenken habe, etwas von meiner Würde als »Mensch u. Bürger« zu vergeben, habe ich sofort ein langes Schreiben an die R[eichs]k.[ammer] d.[er] b.[ildenden] K.[ünste] losgelassen, worin ich auf meine unleugbaren Verdienste um den nationalen Gedanken hinweise u. sie »klar herausstelle«. Ich werde außerdem an den Maler Werner Peiner von der Göringakademie in der Eifel schreiben (übrigens ein begabter Maler u. ehemaliges Mitglied der Novembergruppe). Wahrscheinlich werde ich auch in Bälde nach Berlin fahren, um an Ort u. Stelle die nötigen Schritte zu tun. Dann ist es auch notwendig, mit dem Auslande Beziehungen anzuknüpfen, um womöglich von dort Illustrationsaufträge zu bekommen. So unbekannt bin ich ja nicht draußen; dies wurde mir erst kürzlich wieder durch einen netten Brief aus Österreich bestätigt. Vielleicht kann mir Kubin da einiges vermitteln. Was meinen Sie?

Ihren Rat, Herrn Otte in Hamburg zu schreiben, werde ich befolgen, obwohl ich glaube, daß er sicher selbst genügend Scherereien hat, um andern noch viel helfen zu können.

Schade, daß wir uns jetzt nicht treffen können. Sie kommen in absehbarer Zeit wohl nicht in die Gegend von Stuttgart? Mich führt mein Weg leider zunächst in entgegengesetzter Richtung. Ist Ihr Bruder wieder zurück? Sagen Sie ihm, ich danke ihm für seinen Brief u. lasse ihn herzlich grüßen.

Zur Zeit lesen wir Oberst Lawrence »Die sieben Säulen der Weltweisheit«. Sie kennen diesen Autor wohl auch. Das Buch ist in seiner Art ausgezeichnet. Man erfährt sehr viel Wissenswertes u. die Haltung des Verfassers ist sympathisch, ohne jeden heroischen Krampf u. ohne jene bekannte Scheu vor dem Allzumenschlichen; dazu von einer bei ähnlichen hiesigen Erscheinungen unbekannten geistigen Elastizität. Eine tolle Szene darin ist, wie er einmal mit einem Pascha oder Bey schlafen soll u. weil er sich weigert, ausgepeitscht u. dann gefügig wird. Das ist grausig; aber erstaunlich ist auch der Mut, dies nicht zu unterschlagen.

- Nun hätte ich noch eine Bitte: Könnten Sie mir gelegentlich einmal Kubins Roman leihen. Ich möchte ihn doch gerne wieder einmal lesen. Und wenn Sie den Lawrence wollen, könnte ich ihn Ihnen schon für ein paar Wochen verschaffen. Ich selbst habe ihn von einem hiesigen Kunstfreund geliehen.

Wie geht es Frau Greta, leidet Sie noch unter Ihrem alten Übel des Hexenschusses. Wir haben es sehr bedauert, daß sie uns nicht besuchte. Empfangen Sie alle von uns die herzlichsten Grüße u. seien Sie besonders von mir in alter Freundschaft gegrüßt

Ihr Rudolf Schlichter

SPEEDY SCHLICHTER an GRETHA JÜNGER
Stuttgart-S, Neue Weinsteige 5 12/3.38

Liebe Greta,

Es war wirklich jammerschade, dass Sie damals im Herbst nicht kamen. Ich hatte mich auf Ihren Besuch richtig gefreut. Ich hoffte mit Ihnen einige gute Stunden zu erleben. Bis wann werde ich noch auf Ihr fröhliches Erscheinen warten müssen?? Sie wissen doch wie gern ich Sie habe, Sie Meisterin des guten Kaffee-Machens und alles was damit zusammenhängt!!

Rodolphe genoss inzwischen wieder einmal Ihre liebe Gastfreundlichkeit. Wie dankbar ich Ihnen und Ihrem Gatten dafür bin, werden Sie wohl ahnen.

Seit dem 4. März ist Rodolphe in Berlin und berichtet brieflich schon manches. Vor seiner Abreise las er noch die freundliche Karte Ihres Gatten und sagte mir, er wolle ihm von Berlin aus schreiben. Vielleicht werden sich die beiden Herren inzwischen dort getroffen haben.

Am 5. März kam ein Schreiben von der Reichskammer dessen Inhalt Sie wohl interessieren kann:

»Von Ihrer am 2. Februar 38 eingereichten Beschwerde habe ich Kenntnis genommen. Ich setze bis zur Entscheidung über Ihre Beschwerde den Vollzug meiner Ausschlussverfügung vom 27. Januar 1938 aus. Im Auftrag gez. Lebrecht / Beglaubigt: unleserlich«

Über das was Rodolphe seitdem erfuhr wird er Ihnen sicherlich bald selbst bericht geben. Ich will jetzt nur schnell andeuten, dass ein Gremium aus beiden Kammern, also aus der Schrifttumskammer u. aus der der bild. Künste, die endgültige Entscheidung fällen wird.

Herr v. Salomon ist nicht mehr Lektor bei Rohwohlt [!].

Er *musste* weg. Zur Zeit arbeitet er für den Film. Lilo verklagte ihn auf Unterhalt. Ernst hat also Geldsorgen da er *sich* und zwei Frauen (er lebt mit einer Freundin) ernähren und kleiden muss. Titel: Schicksal eines Abenteurers, der vom Gesetz erfasst wird. Da sehen wir wieder einmal wie bürgerlich kleine Dirnen, wie Lilo eine ist, sind! Ernst v. Salomon's Grossmut wird leider nicht mit Dank erwidert.

Montag werden Sie, *liebe* Greta, Ihren Geburtstag feiern. Mögen Sie an dem Tag spüren, dass Sie gerne leben. Ich wünsche Ihnen nur gutes und küsse Sie ganz herzlich.

Dieses beigelegte kleine selbstgemalte Taschentuch soll Ihnen eine kleine Freude bereiten.

Wie immer

In Liebe Ihre Speedy

GRETHA JÜNGER an SPEEDY SCHLICHTER

Ueberlingen, d. 20. März 1938

Meine gute Speedy –

Ihr Brief und das kleine Angebinde zu meinem Geburtstage, den Sie überraschender Weise im Gedächtnis behielten, haben mich sehr erfreut; ich danke Ihnen herzlichst dafür. Dieser Tag brachte mir eine solche Fülle von Beweisen guten Gedenkens an mich, wie ich es niemals vermutet hätte; ich bin dankbar dafür.

Meine herbstliche Reise nach Berlin, die mich auf der Rückfahrt zu Speedy und Roro führen sollte, war reich an Enttaeuschungen; ich litt an schlechten Stimmungen und chronischem Geldmangel, noch dazu lief meine Karte bereits in Weimar ab, sodass ich Stuttgart nicht mehr berühren durfte; seien Sie froh, dass ich Ihnen in dieser Verfassung nicht in die Arme fiel. Gegen Ende April werde ich jedoch ein Wochenend bei Ihnen verbringen, zu dem Allah seine guten Geister senden möge; mein Herz verlangt nach Stunden wahrer und tiefster Heiterkeit, denn die Depressionen der letzten Wochen müssen[,] einem alten und schäbigen Mantel gleich, abgestreift werden.

Ihre letzte Krönung erhielten sie in der Nachricht, dass die liebliche Theodora, deren unschuldige Spiele uns so erfreuten, ihre Stimme verloren hat, und nicht mehr singen darf. Ob ein erfahrener Arzt sie wieder hervorzaubern kann, müssen wir abwarten. Der Himmel hat in seiner strahlenden Blaeue wenigstens ein Einsehen mit uns; so suchen wir den Garten mit seinen Lilien und Frühlingsblumen auf, und ergötzen uns im Liegestuhl an kindlichen Gesprächen über die allgemeine Heiserkeit, von der kaum jemand verschont bleibt; die verfluchten Dottores aber, die Allvater in seinem Zorn erschaffen haben mag, konnten noch nicht einmal mein Söhnchen heilen, das hustend und grippekrank im Bettchen lag. In meinem Laienverstand habe ich ihm allein helfen können, und den unwissenden Doktor, der von nichts anderem als heissen Kartoffelumschlägen schwatzte, zum Teufel gejagt. Mit zunehmender Wärme hoffe ich, werden auch Rheuma und alle anderen Erscheinungen vergehen.

Der göttliche Gatte hat Berlin gleich nach dem 2. Tage fluchtartig verlassen; diese Stadt kann uns allen nichts mehr bieten. Ueber die Erleichterungen, die jetzt für Rodolphe eingetreten sind, bin ich sehr erfreut; wir wollen hoffen, dass auch der Trompetenstoss des Finale aus einem guten Instrument geblasen wird.

Oft sehe ich Sie Alle in Gedanken am Tisch des Wohnzimmers sitzen; es ist ein sehr friedliches und harmonisches

Licht, das eure Gesichter beleuchtet. Es hat mir leid getan, dass Rodolphes letzter Besuch in eine solche Wirrnis fiel; inzwischen tat ich einen tiefen Atemzug, und blies den unfreundlichen Geist hinweg, der mir so viele Stirnfalten verursachte. Der grosse christliche Gesang »Friede auf Erden« wurde zur allgemeinen Erheiterung angestimmt, und das kleine Wort Liebe, das schon so viel Unheil in dieser Welt angestiftet hat, war wiederum mein Talisman.

Leben Sie wohl, liebe und beste Freundin; grüssen Sie die Dreieinigkeit. Sobald ich die Trauerfahne der Strohwitwe auf meinem Dachfirst hisse, und die beiden Hausväter sich auf die Fahrt nach der kleinasiatischen Küste mit all ihren Verlockungen begeben haben, suche ich Sie auf und hoffe, Sie so schoen wie immer anzutreffen.

Allerherzlichst Ihre Gretha.

GRETHA JÜNGER an RUDOLF SCHLICHTER
21. Mai. [1938]

Lieber Herr Schlichter,

herzl. Dank für Ihren Kartengruss; ich hatte vor Sie im April aufzusuchen, nahm jedoch an, da Speedy schweigsam war, dass es Ihnen um diese Zeit nicht gelegen war. Inzwischen sind meine beiden Männer wieder von Rhodos zurück, und meine gute freie Zeit ist beendet. Vielleicht sind Sie Anfang Juni alle daheim, dann benutze ich ein Wochenend zur Fahrt nach Stuttgart. Wie war es auf Ihrer Reise? Ihnen und Speedy herzlichste Grüsse

Ihrer Gretha Jünger

RUDOLF SCHLICHTER an ERNST JÜNGER
Stuttgart=S, Neue Weinsteige 5 24./5.38

Lieber Herr Jünger

Wie uns Frau Greta mitteilte, sind Sie wieder von Rhodos zurück. Hoffentlich hat Sie diese Reise etwas erfrischt nach all den Widrigkeiten der letzten Zeit. Auch ich war inzwischen nicht untätig, habe einige Bilder gemalt u. eine Anzahl schöner Rohrfederzeichnungen gemacht. Vor zehn Tagen war ich eine Woche in Berlin, um im Aquarium Studien für ein großes Bild zu machen (Es wird 2 m 40 auf 1 m 90 groß)[.] Der Inhalt des Bildes könnte vielleicht mit dem Wort »Lebensbrodem« umrissen werden. Hierbei handelt es sich hauptsächlich um Amphibisches u. Reptilisches. Nun stecke ich z. Zeit in einer erfreulichen Arbeitsatmosphäre. Der Geist allein (u. in diesem Fall die Kunst) vermag froh u. frei zu machen, nur er macht zeitweise Samsara, die Welt des Leidens u. des Sterbens lichtvoll. Und obwohl man weiß, daß auch seine Werke dem blinden Zufall ausgesetzt u. vergänglich sind, so tröstet einen doch die Ahnung von seiner Unvergänglichkeit.

Anbei eine Postkarte von dem Hanfstängldruck. Er ist jetzt also doch herausgekommen u. bereits in den Schaufenstern zu sehen. An dem Titel hinten bin ich unschuldig; er dient in erster Linie als Lockmittel für den Käufer. Das spaßige ist, daß bereits einige württembergische Kasernen den Druck für die Ausschmückung ihrer Räume erworben haben.

Meine Reichskammergeschichte ist immer noch beim alten Stand. Ich kann arbeiten, ausstellen, mich betätigen, habe aber noch kein neues Mitgliedsbuch. Doch bemüht man sich anscheinend stark, die Sache ganz in Ordnung zu bringen. Wissen Sie übrigens etwas von Onkel.

Wir haben miteinander in den letzten Tagen Keyserlings »Südamerikanische Meditationen« gelesen. Wir sind alle sehr befriedigt von dem Buch; es ist bei weitem das substanziellste, was wir in der letzten Zeit in dieser Art lasen. Wirklich einmal eine philosophische Haltung, die einem kein schales Gefühl hinterläßt. Natürlich freut es einen auch, wenn die eigene Schau bestätigt wird u. wenn man sieht, daß andere um dieselben Fragen sich bemühen u. zu ähnlichen Resultaten gelangen. Was K. über Gana, Delicadezza u. emotionale Ordnung ausführt, gehört schon zum besten, was bisher darüber gesagt wurde. Haben Sie übrigens dieses Buch nicht schon gelesen? Ich habe so eine leise Erinnerung daran, als ob Sie einmal mir gegenüber davon gesprochen hätten.

Kommen Sie nicht einmal in absehbarer Zeit nach Stuttgart? Sagen Sie Frau Greta meinen herzlichsten Dank für Ihre Karte. Wenn sie kommt, wird sie mit Freuden bewillkommnet.

Seien Sie beide herzlichst gegrüßt von uns allen

Ihr Rudolf Schlichter

N. S. Können Sie gelegentlich den Lawrence zurückschicken?
[Am Rand] Viele Grüße auch an Ihren Herrn Bruder.

RUDOLF SCHLICHTER AN ERNST JÜNGER

Stuttgart=S, Neue Weinsteige 5 31./5.38

Lieber Herr Jünger

Herzlichen Dank für den Sonderdruck der Corona. Wegen der 1001 Tag, die Sie wünschten, habe ich Nachricht bekommen. Das Werk ist nicht mehr neu zu bekommen, da es nicht mehr aufgelegt wird. Die in dem hier beigelegten Brief offerierte Ausgabe habe ich angesehen. Ich finde sie sehr gut erhalten u. durchaus preiswert. Der Rücken der Bücher ist genau wie bei der grünen Ausgabe mit Goldschnitt in Leder, das übrige ist allerdings helles Halbleinen. Meines Erachtens sollten Sie zugreifen, solche Gelegenheiten werden immer seltener. Wenn Sie zusagen, schreiben Sie mir bitte gleich, ob die Sendung per Nachnahme an Sie abgehen soll.

Das Staudenmayer'sche Buch »Experimentelle Magie« könnte ich Ihnen auch für einige Zeit überlassen, obwohl ich selbst es noch nicht bis zur Hälfte gelesen habe. Ich muß zu einem solchen Stoff besonders disponiert sein, um etwas davon zu haben u. das war ich in der letzten Zeit leider nicht immer. Zur Zeit lese ich das neue Buch von W. Faulkner »Absalom, Absalom!« ein ungewöhnliches u. packendes Werk (behandelt die Geschichte einer südstaatlichen Familie, eines Abenteurers vor, während u. nach dem Sezessionskrieg).

Schreiben Sie doch bitte wegen des Lawrence an M. Wir sollten das Buch dringend abgeben, haben aber seine Adresse nicht. - Wir würden uns alle sehr freuen, Sie wieder einmal zu einer angeregten Unterhaltung hier zu sehen. Grüßen Sie Frau Greta herzlich von uns, ebenso Ihren Herrn Bruder.

Herzlichen Gruß von uns allen

Ihr Rudolf Schlichter

ERNST JÜNGER AN RUDOLF SCHLICHTER
Überlingen/Bodensee, Weinbergstraße 11 2.6.38.

Lieber Herr Schlichter!

An Mitscherlich schrieb ich und bat ihn, Ihnen den Band Lawrence sogleich zuzustellen. Er nahm ihn seinerzeit mit, um ihn Ihnen persönlich abzugeben.

Für Ihre Bemühung, die »1001 Tag«=Ausgabe betreffend, besten Dank. Wenn Sie das Exemplar für preiswert halten, so lassen Sie es mir bitte zustellen.

Den Faulkner'schen Roman habe ich auch begonnen, fand ihn aber leider unleserlich. Diese Bücher erinnern mich an ganze Ziegen und Rinder, die roh durch den Wolf gedreht sind - schon in den wüsten Perioden liegt eine starke Zumutung an den Leser.

Ich empfehle Ihnen »Les grandes cimetières sous la lune« von Bernanos, eben bei Plon erschienen.

Wolfe macht sich in seinem Roman über die französischen Autoren lustig, bei denen er und alle Amerikaner aber noch sehr viel lernen müßten. Herzlichen Gruss Ihnen Allen

Ihr E. Jünger

ERNST JÜNGER an RUDOLF SCHLICHTER
Überlingen/Bodensee, Weinbergstraße 11 7.6.38.

Lieber Herr Schlichter!

Mit bestem Dank erhielt ich die vier Bände »1001 Tag«, die im Rücken recht gut zu meiner anderen Ausgabe passen. Ich überwies dem Buchhändler zugleich das Geld. In diesem Monat reise ich in die Schweiz, um dort einige Freunde zu sehen und zu sprechen.

In diesen Tagen hatte ich den Einfall, daß Sie sich eigentlich auch einmal, und zwar als Zeichner, dem Capriccio widmen sollten. Das Capriccio ist gewissermaßen ein Augen-Blick, der auch den Kulminationspunkt eines gewordenen Erlebnisses füllt. Ich könnte mir vorstellen, daß Sie eine Mappe zusammenstellten, vielleicht sogar mit kolorierten Zeichnungen. Wie ich aus Paris höre, wandert Bernanos in diesem Monat aus: nach Paraguay. Ihnen allen herzlich

Ihr E. Jünger

RUDOLF SCHLICHTER an GRETHA JÜNGER
Stuttgart 30./8.38

Liebe Frau Gretha!

Wir sind einigermaßen in Besorgnis, solange nichts von Ihnen zu hören. Wie geht es Ihnen und was macht Herr Jünger? Ist er z. Zeit in Überlingen oder macht er seine Übung? Von Berlin haben wir auch nichts mehr gehört. Ist Herr Fritz noch bei Ihnen? Der Himmel der Zukunft ist z. Zeit ja wieder einmal ziemlich schwarz! Ich habe üble Träume gehabt, die auf Unheil deuten.

Unser Ferienaufenthalt auf der Alb verlief sehr glücklich; dieses Leben in Zelten hat einen eigenen Reiz, vorausgesetzt, daß es kein erzwungenes ist.

Seit einiger Zeit male ich an einem großen Bild mit viel Reptilien u. Insekten. - Also ich wäre Ihnen sehr dankbar, wenn Sie uns bald ein Lebenszeichen zukommen ließen.

Mit herzlichem Gruß

Ihr R. Schlichter

[Am Rand] Viele Grüße Herrn Jünger u. Herrn Fritz.

SPEEDY SCHLICHTER an GRETHA JÜNGER

Stuttgart-S, Neue Weinsteige 5 18/9.38

Liebe Gretha,

Bitte verzeihen Sie mir mein Nicht-Schreiben, denn ich denke oft und gut an Sie, Ihren Gatten und Familie. Immer wartete ich auf Ihren versprochenen Besuch und nehme nicht an, dass Sie dazu eine formelle Einladung vorher brauchen, denn Sie wissen ganz genau, wie breit meine Arme sich öffnen würden, wenn Sie so zu sagen in voller Grösse vor unserer Türe stehen würden.

Die Nachricht Ihres bevorstehenden Umzugs und seine Gründe hat uns alle beeindruckt. Ich stelle mir vor, dass es Ihnen gesundheitlich entsprechend nicht ganz gut geht. Wissen Sie nun schon, wo Sie Ihren Hausrat hinführen werden? Ich denke in solchen Fällen immer speziell an das Geschirr, das so gerne Töne von sich gibt. Ein Umzug hat immer etwas Klingendes, was einige Nervenzentren zu Spannungen zwingt. Bitte lassen Sie uns ja wissen, sobald Sie dies können, wo und wann diese Ortsveränderung von Ihnen in Angriff genommen wird.

Ô Gretha, es steht Ihnen also viel Arbeit in Aussicht, wozu Sie wieder viel Kraft brauchen werden. Hoffentlich wird Ihr gesundheitlicher Zustand gerade während dieser Zeit nicht allzu elend sein.

Wir haben uns sicherlich einiges gegenseitig zu erzählen. Sowohl Sommer als Herbst haben uns Gedanken eingegeben. Immer suchend und abwartend zugleich bemüht man sich würdig zu reifen.

Liebe Gretha, ich würde mich sehr sehr freuen, Sie bald in Ihrer vollen Energie wieder zu sehen. Können Sie nicht sich ein bischen anstrengen um uns zu besuchen??

Das Stuttgarter Klima dürfte für Sie gar nicht ungesund sein.

Grüssen Sie bitte Ihren Gatten und sein[en] Bruder von uns allen herzlich. Lassen Sie auch bald etwas von sich hören. Sie haben zu wissen, dass ich Sie ungeduldig erwarte!

Und freundschaftlich küsse ich Sie

Ihre Speedy

GRETHA JÜNGER an SPEEDY SCHLICHTER
Ueberlingen, d. 22. Sept. 1938.

Liebste Speedy,

es hat mich lebhaft gefreut, wieder einmal von Ihnen zu hören! Sie wissen, wie gern ich zu ihnen komme; dass ich diesen Reiseplan immer wieder verschieben musste, hatte seine Gründe in einer Reihenfolge von Erkrankungen, und anderen Abhaltungen durch Besuch den lieben Sommer lang. Ueberdies waren die letzten Wochen ja an aufregenden Debatten reich genug; infolgedessen zählte ich meine kümmerlichen Kohlköpfe im Garten mit zäher Genauigkeit, und überlegte Verbesserungen mannigfacher Art. Sollten sich die Wolken am Horizont in ein zartes und friedliches Blau auflösen, so gedenken wir zum Frühling in die Vororte Wiens überzusiedeln. Ich bekenne mich als schuldig, dieses Wien in eine glückliche und für die beiden Hausväter verlockende Formel gebracht zu haben, nachdem wir bereits mit den einsamsten Bauerngehöften in Verbindung getreten waren; sie lagen mir zu nahe an den heimatlichen hannöverschen Kahlfeldern, und wie Sie wissen, bin ich ein hoffnungs- und pietätloses hannöversches Wesen. Der Fluch aller Verwandten lastet darum auf mir.

Genug, – der Atlas wurde nach bewährtem Muster wiederum gewälzt und das Bleistiftende zog über Salzburg nach dem Wiener Wald, in dem ich zwar keine Strauss'schen Melodien erhoffe, aber immerhin die Leichtigkeit der Luft mit allen Zügen einsaugen will; wir glauben, dort noch alte und zünftige Gesellen anzutreffen.

Der Umzug schreckt mich nicht; ich bin durch neunmaligen Wechsel bereits erprobt. Die Männer schicke ich währenddessen auf Fahrt in das Elterliche Haus.

Energie, – ja, meine gute Speedy, ich musste mich in diesem Sommer oft an dieses Wort klammern; es half. So wie ich bin, ziehe ich den grossen Meilenstiefel dem fraulichen Pantoffel vor.

Allah, der mich an einen besonders ungeschützten Windplatz stellte, zwingt mich dazu; so kann ich grosse Sprünge machen, wenn Wetterumschlag ist.

Grüsse vom ganzen Haus an Sie Alle! Ich möchte meine Stuttgarter Fahrt nunmehr fest auf den 29. Oktober, einen Sonnabend, verlegen; sind Sie dann daheim? Meine Freude, Euch wiederzusehen, ist sehr gross, und ich hoffe, Speedy bei bester Gesundheit und schön wie immer, anzutreffen.

Mit den herzlichsten Grüssen der Freundschaft!

Ihre Gretha.

[Hs. Zusatz] Es fällt mir ein, dass um den 1. September herum Ihr Geburtstag gewesen sein muss; dass ich ihn vergass, ist unverzeihlich, und ich kann mich kaum entschuldigen. Alles Liebe für dieses neue Jahr, und somit für Sie!

Was macht Rodolphe, ich freue mich, die neuen Arbeiten zu sehen! Ernst grüsst ihn herzlich, er steckt bis obenhin in Arbeit, und kommt wenig zu den Sterblichen im unteren Stock hinunter.

Abschrift

ERNST JÜNGER an DR. LUETGEBRUNE

Ueberlingen/Bodensee, Weinbergstrasse 11 7.XII.38

Sehr geehrter Herr Dr. Luetgebrune!

Soeben erhalte ich den Besuch Ihrer Klientin Frau Schlichter, die mir von der gegen ihren Gatten erhobenen Anklage berichtet und mich bittet, Ihnen gegenüber zu dieser Angelegenheit Stellung zu nehmen.

Ich kann diesem Ersuchen unbedenklich Folge leisten. In den letzten Jahren habe ich Schlichters öfters besucht und bei dieser Gelegenheit auch den Assessor Blessing und Referendar Sekler kennen gelernt. Ich hatte beide Male den entschiedenen Eindruck einer Gemeinschaft von Menschen und Freunden von hohem geistigem Rang, deren Bildung mir ausgezeichnet erschien, und deren Unterhaltung ich als angenehm empfand. Insbesondere schien es mir, dass Frau Schlichter auf ihren Mann und seine künstlerische Richtung einen sehr günstigen Einfluss ausübte. Sowohl ihre Intelligenz als auch ihre Unterhaltung liessen es mir als durchaus plausibel erscheinen, dass sie den Mittelpunkt dieses Kreises bildete. Zweideutiges habe ich nicht im Entferntesten bemerkt.

Meine Bekanntschaft mit Herrn Schlichter beruht darauf, dass ich ihn als Maler und Zeichner und darüber hinaus als empfindenden und denkenden Menschen sehr hoch schätze. Bei zahlreichen Gesprächen, die ich mit ihm führte, ist mir auch deutlich geworden, dass er über eine freie geistige Kraft und Regsamkeit verfügt. Gerade diese Eigenschaft des freien Urteils könnte ihn in den Augen von Beobachtern, denen das Unterscheidungsvermögen mangelt, vielleicht schädigen. Keinem unbefangenen Beurteiler kann jedoch, wie ich glaube, entgehen, dass die ganze Anlage dieser Existenz auf das Schöne und Ausserordentliche, und nicht auf das Niedere gerichtet ist. Daher freut es mich sehr zu hören, dass Sie sich dieses Falles annehmen, der mir sowohl menschlich als auch grundsätzlich von Bedeutung erscheint.

Heil Hitler!

gez. Ernst Jünger

SPEEDY SCHLICHTER an GRETHA JÜNGER
Stuttgart=S, Neue Weinsteige 5 den 12.I.1939.

Meine liebe Gretha,

Auch wenn ich, wie Sie schreiben, keinen Gruss über Weihnachten von Ihrem Hause bekam, so spürte ich dennoch, dass Sie alle oft und gut an Rodolphe und mich dachten. Ihre lieben Wünsche kommen mir also trotz Schweigen zu. Ich hoffe , dass Sie das Gleiche von mir empfinden

Ich kann mir vorstellen, wieviel Arbeit und Sorgen Sie infolge der Krankheit Ihrer Kinder und noch dazu während der Feiertage gehabt haben. Merkwürdiges Jahr, das Jahr 1938! Was wird uns 1939 erfahren lassen?? Ich habe mich entschlossen wacher mehr denn je zu sein.

Vorläufig teile ich Ihnen folgendes mit: vorige Woche war ich drei Tage in Mittenwald, im Landhaus des Herrn Dr. Luetgebrune, wo ich freundschaftlich aufgenommen wurde und allerhand Arbeit leistete. Dieser Aufenthalt war für mich in jeder Hinsicht sehr interessant. Ich bekam dort guten Wein und guten Kaffee, womit ich meinen pauschalen und detaillierten Aerger besser schlucken konnte. Die prägnante, überall auftretende bayerische Tracht (in unzähligen Variationen und von und auf den verschiedenen deutschen

Rassen gezeigt) gab mir einige Einsichten über die Durchschlagskraft des bayerischen Volkes.

Herr Dr. Luetgebrune schrieb nun eine 18 Seiten lange Schutzschrift, deren Durchdruck ich gestern per Eilboten erhielt. Das Gericht beschäftigt sich also zur Zeit damit. Herr Dr. Luetgebrune beweist durch detaillierte Ausführungen, dass kein hinreichender Verdacht vorliegt, der eine Hauptverhandlung mit dem Ergebnis einer Verurteilung aussichtsreich erscheinen lässt. Er beantragt, dass wir alle noch einmal vorher zur endgültigen Klärung vom Berichterstatter der Strafkammer verhört werden. Ich spüre trotz seiner Tapferkeit aus Roro's Briefen die schauerlichen Depressionen, die er durchmacht. Er schreibt mir manches über seine Träume, Visionen und Beobachtungen. Ach, ich selbst hätte Euch vieles zu schildern.

Ich freue mich, dass Sie endlich ein angenehm zu bewohnendes Haus fanden. Ich halte es für sehr richtig, dass Sie nach Norden ziehen. Herr Dr. Luetgebrune wohnte auch vier Jahre, von 1934-1938, in Hannover. Mit aller Kraft wünsche ich Ihnen allen und vor allem Ihrem Mann eine fruchtbare Luft zum Arbeiten und die dazu nötige Ruhe.

Auf Ihren in Aussicht gestellten Besuch freue ich mich stark. Doch hoffe ich noch vorher Sie mit Roro in Ueberlingen besuchen zu können. Ihre wohltuenden Freundschaftsgefühle für uns geben uns Mut. Roro erfuhr inzwischen um die guten Gedanken der Freunde. Das hat ihm viel Kraft vermittelt, denn in einem Käfig neigt man *zwangs*läufig dazu, sich verlassen und verraten zu glauben. Aber ich sorge schon dafür, trotz Besuchsverbot, mich durch Liebe und Einsatz bei meinem guten geliebten Roro bemerkbar zu machen. Ich lasse auf alle Fälle den Kopf nicht hängen. Nie war ich so klar und fest wie heute. Der Kampf und Trotz erfrischen mich sogar. Liebe ist kein hohles Wort für mich. Die grossen klaren Augen einiger Menschen sollen einem stets Mut geben.

Grüssen Sie bitte recht herzlich von mir Ihre *wertvolle* Familie. Ihnen selbst gebe ich einen lieben dankbaren Kuss

Ihre Speedy

Ihr kleiner Alexander entzückt mich jedesmal.

SPEEDY SCHLICHTER an ERNST UND GRETHA JÜNGER

Stuttgart-S, Neue Weinsteige 5 26/1.1939

Meine lieben teuren Freunde,

Eine Hauptverhandlung hat doch stattgefunden. Sie dauerte 4 lange Tage. Diese Tage waren entsetzlich! Trotzdem wir berechtigt waren einen Freispruch zu erwarten, verurteilte das Gericht meinen Roro zu 2 Monate[n] Gefängnis, verbüsst durch die 3 Monate Untersuchungshaft. Das Gericht würdigte wohl die saubere geistige Atmosphäre und den hohen Wert der beteiligten Personen, zog nicht einen Augenblick lang die hohe Liebe von Rudolf u. mir in Zweifel, brachte es aber nicht fertig einen reinen Freispruch durchzusetzen, hier wirkten anscheinend immer noch die ganz niederträchtlichen Verleumdungen nach. Herr Dr Luetgebrune meinte es handle sich um einen Kompromiss, da bei Bejahung der Schuldfrage eigentlich mindestens ein Jahr Gefängnis hätte verhängt werden müssen. Als ich Rudolf für das erste Mal wieder sah erschrak ich ob seiner Magerkeit und tiefer Trauer. Aber jetzt habe ich ihn wieder! Ihr ahnt ja nicht, was wir alle erlebt haben, es ist viel! Wir machen keine Revision, weil es zu viel Geld u. Nerven kostet. Roro musst[!] sich jetzt fest erholen. Wir beabsichtigen Stuttgart zu verlassen. Ich möchte wieder nach Berlin. Bis dahin sehen wir uns wieder. Für heute diese kurze Nachricht. In tiefer Dankbarkeit

Speedy

[Am Rand von S. 1] Meine lieben Freunde! Diese drei Monate waren eine harte Prüfung, ich habe viel gelitten. Meinen allerherzlichsten Dank für Eure Hilfe u. Anteilnahme

Euer Rudolf Schlichter

ERNST JÜNGER an RUDOLF SCHLICHTER
Kirchhorst über Hannover 12.V.39.

Lieber Herr Schlichter! Liebe Frau Speedy!

Es freut uns, daß Sie nach Ihrem Behagen untergekommen sind. Mit meinem Bruder war ich Anfang März in München; es ist und bleibt eine schöne Stadt. Unsere neue Anschrift sehen Sie oben; wir bewohnen ein großes Haus mit Garten in einer schon wohl nördlichen Landschaft. Soeben sandte ich an Herrn Metzger ein rares Stück Literatur, nämlich eine Spezial-Nummer der Zeitschrift »Le Crapouillot«: Les Bas-Fonds de Paris, mit mancherley Bildern, so angenehm und nützlich zu beschauen. Ich bat Herrn M., Ihnen dieses Document zu übersenden, nach dem er sich daran ergötzte. Arbeiten Sie gut? Ich in diesem nüchternen Lande besser als am Bodensee: die Schönheit verführt mich zum Faulenzen.

Herzlich Ihr Ernst Jünger

RUDOLF SCHLICHTER an ERNST JÜNGER
München, Pettenkoferstr. 25 III 28./9.39

Lieber Herr Jünger, liebe Greta

Meine Karte aus München werden Sie nicht ohne Überraschung gelesen haben. Wir haben uns nun doch endgültig für Süddeutschland entschieden. Von Berlin hatten wir u. vor allem Speedy einen ungemein ungünstigen Eindruck, leere Maschinerie, ausgebrannte Herzen u. Hirne. Schnarrende u. schnoddrige Automaten. Und nicht einen Funken Natur. Zudem hatten wir auch noch eine böse Auseinandersetzung mit meinem Neffen, der an der großen Angst litt, wir würden ihm nun in Berlin auf der Pelle sitzen (in geldlicher Hinsicht). So etwas verstimmt mächtig. Der Konflikt wurde zwar beigelegt u. ein Burgfriede geschlossen, aber Speedy nahm dies alles furchtbar mit. Wir fuhren also nach drei Tagen nach München. Überrascht von dem guten Eindruck, den die Stadt u. vor allem der Ton in der Sprechweise ihrer Einwohner auf uns machte[n], gingen wir mutig auf die Wohnungsuche. Es war unendlich schwer, etwas zu finden, da die meisten Wohnungen insbesondere die von auswandernden Juden, nicht frei sind, d. h. sie waren den sogen.[annten] Abrißmietern vorbehalten, das sind Leute, die aus den abzureißenden Vierteln u. Straßen herausmüssen. (Es wird, wie in Berlin, ungeheuer viel gebaut.) Aber wir hatten ein unerwartetes Glück. Ein netter Beamter vom Wohnungsamt vermittelte uns eine Atelierwohnung, die gerade avisiert wurde, als wir ihn ziemlich abgekämpft um Rat angingen. Wir müssen allerdings einen Teil der Renovierung u. die Neuinstallierung eines Bades finanziell mittragen, aber das ist nicht so schlimm, zumal ich wieder ganz gut verdient habe u. die Wohnung reizend zu werden verspricht. Sie ist wesentlich kleiner als unsere hiesige u. besteht aus Atelier, zwei Wohnräumen (wovon einer als Küche dient) zwei Kammern, einem Bad u. Keller. Das reicht für uns, da wir jetzt wieder zu zweit sind, recht gut. Sie sehen, wir sind vom bürgerlichen Wohnen wieder zum freieren des Künstlers zurückgekehrt. Und ich spüre, diese Atmosphäre bekommt uns besser. München selbst gefällt uns sehr gut. Das ist wenigstens noch eine Stadt mit Palästen, Kirchen u. Silhouetten. Es weht immer noch etwas vom Geist der schönen 90iger Jahre dort, als Ibsen, Strindberg, Wedekind u.a. Stammgäste im Cafe Luitpold waren. So etwas verliert sich nie ganz. Auch die Peripherie der Stadt hat noch etwas erfreulicheres als man es sonst bei Großstädten antrifft. Noch ist viel ländliches zu spüren, nicht blos[s] Laubenkoloniengeruch! Als wir auf unserer Suche einmal nach einem Vorort fuhren, sahen wir plötzlich in der Abendsonne die ganze Kette der bayrischen Alpen erglänzen. Fürwahr, ein trostreicher Anblick für ein empfindsames Herz! Die Lage unseres Domizils ist recht gut: zehn Minuten zu Fuß vom Bahnhof u. drei Minuten von der Theresienwiese entfernt. Wir sind ebenso schnell in wie aus der Stadt. Ich hoffe, daß Sie beide uns dort bald besuchen werden.

Wie geht es Ihnen? Und was macht Ihr Umzug? Ich vermute, es geht Ihnen wie uns: man haust in diesen Tagen wie auf einem Trümmerfeld. Das Leben bekommt zwischen gebrauchten, transportbereiten Möbeln etwas fürchterlich fragwürdiges. Ich verstehe gut den alten Strindberg, für den solche Ereignisse Anlaß zu Tragödien waren. Vermutlich bekommen Sie diesen Brief schon in Ihr neues Heim. Teilen Sie uns doch bald Ihre genaue Adresse mit. Grüßen Sie Herrn Friedrich Georg herzlich von uns u. seien Sie beide in alter Freundschaft u. Herzlichkeit gegrüßt von

Speedy u. Rudolf Schlichter

[Am Rand] Ich bin neugierig, wie es Ihnen in Ihrem neuen Wohnsitz gefällt; hoffentlich gibt Ihnen die Landschaft des Moors das, was Sie erwarten. Die räumliche Entfernung von München u. Hannover soll kein Grund sein, uns [weniger] in Fühlung zu halten als bisher. Und nochmals,: Wenn Sie nach München kommen kehren Sie bei uns ein!
Herr Sekler läßt ebenfalls herzlich grüßen!

RUDOLF SCHLICHTER an GRETHA JÜNGER

München 16./11.39

Liebe Gretha

Es ist wahrhaftig schlimm, daß wir solange ohne Nachrichten von einander blieben; Speedy u. ich machen schon seit einer geraumen Zeit unser bitteres mea culpa über unser langes Schweigen. Indes Sie kennen selbst die derzeitigen Umstände zur Genüge, die einen wider Willen vom Schreiben abhalten. Zunächst einmal unsern allerherzlichsten Dank für das neue Buch von Ernst; es wurde uns vom Verlag mit seiner persönlichen Widmung zugestellt. Muß ich Ihnen noch sagen, wie tief es uns bewegt hat, sowohl des Inhalts als auch der damit ausgedrückten Sympathie wegen, die ein solches Freundeszeichen bedeutet? Bei uns hat sich nicht viel geändert, trotz Krieg u. Kriegsgeschrei; abgesehen natürlich von den üblichen Quälereien, die man mit Verdunklung, Nahrungsbeschaffung u. ähnlichen Dingen auf sich nehmen muß. Unsere Gedanken u. Wünsche sind immer u. unwandelbar dieselben. Wir warten eben wie so viele auf den silbernen Hoffnungsstreifen des Friedens. Speedy leidet natürlich sehr unter den widrigen Umständen, aber sie erträgt es tapfer u. mit Größe. Wir sind froh, in München zu sein, die Atmosphäre der Stadt u. ihre Menschen sagen uns sehr zu. Dies ist in solchen Zeiten sehr wichtig.

Seit Kriegsausbruch habe ich eine Reihe schöner Arbeiten gemacht, figürliche u. andere. Daneben arbeite ich an einem Auftrag. Es handelt sich um ein Schulgeographiebuch, das ich mit ungefähr 60 Zeichnungen bebildern muß. Dieser Auftrag war mir sehr willkommen, da er wenigsten[s] etwas Geld einbringt u. nicht von der Konjunktur abhängig ist. Ich muß mich dabei allerdings manchmal mit den Vertretern der Schulbehörde herumschlagen, was nicht immer ein Vergnügen ist. Doch hält sich dieses Übel in erträglichen Grenzen. Der Auftrag läuft ungefähr bis Januar. Was dann kommt, weiß ich noch nicht, denn mit dem Verkaufen sieht es sehr mau aus u. sich so rasch etwas neues zu verschaffen wird seine Schwierigkeiten haben. Unsere Freunde sind noch nicht eingezogen. Herr Sekler ist in Augsburg in einer Stellung u. Herr Blessing befindet sich als Unabkömmlicher im Betrieb unseres Freundes Perrot in Calw. So sind wir also vom Schicksal immer noch gnädig bedacht. Wir denken viel an Sie, Ernst u. Friedrich Georg! Ist letzterer noch bei Euch oder hat ihn auch schon die Kriegsfurie gegriffen? Wie geht es Ernst u. wo befindet er sich z. Zeit. Schreiben Sie uns doch bitte seine Adresse und sagen Sie ihm, welche große Freude er uns mit der Übersendung seines Buches bereitet hat. Es war wie ein Gruß aus einer anderen Welt. Ich finde, es ist unbedingt notwendig, daß wir mehr als bisher die Verbindung zwischen uns pflegen, denn der alte Cicero hat recht, wenn er sagt: »Ohne Freundschaft gibt es kein Leben.«!

Laßt bald etwas von Euch hören! In alter Treue

Speedy u. Rudolf

RUDOLF SCHLICHTER an ERNST JÜNGER

München 6./12.39

Lieber Herr Jünger

Es tut wohl, in dieser dunkeln u. verdunkelten Zeit den Gruß eines teuren Freundes zu erhalten. Daß Sie unter solch unerwünschten Umständen den Ort kennen lernten, von wo aus ich die dornenvolle Fahrt meines Lebens antrat u. wo ich mich zum erstenmal ohne Rückendeckung einer merkwürdigen Menschenwelt gegenübersah, bewegt mich seltsam; es ist, als ob Sie eine Saite in meinem Innern zum Tönen gebracht hätten, die lange Zeit nicht berührt wurde. Trotz äußerer widriger Umstände begann damals der Traum u. die wilde Sehnsucht nach einer verlorenen Welt, nach einem irgendwo u. nirgendsheim seine Gestalt zu gewinnen; er trieb die ersten exotischen Blüten in den bezaubernden Figuren von Kreuzfahrern, Rothäuten, Cowboys, zarten Mädchen u. exzentrischen U.S.A.bürgern hervor. So begann ich die Grauzeit eines Fabrikalltags mit bunten Guirlanden zu schmücken. Eine Tätigkeit, der ich bekanntlich bis heute treu geblieben bin. Warum auch nicht? Schönheit, dich will ich preisen, schrie meine Seele, nicht im faden maßvollen Gehrock eines würdig in Bildungsstätten verstorbenen Klassizismus, sondern in den bunten Improvisationen einer abenteuernden Außenseiterwelt. So träumte ich - durch Ihren Brief angeregt, - wieder zurück in jenes ferne u. doch so nahe Jugendland. Indessen geht es hier wie überall in unserem vom gefüllten Sein zum blos[s]en Dasein herabgewürdigten Leben. Nähert man sich gelegentlich dem Gegenstand, der die Erinnerung zu hinterlassen vermochte, so ist man nicht selten in erschreckender Weise enttäuscht; nur der Traum von ihm ist erhebend u. besitzt jene lebenspendende u. [-]steigernde Kraft, die einem die kurzen Spannen rauschhaften Glücks beschert. Und dies alles unter dem furchtbaren u. fruchtbaren Zeichen des Wortes »vorbei, unwiderruflich vorbei«! Allerdings, oft genug wird das Leben zwischen den Requisiten einer vorgestellten Vergangenheit, einer schwer zu erfassenden Gegenwart u. einer unbekannten Zukunft gespensterhaft unwirklich u. beängstigend. So widersinnig es klingt, man muß auch seine Träume überwachen, sonst gerät man ins Dickicht. Das was nun geschehen ist u. weiterhin geschieht, haben wir doch mit Hoffnung u. Bangen erwartet. Ich kann jedenfalls von mir sagen: Meine nächtlichen Alpträume u. dumpfe[n] Ahnungen haben mich nicht betrogen. Auch glaube ich fest daran, daß manche Gedanken, die man gedacht hat, eines Tages eine überraschende Verwirklichung erfahren werden. Übrigens hatte ich einige Zeit vor Kriegsausbruch zwei recht bedeutsame Träume, deren Sinn mir, wie ich ihn heute deute, eine gewisse Beruhigung gibt. Sie wissen ja, wieviel ich von solchen Hinweisen halte.

Soweit es der Zwangszustand, in dem man lebt, erlaubt, flüchte ich in das Reich der Freiheit, um für ein paar Stunden das Reich der Notwendigkeit zu vergessen, das uns mit Verordnungen u. Lebensmittelkarten den Lebensboden verknappt. Ich habe trotz aller inneren u. äußeren Behinderung eine Reihe schöner Arbeiten gemacht. Sehr fruchtbar war für mich im letzten Sommer der kurze schöne Aufenthalt im Salzkammergut. Eine eindrucksvolle poetische Landschaft, auch in ihren Nachtseiten. München war, dies stelle ich immer wieder fest, eine glückliche Wahl. Auch Speedy fühlt sich hier viel wohler als sonstwo. Der Aufenthalt hier hat außerdem noch die schon lange in mir keimende Neigung, mich stärker als bisher mit der vergangenen österreichischen Literatur zu beschäftigen, erheblich gefördert. So habe ich kürzlich wieder mit Nestroy beglückende Stunden erlebt. Er ist meines Erachtens der bedeutendste Satiriker u. Komödiendichter in deutscher Sprache u. dabei ein vorzüglicher Beherrscher des theatralischen Handwerks. Der einzige Philosoph, den Österreich hervorgebracht hat, wie sich listig ein bekannter Wiener Literaturhistoriker über ihn äußerte. Mich mutet es nach der Lektüre seiner Possen hinterwäldlerisch an, wenn ich immer wieder den »zerbrochenen Krug« u. [»]Minna v. Barnhelm« als die besten deutschen Lustspiele rühmen höre. Das gehört auch wie so vieles zum festgefrorenen Bestand innerweltlicher Vorurteile. Nestroy ist, worauf Kraus (der ihn wunderbar vortrug) schon hinwies, ein Meister des Wortspiels, durch das er die ganze zwiespältige Hintergründigkeit menschlicher Beziehungen aufdeckt. Er benutzt mit größter Unbefangenheit den trivialen Wiener Gassenwitz u. handhabt in einer Weise die von der Comedia del arte übernommene wohlerprobte Situationskomik, daß man an die besten klassischen Vertreter des Lustspiels erinnert wird. Ja, er erreicht Wirkungen, die man sonst nur bei Cervantes oder bei den Verfassern der Schelmgeschichten in 1001 Nacht findet. Mir bereitet er denselben hohen Genuß wie die besten amerikanischen Filmgrotesken. (Die ich teilweise für recht künstlerische Schöpfungen halte). Ich würde Ihnen schon raten, sich diesen Genuß, wenn Sie einmal wieder Gelegenheit haben, nicht entgehen zu lassen. Wir sind beide froh, inmitten der quälenden Nachtgesichte einen so erleichternden Geist entdeckt zu haben. –

Kürzlich war Manfred Schwarz hier; er kam geradewegs aus dem polnischen Feldzuge. Als wir ihn fragten, wie er sich fühle, erklärte er, er hätte sich noch nie so »pudelwohl« gefühlt wie jetzt. Wir saßen wie zwei altkluge Kinder staunend vor solch jugendlicher Unangreifbarkeit. Speedy kam mir plötzlich vor wie eine römische Patrizierin, der ein auf seinem Schilde die Alpengletscher heruntersausender Cimber mit Stentorstimme den gewichtigen Satz entgegenbrüllt: »Wir wollen Land«! Er erzählte uns u.a., daß er auch Ihr letztes Buch gelesen habe, doch hatte ich den Eindruck, als ob er an den wichtigsten Stellen vorbeigelesen habe, wahrscheinlich geschah dies ganz instinktiv. Es ist vielleicht auch besser so.

Unsere Freunde sind noch nicht eingezogen. Herr Blessing ist in Calw bei Perrot, er ist, da das Unternehmen ein W.betrieb ist, vorläufig noch unabkömmlich. Und Herr Sekler hat in Augsburg eine Stellung. Beide besuchen uns oft. Es sind liebe, treue u. sehr begabte Menschen, eine heutzutage immer rarer werdende Menschenart. Herr Wenger, den Sie noch von Rottenburg her kennen, ist als Pionier an der Westfront.

Ihr Buch freute uns außerordentlich, besonders die Widmung darin berührte uns tief, wir spürten Ihre Gedanken, die sich in derselben Richtung bewegen wie die unsrigen u. denen Sie in Ihrem neuen Werk so schön Ausdruck verleihen. Das ist jetzt ein Trost u. Ansporn. Einmal wird auch dies enden u. vielleicht ist der Gewinn doch der gebrachten Opfer wert. Es macht nur unsagbar traurig, wenn man an all das zerstörte wertvolle Leben denkt. Die Ablösung eines Weltzeitalters ist von Prüfungen begleitet, die oft das Maß des Erträglichen übersteigen. Erinnern Sie sich noch an mein Aquarell »Europa zum zweiten Mal geraubt«. Das Blatt entstand 1930 u. ist heute aktueller denn je. Manchmal, wenn ich so meine Arbeiten durchkrame, denke ich oft, wie vieles hätte zur Warnung dienen können »für die, die sich warnen lassen«!

Zur Zeit beschäftigen wir uns viel mit antikem Schrifttum u. sind immer wieder erschüttert über die Größe u. Klarheit, mit der griechische u. römische Autoren sich über fast alle wesentlichen Dinge des Lebens äußern. Sie sind u. bleiben, - nächst dem christlichen Heilsgut - doch die geistigen Fundamente des Abendlandes, der abendländischen Humanitas. Zum Unterschiede von allem, was uns aus dem kalten skytischen Orient zufloß u. dessen unheilvolle Wirkung wir an der eigenen Haut verspürten - Dostojewski ist ein lehrreiches Beispiel - findet hier jeder Gedanke Form u. Gestalt. Alles bildet sich zu Bildern u. plastisch räumlicher Architektur, bekommt Maß, Umriß u. Lineatur. Eine mittlere, nicht übertriebene Moralität im sozialen Leben, die aber dem Individuum noch genügend Freiheit läßt, ist die gute Frucht ihrer Bemühungen. Wohingegen uns selbst von den besten skytischen Erzeugnissen keine Erinnerung an eine klar umrissene Figur bleibt, wohl aber das vage Bild eines anziehend sich bewegenden Gemengsels phosphorisch leuchtender oder barbarisch bunt schillernder Erscheinungen, die sich in einem seltsamen, rauhen u. landschaftslosen Zwielicht oder Halbdunkel bewegen, wie die Gestalten eines byzantinischen Mosaiks. Ich gebe zu, es hat für uns, die wir auf der Grenze zwischen Rom u. Byzanz beheimatet sind, oft etwas recht verführerisches, uns in die auf dem dunkeln Hintergrunde eines unbegreifbaren Nihil sich bewegenden Gestalten zu versenken; aber schließlich kommt man einmal zur Besinnung u. »es neigen Weise oft am Ende zu Schönem sich!« Als wir vor einigen Wochen die »Brüder Karamassow« wieder lasen, sagte ich zu Speedy: »Kannst du dir in dieser Welt einen Maler oder Plastiker vorstellen?« Ich nicht! Wobei ich beileibe nicht einem abgezogenen chemisch gereinigten Klassizismus das Wort reden möchte. Klassik ist etwas springlebendiges u. nichts totes. Sie ist in einem Cervantes ebenso lebendig wie in einem Corneille. Das merken bei uns nur die wenigsten u. so wurde das Mißverständnis allmählich chronisch; man bleibt beim andächtigen Betrachten u. Copieren toter Hülsen stehen. Darüber könnte man viel u. endlos raisonnieren. Wer viel hat, dem wird noch gegeben, wer aber wenig hat, dem wird auch das wenige noch genommen, heißt es in einem berühmten Buche. Zum Schlusse möchte ich Ihnen doch noch einige herzerfrischende Sentenzen übermitteln, die ich in einer Sammlung antiker Autoren gefunden habe:

»Dem Blöden fährt bei jedem sinnvollen Wort der Schrecken in die Glieder« (Heraklit).
»Schändlich ist es, wenn die Seele im Leben eher ermüdet als der Leib« (Marc Aurel).
»Wenn du arbeitest, kann dir Amors Bogen nichts tun« (Ovid) (für den Hausgebrauch von Schwerfüßlern).
»Dasselbe wollen u. dasselbe nicht wollen, das erst ist feste Freundschaft« (Sallust).
»Wer nicht das gleiche erfahren hat wie ich, soll mir keinen Rat geben« (Sophokles).
»O süßer Name »Freiheit« (Cicero).

Hiermit will ich meinen Brief schließen. Ich glaube, es ist Ihnen wie mir ein Trost, zu wissen, daß trotz vermehrter Windstärke die Flamme nicht erlischt, es sei denn, der Träger selbst fällt dem Schicksal alles Irdischen anheim .

In diesem Sinne grüße ich Sie in alter Freundschaft

Ihr Rudolf Schlichter.

Lesen Sie doch gelegentlich den 73. Psalm, wenn Sie ein N.T. in die Hände bekommen.

RUDOLF SCHLICHTER an ERNST JÜNGER

München 10./1.1940

Lieber Herr Jünger

Zum neuen Jahr unsere besten Glückwünsche. Dieses Jahr wird uns Neues bringen u. wie wir hoffen auch Gutes. Haben Sie übrigens meinen Brief bekommen? Ich wäre schon dankbar, wenn Sie mir eine kleine Nachricht zukommen ließen. Man bangt um die Freunde u. möchte gerne um ihren Zustand wissen. Bei uns ist alles noch beim Alten. Wir arbeiten, lesen u. gehen möglichst wenig an die Außenwelt.

Mit gutem alten Freundesgruß

Ihr Rudolf Schlichter

RUDOLF SCHLICHTER an ERNST JÜNGER

München 24./1.1940

Lieber Herr Jünger

Ich weiß leider noch nicht, ob Sie meinen letzten Brief erhalten haben. Vor ungefähr 14 Tagen schrieb ich Ihnen eine Karte, vielleicht hat die Sie erreicht. Unter den derzeitigen Umständen weiß man ja nie, wie lange ein Schreiben unterwegs ist u. ob es überhaupt seinen Bestimmungsort erreicht. Wir machen uns oft große Sorgen um Sie, da wir wissen, welche Überwindung es für einen geistigen Menschen erfordert, unter solch schwierigen Verhältnissen sein Leben zu fristen. Heute nun komme ich mit einem Anliegen, das mir sehr am Herzen liegt. Ich beabsichtige nämlich ein Buch mit zirka 50 Zeichnungen von mir herauszubringen. Die Finanzierung dieses löblichen Werkes wollen zwei Freunde von mir übernehmen, die sich schon lange als Sammler u. treue Förderer meiner Kunst bewährten. Vor ungefähr 10 Tagen nun war ich bei Piper, der, wie Sie wahrscheinlich wissen, der erste u. heute fast einzige Verlag ist, dessen Namen nicht nur hier, sondern auch im Ausland einen guten Klang besitzt. Ich sprach mit Herrn Piper persönlich u. er zeigte sich nicht abgeneigt, den Druck dieses Buches zu übernehmen. Als ich ihm u.a. das Photo Ihres Bildes zeigte, kam die Rede auch auf Sie. Er ist ein großer Verehrer u. Leser Ihrer Bücher u. schlug mir sogleich vor, bei Ihnen anzufragen, ob Sie Lust hätten, die Einleitung dazu zu schreiben. Nun, ich hatte schon vorher mit Speedy diesen Gedanken erwogen, denn ich wußte niemand, der berufener wäre, über mich zu schreiben, zumal Sie ja schon früher die Absicht hatten, über mich zu schreiben. Ich äußerte allerdings Herrn Piper gegenüber Zweifel, ob Sie jetzt psychisch u. zeitlich in der Lage seien, eine solche Aufgabe zu übernehmen. Herr Piper meinte aber, es sei durchaus nicht immer der Fall, daß man an der Front keine Gelegenheit hätte, sich eigenen Arbeiten zu widmen. Wie es in Ihrem Fall ist, weiß ich nicht; ich hoffe, daß Herr Piper recht hat. Trotzdem fürchtete ich zuviel zu verlangen, wenn ich in dieser Zeit Ihre Kraft mit der Beschäftigung mit meiner Person in Anspruch nähme. Da ich indes auch weiterhin die Absicht habe, in meiner Weise durchzuhalten u. keine Lust verspüre, ein Sargophagdasein [sic] zu führen, würde ich mich selbstverständlich riesig freuen, wenn Sie sich zu dieser Arbeit entschließen könnten. In diesem Falle würde ich Ihnen dann eine Anzahl Photos meiner charakteristischsten Arbeiten zur Verfügung stellen. Das Buch soll nur Zeichnungen enthalten in Pinsel-, Rohrfeder- u. Bleistiftausführung u. zwar so ausgewählt, daß der ganze Umfang meines Stoffgebiets in Erscheinung tritt.

Die Einleitung soll höchstens 6-8 Druckseiten umfassen u. in konzentrierter Form Wesen u. Inhalt meiner Zeichenkunst umreißen.

Es wird Sie vielleicht interessieren zu erfahren, daß die Resonanz Ihres letzten Buches selbst bei Leuten, die sonst wenig oder keine Beziehung zu Ihren Büchern hatten, eine sehr starke war. Ich hatte in der letzten Zeit häufig Gelegenheit, diese erfreuliche Wirkung unter meinen Münchener Bekannten zu beobachten.

Ich würde mich sehr freuen, bald Nachricht von Ihnen zu erhalten u. grüße Sie in alter Freundschaft von ganzem Herzen

Ihr Rudolf Schlichter

Auch Speedy wünscht Ihnen nur Gutes u. denkt viel an Sie.

ERNST JÜNGER an RUDOLF SCHLICHTER
Feldpost 35 187/C In Stellung 7.2.1940

Lieber Herr Schlichter!

Der 73. Psalm steht in der Tat gleich einem Monument aus Erz im Wandel der Zeit. Es tritt in ihm der Unterschied zu Tage, den Boethius, dessen Consolationes ich Ihnen empfehle, zwischen der Vorsehung und dem bloßen Schicksal trifft - die Vorsehung ist der hohe Plan im scheinbar wirren Werk des Schicksals, der doch zuweilen in seiner göttlichen Architektonik sichtbar wird.

Was nun das Vorwort, von dem Sie schreiben, anbetrifft, so lebe ich hier sehr beengt. Auch ist es nicht unmöglich, daß es in den nächsten Wochen lebhafter wird. Indessen will ich's versuchen, doch muß ich mich einschränken. Ich könnte also von Ihnen nicht als von dem Maler, sondern nur als von dem Zeichner und lediglich von dem der sechzig auszuwählenden Blätter, von denen ich einen Abzug sehen müßte, abhandeln. Als Entgelt würde ich »l'art pour l'art« auf ein Bildchen von Ihnen zählen. Schon Ihr Atlantis war für mich sehr bildend; ich hatte es immer vor Augen, und sicher floß ein wenig auch in die »Klippen« ein. Bezüglich des Bildes, das Sie in Überlingen von mir malten, bin ich zu der Einsicht gekommen, daß in diesem Lande ein solches Portrait schlecht möglich ist. Vor allem ist mir der Gedanke, es so in fremder Hand zu wissen, unangenehm. Ich würde es daher sehr begrüßen, wenn Sie mich mit einem Mäntelchen wie auf dem schönen Bild von Speedy mit dem Monde bekleiden würden, und wie es dem Kostüme - schwarz mit rotem Futter - entspräche, das ich auf den ersten Seiten der »Klippen« schildere. Wir würden dem Bilde dann den Titel »Auf den Marmor-Klippen« geben, und ich glaube, daß ich Ihnen einen Käufer dafür bringen könnte. Bitte denken Sie daran, Sie würden mir damit einen Gefallen tun.

Die Übersendung der Abzüge erwarte ich. Gut wäre es auch, wenn Sie mir einige Anregungen geben würden. Sie führen ja, wie viele Zeichner, auch die Feder - dabei fällt mir ein, daß Kubin mir zu Weihnachten seine »Kleinen Schriften« übersandte und mir damit viel Vergnügen bereitete. Ihnen und Speedy wünsche ich, daß Sie weiterhin bleiben, was Sie sind.

Ihr Ernst Jünger

RUDOLF SCHLICHTER an ERNST JÜNGER

[München, ca. März 1940]

Lieber Herr Jünger

Kohlennot, Krankheit u. dringende Auftragsarbeit hinderten mich[,] die Vorbereitungen zu dem geplanten Buche so rasch zu betreiben, als ich es beabsichtigte. Nun ist es endlich so weit, ein Teil der Photos fertig u. zur Absendung bereit. Sie gehen Ihnen in den nächsten Tagen zu. Außerdem folgt auch bald ein ausführlicherer Brief. Zur Zeit liege ich wieder an einem sonderbaren Fieber darnieder, das mich wie ein Blitz aus heiterem Himmel überfiel. Nun das gehört auch zu den Erscheinungen der Zeitläufte zwischen zwei Erdzeitaltern.

Nochmals meinen tiefsten Dank für Ihr[e] Bereitwilligkeit, den Aufsatz zu schreiben. Ihr Vorschlag zur Regelung der Honorarfrage hat mich sehr gefreut u. findet meinen Beifall. Über alles weitere im Brief.

Mit von Herzen kommendem Gruß in alter Verbundenheit

Ihr Rudolf Schlichter

[Am Rand] Viele Grüße u. innige Wünsche von Speedy.

RUDOLF SCHLICHTER AN ERNST JÜNGER

München 27./3.1940

Lieber Herr Jünger

Vor einigen Tagen sandte ich Ihnen cirka 24 Photos; ich nehme an, Sie haben sie inzwischen erhalten. Es ist nur ein kleiner aber immerhin wichtiger Teil der Arbeiten, die publiziert werden sollen. Ich glaube, Sie können sich darnach schon ein Bild machen. Außer diesen kommen noch eine Reihe Illustrationen zu Bret Harte, Californ.[ische] Erz.[ählungen], Sealsfield, Puschkin u. andern Autoren hinzu. Ferner eine Reihe Köpfe, darunter Ihre Profilzeichnung u. der Kopf Ihres Bruders. Von älteren Arbeiten denke ich einige phantastische Szenen hereinzunehmen. Und neuerdings habe ich eine Erzählung aus 1001 Nacht bebildert - allerdings nicht per Auftrag, sondern zu meinem Privatvergnügen. Es ist die Geschichte des dritten Bettelmönchs (mit dem Magnetberg u. dem erzenen Reiter); Sie erinnern sich wohl noch gut an diese Geschichte, sie steht im ersten Band. Die Blätter sind mir sehr gut gelungen, u. sie werden wie ich glaube, Ihren Beifall finden. Von dieser Serie will ich ebenfalls einige in das Buch aufnehmen. Sobald ich Photos davon habe, sende ich sie Ihnen. Man muß heute viel Geduld u. gute Nerven haben, denn alles geht zum verzweifeln langsam u. ist mit viel Widrigkeiten verknüpft.

Hinsichtlich der Herausgabe des Buches hat sich insofern eine Änderung des ersten Planes ergeben, als ich es nicht bei Piper, sondern beim Verlag Klett in Stuttgart herausbringen will. Der junge Herr Klett, anscheinend ein beweglicher u. geistig interessierter junger Mann, kennt Sie übrigens persönlich u. verehrt Sie sehr. Er hat, als mein Freund Blessing ihm den Plan unterbreitete, sofort zugesagt. Mir ist diese Lösung entschieden lieber, denn im Verlaufe meiner Verhandlungen mit Piper gewann ich immer mehr den Eindruck, hier weht ein mir unbekömmlicher Wind; diese altrenommierten Kunstplantagen pfeifen auf dem letzten Loch. Sie tun zwar immer noch so, als ob sie etwas zu bestimmen hätten, doch in Wirklichkeit bestimmen sie nichts, aber auch gar nichts mehr, sondern sie sind untertan der Obrigkeit, die Gewalt über sie hat u. die sie nach ihrer

Flöte Drehungen u. Wendungen machen läßt, wie sie's braucht. Das müssen nun die andern auch, aber es kommt immer noch darauf an, wie weit man die Verrenkungen treibt. Zu alledem jammerte mir der Mann ein Trauerlied über seine katastrophale Papierknappheit vor. Kurz, er hatte soviel Bedenken u. Einwände, daß ich die Lust verlor, noch weiter meine Zeit mit ihm in müßigen Gesprächen zu vergeuden. Schließlich passe ich auch nicht in eine solche Umgebung; verkalkte Männer sind nicht mein Wirkungsbereich. Wie ich schon sagte, verhandelte Herr Blessing in meinem Auftrage mit Herrn Klett u. bis jetzt ging die Sache reibungslos. Es wäre ja schön, wenn das Projekt noch dieses Jahr seine Verwirklichung erlebte. Ich gehe nämlich unter die Jubilare, im Dezember dieses Jahres begehe ich meinen 50. Geburtstag. Dies ist auch einer der Gründe, die meine Freunde veranlaßten, die Angelegenheit so energisch u. mit so erfreulich splendidem Gestus zu betreiben.

Ihre Zusage, die Einleitung für dieses Buch zu schreiben, freut mich ungemein u. daß dies unter dem Motto »l'art pour l'art« geschehen soll, rührt mein Künstlerherz. Ich werde Sie dann bitten, selbst etwas recht Schönes auszusuchen.

Die Gefühle, die Sie anläßlich Ihres Ölportraits äußern, sind Speedy u. mir durchaus verständlich; ich möchte jedoch das Bild nicht verändern, um die ursprüngliche Conzeption nicht zu zerstören. Sie hat nämlich einen speziellen Reiz. Speedy hängt besonders an dem Bild; sie wollte nie, daß es verkauft würde. Deshalb betrachte ich dieses Bild im wesentlichen auch als ihren persönlichen Besitz. In ihren Händen ist das Bild gut aufgehoben. Selbstverständlich werde ich es auch nicht ohne Ihre ausdrückliche Zustimmung reproduzieren lassen.

Um auf Ihren Vorschlag zurückzukommen, so lege ich Wert darauf, Sie nochmals malen zu dürfen u. zwar diesmal Ihrem Wunsche entsprechend bekleidet.

Übrigens kam mir letzthin der Gedanke, ob wir uns nicht einmal treffen könnten! Da ich in Calw meine Freunde habe, bietet sich mir leicht die Gelegenheit, dort einige Tage zu verbringen. Sie schrieben mir doch in Ihrem ersten Brief von Ihrem Aufenthalt in der Pforzheimer Gegend. Das ist ja ganz nahe. Vielleicht wäre dort eine Begegnung möglich? Ich vermute allerdings, daß Sie inzwischen Ihren Standort gewechselt haben. Schreiben Sie mir doch bitte auch darüber.

Ansonsten geht unser Leben mühselig u. hoffnungsschwanger in zeitgemäßem Rhythmus weiter. Zwischen eigenhändigen Kohlentransporten, Haushaltsarbeiten u. Luftschutzbetätigung erhascht man sich pro Tag einige Stunden zu musischem Tun. Es ist eine Stimmung wie am Ende des zweiten ägyptischen Reiches während des Hyksoseinfalls. Manches erinnert auch an die Zeit der sog. Völkerwanderung. Da las ich kürzlich in Delbrücks »Geschichte der Kriegskunst Bd. II die Germanen« folgende aus einem Brief an seinen Freund zitierte köstliche Schilderung des römischen Bischofs u. Poeten Sidonius Apollinaris (anläßlich einer unerwünschten burgundischen Zwangseinquartierung auf seinem Landsitz): »Wie soll ich, wenn auch sonst wohlbefähigt, zum Liebesfest dichten, während ich unter dem Haufen der Langhaarigen sitze, germanische Worte mitanhören u. mit ernsthafter Miene die Lieder loben muß, die der gefräßige Burgunder singt, der sich das Gelock mit ranziger Butter gesalbt hat? Brauche ich zu sagen, was meinem Gedicht die Kehle zuschnürt? Flüchtend vor der Barbaren Leier mag Thalia, seit sie die siebenfüßigen Herren um sich sieht, vom Sechsfüßigen (Hexameter) nichts mehr wissen. Glücklich darf man deine Augen u. Ohren, glücklich deine Nase preisen, der nicht schon am frühen Morgen zehn Apparate (Kochtöpfe oder Gurgeln?) ihren Knoblauch- u. Zwiebelgeruch zurülpsen. Über dich fallen nicht schon bei Tagesanbruch wie über einen alten Onkel oder den Gatten einer Kinderfrau eine Anzahl Giganten her, wie sie kaum die Küche des Alcinous durchfüttern könnte. Aber schon schweigt die Muse u. zügelt ihre paar Scherzverse, damit man es nicht gar eine Satire nenne!«

Mit dieser bewegten Klage des Sidonius Apollinaris will ich meinen Brief beschließen. Ich grüße Sie in alter tiefer Freundschaft aus vollem Herzen

Ihr Rudolf Schlichter

[Am Rand] Herr Sekler ist seit einiger Zeit auch eingezogen; er ist Bataillonsschreiber beim Stab u. z. Zeit im Westen

[Zusatz von Speedy Schlichter] Lieber Herr Jünger, Rodolphe und ich haben uns sehr über Ihr Buch gefreut. Ausserdem bin ich Ihnen besonders dafür dankbar. Ich denke viel und treu an Sie und schrieb Ihnen mehrmals Briefe, die ich jedoch nicht abschickte. Ich leide. Meine Bekenntnisse vermehren sich und bilden eine schwere Last. Es ist mir manchmal, als ob ich ersticken müsste. Daher träume ich viel und erhalte mich durch den Trost, den mein heutiges Wissen mir gibt. Dieses Wissen ist eine kleine Macht für mich. Gedankenschwer ist die liebende Natur einer gequälten Frau. Mein Gruss geht täglich an Sie, einen Mann in Ehre.

Ihre Speedy

[Zusatz von Rudolf Schlichter] Den Boetius lese ich z. Zeit.

ERNST JÜNGER an RUDOLF SCHLICHTER
Feldpost Nr. 35 187/C. In Stellung, 28.3.1940

Lieber Herr Schlichter!

Soeben kommen Ihre Bilder hier an. Sie treffen mich leider in einem Augenblick, der für solche Arbeiten denkbar ungünstig ist. [Gestrichene Passage] Gerade habe ich mich von einer schweren Grippe erhoben und von neuem den Bunker bezogen, in dem an sich bereits eine amusische Stimmung herrscht. Zudem habe ich Ärger an Stellen, die meine Abwesenheit im Lande benutzen, um gegen mich zu intrigieren; und unter diesen Umständen ist meine Feder nicht intakt genug zu so diffiziler Arbeit, wie sie ein Vorwort vor Ihre schönen Zeichnungen verlangt. Dies müssen Sie entschuldigen. Dennoch hoffe ich, noch einmal im Leben zu der Monographie zu kommen, die ich, wie Sie wissen, über Sie plane. Außer Ihnen kommt nur noch Kubin in Betracht, da der Dritte im Bunde inzwischen durch die neue Propaganda mit Beschlag belegt worden ist und so den zeitigen Ruhm, sich selbst entlarvend, dem künftigen vorgezogen hat.

Ich lese hier manche moderne Franzosen, so Montherlant und den sehr guten Flieger St. Exupéry. Es scheint, daß dieses Land noch eine letzte Blüte der Ritterschaft erzeugt.

Nehmen Sie mir also bitte die Absage nicht übel, die Verhältnisse sind allzu unangemessen der Aufgabe. Ich werde während dieses Krieges überhaupt keine Zeile publizieren; das ist das Angenehme dabei.

Ihnen wünsche ich alles Gute. Bitte grüßen Sie auch Speedy schön von mir.

Stets Ihr Ernst Jünger

Vormittags ging ich wie gewöhnlich die Stellung ab, die hier viel kürzer als bei Greffern ist. Der schöne, einsame Rückweg hinter dem linken Flügel auf dem hohen Stege, der über den Altrhein führt. Dort pflegte ich mich meist zu vergnügen, indem ich die zahlreichen Gefäße, die im Geniste angetrieben sind, mit der Pistole abschieße. Die Flaschen spritzen in Scherben in die Tiefe, und die Kanister sinken langsam und zögernd ab.

Dann auf dem Altrheindamme, von dem aus ich lange die Yburg betrachtete. Bauten wie diese, die auf gleich Kegelstümpfen geformten Bergen errichtet sind, wirken auf den Sinn besonders stark. Rodolphe hat ähnliche auf dem Atlantisbilde, das in Goslar in meinem Zimmer hing. Der Eindruck rührt daher, daß die Phantasie die Werke an Stelle des abgeschnittenen Gebirges setzt. So wirkt die volle Macht des Urgesteines im Bauwerk mit.

Ganz ähnlich liegen die Dinge dort, wo die Bauten selbst in Form von Kegelstümpfen errichtet sind. Die fehlende Spitze setzt ihnen gleichsam eine metaphysische Haube auf. Wir spüren im Anblick den Vorrat an unausgeformter, materieller Kraft und damit die Nähe von unmittelbarer Macht. In unseren spitzen Türmen dagegen wird der Stoff aufs letzte ausgemünzt, so daß der Eindruck geistigen Strebens, geistiger Kühnheit überragt. Auf dem Breughelschen Bilde vom Babylonischen Turme sehen wir beides: den fürchterlichen Koloß im Vordergrunde und dahinter, in grünen Nebeln, eine gotische Stadt. So schneiden, wie auf manchem seiner Werke, Magie und Mystik ineinander ein. Er sieht zwei Welten, gleich Herodot.

RUDOLF SCHLICHTER an GRETHA JÜNGER
München, den 14. Oktober 1940

Liebe Gretha,

Ihr kurzer Besuch im verflossenen Sommer hatte etwas von der Gespenstigkeit einer Begegnung zwischen zwei Eilzügen. Das Schnelltempo, in dem man sich seiner Sturzflut von Gedanken, Erlebnissen, Eindrücken und Ansichten entäussern muss, hinterlässt das ärgerliche Gefühl, dass man im Grunde nichts mitgeteilt hat. Und wieviel hätten wir uns doch zu sagen gehabt! Sie wissen, ich bin und bleibe auch darin ein altmodischer Mensch, dass ich glaube, »Gut Ding braucht Weile«. Offen gestanden verblüffte mich auch Ihre damalige Sympathieäusserung für Geschehnisse, die in mir bei allem Respekt, den ich für Energieleistungen aufbringe, doch keine wärmere Anteilnahme erwecken können, weil ich nun einmal in dem, was ich liebe oder ablehne, keines besseren zu belehren bin. Ich bin ein hoffnungsloser Verehrer alter östlicher Weisheit und die Lautstärke eines Knalles vermag mich nicht von der Grossartigkeit technischer Errungenschaften zu überzeugen, zumal wenn die alltäglichen Scherereien einen so wie so nicht mehr zum reinen Genuss des Daseins gelangen lassen. Ich kann mir gut vorstellen, welche Sorgen Ihnen die Krankheit des kleinen Alexander bereitete. Das sind so die netten Dreingaben eines überlebensgrossen Zeitalters, die man nicht unterschätzen soll. Auch mir war es damals wind und weh bei dem Gedanken an eine eventuelle Operation an Speedy's Nase; denn die Geschichte sah verteufelt bedenklich aus. Zum Glück ist es ohne Schneiden abgegangen. Sie war im ganzen nicht mehr als acht Tage in der Klinik. Kaum war dies vorüber, als eine neue Unruhe in unser Dasein trat. Speedy bekam vom

Arbeitsamt die Aufforderung, eine Halbtagsarbeit in einer Schuhfabrik zu übernehmen. (Als kinderlose Frau, nahm man wahrscheinlich an, hätte sie über genügend freie Zeit zu verfügen!) Nun war sie schon von unserm Freund in Calw als Korrespondenzaushilfe reklamiert und da sein Betrieb ein W.Betrieb ist, ging das natürlich vor. Seit Mitte Sommer ist sie also Heimarbeiterin.

Wir waren übrigens beide einige Wochen in der alten Heimat und ich muss sagen, es waren schöne Tage, die wir da verbrachten. Wie wohl tut es, hier und da noch ein nicht mit Drähten durchzogenes Stück Natur zu geniessen, abseits vom widrigen Lärm der Vielzuvielen. Man hat es uns ja gründlich besorgt und das Jammertal, in dem es sich ehedem noch leben liess, in einen Tartarus verwandelt, aus dem es kein Entrinnen gibt. Kürzlich hörte Speedy einen begeisterten Zeitgenossen sich mit viel Emphase über das Wunder synthetischer Butter und aus Milchprodukten hergestellter Kleidungsstoffe verbreiten; er meinte, es sei Wurscht, ob man die Kalorien in seinen Magen einführt oder auf dem Rücken trägt. Bald wird man auch noch die Rinder in schön gekachelten Ställen mit aromatisch duftender Holzwolle füttern. Ja, ja der Fortschritt! Als um die Mitte des neunzehnten Jahrhunderts die Kraft[-] und Stoffstoffel unsern Träumen den Garaus machten, - von der löblichen Absicht beseelt, durch Entbindung aus dem natürlichen Rhythmus des langsamen Wachsens ein überwältigendes Fortschrittsäkulum anzubahnen, - ahnten sie nicht, welch abschüssige Rutschbahn für unsre stürmische willensgeladene Zielstrebigkeit sie uns bescherten. Un[d] nun sitzt man da mit leerem Herzen und leerem Kopf, hat aber alle Hände voll und weiss nicht was man damit machen soll. Stimmen wir also ruhig mit zitternder Stimme den Lobgesang auf die Technik an: Alles was wir haben und nicht haben danken wir Dir, o wundertätige Technik. Dein Erfindergenius o Abendland, hat uns zu einem geradezu verwirrenden Lebensrhythmus verholfen. Wohl dem, der da mitkommt! Nun endlich haben wir es so weit gebracht, gleich einem Projektil Raum und Zeit zu durchflitzen. Das hat den Vorteil, dass man sich keine Gedanken mehr zu machen braucht, ebenso treten keine störenden Empfindungen mehr auf, weil aller etwaige Seelenballast von dem einen Zentralgefühl des Sausens aufgesaugt, vom Rausche der Schnelligkeit verschluckt wird. Wir haben uns, christlich gesprochen, nicht nur die Erde mit allem, was da kreucht und fleucht untertan gemacht, sondern auch den Himmel bis hinauf zur Stratosphäre. Der alte Gott wurde »in die Jahrtausende« zurückgejagt und wir haben uns inzwischen in einer Planwüste installiert, der wir durch Sprengstoffbehandlung einige Buntheit zu verleihen trachten.

So leben wir in unserem schon durchlöcherten Elfenbeinernen Turm unsre dunklen Tage mit der schwachen Hoffnung, dass vielleicht noch einmal einige lichte folgen werden. Da man nun aus seiner Haut nicht heraus kann tut man auch weiterhin das, wozu ein inneres Muss einen treibt. Man tut es, solange man es eben kann. Ich habe viel gearbeitet, gezeichnet und gemalt und geschrieben. Ebenso hat Speedy eine Reihe gute Gedichte gemacht. Unsere Freunde Sekler, Blessing und Wenger haben bis jetzt unbeschädigt die Zeitläufe überstanden. Wenger und Sekler haben beide den Feldzug in Frankreich mitgemacht und starke Eindrücke mitgebracht. Blessing ist noch in C.[alw] bei der Firma unseres Freundes tätig. Wir hoffen, dass ein günstiger Stern uns auch weiterhin leuchtet. Die Bindungen sind durch all das, was man erlebte nur noch fester geworden.

Literarisch haben wir uns im letzten Jahre mit allerlei beschäftigt. Ich las mit Speedy zusammen wieder Dostojewski, dann Mereschkowsky. Letzterer hat einen starken Eindruck bei uns hinterlassen. Neuerdings beschäftigen wir uns viel mit chinesischer Philosophie, die eine wahre Oase für das verborgene Leben ist. Ich selbst lese zur Zeit Klages »Der Geist als Widersacher der Seele«, ein zweifellos interessanter Beitrag zur philosophischen Situation unserer Zeit. Durch Klages bekam ich wieder Lust, mich mit der deutschen Romantik zu befassen, besonders mit Eichendorff, der meines Erachtens die reinste Offenbarung sublimer Poesie darstellt, die man sich denken kann. Hier werden der Wald, die Landschaft zu lebendigen beseelten Wesen, die gegenständliche Wirklichkeit verschwindet, wird verwandelt in einen unerhörten Traum von Schönheit und süsser Melancholie. Unter dem Eindruck seiner Dichtung habe ich mir eine Reihe schöner Platten von Schubert und Carl Maria von Weber gekauft. O diese Musik ist von einem unsterblichen Zauber. Um so schmerzhafter fühlt man den Abfall, der sich inzwischen mit der Vehemenz eines Höllensturzes vollzogen hat. Darum rufe ich Euch allen zu: lest Eichendorff's Roman: Ahnung und Gegenwart. Er ist ein wahres Labsal für starke Seelen.

In der Oktobernummer der Zeitschrift »Das Innere Reich« sind sechs Zeichnungen von mir erschienen; sehr anständig reproduziert. Die Notiz über mich am Ende des Heftes ist etwas sehr knapp und summarisch ausgefallen!

Wir würden uns sehr freuen, bald etwas von Ernst zu hören. Grüssen Sie ihn in alter und unwandelbarer Zuneigung und Freundschaft von uns, ebenso Herrn Friedrich Georg.

Und Ihnen, Gretha, gute Freundin, unsere treuen lieben Grüsse!

Rudolf

RUDOLF SCHLICHTER an GRETHA JÜNGER
München 24./2. 1941.

Liebe Gretha

Unser Freund, der Fabrikant Perrot in Calw, der ein Sammler meiner Arbeiten ist, hatte die kluge Idee, für Neujahrszwecke aus seinem Besitze eine Zeichnung von mir im Lichtdruck reproduzieren zu lassen. Sie ist sehr schön geworden u. vom Original kaum zu unterscheiden. Ich habe mir sofort einige Drucke für engere Freunde reservieren lassen. Nehmen Sie also diese kleine Gabe für das Haus Jünger als Ausdruck unseres steten Gedenkens in Gnade an. Der Druck existiert nur in wenigen Exemplaren u. wird nicht weiter vervielfältigt. Das dargestellte Motiv ist Kloster Hirsau b. Calw (gegr. im 10 Jahrh.).

Von Ernst lasen wir das Kriegstagebuch im »Reich«. Die Erwähnung meiner Zeichnung machte mir viel Freude.

Sagen Sie Fritz meinen Dank für seinen lieben Brief. Wie gerne würde ich einmal Zwiesprache mit Euch halten! Doch »die Verhältnisse sind nicht so« daß man sich häufiger treffen könnte. Aber vielleicht klappt es in diesem Jahre doch noch einmal.

Mit von Herzen kommenden Grüßen

Rudolf u. Speedy.

Teilen Sie mir doch gelegentlich die Adresse von Ernst mit.

München 8./8.41.

Liebe Gretha

Schon allzu lange hörten wir nichts mehr von Euch! Was macht Ernst, wo befindet er sich u. ist er heil und wohlauf? Was uns betrifft, so führen wir unser gewohntes Leben weiter - bei reduziertem Comfort u. herabgeminderten Ansprüchen (dies bezieht sich indes nur auf die materiellen Güter; in anderer Hinsicht wird man mit jedem Jahre anspruchsvoller). Vieles, was früher an einem abgleitete, verursacht einem heute Schmerzen und hinterläßt Wunden. So werden z. B. gewisse Metapher[n], die früher im harmlosen Gewande eines fröhlichen Pennälleridealismus einherhüpften u. die man belächelte, aus Höllenschlünden gebrüllt zu quälenden Ungeheuern. Man ist - im Gegensatz zu den meisten Zeitgenossen, - nicht stumpfer, sondern empfindlicher geworden.

Von unsern Freunden kann ich nur z. Teil günstiges berichten. Herr Blessing ist immer noch in Calw, im Betrieb unseres Freundes Perrot. Er ist dort Direktionsassistent u. vorläufig noch u. k. Herr Sekler liegt seit Februar im Krankenhaus. Er leidet an einer rätselhaften Krankheit, der die Ärzte ziemlich hilflos gegenüberstehen. Das sowieso nicht überwältigende Schulwissen dieser Herren versagte zunächst gänzlich vor diesem Fall. Erst ein schwäbischer Homöopath, den wir zuzogen, brachte etwas Licht in das Dunkel dieser Krankheit. Es ist wahrscheinlich eine Sepsis mit tuberkulosem Einschlag. Sie können sich denken, wie sehr Speedy durch diesen Fall in Anspruch genommen war. Im Anfang der Krankheit war sie Tag für Tag im Krankenhause, da nur ihre Besuche den Kranken psychisch auf der Höhe hielten. Das äußere Symptom der Krankheit ist ständiges Fieber; ein auf u. ab der Fieberkurven. Seit zwei Monaten ist nun eine leichte Besserung eingetreten; hoffentlich hält sie an! Sie wissen, wie sehr die einzelnen Personen unseres kleinen Kreises geistig aufeinander angewiesen sind u. können daher auch begreifen, welche Sorge uns dieser Krankheitsfall bereitete.

Was die künstlerische Produktion betrifft, so habe ich immerhin einige schöne Leistungen zu verzeichnen. 36 Blätter zu 1001 Nacht sind fertig; außer diesem habe ich noch eine Menge gezeichnet u. geschrieben. Auch einige schöne Ölbilder sind entstanden. Speedy hat sich inzwischen zu einem beachtlichen Lyriker entwickelt; es liegt bereits eine Sammlung von 60 sehr überraschenden Gedichten von ihr vor. Wären die derzeitigen Umstände nicht so trostlos, hätten wir auch schon Gelegenheit gehabt, sie zu veröffentlichen. Es wird Ihnen ja nicht unbekannt sein, daß die schöngeistigen Verlage infolge Papiermangels auf dem letzten Loche pfeifen. Außerdem sind jetzt nur noch Kriegsbücher erwünscht. Was macht unter diesen mißlichen Umständen Herr Fritz? Kann er überhaupt noch veröffentlichen? Hier in M. hört man von allen Seiten die Klagelieder erschallen.

... Inzwischen steigt die Flut höher u. höher! Wann werden die Wasser der Flut zu sinken anfangen? Sorgen wir, soweit es in unseren Kräften steht, unsere arme Arche wasserdicht zu erhalten. Hier in Bayern sind viele sogen.[annte] Bombenfrischler aus dem Norden, was bei vielen Einheimischen ungute Meinungen auslöst. Im Monat Juli waren wir wieder im Schwarzwald b. Freund Perrot. Es waren schöne Tage!

[Am Rand] Wie geht es Ihnen; Sie haben sicher alle Hände voll zu tun? Lassen Sie bald etwas von sich hören. Teilen Sie mir bitte die Adr.[esse] v.[on] Ernst mit. Grüßen Sie ihn von uns in alter Freundschaft recht herzlich u. seien Sie sehr selbst von uns beiden herzlichst gegrüßt

Ihr Rudolf Schlichter.

[Am Rand von S. 1] Übermitteln Sie auch Fritz u. seiner Frau unsere besten Grüße u. Wünsche.

RUDOLF SCHLICHTER an GRETHA JÜNGER

München 25./12.41

Liebe Gretha

Entschuldigen Sie bitte, wenn ich auf Ihre liebe Einladung für den Oktober dieses Jahres noch nicht geantwortet habe. Es ist bei uns nämlich ein sehr trauriges Ereignis eingetreten, ein Ereignis, das uns allen u. besonders Speedy in tiefsten Schmerz versetzte. Herr Dieter Sekler, einer unserer drei jungen Freunde (ich glaube, Sie lernten ihn damals in Stuttgart kennen) ist am 8. November im hiesigen Militärlazarett in Schwabing nach schweren Leiden gestorben. Sie können sich denken, wie dieser Verlust uns traf; war er doch der jüngste unseres Kreises u. von uns beiden wie ein eigener Sohn betrachtet. Herr Sekler war eine vielversprechende große dichterische Begabung, die eben im Aufblühen war (das wenige, was er hinterließ, zeugt davon) u. er besaß einen Charakter von seltener Reinheit u. Aufrichtigkeit. Wenn der Tod einer Gemeinschaft von so innigem seelischen Zusammenklang eines ihrer Glieder entreißt, so ist das ein Verlust, der schwer zu verschmerzen ist, zumal bei der so eigenartig gelagerten Verbundenheit dieser Gemeinschaft. Herr Sekler hatte - wie Sie vielleicht wissen - mit seiner Familie gänzlich gebrochen, um mit uns leben zu können. Er hatte niemand als uns. Vor allem war es Speedy, der er sich in stärkster seelischer Gemeinschaft verbunden fühlte. Sie war seine Lehrerin, sein Schutzgeist, sein Licht. Deshalb traf auch sie sein Verlust besonders hart. Der Arme hatte sich im Frankreichfeldzug eine sehr merkwürdige Krankheit geholt (ich glaube, ich schrieb Ihnen schon darüber). Seit Januar dieses Jahres lag er in verschiedenen Münchner Lazaretten. Wir wollten ihn nach Konsultation durch einen Homöopathen nach dessen Anweisungen behandeln lassen, aber dies wurde nicht gestattet. So war er denn dem zweifelhaften Wissen der Schulmedizin ausgeliefert. Nach langem Herumtasten verfestigte sich bei den Weißmänteln der Verdacht einer tuberkulösen Erkrankung, nachdem man zuerst eine Sepsis vermutete (was auch der Homöopath feststellte u. was nach unserer Ansicht richtig war). Nun verabreichte man ihm Tuberkulinspritzen u. eines Tages entpuppte sich die Krankheit als eine hoffnungslose Miliartuberkulose. Wir haben über die ganze Krankheitsgeschichte unsere eigene Meinung, die wir aber brieflich nicht im einzelnen ausführen können, es würde zu weit führen. Vielleicht ergibt sich einmal bald die Gelegenheit, daß wir Ihnen alles (mit Details) in einer persönlichen Aussprache mitteilen können. - Speedy hat den Schwerkranken die ganze Zeit hindurch mit größter Aufopferung u. oft unter Gefährdung der eigenen Gesundheit gepflegt. In den letzten Wochen war sie nicht nur tagsüber, sondern auch die Nächte hindurch an seinem Sterbelager. Der Tod unseres Freundes war groß und würdig. Von den Eltern, die während der ganzen Kriegszeit sich nicht mit einer einzigen Zeile nach dem Sohn erkundigten, wollte er bis zuletzt nichts wissen. Ja, er verbot uns sogar, sie zu benachrichtigen. Wahrlich, ich habe selten einen solchen Grad von Herzenshärte bei Eltern erlebt u. ich habe doch wahrhaftig so manches in meinem langen Leben gesehen. Ein solches Verhalten ist für Menschen unserer Art schwer verständlich. In diesen versteinerten Herzen steht an Stelle des Wortes »Liebe« das Wort »Karriére«! Da der Sohn das eitle Wunschbild der Familie nicht erfüllte, wurde er ohne Träne seinem Schicksal überlassen. Für solche Bürger ist es höchst fatal, wenn sie entdecken müssen, daß sie anstatt eines ehrgeizigen Strebers einen Menschen, ja sogar einen musisch veranlagten Menschen in die Welt gesetzt haben. »Hand auf die Stelle, wo kein Herz schlägt« sagt einmal ein guter Autor von dieser Rasse. Speedy leidet, wie Sie ja wissen, sehr unter der Herzlosigkeit u. sterilen Kälte, die sie allerorten anweht; sie fühlt sich manchmal sehr fremd u. allein, obwohl es ihr bis jetzt unter dem bayrischen Volk u. speziell in München am besten gefällt von allen deutschen Gauen, in denen sie bis jetzt lebte. Hier ist eben immer noch ein Rest von natürlicher Humanität vorhanden, den man anderswo vergeblich sucht. Hätte Sie uns nicht, wäre sie wahrscheinlich schon längst wieder in der Heimat. Es ist die tiefe Liebe, die sie hier bindet u. die ihr die Kraft gibt, das unvermeidliche Leiden, das hier ein Liebender auf sich nehmen muß, zu akzeptieren.

Was mich betrifft, so habe ich trotz widriger Umstände u. schwerer Erschütterung viel gearbeitet, d.h. soweit mir neben der unvermeidlichen Hausarbeit noch Zeit für die Kunst übrig blieb. Man wird immer bescheidener (wenn auch zähneknirschend) u. ist froh, wenn man vom Tag wenigstens einige Stunden für seinen eigentlichen Beruf herausschinden kann. - Außer den 36 Blättern zu 1001 Nacht habe ich für den Verlag Gräfe u. Unzer Königsberg drei

Novellen von Stifter illustriert. Es sind 12 Vollbilder. Das Buch wird vermutlich im Frühjahr erscheinen.

Gemalt und geschrieben habe ich auch einiges. Schade, daß Sie u. Ernst die Bilder nicht sehen können, ich glaube Sie hätten beide viel Freude daran. Überhaupt bedaure ich sehr, daß wir so weit von einander entfernt sind; wie vieles gäbe es mitzuteilen u. wie fruchtbar wäre ein zeitweiser Gedankenaustausch. Kürzlich schrieb uns Metzki aus Paris, er habe dort Ernst getroffen; ebenso erfuhr ich durch einen befreundeten Herrn aus dem Redaktionsstab der Frankfurter Zeitung, der in Paris mit Ernst zusammentraf, einige seltsame Bruchstücke aus einer weinseligen Abendunterhaltung. Das ist zwar nicht viel, aber immerhin etwas! Ich wundere mich übrigens, daß er so gar nichts mehr von sich hören läßt! Können Sie mir nicht seine Feldpostnummer mitteilen; ich bat Sie schon im letzten Brief darum, aber Sie haben es anscheinend vergessen, mir in Ihrer Antwort die Nummer mitzuteilen.

Manfred Schwarz, der jetzt Ritterkreuzträger geworden ist, war auch bei uns; er hat sich sehr zu seinem Vorteil verändert. Der juvenile Krampf ist unter dem Eindruck seiner Erlebnisse im Osten ziemlich verschwunden u. hat einer menschlicheren Betrachtungsweise Platz gemacht. Auch hat er einige heilsame Erkenntnisse gemacht. Er sah, wie viele neumodischen Betonsäulen stürzten u. wie manche alte längst morsch geglaubte Säule mit unerwarteter Widerstandskraft den Stürmen der Zeit trotzt. Solche Erfahrungen wirken immer krampflösend u. läuternd, wenigstens bei edleren Naturen.

Schreiben Sie mir bald, wie es Ihnen geht in Ihrem schönen Pfarrhause, das ich mir sehr idyllisch vorstelle u. das ich doch noch in absehbarer Zeit kennen zu lernen hoffe. Daß Sie viel Arbeit u. Plackerei dabei haben, kann ich mir ebenfalls gut vorstellen. Was macht eigentlich der Hexenschuß; tritt er immer noch so häufig u. heftig auf wie in Überlingen?

Ich grüße Sie u. Ernst in alter treuer Verbundenheit, ebenso Speedy. Und grüßen Sie auch Friedrich Georg u. seine Frau herzlich von uns.

Ihr alter Freund Rudolf Schlichter

[Am Rand] Ich lege Ihnen die Todesanzeige bei; wir mußten das machen, sonst hätten die Rabeneltern geglaubt, wir wollten den Tod des Sohnes verheimlichen.

Und für Ihr ganzes Haus ein frohes Neujahr.

GRETHA JÜNGER an RUDOLF SCHLICHTER

Kirchhorst, d. 3. I. 1942.

Lieber Rudolph!

Herzlich danke ich für Ihren lieben und ausführlichen Brief; er traf an einem der letzten Urlaubstage von Ernst ein, aber unsere Absicht, ihn gemeinsam zu beantworten, wurde durch den Aufbruch, das Packen, Ordnen, etc. vereitelt. So sage ich Ihnen meine besten Grüsse, sende Ihnen auch mit gleicher Post einen Vorabdruck des neuen Buches, den er für einige Freunde herstellen liess, und das Ihnen einen Aufschluss darüber geben wird, wie er diese Zeit verbrachte. Das innerliche »Intakt-Sein« wie ich es nennen möchte, hat mich bei der Lektüre so sehr angesprochen; zählen Sie die Menschen, von denen man dies noch sagen kann, - ihre Zahl wird immer geringer, und es wundert mich nicht, wenn ich den Wirbel der Vernichtung, die Anstrengungen, Opfer und Leiden des einzelnen bedenke, im physischen wie im geistigen Sinne. Nicht jeder findet den Durchschlupf durch die gigantische Mauer; darum erfrischt mich stets ein Gruss wie der Ihrige, es ist doch noch die alte und lobenswerte Form, es ist noch eine Welt in sich, und nur wenigen zugänglich.

Der Verlust Eures Freundes ist schmerzlich, wie alles, was uns für immer verlässt, unwiederbringlich ist; der Platz wird nicht wieder ausgefüllt, und lässt eine Leere zurück, die immer wieder das gleiche Empfinden der Trauer auslöst. Für Speedy waren es schwere Wochen, ich will wünschen, dass sie sich erholt; Ende Januar möchte ich Euch guten Tag sagen, und mündlich werden wir uns über all das verständigen, was uns bewegt. Am 27. reise ich hier Abends mit dem kleinen Alexander ab, um einige Wochen in Oberstdorf zu verbringen; am 29. Nachmittags, melde ich mich bei Euch an, und hoffe auf ein gutes Wiedersehen.

München ist wie mir scheint, noch die einzige Stadt, in der man leben kann; sie hat noch ein wenig von dem alten esprit, und lässt sich nicht das grosse Ordnungsschild um die Nase hängen. Berlin ist tot; es riecht überall nach Verwesung; wir haben seinerzeit noch den letzten Farbtupfen auf der Pallette gesehen, obwohl die Auflösung bereits im vollen Gang war. Immerhin war es noch etwas. Heute bin ich so weit, dass mir das Landleben in äusserster Zurückgezogenheit nur noch schön und menschlich erscheinen will; das Pfarrhaus war die erste Stufe dazu, nun suchen wir einen eigenen Besitz, den wir ganz nach unseren Wünschen einrichten, und in dem wir bis zum letzten Tage verbleiben wollen. Die Vorstellung, abseits der grossen Strassen zu leben, ist ganz zu einem Wunschbild für uns geworden; dieses Kirchhorst liegt noch zu sehr am Rande Hannovers, die Bauern sind z. T. städtisch, es fehlt ihnen das, was man bei den Friesen - um nur ein Beispiel zu nennen, - noch in unverminderter Kraft und Form antrifft. Nichts ist bedrückender, als diese Art der Halbheit, aber ich tröste mich, denn man kann nicht alle Menschen nach seinem Willen formen, und als Nachbarn sind sie angenehm und voller Fürsorge um uns. Die Rottenburger Geschichten wären hier doch wohl unmöglich, bei all ihrer Neugierde um fremdes Leben. - Recht gern hätte ich Euch einmal bei mir; wir müssen darüber sprechen, wenn ich in München bin.

Schreiben Sie mir noch kurz, ob ich Euch am 29. antreffe.

Ihnen und Speedy gute und freundschaftliche Grüsse; was machen meine Orchideen, sind sie bereits verkauft, - sie leben immer noch in meiner Erinnerung, und ich möchte sie erwerben.

Herzlich Ihre Gretha Jünger.

RUDOLF SCHLICHTER an GRETHA JÜNGER
München 7./1.1942

Liebe Gretha

Unseren herzlichsten Dank für das schöne Buch von Ernst. Speedy hat sich gleich darauf gestürzt u. zu lesen angefangen. Sie beschäftigt sich z. Zeit stark mit Philosophie, besonders mit der klassischen chinesischen und der vorsokratischen (Pythagoras). Aber auch mit den neueren amerikanischen Systemen. Sie sollten eigentlich doch einmal ihre Gedichte kennen lernen, die bei den wenigen empfindenden Menschen, die es in unserer Planwüste noch gibt, einen starken Eindruck hinterlassen; es ist natürlich keine sogen. »Frauendichtung«! Speedy ist meines Erachtens eine lyrische Begabung von beträchtlichem Umfang.

Über Ihren angekündigten Besuch freuen wir uns von Herzen. Wir werden also da sein u. Sie gebührend mit einem guten warmen Getränk empfangen. Inzwischen habe ich auch Ihre Karte mit der Feldpostnummer Ernst's bekommen. Ich werde ihm sobald wie möglich schreiben.. Kürzlich sah ich übrigens im Buchladen ein Machwerk Webers u. stellte mit Genugtuung fest, daß wir uns über diesen Herrn nicht einen Moment täuschten. Nun auch darüber u. über vieles andere werden wir ausgiebig klöhnen, wenn Sie hier sind.

Sagen Sie Fritz u. seiner jungen Frau unsere besten Grüße, ebenso dem jungen Ernst.

Von Herzen grüßt Sie mit Zuversicht fürs neue Jahr

Ihr Rudolf.

RUDOLF SCHLICHTER an ERNST JÜNGER
München 24./1.42

Lieber Herr Jünger

Meinen herzlichen Dank für die Übersendung Ihres neuen Buches »Gärten u. Straßen«. Ich habe schon viel darin gelesen, teils mit Heiterkeit, teils mit Trauer. Aber eine Stelle gibt es, die verursachte mir eine solche Lust, daß ich jedesmal, wenn ich an sie denke, in ein krampfhaftes Gelächter ausbreche. Hier ist durch die eine Darstellung eines alltäglichen Vorgangs eine Wirkung von solcher Komik erreicht, daß man Kopf stehen, u. mit den Beinen winken möchte. Ich meine die Stelle, die vom Geflügelkauf in Baden-Oos handelt. Als ich die Schilderung der Zudringlichen las, brach es sozusagen mit Gepolter aus mir heraus, ungefähr so wie die Klumpen herausfliegen, wenn ein kleiner Krater in Tätigkeit gerät. Es ist schwer zu sagen, was einen bei dieser Beschreibung so lustvoll schüttelt. Solche Kostbarkeiten gibt es wenige in der deutschen Literatur; eigentlich habe ich sie nur noch bei Cervantes im Don Quixote gefunden - u. bei guten amerikanischen Exzentrikfilmen. Verzeihen Sie, wenn ich mich so ausschweifend gerade mit dieser Stelle beschäftige, aber ich kann nicht umhin, Ihnen darüber ausführlich zu schreiben, denn es berührt einen Lebensnerv in mir. Bestimmt ist es kein so oben hin Gelächter, das mir diese Geschichte abpresst, denn die Zeit ist wahrlich düster genug, um einem das leichte Lachen zu vergällen. Doch ich glaube, Sie verstehen mich auch ohne längere Ausführungen u. zeihen mich ebensowenig des sträflichen Leichtsinns wie der Mißachtung der anderen zahlreichen Schönheiten Ihres Buches.

Was Sie zu den consolationes des Boethius ausführen trifft genau das, was auch ich beim Lesen seines Buches empfand. Der Schmerz, - das habe ich jetzt wieder an Speedy beobachten können - verringert sich in keiner Weise durch ablenkendes Philosophieren; bei übergroßem Leiden philosophiert man nicht mehr, man »schmerzt« nur noch, wenn diese Form erlaubt ist. (Aber warum nicht!) Zu Boethius wäre noch zu sagen: Die Philosophie wird eine andere, wenn man vier Kerkerwände um sich u. die Aussicht auf den Richtblock vor sich hat als wenn man sich in körperlicher Freiheit bewegt. (Denn »Bewegungs«freiheit ist auch eine Himmelsgabe). Das Glückstreben - denn das hat B. mit vielen antiken Denkern gemein - konzentriert sich durch die körperliche Einengung auf die intelligible Welt, wendet sich notgedrungen ab von der Welt der sinnlichen Erscheinungen, wird - christlich gesprochen - innerweltlich; unter Umständen kann es dadurch an Umfang u. Intensität gewinnen, doch ebenso kann auch der Wahnsinn dahinter lauern.

Übrigens fand ich auch sonst noch viele Gedanken in Ihrem Buche, die mich sehr vertraut anmuteten. Ich erinnerte mich dabei voll Wehmut der Abende an den freundlichen Gestaden des schwäbischen Meeres. Schade, daß Sie so weit von uns weggezogen sind. Wir haben uns nun endgültig für den Süden entschieden, u. zwar in jeder Hinsicht. Was ich persönlich besonders bevorzuge, liegt stark südöstlich; so hat z.B. das Salzkammergut einen unvergeßlichen Eindruck bei mir hinterlassen. Allerdings ist ein dauernder Aufenthalt dort nur unter einigermaßen normalen Verhältnissen denkbar. Nun heißt es warten und nicht verzweifeln. Vorderhand bleibt einem nichts anderes übrig als von den schönen Tagen dort zu träumen. Kürzlich war ich in Tirol u. Wien, da dachte ich beim Anblick der Berge u. Städte, wie schön könnte das sein wenn ... ja wenn das verdammte wenn nicht wäre. Wien machte einen etwas derangierten Eindruck, die Bevölkerung hat viel von ihrer heiteren Liebenswürdigkeit verloren; z. Teil liegt das wohl auch am Verschwinden der Trinkgelder. Die Welt Nestroys u. Raimunds muß man schon mit der Laterne suchen. Manchmal, wenn man so von irgendwoher eine Strauß'sche Melodie klingen hört, hat man für kurze Augenblicke jenen Duft in der Nase, der aus einer Mischung von Pußta, Tiroler G'röstl u. Schlagobers besteht.

Daß Ihnen der Schweizer Maler Füßli aufgefallen ist, erfreut mein Herz. Ich kenne ihn schon geraume Zeit u. er hat mich immer wieder beschäftigt. Er ist der einzige von den zeitgenössischen deutschen Malern, der es verstand, den gipsern u. idealisch trockenen Klassizismus Winckelmann'scher Prägung mit sprühendem Leben zu erfüllen. Als eigenwilliger Outsider hat er ja auch das heimatliche Handwerker[-] u. Bildungsarkadien verlassen; nach einer kurzen Gastrolle in Deutschland verzog er sich nach der englischen Nebelinsel, deren spleenige Oberschicht für solche genialischen Sonderfälle von jeher etwas übrig hatte. Er hat übrigens den ebenso eigenwilligen englischen Zeichner u. Dichter William Blake nachhaltig beeinflußt.

Mein Roman »Kreuztragung« gedeiht neben andern literarischen Versuchen langsam weiter; nach längerer Pause bin ich wieder daran gegangen. Das Thema verursacht viel Schwierigkeiten, zumal ich mich bei jedem neuen Abschnitt mit allerlei kulturhistorischen Wälzern abplagen muß, um mich mit dem nötigen Material auszurüsten. Was daraus wird, weiß ich noch nicht; vielleicht bleibt es Fragment, was auch nicht schlimm ist.

Wir haben uns des öfteren mit C. G. Jung befaßt, der ein sehr einsichtsreicher u. kluger Mann ist. Einer von dem guten Baseler Schlag wie Burckhardt u. Bachofen. Besonders verdienstvoll finde ich seine Bemühungen um das Verständnis der chinesischen Philosophie. Wie Sie wohl wissen, hat er viel mit dem Sinologen Richard Wilhelm zusammengearbeitet, der, wie mir ein guter Chinakenner sagt, dort als eine Art Heiliger verehrt wird. Kennen Sie vielleicht das Buch, das beide gemeinsam herausgegeben haben? Es heißt »Das Geheimnis der goldenen Blüte«. Ein sehr, sehr lesenswertes Buch!

Speedy hat sich zu einem Lyriker von tiefem Empfinden u. beträchtlicher Ausdrucksfähigkeit entwickelt. Doch glaube ich nicht, daß die derzeitigen Auguren der Literatur für den Ton, den sie anschlägt, das geeignete Gehör besitzen, denn die herrschende Tonart ist eher »mit Blümelein die heißen Teufel einzuschnei'n«! Aber das ist ja auch nicht so wichtig; Gut' Ding will Weile haben!

Mit diesem Briefe sende ich Ihnen einige Photos aus der 1001 Nachtserie. Schreiben Sie mir bald, ob die Bilder gut angekommen sind u. welchen Eindruck Ihnen die Arbeiten vermitteln.

Ich grüße Sie in alter Freundschaft

Ihr Rudolf Schlichter

Viele herzliche Grüße auch von Speedy.

ERNST JÜNGER, TAGEBUCH

Paris, 28. Januar 1942

(...)

Unter der Post ein Brief von Schlichter mit neuen Zeichnungen zu »Tausendundeiner Nacht«. Besonders ein Bild der Messingstadt ist wunderbar gelungen - die Trauer vor Tod und Herrlichkeit. Der Anblick regte in mir Begierde nach dem Besitz des Blattes an - ich hätte es gern als Gegenstück zu seinem »Atlantis vor dem Untergang«. Das Märchen von der Messingstadt, für dessen Zauber mir mein Vater schon früh die Augen schärfte, zählt zu den schönsten dieses wunderbaren Buches, und Emir Musa ist ein tiefer Geist. Er ist ein Kenner der Schwermut vor Ruinen, des bitteren Stolzes vor dem Untergange, wie er bei uns den Kern des archäologischen Bestrebens bildet, und wie er dort von Musa reiner, kontemplativ empfunden wird.

Paris, 29. Januar 1942

An Schlichter geschrieben wegen des Bildes der Messingstadt. Es kamen dabei auch andere Märchen aus Tausendundeiner Nacht mir in den Sinn, vor allem jenes der Pari Banu, das mir von jeher als Schilderung des hohen Liebesabenteuers, dessentwillen man gern auf angestammte Königsmacht verzichtet, erschienen ist. Schön, wie der junge Prinz in diesem Reich verschwindet als in einer geistigeren Welt. Er zählt in diesem Märchenwerk gleich Musa zu den Fürsten aus dem alten Indogermanenstamme, welche die orientalischen Despoten bei weitem überragen und wie sie auch uns verständlich sind. Sehr schön ist gleich am Anfang das Wettschießen mit dem Bogen, der ein Lebenssymbol ist und beim Prinzen Achmed metaphysische Spannung hat. Sein Pfeil fliegt daher unvergleichlich, ins Unbekannte, über die anderen hinaus.

Das Schloß der Pari Banu ist der Venusberg, ins Geistige gewendet; die unsichtbare Flamme spendet, wo die sichtbare verzehrt.

ERNST JÜNGER an RUDOLF SCHLICHTER

29.1.1942.

Lieber Rudolf Schlichter,

Sie haben wieder große Fortschritte gemacht. Die Zeichnungen gefallen mir sehr gut. Besonders packte mich das Bild der Messingstadt. Dieses Märchen hat selbst innerhalb des bedeutenden Rahmens seine besondere Tiefe, seinen besonderen Rang. Schon als Kind hörte ich meinen Vater oft von der Messingstadt und dem hohen Emir Musa sprechen; ich glaube aber, daß ich erst bei den letzten Lektüren wirklich zum Kern des

Märchens vorgedrungen bin. Ich finde darin eine Grundfigur, die auch uns Abendländer im Banne hält: die Konfrontierung von Lebenspracht und Tod, die uns zugleich mit Schmerz und Lust erfüllt. In diesem schmerzlichen Genusse liegt auch eines der Elemente unserer Wissenschaft, insbesondere der Archäologie, aber Musa genießt ihn reiner, kontemplativ.

Ich würde die Zeichnung gerne von Ihnen erwerben, als Gegenstück zu Ihrem schönen Atlantisbild. Könnten Sie, falls sie schon verkauft oder nicht in der ungefähren Größe ist, eine neue Variante con amore anfertigen? Ich habe starke Beziehung zu diesem Stück. Sie müßten 1001 Nacht überhaupt durchgehend illustrieren, Sie würden das besser machen als selbst Doré. Als drittes Bild neben Atlantis und der Messingstadt schlage ich Ihnen eine Zeichnung des babylonischen Turmes vor - vielleicht mit moderner aber nach Art Cranach in's Dämonische gewendeter Maschinerie auf dem Gerüst. Das müßten Sie aber auch für mich zurückhalten.

Es freut mich, daß Ihnen der Typus der »Zudringlichen« Eindruck machte; daß diese Schilderung so erheiternd wirken könnte, hatte ich nicht gedacht.

Boethius ist freilich für fast jeden zeitgemäß. Das Leiden schwillt gewaltig an, und das Glück mindert sich. Dennoch hoffe ich noch auf Zeiten stiller, eifriger Tätigkeit. Schon tue ich im dritten Jahr wieder Dienst, freilich stets unter Wahrung der eigenen Existenz. Paris brachte sogar viel Neues, Wichtiges, sowohl an Begegnungen und Bildern als auch an Einsichten.

Bitte grüßen Sie Speedy herzlich von mir. Ich hoffe, meine Frau wird mir in diesen Tagen berichten können, wie es Ihnen beiden geht. Solange noch so Schönes bei Ihnen entsteht, sind Sie beneidenswert.

Ihr Ernst Jünger

GRETHA JÜNGER, TAGEBUCH
30. Januar 1942.

In München bei Hanna. Besuch bei Rodolphe und Speedy; er empfing mich im Hausmantel, mit der Bratpfanne in der Hand, in der ein Leberkäse schmorte, der in Anbetracht unserer heftigen Umarmung eine Rundfahrt durch das Zimmer antrat. Zu Speedy ans Bett, unsere Freude des Wiedersehens glich dem Überschwang der Kinder. Sogleich brodelte der Kaffee; wir sprachen allesamt auf einmal, und erst auf den Kissen der Couch im Atelier schöpften wir Atem.

Höchste Vitalität. Unser Gespräch verläßt sehr bald den rein persönlichen Rahmen und wendet sich den Erscheinungen zu, die einer Galerie dritten und vierten Ranges entsprechen, wie sie bislang noch nicht aufzuweisen war. Dann die neu entstandenen Bilder besehen, worunter mich die Orchideen recht entzückten. Spät am Abend heim.

RUDOLF SCHLICHTER an GRETHA JÜNGER
München 17./6.1942

Liebe Gretha

Zuerst unsern herzlichsten Dank für das liebe Paket, ebenso für Deinen lieben Brief voll Wärme. Die guten Gaben kamen uns gerade recht, da wir wieder einmal in die Enge geraten waren. Speedy hatte sich gut erholt; auch mit ihrer Gesundheit ging es in der letzten Zeit bedeutend besser. Leider werden auch wir, kaum hat man die traurigen Verluste einigermaßen verwunden, aufs neue von Widrigkeiten heimgesucht. Die Dämonie böswilliger Menschen ist immer am Werke, um einem die wenigen fruchtbaren u. hellen Stunden, die einem noch bleiben, zu trüben. Wann wird dies endlich ein Ende nehmen? Eure Depressionen können wir nur zu gut verstehen; ist es uns doch selbst oft genug zu Mute, als ob wir nur noch eine endlose Straße des Leidens zu Ende wanderten, ohne einen Blick in das gelobte Land tun zu dürfen. Trotzdem, solange der Mensch noch hofft, lebt er noch; darum gehört die Hoffnung auch zu den drei Kardinaltugenden unseres Daseins.

Von Ernst bekamen wir die französische Übersetzung von »Straßen u. Gärten«, ebenso von den Marmorklippen. Sage ihm, Speedy wird ihm noch persönlich danken; daß es noch nicht geschah, daran sind die erwähnten Widrigkeiten schuld. Grüße ich [wohl: ihn] von ganzem Herzen von mir in alter Verbundenheit. Das Blatt, das er wünscht, werde ich ihm zeichnen, sobald ich wieder in besserer innerer Verfassung bin.

Übrigens ist inzwischen auch Speedy's Bruder in Genf gestorben. Sie war an seinem Tode noch dort u. hatte wenigstens noch das Glück, sich mit ihm aussprechen zu können. Acht Tage nach ihrer Rückkunft starb er. Sein Bild kam in der Schweizer Illustrierten. Er war ein ungewöhnlich begabter Dichter, u. sein Verlust für Speedy schwer zu tragen. Sie wird Dir übrigens nächste Woche selbst schreiben.

Sei bis dahin in alter Treue u. Dankbarkeit von uns beiden gegrüßt

Rudolf

RUDOLF SCHLICHTER an GRETHA JÜNGER

München 8./8. 42

Liebe Gretha

Zuerst muß ich Speedy entschuldigen, von der Du sicher einen Brief erwartetest. Wie Du Dich erinnern wirst, schrieb ich Dir von einer unangenehmen Geschichte, die uns wieder einmal für einige Zeit die gute Stimmung verdarb, so daß vor allem Speedy nicht in der geeigneten seelischen Verfassung war, Dir, wie sie beabsichtigte, einen ausführlichen Brief zu schreiben. Da die Sache nun vorbei ist, kann ich Dir ja andeutungsweise berichten, um was es sich handelte. Aus meiner lieben Vaterstadt Calw wurden nämlich wie schon öfter üble Verleumdungen gegen uns, d.h. gegen Herrn Blessing, mich u. vor allem Speedy verbreitet, die zur Folge hatten, daß Speedy hier bei der dafür zuständigen Stelle eine Erklärung über ihre Verhältnisse u. ihre Tätigkeit bei der Firma Perrot abgeben mußte. So dumm u. hinfällig sicherlich die gegen sie ausgestreuten Verdächte waren, so war doch die Inanspruchnahme durch einen derartigen Dreck äußerst lästig. Diese Angelegenheit ist um so trauriger, als Speedy wahrlich genug seelische Erschütterungen durch die beiden Todesfälle von Dieter u. ihrem Bruder erlebt hatte, um auch noch durch das müßige Geschwätz kleinstädtischer Lästerzungen insultiert zu werden. Sie hatte sich wieder so gut erholt u. neuen Lebensmut gefaßt. Nun, zum Glück ist die Attacke danebengegangen, denn ihr Leben liegt so offen u. klar, daß man es ruhig unter die Lupe nehmen kann. Und daß sie der Firma Perrot wichtige Dienste leistete u. noch leistet kann man auch nicht bestreiten. Indes ich will mit dem Tratsch nicht länger langweilen, es sind sowieso schon zu viel Worte daran verschwendet worden.

Was meine Person betrifft, so muß ich berichten, daß ich z. Zeit viel zu tun habe. erstens[!] ein Portraitauftrag in Öl, mehrere Portraitzeichnungen in Bleistift, drei Blumenbilder u. dann führe ich ja auch noch meine 1001 Nacht weiter. Von den Blumenbildern habe ich eines fertig u. ein weiteres wird folgen. So wirst auch Du, liebe Gretha, hoffe ich, bald Gelegenheit haben, Deine Gelüste nach einem Bilde zu befriedigen.

Vor einigen Tagen sagte mir übrigens Speedy, daß sie eisern entschlossen sei, Dir bald zu schreiben. Dies ist bei ihr, wie Du weißt ein schwieriges Unternehmen, da sie eben nicht wie andere Menschen einfach schreiben kann, nur um sogen.[annte] Lebenszeichen von sich zu geben. Sie möchte ja immer gleich etwas von ihrem Innern mitteilen, weil sie Mitteilung als eine substanzielle Aussage betrachtet. Sei darum versichert, daß trotz Schweigen viel u. mit Liebe Deiner gedacht wird. Auch Ernst bildet oft den Gegenstand unserer intimen Gespräche. Und wie viel junge Menschen begegnen uns doch immer wieder, die von der Lektüre seiner Bücher geistig geprägt wurden! Ach wie gerne wäre ich schon im Frühsommer zu Euch gefahren, aber es war mir faktisch bis jetzt noch nicht einmal möglich, zu unsern Freunden Perrot nach Althengstett zu kommen, obwohl ich dringend Landluft benötige. Einmal war ich allerdings bei meinen bäuerlichen Verwandten im Albvorland, aber die Reise geschah aus purer geschäftlicher Notwendigkeit[.] Und eine Reise von hier bis Hannover erscheint mir unter den heutigen Umständen fast so kompliziert wie früher eine Reise nach Moskau. Ehrlich gesagt fürchte ich beinahe, daß man unterwegs vor Hunger halb aufamselt. Aber sehen möchte ich Euch doch u. auch sprechen! Darum mache ich den Vorschlag, ich komme einmal, wenn Ernst einen längeren Urlaub zu Hause verbringt;

Du schreibst mir dies einfach zeitig genug. Dann werde ich mich wagemutig in das Abenteuer stürzen, vorausgesetzt natürlich man kann dann noch so ohne weiteres reisen.

Nun versuche ich, wenigstens in der nächsten Woche nach Althengstett zu kommen. Es ist höchste Zeit, sonst vergeht der ohnedies magere Sommer, ohne daß ich einen Wald von innen gesehen habe u. das ist schlimm für mich! Ansonsten suchen wir wie so viele eifrig nach dem Friedenssilberstreifen am Horizont, aber in dieser Hinsicht sieht es leider noch recht trübe aus.

Anbei sende ich eine Anzahl Photos von Bildern u. Zeichnungen, die ich Dich bitte an Ernst weiter zu senden; denn ich bin nicht sicher, ob die alte Feldpostnummer noch stimmt u. ich wäre Dir dankbar, wenn Du ihm die Bilder übermitteltest. Einen Brief lege ich bei.

Wie geht es Fritz, hast Du gute Nachrichten von ihm; er ist doch wohl noch am Bodensee? Grüße ihn herzlich von uns, ebenso auch die Jungmannen Ernst u. Alexander. - O Gretha, mit tiefem Seufzen gedenke ich der schönen Zeit als das Reisen noch eine Lust war, garniert mit froher Erwartung u. befruchtender Kurzweil; wie anders ist es heut geworden, wo man weiß, daß man einer 48 stündigen Strappaz[!] mit Nahrungsentzug u. Notdurftbehinderung in überfüllten Käfigen entgegengeht. Dennoch u. trotz aller Plackereien rufe ich Dir ein kräftiges, wenn auch schon etwas heiseres »Sieg heil« zu. Laß bald etwas von Dir hören u. sei nochmals bedankt für das schöne Paketchen. Wir grüßen Dich in alter Treue

Rudolf.

RUDOLF SCHLICHTER an ERNST JÜNGER
München 8./8.42.

Lieber Herr Jünger

Ihr letzter Brief hat mir sehr wohl getan u. viel Mut gegeben. Was Ihren Wunsch betrifft, eine zweite Ausführung der Totenstadt zu erwerben, so bin ich gerne bereit, dieses Motiv noch einmal zu behandeln, doch genau so wie das erste wird es wohl nicht werden, da mir allzu getreue Wiederholungen desselben Sujets nicht liegen; es wird daneben eine neue Fassung desselben Themas werden. Vielleicht lasse ich auch einen Lichtdruck oder eine Photolitho von der ersten Fassung anfertigen. Das muß ich mir erst alles reiflich überlegen! Ihre Anregung zum Turmbau von Babel habe ich mit Spannung aufgenommen; es wird Sie freuen, zu hören, daß ich schon seit zwei Jahren in meiner Skizzenmappe einen Entwurf zu diesem Thema liegen habe. Daß ich ihn noch nicht ausführte liegt vielleicht an den Hemmungen welche die sich fortwährend verändernden Weltaspekte dem mitleidenden Gemüte bereiten. Denn als Griffel[-] und Pinselführender Darsteller der sinnlich sichtbaren Gestalt bin ich an die wechselnden Erscheinungsformen des Menschlichen im geschichtlichen Ablauf gebunden u. das erschwierigt die Aufgaben. Doch habe ich die Absicht, mich in Bälde mit dieser Bildidee aufs neue zu befassen.

Zur Zeit erledige ich verschiedene Aufträge, darunter auch ein Portrait in Öl. Dann habe ich die Absicht, eine Bilderfolge zum Leben der Kaiserin Theodora v. Byzanz zu machen. Ich habe nämlich das Buch von Frank Thieß »Das Reich der Dämonen« gelesen u. muß gestehen, es hat einen starken Eindruck bei mir hinterlassen, ebenso das Buch von Ranke-Graves »Belisar«. Beide waren die Anreger zu der Bildergeschichte. Das unmittelbare Erleben einer geschichtlichen Katastrophe hat doch den Blick des heutigen Menschen erheblich geschärft u. einen neuartigen Aspekt für die Beurteilung geschichtlicher Vorgänge geschaffen, wenigstens bei den sensiblen Naturen unseres Zeitalters. Dies spürt man allerorten u. insofern möchte ich angesichts des unausrottbaren u. rührenden Bestrebens, dem anscheinend Sinnlosen einen Sinn zu geben, einem - wenn auch schüchternen - Optimismus Raum geben. Andrerseits nimmt die Verengung der notwendigen materiellen Basis für das, was man menschliche Kultur nennt, immer beängstigendere Formen an. Leider hat nicht nur die sichtbare äußere Natur die von Giambattista Vico richtig erkannte Tendenz, das Werk der Kultur zu zerstören; auch die ungelenkte u. ungebrochene dämonisierte Natur im Menschen ist ein Erzfeind der Kultur. Hoffen wir, daß die Bändigung u. Lenkung der entfesselnden Gewalten noch einmal gelingt, sonst ade schöne Menschenwelt!

Ich würde mich sehr freuen, bald wieder Nachricht von Ihnen zu bekommen, denn es interessiert mich sehr, welchen Eindruck Sie von den beigelegten Bildphotos haben.

Ich grüße Sie in alter Freundschaft u. Treue

Ihr Rudolf Schlichter

ERNST JÜNGER, TAGEBUCH
Paris, 11. August 1942

Ein Brief von Rodolphe, mit Aufnahmen von neuen starken Bildern und Zeichnungen. Besonders erwarte ich Gutes von seinen Illustrationen zu Tausendundeiner Nacht. (…)

RUDOLF SCHLICHTER an GRETHA JÜNGER
München 21./9.42

Liebe Gretha

Unser Haus wurde beim letzten Luftangriff auf M.[ünchen] durch eine Bombe, die im Nachbarhaus einschlug fast völlig zerstört. Speedy ist zum Glück z. Z. im Schwarzwald bei unsern Freunden Perrot. In unserem Keller stürzte die Hinterwand auf die Hausbewohner, von denen zwei tot u. drei schwerverletzt waren. Wie durch ein Wunder entging ich dem gleichen Schicksal; ich stand zufällig im Aufgang der Kellertreppe, ein kleiner Raum der verschont blieb. Wir waren ungefähr eine Stunde eingeschlossen. Meine Bilder sind bis auf weniges alle heil, da ich einen Teil (die besten) im Keller hatte; auch im Atelier sind wunderbarerweise die meisten Möbel noch in Takt, ebenso die Bücher der Bibliothek. Also noch viel Glück im Unglück. Wir sind nun mit dem Räumen beschäftigt. Von M.[ünchen] werden wir wegziehen, denn die Großstädte sind nicht mehr sicher; zum zweitenmal möchte ich so was nicht mitmachen.

Soviel für heute, bald mehr

Herzlichst dein alter Freund Rudolf

Viele viele Grüße an Ernst.

ERNST JÜNGER, TAGEBUCH
Paris, 29. September 1942

(...)
Perpetua schreibt mir, daß beim letzten Angriff auf München auch Rodolphes Atelier zerstört wurde. Zum Glück war keines seiner Bilder dort aufbewahrt. (...)

ERNST JÜNGER an RUDOLF SCHLICHTER
12. 10. 1942.

Lieber Herr Schlichter,

Von meiner Frau erfuhr ich von dem Treffer, der Ihre Behausung verwüstete. Zum Glück sollen Bil.[der] aber nicht in Verlust geraten sein. In diesen Wirren erkennt man den Wert des Kunstwerkes als einer höheren Substanz.

Ich kann Ihnen nur wenige Zeilen schreiben, da ich ein Kommando von drei Monaten Dauer anzutreten im Begriff stehe. Es gilt dem Kaukasus. Meine Mißstimmung ist oft bedeutend, aber was hilft's - wir müssen durch diesen Sack hindurch.

Die Schrift über die »Illusionen der Technik« meines Bruders schmolz beim letzten Angriff auf Hamburg im Satz. Auch ich bin immer in Sorge um meine Manuscripte.

Ich wollte Ihnen nur anläßlich Ihres Brandes einige Worte sagen und Ihnen beiden Glück wünschen. Möge es weiterhin gut vorübergehen.

Ihr Ernst Jünger.

RUDOLF SCHLICHTER an GRETHA JÜNGER
München 6./12.1942

Liebe Gretha

Unsern herzlichsten Dank für Deinen lieben Brief u. Deine liebe Einladung. Sie rührt uns umsomehr als diese Stimme der Freundschaft u. Menschlichkeit schon seit einiger Zeit nicht mehr in unser Ohr geklungen hat. Aus dem nachfolgenden Bericht u. dem beigelegten Tagebuchblatt von mir kannst Du ersehen, welchem Mißgeschick u. welchen Enttäuschungen Menschen unserer Art in dieser geist[-] u. gottverlassenen von allen Dämonien heimgesuchten Zeit ausgesetzt sind, wenn sie das Dach über dem Kopf verlieren.

Wie Du weißt, suchten wir bei unsern alten Freunden, Herr u. Frau Perrot in Althengstett bei Calw, Unterkunft u. Schutz. Wir nahmen an, eine 13jährige bis ins intimste gehende Freundschaft setze einen guten Empfang voraus u. erlaube uns vor allem, ohne Hetze u. unter den Fittichen einer tiefen Verbundenheit unsere Sanierung u. den Wiederaufbau eines neuen Heimes in Angriff zu nehmen. Nun der Empfang schien unsere Erwartungen zu rechtfertigen, Heine Perrot erbot sich sogar, Speedy, wenns not täte ein Häuschen zu bauen. Aber die Dämonen dieses Landstrichs wollten es anders. Laß mich das folgende kurz machen, es ist zu schmerzhaft für mich, alles in seiner ganzen Breite (die allerdings notwendig wäre) noch einmal auszuführen. Die Dämonie ging von Frau Perrot aus, die zur selben Zeit als uns das Unglück passierte, ein lesbisches Verhältnis mit einer in Calw ansässigen Masseusin unterhielt. Das Spiel begann bereits in vollen Zug zu kommen, als wir mit unserm Unglück in dieses Idyll einbrachen. Wir merkten sehr bald, daß wir unwillkommen waren, obwohl uns mit zuckersüßer Miene (von ihr) versichert wurde, daß wir »nicht stören«! (Dieses war der erste Streich, doch der zweite folgte sogleich). In den ersten 14 Tagen unseres Aufenthaltes erfolgte zunächst der seelische Zusammenbruch des Mannes, der entdecken mußte, daß er im Sinnen[-] u. Seelenbereich seiner Frau nur noch das fünfte Rad am Wagen spielte, mit dem Unterschied allerdings, daß jenes völlig unnütz, er jedoch immerhin noch die unentbehrliche Rolle des Geldverdieners spielen durfte. Der gute Mann hatte, wie so viele Bürger seiner Art, jahrelang in der behaglichen Täuschung gelebt, seine Ehe sei mustergültig u. in vollster Ordnung, zumal drei Kinder da sind, die ja nach der bürgerlichen Lehre eine Art unzerstörbaren Dauerkitt darstellen sollen. Die früher schon hin u. wieder auftauchenden Konflikte zwischen den Eheleuten waren, dank dem Takt u. der Fähigkeit Speedys, Gemeinschaften zusammenzuhalten, immer wieder beigelegt worden. Nun aber hatte sich ein unheilbarer Bruch gezeigt, dem die strebsame Handwerkerseele, - die sich inzwischen zu einer Großindustriellenseele entwickelt hatte, - nicht mehr gewachsen war. Eine jahrzehntenlange Lüge rächt sich nun. Es kam zu bösen u. aufreibenden Auseinandersetzungen zwischen den beiden, wobei er sich schutzsuchend ganz auf Speedy u. uns stützte. Speedy versuchte zu helfen, zu schlichten, zu vermitteln, da sie in ihm, u. nach den bisherigen Erfahrungen mit einem gewissen Recht, die positive Kraft sah. Jedoch alle noch so wohlgemeinten Versuche blieben erfolglos, die Dämonie war entfesselt u. unsere Kraft erwies sich in diesem Falle als zu schwach. Nämlich plötzlich nahmen die Dinge eine ganz überraschende Wendung. Die beiden einigten sich sozusagen auf dem Rücken Speedys. Ein fauler Friede wurde geschlossen u. gemeinsame Front gegen die wohlmeinenden Helfer gemacht. Als Kampfmittel wurde von ihr die 12jährige

Tochter eingesetzt, die sich zu der Zeit wegen Gelenksrheumathismus in einer Tübinger Klinik befand. Diese Frau, die ohne weiteres bereit war, Haus, Mann u. Kinder ihrer Leidenschaft zu opfern, veranlaßte ihn, das Kind nach Hause zu holen, angeblich um es besser pflegen zu können. Das Kind kam u. seltsamerweise wurde es, kaum daß es einige Tage da war, vom Veitstanz befallen. [Am Rand] den es früher schon einmal hatte! Von da ab waren alle bösen Geister los. Für alle Übel wurden nun wir verantwortlich gemacht. Da er seine Tochter abgöttisch liebt u. er nach einer Ursache der Plage suchte, verfiel er auf die fixe Idee, unsere, speziell Speedys Anwesenheit im Hause, wirke auf das Kind beunruhigend. Nun bewohnten wir im zweiten Stock seines Hauses zwei Zimmer; das eine, das Speedy bewohnte, war just das Zimmer des Töchterchens, also ein Vorwand, uns herauszusetzen, war damit gegeben (obwohl noch genug Räume im Hause vorhanden waren). Also der Mann, der früher mit uns durch dick und dünn gegangen war, der unter Speedy›s Einfluß damals sogar konvertierte, derselbe Mann erklärte plötzlich er halte es nicht mehr aus, mit uns unter einem Dache zu leben, sein Lebensr[h]ythmus u. sein Lebensgefühl wären eben doch zu verschieden von dem unsrigen als daß man sich auf die Dauer vertrüge etc... Dies alles versuchte er uns mit einem Aufwand von psychologischen Ausführungen u. kniffligen gemütsbetonten Argumenten mundgerecht zu machen. (Denn er hatte vieles von uns gelernt, was nun ohne Dank quittiert wurde). Mit andern Worten: Seine Gemütsbindungen an uns waren unter dem giftigen Tau des provinziellen Lastergefühls gestorben. Das hätte er sagen müssen[,] wenn er einige intellektuelle Sauberkeit besäße. Was mich betrifft, so wurde mir vor allem der Vorwurf gemacht, daß ich nicht eifrig genug nach einer neuen Wohnung suche, obwohl ich drei geschlagene Wochen in ganz Bayern herumfuhr, um auf dem Lande od. in einer Kleinstadt etwas zu finden. Es war alles vergeblich. Städte u. Dörfer sind bis unter den letzten Dachsparren mit Flüchtlingen u. vom Kom[m]iß besetzt. Es ist ganz schauderhaft. Dr Heine Perrot hatte es so eilig, uns los zu werden, daß er mir sogar seinen Betriebsingen[i]eur für einige Tage mitgab, um suchen zu helfen; aber selbst dieses gewiegte Geschäftstier versagte.

Nun habe ich in München eine Notwohnung von zwei möblierten Zimmern gefunden (durch einen unserer Freunde) u. durch Herrn Prof. Muth (der ehemalige Begründer u. Herausgeber des Hochlandes) habe ich zugleich in Laim bei München eine Wohnung in Aussicht. Ob wir sie bekommen, entscheidet sich diesen Montag. München ist uns trotz dem Mißgeschick, das uns hier widerfuhr, sehr ans Herz gewachsen; es ist die einzige Stadt, in der es sich leben läßt. Auf keinen Fall wollen wir wieder in jene Provinzhölle zurück. – Inzwischen wurde Speedy in aller Form od. vielmehr ohne jede Form von Perrots herausgesetzt. Es wurde ihr in dürren Worten bedeutet, es pressiere jetzt, man brauche das Zimmer für die kranke Tochter, die man isolieren müsse. Speedy ließ sich das nicht zweimal sagen u. befindet sich nun seit einigen Tagen ebenfalls hier. Unsere Möbel u. Bilder sind aber noch dort in einer Lagerhalle der Fabrik untergebracht, unter der Obhut Herrn Blessings, der ja, wie Du weißt, stellvertretender Betriebsleiter bei Perrot ist. Er hat es natürlich nicht leicht, da er dort nicht weg kann u. er, obwohl er wie Pech u. Schwefel zu uns hält, doch gezwungen ist, gute Miene zum schlechten Spiel zu machen. Allerdings ist bis jetzt auch nicht ein vollständiger Bruch zwischen Perrots u. uns eingetreten; ja es besteht sogar die Möglichkeit, daß Herr Perrot sich der Behexung wieder entzieht (denn anders kann man diese rätselhaften Vorgänge nicht bezeichnen.) Dennoch glaube ich kaum, daß das alte Verhältnis wieder herzustellen ist; wir sind zu tief beleidigt worden! Dies liebe Gretha ist in Kürze unsere Leidensgeschichte. Es gebe selbstverständlich noch eine Menge interessanter Details zu berichten, aber das müssen wir dann mündlich machen.

Von Ernst bekam ich einen kurzen Brief, in dem er mir mitteilte, daß er nach dem Kaukasus käme. Ich hatte bei diesem Brief das Gefühl, daß ihn eine tiefe Melancholie befallen hat u. bin sehr besorgt um ihn. Schicke ihm meine innigsten Wünsche u. Freundesgrüße. Ich weile oft in Gedanken bei ihm, bei Euch!

In alter herzlicher Verbundenheit der alte

Rudolf

[Am Rand] Speedy sendet Dir auch die allerherzlichsten Grüße ebenso Ernst.

[Anlage] Tagebuchblatt 20 Nov. 1942

Eine Illusion ist zusammengebrochen! Der Glaube Speedys, aus einem Geschäftstier einen Menschen formen zu können, hat kläglich Schiffbruch erlitten. Heinrich Knopfdrücker hat sich als das entpuppt, was er von jeher war: Ein ängstlicher, schwankender Kleinbürger, ein von Minderwertigkeitsgefühlen gepeinigter Neidhart, ein geiziger Sack, angefüllt mit Gemütssalat u. den Blähungen der Eitelkeit. Die ganze aus der intellektuellen Branche übernommene Gemischtplatte von Termini mitsamt der eigenständig produzierten Schufterphilosophie, womit er sein Verhalten zu beschönigen versucht, täuscht nicht über die nackte Tatsache hinweg, daß er es fertig bringt, eine 13jährige Freundschaft damit zu liquidieren, daß er uns in der größten Notlage unseres Lebens den Stuhl vor die Tür setzt. Ohne Scham wird langjährigen Freunden erklärt, ich kann mit Euch nicht unter einem Dache leben, selbst wenn Ihr Euch noch so dünne macht. Ihr stört mein Lebensgefühl, beeinträchtigt mein Behagen, schmälert meinen seelischen u. materiellen Komfort u. macht mir den Geist zu einem quälenden Gewissenswurm.

Das sagt der Mann, der bei jeder Gelegenheit »mehr Menschlichkeit« forderte! Dies sagte er seinen längsten u. intimsten Freunden, denen das Dach überm Kopf zerstört wurde, die heimat[-] und obdachlos sich in sein Nest flüchteten. Und warum? Weil er plötzlich den himmelweiten Unterschied entdeckte, der ihn rangmäßig von Speedy trennt; von derselben Speedy, die er sich als Seelenführerin erkor, von der er die letzte Ehrlichkeit verlangte u. auch bekam; dieser selben Speedy weist er nun die Türe, ganz einfach, weil seine kleine Handwerkereitelkeit jene letzte Offenheit eben nicht vertrug. Nun er kann sich dies leisten auf Grund seines Geldes, dieser Knopfdrücker u. weichherzige Grobschmied.

Für Speedy wird dies, hoffe ich, eine Lehre sein. Die Lehre, daß man erstens: nie mit Nichtebenbürtigen letzte geistige Gemeinschaft pflegen, zweitens: ihnen nie das letzte Vertrauen schenken, drittens: ihnen nie in das Intimste des Herzens Einblick gewähren, viertens: keine zu hohen Forderungen stellen, fünftens: da was außen auch innen ist u. umgekehrt, stets die leiblichen Zeichen beachten, sechstens: um sie bei gutem Lebensmut zu erhalten, sie von Zeit zu Zeit mit dicken Schmeichelsuppen füttern, siebtens: ihrer Physis, die zur Schläfrigkeit neigt, nicht allzugroße Anstrengungen zumuten soll, indem man sie zwingt, nach Tagen voll materieller Mühe u. Last auch noch ihre Nächte in schwierigen Gesprächen mit ihren überlegenen Geistern zu verbringen.

Denn früher oder später erfolgt von ihrer Seite die Rache an den schönen Geistern, die sie verführten, auf dem Glatteis des Geistes ihrer[!] plumpen Kunst-stücke[!] zu produzieren, wobei sie sich - nur Quetschungen u. Muskelkater holten.

Die Provinz muß noch ganz andere Schläge bekommen, bis sie lernt, menschliches Leid mitzufühlen.

Sprichwort: Ein Bauer bleibt ein Bauer, auch wenn man ihm einen Zylinder ins Bett legt.

N.S.: Hast Du damals die Photos, die ich für Ernst schickte[,] bekommen? Du hast sie nie erwähnt, deshalb frage ich!

RUDOLF SCHLICHTER an GRETHA JÜNGER
München, 8. Dez. 1942

Liebe Gretha

Inzwischen haben wir in Laim b. München fest gemietet. Es ist eine hübsche 3 Zimmerwohnung mit Bad, Küche u. Keller, sehr hell u. zwei Zimmer schön geräumig. Der Ort liegt zirka 25-30 Minuten Fahrt von München entfernt, zwischen Pasing u. M.[ünchen] u. ist sehr leicht zu erreichen. Wir hoffen diesen Monat noch einzuziehen, wenn alles klappt. Die Geschichte mit unserm Freund Perrot brennt mir immer noch in der Seele; der einzige Trost dabei ist die Genugtuung darüber, daß Speedy den beiden vor ihrem Abgang gründlich u. ohne Scheu den Kopf gewaschen hat. Du weißt, sie macht aus ihrem Herzen keine Mördergrube u. spricht frisch von der Leber weg aus, was sie denkt. Wahrscheinlich werden sie in Bälde den Stachel der Reue über ihr unqualifiziertes Verhalten verspüren. »Und ich bereute, als Reue nicht mehr fruchtete« heißt es in 1001 Nacht!

Nun eine schüchterne Bitte liebe Gretha; wir leiden hier ziemlich Mangel an Fett; könntest Du uns vielleicht eine Kleinigkeit schicken? Da wir sicher noch 3 Wochen hier sind, sende es ruhig an diese Adresse: bei Frl. *Steinbrück* M. *Frauenhoferstr.* 38 I St. Und laß bald wieder etwas von Dir hören. Wie geht es eigentlich Fritz? Ich hörte kürzlich er sei in Paris, stimmt das? Grüße Ernst sehr, sehr herzlich von uns beiden u. sei selbst in alter Freundschaft von Herzen gegrüßt von uns beiden

Rudolf.

RUDOLF SCHLICHTER an GRETHA JÜNGER
München-Laim, Egetterstr. 17 II 28./3.43

Liebe Gretha

Nach so langer durch amtliche u. nichtamtliche Scherereien erzwungenen Schweigepause bin ich endlich wieder in der Lage, einem Herzensbedürfnis nachgeben zu können u. Dir die lange geplanten Zeilen zu schreiben. Um zunächst auf Deinen mich sehr ehrenden Wunsch zurückzukommen, ein Bild von Dir u. Deinem Sohn Alexander zu malen, so bin ich selbstverständlich schwer damit einverstanden, Dir u. Ernst diese Freude zu bereiten. Indes will ich Dir auch nicht die Schwierigkeiten verhehlen, die z. Zeit der Ausführung dieses Wunsches entgegenstehen. Da ist z. B. die Schwierigkeit der langen Reise, dann die Beschaffung der Leinwand u. des Materials (wir bekommen heute auch alles auf Punkte), der Transport dieser empfindlichen Gegenstände in zum Bersten überfüllten Zügen. Hinzu kommt noch die ständige Sorge, daß einem in seiner Abwesenheit die Bude erneut zusammengeworfen wird u. man bei seiner Rückkehr nur noch Trümmer u. Leichen vorfindet. Darum habe ich auch größere Pläne, deren Ausführung eine gewisse, nicht durch lebensgefährdende Knalleffekte unterbrochene Kontinuierlichkeit verlangt, bis auf weiteres zurückgestellt. Ich würde also auch in Deinem Falle raten, abzuwarten, bis bessere Zeiten kommen. Seit wir in der neuen Wohnung hausen, arbeite ich eigentlich nur noch graphisch, hie u. da ein Aquarell, soweit ich inmitten des Papierkruscht's von Meldebogen, Eingaben, Entschädigungsforderungen u. Nahrungsrennfahrten noch dazu komme. Wir haben mit unserer Neueinrichtung zwei geschlagene Monate gebraucht, Monate angefüllt mit aufreibenden Mühen um notwendigstes Mobiliar u. Einrichtungsgegenstände. Die neue Behausung ist jetzt allerdings wieder sehr gemütlich u. nett geworden. Sie liegt am Rande Münchens in dem westlichen Vorort Laim, kurz vor Pasing. Das Haus liegt nach allen Seiten frei (die Zimmer sind darum sehr hell) hat hinten einen Garten u. ist wenigstens nicht in der Nähe einer größeren Fabrik od. Flakstellung, was ein schwacher Trost ist. Die Sicherheit ist in diesen Zeiten eben ein sehr, sehr relativer Begriff. Beim letzten Angriff, der sehr schwer war, brannte es rings um uns herum lichterloh! 1 km von uns ging eine Sprengbombe nieder u. zerstörte 5 Häuser. Es gibt angesichts einer solchen Sachlage nichts, als der Glaube an seinen guten Stern. Immerhin sind wir diesesmal ohne Schaden davon gekommen!

Wie geht es Dir, liebe Gretha? Wir sind natürlich brennend gespannt darauf, zu erfahren, was Ernst macht. Ist er wieder aus dem Kaukasusgebiet zurück, welche Eindrücke hatte er u. wo befindet er sich jetzt? Hat er neue literarische Pläne? Und wo ist Fritz? Vielleicht teilst Du mir die Adresse Ernst's mit, damit ich ihm schreiben kann. Von Metzki kam vor einiger Zeit ein Brief, den ich sofort beantwortete; ob er ihn erhalten hat, weiß ich nicht. - Wie entwickeln sich Deine beiden Söhne. Das ist, wie ich aus naher Beobachtung weiß, für Eltern, die ihren Kindern verantwortungsbewußt u. kritisch gegenüberstehen, immer ein schwieriges Kapitel!

Wir leben hier wieder zu dritt. Unser Kreis hat neuen Zuwachs bekommen. Ich entdeckte hier in München einen künstlerisch sehr begabten jungen Mediziner, namens Horst Münnich. Er ist aus Berlin, hat den Polen[-] u. Frankreichfeldzug mitgemacht u. ist z. Z. zum Studium nach M.[ünchen] beurlaubt. Ich habe ihn veranlaßt bei uns zu wohnen. Dann verkehrt Herr Döderlein bei uns, den Ihr ja auch kennt. D. wurde im russischen Feldzug verwundet u. bekam außerdem das Fleckfieber, das ihn bis auf weiteres dienstuntauglich machte. Nun sitzt er hier u. studiert weiter. Ich soll Euch übrigens von ihm grüßen.

So lebt man wie so viele in Erwartung des Endes einer dunklen Zeit. Und die Zukunftsaspekte sind ja auch nicht gerade rosig. Wenn man das nackte Leben davon bringt, kann man sich vielleicht noch glücklich preisen. Ich habe einen großen Teil meiner Arbeiten nach Calw gebracht u. in die Obhut Herrn Blessings gegeben, der immer noch im Betrieb Perrot als Betriebsleiter tätig ist. Wie lange noch, weiß man allerdings nicht!

Speedy hat schwer zu arbeiten gehabt. Die Instandsetzung der Wohnung hat sie viel Kraft u. Nerven gekostet. Doch ist sie wieder, abgesehen von einigen gesundheitlichen Störungen, die sich indes rasch beheben ließen, mit alter Energie u. Zähigkeit am Werke. Hoffentlich übersteht sie diese schlimme Zeit ohne größeren Schaden zu nehmen.

Laß recht bald etwas von Dir hören. Unsere besten Wünsche für die kommenden Zeiten gehören Euch! Grüße

Ernst recht von Herzen von uns beiden; ebenso Fritz u. Deine Söhne. Und sei selbst in alter Treue u. Herzlichkeit von Speedy u. mir gegrüßt

Rudolf.

GRETHA JÜNGER an RUDOLF SCHLICHTER
Kirchhorst, d. 4. IV. 1943.

Lieber Rudolph,

ich hatte lange Zeit auf Deine Nachricht und somit die neue Anschrift gewartet; umso mehr erfreute mich jetzt Dein Brief; Ihr seid also an einem guten Ort gelandet, und alles was ich wünschen kann ist, dass er Euch zum Segen werden möge. Dieses Jahr begann unter den schlechtesten Vorzeichen, ich möchte sagen in Allem, leider auch innerhalb der Familie; indessen: wer bleibt verschont? Es heisst, diesen Engpass zu überwinden, und ich glaube, wir nähern uns seinem Ende zu.

Am 9. Januar starb mein Schwiegervater; das Telegramm erreichte Ernst im Kaukasus, und das zu einer Zeit, von der ich sagen will, dass es der letzte Liebesdienst des Vaters war, den er seinem Sohn erwies, denn er erhielt noch einen Flugzeugplatz, und war innerhalb von 36 Stunden in Deutschland. Dieser Fieseler Storch zählt mit zu den märchenhaften Erscheinungen in seinem horoskopischen Bild, wenigstens für mich, und ich kann nur hoffen, dass es ihn weiterhin bei allen Wechselfällen begleiten wird.

Wir trafen uns in Leisnig, und nahmen Abschied vom alten Herrn auf dem Totenbett, und Beide waren wir bewegt; es hat etwas Seltsames an sich, inmitten dieser Wüsteneien des 4. Kriegsjahres, wo Auge und Ohr sich an so zahlreiche Grausamkeiten fast gewöhnen müssen, einen Toten aufgebahrt zu sehen wie ihn, voller Würde, im schwarzen Rock, mit der alten Säbelnarbe im Gesicht, die er als junger Student erhielt. Es war das 19. Jahrhundert, von dem man im Eigentlichen Abschied nahm, und wir haben es ja gelernt ihm nachzutrauern, so oft wir uns auch in früheren Jahren darüber belustigt haben.

Ein kurzer Urlaub schloss sich an. Was die östlichen Eindrücke anbetrifft, so waren sie bei Ernst nicht sehr bedeutsamer Natur; das ist mir verständlich bei seiner Vorliebe für den Westen, und der Abneigung gegen den Osten an sich. Zwei Jahre Paris haben ein Übriges getan, man wandelt eben nicht ungestraft unter den babylonischen Trümmern. Ich selber bin von eben diesen Trümmern abgerückt, denn es scheint mir, dass die Franzosen nur mehr von den Resten ihrer früheren Substanz leben, und die geistige Decadence ist nicht nach meinem Geschmack; Russland, dieses vielverkannte Land, trägt dagegen noch die Urkraft selber in sich, es ist die Erde, der Mensch, der Strom, die gewaltige Lebensader, und wir werden sehen, was sie noch hervorbringt. Du weisst, dass ich die Orchideen liebe; die wilden Gräser aber liebe ich mehr, denn an ihnen geht jede Art der Zivilisation spurlos vorüber.

Seit Februar ist Ernst nun wieder in Babel, seine Anschrift die frühere: 06661.

Es folgten Wochen, von denen ich nichts sagen möchte als das: wir bestanden eine schwere Prüfung, ein jeder für sich, wie sie nach so vielen Trennungsjahren nicht ausbleiben kann. Sie war schmerzhaft, und das besonders für mich, doch wie immer, wenn wir den Schmerz in seiner ganzen Bedeutung erfahren, erkennen wir danach den tieferen Sinn und gewinnen an Einsichten, zu denen wir vielleicht sonst nie gelangen würden. So ist denn auch die glückliche Wendung der Lohn gewesen, und was wir erhoffen, ist ein neuer Abschnitt in unserem gemeinsamen Leben, das ja weitaus mehr als eine Schicksalsgemeinschaft ist, und den wir als den glücklichsten ansprechen wollen. So gelangt man immer nur stufenweise zu den wesentlichen Erkenntnissen, und oft genug ist man alt darüber geworden.

Nach diesem Ereignis wurde unser Ältester zur Flak nach Bremen einberufen; neue Sorgen, neue Unruhe, und bei jedem dortigen Angriff, den wir hier in der Erderschütterung genauestens feststellen können, wanderte ich im Garten auf und ab, ohne schlafen zu können. Dann endlich vor 14 Tagen die Nachricht, dass er an Gelbsucht ins Lazarett eingeliefert wurde. Ich fuhr am Donnerstag dieser Woche nach Rotenburg bei Bremen, und nach stundenlangem Fussmarsch in Sturm und Hagel langte ich bei ihm an, und fand ihn inmitten eines seltsamen Forums von Kriegsgefangenen und Hamburger Hafenarbeitern im Schlafsaal vor, geschwächt an Leib und Seele, und mir in seiner grossen Verlassenheit in die Arme sinkend. Was konnte ich tun! Ich liess ihn sogleich in ein Einzelzimmer bringen, verlangte nach dem Arzt, bat, drohte, redete, und nach 24 Stunden musste ich ihn wieder verlassen, und auf beiden Seiten gab es Tränen. Sie sind ja noch halbe Kinder. Ich hoffe, er wird Ende April mit Erholungsurlaub dort entlassen, und ich kann ihn pflegen. Beide Kinder, da Du nach ihnen fragtest, entwickeln sich zu meiner grössten Freude, und Ihr wisst, dass ich zu den Müttern gehöre, die alles sehen und nichts verkennen, d. h. dass ich immer auf Alles gefasst und vorbereitet war und bin. Der kleine Alexander ist der einfachere, sanftere, zärtliche Sohn, und bedeutend in seinen Anlagen, die ganz auf den künftigen Metaphysiker hinweisen; der Grosse verschlossen, aktiver, für seine 17 Jahre sehr verständig, und zu mir in einem rührend freundschaftlichen und liebebedürftigen Verhältnis stehend, wir sind uns in Allem einig, und es gibt Nichts, wo ich ihm nicht heraushelfe. Das Kapitel der Söhne berühmter Väter kennt Ihr ja, aber Gott sei Dank haben sie Beide einen guten gesunden Schuss von der Mutter her, und es ist mir nicht bang um sie.

Ich bin nun neugierig zu sehen, ob dieser rote Faden, der sich vom Januar bis zum März hinzog, auch weiterhin sicht= und spürbar bleibt; es ist ein schlechtes Jahr, ich ahnte es bereits beim einsamen Sylvestertrunk.

Das Leben selber verläuft auf so engem und begrenztem Raum, dass man sich fragen muss, wann die Luft zum Atmen verbraucht sein wird; aber hier zeigt es sich eben, dass wir mit unseren Kräften recht haushälterisch umgehen müssen, und ich möchte dann doch zu denen zählen, die sich zu den Überlebenden rechnen dürfen.

Vielleicht liegt ein Gutes darin, dass mir in diesen Tagen der Ankauf eines Landsitzes zu glücken scheint; es ist sicherlich kein Zufall, ob wir uns hier oder dort bewegen, und zu welchem Zeitpunkt wir einen Wechsel in unseren Gewohnheiten vornehmen. Von mehr als hundert Interessenten habe ich die Vorhand gewonnen, und noch im Laufe dieser Woche etwa gedenke ich abzuschliessen. Es handelt sich um ein Restgut von 21 Morgen Park, und einem Herrenhaus von 15 Zimmern, Zentralheizung, wie allen nur möglichen Annehmlichkeiten, im Spreewald gelegen, 100 klm. von Berlin und dicht bei Kottbus. Es ist möglich, dass wir dann bereits im Mai-Juni übersiedeln. Ihr erhaltet noch Nachricht; ich denke mir, in einer so gänzlich abgeschlossenen Welt wie dort, noch etwas von persönlicher Freiheit schmecken zu können; Kirchhorst, so nett wie es ist, bietet doch Jedermann Gelegenheit über den Zaun und in den Suppentopf sehen zu können, und seine Menschen sind zu primitiv.

Ihr könnt ja ein gleiches Lied singen, was das Alles anbetrifft.

Dies ist nun ein langer Bericht geworden; von Euch hoffe ich, dass Euer Häuschen in Bomben und Granaten verschont bleiben möge, und dass Ihr Euch einiger Ruhe erfreuen dürft. Speedy erhält in den nächsten Tagen das ihr zugedachte Päckchen; es ist zwar der berühmte Tropfen auf den heissen Stein, doch verschafft er Euch wenigstens einen guten Abend= oder Morgenimbiss.

An Döderlein habe ich keine so sehr liebenswerte Erinnerung, würde auch zu einiger Zurückhaltung raten; dies natürlich vertraulich.

Lebt wohl, ich umarme Euch. Wie immer!

Gretha.

ERNST JÜNGER, TAGEBUCH
Kirchhorst, 7. Mai 1945

Wie die Russen melden, fanden sie in Berlin die Leichen des Dr. Goebbels und seiner Familie. Sie starben durch Gift, das sie einnahmen.

Ich dachte noch einmal über die Stationen dieser Bekanntschaft nach. (…)

Das Studio im sechsten Stockwerk [der Heilbronner Straße in Berlin], ein Schrecken der übrigen Hausbewohner, glich einem beleuchteten Aquarium, in dem es an Ausbeute nicht mangelt, an Tintenschnecken, Medusen, langhaarigen

Seerosen, Embryonen von Haifischen mit noch ganz zarter Haut. Im Foyer hing der Stadtplan von New York. Es war schwer, eine heterogenere Gesellschaft zu finden, wenn man nicht die Feste besuchte, die Ernst Rowohlt veranstaltete, der sich offenbar ein Vergnügen daraus machte, pyrotechnische Mischungen auszutüfteln, besonders an seinen Geburtstagen. Man traf dort Brecht, Bronnen, Ernst von Salomon, Rudolf und Speedy Schlichter, und starke Trinker, wie Thomas Wolfe.

(...)

2. TEIL: BRIEFE 1946–1955

SPEEDY SCHLICHTER an GRETHA JÜNGER
München, 25 Mai 1946

Liebe Gretha,

Ja ich muss es Dir sagen, ich denke oft, oft an Dich, an Euch. Ich tue dies, seit wir uns kennen. Keinen Deiner Briefe habe ich vergessen. Noch heute bin ich Dir dankbar für jenen womit Du mich damals zu trösten versuchtest. Weisst Du noch? Ach, ich antwortete nicht, ich konnte nicht! Auf jedem Briefkuvert, auf jedem Stück beschriebenen Papier fühlte ich die vorangegangene Kontrolle eines mehr oder weniger bewusst angefassten Gehirn- und Sinnenapparates. Zensur innen, Zensur aussen, in jedem Menschen - ob er es wusste oder nicht - das böse Auge, der lastende Fluch, auf alle Fälle das Hermetische-Unnatürliche oder das Nicht-ganz-Offene, Nicht-ganz-Natürliche. Nein, nein, ich musste schweigen, abwarten. Anders wäre es gewesen, wenn ich mit Dir hätte mündlich sprechen können, aber schreiben, noch einmal nein, ich konnte es nicht. Ein Gitter war zwischen uns, etwas wodurch wir uns nicht richtig sehen konnten, etwas fremdes was ich hätte berücksichtigen müssen, etwas was mich marterte.

Mein Schweigen war also allein in meiner Unfähigkeit begründet, diese quälenden Imponderabilien zu überwinden. *Ich bitte Dich inständig* mir zu verzeihen und weiterhin Vertrauen in meine Freundschaft zu haben.

Schweigen bedeutet bei mir nie Indifferenz, es bedeutet nur manchmal Skepsis über die Welt, Selbstironie, freiwillige oder selbstverschuldete Vereinsamung, oder Furcht vor Missverständnissen. Ausserdem ist es immer leichter mit jemandem zu korrespondieren, der die innere Struktur und das Bezugssystem von einem annähernd kennt. Die Art der Zeichen, welche ein Brief enthalten[!], kann besser verstanden werden. Wir ahnen z. B. nicht genug wieviele falsche Vorstellungen über uns im Ausland entstanden sind, und dies just unter Menschen, welche glaubten, etwas von einander zu wissen. Als ich im Jahre 1942 nach Genf fuhr und mit einigen Menschen sprach, die Briefe von Verwandten und Freunde[n] bekamen, merkte ich erst wie schwierig eine *wirkliche* Verständigung unter Menschen ist. Die Erfahrungen waren nicht die gleichen, das Bezugssystem also ein anderes, die Vorstellungen entsprechend verschieden. Was ich da meine, berührt nicht die Scheinverständigungen, worauf der zivile Verkehr der Menschen im allgemeinen beruht, sondern nur meinen höchst subjektiven Trieb[,] nicht gar alles als einen eitlen Exhibitionismus ohne Anspruch auf substantielle Begegnung zu verhandeln. Die Welt ist Farce genug, eremitische Naturen machen ihr Eremitentum publik, die Schweigenden verkünden laut wie leise sie sind, die Brüllenden wie sehr sie für Ruhe sorgen, die Lügner hämmern uns ein man solle sie als Vorbild für Ehrlichkeit ansehen, die Diebe schützen das Eigentum und die Nihilisten die Religion, kurz mit Schwarzhandel wird aufgebaut!

Wenn man lange genug dieses Karussell ansieht und darauf fährt (jeder fährt auf ihm), kann man unter Umständen etwas merken und sich auf ein anderes Pferdchen oder Elephant, oder Schiffchen, oder gar fliegenden Engel setzen. Auf einem Karussell ist man aber geblieben und alles fährt fort, sich zu drehen - sei es auch nur im Kopfe - wie die Erde.

O Gretha, wenn Du nur wüßtest wieviele Gedanken, wieviele Empfindungen ich um Dich um Euch in mir gewälzt habe! Die Nachricht vom Tode Ernstels ist mir fast unwirklich. Rodolphe schrieb Euch damals einen langen Brief mit einigen Worten von mir. Deine letzten (so *lieben*!) Nachrichten lassen uns erkennen, dass Ihr den Brief nicht bekommen habt. Das ist sehr sehr schade.

Rodolphe war der erste von uns beiden, der die Todesnachricht las. Ich sehe ihn noch. Er blieb zunächst stumm, bekam in jedes Auge eine Träne und sagte: es ist *sehr, sehr* traurig! Ich selbst wusste sofort allzu schmerzhaft, was nun in Eurer Brust Eingang gefunden hatte. Ich fühle wie eine Mitwisserin und weiss aus der Fülle der durchlebten Gefühle. Ich kenne das Gewicht, ich kenne die Bilder und kenne die Fragen, die stumme Sprache, die wortlosen Zeichen. Gretha! Liebe Gretha! Ich habe eine Scheu, Dir zu schreiben, was sich mit einem Blick, mit einer unmittelbaren Gebärde, mit einem Kuss vielleicht besser mitteilen könnte.

Ich habe das Gefühl, und nur darum schrieb ich Dir diese scheinbar lächerliche Präambel, dass wir uns heute *tiefer* verstehen können. Ein Schmerz kann nur vom Schmerz erkannt werden. Der Satte wird den Hungernden nie verstehen, auch dann nicht, wenn er Kraft einer langen Kulturgeschichte es erreicht, Mitleid in sich aufsteigen zu lassen.

Gretha, liebe gute Freundin, fasse es bitte wörtlich: ich bin Dir innerlich nahe. Deine Nächte, Dein Grübeln, Deine Sichten, Dein bohrender Wille, Dein Zweifel, und diese sonderbare Situierung in jener Region[,] wo es kein Lachen und kein Weinen mehr, sondern nur das transparente Dickicht eines multiplizierten Denkens gibt, sind mir vertraut. Erlasse mir für Heute weiter darüber zu sprechen. Fühle nur meine Liebe!

Sollte sich Ernst wieder in München aufhalten, dann dürfte er nicht wie das letzte Mal ignorieren, dass wir seine *treuen Freunde* sind. Wir haben eine Adresse und ein Telefon! Wir haben ein erwartungsvolles Herz!!!

Im übrigen, liebe Gretha, hätte ich Dir vieles, vieles zu erzählen. Hoffentlich dauert es nicht zu lange bis wir uns wieder sehen. Rodolphe hat die Absicht Euch bald zu schreiben.

Nimm in Liebe diesen ärmlichen Ausdruck meiner Treue, sei von Rodolphe auf herzlichste gegrüsst, grüsse voll Ernst von Rodolphe und mir, und errate den guten Kuss, den ich Dir gebe!

Deine Speedy

Wir sind Freunde und *bleiben* es.

RUDOLF SCHLICHTER an ERNST JÜNGER
[München, 3.8.1946]

Lieber Herr Jünger

Ihre kurze Mitteilung hat mich sehr gefreut, sowohl hinsichtlich der darin enthaltenen Mitteilung der Adresse unseres Freundes Ringler als auch darum, weil es das erste Lebenszeichen von Ihrer Hand ist. Ich wollte Ihnen schon lange schreiben, kam aber im Trubel des Existenzumbaus nicht dazu. Wir hatten, obwohl wir zu den im Dritten Reich Unterdrückten u. Verfolgten zählten, mit viel Widrigkeiten u. häßlichen Quertreibereien zu kämpfen, was übrigens durchaus verständlich ist, da bei umwälzenden Katastrophen zunächst immer der Unrat nach oben geschwemmt wird. Was allerdings mehr verstimmt als diese unvermeidlichen Begleiterscheinungen ist die Tatsache, daß man so wenig Menschen trifft, bei denen man von einer echten Katharsis sprechen könnte. Der Mensch scheint durch keinen auch noch so umwerfenden Schlag von außen in seiner Grundlage verändert zu werden. Das Gesetz, nach dem er angetreten ist[,] scheint stärker zu sein als alle Schicksalsschläge. Der alte Adam mag keineswegs einen neuen Platz, sonder[n] wird sorgfältig durch das dunkle Tor des Niederbruchs hinüber gefrettet, um alsbald in fröhlicher Nichtswürdigkeit sein altes Wesen weiter zu treiben. Tränen, Blut u. Schuldhaftigkeit werden abgeschoben in jene schweigende Rumpelkammer des Vergessens, die sich dann vielleicht nur noch durch den harten Schlag der Gnade öffnen läßt. Und wie selten geschieht dies! Nun ich verstehe, der Mensch giert wieder nach Ruhe und Behagen, das Leben will sich selbst genießen, selbst um den Preis, in einem neuen Meer von Lüge wohlig untergehen zu müssen. Lieber dies als störendes Erinnern. Mehr denn je gewinne ich den Eindruck, der Mensch hat sich aus dem Ebenbild Gottes zu einem rätselhaften Monstrum von inkomensurabler Größe entwickelt. Vielleicht ist dies ein notwendiges Durchgangsstadium; nur dürfen wir dieses jetzt nicht als Ausgangspunkt nehmen, sonst sind wir verloren. Es geht ein schrecklicher Schrei durch alle Schöpfung u. schaudernd fragen wir uns, ob es der Todesschrei des letzten Menschen ist oder ob noch eine Hoffnung in ihm zittert. Es gibt eine furchtbare Stelle in einem Gedicht von Speedy die heißt: »Mensch, Du bist vergangen«! Wahrlich ein schauerlicher Aspekt ...

Ach, wir müßten uns einmal wieder lange aussprechen. Die einzige Kunde von Ihnen, die hin u. wieder an unser Ohr dringt, ist die wenig erfreuliche aus dem Zeitschriftenwald, besonders aus dem östlichen Sektor ...

... Oft denke ich an Ihren u. Grethas Schmerz um den verlorenen Sohn u. Sie dürfen mir glauben, ich kann Ihnen jene bohrende nie ganz zu stillende Qual im Herzen nachfühlen um einen Menschen, der Ihnen mehr war als sich in dem allgemeinen Vater-Sohn[-]verhältnis ausdrücken läßt: nämlich eine Hoffnung! Wir haben Ihnen damals ja geschrieben, aber der Brief scheint verloren gegangen zu sein.

... Die letzten Monate vor dem Zusammenbruch Hitlers waren für mich sehr aufreibend. Wie so mancher mußte ich mich zuletzt auf dem Lande verstecken, da ich Wind bekommen hatte, daß man mich umlegen wollte. Ich fand Zuflucht bei einem kath.[olischen] Geistlichen in der Nähe M.[ünchens] Speedy blieb zu Hause, schloß sich aber ein u. ließ niemanden mehr herein, so verbrachte ich die letzte Woche bis zum Einmarsch der Amerikaner. Nach ungefähr 5 Tagen kehrte ich zu Fuß zurück (ich marschiert[e] 40 km. durch Kzleute, Polen, Russen etc. hindurch) u. fand abgesehen von einigen Plündereien u. Diebstählen alles intakt u. Speedy wohlbehalten, wenn auch sehr hungrig an. Nach u. nach fanden sich auch wieder Freunde u. Bekannte ein oder Nachrichten von solchen. Seitdem geht das Leben so wie's überall geht: Viel Arbeit, wenig Essen, viel Schererei, Ärger u. Mühsal u. vor allem viel Trauer über den Menschen wie er sich uns darbietet: Ein Unikum von Eitelkeit u. Herzenskälte! Daß man sich trotzdem weiter künstlerisch entäußert ist sehr merkwürdig, obwohl man sich hundertmal immer wieder frägt: für wen eigentlich? Man könnte daraus fast auf eine optimistisch gestimmte Grundanlage des Menschen schließen, zumal gerade oft die ärgsten Pessimisten eine auffallende Zähigkeit im Entäußern ihrer düsteren Geschichte entwickeln.

Haben Sie davon gehört, daß Herr v. Salomon in Haft ist? Dieser Tage tauchte auch Herr Schramm bei uns auf; er war ebenfalls in Haft. Man sollte so vielen helfen u. kann doch so wenig tun. Merkwürdig ist nur, daß Menschen dieser Art bei aller Einsicht doch mit keinem Wort der Opfer gedenken (bei eingehender Behandlung ihrer eigenen Nöte) an deren Qualen u. Narben sie doch indirekt mitschuldig sind durch die Dienste, die sie mit Wort u. Tat den braunen Henkern geleistet haben. Der Mensch u. zumal der deutsche ist ein sonderbares Wesen, schwer durchschaubar u. noch schwerer verständlich!

- Anbei sende ich Ihnen einen Aufsatz, der kürzlich in der Neuen Zeitung erschienen ist. Ich werde Ihnen in Bälde einen größeren schicken, der das[s]elbe Thema behandelt.

Wie geht es Gretha? Übermitteln Sie ihr bitte unsere besten Grüße u. Wünsche u. seien Sie selbst herzlichst gegrüßt

Ihr Rudolf Schlichter

RUDOLF SCHLICHTER an ERNST JÜNGER

München-Laim 16./8.46

Lieber Herr Jünger

Beiliegend schicke ich Ihnen den versprochenen großen Kunstaufsatz u. den Zwiebelfisch. Ich würde mich sehr freuen, Ihre Ansicht über diesen Versuch einer Deutung des europäischen Kunstschaffens zu hören. Es ist natürlich nicht alles berücksichtigt u. es klaffen sicher hier und dort Lücken, was bei der Fülle des Materials auch kaum zu vermeiden ist; dennoch glaube ich das wesentliche u. charakteristische der »Europäischen Kunst« einigermaßen deutlich gemacht zu haben. Der Aspekt ist allerdings ein ziemlich verzweifelter von unserer irdischen Existenz her gesehen; das einzig tröstliche in diesem Elend einer tragischen Ausweglosigkeit ist vielleicht das Beispielhafte unserer Situation in der Heilsgeschichte des Planetenbewohners. Es ist uns auferlegt u. gibt für uns Ungeborgene dem sonst kaum Erträglichen einen erfaßbaren Sinn. Weil uns viel gegeben war, wird uns viel genommen, wir stehen jetzt an der Pforte, wohl uns, wenn wir erkennen, welche Stunde geschlagen hat.

Senden Sie das Manuskript, wenn Sie es gelesen haben, bitte wieder an mich zurück u. seien Sie u. Gretha in alter Freundschaft herzlich gegrüßt

Ihr Rudolf Schlichter

Viele guten Grüße u. Wünsche auch von Speedy

ERNST JÜNGER an RUDOLF SCHLICHTER
Kirchhorst über Großburgwedel (20) 23. 8. 1946

Lieber Rudolf Schlichter,

Ihren Aufsatz über die Europäische Kunst=Tradition habe ich gelesen und stimme Ihnen bei. Ihr Gefühl, daß es bei Franz Hals »fleckig« zu werden beginnt, habe ich immer schon geteilt. Vor allem ist Dürer ein großer Meister und doch ein Urquell des schlechten Geschmackes, nicht nur in der Malerei. Dergleichen wird erst sichtbar bei den Künstlern dritten und vierten Ranges; die Zeit hebt die verborgenen Unstimmigkeiten mit Hebeln heraus. Ihrer Linie von Hals zu Monet korrespondiert eine zweite, die von Dürer zu Wilhelm Raabe führt. Verborgene Harmonie soll nach Heraklit die beste sein, dafür ist nichts gefährlicher als verborgene Disharmonie. Der Geist der kleinen und sogenannten freien Reichsstädte spukt immer noch nach. Da überwogen auch noch die Handwerker die Händler; um mit den Höfen konkurrieren zu können, bedarf es der Städte von venetianischem Rang.

Ich will mich aber nicht bei den historischen Betrachtungen aufhalten, sondern Ihnen sogleich sagen, daß Sie in Ihrer Wertung des Surrealismus den Nagel auf den Kopf treffen. Auch darin haben Sie freilich Recht, daß dieses Wort unmöglich ist. Wir wissen aber, was damit gemeint werden soll. Von den zwei Phasen, die Sie erwähnen, möchte ich die erste als magisch ansprechen, doch in der zweiten deutet sich höhere Einsicht bereits an. Der Vorgang hat, optisch gesehen, etwas vom Auftauchen, doch nicht aus dem Wasser=, sondern aus dem Luftraume. Daher auch die Prägnanz des luftleeren Raumes, die starre Unbeweglichkeit. Die Verblüffung hat echte Züge; im neuen Raume erfaßt uns ein Augenblick der Starre, bei großer Präzision. Ich machte mir über diesen Vorgang in den letzten Jahren manche Notizen, vor allem auch im Anschluß an zwei große Unterhaltungen mit Braque und Picasso.

Ich meine, daß es außer diesem Aufsatz Zeit für ein neues Manifest wäre. Es scheint, daß sich auch in der Malerei, ganz ähnlich wie in der Literatur, eine gespenstische Wiederkunft von abgelebten Geistern vollzieht, ein grotesker Totentanz. Nun, alle diese Dinge haben ihre Zeit, aber man kann auch etwas nachhelfen. Mit herzlichen Grüßen, auch an Speedy,

Ihr Ernst Jünger

RUDOLF SCHLICHTER an ERNST JÜNGER
München-Laim 15./11.46

Lieber Herr Jünger

Anbei den letzten Zwiebelfisch. Ich würde mich sehr freuen, wieder einmal ein Lebenszeichen von Ihnen zu erhalten. Was arbeiten Sie u. wie geht es Ihnen u. Ihrem Haus? Was uns betrifft, so versuchen wir trotz Widrigkeiten u. Fils[z]wänden, unsere Stimme hören zu lassen, d. h. in Wort u. Bild das auszudrücken, was uns bewegt u. empört. Es ist natürlich oft recht schwer, zumal in diesem schönen Lande des zopfigen Akademismus u. gewandter Anpassung eine eiserne Regel besteht, die so lautet: »Regierungen kommen, Regierungen gehen, aber Lakaien bleiben bestehen«! Dies gilt vor allem für den geistigen Beruf. Es wird einem manchmal äußerst schwer, in dieser geistigen Stickluft gesund Atem zu holen. Nun dies wird bei Ihnen da oben auch nicht viel anders sein, nur daß die materielle Misere wahrscheinlich einen noch schwärzeren Schatten wirft als hier. Man müßte den andern auch einmal sagen, daß in unseren Klimaten Religion u. Ethik ohne ein Mindestmaß an Komfort nicht gedeihen. Das Gerede von den vielen grünen Tischen macht niemanden satt. Allzu leicht vergißt man den neblich-nassen Charakter Nibelheims.

Ach so könnte man endlos fortmachen, wenn man der düsteren existenziellen Literatur nicht manchmal müde würde u. kurz entschlossen nach einem Quentchen Freude griffe, das einem hin und wieder unverhofft in den Weg fällt. Die Lebensgeister brauchen das, denn sonst droht die Gefahr des Aufhörens aller Impulse.

Grüßen Sie Gretha recht herzlich von uns u. seien Sie selbst von Speedy u. mir in alter Freundschaft gegrüßt

Ihr Rudolf Schlichter

RUDOLF SCHLICHTER an GRETHA JÜNGER

München-Laim 16./6.1949

Liebe Gretha

Dein überraschender Besuch u. ebenso Dein lieber Brief hat uns mächtig viel Freude bereitet. Alte Liebe rostet nicht u. was sich in den dunklen Tagen der Tyrannis bewährt hat, das hat Bestand. Wenigstens meine ich, daß dies für Menschen zutrifft, die noch nicht ihr Erstgeburtsrecht für die süße Drecksuppe der Geläufigkeit im Dienste der jeweiligen Manager verkauft haben, was leider allzu häufig geschehen ist. Glaube mir, uns hat schon lange nichts mehr so erfrischt wie Dein lieber Besuch; es war wie ein Orgelton aus alter Zeit u. erweckte heimatliche Gefühle. Denn Heimat hat man - seit langem schon - dort, wo man sich aufgenommen fühlt. Und dies ist gewißlich wahr, heißt es in der Sprache der Religion - u. das muß auch so sein.

Die Bilder von Ernst habe ich erhalten und bereits auch eine Zeichnung nach dem Profilbild gemacht; ich sende sie Dir zurück, sobald die Zeichnung erschienen ist. Ich muß Dir sagen, er sieht ausgezeichnet aus. Es strahlt eine große Humanität aus seinem Gesicht, Du hast schon recht, wenn Du sagst, daß eine gewisse Lockerung auch im Phys[i]ognomischen zum Ausdruck kommt. Das Leiden, so ungern man es im Augenblick hinnimmt, macht weicher. Dies gilt natürlich nur für Menschen, die den Stoff für eine solche Läuterung haben; bei den meisten führt es zur Verhärtung u. macht sie kalt. Wir haben dies leider in den letzten Jahren oft erfahren müssen.

Was unsere Situation betrifft, so ist sie nach wie vor belämmert. Dieses München mit seinem restaurativ aufgemutzten Kunsthimmel ist im Grunde nicht der richtige Ort für uns, weder für mich noch für Speedy. Man wird nicht aufgenommen und eingeschreint in das große Bierherz der bayuwarischen Rasse, es sei denn, man kann nachweisen, daß seine Vorfahren schon zu Zeiten des Kurfürsten Max Emanuel in bayrischen Belangen tätig waren. Das einzig sympathische hier ist ein gewisses laisser faire, das sich in einem nicht Wahrnehmen ausdrückt. Nun, man muß das eben tragen, zudem weiß ich wirklich nicht, wohin man sonst den dummen Fuß im heutigen Rumpfdeutschland wenden sollte. Es ist so ziemlich überall dasselbe. Unsere Möglichkeiten sind doch sehr geschrumpft, denn im Ausland begegnet man uns immer noch mit reichlichem Mißtrauen.

Deine liebe Einladung nehmen wir von Herzen gern an. Ich würde mich sehr, sehr freuen, auch Ernst bald wieder zu sehen u. mit ihm zu sprechen, es gäbe so viel mitzuteilen u. zu erörtern.

Laß bald wieder etwas von Dir hören u. sei herzlichst von uns beiden gegrüßt.

Dein alter Rudolf.

Viele herzliche Grüße an Ernst.

RUDOLF SCHLICHTER an ERNST JÜNGER
München-Laim 22./6.1949

Lieber Ernst Jünger

Sie können sich denken, welch freudige Überraschung der unerwartete Besuch Grethas für uns war. Er bedeutete mehr als ein bloßes Wiedersehen, es war, als ob ein altes abgebrochenes Lied fortgesetzt würde, zwar in der alten Tonart, aber doch mit einem neuen Unterton. Wenn ich die ganzen Jahre hindurch nicht mehr schrieb, so geschah dies wie aus einer merkwürdigen Wartezeit heraus, sozusagen aus einem unbewußten Lauern auf den richtigen Augenblick u. der ist nun gekommen. Während dieser Wartezeit habe ich außerdem den Streit um Ihre Person verfolgt, auch mit manchem Mann über Sie gesprochen u. oft Gelegenheit gehabt, recht dumme Vorurteile zu korrigieren. Am meisten geärgert haben mich die ebenso albernen wie infamen Anrempelungen, die von gewissen linken Schlieferln kamen, von jenen ewig gestrigen, die glauben, durch Aufwärmung einer abgestandenen ideologischen Phraseologie dem zusammengebrochenen Gaul wieder auf die Beine helfen zu können. Der berühmte Rückgriff auf die Zeit vor 1933 hat sich auf allen Gebieten als eine Niete herausgestellt, in der Politik ebenso wie in der Kunst. Daß zur Zeit noch die Epigonen des Niemandstils der Abbruchzeit im Vordergrund agieren, ist nur aus dem bekannten Naturvorgang zu erklären, daß, wenn man Tümpel und Abwasserbassins aufrührt, allemal eine gewisse Materie nach oben kommt. Nun auch diese wird bald abschwimmen; was kommt, wissen wir allerdings nicht, wir tappen da noch ahnungsvoll im Zwielicht. Indes scheint es mir, daß uns aufgegeben ist, wieder eine verbindliche Form zu finden, Aussage u. Gestalt wieder glaubhaft zu machen. Das ist keine leichte Aufgabe u. sicher mit viel schmerzhaften Einbußen verbunden; in der Kunst kann man dies weder auf Picassistische noch Baumeister'sche Weise u. noch weniger mit Non objective Painting erreichen. Ich selbst habe zu diesem Thema eine Broschüre betitelt »Abenteuer der Kunst« (bei Rowohlt) geschrieben. Sobald sie heraus ist, vermutlich erscheint sie im Laufe der nächsten zwei Monate, sende ich Ihnen ein Exemplar zu.

Mit George Großz stehe ich seit einem Jahr im Briefwechsel, er ist ein prächtiger Mensch, sehr klug und überlegen. Die Berichte, die er über das »Kulturtreiben« in U.S.A. gibt, sind voll köstlichen Humors. Einer der wenigen, die standhielten in dem allgemeinen babylonischen Wirrwarr. Läßt sich weder von den geschäftigen Neuheitskrämern noch von den ranzigen Restauratoren bluffen.

Ja, es ließe sich noch über so vieles berichten, über Begegnungen, Kontroversen, Enttäuschungen. Aber ich werde das alles aufsparen für eine persönliche Begegnung. Ich habe viel gearbeitet, viel versucht, vor allem viel gezeichnet, aber auch gemalt. Dazwischen hinein geschrieben! Rowohlt will den dritten Bd. meiner Autobiographie herausbringen u. die zwei ersten neu auflegen. Auch einige Kurzgeschichten habe ich geschrieben, eine davon erscheint demnächst in einer Anthologie moderner deutscher Autoren. (Abendländische Verlagsanstalt Innsbruck - München)

Zur Zeit habe ich eine Ausstellung in Mannheim; von der Stuttgarter werden Sie wohl gehört haben. Leider ist's mit dem Verkauf von Kunst jetzt sehr schlecht bestellt, der Markt ist tot, die Kauflust gering. Das hat mit dem Warencharakter der modernen Kunst zu tun. Wird eben momentan nicht gefragt!

Sie würden mir eine große Freude machen, wenn Sie mir Ihr neues Buch »Strahlungen« senden würden. Ich bin natürlich sehr, sehr gespannt darauf. Ich würde mich freuen, bald etwas von Ihnen zu hören u. grüße Sie in alter Freundschaft sehr herzlich

Ihr Rudolf Schlichter

[Am Rand] Haben Sie übrigens die Ausstellung »Religiöse Kunst der Gegenwart« in Ravensburg gesehen? Hatte dort einige graphische Blätter, allerdings älteren Datums.

Ravensburg, 25. 6. 49.

Lieber Rudolf Schlichter,

Herzlichen Dank für Ihren Brief. Meine Frau berichtete mir bereits über Ihr Ergehen. Ich sehe, dass sich da wenig geändert hat. Man legt Jahr um Jahr in dieser schäbigen Zeit zurück, zwischen Klippen und Haifischen.

Die Presse-Campagne, die Sie erwähnen, hat mich wenig berührt. Zeitweilig durfte ich mir schmeicheln, dass die gesamte deutsche Presse gegen mich Stellung nahm. Derartiges wirkt aber nur beunruhigend, wo der Genick= Schuss noch funktioniert. Ich habe in diesen Jahren vorzüglich gearbeitet. Dabei fällt mir ein: hätten Sie nicht Lust, dieses oder jenes meiner Reise-Tagebücher zu illustrieren? »Myrdun« kam in einer schönen Ausgabe mit Zeichnungen von Kubin heraus.

Auf Ihre neuen Bücher bin ich neugierig. Die Fortschritte Ihrer Malerei sind mir gleichfalls unbekannt.

Bitte grüssen Sie auch Frau Speedy herzlich von mir. Am letzten Sonntag besuchten mich Blessings; ich war aber mit Friedrich Georg zum Botanisieren in den Gebirgen bei Oberstdorf.

Mit den besten Grüssen und Wünschen bleibe ich

Ihr Ernst Jünger

P S. Ich entschliesse mich vielleicht das Vorwort zu der geplanten Kubin=Monographie zu schreiben.

RUDOLF SCHLICHTER an ERNST JÜNGER
· München-Laim, 7./7.1949

Lieber Ernst Jünger

Haben Sie herzlichen Dank für Ihren lieben Brief. Selbstverständlich übernehme ich mit Freuden die Illustrierung eines Buches von Ihnen. Es würde mich übrigens sehr interessieren, wie das von Kubin illustrierte Buch ausgefallen ist; vor allem wie weit sich die Welt des Zeichners der Ihrigen einfügt, bezw. wie weit sie sich gegenseitig zu durchdringen vermögen. Könnten Sie mir vielleicht, falls Sie keines mehr frei zur Verfügung haben, eines wenigstens leihweise überlassen? Ungefähr für 14 Tage?

Anbei sende ich Ihnen eine für den Schulgebrauch der höheren Klassen illustrierte Ausgabe von Nathan dem Weisen; es erschien Anfangs dieses Jahres, wurde aber von mir schon um die Mitte des vorigen Jahres abgeschlossen. Wie Sie bemerken werden, brauchte ich mir hier keinerlei Zwang auferlegen, ich konnte die Aufgabe ganz nach meinem Gusto lösen u. das war sehr angenehm.

Das in der liter.[arischen] Revue Abgedruckte ist der Anfang u. das Ende einer Erzählung, die vollständig in der Anthologie moderner deutscher Autoren (Abendländische Verlagsanstalt, Innsbruck-München) erscheint.

Sonst geht es immer noch gleich mies, man lebt von der Hand in den Mund, kann aber keinerlei Sprünge machen, was sehr bedauerlich ist, zumal diese gewünschten Sprünge sehr bescheidener Natur sind.

Kürzlich bekam ich eine Nummer von Westermanns Monatsschriften zugeschickt u. habe zu meiner Überraschung u. Freude Ihre »Gedanken zur Ewigkeit« gefunden. Die kristalline Reinheit der darin geäußerten Empfindungen hat mich sehr angesprochen. Trotz unserer so verschiedenen, temperamentsbedingten Entäußerungsform schwingt in der Tiefe etwas sehr Gleichgestimmtes; wenigstens empfinde ich es so. Bin übrigens sehr gespannt auf die »Strahlungen«.

Die von mir im selben Heft reproduzierte Illustration stammt aus einer Serie zu 1001 Tag, zu der auch das andere Bild im Prospekt der Illustratorenausstellung gehört. Nun ich hoffe, daß Sie die Blätter alle bald sehen werden, wenn Sie Ihr Weg nach München führt.

Grüßen Sie Gretha recht lieb von uns beiden und seien Sie selbst herzlichst gegrüßt

Ihr Rudolf Schlichter

Übermitteln Sie auch Ihrem Bruder Friedrich Georg unsere freundschaftlichen Grüße u. Wünsche.

RUDOLF SCHLICHTER an GRETHA JÜNGER

Wiesbaden 19./9.1949

Liebe Gretha

Sitze zur Zeit hier in W.[iesbaden] wegen eines Portraitauftrages. Nachfolgendes ist noch von M.[ünchen]

Kürzlich erfuhr ich, daß Ernst hier in München war. Du wirst verstehen, daß es uns sehr verstimmt hat, dies von anderen Leuten erfahren zu müssen, zumal er mir schrieb, er würde mich benachrichtigen, wenn er in M. sei. Bald darnach schrieb ich an Dich eine Karte worin ich Dich bat, mir doch mitzuteilen, ob er überhaupt in M. war oder ob er durch irgendwelche Umstände von der Reise abgehalten wurde. Leider blieb die Karte ohne Antwort. Ich zerbreche mir nun den Kopf, was wohl die Ursache Eures Schweigens sein könnte. (Es kann übrigens möglich sein, daß er am 19. bei uns anrief, Speedy sagte mir wenigstens, sie hätte im Schlaf das Telefon gehört, sei aber zu spät an den Apparat gekommen, der Anrufende hatte schon abgehängt.)

Inzwischen habe ich große Teile seines Buches mit großer Aufmerksamkeit gelesen u. ich hätte recht gerne mit ihm über einige Personen, die darin vorkommen, gesprochen; überhaupt wäre so manches zu bereden, was in unseren gemeinsamen Interessenkreis gehört. Schade, daß die geplante Begegnung ins Wasser fiel. Gerne hätte ich ihm auch meine neuen Arbeiten gezeigt u. den Illustrationsplan durchgesprochen. Nun vielleicht ergibt sich doch bald ein Zusammentreffen.

Ansonsten geht [es] uns immer noch nach der alten Devise: Mäßig bewegt bei hoher See! Kürzlich war Herr Döderlein bei uns, er erzählte von seinem Besuch bei Fritz. Auch mit Manfred Schwarz waren wir zusammen; er war baß erstaunt, daß er über Ernst ungut geschrieben haben sollte. Er hätte, sagte er, zwar einmal in einer größeren Abhandlung u.a. auch einige kritische Bemerkungen über die früheren Bücher Ernst's gemacht, aber mehr nicht. Er will Euch übrigens darüber bald schreiben.

Wie geht es Dir, liebe Gretha, nun in dem schönen Ravensburg; gewöhnlich beginnen ja nach einigen Monaten Anlaufzeit die eigentlichen Erfahrungen mit Menschen einer neuen Umwelt. Dann: hast Du den Plan mit Ernstels Bild aufgegeben?

Gib mir bitte bald Antwort auf alle diese Fragen u. sei von Speedy u. mir recht herzlich gegrüßt

Rudolf

Ab Sonntag bin ich wieder in Mü.

München-Laim 30./10.49

Lieber Ernst Jünger

Es wird Sie sicher interessieren, einige meiner neueren Arbeiten kennen zu lernen. Die beigefügten Photos sind zum größten Teil von Arbeiten, die in den letzten drei Jahren entstanden. Einige der graphischen Blätter gehören zu einem Zyklus, den ich zur Apokalypse zeichnete.

Da ich immer noch an einer milden pekuniären Flaute leide, würde ich mich natürlich sehr freuen, wenn Sie mir in Ihrem Bekanntenkreis jemand nennen könnten, der geneigt ist, für derartige émanations macabres etwas auszugeben. Sollte sich ein solcher Kauz finden - sie sind heute leider dünn gesät - so können Sie ihm ja die Bilderphotos zur Verfügung stellen.

Dann: Haben Sie meine Broschüre »Das Abenteuer der Kunst« vom Rowohltverlag zugeschickt bekommen? Ich nannte zwar in der Interessenliste Ihren Namen, habe jedoch nach einigen Stichproben den begründeten Verdacht, daß nicht alle von mir genannten Adressen berücksichtigt wurden.

Schade, daß aus der beabsichtigten Zusammenkunft nichts geworden ist. Ich wollte Ihnen so gerne die 36 Blätter zur Bibel zeigen, ich habe sie deshalb noch einmal vom Verlag zurück erbeten, leider umsonst. (Das Bilderbuch erscheint bei Kösel; ehemals Jakob Hegner Verlag).

Sagen Sie Gretha unseren herzlichsten Dank für die Übersendung ihres Bändchens, ebenso für ihre liebe Einladung auf Sylvester, die wir mit Freude annehmen; hoffentlich sind dann die Finanzen so, daß man keine Hemmungen zu haben braucht. Ich werde ihr übrigens nächstens schreiben, was ich schon längst getan hätte, wenn ich nicht durch eine schwierige Theaterinszenierung (Göthes »Natürliche Tochter«) aufgehalten worden wäre.

Bitte geben Sie mir kurz Nachricht, ob die Sendung gut angekommen ist. Auch würde es mich interessieren, ob Sie eine große Veränderung gegenüber dem früheren Stil meiner Arbeiten feststellen.

Seien Sie von uns beiden in alter Freundschaft u. in der Hoffnung auf eine baldige Begegnung herzlich gegrüßt

Ihr Rudolf Schlichter

Senden Sie Photos bitte wieder zurück, wenn Sie sie nicht mehr brauchen.

ERNST JÜNGER an RUDOLF SCHLICHTER
Ravensburg, Wilhelm-Hauff-Straße 18 23. 11. 1949

Lieber Rudolf Schlichter,

Anbei sende ich die Bilder zurück. Sie haben mich lebhaft angesprochen, wenngleich zum Teil nach Art des Albdrukkes. Sie müssen in der Mappe verwahrt werden. Ich ziehe diejenigen Ihrer Schöpfungen vor, die man wie Ihre Gebirgstäler oder wie »Atlantis vor dem Untergange« immer um sich haben kann. Immer hatte ich gehofft, als Pendant zu dieser Zeichnung, die Ihnen unter meinen Besuchern schon viele Freunde erworben hat, auch einmal in gleicher Größe einen »Emir Musa in der Messingstadt« zu besitzen, denn dieser Musa ist neben Peri Banu eine der Gestalten aus Tausendundeiner Nacht, von denen ich schon früh und mit besonderer Gewalt berührt wurde.

In diesen Tagen las ich auch Ihr »Abenteuer der Kunst«. Sie geben darin einen guten Überblick. Vor allem Ihrer zugleich zurückhaltenden und erwartungsvollen Wertung des Surrealismus stimme ich bei. Das Gültige kommt nicht von diesen Geistern, aber, wenn überhaupt, aus ihrer Zugrichtung.

Als Höhepunkt empfand ich ferner Ihre Darstellung des 15. und 16. deutschen Jahrhunderts in seiner Dämonie und Ihre helldunkle Beleuchtung des 19. Jahrhunderts, über das sich unser Urteil ja noch nicht ausgebildet hat.

Gern würde ich mit Ihnen einmal über Farben sprechen; ich komme bei meinem nächsten Münchener Besuche bestimmt vorbei. Über Manfred Schwarz wissen Sie wohl nichts Näheres? Er gehört auch zu jenen, die auf meine Kosten moralisiert haben. Ich schätze das eigentlich mehr, wenn man es auf eigene Kosten tut. Mit herzlichen Grüßen und Wünschen, wie stets auch für Speedy,

Ihr Ernst Jünger

PS. Bei manchen Ihrer Bilder hatte ich den Eindruck, Sie müßten einmal richtig in die Pornographie hineinsteigen, und sei es auch, daß man die Produkte nachher verbrennt. Das bringt Entlastungen. Das Rezept von Henry Miller, den ich Ihnen empfehle, ist darin so übel nicht.

RUDOLF SCHLICHTER an GRETHA JÜNGER
München-Laim 11./12.1949

Liebe Gretha

Eigentlich habe ich ein schlechtes Gewissen, Dich so lange ohne Nachricht gelassen zu haben; doch Du wirst, wie ich Dich kenne, diese Saumseligkeit entschuldigen, angesichts der Hetzjagd nach dem leidigen Geld, die einen allzu heftig absorbiert. Laß mir Dir zu allererst meinen herzlichsten Dank für die Übersendung Deines kleinen Büchleins aussprechen; es hat mich sehr bewegt, schon deshalb, weil die Erinnerung an diese schwere Zeit, an dieses Hin- u. Hergeworfensein, an dieses Abschiednehmen und Wiederbegegnen mir selbst teuer ist u. weil es dort so ungemein lebendig zum Ausdruck kommt. Auch spürt man auf jeder Seite die unverfälschte Gretha, die resolute, entschlossene u. zugleich leidende Frau, die oft mit nachtwandlerischer Sicherheit Situationen bewältigt, die manchen guten Mann aus dem Gleichgewicht werfen würden u. die manchen Mannesmann nachdenklich stimmen müßten. - Daß ich bei Deinem damaligen Besuch die Bratpfanne so schwungvoll schwenkte, wobei wie Du sagst, der Leberkäs eine Rundfahrt durchs Zimmer machte, ist mir allerdings nicht mehr erinnerlich; ich hielt mich bisher für geschickter in der Handhabung von Küchengeräten. Jedenfalls habe ich furchtbar lachen müssen; ich sehe mich seitdem bei jeder Umarmung von einem unsichtbaren Leberkäs assistiert.

Kürzlich bekam ich von Ernst seine Heli[o]polis (mit Widmung, worüber ich mich sehr freute) zugeschickt; ich habe es gleich zu lesen angefangen, obwohl ich mit den Strahlungen immer noch nicht fertig bin. Schuld daran ist - neben der Hetze - Speedy, die es mir nach einigen Tagen in ihre Kemenate entführte u. nun nächtelang damit beschäftigt war. Du kennst ja ihren Eifer mit Dingen, die sie schätzt. Übrigens wird Ernst hier heftig u. mit vielen für u. wider diskutiert. Ich selbst bin, wie ich Dir schon schrieb, außerordentlich beeindruckt, besonders vom kaukasischen Teil. Warum gerade von diesem, darüber müßte ich längere Ausführungen machen. Schon darum würde es gut sein, wenn wir uns bald treffen könnten. Um eingehend über alles, was mich dabei bewegt, sprechen zu können, bedarf es ruhiger Nachtstunden im engsten Kreis.

Du hattest die Freundlichkeit, uns zum Sylvester nach R.[avensburg] einzuladen. Daß wir dieser Einladung gerne Folge leisten, brauche ich Dir nicht zu versichern. Aber der Haken ist das leidige Geld! Ich weiß nämlich nicht, wie am Ende des Monats unsere Finanzen stehen werden. Zwar erwarte ich noch einiges, aber das ist unsicher. Es kommt auch ganz darauf an, was die Reise von hier nach R.[avensburg] kostet. u. wie hoch die Aufenthaltskosten im Hotel sind. Das klingt alles ein wenig kleinsparerhaft, ist aber in Anbetracht der miesen Zeitläufte durchaus am Platz. Außerdem müßte ich natürlich auch wissen, wie es Euch passt. Ich weiß, welche Belastung solche Besuche für Dich bedeuten. Sicherlich wäre es sehr schön, wenn wir mal wieder so richtig zusammen bechern u. klöhnen könnten; auch wäre es notwendig, über das von Dir geplante Portrait von Ernstel zu sprechen. Ich schlage darum folgendes vor: Sollte sich für uns die finanzielle Frage günstig anlassen, dann kommen wir natürlich (vorausgesetzt, Ihr wollt uns haben). Wir würden dann einige Tage vor Sylvester Nachricht geben. Wenn nicht, dann verschieben wir die Zusammenkunft in den Monat Januar oder Februar.

Jedenfalls bitte ich Dich, liebe Gretha, mir noch rechtzeitig Nachricht zu geben, wie Ihr disponiert habt. Soviel ich mich erinnere, befandest Du Dich in der letzten Zeit gesundheitlich nicht gerade in der besten Verfassung, wenigstens teiltest Du mir dies in Deinem letzten Brief mit. Wie steht es jetzt mit Dir?

Übermittle Ernst meine herzlichsten Grüße u. sage ihm, daß ich ihm für das Buch u. den Brief danke. Ich werde ihm bald selbst antworten.

In alter Treue grüßt Dich herzlich

Rudolf

Viele liebe Grüße auch von Speedy, von der ich ein Bändchen Geschichten beilege.

ARMIN MOHLER an RUDOLF SCHLICHTER
Ravensburg, Weinbergstrasse 25 13.3.50.

Sehr verehrter Herr Schlichter,

in der Beilage sende ich Ihnen den Katalog zurück, den Sie wieder haben wollten und der bis jetzt liegengeblieben ist. Herr und Frau Jünger senden Ihnen und Ihrer Frau herzliche Grüsse; Post von ihrer Hand wird bald folgen.

Ich möchte die Gelegenheit benützen und eine Bitte anschliessen. Vor kurzem habe ich »Das widerspenstige Fleisch« mit grosser Spannung und Anteilnahme an diesem Schicksal gelesen. Es würde mich nun sehr interessieren, auch die Fortsetzung, »Die tönernen Füsse« kennenzulernen. Vorgestern suchte ich mit Frau Jünger in der Wilhelm-Hauff-Strasse recht lange nach diesem Band. Infolge der recht unpraktischen Raumverhältnisse ist dort die Bibliothek über die ganze Wohnung zerstreut, sodass der Band wohl erst bei einer Neuaufstellung der Bücher wieder zum Vorschein kommen wird. Ich möchte Sie darum fragen, ob Sie mir den Band auf kürzere Zeit leihweise zur Verfügung stellen könnten? Es würde mich sehr freuen, wenn ich so an den weiteren Schicksalen des jungen Maladepten teilnehmen könnte.

Mit den besten Grüssen bin ich

Ihr ergebener Armin Mohler.

RUDOLF SCHLICHTER an ERNST JÜNGER

München-Laim 26./5.1950

Lieber Ernst Jünger

Es ist kein schlechter Wille u. auch nicht die übliche Schreibfaulheit, warum ich so lange nichts von mir hören ließ. Einfach lang andauernde Hemmungen verschiedener Art hinderten mich, Ihnen zu schreiben. Hinzu kamen noch Depressionen durch die materielle Misere, von der wir periodisch heimgesucht werden u. mit der man so oder so fertig werden muß. Wenn ich dazu noch sehe, wie alles, was uns teuer ist, in den Mühlen der Manager kleingemahlen wird u. mit welch frecher Geschäftigkeit man alles günstige Gut in billige Scheidemünze miserabelster Legierung verwandelt, dann packt mich eben die schiere Verzweiflung. Aber Sie wissen das so gut wie ich, darüber zu Ihnen zu reden, heißt eigentlich Eulen nach Athen tragen.

Heliopolis habe ich mit Spannung u. großem Interesse gelesen. Am Schluß allerdings verursachte mir die eigenartige Form der Transzendierung, wie sie durch den blauen Piloten figuriert wird, kein erlösendes, sondern ein unbehagliches Gefühl. Woran das liegt, kann ich schwer erklären, weil nämlich zugleich auch die Empfindung einer traumhaften Süße ausgelöst wird. Unwillkürlich taucht am Ende die bange Frage auf: Und wie lebt es sich dort ad infinitum? (Sie werden das vielleicht kurios finden) Andrerseits führt einen die meisterhafte u. sehr poetische Darstellung in beglückender Weise wieder weg von der bohrenden Frage. Es wird mir schwer, Ihnen das in einigermaßen sinnvollen Worten zu vermitteln; oft hatte ich auch das Gefühl, als ob mich diese glanzvolle Lichtwelt zu Boden drücke. Wie gesagt, die Empfindungen, die mich dabei bewegten, waren oft sehr widerspruchsvoll. Eines kann ich aber mit Bestimmtheit sagen: Die Bilder, die Sie heraufbeschwören, lassen einen so leicht nicht los, sie haben mich zu gefährlichen Exkursionen verführt. Sie wissen, ich bin ein ziemlich düsterer Vogel, dem Stunden apollinischen Ruhens nicht allzu häufig beschieden sind, (wenn, dann allerdings sehr intensiv) u. meine Unruhe, von der ich oft nicht weiß, ist es eine Unruhe zu Gott oder zu seinem Widerpart - ich hoffe stark das erstere[,] wird von einem Buch wie Heliopolis mehr aktiviert als von einem Buch wie Orwells: 1984, der ebenso schlicht wie meisterhaft die Fakten unserer Apokalypse vorführt. Übrigens ein großartiges u. völlig nacktes Buch, die beste psychologische Analyse des durch permanenten Terror verwandelten Menschen. Sie werden vielleicht sagen, wir haben genug Analysen, wir wollen endlich etwas anderes. Zugegeben, soweit es die Analyse des Spätbürgers à la Thomas Mann betrifft. Dies hier ist jedoch etwas neues. Wir hatten bisher noch keinen brauchbaren Test des Menschen dieser Zeit. Es ist notwendig, da es einen Tatbestand umgreifend zu erfassen gilt. Sonst tappt man wie bisher im Dunklen u. produziert weiter einen gefährlichen politischen Dilettantismus. Dieses Verdienst Orwells ist nicht hoch genug einzuschätzen, er rückt damit in die Nähe Dostojewskys. -

Sie machten in Ihrem letzten Brief die Bemerkung, ich müßte eigentlich einmal richtig in die Pornographie hinein steigen! Offen gestanden, verstehe ich Ihren Rat nicht ganz. Denn das habe ich früher schon getan. Bei den Arbeiten, die Sie hier im Auge haben, handelt es sich um etwas anderes. Nach Entlassungen so verdeutlichender Naturalismen habe ich kein Bedürfnis. Was in diesen Arbeiten zum Ausdruck kommt ist phänomenologisches Gebanntsein von den ewigen Wiederholungen einer brodelnden Schlammwelt (nicht moralisch zu verstehen), kein Loswerdenwollen erotischer Bedrängnis. Diese Arbeiten entstehen zum Teil aus einer Abwehr - als Kehrseite einer negativ geladenen Anziehung - jedoch aus einer kühlen Distanz heraus. Sie sind auch heute wie ehmals nur ein Teil meiner Welt.

Sie erwähnen in diesem Zusammenhang das Blatt, das den Emir Musa in die Messingstadt einreitend zeigt u. das Sie gerne besitzen würden. Das Blatt existiert noch, wie die ganze Sammlung von 1001 Nacht, abgesehen von drei Blättern, die auf einer Zeitungsredaktion abhanden kamen. Wohl habe ich Schadensersatz bekommen, aber das mindert natürlich nicht die Schmerzhaftigkeit des Verlustes. Ich möchte vorläufig diese Blätter nicht gerne weggeben, da ich immer noch mit der Möglichkeit einer Veröffentlichung als Buch oder in Mappenform rechne. Sie werden das sicher verstehen. Denn wenn überhaupt, würde ich diese Arbeit in keinem andern Besitz wissen mögen als in dem Ihrigen.

Dann schrieb mir in Ihrem Auftrag Herr Armin Mohler, ob ich ihm den einen Band meiner Autobiographie »Tönerne Füße« leihweise überlassen könne. Leider bin ich z. Zeit nicht in der Lage, diesen Wunsch zu befriedigen, da der einzige Band, den ich besitze, ausgeliehen ist. Unglücklicherweise kann ich mich nicht entsinnen, wem ich ihn geliehen habe u. wie das heute so üblich ist, hüllt sich der Betreffende in Stillschweigen. Nun bin ich eben dabei, Nachforschungen anzustellen, vielleicht gelingt es mir doch noch, den Schweiger ausfindig zu machen. Sollte ich das Buch zurückbekommen, sende ich es Ihnen sofort.

Der geplante Besuch bei Ihnen war mir bis jetzt nicht möglich, aus dem einfachen Grund, weil mir das Geld dazu fehlte. Das teure Leben verschlingt zu viel, auch haben wir dringende Anschaffungen machen müssen, d.h. wir mußten die durch die Ausbombung stark reduzierte Wäsche u. Kleiderfragmente wieder ersetzen. Es ist für mich äußerst schwierig, jeden Monat mit Kunst das nötige Geld zusammen zu kratzen - ich zahle allein 140 M[ark] Miete im Monat ohne Licht u. Heizung, Versicherungen etc... Das ist eine harte Nuß. Ich wäre darum Ihnen u. Frau Gretha sehr dankbar, wenn Sie unter Ihren Bekannten für diese sehr stiefmütterlich behandelte Sparte »kulturellen Aufbaus« Interesse erwecken könnten. Nehmen Sie mir diese Offenheit nicht übel, aber »die Verhältnisse sind nun mal nicht so« daß man schamvoll davon schweigen kann.

Ich würde mich sehr freuen, wenn ich von Ihnen u. Gretha bald etwas hören würde. Und nochmals: Seien Sie mir nicht gram für mein langes Schweigen.

Mit herzlichen Grüßen u. Wünschen für Gretha u. Sie von uns beiden

Ihr Rudolf Schlichter

ERNST JÜNGER an RUDOLF SCHLICHTER
Ravensburg, Wilhelm-Hauff-Straße 18 11.6.1950.

Lieber Rudolf Schlichter,

Von Reisen für einige Tage nach Ravensburg zurückkehrend, finde ich hier Ihre Zeilen vom 26. Mai. Ich war im Tessin, dann in Genf, wo ich neun Tage lang auf das französische Visum wartete. Die Tage waren nicht verloren, denn die Stadt zählt zu den bedeutenden auf dieser Welt. Dann mußte ich der Devisen wegen zurückkehren und erhielt nun hier die Erlaubnis zur Einreise. Übermorgen fahre ich nach Antibes. Meine Adresse dort ist E. J. chez Madame Banine, 10 rue Barque en Cannes/Antibes.

Daß Sie Beziehungen zu »Heliopolis« haben mußten, war mir deutlich, ich hatte ja auch an Sie als Illustrator gedacht. Ausflüge wie der auf den Mondkaukasus müssen Verwandtes in Ihnen anregen. Im Übrigen hat auch dieses Buch mir eine Flut von Gehässigkeiten eingebracht - das muß ich wohl in Kauf nehmen, bis ich von dieser Bühne abtrete. Der musische Mensch ist heute a priori derjenige, der als Feind begriffen wird, und zwar unter jedem Regime. Die Regierungsformen ändern ja nichts.

Daß Sie mit Ihren Erfolgen, wenigstens den äußeren unzufrieden sind, gehört wohl auch hierher. Nun, Sie dürfen sich rühmen, daß Sie manche Kreise durchschritten haben, auch wenn es an Lohn und Ehren mangelte. Die Ehren sind ja heute auch nur eine besondere Art, den Menschen zu schädigen. Von dem Blatt über meinen Liebling Emir Musa wollen Sie sich also vorläufig noch nicht trennen. Es freut mich jedenfalls, daß es erhalten geblieben ist. Im Falle einer Veräußerung denken Sie bitte zunächst an mich. Ich brauche es als Pendant für das Atlantisstück - das wäre dann höchster Orient und Occident. Das Atlantisblatt haben im Laufe der Jahre in meinem Arbeitszimmer viele Menschen gesehen, darunter bedeutende, und ich glaube, jedem prägte sich dabei Ihr Name ein.

Soviel in Kürze. Grüßen Sie bitte Speedy von mir, an die ich natürlich am Genfer See gedacht habe. Wir ziehen bald wieder einmal um. Auch ein Zeichen der Zeit.

Herzlich Ihr Ernst Jünger

In Basel besuchte ich einen Maler Stöcklin im Atelier, der mir sowohl persönlich als durch sein Werk gefiel. In Antibes treibt auch Picasso seine Töpferei.

ERNST JÜNGER an RUDOLF SCHLICHTER
Wilflingen 24. 8. 1950

Lieber Rudolf Schlichter,

Bei der Lektüre der Geschichte des Dritten Kalenders wurde ich lebhaft erinnert an Sie und fragte mich, wie weit Ihr Plan der Illustrierung von Tausendundeiner Nacht gediehen ist. Ich hätte nämlich zuweilen selbst Lust, mich an einem solchen Unternehmen zu beteiligen. Oder ließen Sie den Plan inzwischen fallen?

Wie Sie oben sehen, zog ich wieder einmal um, und zwar nach Wilflingen, das zwischen Riedlingen und Sigmaringen am Rande der Alb gelegen ist. Der Ort liegt einsam inmitten ausgedehnter Waldungen. Vielleicht komme ich zum Oktoberfest, wenn die Zeit langt, denn ich muß auch noch nach Überlingen und Wuppertal.

Hoffentlich sind Sie zufrieden. Ich war neulich auf

einer Gemälde=Ausstellung in Saulgau und hörte allgemeine Klagen der Maler über ihr Leben in dieser Zeit.

Mit herzlichen Wünschen und Grüßen, auch an Speedy

Ihr Ernst Jünger

RUDOLF SCHLICHTER an ERNST JÜNGER

München-Laim 25./8.1950

Lieber Ernst Jünger

den Gedanken einer Veröffentlichung der Zeichnungen zu Tausendundeine Nacht habe ich keineswegs fallen gelassen u. ich habe oft gedacht, wie schön es wäre, wenn wir zusammen etwas machen könnten. Ich denke mir das etwa so, daß Sie eine eigene Deutung als Einführung in die drei Kalendergeschichten schreiben würden. Oder haben Sie eine andere Idee? Die Zeichnungen sind zum größten Teil noch vorhanden, was fehlt, könnte ich ja noch ergänzen. (Wie ich Ihnen schrieb, sind mir einige Blätter abhanden gekommen durch die Schlamperei der Verlage). Mir ist jedenfalls der Gedanke einer solchen Zusammenarbeit sehr sympathisch. Bis jetzt scheiterte der Plan einer Publikation immer am Mangel eines geeigneten Verlegers. Diese Leute haben meist entweder kein Geld oder keinen Mut; manchmal fehlt es auch an beidem. Kein Wunder, wenn man sieht, von welchem Käuferpublikum sie abhängig sind.

Was meine derzeitige Situation betrifft, so kann ich sie nicht anders als miserabel bezeichnen. Zwar sind die Besprechungen meiner Arbeiten in Ausstellungen voll Respekt u. Anerkennung - abgesehen von den modernistischen Schlieferln - aber es giebt faktisch kaum mehr ein Publikum für eine Kunst, die mehr ist als Vordergrundsschaumschlägerei, wenigstens keines das einen wirtschaftlich tragfähigen Hintergrund abgeben könnte. Handel und Wandel verändern sich in den Städten immer mehr in der Richtung eines recht üblen Amerikanismus der um so peinlicher wirkt, als jede Voraussetzung dafür in einem Zwergstaat eigentlich fehlt. Der Aspekt ist für die bildende Kunst vorläufig noch ziemlich düster, sicher nicht ohne Schuld der Kunstmacher u. -manager.

Um aber nochmals auf Ihre Anregung zurückzukommen, wäre eine solche Publikation nicht bei Ihrem Tübinger Verlag möglich? Vielleicht ließe sich da etwas machen, soviel ich weiß steht Herr Katzmann meiner Art nicht unsympathisch gegenüber. Ich habe übrigens schon bemerkt, daß der Vorschlag einer eventuellen Teilnahme Ihrerseits an einem solchen Projekt die Lust der Verleger erheblich steigerte.

Ich würde mich sehr freuen, bald Ihre Meinung über meinen Vorschlag zu hören.

Speedy freut sich immer besonders über Ihre Grüße u. erwidert sie sehr herzlich.

Mit herzlichen Wünschen u. Grüßen

Ihr Rudolf Schlichter

Viele liebe Grüße an Gretha von uns beiden.

ARMIN MOHLER an RUDOLF SCHLICHTER

Wilflingen, 29.8.50.

Sehr geehrter Herr Schlichter,

E.J. ist heute früh zu seinem Bruder gefahren (von dort gehts weiter ins Rheinland; Rückkehr Mitte September) und bittet mich, Ihnen für Ihren Brief seinen Dank auszurichten und Sie zweierlei zu fragen. (Er antwortet dann nach seiner Rückkehr ausführlich.) Die erste Frage: Ob Sie nur an die »Drei Kalender« oder auch an die ganze Geschichte des »Lastträgers und der drei Damen« denken? Secundo: ob Sie ihm genauer schreiben könnten, was an Zeichnungen bereits da ist? Wenn es eine von E.J. veranstaltete Ausgabe ist, wird bestimmt einer der drei Verleger von E.J. zugreifen - darum mach ich mir keine Sorgen!

Mit freundlichem Gruss

Ihr Armin Mohler

Einen herzlichen Gruss auch von Frau Gretha an Sie beide!

RUDOLF SCHLICHTER an ERNST JÜNGER

München-Laim 13./9.1950

Lieber Ernst Jünger

Von den drei Kalendergeschichten existieren folgende Zeichnungen: 6 zur Geschichte des ersten, 5 zur Geschichte des zweiten u. 10 zur Geschichte des dritten Bettelmönches. Die erste u. dritte Geschichte ist komplett, von der zweiten fehlen 5 Blätter; sie sind mir gestohlen worden. Dann habe ich noch vollständig: die Geschichte der Messingstadt (14 Zeichn.)

die Geschichte des blinden Baba Abdallah (4 Zeichn.) u. die Geschichte Sidi Numans (die Leichenfresserin, 6 Zeichn.)[.] Zu der Rahmenerzählung der Kalendergeschichten - die drei Schwestern u. der Lastträger - habe ich keine Bilder gemacht, doch könnte dies nachgeholt werden; ebenso würde ich die Serie zum zweiten Bettelmönch ergänzen.

Ich würde mich sehr freuen, wenn wir diese wirklich erfreuliche Aufgabe miteinander in Angriff nehmen könnten, zumal mir eine solche Arbeit über die derzeitige trostlose Situation hinweghelfen würde. Der Gedanke daran weckt in mir befeuernde Impulse, denn nach wie vor ist eine gute Bebilderung der 1001 Nacht mein persönlichstes Anliegen.

Mein Vorschlag ginge nun dahin, die Kalendergeschichten mit der Rahmenerzählung u. die Geschichte der Messingstadt herauszubringen. Man müßte allerdings wissen, ob die Geschichten frei sind; die besten Übertragungen sind meines Erachtens immer noch die im Inselverlag erschienenen.

In den nächsten Tagen geht Ihnen eine Serie von Photos der Zeichnungen zur Messingstadt zu. Ich nehme an, es ist gut, wenn Sie solche Proben zur Verfügung haben.

In der Hoffnung, daß unser Vorhaben bald greifbare Gestalt annimmt, grüße ich Sie u. Gretha in alter herzlicher Verbundenheit

Ihr Rudolf Schlichter

Auch Speedy läßt herzlich grüßen.

ARMIN MOHLER an RUDOLF SCHLICHTER
17.9.50.

Sehr geehrter Herr Schlichter,

die Fotos Ihrer herrlichen Zeichnungen zu »Tausendundeine Nacht« sind gut angekommen - ich glaube, dass das ein sehr schönes Werk gäbe! Vorerst freut sich Frau Gretha dran. Ernst Jünger erwarten wir bis spätestens Ende dieser Woche zurück; er wird sich dann selbst dazu äussern. Ich leg ihm die Bilder und Ihren Brief ganz obendrauf auf den Stapel, der ihn erwartet.

Mit freundlichen Grüssen

Ihr Armin Mohler

ERNST JÜNGER an RUDOLF SCHLICHTER
Wilflingen 22. 9. 1950

Lieber Rudolf Schlichter,

Bei meiner Rückkehr übergibt mir Arminius Ihre Zeichnungen. Sie wissen ja, daß sie mir gefallen. Es handelt sich nun darum, den Verleger zu interessieren, was in diesen Tagen geschehen soll. Ich würde es sehr begrüßen, wenn es zu einer solchen Ausgabe käme. Herzliche Grüße Ihnen und Speedy

Ihr Ernst Jünger

RUDOLF SCHLICHTER an ERNST JÜNGER
München-Laim 29./11.1950

Lieber Ernst Jünger

Schon seit einiger Zeit erwarte ich Ihren Besuch in München; Sie schrieben mir ja damals, Sie beabsichtigten im Laufe des Herbstes oder Winters hierher zu kommen. Es wäre mir aus verschiedenen Gründen sehr wichtig, mit Ihnen einmal eine persönliche Aussprache zu haben, sowohl hinsichtlich des 1001 Nachtprojektes als auch wegen anderer mich z. Zeit beschäftigende[r] Fragen; u. nicht zuletzt habe ich einfach das Bedürfnis, mit Ihnen, mit dem mich, wie ich glaube, ein echtes Anliegen verbindet, zusammen zu kommen. Leider sind meine pekuniären Verhältnisse so gespannt, daß ich mir jede Reise sehr überlegen muß, sonst hätte ich Sie schon längst in Ihrem dortigen Domizil aufgesucht. Das Leben hier in den Städten ist schauderhaft teuer, wenn man nicht unter seinem Niveau leben will.

Kürzlich hat hier in einem Bekanntenkreis A. Bronnen ein neues Drama vorgelesen. Er ist noch der alte zweifelhafte Gentleman mit österreichischem Scharm, undurchsichtig u. doch wieder leicht durchschaubar. Er bekennt sich neuerdings zum Marxismus östlicher Prägung, allerdings mit gewissen Vorbehalten u. nicht ganz eindeutig - ganz im Sinne der jetzt allerorts geübten Schlauheitsstrategie. Das politische Versteckspiel, das heute unter den Intellektuellen grassiert, verleidet einem sehr den Verkehr mit diesen Herrn; alle sind mehr oder weniger Rückversicherer, was einerseits verständlich ist, angesichts der gemachten Erfahrungen. Jeder nebelt sich eben ein so gut er kann u. soweit seine wirtschaftliche Situation es erlaubt. S' ist wie früher mit dem Jenseits: man weiß nicht was kommt u. baut auf alle Fälle vor.

Zur Zeit lese ich den Dr. Faustus. Ich muß gestehen, das Buch nötigt mir großen Respekt ab; es lebt noch aus der Fülle einer heute schon sagenhaften Bildung u. tiefer psychologischer Erfahrung. In der Sorgfalt des Stils u. in der präzisen Deskription erinnert es mich oft an Ihre Werke, wenn auch das geistige Klima ein ganz anderes ist als jenes, aus dem Sie herkommen.

Von Brecht wurde hier die »Mutter Courage« mit großem Erfolg aufgeführt; der Beifall, den das Stück fand, ist gewissermaßen symptomatisch für die Stimmung weiter Kreise, zugleich natürlich auch ein Protest gegen gewisse schwärzliche Kulturtendenzen.

Ich selbst male gegenwärtig viel in Öl u., wie ich glaube, mit gutem Ergebnis. Sollten Sie in nächster Zeit nach M.[ünchen] kommen, so könnte ich Ihnen viel Neues zeigen.

Sagen Sie Gretha unsere herzlichsten Grüße u. seien Sie selbst von uns beiden in alter Verbundenheit herzlichst gegrüßt

Ihr Rudolf Schlichter

RUDOLF SCHLICHTER an GRETHA und ERNST JÜNGER

München 10./12.1950

Liebe Gretha, lieber Ernst Jünger

Für Eure lieben Geburtstagswünsche meinen herzlichsten Dank. Ich gestehe, Freundesgrüße an einem solchen Tag tun wohl, zumal wenn sie von Menschen kommen, denen man sich so eng verbunden weiß. Es ist sehr bedauerlich, daß man so selten zu einem persönlichen Kontakt kommt. Immer wieder knoble ich, wie ich eine Reise zu Euch bewerkstellige u. immer wieder muß ich feststellen, daß die Budgetdecke nicht ausreicht. Trotzdem: einmal wirds doch wahr; was im alten Jahr nicht gelang, wird im neuen gelingen.

Nun noch eine Bitte: Hörte kürzlich durch den Dichter Georg Schwarz von einem Essay »Über die Linie«[,] las auch im Monat eine Bemerkung darüber. Könntet Ihr mir ein Exemplar davon schicken? Ich wäre Euch dankbar!

In der letzten Zeit habe ich viel gemalt. Es sind allerdings etwas melancholische Bilder, die entstanden; es will mir nicht gelingen, angesichts des schleichenden Zerfalls heitere Aspekte zu eröffnen. In der Hoffnung eines baldigen Wiedersehens grüßt Euch herzlich

Rudolf

[Am Rand] Auch Speedy läßt Euch herzlich grüßen

ERNST JÜNGER an RUDOLF SCHLICHTER
Wilflingen 14.12.50.

Lieber Rudolf Schlichter,

Anbei sende ich Ihnen die gewünschte Schrift. Falls Sie nicht eher nach Wilflingen kommen, werde ich Sie bestimmt bei meiner nächsten Anwesenheit in München heimsuchen. Der Maler v. Mandelsloh, der dort lebt, sandte mir neulich zur Ansicht fünfzig Aquarelle, die er zu meinem Buch »Heliopolis« gemacht hatte.

Ihnen beiden wünsche ich Alles Gute zum Feste.

Ihr Ernst Jünger

RUDOLF SCHLICHTER an ERNST JÜNGER

München-Laim 8./11.1951

Lieber Ernst Jünger

Herr Drexel schrieb mir vor einiger Zeit, daß er Sie besucht hätte und schlug mir vor, auf seine Kosten eine Reise zu Ihnen zu unternehmen. Dazu hätte ich natürlich große Lust, aber bisher war meine Finanzwirtschaft so kompliziert, daß ich alle Energie u. Findigkeit aufbieten mußte, um unsere Lebenshaltung auf einem einigermaßen erträglichen Niveau zu halten. Bis jetzt ist es mir gelungen, mich ohne lästige Kompromisse mit dem »Kulturbetrieb« über Wasser zu halten - frägt sich wie lange noch - trotz mancher Verlockungen durch die Manager. Noch sind leider keine Anzeichen dafür vorhanden, daß sich dieser Zustand einer Wartesaalstimmung beim Morgengrauen wesentlich ändert. Ich bedaure es sehr, daß durch die widrigen Umstände der persönliche Kontakt zwischen uns so schwierig u. so selten zu Stande kommt, denn sowohl Speedy als ich haben ein starkes Bedürfnis, hin und wieder eine andere geistige Luft zu atmen als die des Münchner Brotzeitexpressionismus oder die der Adepten abstrakter Tapezierkünste.

Diesen Sommer besuchte uns Georg Großz mit seiner Frau. Ich verschaffte ihm in Bayrischzell (am Fuße des Wendelstein) bei einem Kollegen, der einen Hof mit Pensionsbetrieb unterhält, eine sehr nette Unterkunft. So ergab es sich, daß wir fünf Wochen lang jedes Wochenende miteinander verbringen konnten, inmitten der Berge. Großz hat sich insofern ziemlich gewandelt, als er nichts mehr mit der früheren Form seiner Gesellschaftskritik zu tun haben will, ja er distanziert sich sehr spürbar von den damaligen Publikationen im Sinne des Gesichts der herrschenden Klasse. Das wird ihm von seinen früheren Mitstreitern sehr verübelt, während es mich aufrichtig freut; es ist gut, wenn ein Mann wie er spürt, daß diese Form von Satire nicht mehr möglich ist. (Sie setzt eine liberale Gesellschaft voraus, die wir nicht mehr haben). Sonst ist er der Alte, ein blendender Erzähler u. Darsteller, äußerst amüsant u. unterhaltsam, ein ausgezeichneter Beobachter u. ein verzweifelter Mensch, der allzu häufig Vergessen im Alkohol sucht, an der typischen Verpflanzungsneurose leidet u. dessen Kulturpessimismus manchmal die tollsten Kapriolen schlägt.

Wir sprachen viel von Ihnen, er bat mich, ich soll Sie unbekannterweise mit viel Sympathie von ihm grüßen. Er schätzt Sie sehr u. ist ein eifriger Leser Ihrer Bücher.

Mit den Ihnen seinerzeit überlassenen Photos zur Messingstadt haben Sie wohl noch nichts erreichen können? Ich weiß, es ist jetzt schwer, einen Verleger für so etwas Ausgefallenes zu interessieren, zumal deutsche Verleger. Die stupiden Restaurationstendenzen, die sich allerorten bemerkbar machen, ersticken jeden Auftrieb zum Wagnis. Merkwürdigerweise will man just das restaurieren, was am stärksten zeitbedingt war; z.B. in der Malerei den Impressionismus u. Naturalismus des ausgehenden 19. Jahrhunderts oder soweit es die Modernisten von gestern angeht, den Expressionismus der 20iger Jahre. Wenn schon ein Rückgriff, wäre es doch sinnvoller, ihn auf Böcklin oder die Präraffaeliten zu tun wie das in Amerika der Meister des Sürrealismus Salvador Dali tut oder wie in Italien Chirico auf Veronese. Mir behagt weder der sozialistische Realismus der Ostleute noch der leer gewordene Formalismus der abstrakten Tapetenkünstler. Und Cézanne ist meines Erachtens für uns unbrauchbar geworden, wer darauf zurückgreift, geht auf Holzwegen. Und Picasso u. Matisse? Die haben ihre Schuldigkeit getan!

Requiscant in pacem! Bleibt Dali u. einige belg.[ische] u. französische Sürrealisten, vielleicht auch ein paar Italiener u. deutsche, darunter der Einzelgänger Schlichter.

Ich wäre Ihnen dankbar, wenn Sie mir mitteilen würden, ob Sie in der nächsten Zeit zu Hause sind; wenn es mir irgendwie möglich ist, nehme ich das großherzige Angebot Dr. Drexels an. Wie ist es bei Ihnen mit der Unterkunft? Ich möchte natürlich nicht, daß Gretha dadurch belastet würde.

Und nun noch eine Bitte: Kann ich von Ihnen Ihr neues Buch »Der Waldgang« bekommen? Sie wissen, wir beide sind an jeder Neuerscheinung von Ihnen sehr interessiert.

Grüßen Sie die liebe Gretha von uns beiden sehr lieb u. seien Sie selbst in alter Verbundenheit herzlichst gegrüßt

Ihr Rudolf Schlichter

ERNST JÜNGER an RUDOLF SCHLICHTER
Wilflingen [20.11.51]

Lieber Rudolf Schlichter,

Armin Mohler gab mir nach meiner Rückkehr Ihre lieben Zeilen vom 8. November. Herzlichen Dank. Ich war im Tessin und in Florenz, im Anschluß daran in Bad Homburg. In Frankfurt war ich bei Lily v. Schnitzler, die ich im Dezember noch einmal aufsuche. Ich sah dort außer einigen schönen Beckmanns auch Zeichnungen von Groß[!]. Bitte grüßen Sie ihn von mir. Seine Wandlung habe ich seit langem vorausgesehen. Sie kam freilich bedeutend später als die ihrige. Ihre Bemerkung, daß diese Art Satyre die liberale Welt voraussetze, trifft den Kern. Heute würde sie entweder Selbstmord oder Henkersdienst bedeuten. Es hat schon seine Gründe, warum der Simplizissimus seit 1918 nicht mehr »zieht«.

Die Messingstadt liegt mir noch immer am Herzen. Wir müssen das Projekt ausführen. Gab ich nun die Bilder Dr. Katzmann mit oder liegen sie noch bei mir? Wieviele sollen dem Druck beigegeben werden? Sie wissen, daß ich auch immer noch ein Pendant zu »Atlantis« erhoffe, das im Laufe der letzten fünfzehn Jahre so vielen meiner Besucher gefallen hat.

»Heliopolis« hat übrigens auch schon einen Maler angeregt.

Ja, es ist ein Kreuz mit der Malerei. Ich dachte, daß Sie nach so vielen Jahren nicht nur der Bemühung, sondern auch der Meisterschaft wenigstens mit der materiellen Seite Ihrer Existenz keine Sorgen mehr haben würden.

Den »Waldgang« sende ich Ihnen gleichzeitig zu. Wie fast alle meine Bücher hat auch dieses bereits zu einer Reihe von Mißdeutungen Anlaß gegeben - aber das bin ich ja seit Jahrzehnten gewohnt.

Wir würden Sie natürlich gern hier sehen, nur ist die Zeit bis zum Jahresende hier eine sehr unruhige. Von Mitte Januar an wird es anders sein. Vielleicht verabreden Sie das Nähere mit meiner Frau? Ende März will ich wieder in den Süden - doch nicht mehr an die Côte d'Azur, wo mich die Amerikaner stören, sondern in die große Sonne, vielleicht nach Marocco, wo es noch entlegen ist.

Bitte grüßen Sie auch Speedy herzlich von mir und meiner Frau. Mit den besten Wünschen

Ihr Ernst Jünger

München-Laim 27./12.1951

Lieber Ernst Jünger

Meinen herzlichsten Dank für das Büchlein »Am Kieselstrand« u. für den »Waldgang«. Sie haben uns damit eine ganz große Freude bereitet. Wir sind beide tief beeindruckt von den zwei Schriften. Die kristalline Klarheit u. Prägung der Sprache und damit der Aussage ist so wohltuend in dieser Zeit des Leerlauf[s] u. falscher restaurativer Rückbezüge. Sie zeigen mit bemerkenswerter Schärfe die Gefährdung der wenigen Einzelnen u. beschreiben genau unsern Zustand im Advent.

Nochmals unsern Freundesdank.

Es drängt mich, Ihnen ein Zeichen meiner Verehrung zu geben. Dieses gebe ich am besten mit der Übersendung einer Zeichnung, die mit gleicher Post an Sie abgeht. Ich hoffe, Ihren Geschmack einigermaßen erraten zu haben; ich habe lange gesucht bis ich mich zu dieser Zeichnung entschied. Rollen Sie das Blatt sofort nach Erhalt aus u. legen Sie es glatt; und geben Sie mir, bitte, kurz Nachricht, ob es ohne Schaden angekommen ist.

Mit den besten Wünschen zum Neuen Jahr u. mit herzlichen Grüßen auch von Speedy

Ihr Rudolf Schlichter

RUDOLF SCHLICHTER an GRETHA JÜNGER
München-Laim 29./12.1951

Liebe Gretha

Dies sollte eigentlich ein langer Brief werden, aber seit vorgestern laboriert Speedy an einem Grippeanfall, so daß ich alle Hände voll zu tun habe; außerdem kommt noch Blessing zu Besuch. Der geplante Brief muß also verschoben werden bis nach den Feiertagen. Inzwischen diesen von Herzen kommenden Kartengruß. Was die Zeichnung, die ich Ernst schickte, betrifft, einen guten Rat: Wenn Ihr sie rahmen laßt, dann unbedingt mit Passepartout, es sieht so viel schöner aus durch den größeren Raum um das Bild; den Rahmen möglichst hell (naturholzfarben leicht gebeizt).

Wir beide haben so oft Deiner gedacht. Weißt Du, alte Liebe rostet nicht und wenn man auch aus den verschiedensten Hemmungen heraus nicht zur brieflichen Mitteilung kommt, so ist dies wirklich kein Zeichen von einer Erkaltung der Beziehungen; die Verbundenheit mit Euch ist fest u. dauerhaft. Wie sehr sehne ich mich darnach, Euch beide wiederzusehen, Eure Stimmen zu hören, Eure Gegenwart zu genießen. Leider ist es für mich schwer, selbst eine kleine Reise zu realisieren, denn die Verhältnisse sind für uns Maler - vorläufig wenigstens - nicht günstig - Und das Leben hier in M. ist sündhaft teuer! Ich glaube der lange gesuchte fünfte Stand ist endlich gefunden: Es sind die Bildner!

Zum Neuen Jahr Dir liebe Gretha unsere guten Wünsche. Wir umarmen Dich in alter Treue.

Rudolf u. Speedy

ERNST JÜNGER an RUDOLF SCHLICHTER

W. 29. XII. 51.

Lieber Rudolf Schlichter,

Ihr schönes Bild mit seiner Stein= und Wasserklarheit hat mich freudig überrascht. Ich sage Ihnen meinen herzlichen Dank dafür. Gretha wird in diesen Tagen vorsprechen und Näheres berichten. Daher fasse ich das Brieflein kurz.

Ihnen und Speedy, der ich mich freundlich in Erinnerung zu bringen bitte, sende ich meine guten Wünsche für das Jahr 1952, das vor uns steht.

Ihr alter Ernst Jünger

RUDOLF SCHLICHTER an ERNST JÜNGER

München, 17./10.1952

Lieber Ernst

Seit einigen Tagen erwarten wir Euch hier. Ich würde mich sehr freuen, Dir einiges von den Arbeiten der letzten Jahre zeigen zu können. Was übrigens die Zeichnungen zur Messingstadt betrifft, so habe ich meinen früheren Entschluß, kein Blatt aus der 1001 Nachtserie zu veräußern, umgestoßen, allerdings mit der Einschränkung, solche Blätter nur an die nächsten Freunde zu geben. Das von Dir gewünschte Blatt steht Dir also zur Verfügung. Sollte einmal eine Publikation zu Stande kommen oder sollte ich es für eine Ausstellung benötigen, kannst Du mir das Blatt für diese Zeit zur Verfügung stellen.

Unsere letzte Begegnung hat mich tief berührt u. ich wünschte sehr, daß eine solche häufiger stattfände. Laß mir bitte Nachricht zukommen, wenn Du mit Gretha nach Laim kommst.

Mit herzlichem Gruß auch von Speedy

Rudolf

ERNST JÜNGER an RUDOLF SCHLICHTER
Wilflingen 24.10.[19]52.

Lieber Rudolf,

Herzlichen Dank für Deine Karte. Gretha kam aus Carrara zurück. Die Zeit war knapp bemessen; sie hielt sich daher in München kaum auf. War auch recht erschöpft. Doch kommen wir nun öfter in diese Stadt, da ja auch Alexander dort weilt. Ich möchte dort im nächsten Frühling auch einige Zeit im Museum Frey arbeiten.

Sollte man mit der Publikation der Messingstadt nicht doch noch einen Versuch machen-. Ich möchte Hanser einmal deswegen angehen. Er hat gerade einen neuen Band von Friedrich Georg herausgebracht. Sechs Zeichnungen müßten es wohl sein, und die Publikation sollte ein größeres Format haben.

In diesen Tagen war Rieth bei mir, der Vorgeschichtler, Euch ja wohl bekannt. Wir verbrachten einen recht genußreichen Abend zusammen.

Grüß auch Speedy schön von mir.

Herzlich Dein Ernst.

P.S. An Eurem Stammtisch hat mich die Beobachtung erheitert, wie schön konservativ auch der tollste Stürmer und Dränger wird, wenn er in die Jahre kommt.

RUDOLF SCHLICHTER an ERNST JÜNGER
München, 28./12.1952

Lieber Ernst

Unseren herzlichsten Dank für »Drei Kiesel«. Es löst immer eine merkwürdige Spannung aus, wenn man eine Schrift von Dir aufblättert u. die ersten Zeilen zu lesen beginnt. Das ist ein gutes Zeichen für einen Autor u. passiert nicht sehr häufig.

Ein baldiger Besuch von Dir u. Gretha würde uns sehr, sehr freuen, zumal Dein letzter Besuch so kurz war u. man nicht viel von einander hatte. Auch bin ich sehr gespannt, was Du zu den Arbeiten der letzten Jahre sagst; ich habe z. Zeit das meiste hier, da ich im Frühjahr eine größere Schau in der Städtischen Galerie starten will.

Wie geht es Gretha? Ist sie gesundheitlich wieder hergestellt? Sage ihr, bitte, unsere besten Wünsche sollen sie ins Neue Jahr geleiten. Und Dir selbst die schönsten Grüße u. viele gute Wünsche von uns beiden. Sie kommen aus dem Herzen.

Rudolf u. Speedy.

RUDOLF SCHLICHTER an ERNST JÜNGER
München-Laim 2./3.1953

Lieber Ernst

Wann führt Dich Dein Weg wieder einmal nach Mü.[nchen]? Wir würden uns sehr, sehr freuen, wenn das bald geschähe; ich meine, wir hätten uns schon einiges mitzuteilen. Das letzte Mal gab es ja leider keine Gelegenheit zu einem intimen Gespräch. Es ist doch jammerschade, daß man die alten Freundschaften so wenig pflegen kann, ich für meinen Teil bedaure es jedenfalls tief, daß solche Gemütswerte aufs hinterste Bänkchen verwiesen werden. Ich hänge an solchen altmodischen Gefühlen, obwohl ich mir dabei manchmal wie eine lästige Baumwurzel vorkomme, die den Verkehr hindert.

- Wie gehts Gretha, hat sie noch ihre Atmungsbeschwerden? Soviel ich mich erinnere, war sie nach ihrer letzten Rückkehr aus Italien gar nicht wohl.

Vielleicht gibst Du uns gelegentlich ein Lebenszeichen. Herr Löbbert hat übrigens öfter nach Dir gefragt.

Mit herzlichen Grüßen, auch an Gretha von uns beiden.

Rudolf.

ERNST JÜNGER an RUDOLF SCHLICHTER
Wilflingen 5. 3. 53.

Lieber Rudolf,

Für Deine Zeilen sage ich Dir herzlichen Dank. Wenn mich der Weg wieder nach München führt, werde ich mich anmelden, und auch einmal nach Laim herauskommen.

Gretha geht es besser. Wir leben hier ja auch recht abgeschlossen und ohne Aufregungen. Es ist schade, daß ich Deine Ausstellung nicht besuchen konnte. Hoffentlich hatte sie auch den Erfolg, daß einige Bilder verkauft wurden.

Ich fürchte, daß ich Speedy im Drange der Geschäfte immer noch nicht für die Gedichte gedankt habe, durch deren Zusendung sie mich neulich erfreut hat. Ich kannte sie ja bereits. Zum Danke sende ich gleichzeitig ein kleines, nicht im Buchhandel erhältliches Gedichtbändchen meines Bruders Friedrich Georg »Die Morgenländische Stadt.« Ich bin sicher, daß es auch Dich, schon rein thematisch, ansprechen wird, denn der Orient gehört ja zu Deinen alten Vorlieben. Darin stimmst Du mit Kubin überein. Ich denke allerdings an die Zeiten vor Faruk und Agha Khan.

Von Abdul-Hamid las ich übrigens, daß er einen[!] Tages einen seiner zahlreichen Prinzen ohne weiteres niedergestochen hat. Dieser, ein Knabe von neun Jahren, hatte im Spiel mit einer diamantenbesetzten Kinderpistole auf ihn gezielt. Das ist noch Geist des alten Palastes.

Herzlich grüße ich Dich und Speedy

Dein Ernst Jünger

RUDOLF SCHLICHTER an ERNST JÜNGER

München-Laim 23./11.1953

Lieber Ernst

Das Zusammentreffen mit Dir hat mich aufrichtig gefreut, denn ich hänge an alten Freundschaften, darin bin ich altmodisch. Im allgemeinen ist es ja heute so, ist einer weg, bleibt nichts als ein leerer Fleck - u. darauf bilden sich die Leute auch noch viel ein.

Ich habe einige Studenten über den Eindruck der Vorträge befragt - s'ist immer gut, wenn man weiß, wie der hoffnungsvolle Nachwuchs reagiert - u. ich muß sagen, es ist deprimierend. Nicht daß sie uninteressiert wären, sonst wären sie nicht so in Scharen gekommen, aber just das eigentliche Anliegen, das Geister wie Deinen Bruder oder Heidegger bewegt u. zu verbindlicher Stellungnahme treibt, macht gar keinen Eindruck. Erschreckend, diese Reaktionslosigkeit! Wo bei unsereinem die Sorge um den Menschen brennt, ist bei denen nur kalte Asche; es »tut eben nicht«.

Meist sind es etwas leib- u. kopfarme aber nette Boys, werkstudentische Epheben, zeitweise Teller waschend oder vagabundisch, schnorrend u. zeltend. Als Speedy einen von ihnen fragte, was seine größte Lust sei, sagte er: In einem Zimmer liegend, rechts eine Backsteinwand, links eine abstrakte Malerei, darüber einen schwarzen Plafond u. dazu eine möglichst schrille Jazzmusik. Sonst ist er ziemlich desinteressiert. Schluß! Und der Mann studiert Romanische Sprache u. Literatur. Warum er das tut, weiß er selbst nicht. Irgendwas, meint er, müsse man treiben. Noch eine charakteristische Bemerkung: Jazz wirke auf ihn wie auf einen frommen Katholiken der Empfang der Kommunion. Wie erschreckend fern ist diesem »Nachwuchs« alles, was uns entzückte u. formte! Oft denke ich, angesichts dieses belämmerten Zustandes: Wären diese merkwürdigen Teufel im Osten nicht, wäre Europa wahrscheinlich noch weit schlimmer verzazzt [!] u. verdummt als es schon ist. Die halten immerhin noch einige wach, so unangenehm u. bedrohlich im übrigen ihre Allgegenwart für uns ist.

Mit gleicher Post geht an Dich das Buch über Max Ernst ab nebst einem Katalog, in dem ich zwei Bilder mit Sanduhren entdeckte. Außerdem fand ich auf dem Dürerstich »Hieronymus im Gehäuse« noch eine solche. Wenn ich noch weitere Bilder finde, gebe ich Dir darüber Nachricht.

Grüße Gretha recht herzlich von uns beiden u. sei selbst ebenso von uns gegrüßt

Rudolf

P.S. Habe versucht, Herrn Neske für ein Buch über mich zu interessieren; er scheint dem Plan, wie ich ihn entwickelte nicht abgeneigt zu sein.

[München, ca. Dezember 1953]

Lieber Ernst

Herzlichen Dank für Dein Büchlein u. die besten Wünsche zum Jahreswechsel für Dich und Gretha. Hast Du übrigens mit den Abbildungen in dem Kunstkatalog etwas anfangen können? Was meinst Du zu Max Ernst? Ich war damals so um 1920 rum in Berlin des öfteren mit ihm zusammen als wir Dada machten. – Der Weihnachtstrubel hier war nicht schön, eine Orgie ehrgeizigen Geldausgebens. Dieser Aufbauismus geht mir allmählich auf die Nerven, außerdem wirds mir unheimlich dabei. Bemerkenswert ein Vorfall, der sich hier vor einiger Zeit ereignete: Ein Mann, der Selbstmord beging, hinterließ diese Zeilen »Grüßt mir die Großmutter u. meinen lieben Radio«! Der Apparat als Lebewesen empfunden. Das war mir neu. Die Mechanismen nehmen Fetischcharakter an wie ehemals die Ware.

Ich habe mit Herrn Neske über eine ev. Herausgabe eines Buches über mich gesprochen. Die Idee, die ich ihm entwickelte, scheint ihm nicht so abwegig vorzukommen. Mit Kunstbüchern ist es doch eine heikle Sache.

Dir u. Gretha schönste Grüße

Rudolf u. Speedy

[Zum Bildmotiv der Kunstpostkarte (Albrecht Altdorfer: Anbetung (Frankfurt) F.A. Ackermanns Kunstverlag, München) auf der Vorderseite] Pittoresk diese Mischungen von Spätgotik u. deutscher Renaissance – für mich sehr anregend!

ERNST JÜNGER an RUDOLF SCHLICHTER
[Wilflingen] 31.12.53.

Lieber Rudolf,

Herzlichen Dank für Deine Wünsche. Der Altdorfer ist in der Tat bezaubernd schön. Es ist gerade die Art von Kunst die unsere »Geistigen« hassen wie die Pest.

Ich liege im Bett mit Gallenreizung, die schon akut war, als ich Dich in München sah. Am 23. 12. habe ich mich hingelegt und muß noch zwei Wochen so bleiben. Gestern war Neske hier. Es sollte mich freuen, wenn aus Eurem Projekte etwas würde. Es sollte ein Buch werden wie das über Ernst; es hat starken Eindruck auf mich gemacht. Aber bei Dir müßte mehr Farbiges sein.

Gretha hörte von Dir, daß M.[anfred] S.[chwarz] über mich flucht. Er steht da nicht allein unter den Leuten, die oft lange bei mir zu Gast waren. Nach dem Kriege glaubte jeder Ausländer, ohne Unterschied, auf unserem deutschen Vaterlande herumtreten zu müssen. Die Deutschen wollten nicht zurückstehen und suchten sich ihre Leute aus. Ich muß da für manchen herhalten, der mit seiner Zeit nicht fertig werden kann. Sonst pflegten Schulbuben sich zu entschuldigen, sie wären verführt. Es stand ihnen doch mindestens frei, sich durch Thomas Mann, Marx oder Freud verführen zu lassen, warum gerade durch mich? Denen fehlt der Saft, für ihre Haltung einzustehen, die doch gar nicht so übel war. Dabei konnten sie nicht abwarten, daß es losging, während ich sie warnte und skeptisch war. Ich habe die unangenehme Gewohnheit, alle Briefe aufzubewahren und bin daher im Stande, den Leutchen ihr dokumentarisches Bild vorzuhalten, das sehr verschieden ist von dem, was sie sich heut zurechtmachen. Ich warte nur auf eine passende Gelegenheit.

Zum Neuen Jahr wünsche ich Dir und Speedy viel Gutes. Schimpft nicht mehr über diese Jahre, wie Du es in Deinem Schreiben getan hast, wir werden uns später vielleicht noch alle Finger ablecken danach. Sie sind auch nur gekommen, weil es uns schlecht gegangen ist.

Vor allem wünsche ich Dir gute Schaffenskraft. Jahrgänge von Kritikern sollen eingehen daran.

Herzlich Dein Ernst.

RUDOLF SCHLICHTER an ERNST JÜNGER

München 19./1.1954

Lieber Ernst

Der kleine Kalender, den Du mir kürzlich schicktest, ist sehr hübsch; es ist nur bedauerlich, daß keine europäischen Schuhe (so ungefähr von 1600-1900) abgebildet sind. Schön sind auch die Sinnsprüche u. die verschiedenen Schriftformen; man kann da gut Vergleiche anstellen, wer mit wem verwandt ist oder wer von wem übernommen hat. Das Büchlein hat mich wirklich gefreut.

Anbei sende ich Dir eine meiner letzten Schreibereien, die meist auf Grund kleiner, gelegentlicher Entdeckungen entstehen. Ich habe das Gefühl, daß Dich das Thema vielleicht interessiert. Mich beschäftigt übrigens immer wieder das 19. Jahrh., dieses ungeheuer profanierende, gefühlsbeladene u. zugleich an geistigen Teufeleien so reiche Säkulum. Auch der Beginn des 20igsten, wo die Früchte seiner Denkequilibristik der Ernte entgegen reiften. Ich selbst wurzle ja noch im 19. u. verstehe so gut die Anziehungskraft, die heute noch von seinen Spitzenerscheinungen ausgeht. Auf höherer Ebene die

Zauberer Wagner und Nietzsche, auf der populären Karl May, alle drei deutsche (spez. sächsische) Phänomene, Erfinder von Übermenschen - Siegfried, Zarathustra, Old Schatterhand - Kara ben Nemsi. Das ist einmalig, nur hier denk- u. schauerlich vollziehbar. Mir läuft's manchmal kalt u. heiß den Rücken hinunter, kalt vor Grausen, heiß vor Begeisterung. Bezeichnenderweise ist heute nichts beliebter als Filme u. Stücke, die um die Jahrhundertwende, so zwischen 1880-1910 spielen: sterbender Wildwest u. skrupellose Kolonialpolitik mit schlechtem Gewissen, Humanität u. Salome mit dem blutigen Kopf des Johannes; katzige Frauen, die nach dem Glück des Messers dürsten; Blaustrümpfe wie Hedda Gabler, Hysterische und Verweinte; alkoholverfallene Abenteurer am Rande der Zivilisation u. ritterliche Gangster, Balkanfürsten, Operetten, Zigeuner, Milliardäre, soziale Anklagen proletarischer Edelinge - kurzum, ein verlorenes Paradies, in dem's manchmal erträglich mörderisch zuging, aber sonst [sich] leben ließ. Das ist nun vorbei, unwiderruflich! Aber die Erinnerung schwelt noch in Kindern u. Kindeskindern u. zeitigt oft sonderbare Blüten.

Entschuldige, wenn ich Dir mit solchen Ergüssen komme, aber manchmal muß ich davon reden. Die mageren Kunstgewerbler, die unsern Kunstrayon bevölkern, verstehen hiervon leider nichts, bei denen kommt so etwas nicht an. Nicht zuletzt hat mich Dein schönes Büchlein »Der gordische Knoten« wieder so zum spintisieren gebracht; es weht darin viel von der Luft, wie ich sie liebe. - Es gibt auch heute noch hin u. wieder innerhalb unserer Grenzpfähle recht seltsame Käuze, die in keinen Hausrat passen, sozusagen »im Zimmer nicht zu gebrauchen sind«[.] Sie werden nur wenig bemerkt. Ich habe den Eindruck, dieser Warsinsky mit seiner »Kimmerische[n] Fahrt« ist so einer. Vielleicht täusche ich mich auch und muß das zurücknehmen, immerhin, mich hat das Buch stark beeindruckt. Es wird Dich vielleicht interessieren, daß er Dich als seinen Lehrmeister bezeichnet hat (im Spiegel nachzulesen).

Kürzlich war Hülsenbeck, der Mitbegründer des Dadaismus hier in M.[ünchen] Ist ein langweiliger Geselle geworden. Nennt sich jetzt - ulkigerweise - Hulbeck u. verdient als Arzt mit Psychoanalyse in New York schönes Geld. Neurosen machen sich bezahlt, zumal wenn man noch das seinige mit pfleglicher Hand hinzutut, um sie nicht allzu schnell verebben zu lassen. Anscheinend hatte er von drüben die Weisung mitbekommen, den Einfluß des Buches von Robert Jungk »Die Zukunft hat schon begonnen« auf das deutsche Gemüt zu untersuchen u. womöglich diesem Einfluß entgegen zu wirken. Wenigstens hielt er hier im Rundfunk einige dahin zielende Vorträge. R. Jungk, den ich kennenlernte (ein kämpferischer Jude) war mir eigentlich recht sympathisch; er gilt drüben als antiamerikanischer Autor.

Ich würde mich sehr freuen, bald wieder etwas von Dir zu hören u. noch mehr, Dich wieder zu sehen. Es gibt so wenig Menschen, mit denen man ein echtes Gespräch führen kann; der geistige Konformismus, der sich mit den üblichen konventionellen modernistischen Mätzchen immer mehr ausbreitet, langweilt mich u. weckt die Sehnsucht nach saftiger Nahrung. Ich glaube, Du verstehst diesen Kummer.

Grüße Gretha lieb von uns beiden u. sei selbst von Speedy u. mir in alter Herzlichkeit gegrüßt

Rudolf

N.S.: Du schriebst, daß Du an der Galle leidest, auch Gretha sprach davon. Darf ich Dir da einen Rat geben? Nimm »Klosterfrau Melissengeist« ein ausgezeichnetes Mittel, hat mir sehr geholfen, soll gerade für Gallenleiden gut sein. Ist ein altes Hausmittel u. in jeder Apotheke erhältlich.

RUDOLF SCHLICHTER an ERNST JÜNGER
München 27./12.1954

Lieber Ernst

Immer wieder erwartete ich Deinen Besuch, aber leider fandest Du nie den Weg zu uns heraus, obwohl, wie ich hörte, Du einigemal in München warst. Offen gestanden, es tut mir leid, daß wir uns so selten sehen, denn ich glaube, wir hätten uns schon einiges mitzuteilen. Nun Du kannst natürlich sagen, es wäre an mir, den lange versprochenen Besuch in Wilflingen endlich wahr zu machen; aber bis jetzt war ich so an meinen hiesigen Sitz gebunden, daß ich, abgesehen von einigen Auftragsreisen nach dem Rheinland, es noch nicht einmal zu der längst geplanten Auslandsreise gebracht habe. Malerei ist doch ein sehr ans Seßhafte gebundenes Handwerk, wenigstens so wie ich sie betreibe - u. Maler, die zu viel in der Welt herumvagieren, taugen nicht allzu viel.

Seit wir uns das letzte Mal sahen, haben doch einige bemerkenswerte Gestalten meinen Weg gekreuzt: So machte ich die Bekanntschaft mit dem Dirigenten Alois Melichar. Der Mann ist aus Wien, lebt aber hier in M.[ünchen] Er hat ein Buch geschrieben, das ziemlich viel Staub aufwirbelte, Titel: »Die Überwindung des Modernismus«. Das ist der bisher schärfste Angriff gegen die Abstrakten u. Atonalen. Die erfrischende Schärfe u. Unbekümmertheit, mit der er vom Leder zieht, macht Spaß; da bleibt kein Auge trocken u. zumal auf die Modegötzen Picasso, Klee, Kandinsky regnet ein polemischer Geschoßhagel herab, daß es eine wahre Freude ist. Natürlich sagen die von der Gegenseite, das Buch sei ein übles Pamphlet, man kann es allerdings auch so sehen. Ich meine nur, es war allmählig an der Zeit, daß in diesem Tümpel eines sanft plätschernden aber umso tückischeren Konformismus ein wenig Bewegung kommt. Sprachlich kommt Melichar von Karl Kraus her; er pflegt jene Form der Schimpfkanonade, die seit Luther zum unverlierbaren Schatz der deutschen Polemik gehört. Kein Wunder, wenn es dem ganzen Troß altjüngferlicher Avantgardisten die Sprache verschlägt, denn eine solche Windstärke war in der Auseinandersetzung nicht vorgesehen. Interessant ist, daß Melichar von vielen Leuten zustimmende Briefe erhält, so u.a. von Thomas Mann, von Kokoschka, von Strawinsky, von Furtwängler, Hofer etc... Er hat diese Stimmen in einem dem Buche beigelegten Prospekt veröffentlicht. Jedenfalls ist er unter dem anpassungsbeflissenen Gesocks eine durchaus erfreuliche Erscheinung.

Mit George Großz waren wir Ende des Sommers vierzehn Tage in Bayrischzell zusammen. Es war nicht immer erfreulich, manchmal sogar recht unerquicklich. Großz ist Alkoholiker, er war es damals schon in Berlin u. diese Süchtigkeit hat nun ein bedenkliches Ausmaß angenommen. Er ist selten nüchtern u. dann wenig ergiebig; im ersten Stadium der Benebeltheit kann er viel Charme entwickeln, im fortgeschrittenen jedoch wird er leicht unerträglich. Dann fängt er an anzugeben, nennt sich den Mann aus Manhattan, blufft u. schwadroniert, manchmal ganz amüsant, meist aber wirds manisch u. dann wenig unterhaltsam. Selten habe ich einen Menschen gesehen, der so mit sich im Widerstreit lebt, der mit so selbstzerstörerischer Wut jeden Ansatz zu einer mittleren Moralität, die nun einmal im Verkehr mit Menschen unentbehrlich ist, kaputt schlägt. Es ist ein betrübliches Schauspiel, wenn man sieht, wie ein Mensch, den man einmal schätzte, auf diese Weise vor die Hunde geht. Von Haus aus sehr begabt, ist er, seit ihm der Stoff zur Haßliebe, den ihm das Wilhelminische u. Weimarer Deutschland in so reichlichem Maße spendete, ausgegangen ist, steril geworden. Sein Traum von Amerika, von dem er immer wieder spricht, hat nicht das gehalten, was er erwartete. Was übrig bleibt, ist ein Verzweifelter, ein Nihilist aus Schwäche, behaftet mit der Labilität des Trinkers. Mir tut es sehr leid, denn ich habe ihn immer als echten Freund betrachtet u. auch jetzt kann ich die alten Gefühle nicht so ohne weiteres ausmerzen. Wie vielen Emigranten bekam ihm U.S.A. nicht gut; erschreckend, immer wieder erleben zu müssen, wie alte Freunde auf der Strecke bleiben.

Kürzlich besuchte mich ein alter Bekannter aus Berlin, ein Dr. Hans Sahl, der mit mir zusammen am Montag morgen arbeitete. Er ging beim Ausbruch des Dritten Reichs nach New York, dort schrieb er für die New York times Kunstkritiken. Was er mir von drüben - Sparte Kunst - erzählte, ist bezeichnend. Die Gegenstandslose Malerei hat sich beim Babbit durchgesetzt, Geschäftsleute betreiben sie als Hobby für den Feierabend. Wer nicht mitmacht gilt nicht als up to date. Verschiedene Leute gaben Sahl nicht mehr die Hand, weil er an dieser Kunstübung Kritik übte. Der ganze Rummel, meint er, wird von einer New Yorker Zentrale ferngesteuert, von Leuten, die viel Geld in dem Abbruchunternehmen investiert haben. Auch dieser Sahl machte auf mich einen gespenstigen Eindruck, wie Menschen, die nirgends mehr behaust sind. Hier sind sie ausgewurzelt u. drüben nicht eingewurzelt. Das ergibt eine Spaltung, die nicht bekömmlich ist.

- Hast Du die Bücher von Simone Weil gelesen? Ich gestehe, mich hat »Schwerkraft u. Gnade« ganz außerordentlich beeindruckt, ebenso das zweite Buch »Das Unglück u. die Gottesliebe«. Vielleicht die einzige Mystikerin unserer

Zeit, nur vergleichbar mit Therese von Avila. Beide Bücher sind übersetzt im Köselverlag Mü.[nchen] erschienen.

Zuguterletzt noch die übliche Bitte: Du weißt, ich lege Wert [darauf], möglichst alle Bücher von Dir zu besitzen. So hätte ich auch von Dir gerne das neue Stundenglasbuch mit Inschrift von Dir. Zwei Exemplare habe ich schon zu Weihnachten versandt, so daß mir keines geblieben ist.

Hat Dir eigentlich das Buch genützt, das ich Dir damals als Material für Dein Stundenglasbuch zuschickte? Falls Du es nicht mehr brauchst, sende es mir bitte mit dem Max Ernst zusammen gelegentlich zurück.

Mit dem Verleger Günther Neske Pfullingen, hatte ich damals im Hotel, als ich auf Dich wartete, ein Gespräch wegen einer ev. Publikation über mich; er schien sehr angetan von dem Plan zu sein. Als ich mich aber - auf seine Bitte hin - in einem ausführlichen Brief zu dem Projekt äußerte, bekam ich keine Antwort. Vermutlich hat er sich inzwischen, dem Gang der Zeitmode folgend, mehr dem Abstraktionismus zugewendet. Immerhin sind das merkwürdige Verkehrssitten im Zeitalter der moralischen Aufrüstung.

Wir würden uns beide sehr freuen, Dich einmal hier bei uns zu sehen. Hoffentlich liegt das nicht in zu weiter Ferne.

Mit den besten Wünschen zum Jahreswechsel grüßen wir Dich in alter Verbundenheit

Speedy u. Rudolf

RUDOLF SCHLICHTER an GRETHA JÜNGER
München 28./12.1954

Liebe Gretha

Schon lange hörten wir nichts mehr von Euch u. Ihr nichts mehr von uns, was sehr bedauerlich ist. Doch meine ich, alte Liebe rostet nicht, trotz eingelegter Schweigepausen. Immer hoffte ich, durch Drexel würde endlich die geplante Reise zu Euch zustandekommen; aber leider ist der gute Drexel so in den Krallen seines Betriebs, daß selbst zu Besuchen zu uns kaum Zeit für ihn bleibt. In diesem Zeitalter der Leerläufe mit dem zur Hatz' anspornenden Betriebsgetöse geht es anscheinend immer weniger, menschliche Beziehungen zu pflegen, die außerhalb der beruflichen Interessensphäre liegen. Obwohl ich zu Gunsten Drexel[s] sagen muß, daß er sich immer wieder redlich bemüht, diesen Kontakt zu halten. Aber man wird ja selbst wider Willen und über Gebühr in diesen Kuhschwanzhopsaschleifer von Geschäftigkeit hereingezogen (ich meine natürlich mit dem obigen eine künstlich technische Kuh mit Uhrwerk innen).

Warst Du eigentlich wieder einmal hier in Mü? Und wie geht es Eurem Sohn? Für uns waren die letzten Wochen sehr anstrengend. Weihnachten ist für uns die mieseste Zeit, nicht ohne Grausen sehnen wir jedes Jahr diesem Fest der Freude entgegen, so sehr ich den Sinn dieses Festes an sich liebe. Wir hatten in der letzten Zeit Besuche über Besuche u. mußten selbst Besuche machen. Das ist manchmal sehr anstrengend. Man weiß nicht mehr, wie man das alles bewältigen soll. Die Nerven machen da nicht mehr mit, weil sie übermäßig beansprucht werden. Und die Gänge in die Stadt sind strapaziös geworden, man wird bei den vielen Straßenüberquerungen als Fußgänger zum Wendehals; wenn man dann ohne Unfall glücklich wieder zu Hause ist, tut einem das G'nack weh vom vielen links u. rechts schauen. In dieser Hinsicht habt Ihr es leichter in Eurer ländlichen Einsamkeit.

Ich habe Ernst einen langen Brief geschrieben, der ihn hoffentlich gefreut hat. Es wäre doch sehr schön, wenn wir uns alle recht bald wiedersehen würden. Weiß Gott, darin bin ich ein altmodischer Gemütsbold, ein Romantiker wie die unterkühlten Modernisten Rotznas' rümpfend sagen.

Wie geht es mit Deiner Gesundheit, hat sich die wesentlich gebessert? Diesbezüglich muß ich etwas berichten, was Dir vielleicht nutzen kann: Hier gibt es einen Arzt, der mit viel Erfolg eine altchinesische Methode anwendet, die sogenannte Punktiermethode. Der von Erkrankung betroffene Teil des Körpers wird mit silbernen Nadeln gespickt! Das klingt zunächst grauslich, nicht jedem ist's gerade sympathisch, wenn sein Corpus als Nadelkissen behandelt wird. Doch wie ich hörte, soll es nur halb so schlimm sein, jedenfalls hat der betreffende Arzt eine große Geschicklichkeit im Picken. Was ich von Bekannten, die von ihm behandelt wurden, gehört habe, ist erstaunlich. Er hat nach diesen Berichten große Erfolge zu verzeichnen. Ich schreibe Dir dies, weil man nie weiß, ob man nicht doch einmal, wenn alles andere versagt, zu dieser Stupfkur Zuflucht nehmen muß.

»Soviel von ihm« wie es in 1001 Nacht heißt, nachdem einer tief genug in der Tinte sitzt; was aber Speedy betrifft, so hat sie eben leidig viel zu tun, der Haushalt nimmt zuviel Kraft, die man gerne für andere Dinge aufwenden möchte.

Mein Kampf gegen die Kringel-Kreisel-Kurven u. Flecken-equillibristen geht munter weiter. Doch darüber habe ich schon Ernst einiges geschrieben. Diese Herrschaften sind die bittere Würze unseres ansonsten friedlichen Alltags. Nun auch das wird sich einmal ändern oder anders gesagt, auch diese Modewelle wird einmal abebben. Sie sind nur z.Zeit wieder besonders lästig.

Laß bald etwas von Dir hören u. sei mit den besten Wünschen fürs Neue Jahr von uns beiden herzlichst gegrüßt

Rudolf u. Speedy

RUDOLF SCHLICHTER an ERNST JÜNGER
[München, 16.1.1955]

Lieber Ernst

Im Januarheft des »Monat« ist ein Aufsatz von Dr. Hans Sahl über moderne Kunst mit einer Besprechung des Buches von Melichar erschienen. Den Anstoß dazu gab ich mit einem im Dezemberheft veröffentlichten Brief von mir. Ich teile Dir dies mit, weil ich annehme, daß es Dich interessiert. Man muß endlich eine Bresche in die dicke Wand des gängigen Konformismus schlagen, sonst bleibt der Kunstsimpel allzu unbewegt.

Herzlichst Dein Rudolf

[Am Rand] Viele Grüße an Gretha für ihren lieben Brief
[Zum Motiv der Kunstpostkarte - Hugo van der Goes (um 1430-1482), Anbetung der Könige (Berlin) - auf der Vorderseite] Ein wunderbares Bild: Pracht u. Herrlichkeit Spätburgunds

München-Laim 31./3. 1955

Lieber Ernst

Entschuldige bitte die Verspätung dieser kleinen Gabe, aber ich wußte nicht [das] genaue Datum Deines Geburtstages u. daß es der 60igste war, erfuhr ich erst durch die Zeitung. Zunächst war ich etwas unschlüssig, was ich Dir aus meinen Arbeiten dedizieren sollte, schließlich wählte ich dann dieses. Es schien mir sinnvoll, denn wir werden ja immer von sehr leibhaften Gespenstern bedrängt, früher waren es chthonische, heute sind's technische. Vielleicht sagt Dir diese Zeichnung etwas. Solltest Du ein anderes Thema vorziehen, so kannst Du ohne weiteres tauschen, wenn Du bei einem Aufenthalt in Mü[nchen] einmal Zeit findest, zu uns heraus zu kommen.

Also meine besten Wünsche zu Deinem 60igsten. In der Hoffnung einer baldigen Wiederbegegnung grüße ich Dich in alter Freundschaft sehr herzlich

Rudolf

Viele Grüße u. gute Wünsche auch von Speedy
Auch an Gretha recht liebe Grüße von uns beiden.

GRETHA JÜNGER an RUDOLF SCHLICHTER

19./4.1955.

Lieber Rudolf,

Ernst steht gerade im Begriff nach Stuttgart und Wiesbaden zu reisen, und kommt zu keinem Brief mehr an Dich. Wir sind besorgt, und hoffen sehr dass Du bald gesund wirst, mein Lieber! Alle Blinddarme sind des Teufels, aber die Chirurgen auch, und ich bitte Speedy um Nachricht über Dein weiteres Ergehen, falls Du nicht imstande sein solltest, zu schreiben!

In diesen Tagen haben wir viel von Dir gesprochen, und ich sagte noch, dass ich ein neues Portrait von Ernst nur von Dir geschaffen sehen wollte.

Ihr müsst im Sommer unbedingt kommen, sobald er von seiner Sardinienfahrt Mai/Juni zurück ist, sobald Du wieder in alter und guter Verfassung bist, und das wünschen wir von Herzen.

Dir und Speedy herzlichste Grüsse!

Eure Gretha.

ERNST JÜNGER an RUDOLF SCHLICHTER

20.4.1955 / Für Rudolf Schlichter / mit dem Wunsche, daß / er recht bald genesen / möge, sein Freund: / Ernst Jünger

3. TEIL: SPEEDY SCHLICHTER:

BRIEFE AN UND VON GRETHA UND ERNST JÜNGER SOWIE ERNST NIEKISCH UND JOSEPH DREXEL

1955–1973

[Traueranzeige]

†

RUDOLF SCHLICHTER
Kunstmaler
nahm friedlich von uns Abschied am 3. Mai 1955
um 12 Uhr nachts.
Nun ruht er in Gott.
Sein Leben und sein Tod lassen uns
in verehrender Liebe und Bewunderung
und in unsagbarer Trauer an ihn denken.

München-Laim, Egetterstraße 17
ELISABETH SPEEDY SCHLICHTER
und seine Freunde
Beerdigung: Freitag, 6. Mai 1955, 15.30 Uhr,
Waldfriedhof München
[Hs. Zusatz] Ein guter Freund!

ERNST NIEKISCH an SPEEDY SCHLICHTER
Berlin-Wilmersdorf, Koblenzer Str. 8, den 9.5.55

Sehr geehrte Frau Schlichter!

Die Nachricht vom Tode Ihres Mannes hat mich mit Bestürzung erfüllt. Seit langem verfolgte ich das Schaffen des Verstorbenen und wurde, insbesondere seitdem er mit Dr. Drexel in Beziehungen getreten war, immer über den Fortgang seines Werkes unterrichtet. Ein Ausdruck meines Anteils an seinem Werk war wohl jener Plan, den ich im Jahre 1937 verfolgt hatte, in meinem Verlag ein Buch über sein Schaffen herauszubringen. Ich nehme herzlichen Anteil an dem Verlust, der Sie betroffen hat und auch meine Frau möchte Ihnen ihr aufrichtiges Beileid bezeigen.

Zweifellos hinterläßt der Tod Ihres Gatten eine Lücke im deutschen Kunstleben, eine Lücke, die freilich niemand schmerzlicher empfinden kann als Sie.

Ihnen alles Gute wünschend, bin ich mit herzlichen Grüßen

Ihr Ernst Niekisch

Abschrift
SPEEDY SCHLICHTER an JOSEPH DREXEL
München, den 28. Mai 1955

Lieber, lieber Herr Dr. Drexel, lieber Freund,

einmal muss ich anfangen... Ich probierte. Heute wusch ich die Pinsel, womit Ihr Freund Rudolpho, mein Rodolphe, zum letzten Male malte.

... Er wird die Treppe steigen, die Türe öffnen und fröhlich rufen: Speedy, wo bist Du? Grüss Gott, was machst Du da, ah Du wäschst meine Pinsel, das ist aber arg lieb von Dir.

Ach Rodolphe, soeben hatte ich einen entsetzlichen Traum.

Erzähle.

...

So vergehen die Tage. Ich weiss, ich weiss alles, er ist tot, liegt in einem Sarg, ist begraben. Viele, viele Gänge machte ich zu ihm, für ihn. Bis zum Ende, bis zum Grab. Ich hatte die grosse Aufgabe, ihn nicht ahnen zu lassen, welche Krankheit ihn befallen hatte. Ich war tapfer. Rodolphe las Vertrauen in meinen Augen - und also vertrauensvoll starb Rodolphe. Ein heller Kinderblick war sein Abschied.

Und doch, ist er tot, ist er wirklich tot? Habe ich geträumt oder einen langen, düsteren Film gesehen, der mir immer wieder vorgeführt wird? Was ist die Wirklichkeit?

Ich muss stark sein, den Verstand nicht verlieren. Ich war bisher tapfer, ich muss es weiter sein. Verstand, Verstand, was ist das? Es wiegt wie Berge aus Eisen, es ist ein Kopf, leistet dem Leisen, Weichen Widerstand. Es befiehlt: Weiter, weiter. Nun ja, ich will gehorsam sein, mir Mühe geben.

Unser Zusammenleben war gut, mitteilsam, reich, zärtlich. Immer offen zueinander schauten wir uns so gerne in die Augen. Welch' eine geheimnisvolle Verbundenheit!

Und Sie, lieber Herr Dr. Drexel, Sie waren sein Freund. Er liebte Sie so sehr. Sie sind es gewesen, der ihm immer und immer wieder half. Kämpfen, das wollte er, das musste er. Ach, er machte es sich nicht leicht. Unermüdlich wälzte er Probleme. Der Gang der Welt verursachte ihm Sorgen. Rodolphe wollte verantwortlich denken. Wie quälte er sich! Das wissen Sie. Da halfen keine Beruhigungsversuche. Ihre

Treue, lieber Herr Drexel, ist ihm aber immer kostbar gewesen und dafür - als Mitgeniesserin Ihrer Güte und des Mutes, den Sie ihm gaben - muss ich Ihnen heute meinen tiefsten, tiefsten Dank sagen. Der Name Joseph Drexel bedeutete für uns echte Freundschaft, menschliche Grösse, Liebe, Verständnis, Förderung. Ich weiss, Sie scheuen jedes Lob, Sie wollen nur, nur Freude spenden. Wir aber, immer von allerlei Sorgen etwas geplagt, gaben Ihnen nicht genügend das freundliche Lächeln, das Sie uns gaben, zurück. Diesen besonderen Gruss, den wir Ihnen schuldig sind, darf ich Ihnen heute im Namen Ihres Freundes Rudolfo und dem meinen, aus meinem Herzen spenden. Ich fühle so deutlich, wie Rodolphe mich bestätigt.

... Einmal muss ich anfangen... Heute wusch ich die Pinsel... Es ist unsagbar schwer alles stückweise zu einer neuen Ordnung zu ordnen. Es ist eine gespenstige Tätigkeit. Ich flehe dauernd um Kraft. Überall sehe ich seine Schrift.

Ihre liebenswürdige, taktvolle empfindsame Helferin, Fräulein Maria Schmidt, sandte Express in Ihrem Namen einen Brief, einen prächtigen Kranz und ebenso DM 200.-. Auch dafür sage ich Danke, Dank, Dank.

Wie meine Situation jetzt aussieht, ist schnell gesagt. Ich bin Allein-Erbin. Der Ausfall an Verdienst, dann auf Grund der neuen Krankheit und des Begräbnisses, das ich für meinen Rodolphe würdig gestalten wollte, musste ich eine grosse Anleihe machen. Die Gesamtschulden übersteigen nur wenig die kleine Lebensversicherung von DM 5000.–, die ich zu erwarten habe. Es bleiben mir also die Kunstwerke, die Rodolphe hinterlassen hat. Einen Teil dieses werde ich versuchen - so wie mir von allen Seiten dringend angeraten worden ist - teuer zu verkaufen.

Ansonsten werde ich arbeiten müssen. Was und wie,

weiss ich noch nicht. Ich bilde mir ein, noch brauchbar zu sein. Ich werde natürlich alles tun, um meine Wohnung noch behalten zu dürfen. Eine Änderung wäre mir ohnehin zu kostspielig. Hier atmete Rodolphe, es war sein Heim, seine Arbeitsstätte. Hier sagten wir uns in langen, langen Gesprächen, was wir über diese rätselhafte Welt dachten. Hier möchte ich noch bleiben dürfen. Das Schicksal wird mir doch nicht alles, alles auf einmal wegnehmen??

Wie diese Aufgabe gelöst wird, ist eine grosse Frage. Ich konnte bisher noch keinen Tag ausruhen, denn viele Menschen kamen und kommen, um mit mir über Rodolphe zu sprechen. Jedenfalls gebe ich mir die grösste Mühe, immer so richtig wie möglich zu handeln. Aber ich bin allein und es ist sehr, sehr viel, was ich zu bewältigen habe. Doch mit der Erzählung dieser tausend Details will ich Sie nicht belästigen. Ihre Vorstellungskraft genügt.

Die Todesursache Rodolphes ist Ihnen unbekannt. Die erste Diagnose lautete: ziemlich akute Blinddarmentzündung. Am Gründonnerstag 7. April nachts wurde Rodolphe operiert. Der Chirurg entdeckt, indem er den Bauch öffnet, dass am Blinddarm nichts fehlt, sondern dass die Beschwerden von einem grossen Krebstumor am Dickdarm herrühren. Er schliesst den Bauch wieder zu. Diese Wunde muss zunächst ausheilen. Um 11 Uhr nachts kommt der Chirurg zu mir und teilt mir diese furchtbare Entdeckung mit. Rodolphe lebt im Glauben, sein Blinddarm sei entfernt worden. Schonend langsam muss man ihm beibringen, dass eine zweite Operation notwendig sein wird. Er darf nicht wissen, dass es sich um Krebs handelt. Man deutet ihm an, dass es sich um ein eitriges Geschwür am Mastdarm handelt, das entfernt werden muss und dass *nur* vorläufig ein künstlicher Ausgang geschaffen werden muss. Rodolphe ist zuversichtlich. Von nun an erkundige ich mich eifrig nach einer Kapazität. Der Prof. Maurer, Chef der chirurgischen Abtl. im Krankenhaus rechts der Isar wird mir von allen Seiten als berühmter Spezialist genannt. Nach genauen Untersuchungen übernimmt Prof. Maurer die schwere Verantwortung. Am 22. April bringe ich Rodolphe in seine Privatklinik 1. Klasse mit aller, allerbester Pflege. Nach vielen Untersuchungen und Präparierungen, Bluttransfusionen etc wird Rodolphe am 28. April operiert.

Die Operation war enorm. Der *ganze* Mastdarm musste entfernt werden. Es stellte sich heraus, dass schon eine weit fortgeschrittene Metastase vorhanden war. Die Operation verlief jedoch gut. Das Herz aber, schon sehr geschwächt, konnte die Arbeit der Nieren nicht mehr bewältigen. Eine Urämie wurde am 3. Mai die Todesursache. Hätte Rodolphe die Operation überstanden, so hätte er nach etwa 6 Monaten wieder operiert werden müssen. Die furchtbaren Folgen des Krebses hätten ihm ein elendes Ende bereitet. Eine entsetzliche Misere sowohl physisch als auch seelisch hätte unseren reinen Rodolphe gemartert. Aber wie das Schicksal es gewollt hat, können wir nur aus heiliger Liebe zu Rodolphe zutiefst dankbar sein. Er erlebte keinen physischen Zerfall, keine Verminderung seiner seelisch-geistigen Kräfte. Seine letzten, lächelnden, grüssenden Gebärden waren zart und hell. Dann schlief er ein.

Ihr guter Brief, lieber Freund, tat mir wohl. Ja, Sie haben recht, in Rudolf verlor ich einen seltenen und ungewöhnlichen Gefährten. Am Grab sagte ich mit letzter Kraft noch einmal: Rodolphe, es war gut mit Dir zu leben, ich danke Dir.

Wenn Sie wieder einmal nach München kommen, würde ich mich freuen, mit Ihnen in Ruhe sprechen zu dürfen. Auch müssen wir für meine Schuld Ihnen und Herrn

Merkel gegenüber eine Lösung finden. Ich bitte herzlich Ihre liebe Gattin, Herrn Merkel und überhaupt alle Freunde in meinem Namen freundlich zu grüssen.

So für heute.

Ich grüsse Sie, guter, guter Freund sehr, sehr herzlich

Ihre Speedy

SPEEDY SCHLICHTER an GRETHA JÜNGER

München, 17. Juni 1955

Meine liebe Gretha,

wenn Du zurück sein wirst von der Reise zu Deiner kranken Mutter, hoffe ich dann Dich zu sehen, um in Ruhe mit Dir sprechen zu können. Am Telephon und bei Deiner Eile war es mir unmöglich in meiner Verfassung, mich so zu äussern, wie ich es gerne getan hätte. Ich habe heute noch nicht die Kraft Dir lange, brieflich zu berichten. Deine guten Worte in Deinem Brief bewegten mich sehr, es ist sehr lieb von Dir mir diese geschrieben zu haben.

Ach, ach, ich kann's immer noch nicht fassen und rufe in meiner Wohnung: Rodolphe, Rodolphe! Ich fühle ihn, fühle seine zärtliche Liebe. Doch am Tische bin ich allein vor einem leeren Sessel. Was ist Wirklichkeit? Ich frage, frage. Habe ich geträumt oder einen sonderbar-düsteren Film gesehen, der mir immer wieder vorgeführt wird?

Ich war bisher tapfer und muss es weiter sein, für ihn, für sein Werk. Nun, ich bemühe mich, das ist alles, was ich sagen kann.

Sage bitte Ernst, dass »Das Sanduhrbuch« noch glückliche, beschauliche Stunden Rodolphe schenkten - im Krankenhaus. Sage ihm bitte auch, dass sein Brief an mich, mich tief erschütterte.

Nein, er ahnte nicht, wie sehr Rodolphe sich gefreut hätte, mehr von ihm zu hören. Es kränkte ihn, dass Ernst uns in München nie besuchte und dass er seine Arbeiten also nicht sah. Doch darüber erzähle ich vielleicht später einmal.

Liebe Gretha, lasse bitte von Dir hören, wann Du wieder zu Hause oder in München sein wirst. Deine herzliche Umarmung erwidere ich in treuer Freundschaft.

Deine Speedy

[Anlage]

Freunde und Verehrer meines geliebten,
dahingegangenen Mannes

RUDOLF SCHLICHTER

habt meinen tiefen Dank für die mir gegebenen
Zeichen der Liebe und Hochschätzung für ihn -
für ihn, den ich beweine.

Elisabeth Speedy Schlichter

Mai 1955 München Laim, Egetterstraße 17

SPEEDY SCHLICHTER an GRETHA JÜNGER
München, 16. Sept. 1955

Meine liebe Gretha,

Verzeihe mir bitte, wenn ich erst heute Deinen lieben Brief aus Norderney beantworte. Ich wechselte die Wohnung. Diese Erklärung sagt Dir sicherlich genügend! Der Umzug war in jeder Hinsicht keine Kleinigkeit.

Ich wohne jetzt: Franz-Joseph-Strasse 15/I in *München-Schwabing*

Weisst Du, die alte Wohnung, ohne Rodolphe, bedrückte mich sehr. Aus vielen Gründen hielt ich es für vernünftig mich für eine andere und kleinere Wohnung zu entscheiden. (2 Zimmer, Küche, Bad, Diele, Zentralheizung, Neubau.) (Südbalkon)

Sobald wir miteinander werden sprechen können erzähle ich Dir alles. Ich bin sicher, dass Du mir zustimmen wirst. In Laim hätte ich - laut Befehl des Wohnungsamtes - das Zimmer worin Rodolphe arbeitete, untermieten müssen. Das war mir eine unerträgliche Vorstellung! Dann lieber ganz weg.

Und nun, während ich trauervoll mit meinen Sorgen und meiner Arbeit beschäftigt war, erlebtest Du selber schlimme Tage. Wenn auch Deine kurze Schilderung mich vermuten lässt, dass, für Deine Mutter, der Tod erlösend war, stelle ich mir doch den unausweichlichen Schmerz vor, den Du erleidest. Und dann, ein Leben, das erlischt, mahnt immer an das tiefste Mysterium und verwirrt unser Bild, das wir uns von der sogenannten Wirklichkeit machen. Da hilft keine Alltagslogik, die Sinne vernehmen benommen das Unfassbare der Welt, das über alles verfügt. Wir werden nicht gefragt. Der allgewaltige unheimliche Zauber geschieht.

Ich umarme Dich, meine Liebe Gretha. Und nun wirst Du Dich in Norderney etwas erholt haben, hoffe ich.

Meine finanzielle Situation, meine tausend Sorgen beschäftigen Euch. Das ist rührend treu und lieb von Euch. Eure Absicht wohlhabende Käufer für Rodolphe's Bilder zu finden, gibt mir etwas Mut. Dass Ernst von Salomon sich daran interessiert zeigte, finde ich ausserordentlich freundlich. Ernst von Salomon hat immer ein gutes Herz bewiesen.

Wie meine Zukunft aussehen wird, ist mir noch nicht klar. Du hast wohl recht, ein Wesen wie ich es bin, zumal nach dem Leben, das ich so eng verbunden mit Rodolphe führte, ist nicht leicht einzuordnen. Und schliesslich muss ich auch Rodolphe's Werk verantwortlich verwalten. Aus diesem Grunde war es mir auch unmöglich mich für eine noch kleinere Wohnung zu entscheiden. Bilder und Mappen etc. beanspruchen viel Platz, um diesen dafür zu haben, musste ich vieles liquidieren, billig verkaufen oder verschenken. Alles musste rasch erledigt werden, sonst hätte ich die nette Wohnung nicht mehr bekommen. Denn ach, die Vorstellung des kommenden Winters erschreckte mich so sehr. Du kannst Dir also vielleicht ausrechnen, wieviel Energie ich entfaltete und welche Arbeit ich leisten musste. Jetzt leide ich an einer merkwürdigen Müdigkeit. Das ist die Reaktion nach einer Reihenfolge von Erlebnissen, die mich innerlich unheimlich erschütterten und zutiefst beschäftigen. Da ich von Anfang an alles allein zu bewältigen hatte, konnte ich mich nicht eine Stunde gehen lassen, es wäre sonst eine Katastrophe gewesen. Mir ist noch, als ob ich mich in einer seltsamen Landschaft befände, in der Dinge geschehen, wofür es keine Worte mehr gibt. Tatsachen um Tatsachen, Bilder um Bilder, immer absolut, aber keine Sprache, das heisst keine Möglichkeit einer Korrektur oder Verschiebung durch irgendeine eigene Sinndeutung. Du wirst nicht gefragt und wenn Du selber fragst, gibt es nur eine Antwort: Glaube! Das Denken bettelt vergeblich. Alles ist Traum, geheime Ordnung, Zauber, Stille, Rätsel, betäubende Macht. Was ist dann noch unser Bewusstsein? Ein Dunkel, das wir hell nennen, nur um uns selber Mut einzureden?

Verworren werden Dir diese Sätze möglicherweise scheinen. Meine Einsamkeit hat Mühe das eigene Sein und Tun zu begreifen. Alle Anstrengungen - normal und gesund genannt -, die ich mache, um »weiter zu leben«, sind mir selber unverständlich. Eine Stimme sagt mir aber: Du musst! Amen!

Was in mir vorgeht, ist schwer zu beschreiben. Rodolphe tot? Das kann ich noch nicht voll realisieren. Noch höre ich seine Stimme, fühle seine Nähe, sein Wesen, und vertraue zuweilen meinem Wissen nicht. Ich sinniere: er wird bald zurückkommen, wie sonst, wie sonst... Was ich weiss ist - vielleicht - nur ein düsterer Traum. Es ist - auch vielleicht - Wahnsinn einem solchen Traum zu trauen. Rodolphe tot? Nein. - Was ist wahr? Was ist Täuschung?

Rodolphe verlässt mich nicht, er ist auch hier in meiner neuen, kleinen Wohnung. Die Atmosphäre hat sich nicht geändert. Seine Bilder, seine Schrift sind da. Sein Heim war schliesslich immer auch da, wo ich war.

Also, alles muss warm bleiben, poetisch, geistig, liebevoll, trotz jener gewissen, heimlichen Unruhe um die Bewältigung der materiellen Seite meiner weiteren, irdischen Existenz. Es werden vielleicht wohlwollende Kräfte und gute Menschen mir zu Hilfe kommen. Keine Zukunft kann im voraus berechnet werden. Ich muss Vertrauen haben.

Eure Absicht mich - sobald Ihr nach München reiset - zu besuchen, ist lieb. Wie Du sagst, werden wir uns dann ausführlich über alles unterhalten. Wann ich mein Telephon wieder bekommen werde, weiss ich noch nicht. Ich bat um Verlegung, aber bei der Post mangelt es noch an Kabeln. Das hindert mich sehr, denn, wer meldet sich heutzutage schriftlich an? Wer kein Telephon hat, existiert einfach nicht.

Noch einmal danke ich Dir herzlich für Deinen freundschaftlichen Brief.

Dir, meine Liebe Gretha, und Dir, lieber Ernst, meine guten, dankbaren Grüsse.

Wie immer Eure Speedy.

Meine Wohnung Franz-Joseph-Strasse 15/I ist leicht zu erreichen. Das Haus befindet sich in der Nähe der Leopoldstrasse.

ERNST und GRETHA JÜNGER an SPEEDY SCHLICHTER
[Wilflingen] 26.12.1958

Liebe Speedy Schlichter,

Aus München bekomme ich die Anzeige von der Ausstellung der Bilder Rudolfs. Ich würde sie mir gern ansehen. Könntest Du mir mitteilen, bis wann die Ausstellung läuft. Zum Neuen Jahr 1959 meine herzlichen Glückwünsche

Dein Ernst Jünger

[Zusatz von Gretha Jünger] Liebe Speedy, neben allen guten Wünschen für 1959, herzliche Grüsse! Ich hoffe, wir sehen uns bald in alter Frische wieder. Ich komme wahrscheinlich Anfang Februar. Wie geht es Dir? Was macht die Bel-Etage? Ich darf zufrieden sein mit allem, und bin wieder so ziemlich auf der Höhe.

Viel Liebes! Deine Gretha.

SPEEDY SCHLICHTER an ERNST und GRETHA JÜNGER
München, 5. Jan. 1959

Liebe Freunde,

herzlichen Dank für die Neujahrs Wünsche und Grüsse. Ich erwidere sie von Herzen.

Die Ausstellung der Bilder Rudolf's dauert bis zum 12[.] Januar. Ein Wiedersehen mit Euch würde mir Freude machen. Dass die Gesundheit Gretha's sich wesentlich gebessert hat oder überhaupt wiederhergestellt ist, ist eine beglückende Nachricht.

Bei Gurlitt sind auch viele Arbeiten in Massen. Alles konnte nicht aufgehängt werden. Es ist bitter, dass noch kein Verleger sich gemeldet hat, um eine Biographie herauszugeben. Für dummes Zeug fehlt es aber nie an Geld!

Die ausgestellten Arbeiten sind *vorwiegend* ältere, von 1917 an bis circa 1955. Die Münchner haben sie nicht gekannt.

Wir müssen uns unbedingt wiedersehen, nicht wahr! Herzlichst

Eure Speedy

GRETHA JÜNGER an SPEEDY SCHLICHTER
[Wilflingen, 21. 5.1960]

Liebe Speedy,

ich versuchte leider vergeblich, Dich noch tel. anzurufen, und Dir zu sagen, dass ich wieder nach Wilflingen fuhr. Du warst nicht zu Haus. Hoffentlich bist Du nun nicht umsonst zur Klinik gewandert. Es geht mir wechselnd, wie das bei solchen Krankheiten eben ist.

Ernst lässt grüssen; er wird Dir bei nächster Gelegenheit sein letztes Buch schicken, ist momentan sehr in der Arbeit.

Alles Gute, herzliche Grüsse

Deine Gretha.

SPEEDY SCHLICHTER an ERNST JÜNGER
München-Schwabing, 4. Dez. 1960

Lieber Ernst, lieber Freund,

Eine quälende Art von Grippe, Fieber, Husten, Erschöpfung plagten mich drei Wochen lang. Ich war zu verwirrt, um Dir sogleich zu schreiben, wie sehr die Nachricht von Gretha's Tod mich traf. Seit Wochen hegte ich die Absicht ihr einen ausführlichen Brief zu schreiben, denn *viel* dachte ich an sie und an Dich. Mein tägliches Pensum an Arbeit lässt mir aber sehr wenig freie Zeit, so geschah es, dass ich, zu vertrauensvoll, nichts von mir hören liess.

Gretha ist nicht mehr unter uns! Die schmerzliche Nachricht ist mir sofort gesagt, dann geschrieben worden. Unentwegt kommt sie mir in den Sinn. Träume ich? Habe ich keinen oder einen ganz anderen Wirklichkeitssinn? Es gelingt mir nicht ihren Tod als absolut zu denken.

Viel, viel und lieb, und treu denke ich an Dich. Ich weiss, was es heisst, allein gelassen zu sein. Was man dann erlebt ist sonderbar. Die Welt offenbart einem neue Dimensionen, neue Vorstellungen.

Lieber Ernst, je tiens à te dire que je prends vraiment part à ta tristesse. Oh, il nous faut toujours avoir tant de courage!

In Gedanken spreche ich oft mit Dir.
In Liebe und treuer Freundschaft,

Speedy

N. b. Tu me pardonneras s. t. p. le retard et la maladresse de ma lettre. La triste nouvelle me laisse encore bien confuse.

[Kondolenzdrucksache]
ERNST JÜNGER an SPEEDY SCHLICHTER
[Wilflingen, 10.12.1960]

Für die uns beim Tode meiner lieben Frau,
unserer guten Mutter

Frau Gretha Jünger, geb. v. Jeinsen

erwiesene Anteilnahme sagen wir
unseren herzlichen Dank.
Besonders herzlich danken wir allen,
die ihr das letzte Geleit gaben
und ihrer noch einmal in Liebe gedachten.

[Hs. Zusatz] Hoffe, Dich demnächst zu sehen.

Ernst Jünger
Alexander Jünger

4. TEIL: ERNST JÜNGER:
TAGEBUCHNOTATE
UND BRIEFE AN SPEEDY SCHLICHTER
1966–1993

Porto, 30. Mai 1966

(...)

Ein Zeichen läßt sich überhaupt nur in Zusammenhängen sehen, es steht für etwas anderes. In Überlingen schwammen immer kleine Kalkkristalle auf dem Leitungswasser; ich entschuldigte mich deshalb bei Rudolf Schlichter, der bei mir zu Gast war, als ich ihm ein Glas Limonade gab. Er sagte: »Das habe ich als etwas besonders Gutes angesehen«, und fügte dann hinzu: »Wenn ich Ihnen aber nicht traute, würde ich es für Gift halten.«

(...)

Wilflingen, 24./25. Oktober 1968

(...)

Rudolf Schlichter erzählte mir von schwäbischen Freidenkern, den »Sonnenfreunden«, von denen man eigentlich annehmen müßte, daß sie für die Verbrennung schwärmten; sie lehnen sie jedoch ab. Die Begründung ist wissenschaftlich; sie nehmen an, daß eine Zelle - nannte er sie die Urzelle? - im Toten als Trägerin der Lebenskraft zurückbleibe. Diese könne durch die Verwesung nicht angegriffen, wohl aber durch Feuer zerstört werden.

(...)

Stalís, 12. Mai 1971

Mit Hofmanns und Guanellas zum Karfi. Hanni Guanella ist Autorin des allgemein benutzten Handbuches über Kreta; sie wohnt am Rande von Mália. Beim Aufstieg Gespräch über die Ergänzung der Fresken von Knossós durch die beiden Maler Guillemin, Vater und Sohn. Bilder wie »Die Pariserin« bereiten, wie Frau Guanella sagte, den Archäologen Kummer - Rudolf Schlichter hätten sie gewiß entzückt. (...)

ERNST JÜNGER an SPEEDY SCHLICHTER
Wilflingen 20.12.1972

Liebe Speedy Schlichter,

Endlich habe ich wieder einmal von Ihnen gehört, und zwar im Zusammenhang mit der Ausstellung, die vorbereitet wird. Es freut mich, daß Rudolf Schlichter allmählich die ihm gebührende Würdigung erfährt, wenngleich ich ihm den großen Erfolg bereits zu Lebzeiten gewünscht hätte. Das gleiche gilt für Alfred Kubin. Demnächst wird der Briefwechsel, den wir geführt haben, in einer schönen Edition erscheinen; ich denke dann an Sie.

Im gleichen Zusammenhang erfuhr ich, daß sich »unser« Bild durch die Stürme der Zeit erhalten hat. Das hat mich gefreut. Anfang Januar beginnt die Frankfurter Allgemeine mit dem Vorabdruck eines Romans, den ich im Herbst beendete. Sie will dazu auch ein Bild von mir bringen, und da hatte ich an den »Schlichter« gedacht. Inzwischen schickten sie mir Barbara Klemm, eine begabte Photographin; und es scheint mir, daß diese Lösung zwar die weniger künstlerische, doch aktuellere ist. Vielleicht könnte der Gedanke jedoch Rudolf zugute kommen, indem das Bild einer Einführung in sein Werk oder auch einem Bericht über die Ausstellung beigegeben wird. Das jedenfalls regte ich bei Karl Korn, dem Redakteur der Frankfurter, an. Natürlich bleibt das ohne Bedeutung, solange Sie nicht Ihre Meinung dazu äußerten.

Vorerst freute es mich zu vernehmen, daß Sie, offenbar noch bei guter Gesundheit, für das Andenken des zu früh verstorbenen Freundes tätig sind.

Mit guten Wünschen

Ihr Ernst Jünger

ERNST JÜNGER an SPEEDY SCHLICHTER
Wilflingen 14.3.1973

Liebe Speedy,

In diesen Tagen war ein Student hier bei mir in Wilflingen. Er will über Rodolphe monographisch arbeiten. In wieweit ich ihm dazu behilflich sein werde, hängt natürlich ganz von Dir ab; ich lasse das in der Schwebe, bis ich erfahren habe, was Du über den Mann und seine Absicht denkst.

Bei der Gelegenheit holte ich die Mappe mit Rodolphes Briefen vor und wurde von deren Inhalt überrascht. Sie umfaßt zahlreiche Handschriften, beginnend mit den Händeln im Dritten Reich. Doch auch von Genüssen, von schönen Dingen, von Urteilen über Bücher, Kunst, Kunstwerken ist die Rede darin.

Nun, bei mir ist das gut aufgehoben - ebenso wie meine Korrespondenz mit Alfred Kubin und vielen anderen. Ich schreibe Dir deswegen nur, weil ich denke, daß eine Publikation nicht nur ein schönes »In memoriam« für Rodolphe bedeuten würde, sondern vielleicht auch erfreulich für Dich wäre.

Zunächst wünsche ich der Ausstellung guten Erfolg. Ich weiß nicht, wie lange sie laufen soll, lasse mich aber von Münchener Freunden darüber informieren, die ich zum

Besuch anregte. So von Hans Wimmer; ich saß ihm im vorigen Jahr zu einem »Kopf«. Wir fliegen übermorgen nach Ceylon, in die jardins des délices, sind aber schon Anfang April wieder in Wilflingen.

Herzlich Dein Ernst Jünger

[Speedy Schlichter, geboren als Elfriede Elisabeth Koehler am 1. September 1902 in Genf, verheiratet mit Rudolf Schlichter seit dem 23. Dezember 1929, starb am 3. März 1975 in München.]

ERNST JÜNGER, TAGEBUCH

Wilflingen, 28. Oktober 1979

(...)

Wie mögen unsere Maler, die den Zweiten Weltkrieg überlebten, wie Dix, Schlichter, Beckmann, Max Ernst nicht zu vergessen, der Zeit standhalten - einmal innerhalb der nationalen, dann im Vergleich zur französischen Kunst? Mancher vielleicht wie einer, dem ein Mal im Leben ein unvergeßliches Gedicht gelang. Freilich, wer malen kann, hat eine gewisse Konstanz in der Leistung: das beruht schon auf der erworbenen Technik (die den Dichter eher schädigt) oder, wie die Alten meinten, auf größerer Nähe zum Banausentum.

Wilflingen, 17. April 1983

Bei Mondschein im Garten, oder war es ein Stück Natur, ein Hügel der schwäbischen Alb? Ich gehe hinunter, wie Rudolf Schlichter mich vor ihr gemalt hat - mit bloßer Brust. (...)

Wilflingen, 8. November 1987

Während der Dämmerung ein unerwarteter und unangemeldeter Besucher; das Stierlein, das etwas Besonderes an ihm zu finden scheint, führt ihn in die Bibliothek. Der Charakter läuft jedem Autor von einigem Ruf zuweilen unter - Rudolf Schlichter sagte mir einmal in Überlingen von einem ähnlichen Gaste: »der ist von dunklem Gewuhre erfüllt.« (...)

Wilflingen, 17. März 1990

Bei der Verleihung des Oberschwäbischen Kunstpreises: (...)

Es versteht sich, daß ich mich nach Künstlern umtat, als ich in Oberschwaben eingezogen war. Ich fand hier manchen Bekannten wie die Maler Ficus und Höll, der bei der Bildhauerin Stapp wohnte. Zu Besuch kam Rudolf Schlichter, der mich schon vor dem Kriege mehrfach, einmal sogar vor dem surrealen Hintergrund der Schwäbischen Alb, gemalt hatte. (...)

Wilflingen, 19. Mai 1990

Hieronymus Bosch: »Die Ausstellung Christi vor dem Volk«. (Städel, Frankfurt am Main)

Die Szene ist in sozialer und ethischer Hinsicht typisch; wir könnten uns zu jeder Zeit und an jedem Ort Ähnliches vorstellen. Als Kunstwerk ist es von großer symbolischer Kraft.

Auch die zugleich blöden und boshaften Gesichter sind typisch; sie finden sich von Schongauer bis zu Otto Dix und Rudolf Schlichter wieder - und in jeder Menge, wo einer angeprangert wird.

Freilich wird auch die Bösartigkeit vom allgemeinen

Schwund betroffen - sie sickert ein, wird epidemisch und kaum noch bemerkt. Das drückt sich auch physiognomisch aus. Es langt noch für den Photographen, für den Maler und Bildhauer nicht mehr.

Wilflingen, Anfang Juni 1993

Schriftliches Interview mit Fabrizia Lanza anläßlich der 45. Kunstbiennale in Venedig:

(...)

F.L. Gibt es einen Zusammenhang zwischen Ihren Schriften und der deutschen Malerei des 20. Jahrhunderts? - Gibt es eine Künstlergruppe, auch unter den Zeitgenossen, die Sie besonders interessiert?

E.J. Ich besuche regelmäßig Galerien und Ausstellungen und war befreundet mit Kubin, Nay, Schlichter und anderen. In Paris habe ich Braque und Picasso besucht und habe mit Magritte korrespondiert. Er hat mich nie besucht, aber die Linde vor meinem Haus gezeichnet.

(...)

ANHANG

Der Maler, Zeichner und Schriftsteller Rudolf Schlichter (1890-1955) gehört neben Alfred Kubin und A. Paul Weber zu den von Ernst Jünger besonders geschätzten zeitgenössischen Künstlern seiner frühen Jahre. Zwar kam die »Drei-Künstler-Publikation« (Alfred Kubin)[1] über Kubin, Weber und Schlichter nach der Verhaftung des Verlegers Ernst Niekisch 1937 ebensowenig zustande wie Jüngers geplante Monographie über Schlichter. Doch unerschrocken bezog Ernst Jünger für den Maler, der ihn 1929 und 1937 portraitierte, Position, als dieser aus den offiziellen Reichskammern ausgeschlossen wurde. Nach dem 1975 publizierten Briefwechsel zwischen Jünger und Kubin aus den Jahren 1929 bis 1952 ist der mit einem Bildanhang versehene umfangreiche Briefwechsel zwischen Jünger und Schlichter von 1935 bis 1955 über Themen der Politik, Kunst und Literatur ein wertvolles Zeugnis geistiger Unabhängigkeit während des »Dritten Reichs« ebenso wie in den ersten Jahren der Bundesrepublik. Zusammen mit den Schreiben der Ehefrauen und wichtiger Partner ergänzt dieses Zeitdokument das - in Auszügen zitierte - Tagebuchwerk Ernst Jüngers.

Schauplatz der ersten Begegnung zwischen Jünger und Schlichter war Berlin um 1929. Schlichter galt dort als einer der exponierten kommunistischen Künstler, befreundet mit George Grosz und Bert Brecht. Aus Calw gebürtig, hatte Schlichter auf der Kunstakademie in Karlsruhe studiert. Als Militärfahrer eingezogen, konnte er den Ersten Weltkrieg für sich durch einen Hungerstreik beenden. Schlichter gründete Ende 1918 in Karlsruhe die Malergruppe »Rih« als Ortsgruppe der Berliner »Novembergruppe«, bevor er 1919 selbst nach Berlin übersiedelte. Auf der ersten Dada-Messe in der Galerie

Burchard erregte seine Plastik des an der Decke schwebenden »Preußischen Erzengels« in Uniform mit Schweinskopf erhebliches Aufsehen. Bis etwa 1927 wurde Schlichter als genauer Zeichner der Berliner Halbwelt, als prägnanter Illustrator, vor allem aber als Portraitist der »linken« Intellektuellen Berlins wie Bert Brecht, Fritz Sternberg, Alfred Döblin, Oskar Maria Graf oder Egon Erwin Kisch bekannt.

Durch die Begegnung mit seiner späteren Frau Speedy wandte sich Schlichter nach 1927 von seinen teilweise kriminellen kommunistischen Eskapaden ab und suchte neuen Halt im Katholizismus und Nationalismus. »Um diese Zeit lernte ich auch Ernst Jünger kennen, der sich ebenfalls in einer Wandlung befand und mit dem mich auch jetzt noch eine Freundschaft verbindet.«[2] Die erste Begegnung zwischen Schlichter und Jünger fand wahrscheinlich bei Ernst Rowohlt statt, der, wie Jünger berichtet, »sich offenbar ein Vergnügen daraus machte, pyrotechnische Mischungen auszutüfteln, besonders an seinen Geburtstagen. Man traf dort Brecht, Bronnen, Ernst von Salomon, Rudolf und Speedy Schlichter, und starke Trinker, wie Thomas Wolfe.«[3]

Die Unterschiede der beiden neuen Bekannten waren erheblich. Hier Jünger »in seiner ausgeprägten aristokratischen Art« (Ernst Niekisch)[4], dort Schlichter, heftig emotional. Seinem Freund Brecht gegenüber, der ihm klarmachen wollte, daß alles, was die Nationalisten um Ernst Jünger wollten, »Scheiße« sei, entgegnete Schlichter nachdrücklich, dann sei es aber wenigstens seine »*deutsche* Scheiße«, für die er einträte.[5] In Schlichters verschlüsselter Erzählung »Kreuztragung« (1936) ist Jünger der »Rechtsgelehrte« Onias und wird als »sorgfältig gekleideter« Mann eingeführt, der durch »betonte Zurückhaltung« auffällt. Seine »Wohlerzogenheit« und seine »gewähltere Redeweise« provozieren seinen Gegenspieler »Sosias« zu geplanten heftigen Gegenreaktionen. Aber »unerwartete Proben von Unerschrockenheit« halten Sosias zurück: »Ich wurde nicht mit Dir fertig, wurde nicht klug aus Dir.«[6]

In dieser Zeit, etwa Ende 1929, entstand auch das erste bekannte Portrait Ernst Jüngers im »bourgeoisen« Anzug (Abb. 1).[7] Doch der rot gehaltene Hintergrund und die roten Reflexe auf dem blaugrauen Anzug sind als symbolischer Kommentar zu den blutigen Erfahrungen Ernst Jüngers im Ersten Weltkrieg zu verstehen. Schlichter wiederum, der schon bei seinen ersten Malversuchen »Blut und Feuer« bevorzugte und als »Lieblingsfarbe (...) von Anfang an ausgesprochenermaßen rot« bezeichnete[8], hatte für den Kriegsbuchautor sicher eine besondere Sympathie. Die früheste bekannte Widmung Ernst Jüngers für Rudolf Schlichter vom 27. Januar 1930 findet sich entsprechend in seinem Buch »Feuer und Blut« (^{4}1929).[9]

Noch im selben Jahr fertigte Schlichter die Umschlagzeichnung zu dem von Ernst Jünger herausgegebenen Sammelband »Krieg und Krieger« (Abb. 5). Das Motiv erinnert an die Tankschlacht von Cambrai im November und Dezember 1917. Dreihundert neuartige englische Panzer, sogenannte »Tanks«, hatten die seit 1914 von den Deutschen besetzte Stadt in Nordfrankreich zunächst erobert, wurden jedoch durch den deutschen Gegenangriff gegen die als unschlagbar geltenden »Ungeheuer« oder »Höllenwesen« wieder zurückgeworfen.[10] In der Geste des ragend untergehenden Panzers ist auch der Untergang der »Titanic« (1912) erkennbar und damit die Hybris des technischen Fortschritts, dem wie einem Götzen gehuldigt wird.

Schlichter und Jünger waren 1930 noch in einem zweiten Buch, der von Franz Schauwecker herausgegebenen

Sammlung »Mondstein. Magische Geschichten«, gemeinsam vertreten. Ernst Jüngers »Sizilianischer Brief an den Mann im Mond« eröffnete den Band, für den Schlichter den Auszug »Der Schwager« aus dem sechsten Kapitel (»Die Schwestern«) seiner damals entstehenden Autobiographie »Das widerspenstige Fleisch« (1932) beisteuerte.[11] Von der auf drei Bände angelegten Autobiographie mit den geplanten Titeln »Das widerspenstige Fleisch«, »Die Unterwelt« und »Die Wandlung« erschien 1932 der erste Band über die Jahre 1890 bis 1910; 1933 folgte der zweite Band »Tönerne Füße« über die Zeit an der Karlsruher Akademie 1910 bis 1914. Den beiden Bänden ging Schlichters Ehegeschichte »Zwischenwelt. Ein Intermezzo« 1931 voraus.[12] Schlichter hatte mit diesen Büchern nichts weniger vor, als »die Liquidation der dargestellten Epoche«[13] am Beispiel der eigenen Entwicklung vorzunehmen. Schonungslos stellt der masochistische Knöpfstiefelfetischist alle Formen seiner extremen Sexualpathologie vor und versucht zugleich, das individuell obsessive Beispiel zum Krankheitsbefund Deutschlands zu erweitern. Besonders seine schizophrene Disposition, die schon früh erkannte »erstaunliche Tatsache einer vollständigen Spaltung meines Gefühlslebens«[14], versuchte Schlichter immer wieder auf deutsche Befindlichkeiten allgemein zu übertragen, wie besonders anschaulich der Brief an Jünger vom 25. 7. 1936 dokumentiert.

Die künstlerische Pathologie Schlichters gehörte für Ernst Jünger in einen größeren Zusammenhang. In seinem Aufsatz »Die Staubdämonen« (1931) über das Werk Alfred Kubins sah er in der Vielfalt der modernen Kunst bis 1930 das »gemeinsame Thema« in der »Katastrophe«, im »Untergang einer Welt«, genauer: dem »Untergang der bürgerlichen Welt«.[15] An Kubins Roman »Die andere Seite« (1909) interessierte ihn daher auch nicht die »reiche Ausbeute« für den Psychiater, als vielmehr die Tatsache, »daß hier ein Tastorgan von empfindlichster Feinheit, lange bevor ein ›Zauberberg‹ geschrieben wurde, den langsamen Angriff der Verwesung (...) erfaßt«.[16] Der Künstler in der »Rolle (...) eines vorgeschobenen Tastorganes der zeitgenössischen Gesellschaft«[17] vermochte gerade durch die pathologische Disposition das politische Unheil früher zu sehen. Unter den Zeichnungen Schlichters wählte Ernst Jünger bei einem Besuch in Rottenburg »Atlantis vor dem Untergang« (1934, Abb. 10).

Die politische Zäsur 1933 wurde von Schlichter zunächst hoffnungsvoll als Möglichkeit begrüßt, sich im nicht mehr vom »alljüdischen Kunsttrödelgeschäft«[18] bestimmten Kunsthandel wieder profilieren zu können. Doch Schlichters Pläne, sich dem neuen Regime durch die Aufnahme in die Reichsschrifttumskammer und durch seine sogar schriftlich formulierten Vorstellungen zum Realismus zu empfehlen[19], wurden schnell durchkreuzt. Der »Kampfbund für deutsche Kultur e. V.« indizierte bereits am 13. 7. 1933 den ersten Band der Autobiographie als »Pervers-erotische Selbstdarstellung«.[20] Vermutlich in Unkenntnis des Verbots versuchte Schlichter am 14. 12. 1933 in den »Reichsverband deutscher Schriftsteller e. V.« aufgenommen zu werden und gab auf dem Fragebogen als Bürgen auch Ernst Jünger an.[21] Unmittelbar darauf wurden beide Bände der Autobiographie verboten.[22] Auf die nicht erhaltene »Beschuldigung« der Reichsschrifttumskammer, »dass meine zwei Bücher: ›Das widerspenstige Fleisch‹ und ›Tönerne Füße‹ unzüchtige Tendenzen enthielten«, antwortete Schlichter am 27. 2. 1934 mit einer »Erklärung«, in der er sich auch auf Gottfried Benn und Ernst Jünger berief, die »sich sehr anerkennend über mein Werk ausgesprochen haben!«[23] Damit ruhte die Sache einstweilen.

Im Sommer 1934 veröffentlichte die »Junge Front – Wochenzeitung junger Deutscher« Schlichters Zeichnung »Goliath verhöhnt das Volk Israel« (Abb. 8) und wurde kurzfristig verboten. Dieses Verbot fiel ein Jahr später ins Gewicht, als sich Schlichter darüber beschwerte, daß der »Reichsverband Deutscher Schriftsteller« von ihm zwar einen Mitgliedsbeitrag verlange, »er [Schlichter] aber weder Mitgliedskarte noch Verbandsnadel erhalten habe.«[24] Schlichters Anfrage führte im Juni 1935 zum Beginn des Ausschlußverfahrens.[25] In dieser Situation wandte sich Schlichter an Ernst Jünger und eröffnete den Briefwechsel.

Die Publikation wäre »ein schönes ›In memoriam‹ für Rodolphe«, schrieb Ernst Jünger in einem Brief an Speedy Schlichter am 14. 3. 1973. Tatsächlich lassen die vielen in den Briefen diskutierten Projekte Schlichters einen differenzierteren Blick auf seine späten Werke zu. Die Entstehungsgeschichte des zweiten Jünger-Portraits (1937, Abb. 25), dessen Verbindung zu den beiden Geiern der »Einsamkeit« (1937, Abb. 26) und zu Jüngers Erzählung »Auf den Marmorklippen« (1939) bedarf allerdings einer eigenen Untersuchung. Das mehrfach von Jünger gewünschte Gegenstück zu »Atlantis vor dem Untergang«, die Zeichnung des Emir Musa über der Messingstadt (Abb. 29 c), unterstreicht den besonderen Rang der Erzählungen aus »Tausend und eine Nacht« bei Schlichter wie bei Jünger, auch wenn eine Ausgabe von Schlichters Zeichnungen nach dem Zweiten Weltkrieg mit Ernst Jüngers Vorwort ebenso wenig zustande kam wie der Zyklus zur »Kaiserin Theodora von Byzanz« (1941, Abb. 31), die Herausgabe von 36 Bibelillustrationen im Münchener Kösel-Verlag (1948, Abb. 36) und eine »Apokalypsemappe« (1948, Abb. 35). Eine wesentliche Gemeinsamkeit zwischen Jünger und Schlichter ist schließlich die kritische Bewertung des Surrealismus, wie sie Schlichter in seinem letzten Buch, »Das Abenteuer der Kunst« (1949) unternimmt. Schlichters überraschender Tod 1955 beendete zwar das Gespräch mit Jünger. Doch dessen Briefe an die Witwe und die Notate der Tagebücher zeugen von der anhaltenden Hochschätzung für den Freund, mit dem er sich seit 1952 duzte. So ersetzen die Briefe auch viel mehr als nur die ungeschriebene Studie über den Maler und Zeichner des »Untergangs«.

1 Alfred Kubin: Brief an Ernst Jünger, Zwickledt, 9. 4. 1938. In: Jünger/Kubin 1975, S. 54

2 Rudolf Schlichter, Bewerbungsschreiben, Ts., 4 Bl., 4 S., hier S. 2, dat. München, 4. 7. 1945. NL Schlichter

3 Ernst Jünger: Kirchhorst, 7. Mai 1945. In: Jünger 1978–1983, Bd. 3 (1979), S. 429 f.; vgl. a. Ernst Jünger: Postscriptum zu Paul Léautaud. Dat.: Wilflingen, 20. Juni 1978. In: Jünger 1978–1983, Bd. 14 (1978), S. 372–391, hier S. 382

4 Ernst Niekisch: Zu Ernst Jünger. Anlage zu einem Brief an Piet Tommissen vom 15. 2. 1952. Deutsches Literaturarchiv, Marbach am Neckar

5 Die von Ernst Jünger berichtete Anekdote überliefert Mohler 1994, S. 472

6 Vgl. Anm. zum Brief Schlichters an Jünger vom 25. 5. 1936, S. 60

7 Am 31. 3. 1930 schrieb Schlichter an seinen Freund Kurt Weinhold, er »verkehre viel mit den sogenannten neuen Nationalisten, besonders mit Ernst Jünger, den ich auch gemalt habe; das sind erstaunlich anständige Menschen«. Vgl. Kat. Ausst. Rudolf Schlichter. Berlin, Stuttgart 1984, S. 13a

8 Schlichter 1991, S. 59

9 Vgl. Anm. zum Bf. Schlichters an Jünger vom 18. 6. 1935, S. 14

10 Vgl. Ferdinand Bringolf: Tanks; Hans Henning Freiherr Grote: Tank= und Angriffsschlacht bei Cambrai. In: Ernst Jünger (Hrsg.): Das Antlitz des Weltkrieges. Fronterlebnisse deutscher Soldaten. Mit etwa 200 photographischen Aufnahmen auf Tafeln, Kartenanhang sowie einer chronologischen Kriegsgeschichte in Tabellen. Berlin (Neufeld & Henius Verlag) 1930, S. 36–54 (Zitate S. 36); 184–217, darin die Tank-Fotos S. 246–248. Bibliothek Schlichter.

11 Vgl. Mondstein. Magische Geschichten. 20 [tatsächlich: 17] Novellen. Berlin (Frundsberg-Verlag) 1930. Neben Jünger (S. 7–21) und Schlichter (S. 161–184), der unter den Beiträgernamen auf der Titelseite zwar nicht, dafür aber im Inhaltsverzeichnis angeführt ist, sind in dem Band Otto Brües, Heinrich Lersch, Werner Bergengruen, Richard Euringer, Hanns Johst, Paul

Zech, Ernst von Salomon, Karl Hans Strobl, Karl Nils Nicolaus, Ludwig Alwens, Alma M. Karlin, Franz Schauwecker, Felix Buttersack, Friedrich Freiherr v. Gagern und Friedrich Hielscher mit Texten vertreten.

12 Vgl. Schlichter 1991, 1992, 1994

13 Schlichter 1991, S. 8

14 Ebd., S. 165, 170

15 Ernst Jünger: Die Staubdämonen (1931). Zit. n. Jünger/Kubin 1975, S. 109–117, hier S. 111 u. S. 117

16 Ernst Jünger: Rückblick (1975). Ebd., S. 91–108, hier S. 98

17 Ebd., S. 103

18 Vgl. Brief an Franz Radziwill vom 24. 4. 1933, zit. n. Schlichter 1995, S. 353

19 Vgl. Rudolf Schlichter und Paul Wilhelm Wenger: Grundsätzliches zur deutschen Kunst (dat. 18. 9. 1933). In: Schlichter 1995, S. 213–216, Anm. S. 353 f.

20 Bundesarchiv Berlin, Bestand R 56 V., RSK, Bd. 70, S. 70

21 ebd., Vorgang Nr. 5951

22 Vgl. Börsenblatt für den Deutschen Buchhandel, Jg. 101, Nr. 1, v. 2. 1. 1934: Verbotene Druckschriften.

23 Rudolf Schlichter: ERKLÄRUNG, dat. Rottenburg, 27. 2. 1934. Abschrift. Typoskriptdurchschlag, 2 Bl., 4 S. NL Schlichter. Von einer Stellungnahme Gottfried Benns zu Rudolf Schlichter ist nichts bekannt.

24 Der Präsident der Reichsschrifttumskammer, Brief an den Reichsverband Deutscher Schriftsteller, Berlin, 19. 2. 1935. Bundesarchiv Berlin, Bestand RSK

25 Vgl. den Bf. Schlichters an Jünger vom 9. 6. 1935, S. 10, u. das Schreiben des Präsidenten der Reichsschrifttumskammer an Schlichter vom 1. 6. 1935, S. 12.

Die hier abgedruckten Schreiben Ernst und Gretha Jüngers befinden sich im Nachlaß Schlichter der Galerie Alvensleben, München. Sie werden ergänzt durch Abschriften aus dem unveröffentlichten Briefjournal Ernst Jüngers im Archiv in Wilflingen. Dort befinden sich auch die Briefe Rudolf und Speedy Schlichters. Alle anderen Schreiben werden mit ihren jeweiligen Fundorten zitiert. Unterstreichungen wurden kursiv gesetzt; grammatikalische Versehen und geringfügige Verschreibungen stillschweigend korrigiert. Ergänzungen des Herausgebers sind in eckige Klammern [ ] gesetzt. Für den Kommentar wurden folgende Abkürzungen verwendet:

ABKÜRZUNGSVERZEICHNIS

Anm.	Anmerkung
Bf.	Brief
e.	eigenhändig
FN	Fußnote
H.	Heft
hrsg.	herausgegeben
hs.	handschriftlich
m.	mit
masch.	maschinenschriftlich
NL	Nachlaß
Ts.	Typoskript
U.	Unterschrift
u.	und

Ernst Jünger und das Deutsche Literaturarchiv, Marbach am Neckar, in der Person seines Direktors Prof. Dr. Ulrich Ott erlaubten den Abdruck der Briefe Ernst und Gretha Jüngers; das Einverständnis zum Abdruck der Briefe Rudolf und Speedy Schlichters gab Viola Roehr v. Alvensleben, Galerie Alvensleben, München, die Nachlaßverwalterin Schlichters. Dr. Armin Mohler, München, gab sein Einverständnis zum Abdruck seiner Schreiben. Prof. Dr. Ernst A. Niekisch, Jülich, erlaubte den Abdruck des Briefes seines Vaters Ernst Niekisch. Schlichters Schreiben an Carl Schmitt wird abgedruckt mit Erlaubnis des Nachlaßverwalters Prof. Dr. Joseph H. Kaiser, Freiburg. Den Abdruck der Auszüge der Briefe seines Vaters A. Paul Weber an Ernst Jünger erlaubte Hartmut Weber, Tübingen. Ihr Einverständnis zum Abdruck des Briefes von Schlichter an ihren Mann Paul Wilhelm Wenger gab Frau Lieselotte Wenger, München. Wolf Alverdes, Pöring, erlaubte den Abdruck der Tagebucheintragung seines Vaters Paul Alverdes. Ihnen allen sei dafür herzlich gedankt. Dank für Hilfe bei den Recherchen geht an Frau Hedwig Rieth, Tübingen; Urs Honauer, Zürich; Dr. Volker Katzmann, Tübingen; Prof. Dr. Heinz Neitzel, Bonn; Dr. Roswitha Wollkopf, Weimar, und die Forschungsstelle Goethe-Wörterbuch, Tübingen, sowie an Jeanne und Frédéric Koehler, Bad Wörishofen. Die Transkription der Briefe erstellten Adelheid und Werner Heißerer, Morhoven. Das Lektorat besorgten kenntnisreich Hede Schirmer und Thomas Weck. Der besondere Dank gilt Ernst und Dr. Liselotte Jünger in Wilflingen für ihre geduldige Unterstützung und mehrmalige Gastfreundschaft.

S. 9

Rudolf Schlichter an Ernst Jünger, e. Bf. m. U., Rottenburg a. N., 9. Juni 1935, 1 Bl., 2 S. Mit Anlage: masch. »Abschrift« eines Schreibens des Präsidenten der Reichsschrifttumskammer an Rudolf Schlichter, Berlin, 1. Juni 1935, 1 Bl., 1 S. [Original im NL Schlichter]

S. 9 *seit Ihrem Wegzuge aus Berlin:* Ernst Jünger war im Oktober 1933 von Berlin, wo er seit 1927 gelebt hatte, nach Goslar in den Harz gezogen. Die Anregung zum Wegzug war von Rudolf Schlichter ausgegangen. Vgl. den Abschnitt »Steglitz« in: Ernst Jünger: Subtile Jagden. Stuttgart (Klett) 1967, S. 177-181, hier S. 181: »(...) Andere [Freunde] zogen fort, ohne das Land zu wechseln - Friedrich Hielscher nach Potsdam, Rudolf Schlichter nach Rottenburg. Schlichter rühmte den Wechsel; für einen Maler und eingefleischten Schwaben mochte er besonders fruchtbar sein. Man merkte es an seinen Bildern; ich erwarb damals [1935] von ihm ›Atlantis vor dem Untergang‹ [Tuschfederzeichnung, 68 × 81 cm; Abb. 10], das seitdem in meinem Arbeitszimmer hängt. Er gab mir auch den Anstoß, es ihm nachzutun, indem er fragte: ›Warum ziehen Sie nicht auch aufs Land?‹ (...)«.

– *Aus dem beigelegten Schriftstück ersehen Sie:* s. Anlage. »Das widerspenstige Fleisch« (Berlin, Ernst Rowohlt Verlag, 1932), Schlichters erster Band seiner Autobiographie, war bereits am 13. 7. 1933 vom »Kampfbund für deutsche Kultur e. V.« in einem Schreiben an das Reichsministerium für Volksaufklärung und Propaganda als »Pervers-erotische Selbstdarstellung« auf die »Schwarze Liste für öffentliche Büchereien und gewerbliche Leihbüchereien« gesetzt worden (vgl. Bundesarchiv Berlin, Bestand R 56 V, RSK, Bd. Nr. 70, S. 70). Am 2. 1. 1934 veröffentlichte das »Börsenblatt für den Deutschen Buchhandel« in Nr. 1 eine Liste »Verbotene Druckschriften« nach den Angaben in: Deutsches Kriminalpolizeiblatt Nr. 1740 vom 29. 12. 1933. Beschlagnahmt werden sollten demnach in Preußen neben u. a. den Büchern von Walter Serner auch Schlichters erster Band seiner Autobiographie sowie der mittlerweile ebenfalls im Ernst Rowohlt Verlag, Berlin, erschienene zweite Band »Tönerne Füße« (1933). Nr. 35 des »Börsenblatt« vom 10. 2. 1934 gab gemäß der Verlautbarung in: Deutsches Kriminalpolizeiblatt Nr. 1773 vom 7. 2. 1934 auch das Verbot von Schlichters Ehegeschichte »Zwischenwelt. Ein Intermezzo«, die 1931 im Verlag Ernst Pollak, Berlin, erschienen war, bekannt.

– *in einer vorläufigen Erklärung:* Schlichters Schreiben an die Reichsschrifttumskammer ist nicht erhalten.

– *In einem meiner letzten Schreiben:* In der erhaltenen Abschrift einer, vermutlich an die Reichsschrifttumskammer gerichteten, »ERKLÄRUNG« (Ts., 2 Bl., 4 S.), dat. »Rottenburg a. N. den 27. Februar 1934« (NL Schlichter), verwahrt sich Schlichter gegen die Beschuldigung, seine Bücher enthielten »unzüchtige Tendenzen« (S. 1). Nach der ausführlichen Darstellung des Sachverhalts aus Schlichters Sicht schließt das Schreiben: »Zum Schluss möchte ich noch mein tiefstes Bedauern aussprechen, dass man ungerechterweise zu übersehen scheint, mit welchem Ernst ich mich mit alter und moderner Literatur, mit der Kunst und allen geistigen Strömungen meiner Zeit auseinandersetzte, mit welcher Liebe ich die deutsche Landschaft besang und überhaupt dem Deutschen in mir Ausdruck verlieh, sowohl durch Sprache als auch durch

Gesinnung. Wie wäre es sonst möglich gewesen, dass so bedeutende Autoren wie Gottfried Benn und Ernst Jünger sich sehr anerkennend über mein Werk ausgesprochen haben!« (S. 3 f.) Eine Stellungnahme Gottfried Benns zu Schlichter ließ sich nicht ermitteln.

– ***Herrn v. Salomon:*** Ernst von Salomon (1902-1972), Sohn eines Rittmeisters, Kadett, Schriftsteller. 1920 am Kapp-Putsch im führenden Freikorps des Kapitäns Ehrhardt beteiligt; 1922 wegen Beteiligung an der Ermordung des Außenministers Walther Rathenau zu fünf Jahren Zuchthaus und fünf Jahren Ehrverlust verurteilt; in den dreißiger Jahren auf Seite der Nationalisten und revolutionären Konservativen an den schleswig-holsteinischen Bauernaufständen beteiligt. Obwohl seine autobiographischen Zeitromane »Die Geächteten« (1930), »Die Stadt« (1932) und »Die Kadetten« (1933) nach 1933 als »Dokumente vom Kampf um die Wiedergeburt der Nation« gefördert wurden, wandte sich v. Salomon von der Politik ab und schrieb Drehbücher. 1945/46 in einem amerikanischen Lager interniert, lebte er zuletzt in Stöckte bei Winsen an der Luhe und auf Sylt. Erfolg hatte er mit seinem Kurzroman »Boche in Frankreich« (1950) über ein Abenteuer 1931. Das Buch war eine Teilveröffentlichung des umfangreichen und lebhaft diskutierten Dokumentarromans »Der Fragebogen« (1951) über sein Leben zwischen 1919 und 1945.

Ernst von Salomon dürfte, wie Ernst Jünger, um 1929 in Berlin mit Rudolf und Speedy Schlichter bekannt geworden sein. Aus dieser Zeit stammt auch Schlichters Salomon-Portrait, das Ernst Jünger in seinem Brief an Schlichter vom 14. Januar 1936 erwähnt [Abb. 2]. Zusammen mit Bert Brecht besuchte Ernst von Salomon Rudolf und Speedy Schlichter 1930 in Calw. Im »Fragebogen« (1951) heißt es dazu: »Schlichter (...), der sich im Laufe seiner künstlerischen Entwicklung folgerichtig auch durch eine Reihe politischer Richtungen, durch Nihilismus, Anarchismus zum Kommunismus und von dort zum Nationalismus Jüngerscher Prägung durchgemausert hatte, folgte wohl dem natürlichen Instinkt, als er, durch die Hölle aller Ganzheitssysteme gehetzt, nun die Berührung mit der Heimaterde suchte wie der Riese Antäus. Ich traf ihn, entschlossen, es nun mit der Rückkehr zum Katholizismus genug sein zu lassen (...).« (Vgl. Salomon 1961, S. 346) In der Bibliothek Schlichter ist das Buch von Paul Westheim: Oskar Kokoschka. Das Werk Kokoschkas in 62 Abbildungen. Potsdam-Berlin (Gustav Kiepenheuer Verlag) o. J. [1918] mit der Widmung »Meinem lieben Freunde Roro / Ernst v. Salomon« erhalten.

Mit Sicherheit war Ernst von Salomon auch eng mit Speedy Schlichter befreundet und wohl sogar einer ihrer Liebhaber. Darauf deuten Zeugnisse im Nachlaß und in der Bibliothek Schlichter hin. Ein Sonderdruck des Beitrags »Der verlorene Haufe« aus dem von Ernst Jünger 1930 im Berliner Verlag Junker und Dünnhaupt mit einer Titelillustration von Rudolf Schlichter [Abb. 5] herausgegebenen Sammelband »Krieg und Krieger« (s. auch Nachwort S. 309) trägt die Widmung: »Mut geben nur Ide[e]n / (Clemenceau) / Für Speedy Schlichter / Ernst v. Salomon / 10. Mai 1930«. Ein Exemplar der »Balladen und lasterhaften Lieder des Herrn François Villon in deutscher Nachdichtung von Paul Zech« (Weimar, Erich Lichtenstein Verlag, 1930) trägt auf dem Vorsatz den Eintrag: »So gehn wir hin, und protzen mit Revolten, / durch die wir immer uns doch selber nur zerstört / Und grinsen, wo wir heulen, prahlen, wo wir brennen / Und haben niemand, niemand hat uns doch selten gehört. / So gehn wir hin, und haben uns der Beichte / Mit frechen Beichten gläubig lügenvoll gewehrt, /

Und warten frierend auf die Fackel, die uns wärme, leuchte – / Du aber, Speedy, trägst die Fackel, wie ein Schwert // d. 1. November 1930 / der geliebten Speedy / Ernst v. Salomon«.

Ein Exemplar des Salomon-Buchs »Die Geächteten« (Berlin, Ernst Rowohlt Verlag, 1930) trägt auf dem Vorsatz die Widmung »Die Gewißheit, stärker zu sein als alles, / was auch immer uns bedroht, kann / uns auch in den Stunden des heftig=/ sten Schmerzes, in denen tausend / Messer auf uns zielen, nicht verlassen, / wenn wir den Mut haben, uns zur / strengsten Gottesknechtschaft zu / bekennen. // Den 15. November 1930 / Für meine geliebte Speedy / Schlichter // Ernst v. Salomon«. Zudem existieren zwei Portraitfotos Ernst von Salomons mit den rückseitigen Widmungen »Ernst v. Salomon / für seine geliebte Speedy / Berlin, den 9. September 1933« und »Für meine Schwester im Geiste / Speedy / von / Ernst v. Salomon / Berlin, den 9. September 1933«. Über die Art der Beziehung Speedy Schlichters zu Ernst von Salomon gibt schließlich der undatierte hs. Entwurf eines Briefes Rudolf Schlichters an seine Frau Aufschluß. Dort heißt es: »(...) Der Ursprung und die Art Deiner Beziehungen sind dieselben bei [Richard] Masseck [vgl. Anm. zu S. 28] wie bei Ernst v. Salomon; es ist der verdrängte unbefriedigte Eros, das scheint mir glasklar! Wenn natürlich auch alles entsprechend dem Grad der Reife u. der Beschaffenheit des Temperamentes des Partners wesentlich nuancierter sublimer u. weniger turbulent verläuft.(...)«. NL Schlichter. – Die angesprochene »Empfehlung« Ernst von Salomons hat sich im NL Schlichter nicht erhalten.

S. 10 *wenn ich wieder in die Goldarbeiterbranche zurückkehrte:* Rudolf Schlichter machte in den Jahren 1904 bis 1906 eine Lehre als Goldschmied in Pforzheim. Vgl. Schlichter 1991, Kap. 8-10.

– ***die als zweites Delikt angeführte Zeichnung:*** Rudolf Schlichter: Goliath verhöhnt das Volk Israel. Titelzeichnung in: Junge Front. Wochenzeitung Junger Deutscher, 3. Jg., Nr. 30, Düsseldorf, 29. Juli 1934. [Abb. 8] Vgl. Kurt Streckfuß: Verbot der »Jungen Front«. In: National-Zeitung, Essen, 8. 8. 1934, zit. n.: Blick in die Zeit, 1934, Nr. 33, S. 8. Ausschnitt im NL Schlichter. Zur Affaire um die »Junge Front« vgl. Michael Nungesser: Resignation und Innere Emigration. Rudolf Schlichter in den Dreissiger Jahren. In: Berlin / Stuttgart 1984, S. 65a-76a, hier S. 70a; Günter Metken: Rudolf Schlichter. Blinde Macht. Eine Allegorie der Zerstörung. Frankfurt am Main (Fischer Taschenbuch Verlag) 1990, S. 38 ff.

S. 11 ***dazischen Militärkolonie:*** Gemeint ist vielleicht »thrazisch« oder »trakisch« von Thrazien / Trakien, dem südöstlichen Teil der Balkanhalbinsel.

– ***ein großes Bild »An die Schönheit«:*** Rudolf Schlichter: An die Schönheit. 1935. Öl auf Leinwand. 100 × 185 cm. 1935. Privatbesitz. [Abb. 13]. Vgl. Tübingen/Wuppertal/München 1997/98, Kat.-Nr. 148.

– ***»Mars«:*** Gemeint ist vielleicht »Ende blinder Macht«, eine frühe Version von »Blinde Macht« (1937) [Abb. 18]. Vgl. Tübingen/Wuppertal/München 1997/98, Kat.-Nr. 147.

– ***einige Photos:*** sind nicht erhalten.

S. 12 ***ein Landschaftsbuch:*** Archivunterlagen im Rowohlt-Verlag sind, nach mündlicher Angabe von Heinrich Maria Ledig-Rowohlt, verbrannt. Landschaftszeichnungen (Tusch- und Rohrfeder) aus Württemberg, dem Schwarzwald und der

Schweiz im NL Schlichter könnten für das Buch gedacht gewesen sein.

– ***ABSCHRIFT: Der Präsident der Reichsschrifttumskammer an Rudolf Schlichter, masch. Bf. m. Stempel u. U.; Berlin, 1. Juni 1935, F/E. / Akt. Z. 798, 1 Bl., 1 S.*** Im Vergleich mit dem Originalschreiben im NL Schlichter sind in der Abschrift die in eckige Klammern gesetzten Stellen zu ergänzen.

– ***Nach den beiden von Ihnen verfassten Büchern (...) dass Sie in der Zeitschrift »Junge Front« noch im Jahre 1934 eine Zeichnung geliefert haben:*** vgl. Anm. zu S. 9 u. 10.

S. 13
Rudolf Schlichter an Ernst Jünger,
e. Bf. m. U., Rottenburg a. N., 18. Juni 1935, 1 Bl., 2 S..
Mit hs. Notiz »Weber/J« von Ernst Jünger.
Die Bedeutung der Notiz ist nicht mehr erinnerbar.

S. 13 ***Ihre pünktliche Antwort:*** ist nicht erhalten.

– ***daß ein dritter und vierter Band in Aussicht genommen war:*** In einem masch. Schreiben (1 Bl., 2 S., NL Schlichter) des Rowohlt-Verlages an Rudolf Schlichter aus Berlin vom 11. März 1932 heißt es: » (...) Im Anschluss an unsere mündliche Besprechung und insbesondere an den zwischen uns geschlossenen Verlags-Vertrag vom 10. März 1931 über Ihre drei Bücher: / ›Das widerspenstige Fleisch‹ / ›Die Unterwelt‹ / ›Die Wandlung‹ / und unser Schreiben vom 2. September 1931, möchten wir Ihnen heute unsere neuen Vereinbarungen in dieser Angelegenheit bestätigen. (...)« (S. 1). Auf drei unpaginierten und undatierten Seiten (ca. 1931) hat Schlichter sodann das

Inhaltsverzeichnis der drei Bände in Stichpunkten entworfen. Dort kulminiert die schonungslose Lebensbeichte in der Hinwendung zu den Nationalisten, zum Katholizismus und zum Glauben. Die Abschrift einer vierseitigen masch. »Erklärung« Schlichters, datiert »Rottenburg a.N. den 27. Februar 1934« (vermutlich an die Reichsschrifttumskammer, vgl. Anm. zu S. 9), verstärkt: »(...) In meinem 3. und 4. Band, die noch nicht vorliegen, wollte ich die Wege zeigen, die zu einer sittlichen Veredelung und künstlerischen Fruchtbarmachung führen. Leider behandeln die bis jetzt vorliegenden Bücher vor allem den Weg durch das Inferno, den ›Weg aus dem Sumpf menschlicher Verirrungen‹ (siehe Vorwort zum ersten Band). (...)« (S. 1 f.).

– ***Grimmelshausen, Hutten, Frischlin:*** Hans Jakob Christoph von Grimmelshausen (1622-1676), Dichter des Barock, Hauptwerk »Der Abentheurliche Simplicissimus Teutsch« (1668); Ulrich von Hutten (1488-1523), politischer Publizist der Reformation, Antipapist und Nationalist, verfaßte Lyrik und Dialoge; Philipp Nicodemus Frischlin (1547-1590), Philologe, Dichter und Humanist, verfaßte neben lateinischen Gedichten und Dramen besonders Komödien. In deutscher Sprache erhalten ist das Drama »Frau Wendelgard« (1579).

S. 14 ***alle »deutschen« Maler der Republik nach Südfrankreich:*** So hatte etwa Schlichters Freund George Grosz vor, sich von dem an seinem Werk konstatierten »übertriebenen Kult des Détails zu befreien« und versprach sich »viel von meinem Aufenthalt im Süden Frankreichs und von der Berührung mit der so besonderen Farbe der provenzalischen Landschaft.« Vgl. George Grosz: Brief an Marcel Ray, ca. Sommer 1927. In: Marcel Ray: George Grosz (1927). Herausgegeben und aus dem

Französischen übersetzt von Dirk Heißerer. Berlin (Das Arsenal) 1991, S. 107. Ray schloß seine Studie mit der Bemerkung: »Zur Stunde, da ich dies schreibe, arbeitet George Grosz in einem Bauernhaus in der Provence (...); er zeichnet und malt Landschaften (...)« (ebd., S. 46). Vgl. a. George Grosz. Berlin - New York. Hrsg. v. Peter-Klaus Schuster. Kat. Ausst. Nationalgalerie Berlin 1995, S. 351.

– ***Der Umschlag, den ich damals für Ihr Buch machte:*** Ernst Jünger (Hrsg.): Krieg und Krieger. Berlin (Junker und Dünnhaupt Verlag) 1930. Einband und Umschlagzeichnung von Rudolf Schlichter [Abb. 5]. »Der innere Zusammenhang, der den in diesem Buche gesammelten Aufsätzen zugrunde liegt, ist der des deutschen Nationalismus (...). Seine Haltung ist (...) die eines heroischen Realismus (...)«. (Ernst Jünger: Vorwort). Der Band enthält die folgenden Beiträge: Ernst Jünger: Vorwort; Die totale Mobilmachung; Wilhelm v. Schramm: Schöpferische Kritik des Krieges; Friedrich Georg Jünger: Krieg und Krieger; Albrecht Erich Günther: Die Intelligenz und der Krieg; Ernst v. Salomon: Der verlorene Haufe; Friedrich Hielscher: Die große Verwandlung; Werner Best: Der Krieg und das Recht; Gerhard Günther: Die Bändigung des Krieges durch den Staat.

Aus dem selben Jahr 1930 sind die ersten Widmungsexemplare von Büchern Ernst Jüngers für Rudolf und Speedy Schlichter erhalten: Ernst Jünger: Feuer und Blut. Ein kleiner Ausschnitt / aus einer / großen Schlacht / von / Ernst Jünger / Vierte Auflage // Frundsberg-Verlag G.m.b.H. / Berlin 1929 (Mühleisen 1996, Nr. 9). Die Widmung auf dem Vorsatz lautet: »Rudolf Schlichter mit / herzlichem Gruss / von / Ernst Jünger / Berlin, d[.] 27.1.1930.«. Ernst Jünger: Orages d'acier. Souvenirs du front de France (1914-1918). Traduction française par F[ernand] Grenier, Lieutenant-Colonel d'infanterie, brevété d'état-major. Paris (Payot) 1930 (Mühleisen 1996, Nr. 870). Die Widmung auf dem Vorsatz lautet: »Berlin 8. 2. 1930. / Frau Schlichter / mit herzl. Gruss / Ernst Jünger«. Bibliothek Schlichter.

– ***eine kleine Bleistiftzeichnung:*** vielleicht »Das gläubige Dennoch« [Abb. 17a]

– ***in Rohrfeder nur große Formate:*** Einige der großformatigen (60 × 80 cm) Rohrfederzeichnungen aus den Jahren 1930-1935 sind im NL Schlichter der Galerie Alvensleben, München, erhalten.

S. 15 ***Ihre Gattin:*** Gretha Jünger (1906-1960), geboren als Lidy Toni Margarete Anni von Jeinsen am 14. 3. 1906 in Döhren bei Hannover, hatte Ernst Jünger in Leipzig am 3. 8. 1925 geheiratet. Das Ehepaar hatte zwei Söhne: Ernst jr. (1926-1944) und Alexander (1934-1993). Werke: Die Palette. Tagebuchblätter und Briefe. Hamburg (Hans Dulk) 1949. Widmungsexemplar in der Bibliothek Schlichter (vgl. Anm. zu S. 233); Silhouetten. Eigenwillige Betrachtungen. Pfullingen (Günther Neske) 1955.

– ***Ihren Bruder:*** Friedrich Georg Jünger (1898-1977), freiwilliger Kriegsteilnehmer wie sein Bruder, wurde in Flandern schwer verwundet. Der Bericht über die wundersam zufällige und für Friedrich Georg lebensrettende Begegnung der Brüder nimmt in Ernst Jüngers Buch »In Stahlgewittern« einen breiten Raum ein (vgl. Ernst Jünger: In Stahlgewittern. Stuttgart (Klett-Cotta) ^{30}1986, S. 185-203). Der promovierte Jurist lebte seit 1926 als freier Schriftsteller und Publizist in Berlin.

Wie sein Bruder unterhielt auch Friedrich Georg Jünger von 1928 bis 1935 enge Beziehungen zum Kreis um Ernst Niekisch. In dessen Verlag erschienen Friedrich Georg Jüngers »Gedichte« (1934) und die Aufsatzsammlung »Über das Komische« (1936) mit der Umschlagillustration von Rudolf Schlichter [Abb. 17b]. Friedrich Georg Jünger übersiedelte 1936 nach Überlingen an den Bodensee und nahm sicher an den Portraitsitzungen seines Bruders 1937 teil, wie die Portraitzeichnung vom August 1937 dokumentiert [Abb. 23].

S. 15

Ernst Jünger an Rudolf Schlichter, Goslar, 25. Juni 1935, masch. Auszug in: Ernst Jünger: Briefe. II. An Verschiedene. Mappe 1: 28.1.1928–15.10.1939. Ts., S. 201–340, hier S. 255. Archiv Ernst Jünger, Wilflingen [Brief-Journal]

S. 15 ***bei dem Zeichner Paul Weber:*** A.[ndreas] Paul Weber (1893-1980), Zeichner und Graphiker. Weber gab mit seinen satirischen Zeichnungen der Zeitschrift »Widerstand« und dem gleichnamigen Verlag Ernst Niekischs (vgl. Anm. zu S. 18) in Berlin zwischen 1929 und 1934 einen wesentlichen graphischen Akzent. 1935 malte Weber das Portrait »Ernst Jünger« (95 × 85 cm, Weber 1936, Tafel 88, Schwilk 1988, S. 148, heute im A. Paul Weber-Museum in Ratzeburg), sowie das Doppelportrait »Die Schachspieler« [Ernst und Friedrich Georg Jünger] (90 × 125 cm, Weber 1936, Tafel 89, heute im ehemaligen Arbeitszimmer Webers in Schretstaken). Vgl. a. Anm. zu S. 164.

– ***Brümmerhof bei Soltau:*** A. Paul Weber wohnte auf dem Brümmerhof von 1933 bis 1936. Vgl. Ernst Jünger: Ausgehend vom Brümmerhof. Alfred Toepfer zum 80. Geburtstag (1974). In: Jünger 1979-1983, Bd. 14 (1978), S. 102-130.

S. 16

Ernst Jünger an Rudolf Schlichter, masch. Bf. m. U. (»Abschrift.«), Goslar, 25. Juni 1935, 1 Bl., 2 S. Ein Auszug des Schreibens ist enthalten in: Ernst Jünger: Briefe. II. An Verschiedene. Mappe 1: 28.1.1928–15.10.1939. Ts., S. 201–340, hier S. 255 f. Archiv Ernst Jünger, Wilflingen

S. 16 ***einen Angriff auf die bürgerliche Welt:*** Vgl. dazu die Bürger-Diskussion in: Ernst Jünger: Der Arbeiter. Herrschaft und Gestalt. Hamburg (Hanseatische Verlagsanstalt) 1932. S. a. Max Hildebert Boehne: Der Bürger im Kreuzfeuer. Göttingen (Vandenhoeck & Rupprecht) 1933, bes. S. 62 ff. Vgl. a. den Beitrag von Clemens Lang (d.i. Günther Krause): Die törichte Jungfrau oder: Kleine Ethik der Bourgeoisie. In: Deutsches Volkstum. Monatsschrift für das deutsche Geistesleben. Hrsg. v. Dr. Wilhelm Stapel und Albrecht Erich Günther, Oktober 1935, S. 773-781. Günther Krause, den 1932 eine kurze Bekanntschaft mit Schlichter verband, übersandte ihm den Beitrag am 5. 10. 1935 mit einem Begleitschreiben, worin er ausführt: »(...) Nach der Interpretation Ernst Jüngers wäre der Bürger Ihr eigentlicher Feind. Völlig richtig ist diese Interpretation meiner Ansicht nach nicht. Zwar wird sich der Bürger niemals für Ihre Landschaften und Historien interessieren können; aber die Welt, die Sie im zweiten Teil Ihrer Autobiographie geschildert haben, ist ihm wohl nicht ganz fremd. Im Gegensatz zum ersten Teil haben Sie auch selbst jene Atmosphäre in einer Art beschrieben, die selbst noch bürgerlich ist. Sie behandeln nur einen begrenzten Ausschnitt aus der Wirklichkeit, der nur für eine bürgerliche Denkweise so wichtig ist, daß er eine ausführliche Schilderung erforderlich macht. (...)« (NL Schlichter). Dagegen stellt Schlichter im erhaltenen Entwurf seiner Antwort an Krause fest: »(...) Vielleicht zu Ihrer Enttäuschung muß ich Ihnen mitteilen, daß ich mich in keinem der mit ideologischen

Wällen befestigten Lagern befinde, von denen aus man sich heute mehr oder minder erfolgreich mit Stinkbomben u. Knallerbsen bewirft (...) Wenn Sie mich also finden wollen dürfen Sie mich nicht in der Bourgeoiswelt suchen, die Sie in Ihrem Aufsatz so schön anprangern u. die die Welt bedeutet; aber Sie dürfen mich auch nicht in der Antibürgerfront idealistisch getarnter Kleinbürger mit jugendlichen Aufbruchsgesten suchen. Es ist nicht ausgeschlossen, daß Herr Jünger in diesem Fall den richtigen Instinkt hat, wenn er als meinen eigentlichen Feind den Bürger sieht. Denn sehen Sie, man hat mich immer als Auswurf empfunden, obwohl ich mich einigemale in meinem Leben bemühte, ihren Tonfall zu treffen u. wahrlich aus Gründen nackter Selbsterhaltung keine Mühe scheute, mich in ihren erlaubten Revoluzzerkonventikeln als ihres gleichen zu gebärden. Es gelang mir leider nicht. (...) «. (Notizheft 1935, NL Schlichter).

S. 17

Rudolf Schlichter an Ernst Jünger, e. Bf. m. U., Rottenburg a. N., 1. Juli 1935, 1 Bl., 2 S.; m. hs. Zusatz v. Speedy Schlichter (S. 2)

S. 18 ***Unser kajütenartig gebautes Wohnhaus:*** Das Gebäude an der Seebronner Straße 1 in Rottenburg (Schlichters wohnten im zweiten Stock) ist in seiner Bausubstanz mit dem auffälligen Erker weitgehend erhalten. »Der Spitzname ›Wiener Bazar‹ rührt wohl daher, daß sich im Erdgeschoß des Gebäudes vermutlich ein Café gleichen Namens befunden hat.« Auskunft des Stadtarchivs Rottenburg, Herrn Karlheinz Geppert, vom 18. 4. 1997 an den Herausgeber.

– ***Ihre »Lustwanderung« in Norwegen:*** Zusammen mit dem »Magister«, seinem philosophischen Lehrer Hugo Fischer (1897–

1975), reiste Ernst Jünger Anfang Juli 1935 für zwei Monate nach Norwegen. Jüngers literarischer Ertrag dieser Fahrt war »Myrdun. Briefe aus Norwegen«, gerichtet an den Bruder Friedrich Georg Jünger, 1943 mit 13 Federzeichnungen von unbekannter Hand in Oslo als einmalige Feldausgabe für die Soldaten im Bereich des Wehrmachtsbefehlshabers in Norwegen erschienen (Mühleisen 1996, Nr. 44). Die Ausgabe mit den 1944 entstandenen 14 Illustrationen Alfred Kubins erschien erstmals 1948 in Zürich im Verlag der Arche (Mühleisen 1996, Nr. 57).

– ***Herrn Nikisch:*** Ernst Niekisch (1889-1967); Volksschullehrer, Sozialist und 1919 Präsident des Zentralrats der Arbeiter-, Bauern- und Soldatenräte Bayerns, Festungshaft 1919 bis 1921 wegen seiner Beteiligung an der Münchener Räterepublik. Er entwickelte in den zwanziger Jahren den sogenannten Nationalbolschewismus mit zugleich nationalistischer und sozialistischer Zielsetzung. Seit 1926/27 Herausgeber der Zeitschrift »Widerstand« im gleichnamigen eigenen Verlag. Niekisch stand in erklärter nationalrevolutionärer Opposition zu Hitler. Verhaftung im März 1937; Verurteilung vom Volksgerichtshof im Januar 1939 zu lebenslangem Zuchthaus; die Mitangeklagten Joseph Drexel (vgl. Anm. zu S. 253) und Karl Tröger erhielten dreieinhalb Jahre Zuchthaus bzw. 21 Monate Gefängnis. 1945 Befreiung aus dem Zuchthaus Brandenburg-Görden in schlechter gesundheitlicher Verfassung; wohnhaft in Westberlin. Bis 1948 Leiter der Volkshochschule Wilmersdorf; 1948-1954 Professor für Soziologie an der Humboldt-Universität Ostberlin sowie Abgeordneter der Volkskammer. Jahrelange vergebliche Bemühung um Anerkennung als Widerstandskämpfer und Opfer des Nationalsozialismus. Vgl. Ernst Niekisch: Das Reich der niederen Dämonen. Hamburg 1952; Niekisch 1958; Joseph E. Drexel: Der Fall Niekisch. Eine Dokumentation. Köln, Berlin 1962; W. R. Beyer (Hrsg.): Rückkehr unerwünscht. Joseph Drexels »Reise nach Mauthausen« und der Widerstandskreis Ernst Niekischs. Stuttgart 1978; Uwe Sauermann: Ernst Niekisch und der revolutionäre Nationalismus. München 1985; Birgit Rätsch-Langejürgen: Das Prinzip Widerstand. Leben und Wirken von Ernst Niekisch. Bonn 1997.

Im NL Ernst Niekisch (Bundesarchiv Koblenz N 1280 Niekisch) sind vorhanden: Schlichters Briefe an Niekisch vom 31. 12. 1935 und 5. 3. 1937; der Originalbrief Ernst Jüngers an Rudolf Schlichter vom 14. 1. 1936 (s. S. 45) sowie die Durchschrift des Schreibens Niekischs an Schlichter vom 14. 1. 1936 (s. S. 43).

– ***Herrn C. Schmitt:*** Carl Schmitt (1888-1985), Staatsrechtslehrer, Prof. in Greifswald (1921), Bonn (1922), Berlin (Handelshochschule, 1926), Köln (1932), Berlin (1933-45). Seit 1933 war Schmitt Preußischer Staatsrat und Mitglied der Akademie für Deutsches Recht. In seinen Büchern »Politische Romantik« (1919), »Politische Theologie« (Teil 1, 1922; Teil 2, 1970), »Die geistesgeschichtliche Lage des heutigen Parlamentarismus« (1923), »Verfassungslehre« (1928), »Legalität und Legitimität« (1932) sowie »Über die drei Arten des rechtswissenschaftlichen Denkens« (1934) und »Staat, Bewegung, Volk. Die Dreigliederung der politischen Einheit« (3. Aufl. 1935) entwickelte Carl Schmitt weitreichende Rechtstheorien, die er zwischen 1933 und 1936 mit dem herrschenden Nationalsozialismus in Übereinstimmung zu bringen versuchte. »In Abwendung von dem Rechtspositivismus des Kaiserreiches untersuchte er die Grundlagen des parlamentarischen Systems der Weimarer Republik und schied, stark von Hobbes beeinflußt, zwischen Demokratie und Parlamentarismus, Legalität und Legitimität. Die legitime Staatsgewalt sah er in der vom Volke gewählten Führung, als dem Reichspräsidenten, dessen ohnedies in der Weimarer Verfassung starke Stellung er unterstrich (Notverordnungsgesetz). Sein Satz ›Souverän ist, wer über den Ausnahmezustand verfügt‹, hat nicht nur die Präsidialdemokratie Hindenburgs, sondern auch den totalen Führerstaat Hitlers vorbereitet und das Politische normativer Bindungen enthoben. Sein letzthin negativer Freiheitsbegriff (...) wie seine Freund-Feind-Theorie zielten in die gleiche Richtung. (...) Er wirkte mit bei dem Gesetz zur Gleichschaltung der Länder mit dem Reich (Reichsstatthaltergesetz 1933) (...) und rechtfertigte auch Hitlers Vorgehen im Röhm-Putsch wie die NS-Maßnahmen gegen die Juden, v. a. im Rechtswesen, hielt sich aber seit 1935 zunehmend zurück, ohne sich dem Widerstand anzuschließen. (...).« Vgl. Günther Franz: Schmitt. In: Biographisches Wörterbuch zur deutschen Geschichte, Bd. 3, München (Francke) ^{2}1975, Sp. 2523; vgl. a. Mathias Schmoeckel: Ortung und Ordnung. Carl Schmitt im Nationalsozialismus. In: Aus Politik und Zeitgeschichte. Beilage zur Wochenzeitung Das Parlament. B 51/96, 13. 12. 1996, S. 34–47.

Das Schreiben Rudolf Schlichters ist im Nachlaß Carl Schmitt erhalten (vgl. S. 19). Vgl. Dirk van Laak: Nachlaß Carl Schmitt. Verzeichnis des Bestandes im Nordrhein-Westfälischen Hauptstaatsarchiv [Düsseldorf]. Bearbeitet von Dirk van Laak und Ingeborg Villinger. Siegburg (Respublica-Verlag) 1993 (Veröffentlichungen der Staatlichen Archive des Landes Nordrhein-Westfalen, Reihe C: Quellen und Forschungen, Bd. 32. Im Auftrage des Kulturministeriums des Landes Nordrhein-Westfalen hrsg. v. Nordrhein-Westfälischen Hauptstaatsarchiv), S. 142. Des weiteren haben sich im Nachlaß

Carl Schmitt auch eine Abschrift des Schreibens des Präsidenten der Reichsschrifttumskammer an Schlichter vom 1. 6. 1935 (vgl. S. 12) sowie eine Abschrift des Gutachtens von Ernst Jünger vom 25. 6. 1935 (vgl. S. 16 f.) erhalten (a. a. O., S. 287). Vom ausgedehnten Briefwechsel Ernst Jüngers mit Carl Schmitt, immer wieder Thema in den Tagebüchern »Siebzig verweht«, zeugen allein 153 Briefe, 65 Postkarten und zwei Telegramme Ernst Jüngers aus dem Zeitraum 1930 bis 1983 (a. a. O., S. 85).

– ***Herrn Weber:*** A. Paul Weber (vgl. Anm. zu S. 15). Weder der angedeutete Brief an Weber, noch andere Schreiben Schlichters bzw. Ernst Niekischs und Ernst Jüngers sind, laut Schreiben des A. Paul Weber-Museums, Ratzeburg, vom 26. 11. 1996 an den Herausgeber, erhalten.

– ***Ihr letztes Buch »Blätter u. Steine«:*** Ernst Jünger: Blätter und Steine. Hamburg (Hanseatische Verlagsanstalt) 1934. Bibliothek Schlichter.

S. 19

Rudolf Schlichter an Carl Schmitt, ms. Bf. m. e. U.,
Rottenburg, 5. Juli 1935, 1 Bl., 1 S.
Nordrhein-Westfälisches Hauptstaatsarchiv, Düsseldorf,
NL Carl Schmitt, RW 265 – 12555.

Das Schreiben Schlichters ist mit einer, vermutlich von Carl Schmitt angefertigten, hs. Datumsnotiz »30.7.35« versehen. Die Recherche nach einer evtl. Notiz in Carl Schmitts Tagebuch von 1935 bzw. nach dem Entwurf einer Antwort verlief negativ (Schreiben des Nordrhein-Westfälischen Hauptstaatsarchivs, Herrn Dr. Weber, aus Düsseldorf vom 14. 1.

1997 an den Herausgeber). Eine Antwort Schmitts im NL Schlichter ist nicht erhalten. »Der Umstand, daß auch im NL Carl Schmitt ein Hinweis auf eine solche Antwort nicht erhalten ist, erklärt sich möglicherweise daraus, daß Carl Schmitt Teile seiner Korrespondenz handschriftlich führte und darüber nicht immer Notizen in die Vorgänge eingefügt hat.« Schreiben von Prof. Dr. Joseph H. Kaiser, Freiburg, vom 17. 1. 1997 an den Herausgeber.

S. 19 ***Abschrift eines Gutachtens:*** Ein Durchschlag der Abschrift des Gutachtens von Ernst Jünger, datiert Goslar, 25. 6. 1935 (vgl S. 16 f.), ist im NL Carl Schmitt unter der Signatur RW 265 - 6605 erhalten.

– ***Sie sehen aus dem beigelegten Dokument:*** Ein Durchschlag der Abschrift des Schreibens des Präsidenten der Reichsschrifttumskammer an Schlichter, datiert Berlin, 1. 6. 1935 (s. S. 12), ist im NL Schmitt unter der Signatur RW 265 - 11192 erhalten.

S. 19
Rudolf Schlichter an Ernst Jünger, e. Bf. m. U.,
Rottenburg, 5. Oktober 1935, 1 Bl., 2 S.

S. 20 ***»An die Schönheit«:*** Rudolf Schlichter: An die Schönheit, 1935, Ölgemälde. Vgl. Anm. zu S. 11. Das Werkfoto mit dem »dunkle(n) Fleck« ist im NL Schlichter erhalten [Abb. 13].

– ***Einspruch:*** Schlichters Einspruch an die Reichsschrifttumskammer ist im Bundesarchiv Berlin nicht erhalten.

– ***Herrn Blunk:*** Hans Friedrich Blunck (1888-1961), Lyriker, Dramatiker und besonders Erzähler nordischer Sagen und Märchen; Präsident der Reichsschrifttumskammer von 1933 bis 1935.

– ***Herr Johst:*** Hanns Johst (1890-1978); Lyriker, Erzähler und repräsentativer Dramatiker der Nationalsozialisten (»Schlageter«, 1933); Präsident der Reichsschrifttumskammer von 1935 bis 1945.

– ***Gordon brachte im neuen Querschnitt (Oktoberheft No 10) drei Bilder von mir mit einem kleinen Aufsatz:*** Gemeint ist der Aufsatz von H.W.: Rudolf Schlichter. In: Der Querschnitt, XV. Jg., H. 10, Oktober 1935, S. 462 in der Rubrik »Marginalien«. Abgebildet wurden die drei Ölgemälde »Verspottung Christi« [Galerie der Stadt Stuttgart, vgl. Tübingen / Wuppertal / München 1997/98, Kat.-Nr. 145]; »Killertal in der Schwäbischen Alb« [verschollen] und »Größe und Untergang« [Privatbesitz]. Das »Begleitschreiben« des damaligen Herausgebers E. F. v. Gordon ist nicht erhalten. Der schwülstige Beitrag vergleicht Schlichter mit Hölderlin und Mörike und preist den Maler als »Meister der schwäbischen Landschaft«.

– ***Begleitschreiben:*** ist nicht erhalten.

– ***General Schixier:*** »Schick« ist im Schweizerischen ein vorteilhaftes Geschäft, davon abgeleitet ist wohl Schicksier oder Schixier.

– ***Sie schreiben auf Ihrer Karte:*** Die Karte ist nicht erhalten.

S. 21 ***Ihre Absicht, über mich zu schreiben:*** Vgl. den Bf. Ernst Jüngers v. 25. 6. 1935, S. 15. Auch erinnert sich Niekisch (1958, S. 190): »Im Jahre 1936 war ich in seiner [Ernst Jüngers] Goslarer

Wohnung und hielt dort eine geheime Versammlung ab. Er trug sich damals mit dem Gedanken, ein Büchlein zu veröffentlichen, in welchem Kubin, Schlichter und A. Paul Weber behandelt werden sollten.«

– ***Herrn Weber (...) seine Zeichnungen im Widerstand:*** A. Paul Weber publizierte in Ernst Niekischs Zeitschrift »Widerstand« zwischen 1926 und 1934. Für den Widerstands-Verlag illustrierte Weber in diesen Jahren mehrere Bücher, darunter Wilhelm Stapel: Literatenwäsche (1930) mit 43 Federzeichnungen, und Ernst Niekisch: Hitler - ein deutsches Verhängnis (1932) mit 6 Federzeichnungen.

– ***Landschaftsbuch:*** vgl. den Bf. Schlichters v. 9. 6. 1935, S. 12.

S. 21

Ernst Jünger an A. Paul Weber. Goslar, 13. Oktober 1935. Briefauszug.
In: Ernst Jünger: Briefe. II. An Verschiedene.
Mappe 1: 28.1.1928–15.10.1939. Ts., S. 201–340, hier S. 261.
Archiv Ernst Jünger, Wilflingen

S. 21 ***Das Bild:*** vermutlich A. Paul Weber: Portrait Ernst Jünger, 1935; vgl. Anm. zu S. 15.

S. 22 ***der Augenblick naht, in dem an die Pille gedacht werden muß:*** Vgl. A. Paul Weber: »Nun wird es aber Zeit für die Pille«. Zeichnung aus dem Zyklus »Die Bomber« (1934) in: Weber 1936, Tafel 64 (ein abgeschossener Bomberpilot am Fallschirm dicht über Wohnhäusern). Der Ausdruck meint offenbar die Giftpille als Mittel für den Freitod.

S. 22 ***Ihr echtes u. ernsthaftes Interesse an meinem Schaffen:*** Ein entsprechendes Schreiben Jüngers aus der Zeit zwischen dem 6. und 19. 10. 1935 ist nicht erhalten.

– ***Der Satz Nietzsches, den Deutschen fehle vor allem der Sinn für Nüancen:*** »Der Deutsche hat keine *Finger* für nuances«. Vgl. Friedrich Nietzsche: Götzen-Dämmerung. Was den Deutschen abgeht, 7. In: Nietzsches Werke. Bd. X. Leipzig (Kröner) 1921, S. 291. Bibliothek Schlichter.

S. 23 ***Wagnerblätter:*** Von den Tuschfederzeichnungen aus dem Jahr 1935 sind im NL Schlichter noch folgende Werkfotos vorhanden: »Siegfried u. Mime« [Abb. 14a], »Gunther, Hagen u. Brünhilde« [Abb. 14b], »Mime u. Alberich«; »Wotan und Erda«. Das Blatt »Fafnir u. Fasolt« ist laut hs. Datierung Schlichters auf der Rückseite des Werkfotos auf 1931 zu datieren. Das Faltblatt der Schlichter-Ausstellung im Münchener Lenbachhaus 1953 führt folgende Blätter auf: Nr. 33 »Fafnir«; Nr. 34 »Mime und Alberich«; Nr. 35 »Mime und Siegfried« (1951, heute Galerie Hasenclever, München).

– ***Für mich ist Wagner (…):*** Vgl. Schlichter 1992, S. 47 f., S. 51-55. Vgl. a. Rudolf Schlichter: Begegnung mit Richard Wagner. In: Blätter der Bayerischen Staatsoper, Spielzeit 1949/50, Jg. 2, H.9., S. 144. Dort heißt es: »Wagner hat im Ring des Nibelungen die Tragödie der Macht, den Untergang der Liebe, die Zerstörung aller religio prophezeit, lange ehe sie zur grauenvollen Wirklichkeit unserer Tage wurden. Dies rückt ihn in die Reihe jener seherischen Geister, die jenseits aller bloßen

Kunst, in den ›fernen Landen, unnahbar Euren Schritten‹ beheimatet sind und die in keine lokale Geographie passen.«

S. 24 ***Baudelaires, Peladans:*** Charles Baudelaire (1821-1867), frz. Dichter, Kunstkritiker und Essayist; Hauptwerke: »Les Fleurs du Mal« (1857); »Les paradis artificiels« (1861).

Joséphin Péladan (eig. Joseph Péladan) (1859-1918), frz. Schriftsteller, »eine der skurrilsten Figuren in der an Exzentrikern reichen Literatur des französischen Fin de Siècle« (Kindlers Neues Literaturlexikon). Sein Hauptwerk ist der 14bändige Romanzyklus »La Décadence Latine. Ethopée« (Der Niedergang der lateinischen Rasse. Sittenbild), 1884-1924. Die deutsche Übersetzung von E. Schering (12 Bände) erschien in München 1911-1925.

– ***Papus:*** Papus [d. i. Girard Encausse]: Die Grundlagen der okkulten Wissenschaften [Traité élémentaire des sciences occultes]. Übersetzt aus dem Französischen von Adolf Weiss. Wien (Stein-Verlag) 1926.

– ***»Dogma der hohen Magie« von Eliphas Levi:*** Eliphas Levi [d.i. Alphons Louis Constant]: Gesamtwerk. Planegg bei München (O. W. Barth Verlag). Dogma und Ritual der Hohen Magie. Bd. 1: Dogma (Hrsg. v. Fritz Werle), 1927; Bd. 2: Das Ritual, 1927.

– ***die Lektüre Meyrinks:*** Gustav Meyrink (1868-1932), satirischer und okkulter Schriftsteller; Mitarbeiter des »Simplicissimus«; trat 1927 vom Protestantismus zum Mahajana-Buddhismus über. Werke: Satirische Erzählungen: »Des deutschen Spießers Wunderhorn«, 3 Bde., München 1913; »Fledermäuse« (1916); Romane: »Der Golem« (1915); »Das grüne Gesicht«

(1916); »Walpurgisnacht« (1917); »Der Engel vom westlichen Fenster« (1927). Die Ausgabe des »Golem« (Leipzig: Kurt Wolff Verlag) mit dem Namenszug »Speedy Schlichter« hat sich in der Bibliothek Schlichter erhalten.

S. 25 *das Verdienst Speedys:* Seine folgenreiche Begegnung 1927 mit der aus Genf gebürtigen Elfriede Elisabeth Koehler (1902-1975), genannt Speedy, die er am 23. 12. 1929 in Berlin heiratete, schildert Schlichter ausführlich in seinem ersten Buch »Zwischenwelt. Ein Intermezzo« (1931, Schlichter 1994).

– *einen netten Freundeskreis:* Die Jurastudenten waren Otto Blessing (1910-?, vgl. Anm. zu S. 61) und der »vielversprechende Poet« Dieter Sekler (1913-1941, vgl. Anm. zu S. 177).

– *Vielleicht hat Ihnen Herr v. Salomon davon erzählt:* Aus den Briefen Ernst v. Salomons im Archiv Ernst Jünger geht nichts dazu hervor.

– *Rat des alten Goethe:* Die von Schlichter zitierte Stelle findet sich in einem Brief Goethes an Schiller aus Weimar vom 27. 7. 1799, also einige Zeit vor den »Freiheitskriegen«, und lautet im Zusammenhang: »Die neusten Erfahrungen haben mich aufs neue überzeugt: daß die Menschen statt jeder Art von echter theoretischer Einsicht nur Redensarten haben wollen, wodurch das Wesen, das sie treiben, zu etwas werden kann. Einige Fremde, die unsere Sammlung besuchten, die Gegenwart unserer alten Freundin, und über alles das sich neu konstituierende Liebhabertheater haben mir davon schreckliche Beispiele gegeben und die Mauer, die ich schon um meine Existenz gezogen habe, soll nun noch ein paar Schuhe höher aufgeführt werden.« Vgl. Der Briefwechsel zwischen Schiller und Goethe. Hrsg. v. Paul Stapf. Wiesbaden (Emil Vollmer) o. J., Nr. 632, S. 620 f. Die Stelle ermittelte die Tübinger Arbeitsstelle Goethe-Wörterbuch.

S. 26

Ernst Jünger an Rudolf Schlichter , e. Pk. m. U., 22. Oktober [1935]; Datum des Poststempels »Goslar 22.10.35«

S. 27 ***vielleicht bringe ich A. P. Weber mit:*** Weber hatte an Jünger am 9. 8. 1935 geschrieben (1 Bl., 2 S.), er wolle »gern einmal zu Ihnen kommen - um Ihre graphischen Schätze zumal von Schlichter und auch den R.[udolf] Krüger ansehen zu können - das interessiert mich außerordentlich.« In einem undatierten Brief (1 Bl., 2 S.), vermutlich Herbst 1935, fragte Weber bei Jünger an: »Wann fahren Sie zu Schlichter und Kubin im Dez.[ember] (...). Ich hoffe [?] noch immer, daß ich im Oktober nochmal nach Stuttgart fahren werde - dann besuche ich auch Schlichter. Ich habe einen recht *nachhaltigen* Eindruck von seinen Arbeiten mit heim genommen.« Archiv Ernst Jünger, Wilflingen. Zu dieser Begegnung ist es nicht gekommen; vgl. den Bf. Schlichters an Ernst Niekisch v. 31. 12. 1935, S. 41 f.

S. 27

Ernst Jünger an Rudolf Schlichter, e. Pk. m. U., Goslar, 28. Oktober 1935

S. 27

Ernst Jünger an Rudolf und Speedy Schlichter, e. Pk. m. U., Goslar, 17. November [1935]

S. 27 ***Martin v. Katte:*** Martin von Katte (1896-1988) war bis zum Ende des Zweiten Weltkriegs Herr auf Zolchow im Elb-Havel-Winkel (Altmark). Der »Urfreund« Ernst Jüngers (vgl. Ernst Jünger: *Wilflingen, 17. März* 1990. In: Siebzig verweht IV. Stuttgart (Klett-Cotta) 1995, S. 403) lebte nach dem Krieg zwei Jahre bei Friedrich Georg Jünger in Überlingen. Er schrieb Gedichte und wurde 1960 von der Bayerischen Akademie der schönen Künste geehrt. Werke: »Ein Gedicht«, Berlin (Pons-Verlag) 1926 (vgl. Otto Heuschele (Hrsg.): Junge deutsche Lyrik. Leipzig (Philipp Reclam jun.) 1928, S. 114-123; Foto im Anhang); »Der Nebelstein. Gedichte«, Stuttgart (Klett-Cotta) 1978; »Schwarz auf Weiß. Erinnerungen«, Berlin (Siedler) 1987.

S. 28 ***»Atlantis«:*** Rudolf Schlichter: Atlantis vor dem Untergang, 1934, Tuschfederzeichnung, 63 × 49 cm; von Ernst Jünger bei seinem Besuch in Rottenburg um den 11. November 1935 erworben; heute im Wilflinger Arbeitszimmer [Abb. 10]; vgl. Tübingen/Wuppertal/München 1997/98, Kat.-Nr. 146. Zu »Atlantis vor dem Untergang« gibt es zwei motivische Gegenstücke:

Nr. 1: Rudolf Schlichter: Die Messingstadt (1941, Abb. 29b). Ernst Jünger bemühte sich mehrfach vergeblich um dieses »Blatt über meinen Liebling Emir Musa (...) Ich brauche es als Pendant für das Atlantisstück - das wäre dann höchster Orient und Occident.« Vgl. den Bf. Ernst Jüngers v. 11. 6. 50, S. 243 f. Gemeint ist hier jedoch mehr die Zeichnung »Emir Musa« [Abb. 29c].

Nr. 2: Rudolf Schlichter: Illustration zu Adalbert Stifter: Die Narrenburg. 2. Das graue Schloß. In: Adalbert Stifter: Die Scharnast-Erzählungen. Mit 12 Zeichnungen von Rudolf Schlichter. Textrevision und Nachwort von Dr. Max Stefl. Königsberg i. Pr. (Gräfe & Unzer) 1942, n. S. 54. Originalzeichnung (72,5 × 50 cm) in Privatbesitz [Abb. 30]

– ***Buch (...) über die Graphik von Weber:*** A. Paul Weber. Zeichnungen, Holzschnitte und Gemälde. Mit einer Einführung von Dr. Hugo Fischer. I. Band mit 98 Abbildungen. Berlin (Widerstands-Verlag) 1936.

S. 28

Ernst Jünger an Rudolf Schlichter, e. Pk. m. U.,
Goslar, 29. November 1935

S. 28 *bekam ich von Frau Masseck die Anzeige:* Anzeige im Archiv Ernst Jünger nicht erhalten. Richard Masseck war ein Berliner Journalist, der noch in Rottenburg bei Schlichters wohnte. Als Masseck sich den Nationalsozialisten anschloß, beendete Schlichter die Freundschaft. Materialien zu Richard Masseck (?-1935) im NL Rudolf und Speedy Schlichter: Briefentwurf Speedy Schlichters an Frau Masseck [Richards Mutter] in: »Notizen 1935«; Brief Rudolf Schlichters an Speedy mit Vorwürfen wg. Richard Masseck und Ernst v. Salomon; Rudolf Schlichters Portraitzeichnung 1931, 59 × 46 cm, Galerie Hasenclever, München, mit Schlichters Widmung »Für Speedy / 1931« und dem hs. Zusatz »La vie n'est pas une aventure / Richard 1931«. Abb. (ohne die Widmungen) unter dem Titel »Der Dichter Richard Masseck«. In: Der Kunstwart, 45. Jg., Okt. 1931-September 1932, H. 5, Februar 1932, S. 305.

– ***Ihre Novelle:*** Rudolf Schlichter: Albwanderung, vgl. den nächsten Bf. von Schlichter.

– ***das Buch über Weber:*** Weber 1936, vgl. Bf. Ernst Jüngers v. 17. 11. 1935, S. 28.

Rudolf Schlichter an Ernst Jünger, e. Bf. m. U.,
Rottenburg, 2. Dezember 1935, 1 Bl., 2 S.

S. 29 *in Stuttgart fest gemietet:* Die neue Adresse lautete: Neue Weinsteige 5.

– ***Die Nachricht von Massecks Tod erhielten wir von Schöningh:*** Zum Tod Richard Massecks s. den vorhergehenden Bf.; Franz Joseph Schöningh (1902-1960) war Schriftsteller und Redakteur und gab seit 1949 die - 1941 verbotene - Zeitschrift »Hochland« neu heraus. Schöningh hatte 1932 in dem Artikel »Rudolf Schlichter« (in: Der Kunstwart, 45. Jg., H. 5, Februar 1932, S. 329-331) darauf hingewiesen, daß »der Erzähler und der Maler Schlichter auch innerlich zusammen (gehören)« (S. 329); als Erzähler sei Schlichter sogar »von einer auffallenden und ursprünglichen Begabung« (S. 331).

– ***meine Novelle »Albwanderung«:*** Unter dem Titel »Eine Albwanderung« hat sich im NL Schlichter ein hs. Entwurf erhalten, der mit der Druckfassung »Juratäler« (in: Frankfurter Zeitung, 86. Jg., Nr. 192 vom 16. u. 17. 4. 1942, Schlichter 1995, S. 79-94) weitgehend übereinstimmt.

– ***Landschaftsbuch:*** vgl. Anm. zu S. 12 u. S. 21.

S. 30 *unser großer Dschinni aus Tübingen:* Die Dschinni bilden »die dritte Klasse erschaffener Wesen neben Engeln und Menschen. Vor allem stehen sie als *irdische* Wesen im Gegensatz zu den Engeln. Sie sind teils Ungläubige, teils Moslems. Die Moslems unter ihnen sind den Menschen freundlich gesinnt und erkennen sie als höhere Wesen an.« Vgl. Sachregister. In: Die Erzählungen aus den Tausendundein Nächten. Bd. 12.

Leipzig (Insel-Verlag) 1918, S. 326. Bibliothek Schlichter. Scherzhaft ist damit vermutlich Dr. Carlo Schmid (1896-1979) gemeint. Der Völkerrechtler und Politiker (SPD) trat auch als Übersetzer hervor (u. a. Baudelaire: Les Fleurs du Mal). Carlo Schmid gehörte mit dem Ehepaar Hedwig und Gustav Adolf Rieth zum Tübinger Freundeskreis der Schlichters.

– ***den Ordensbrüdern vom siebenten Ring:*** vermutlich scherzhaft auf den Gedichtband »Der Siebente Ring« (1907) und damit auf den Kreis um den Dichter Stefan George (1868-1933) bezogen. Aus der »Gesamt-Ausgabe der Werke / Endgültige Fassung« (alle Berlin: Georg Bondi) sind in der Bibliothek Schlichter mit handschriftlichen Eintragungen von (vermutlich) Carlo Schmid auf den Vorsätzen erhalten: »Der Siebente Ring« (mit der Eintragung »... come l'uom' s'eterna / In memoriam id. dec. 1933«); »Der Stern des Bundes« (mit der Eintragung: »Surgenti lucifero!«); »Das Neue Reich« (mit der Eintragung auf dem Titel: »Hic et nunc! / 1. III. 34.«). Hedwig Rieth erinnert sich, wie Carlo Schmid in ihrem Haus aus Stefan Georges Gedichtband »Der Siebente Ring« (1907) vorlas. Rudolf Schlichter bekam daraufhin einen Lachkrampf, stürzte nach draußen, saß dort vor der Türe und konnte nicht mehr aufhören zu lachen. Im NL Rudolf Schlichter hat sich das Werkfoto einer Portraitzeichnung »Landrat Dr. Schmid« (um 1947) erhalten.

– ***»Wird es dem hohen Geistesfürsten gefallen (...)«:*** Floskel aus »Tausendundeine Nacht«.

– ***Herings »Der Mond braust durch das Neckartal«:*** Theodor Haering: »Der Mond braust durch das Neckartal...« Ein romantischer Spaziergang durch das nächtliche Tübingen nebst allerlei nützlichen und kurzweiligen Betrachtungen über Gott und Welt / Raum und Zeit / Natur und Geist und insonderheit über die Menschen untereinander von Theodor Haering Bürger zu Tübingen. Tübingen (Rainer Wunderlich Verlag (Hermann Leins)) 1935.

S. 31 ***Horatio Cokles:*** Publius Horatius Cocles aus dem altrömischen Patriziergeschlecht der Horatier wird die Verteidigung der römischen Tiberbrücke gegen den Etruskerfürsten Porsenna im Jahr 507 v. Chr. zugeschrieben.

– ***ein neues Ölbild:*** Rudolf Schlichter: »Im Mittag glüht die gelbe Klippe«, Ölgemälde, 1935. Maße und Verbleib unbekannt, vermutlich eine frühere Version des ebenfalls verschollenen Bildes »Jurafelsen«. Werkfoto Archiv Ernst Jünger, Wilflingen [Abb. 20].

– ***Vogel Rukh***: Der Vogel Rukh, Rockh oder Roch ist eine Figur der Erzählungen aus »Tausendundeine Nacht«, wie in der »Geschichte Abd al-Rahmans, des Maghribi, vom Vogel Rukh« (in Schlichters zwölfbändiger Ausgabe, Leipzig (Insel) 1907, Bd. 6, S. 139-141). Mit dem Riesenvogel macht Sindbad, der Seefahrer, Bekanntschaft auf seiner zweiten und fünften Reise (a. a. O., Bd. 7). An die erwähnte sehr gute, exakte Zeichnung erinnerte sich Ernst Jünger in einem Gespräch mit dem Herausgeber am 4. 3. 1997: Der »Vogel Rock, da ist also ein Dämon, der wird ja von dem Vogel entführt, und der drückt ihm irgendwie ein Auge aus, das war ein sehr erregendes Bild.« Das Blatt hat sich bei Ernst Jünger nicht erhalten. Es war ausgestellt 1936 in der Stuttgarter Ausstellung bei Hugo Borst. Vgl. Hans Hildebrandt: Rudolf Schlichter. In: Deutsche Zukunft, Sonntag, 17. 1. 1937, S. 8. Eine ähnliche

Entführungsszene zeigt Schlichters spätere Tuschfederzeichnung »Der Vogel Rukh« (1945, 45,3 × ca. 66 cm), Städt. Galerie im Lenbachhaus, München. Unter Schlichters Zeichnungen zu »Tausendundeine Nacht« ist auch der »Vogel Roch« zu sehen. Vgl. Schlichter 1993, S. 55.

– ***Marku:*** Valeriu Marcu (1899-1942), Historiker und Publizist rumänischer Abstammung. Werke: Schatten der Geschichte. 15 europäische Profile. Berlin, Hamburg (Hoffmann & Campe) 1926; Lenin. 30 Jahre Rußland. Leipzig (List) 1927; Das große Kommando Scharnhorst. Die Geburt einer Militärmacht in Europa. Leipzig (List) 1928; Die Geburt der Nationen. Von der Einheit des Glaubens zur Demokratie des Geldes. Berlin (S. Fischer) 1931. Die Vertreibung der Juden aus Spanien. Amsterdam (Querido) 1934 [Neuausgabe, mit einem ausführlichen biographischen Nachwort von Andrei Corbea, München (Matthes & Seitz) 1991]; Machiavelli. Die Schule der Macht. Amsterdam (Allert de Lange) 1937 [Neuausgabe München, Matthes & Seitz, 1994]. Zum Briefwechsel Ernst Jünger / Valeriu Marcu vgl. Der Pfahl. Jahrbuch aus dem Niemandsland zwischen Kunst und Wissenschaft. Bd. V. München (Matthes & Seitz) 1991, S. 119-127 (Mühleisen 1996, Nr. 1174). Vgl. a. Ernst Jünger: *Mauritius, 20. September 1989.* In: Ders.: Siebzig verweht IV. Stuttgart (Klett-Cotta) 1995, S. 370 f.

Schlichter, seit 1924 Schriftführer der »›Roten Gruppe‹. Vereinigung kommunistischer Künstler«, unterhielt zu Marcu in Berlin während der Zeit terroristischer »Expropriationen« offenbar nähere Beziehungen. Im Entwurf der drei Bände seiner Autobiographie heißt es zu Band 2 »Die Unterwelt« nach und vor Erwähnungen von Überfällen: »(...) Ich werde Sitzredakteur für Valeriu Marku, Chronik des Faschismus (...)«. (3 Bl., 3 S., hier Bl. 2, NL Schlichter).

Rudolf Schlichter an Ernst Jünger, e. Bf., m. U.,
Rottenburg, 5. Januar 1936, 2 Bl., 4 S.
Anlage: Rudolf Schlichter an Ernst Niekisch, masch. Bf. m. U.,
Rottenburg, 31. Dezember 1935, 3 Bl., 6 S.

S. 32 ***das Buch über Paul Weber:*** Weber 1936.

– ***beigelegten Brief:*** nicht erhalten.

– ***Vorrede Herrn Fischers:*** Das Vorwort Hugo Fischers (in: Weber 1936, S. 3-36) hat zwei Teile: »Webers künstlerische Welt« mit den Abschnitten »Die Naturnähe der Weberschen Kunst« (S. 3-11) und »Webers Kunst als ein ›Spiegel der Welt‹« (S. 12- 27) sowie den Teil »Webers Stil: Realismus und Aktualität« (S. 28-36). Fischer sieht bei Weber »eine tiefere Verwandtschaft mit Grimmelshausen« (S. 3) und nennt ihn »ein Naturkind« (S. 6): »Sein natürlicher Instinkt für das Richtige scheint unmittelbar die zeichnende Hand selbst zu führen (...) (S. 9). Webers Kunst sei vor allem gegen die von Nietzsche konstatierte »Verhäßlichung aller Dinge« (S. 17) gerichtet: »Das Häßliche wird aufgescheucht, und es verliert sein gutes Gewissen.« (S. 21). »Die totale Häßlichkeit« sei nichts anderes als die zerstörte »Schönheit« (S. 23). Webers Kunst sei »aktuell« als Verweis in die Zukunft: »Die Phantasie ist auch politisch schöpferisch, und die Organe des Künstlers reichen eine wesentliche Strecke in jene Phantasielandschaft hinein, nach deren Vorbild aktive Politiker an der Landschaft der zukünftigen Wirtschaft und des Imperiums der Zukunft modellieren.« (S. 33) Opfere sich »eine Existenz heroisch für den geschichtlichen Auftrag«, sei sie »schön« und könne so auch vom Künstler »ins Buch der Schönheit« eingezeichnet werden (S. 35). Der

Text schwankt zwischen Phrase und Kalkül und dürfte Schlichter schon aufgrund seiner Uneindeutigkeit mißfallen haben.

– ***das Portrait Herrn Petras:*** A. Paul Weber: Portrait Otto Petras (o. J., 75 × 70 cm; Abb. in: Weber 1936, Tafel 81). Otto Petras (1886–ca. 1945/46), ehemaliger evangelischer Pfarrer, war später Anhänger Ludendorffs. »Der Titel seiner Schrift: ›post Christum‹ wurde im Kampf der Weltanschauungen geradezu ein bekanntes Schlagwort.« Vgl. Mohler 1994, S. 466 f. Petras' Dissertation »Der Begriff des Bösen in Kants Kritizismus und seine Bedeutung für die Theologie« von 1913 (Osterwieck, Harz: Zickfeldt) erschien erneut 1918 in Leipzig (J. E. Hinrichs). Vor »Post Christum« (1935) verlegte Ernst Niekisch im Berliner Widerstands-Verlag bereits zwei Titel von Otto Petras: »Der deutsche Protestantismus auf dem Wege nach Rom 1530–1930 (1929, ^{4}1932) und den Vortrag »Luther und wir« (1932).

S. 33 ***»Post Christum«:*** Otto Petras: Post Christum. Streifzüge durch die geistige Wirklichkeit. Berlin (Widerstands-Verlag) 1935.

S. 35 ***Bezüglich des Buches von Bernanos:*** Georges Bernanos: Ein Verbrechen [Un crime, 1935]. Übertragen von Jakob Hegner. Hellerau (J. Hegner) 1935; Die Sonne Satans [Sous le soleil de Satan, 1926]. Ein Roman. Übertragen von Fritz Burschell. Hellerau (J. Hegner) 1927.

– ***wie ich Ihnen schon schrieb:*** Das Schreiben Schlichters über Bernanos ist nicht erhalten.

– ***Das Bild, das Herr Weber von Ihnen malte:*** A. Paul Weber: Portrait Ernst Jünger (1935, 95 × 85 cm); Abb. in: Weber 1936, Tafel 88; Schwilk 1988, S. 148.

S. 36 ***Kubin:*** Alfred Kubin (1877-1959), österreichischer Zeichner und Schriftsteller. Die enge Beziehung zu Ernst Jünger dokumentiert der Briefwechsel Jünger/Kubin 1975 aus den Jahren 1921 bis 1952. Jünger schrieb schon 1929 im »Widerstand« (4. Jg., H. 3., S. 76-81) über Kubins Roman »Die andere Seite«. Den Aufsatz »Alfred Kubins Werk«, in: Hamburger Nachrichten. Hamburg. 140. Jg., Nr. 606 vom 30.12.1931, S. 1-2 veröffentlichte Jünger erneut im »Widerstand« (8. Jg., 1933, H. 1, S. 24-27) und nahm ihn später unter dem Titel »Die Staubdämonen. Eine Studie zum Untergange der bürgerlichen Welt« in den Band »Blätter und Steine« (1934, S. 99-106) auf (Mühleisen 1996, Nr. 379, 434 und 448). Alfred Kubin illustrierte 1944 Jüngers Buch »Myrdun. Briefe aus Norwegen« mit 14 Federzeichnungen. Erstmals erschien diese Ausgabe 1948 in Zürich (Verlag der Arche) (Mühleisen 1996, Nr. 57).

– ***Großz:*** Schlichters eigenwillige Schreibweise des Namens seines alten Freundes, des Malers und Zeichners George Grosz (eigentlich Georg Ehrenfried Groß, 1893-1959). Grosz und Schlichter gehörten 1920 »zum ersten Berliner Dadastoßtrupp« (Schlichter 1949, S. 51). Sie waren wichtige Mitarbeiter im Berliner Malik-Verlag um Wieland Herzfelde und John Heartfield und arbeiteten mit an der Zeitschrift »Der Gegner. Blätter zur Kritik der Zeit« (1919-1922). Schlichter und Grosz gehörten 1920/21 zur »Opposition der Novembergruppe« und bildeten 1924 die »Rote Gruppe. Vereinigung kommunistischer Künstler«; Grosz war deren Präsident, Schlichter ihr »Schriftführer« (vgl. Manifeste. Manifeste. 1905-1933.

Schriften deutscher Künstler des zwanzigsten Jahrhunderts. Bd. 1, gesammelt und hrsg. v. Diether Schmidt. Dresden (VEB Verlag der Kunst) o.J., S. 319). Gemeinsam arbeiteten die Freunde sodann bis zu deren Einstellung 1927 an der kommunistischen satirischen Wochenschrift »Der Knüppel«.

Noch im selben Jahr gingen die politischen und künstlerischen Wege der Freunde, die von der Kunstkritik als parallele Erscheinungen gewürdigt wurden, auseinander. Schlichters Atelierverhältnis zum Kommunismus mit den Requisiten Hammer, Sichel und Faust und seine Neuorientierung am Katholizismus als Spielart seiner sexuellen Obsessionen zeigt George Grosz 1929 in dem Ölbild »Rudolf Schlichter« (190 × 140 cm. Nachlaß George Grosz. Kat. Ausst. Berlin 1995, Nr. IX.45, S. 369). Schlichters Schwenk zum Nationalismus wurde von Grosz 1930 ebenfalls sarkastisch kommentiert: »Mein alter Freund Schlichterrudi ist auch ganz umgeschwenkt, und sein bester Freund ist derzeit jener Ernst v. Salomon, der beim Rathenaumord mithalf. Tolle Welt, kann man da nur sagen. Die Jungs, die sich in die Hosen schissen wenn nur eine Flinte knallte, werden auf einemmale heroisch und beten das mystisch=nationale Blutopfer an. Rätselhaftes Deutschland ... Überraschung von Übermorgen. Trotzdem, allzuweit werden die Nazis ja auch nicht kommen. Augenblicklich geht eben das allbekannte Pendel mal nach rechts. Historischer Realismus, wie einer der Führer der Nazielite es nennt, ist Trumpf. Musst Dich gelegentlich mit den rechten Enzyklopädisten vertraut machen. Lies mal Jünger, ›in Stahlgewittern‹ ... als Ergänzung dann Günthers Rassenlehre. Einfach toll ... oder wie Aloysius sagte: Ja ja ... liebe Frau. (...)«. Vgl. George Grosz: Brief an Mark Neven DuMont. Ahrenshoop, 16. September 1930. In: George Grosz: Teurer Makkaroni! Briefe an Mark Neven DuMont.

1922-1959. Hrsg. v. Karl Riha in Zusammenarbeit mit Angela Merte. Berlin (Argon) 1990, S. 164.

Die Wege der beiden Freunde trennten sich 1933 endgültig: Grosz ging ins Exil nach Amerika; Schlichter setzte sich im »Dritten Reich« zwischen alle Stühle. Im Briefwechsel nach dem Krieg zwischen 1948 und 1953 kommt trotz der sarkastischen Schilderungen von Grosz aus Amerika und trotz Schlichters ungebrochener Kampflust gegen die dominierende abstrakte Kunst kein wirklicher Dialog mehr zustande. Vgl. Schlichter 1995, S. 285-338.

– ***Klage Hölderlins im Hyperion:*** Schlichter zitiert etwas frei nach: Hölderlin: Sämtliche Werke. Zweiter Band. Besorgt durch Friedrich Seebass. Gedichte / Hyperion / Briefe / 1794-1798. (Historisch-Kritische Ausgabe / Begonnen durch Norbert v. Hellingrath / Fortgeführt durch Friedrich Seebass und Ludwig v. Pigenot). Berlin (Propyläen-Verlag) 1923, S. 283 [Zweiter Band. Zweites Buch: »Hyperion an Bellarmin / So kam ich unter die Deutschen. (...)« (S. 282)]. Die sechsbändige Werkausgabe befindet sich in der Bibliothek Schlichter.

– ***das schauerliche Scheitern dieser (...) Geister:*** Vgl. Schlichters Hegel-Kritik in seinem Gedicht »Stuttgart« (Ts., 2 Bl., 3 S.): »(...) Oh Stadt! die Du gebarst aus Deinem stolzen Schosse / Des Weltenunheils düstren Wegbereiter, / Den Teufelsschüler, Himmelsstürmer, Weltgeistusurpator, / Der frevelnd sich vermass, gottfern und hochmutsvoll / Den ew'gen Gott zu sperren in das starre Prunkgewand des Staates / Und, so des echten Reiches würdige Gestalt verkehrend, / ein wüstes Afterbild von Riesenausmass sich erschuf. (...)« In: Schlichter 1997.

– ***Marku:*** Valeriu Marcu, vgl. Anm zu S. 31.

S. 37
Rudolf Schlichter an Ernst Niekisch,
masch. Briefdurchschlag o. U.,
Rottenburg a. N., 31. Dezember 1935, 3 Bl., 6 S.;
Anlage zum Bf. Schlichters an Ernst Jünger vom 5. Januar 1936.

Der Originalbrief Schlichters hat sich im NL Ernst Niekisch im Bundesarchiv Koblenz erhalten (N 1280 Niekisch/Vorl. 45 d). Die »Anlage« hat im Vergleich mit dem Originalbrief hs. Zusätze Schlichters, die wie folgt kursiv kenntlich gemacht werden: 2. Absatz: »Es wäre doch viel wichtiger (…) Wort ›westlich‹ *hier* gemeint ist.« ebd.: »Meint Herr Fischer (…) mit einem Wort das, was man *heute* Nationen nennt (…)«. 3. Absatz, letzter Satz: »(…) der Jobberjargon (…) hat ja nichts mehr mit der Sprache gemein *er entspricht eher einem gewissen jiddisch!*«. Der Originalbrief enthält dagegen die hs. Unterschrift sowie die Nachschrift Schlichters.

– ***das mit Spannung erwartete Buch Webers:*** Weber 1936.

– ***tendenziöse Konstruktionen:*** vgl. Anm. zu S. 32.

S. 38 ***Nicht umsonst hat Nietzsche (…) gewarnt:*** »Es ist für ein Volk klug, sich für tief, für ungeschickt, für gutmüthig, für redlich, für unklug gelten zu *lassen:* es könnte sogar - tief sein! Zuletzt: man soll seinem Namen Ehre machen, - man heißt nicht umsonst das ›tiusche‹ Volk, das Täusche=Volk.« - Vgl. Friedrich Nietzsche: Jenseits von Gut und Böse. Vorspiel einer Philosophie der Zukunft. (1886). Achtes Hauptstück: Völker und Vaterländer, Nr. 244. In: Ders.: Jenseits von Gut und Böse / Zur Genealogie der Moral. Aus dem Nachlaß 1885-1886. Nietzsches Werke, Bd. VIII. Leipzig (Kröner) 1919, S. 211. Bibliothek Schlichter. Die Recherche unterstützte Frau Dr. Roswitha Wollkopf, Stiftung Weimarer Klassik, Goethe- und Schiller-Archiv, Weimar.

– ***wenn er von Deutschland als dem Flachlande Europas sprach:*** »Deutschland gilt immer mehr als Europa's Flachland.« Vgl. Friedrich Nietzsche: Götzen-Dämmerung. Was den Deutschen abgeht, 3. In: Nietzsches Werke. Bd. X. Leipzig (Kröner) 1921, S. 287. Bibliothek Schlichter.

S. 40 ***Ohne Daumier und Doré, ohne Rowlandson und Newton:*** Honoré Daumier (1808-1879), frz. Maler, Zeichner (bes. Karikaturen) und Bildhauer; Gustave Doré (1832-1883), frz. Zeichner und Maler; Thomas Rowlandson (1756-1827), engl. Karikaturist; Gilbert Stuart Newton (1794-1835), engl. Zeichner. Die weniger bekannten englischen Zeichner Rowlandson und Newton werden 1926 auch von dem mit Schlichter bekannten Kunstkritiker Carl Einstein im Zusammenhang zweier Ausstellungstexte zu George Grosz erwähnt. Vgl. Carl Einstein: Werke Band 2. 1919-1928. Hrsg. v. Marion Schmid unter Mitarbeit von Henriette Beese und Jens Kwasny. Berlin (Medusa) 1981, S. 335 (Rowlandson) und S. 338 (Newton).

S. 40 ***hierin bin ich wie Nietzsche es forderte, ein guter Europäer:*** »(...) Aber wir, die wir weder Jesuiten, noch Demokraten, noch selbst Deutsche genug sind, wir *guten Europäer* und freien, *sehr* freien Geister - wir haben sie noch, die ganze Noth des Geistes und die ganze Spannung seines Bogens. (...)«. Friedrich Nietzsche: Jenseits von Gut und Böse. Vorspiel einer Philosophie der Zukunft. (1886). Vorrede. In: Ders.: Jenseits von Gut und

Böse / Zur Genealogie der Moral. Aus dem Nachlaß 1885-1886. Nietzsches Werke, Bd. VIII. Leipzig (Kröner) 1919, S. 5. Bibliothek Schlichter. »Wir ›guten Europäer‹: auch wir haben Stunden, wo wir uns eine herzhafte Vaterländerei, einen Plumps und Rückfall in alte Lieben und Engen gestatten (...).« A. a. O., Achtes Hauptstück: Völker und Vaterländer, Nr. 241, S. 204. Vgl. a. Nr. 243 (S. 208).

– ***»Die Pflege des schönen Scheins (...)«:*** Die Nietzsche-Stelle wurde nicht ermittelt.

S. 41 ***jene ominöse Seelenverwandtschaft mit dem Osten (...) Bismark:*** Die Bismarck-Stelle wurde nicht ermittelt.

S. 42 ***Die beiden Bände meiner Autobiographie:*** Rudolf Schlichter: Das widerspenstige Fleisch. Berlin (Rowohlt) 1932; Tönerne Füße: Berlin (Rowohlt) 1933. Neuausgaben Schlichter 1991 u. 1992.

– ***eine Landschaftsschilderung:*** vermutlich Rudolf Schlichter: Eine Albwanderung (1935), vgl. Anm. zu S. 29.

S. 43
Ernst Niekisch an Rudolf Schlichter,
masch. Bf.durchschlag o. U.,
o. O., 14. Januar 1936, 2 Bl., 3 S.,
Bundesarchiv Koblenz, N 1280 Niekisch/ Vorl. 45 d

S. 43 ***Hielscher:*** Friedrich Hielscher (1902-1990), Dr. jur., Publizist und Schriftsteller in Berlin. »Einer der führenden, kreisbildenden Köpfe unter den Nationalrevolutionären (...). Tritt in Ernst Jüngers Tagebüchern als ›Bodo‹ oder ›Bogo‹ auf.« Vgl. Mohler 1994, S. 450.

S. 44 ***Pirandello:*** Rudolf Schlichter: Portrait des italienischen Dramatikers Luigi Pirandello [1867-1936], um 1930, Maße und Verbleib unbekannt [Abb. 3]. Abb. und Bildunterschrift in: General-Anzeiger, Reutlingen, vom 4. 2. 1933 zum Artikel »Rudolf Schlichter / ein feiner Mensch, ein großer Maler unserer Zeit« von Gustav Adolf Rieth. Eine Anfrage im Centro Nazionale di Studi Pirandelliani, Agrigento, ergab, daß das Bild der Pirandello-Forschung bislang unbekannt war.

– ***das Portrait Ihrer Frau:*** vermutlich das Portrait Speedy Schlichter, 1934 [Abb. 11].

– ***die Verspottung Christi:*** Rudolf Schlichter: Verspottung Christi, 1933. Vgl. Tübingen / Wuppertal / München 1997/98, Kat.-Nr. 145.

– ***Ihre Skizze »Albwanderung«:*** vgl. Anm. zu S. 29.

S. 45
Ernst Jünger an Rudolf Schlichter, masch. Bf. m. U.,
Goslar, 14. Januar 1936, 1 Bl, 2 S.; Bundesarchiv Koblenz, N 1280 Niekisch

S. 46 ***»An die Schönheit«:*** Rudolf Schlichter: An die Schönheit. Ölgemälde, 1935, vgl. Anm. zu S. 11 [Abb. 13].

– ***was mein Bild (...) betrifft:*** A. Paul Weber, Portrait Ernst Jünger, 1935, vgl. Anm. zu S. 15; vgl. Schlichters Bf. v. 5. 1. 1936, S. 35.

– ***Ihr Portrait von Ernst v. Salomon:*** Rudolf Schlichter: Ernst v. Salomon, Portrait, Ölgemälde, um 1930, Maße und Verbleib unbekannt. [Abb. 2]

– ***Ihr Bild von Speedy in der Mondlandschaft:*** Rudolf Schlichter: »Portrait meiner Gattin. / Öl 1933«. Maße und Verbleib unbekannt. Werkfoto im NL Schlichter mit e. rückseitiger Beschriftung Schlichters. Abb. in: 8 Uhr Abendblatt vom 20. 2. 1934 zum Artikel von Max Maximilian: »›Das ist meine Frau‹. Rudolf Schlichter und das Bildnis seiner Frau.« [Abb. 7]

S. 47 ***Ich erinnere Sie an Ihren geblendeten Mars:*** vielleicht Vorstufe - wie »Ende blinder Macht« (vgl. Anm. zu S. 11) - zu »Blinde Macht« (1937) [Abb. 18]

S. 48
Rudolf Schlichter an Ernst Jünger, masch. Bf. m. U. u. hs. Zusatz; Rottenburg, 2. Februar 1936, 2 Bl., 4 S.

S. 49 ***Boticelli:*** Sandro Botticelli (1445-1510), ital. Maler; ***Hieronymus Bosch:*** (um 1450-1516), niederl. Maler; ***Poussin:*** Gaspard Poussin (1615-1675), frz. Landschaftsmaler; ***Callot:*** Jacques Callot (1592-1635), frz. Holz- und Kupferstecher, Radierer; ***Grosz:*** George Grosz (vgl. Anm. zu S. 36); ***Pikasso:*** Pablo Picasso (1881-1973), span. Maler, Zeichner, Bildhauer, Keramiker und Dichter; ***Oberländer und Heinrich Kley:*** Adolf Oberländer (1845-1923), seit 1863 der populärste Zeichner der »Fliegenden Blätter«, seit 1869 auch für die »Münchner Bilderbogen«; neben Wilhelm Busch der bedeutendste deutsche Humorist der zweiten Hälfte des 19. Jh.; Heinrich Kley (1863-1945), humoristischer und satirischer Zeichner.

– ***Meine tristeste und sterilste Periode war die kurze Zeit, in der ich hundertprozentige Parteiideologie zeichnete:*** In einem Tagebuch der Jahre 1942-1945 hat Rudolf Schlichter unter dem Datum »Landsberg, 14. 10. 43« notiert: »(...) Wenn ich mir so gewisse Bilder

der Zeit zwischen 33 u. 39 ansehe, so faßt mich der Ekel. Wie schwach war ich doch! Wie bin ich doch diesen[!] scheußlichen Spießergeist der Teufel entgegengekommen, u. wie habe ich meine wahre Natur verleugnet. Wie gut war mein Schaffen in jener Übergangszeit zwischen 28 u. 32. Wie fruchtbar die Ansatzpunkte, die ich leider nachher zu gunsten einer dummen ideologisch unterbauten Schönfärberei verleugnete u. verließ. Wie geschah das? Nur darum geschah dies[,] weil auf Grund einer geistigen Trägheit die Entwicklung der intellektuellen Kräfte hinter dem Volumen der natürlichen Begabung zurückblieb. Ich wurde, leider durch eigene Schuld, ein Opfer der deutschen Dummheit, weil ich aus einem widerlichen Ressentiment heraus, aus einem feigen Fluchtbedürfnis diese Dummheit auch noch zur Opposition gegen das Bessere bejahte. Die Furcht sagt man, sei ein schlechter Ratgeber! Wahrhaftig, das habe ich am eigenen Leibe erfahren, denn alle Dummheiten auf künstlerischem Gebiet habe ich aus Furcht begangen. (...)«. NL Schlichter.

S. 50 ***Der Fall Bert Brecht:*** Der Dramatiker Bert Brecht (1898-1956) war in Berlin mit Rudolf Schlichter befreundet (vgl. Schlichter 1995, S. 381). Berühmt wurde Schlichters Brecht-Portrait (um 1926, Öl auf Leinwand, 75,5 × 46 cm, Städtische Galerie im Lenbachhaus, München; vgl. Tübingen / Wuppertal / München 1997/98, Kat.-Nr. 94). Ernst Jünger, der von sich sagte, er habe Schlichter Anfang der Dreißiger Jahre politisch »umgedreht«, hat eine für die Beziehung Schlichters zu Brecht in dieser Zeit bezeichnende Anekdote mitgeteilt, die Armin Mohler anführt: »Bert Brecht sucht S.[chlichter] zum Kommunismus hinüberzuziehen, indem er ihm ausführlich darlegt, daß alles, was Ernst Jünger und seine Freunde erzählten, Sch[eiße] sei. Brecht: ›Hast Du das begriffen?‹ Schlichter:

›Ja aber ich will meine *deutsche* Sch[eiße] meine *deutsche* Sch[eiße]!‹« Vgl. Mohler 1994, S. 472.

Eine auf den ersten Blick prägnante Erinnerung Ernst Jüngers an Brechts Kommentar über Schlichters Jünger-Portrait (um 1930) ist dagegen zu korrigieren. Der Schriftsteller und Dramaturg Heiner Müller (1929-1995) kam bei seinem Besuch 1988 in Wilflingen auf Brecht zu sprechen, verhörte sich allerdings bereits beim Namen des Malers: »(...) Ich fragte ihn, ob er in seiner Berliner Zeit vor 1933 Brecht getroffen habe, Jünger sagte ganz schnell: ›Nein, nie.‹ Dann mischte sich seine Frau ein, sagte: ›Aber du hast doch diese Geschichte mit Rudolf Schlichting[!] erzählt.‹ - ›Ach so, ja, ungefähr zwölfmal‹, sagte er, genauso schnell. Und dann erzählte er die Geschichte: Brecht stand vor dem Jünger-Porträt von Schlichting[!], einem Ölgemälde - die haben sich natürlich doch öfter getroffen: Carl Schmitt, Jünger, Brecht, Bronnen, ich glaube, auch Benn, es gab da eine Kneipe in Berlin, ›Zum schwarzen Ferkel‹ - jedenfalls stand Brecht vor dem Bild und sagte: ›Deutscher Kitsch‹. Das war vielleicht der Grund, warum Jünger, als ich ihn nach Brecht fragte, ganz schnell ›nein, nie‹ gesagt hat.« Heiner Müller: Ernst Jünger. In: Ders.: Krieg ohne Schlacht. Leben in zwei Diktaturen. Köln (Kiepenheuer & Witsch) 1992, S. 275-282, hier S. 278; in der erweiterten Neuausgabe 1994 ist der Name »Schlichter« (ebd.) richtig genannt. Das Ehepaar Jünger legt Wert auf die Feststellung, daß die von Heiner Müller mitgeteilte Version des Gespräches auf einem Mißverständnis beruht.

Augenzeuge einer kontroversen Begegnung zwischen Brecht und Jünger in Schlichters Berliner Atelier war der Fabrikant (Regnerbau Calw) und Freund Schlichters Heinrich Perrot (1900-1975): »(...) Am Nachmittag sollte ich nochmals bei Schlichters vorbeisehen. Als ich dort auftauchte, waren bereits andere Gäste anwesend. Ernst Jünger und ein Historiker namens [Wilhelm von] Schramm saßen um den runden Tisch und tranken Kaffee. Nach einer Viertelstunde erschien Berthold[!] Brecht, setzte sich auch dazu, an einer Zigarre saugend. Ich fühlte mich so, als ob ich von jeher zu diesen Leuten gehört hätte.

Jünger berichtete über das Buch, an dem er gerade arbeitete und das von Waffentechniken in einem neuen Krieg, den er für möglich hielt, handelte [vermutlich: Ernst Jünger (Hrsg.): Das Antlitz des Weltkrieges. Fronterlebnisse deutscher Soldaten. Berlin (Neufeld & Henius Verlag) 1930. Mühleisen 1996, Nr. 242; von Ernst Jünger selbst sind darin die Beitrage »Krieg und Lichtbild« (S. 9-11); »Stoßtrupps« (S. 93-96); »Der letzte Akt« (S. 105-111); »Krieg und Technik« (S. 222-237); »Das große Bild des Krieges« (S. 238-251)]. Es währte nicht lange, und in der Runde prallten die widersprüchlichsten Meinungen über Politik aufeinander. Ich bekam plötzlich große Angst und sagte das auch: ›Es schüttelt mich, wenn man, knapp nachdem der entsetzliche Krieg vorübergegangen ist, sich schon wieder mit dem Thema der Menschenvernichtung beschäftigt.‹ Jünger meinte trocken, mit einer gewissen Strenge in der Stimme, ›Kriege wird es immer geben‹, während ich Brecht, seinen Gegner, als meinen Bundesgenossen empfand. Daß die beiden Männer sich nicht grün waren, war ja körperlich spürbar. Speedy, die auch schweigen konnte, war dennoch im Kreis der Mittelpunkt. Ich hatte den Eindruck, als ob die Kontrahenten nur ihretwegen, vor ihr, so heftig miteinander debattierten und sich so großartig aufführten. Rudolf schwieg!« Vgl. Heinrich Perrot: Die Begegnung mit Rudolf und Speedy Schlichter. In: Perrot/Bauer S. 118-129, hier S. 128 f.

Die Verbindung zu Brecht blieb noch bis zur Silvesterfeier 1932 bestehen. Der Soziologe Fritz Sternberg (1895-1963), den Schlichter im Winter 1926/27 mit Brecht im berühmten Berliner Künstlerlokal »Schlichter« bekannt gemacht hatte, erinnert sich: »(...) Der Maler Rudolf Schlichter war damals mit rechten Nationalisten befreundet, aber seine persönlichen Beziehungen zu Brecht und mir blieben bestehen. Ebenso Brechts Beziehungen zu [Arnolt] Bronnen (...). Zu diesen Rechtskreisen gehörte auch Ernst von Salomon, und ich erinnere mich, daß diese drei mit einigen mir nicht bekannten Rechtsnationalisten in der Silvesternacht 1932 bei Brecht auf einen glücklichen unblutigen Rechtsputsch anstießen.« Vgl. Fritz Sternberg: Der Dichter und die Ratio. Erinnerungen an Bertolt Brecht. Göttingen (Sachse & Pohl) 1963, S. 37. In der Bibliothek Schlichters hat sich »Bertolt Brechts Hauspostille« (1927) erhalten.

S. 51 ***Kohlkopf von James Ensor (...) Dresden:*** James Ensor (1860-1949): Stilleben mit Rotkohl. Ölgemälde (80 × 100 cm), 1890. Dresdener Gemäldegalerie. Inventar-Nr. 2617. Erworben 1926. Abb. in: Dresdener Gemäldegalerie. Alte und neue Meister. Leipzig (VEB E. A. Seemann) 1985, Abb. 162. Vgl. die Erwähnungen Ensors in: Schlichter 1992, S. 258 (»Das gespenstig vibrierende Farbengerinnsel seiner merkwürdigen Maskenbilder und seltsam lebendigen, oft unheimlichen Stilleben, auf denen simple Kohlköpfe und Muscheln plötzlich ein zauberhaftes Leben gewannen, beeindruckten mich stark.«) u. S. 277; Schlichter 1995, S. 251.

– ***Das Bild »Liebe in mondloser Zeit«:*** Rudolf Schlichter: Liebe in mondloser Zeit. Ölgemälde, 1936. Maße und Verbleib unbekannt. [Abb. 15]. Vgl. die Beschreibung der Farben im Brief Schlichters vom 28. 3. 1936, S. 52.

– ***»Die Insel der Pinguine« von Anatole France:*** Anatole France: Die Insel der Pinguine (L'île des pingouins, 1907). Roman.

Deutsch von Paul Wiegler. München (Musarion) 1919. Im NL Schlichter befindet sich eine darauf beziehbare Illustration, numeriert »Bild 8«, mit der im Doré-Stil gehaltenen Erstürmung einer Burg. Speedy Schlichter hat auf der Rückseite des - wohl fälschlich auf 1932 datierten - Blattes notiert: »zu Anatole France, L'île des Pingouins / Livre III, (Chapitre IV) / Enfin, les Marsonins, ayant franchi les défilés, nurient le siège autour du monastère«.

S. 52 ***das erste Kapitel des dritten Bandes meiner Autobiographie angefangen. Es heisst: »1914. Die Verteidigung der Folterkammer«:*** Ein Wachstuchheft mit dem aufgeklebten Titel »Die Verteidigung der Folterkammer« enthält hs. 71 S. ohne Überschrift und 4 S. überschrieben »Zweites Kapitel«. Ein nach diesem Text erstelltes undatiertes Ts. trägt den Titel »Die Verteidigung des Panoptikums / August 1914 (41 S.). Vgl. den Erstdruck in Schlichter 1995, S. 9-45 bzw. 48 (Zweites Kapitel). Unter dem Titel »Die Verteidigung des Panoptikums« plante Schlichter 1949 den dritten Band seiner Autobiographie als eine neue Form der »Malerbiographie«. Vgl. die Legende zu: Das tägliche Bild: Rudolf Schlichter. In: Die Abendzeitung, München, 20. 4. 1949 u. Schlichter 1995, S. 339.

– ***»Der Lacher«:*** Der Roman Speedy Schlichters ist nicht erhalten.

S. 52

Rudolf Schlichter an Ernst Jünger, masch. Bf. m. U.,
Rottenburg, 25. Februar 1936, 1 Bl., 2 S.

S. 52 ***eine Photo meines neuen Bildes »Liebe in mondloser Zeit«:*** vgl. Anm. zu S. 51.

S. 53 ***»Ende blinder Macht«:*** Rudolf Schlichter: Ende blinder Macht. Späterer Titel: »Blinde Macht«. Vermutlich identisch mit dem »Mars«-Bild, vgl. Bf. Schlichters v. 9. 6. 1935, S. 11.

– ***Mit Herrn Fischer (...) Briefwechsel:*** Hugo Fischer (1897-1975), Philosoph und Freund Ernst Jüngers (vgl. Anm. zu S. 18). Briefe Fischers sind im NL Schlichter nicht erhalten.

S. 54 ***Abzug vom »Ende blinder Macht«:*** ist nicht erhalten.

S. 54

Ernst und Gretha Jünger an Rudolf Schlichter, masch. Bf. m. U. u. hs. Zusatz v. Gretha Jünger, Goslar, 26. Februar 1936, 1 Bl., 2 S.

S. 54 ***meine Begier ist groß:*** Ernst und Gretha Jüngers begeisterte Reaktion auf das Werkfoto der »Liebe in mondloser Zeit« war keine Ausnahme. Karl Wassmannsdorff, Schlichters Neffe und Leiter des Prominentenlokals »Schlichter« in der Berliner Lutherstraße, berichtete brieflich Anfang Mai 1937 über die besondere Aufmerksamkeit, die dem Bild zuteil wurde, das im Lokal zum Verkauf angeboten war: »Das Bild ›Liebe in mondloser Zeit‹ fällt naturgemäß außerordentlich auf. Prof. Kampf z. B. lobte es sehr und Geh. Rat Schütte fragte sogar nach dem Preis. Hoffnung, daß er es kaufen wird, ist freilich nicht vorhanden.« (5. 5. 1937). Ende November ging das Bild allerdings wieder zurück, und zwar, wie Frau Wassmannsdorff schrieb, »weil doch viele Besucher des Restaurants dumme Bemerkungen darüber machen. (Die Kunst ist ein Kampf, man läßt Haut und Haare dabei.)« (26. 11. 1937). Auf Schlichters Rückfrage, »in welcher Richtung die Bemerkungen gegen das Bild ›Liebe in mondloser Zeit‹ geäußert wurden«, antwortete Karl Wassmannsdorff am 7. 12. 1937: »Prägnante Äußerungen kann ich garnicht anführen, denn es waren alles die üblichen Gemeinplätze, eben die Art, die Du ja auch kennst; als Entlastung will ich noch bemerken, daß das Gemälde sehr vielen Leuten gut gefallen hat und erst vor 3 Tagen hat sich ein Herr erkundigt, wo das Bild geblieben wäre, worauf ich ihm geantwortet habe, daß ich es weggeschickt habe, weil es ausgestellt würde. Dieser Mann ließ sich dann von mir Deine Adresse geben, er erklärte mir, Dir schreiben und mit Dir über das Bild verhandeln zu wollen. Ob dies nun wieder einen[!] von den üblichen großmannssüchtigen Äußerungen war, sei dahin gestellt. Nun, hoffen wir das beste.« NL Schlichter.

– ***»Liebeszauber«:*** Gemeint ist das miniaturhafte Ölgemälde (23,8 × 17,9 cm) eines niederrheinischen Meisters des 15. Jh. im Museum der bildenden Künste Leipzig. Vgl. die Beschreibung von S. H. (Dr. Susanne Heiland) in: Merkur und die Musen. Schätze der Weltkultur aus Leipzig. Hrsg. v. Dieter Gleisberg u. a. Leipzig, Wien (Künstlerhaus Wien) 1989, S. 506 f.

– ***»Vaste comme la nuit (...)«:*** Zitat aus: Charles Baudelaire: Correspondances. Sonett. Gedicht IV in Baudelaires berühmter Sammlung »Les Fleurs du Mal« (1857).

S. 56

Rudolf Schlichter an Ernst Jünger, e. Br. m. U.,
Rottenburg, 28. März 1936, 1 Bl., 2 S.

S. 58

Ernst Jünger an Ernst Niekisch, Goslar, 9. April und 21. April 1936.
Briefauszüge in: Ernst Jünger: Briefe. II. An Verschiedene. 1. 28.1.1928–15.10.1939, Ts. S. 201–340, hier S. 269 f.
Archiv Ernst Jünger, Wilflingen

S. 58 ***Von der Arbeit meines Bruders über den Begriff des Komischen:*** Friedrich Georg Jünger: Über das Komische. Berlin (Widerstands-Verlag) 1936. Umschlagillustration von Rudolf Schlichter [Abb. 17]

S. 59

Rudolf Schlichter an Ernst Jünger, masch. Bf. m. U. u. hs. Zusätzen; Stuttgart, 25. Mai 1936, 2 Bl., 3 S.

S. 59 ***Missgeschick (...), das Herrn Niekisch's Verlag betroffen hat:*** Nach dem Verbot von Niekischs Zeitschrift »Widerstand« Ende 1934 wurde gegen den 1928 gegründeten Widerstands-Verlag von der Reichsschrifttumskammer eine immer schärfere Kampagne unternommen. Niekischs Verhaftung im März 1937 besiegelte sowohl seine publizistische als auch seine politische Arbeit im unerschrockenen Kampf gegen den Nationalsozialismus. Vgl. Niekisch 1958, S. 141 f.

– ***Durchschlag von dem Wisch:*** ist nicht erhalten.

S. 60 ***neue technische Möglichkeit (Ölkreide auf Papier):*** Beispiele dafür sind nicht bekannt.

– ***»Kreuztragung«:*** Rudolf Schlichters Christus-Roman bzw. die Fortsetzung seiner Autobiographie. Der Text existiert im NL Schlichter in zwei Fassungen: KREUZTRAGUNG. Typoskriptdurchschlag mit handschriftlichen Korrekturen Schlichters.

Seitenzählung (bei durchlaufendem Text) S. 1-2; S. 51-100; S. 54-60, danach S. 61-62 o. p., S. 63-76, S, 68 o. p., S. 69-75; danach hs. pag. S. 74-81, S. 82-84 o. p., danach Ts.zählung S. 85-86, danach S. 87-109 o. p. Die zweite Fassung lautet: Sosias aus Kapharnaum / Erzählung [gestr. Titel: KREUZTRAGUNG]. Typoskriptdurchschlag mit handschriftlichen Korrekturen Schlichters, 108 S., Zählung wie KREUZTRAGUNG (ab S. 60 durch Zusammenfassung eine Seite weniger). Die Entstehungszeit der Geschichte liegt zwischen Mai 1936 und Januar 1942.

Held der Erzählung ist in beiden Fassungen Sosias, der in Jerusalem seinen alten Freund, den Rechtsgelehrten Onias, aufsucht und ihm seine Lebensgeschichte erzählt. In Sosias ist Rudolf Schlichter selbst, in Onias Ernst Jünger erkennbar.

Sosias, »der alte gierige Lusträuber« (S. 4), von seiner Geliebten Magdalena, einer »Priesterin der Liebe«, »in strenge Zucht genommen« (ebd.), hat sich von ihr getrennt und erzählt Onias seinen Werdegang. Ähnlich wie in Schlichters erstem Band seiner Autobiographie, »Das widerspenstige Fleisch« (1932), bestimmen auch Sosias' Jugend »Lust« und »Wut« (S. 11), bzw. »entspannende Wollust« bei der Beobachtung wütender Schläge (S. 15). Sosias selbst entkommt seinem bisherigen Leben durch seine Tante Athalia, die ihn mit nach Jerusalem nimmt, wo sie mit ihrem Mann vom Wucher lebt. Schlichter verknüpft hier die Rolle, die für ihn seine Tante Wilhelmine Nirk in Stuttgart gespielt hat (Schlichter 1991, S. 103 ff.), mit der eigenen Übersiedlung nach Berlin um 1919.

Sosias kommt in Jerusalem »zum erstenmal mit den politischen Parteien unseres Volkes zusammen« (S. 34) und erlebt an den verzerrten Gesichtern den »Hass gegen die römische Bedrückung« sowie den heftig diskutierten Wunsch, »das alte Reich in seiner Herrlichkeit wieder erstehen zu lassen« (S. 35). Damit dürften von Schlichter nationalistische Tendenzen in Berlin um 1930 gemeint sein, deren im ganzen Lande organisierte »Stosstrupps« (S. 39) an Schlichters eigene terroristischen Aktionen der kommunistischen Agitation bis 1927 erinnern. Vgl. Schlichters Erzählung »Karl, der Terrorist. Portrait eines Berufsrevolutionärs« (gemeint ist der Kommunist Karl Plättner, 1893-1933?). In: Schlichter 1995, S. 49-59.

Von der Politik geht es zunächst ins Bordell. Sosias' Erlebnis mit der Edelhure Charmion (sie trägt Züge von Schlichters späterer Ehefrau Speedy) gibt Raum, die Tölpelhaftigkeit des Helden in »der trüben Gewalt einer tyrannischen Wollust« (S. 60) darzustellen. Sosias findet danach weder in der griechischen Poetenschule noch bei den Rabbinern eine Heimat, und so treibt ihn die »Enttäuschung mit den Schulgeistern beider Richtungen (...) den Zeloten in die Arme« (S. 70). Damit könnte Schlichters eigenes Engagement bei den Nationalisten gemeint sein, denen er sich aber - wie Sosias - nicht aus ideologischer Überzeugung, sondern aufgrund seiner persönlichen Neurose in der Mischung »Unbefriedigte Triebe, hassgeladener Schädigungsdrang und nicht zuletzt ein dunkler Hang zur Selbstzerstörung« (ebd.) anschließt. Doch die Ernüchterung kommt bald: Sosias erlebt »die verkrustende Wirkung solcher Lehren« (S. 71) und sieht »in den Reihen der Freiheitskämpfer (...) eine Mustersammlung bankrotter Existenzen« (ebd.): »Ich traf dort Sänger, die Kampfeshymnen auf Bestellung und nach Maß lieferten und Literaten, die unserer Geschichte und den prophetischen Überlieferungen durch einige Wendungen erst die nach ihrer Meinung richtige Deutung gaben. Hierin zeichnete sich besonders ein ehrgeiziger Poet aus, der hernach als Verwalter des gereinigten Schrifttums fungierte« (ebd.). Unschwer ist hier der Dramatiker Hanns Johst (1890-1978), von 1935 bis 1945 Präsident der Reichsschrifttumskammer, zu erkennen. Straff ist die Struktur der »Bewegung« organisiert, ein »wohlausgebildetes Überwachungssystem« (S. 72) verhindert selbständiges Denken und hilft den »unbeugsamen Aufpassern« wie Raguel, dem der Journalist Joseph Goebbels (1897-1945), Reichspropagandaleiter der NSDAP seit 1929, Züge verleiht: »Wenn er in den Versammlungen seine schneidende helle Stimme ertönen liess, verbreitete sich jedesmal eine unbehagliche, zankerfüllte Luft im Raume. Man fürchtete ihn, man hasste ihn und nahm ihn, sehr zu seinem Kummer, doch nicht ernst. Und dabei war es ihm so bitter ernst mit seinen Worten« (S. 74). Vergeblich versucht Raguel, Sosias »für die Sache des Athronges zu gewinnen« (S. 78), womit »die Sache« Adolf Hitlers gemeint sein könnte.

In diese Zeit fällt Sosias' erste Begegnung mit dem zwolfjährigen »Rabbi Jesus« (S. 80). Er steht ihm bei seinem Disput mit den Schriftgelehrten im Tempel bei. Als Sosias vom Pharisäer Eli daraufhin päderastische Neigungen vorgeworfen werden, nimmt ihn ein Alter in Schutz: »›(...) er gehört zu unsern nationalen Heißspornen« und sei »noch ein ungegorener Most (...) voll abwegigem Brausegeist« (S. 85). Nachdem Maria ihren Jungen abgeholt hat, denkt Sosias noch lange an Eli als an »(...) jenes unerbittliche Feindgesicht, das wir aus unserer eigenen Bosheitsfülle erschaffen und mit dem uns Jahve züchtigte von Anfang an (...)« (S. 92).

Kurz darauf lernt Sosias seinen Freund Onias kennen, und die folgende Schilderung ist auch als Schlichters differenzierte Hommage an den Freund Ernst Jünger lesbar:

»›Damals, lieber Onias, begegneten wir uns oft. Ich war

über die Ausdauer, mit der Du meine Gesellschaft ertrugst, nicht wenig verwundert, denn ich machte es Dir wahrlich nicht leicht. Bei ruhiger Ueberlegung war es mir schleierhaft, was Dich an meiner Person so anzog, war ich doch mir selbst meist so unleidlich, dass ich am liebsten aus meiner sterblichen Hülle gefahren wäre, um den alten Adam endgültig los zu werden. Allerdings ärgerte ich mich manchmal nicht wenig über Deine Anhänglichkeit, die mich häufig genug wie die Aufpasserei eines altklugen Musterschülers anmutete, der nie gelernt hat, sich ausgelassen zu freuen. Die betonte Zurückhaltung, mit der Du Dich in den Spelunken, in die ich Dich schleppte, benahmst, missfiel mir sehr. Ich hielt Dich für über die Gebühr ängstlich und wunderte mich, wenn Du hin und wieder unerwartete Proben von Unerschrockenheit ablegtest. Heimlich wütete ich gegen Dich, gegen Deine Wohlerzogenheit, hatte aber doch nicht den Mut, Dich abzuschütteln, aus dem vagen Gefühl heraus, eines Tages Deiner Hilfe zu bedürfen. Dennoch fasste ich einigemale den Entschluss, Dich so zu beleidigen, dass Dir das Wiederkommen vergehen sollte. Indes hielt dieser Entschluss nicht vor; kaum erschienst Du wieder vor mir, war ich entwaffnet; ich brachte es zu nichts weiter als zu einem halb verbindlichen[,] halb höhnischen Grinsen. Ja[,] gewöhnlich ging nach einem solchen missglückten Vorsatz mein Entgegenkommen so weit, dass ich mich sogar Deiner gewählteren Redeweise anpasste. Nun, der Grund dieser Gefühlsschwankungen war einfach: Ich wurde nicht mit Dir fertig, wurde nicht klug aus Dir. Einerseits hielt ich Dich für einen kalten Streber, einen klug berechnenden Knauser, andererseits hatte ich ein unbewusstes Vertrauen in Deine menschliche Zuverlässigkeit. Dass Du flüchtige Freunde der Freiheit mit Geld unterstütztest oder ihnen zu einem Asyl im Partherlande verhalfst, wusste ich ja damals noch nicht. Erst Dein Verhalten bei jener unheilvollen Geschichte mit Athalia, die mich ohne Dein Einspringen sicherlich das Leben gekostet hätte, öffnete mir die Augen über Deinen Wert als Freund. Obwohl auch diese Einsicht mich wiederum mit Neid erfüllte, denn nichts in der Welt ist schwerer zu ertragen als die unbezweifelbaren Vorzüge eines Freundes, zumal, wenn man ihm noch zur Dankbarkeit verpflichtet ist.

›Sei versichert, Deine Gefühle waren mir nicht unbekannt‹, bemerkte Onias mit trockenem Lächeln. Prüfend schaute er in des Freundes erregtes Gesicht, in dem es zuckte und arbeitete wie in einem Gewitterhimmel. ›Und ich glaube auch nicht, dass sie sich wesentlich geändert haben. Aber das macht nichts! Freundschaften pflegen gerne an solchen Zwitterzuständen zu leiden; halbes Vertrauen, heimliche Vorbehalte begleiten das [A]uf und [A]b der Gefühlswallungen. Darum war ich stets darauf bedacht, durch vorsichtiges Respektieren der geheimen Leiden des anderen jene zerstörenden Reibungen zu vermeiden, die so oft das Kennzeichen von im Feuer des Ueberschwangs gegründeten Freundschaftsbünden sind. Zu grosse Nähe in Augenblicken der Schwäche vermied ich lieber. Glaube mir, hätte ich Deinen temperamentvollen Ansprüchen an den Freund nachgegeben und mich weniger zurückgehalten, wäre von unserer Freundschaft wahrscheinlich nicht mehr übriggeblieben als eine vergiftete Erinnerung. Indem ich Deine Verletzbarkeit achtete, warst Du auch gezwungen, mein Innerstes unangetastet zu lassen. Sicherlich hätte unsere Selbstachtung einer tieferen und anspruchsvolleren Anteilnahme nicht standgehalten.‹

Sosias hörte den Ausführungen des Freundes mit leicht gerunzelter Stirne zu. Eine augenblickliche, schwere Misslaune hatte von ihm Besitz ergriffen. Er fühlte: Ihre Stimmung und ihr Verhältnis zueinander war plötzlich wieder wie vor Jahren. Also hat sich nichts verändert, dachte er verbittert, gewisse Konstellationen kehren immer wieder mit der Unvermeidbarkeit eines nächtlichen Sternbildes. Wunderlich genug hatte er geglaubt, die abschleifenden und verändernden Erfahrungen eines schon längst über die Mitte hinausgelangten Lebens hätten eine gründliche Verwandlung seiner Beziehungen zu Onias bewirkt. Von all dem war jetzt nichts zu spüren. Es war derselbe Zwiespalt wie ehedem. Die Zeit hatte nicht vermocht, die Gegensätze auszugleichen. Der Fluss ihres Lebens war nun einmal so verschieden, dass er sich nicht oder nur ganz selten zu einem gemeinsam fliessenden Strom vereinigte. Hier gab es nur ein duldendes Nebeneinander mit zeitweisen, verzweifelten Versuchen zu einem Miteinander. Dies, sagte er sich, ist die Ordnung, in der wir uns zueinander zu bewegen haben. Als er diese Worte dachte, fühlte er zugleich eine spürbare Erleichterung; es ging eine tröstliche Wirkung von ihnen aus. Und es machte ihn fast froh, als das kurze lastende Stillschweigen wieder wie in alter Zeit von der anteilnehmenden Stimme des Freundes, die ihn wie aus weiter Ferne zur Fortsetzung seines Berichtes ermunterte, durchbrochen wurde. Er fuhr fort: (...)« (S. 93-96). Das Fragment endet abrupt damit, daß Sosias damals das Haus der Tante verlassen mußte und sich in einer neuen, nicht mehr näher geschilderten, Situation befand.

Einem Brief des Berliner Verlegers Hans von Hugo an Rudolf Schlichter vom 3. 11. 1936 ist zu entnehmen, daß Ernst Jünger das Fragment schätzte: »(...) Nun schreibt mir Ernst Jünger, dass er einen Abschnitt aus Ihrem Manuskript ›Die Kreuztragung‹ gelesen hat, der ihm sehr gut gefällt. (...)« NL Schlichter.

Die beiden Fassungen der »Kreuztragung« werden ergänzt durch einen selbständigen Text, der nur in einer sehr viel späteren Druckfassung überliefert ist:

Rudolph[!] Schlichter: Freitagmorgen in Jerusalem. Privatdruck o. O., o. J. [Nürnberg, Verlag Nürnberger Presse, April 1952], 45 S., broschiert. Auflage: 85 Ex. NL Schlichter. Wie dem Briefwechsel Rudolf Schlichter / Joseph Drexel im Bundesarchiv Koblenz (N 1258 Drexel/225) zu entnehmen ist, schrieb Schlichter aus München am 8. 11. 1951 an Drexel, er wolle eine Geschichte drucken lassen mit dem Titel »Jerusalem zwischen 9 u. 3 Uhr. Eine Szene aus der Zeit Christi«, und erläuterte den Zeitbezug: »(...) Ich führe das Treiben der politischen Sekten u. Untergrundleute des damaligen Judäa vor mit einem tüchtigen Schuß Aktualität. (...)«. Am 25. 11. 1951 ergänzte er: »(...) Das Jerusalemfragment ist ein in sich abgeschlossener Teil eines größeren Romans, von dem noch etwa 100 Seiten vorliegen. (...)«. Drexel fand »Jerusalem: gut« (7. 1. 1952) und sorgte von Ende Februar bis Mitte März für den Satz und Umbruch des Textes. Am 16. 4. 1952 kündigte Drexel die Absendung von 85 Exemplaren der Broschur per Kurier nach München an. Schlichter dankte dafür am 22. 4. 1952 und kündigte seinen Besuch in Stauf für den 5. 5. 1952 an, um im Wohnhaus Drexels dessen Portrait zu malen.

»Freitagmorgen in Jerusalem« schildert den Morgen des Karfreitags, an dem Jesus Christus gekreuzigt wurde. Die Geschichte versucht eine sachliche und kritische Darstellung Christi als dem »Unruhestifter« (S. 3) aus der Sicht der vielstimmigen Bevölkerung zwischen der römischen Besatzungsmacht (mit preußischem Kommandoton) und den Interessen der »Zelotenpartei« (S. 29 ff.). Das Fragment endet mit dem Auftritt der drei Verurteilten auf dem Weg zum Kreuz.

– ***Flavius Josephus:*** Das Werk in sieben Büchern »Über den jüdischen Krieg« schrieb der jüdische Geschichtsschreiber Flavius Josephus (37-100) zwischen 75 und 79 n. Chr. und schilderte darin den Untergang der jüdischen Nation durch die römische Besatzung. Schlichter könnte eine der folgenden zeitgenössischen Ausgaben benutzt haben: Jüdische Altertümer [Antiquitatum judaicarum libri XX]. Zusammen mit: Geschichte des jüdischen Krieges. Übersetzt und mit einer Einleitung und Anmerkungen versehen von Heinrich Clementz. 2 Bde. Berlin (B. Harz) 1923; Dasselbe, Berlin (O. Hendel) 1924.

– ***Alexanderschlacht:*** Im NL Schlichter gibt es keine speziellen Hinweise auf diesen Bildplan.

S. 61 ***»Wiesenstück«:*** nicht ermittelt.

– ***meine Karte:*** ist nicht erhalten.

– ***Herr Blessing und Herr Sekler:*** Otto Blessing (1910-?) - sein Spitzname im Schlichter-Kreis war »Ozef« - aus Bad Mergentheim studierte Rechtswissenschaften; nach einjähriger Praxis als Rechtsanwalt wurde ihm die Approbation aus politischen Gründen entzogen. Otto Blessing arbeitete daraufhin in der Firma Perrot, Calw. Nach dem Krieg begann Blessing als freier Schriftsteller, war angeblich Leitartikler der »Frankfurter Rundschau« [nicht verifizierbar] und wurde Generalsekretär, später Vizepräsident der Europa-Union. Später war Otto Blessing vorgeblich Chefredakteur der »Bundeswehr-Korrespondenz« [gemeint ist die Zeitschrift »Die Bundeswehr«, Angabe nicht verifizierbar]. Buchveröffentlichung: Europa und der kleine Mann (1952). Außerdem verfaßte Blessing Textbeiträge zu Kulturfilmen wie »Revolution des Alphabets« oder »Atom im Dienste der Menschheit«. Vgl. Wer ist wer? Bd. 15, Berlin 1967, S. 152 f. Zu Rudolf Schlichter verfaßte Otto Blessing die Artikel »Rudolf Schlichter«. In: Aussaat. Zeitschrift für Kunst und Wissenschaft, 2. Jg. 1947, H. 1/2, S. 44 f.; »Gedenkblatt für Rudolf Schlichter«. In: Frankfurter Rundschau, Nr. 117, v. 21. 5. 1955. Zu Dieter Sekler vgl. Anm. zu S. 177.

S. 61

Rudolf Schlichter an Ernst Jünger, e. Bf. m. U.,
Stuttgart, 1. Juli 1936, 1 Bl., 2 S.

S. 61 ***Ihr Plan, im nächsten Frühjahr nach dem Süden überzusiedeln:*** Das Schreiben Ernst Jüngers mit dieser Nachricht aus den Tagen zwischen dem 26. und 30. Mai 1936 ist nicht erhalten. Die Familie Jünger zog bereits im Dezember 1936 nach Überlingen, in eine Wohnung im »Weinberghaus«.

S. 62 ***Herr Dr. Schmid:*** Dr. Carlo Schmid, vgl. Anm. zu S. 30.

S. 64

Rudolf Schlichter an Ernst Jünger, e. Bf. m. U.,
Stuttgart, 25. Juli 1936, 5 Bl., 9 S.

S. 64 ***Ihren Entschluß:*** Das Schreiben Jüngers, worin er die Entscheidung mitteilt, an den Bodensee umzuziehen, ist nicht erhalten.

S. 65 ***Aquarells (...) »Das einsame Gehirn«:*** Das Blatt steht vermutlich in Beziehung zu dem Aquarell »Das hypertrophe Gehirn« (1930). Vgl. Tübingen / Wuppertal / München 1997/98, Kat.-Nr. 137.

S. 67 ***Hegel (…) »nur der Mensch, insofern er auch böse sein kann, ist gut«:*** »(..) Das Gute ist so als ein Zufälliges für das Subjekt gesetzt, welches sich hiernach zu einem dem Guten Entgegengesetzten entschließen, *böse* sein kann.« Gottfried Wilhelm Friedrich Hegel: Die Philosophie des Geistes. Zweite Abteilung: Der objektive Geist. B. Die Moralität. c. Das Gute und das Böse. § 507-512, hier 509. Zit. n.: Ders.: Werke Bd. 10. Redaktion Eva Moldenhauer und Karl Markus Michel. Frankfurt am Main (Suhrkamp) 1970, S. 316.

– ***Leop. Ziegler:*** Leopold Ziegler (1881-1958), Geschichts- und Religionsphilosoph, der als Polysynthetiker die Vereinigung der Gegensätze (coincidentia oppositorum) vorschlägt. Werke: Gestaltwandel der Götter, 2 Bde., 1920, ^{3}1922 (die von Schlichter angeführte Stelle konnte hier nicht ermittelt werden); Das heilige Reich der Deutschen, 2 Bde., 1925 (darin der Begriff eines »deutschen Gottes«); Der europäische Geist, 1929; Überlieferung, 1936, ^{2}1948. Mit dem Begriff »Gestaltwandel« überschreibt Ernst Jünger, unter explizitem Bezug auf Leopold Ziegler, seine »Prognose auf das 21. Jahrhundert«, die 1993 den Katalog der Biennale in Venedig eröffnete. Deutscher Erstdruck in: DIE ZEIT, Nr. 29, v. 16. Juni 1993, S. 36. Auch in: Ernst Jünger: Über Kunst und Künstler. Aus den Schriften. Hrsg. v. Gisela Linder. Friedrichshafen (Verlag Robert Gessler). Erweiterte Auflage 1995, S. 147-161. Der Kulturphilosoph Leopold Ziegler lebte seit 1918 in der Nähe von Lindau und seit 1926 in Überlingen am Bodensee. Vgl. Manfred Bosch: Bohème am Bodensee. Literarisches Leben am See von 1900 bis 1950. Lengwil a. B. (Libelle) 1997, S. 156-164.

– ***meine damaligen Einwände gegen Weber:*** vgl. Bf. Schlichters v. 5. 1. 1936, S. 32-36.

S. 68 Schwaben (...) Dieser begabte Stamm ist vielleicht das erschreckendste u. einleuchtendste Beispiel jener seltsamen Spaltung: Vgl. Schlichters Gedicht »Stuttgart« (»Entsprossen aus dem gleichen zwiegestalten Stamme« - gemeint sind Hegel und Hölderlin), vgl. Anm. zu S. 36.

– ***Ahriman und Ormudz:*** »Ahriman (Pers. M.), das böse Princip nach Zerdusts oder Zoroasters Religionssystem. Der ewige, alleinige Gott Zeruane Akerene brachte Licht und Finsterniss, oder Ormuzd und Ahriman, hervor, welche beide unendlich, nur durch sich selbst begrenzt waren. Die beiden Urwesen lebten einsam in ihren Reichen, Ormuzd im Licht, A. in der Finsterniss (...).« Vgl. Vollmer: Wörterbuch der Mythologie. Stuttgart ^{3}1874, S. 21 f.

– ***grinzig:*** gemeint vielleicht »grinsig«.

– ***»das Große zu beschmutzen u. das Erhabene in den Staub zu ziehen«:*** »Es liebt die Welt, das Strahlende zu schwärzen / Und das Erhabne in den Staub zu ziehn«. Verse aus dem Gedicht »Das Mädchen von Orleans« von Friedrich Schiller.

S. 69 Nietzsche (...) riet, einmal unter Schwaben zu leben: »(...) Die Ausländer stehen erstaunt und angezogen vor den Räthseln, die ihnen die Widerspruchs-Natur im Grunde der deutschen Seele aufgiebt (welche Hegel in System gebracht, Richard Wagner zuletzt noch in Musik gesetzt hat). ›Gutmüthig und tückisch‹ - ein solches Nebeneinander, widersinnig in Bezug auf jedes andere Volk, rechtfertigt sich leider zu oft in Deutschland: man lebe nur eine Zeit lang unter Schwaben! (...).« Friedrich Nietzsche: Jenseits von Gut und Böse. Vorspiel einer Philosophie der Zukunft. (1886), Achtes Hauptstück:

Völker und Vaterländer, [Nr.] 244. In: Ders.: Jenseits von Gut und Böse / Zur Genealogie der Moral. Aus dem Nachlaß 1885-1886. Nietzsches Werke, Bd. VIII. Leipzig (Kröner) 1919, S. 210. Bibliothek Schlichter.

– ***da Sie von mir selbst eine Mitteilung über die Wurzeln meiner Gestaltung wünschen:*** Ernst Jüngers Anfrage, vermutlich vom Juli 1936, hat sich nicht erhalten.

– ***einige dichterische Versuche:*** vgl. Schlichters Gedichte in: Schlichter 1995, S. 73-78 u. Schlichter 1997.

– ***»Kreuztragung«:*** vgl. Anm. zu S. 60.

S. 70 ***Das Legat:*** Rudolf Schlichter erhielt nach dem Tod seines Bruders Max (1882-1933), einst Leiter des berühmten Berliner Prominentenlokals »Schlichter«, laut Testament vom 10. 3. 1932 ebenso wie sein Neffe Karl Wassmannsdorff, der neue Leiter des Lokals, ein Legat von RM 5.000, das ihm in Teilen bis zum 31. 5. 1935 ausgezahlt wurde (vgl. den Brief Karl Wassmannsdorffs an Rudolf Schlichter, Berlin, 28. 5. 1935, mit beiliegendem Quittungs-Durchschlag. NL Schlichter). Schlichters Mutter erbte übrigens RM 10.000. Wegen der Verteilung dieser Summe kam es zwischen Schlichter und seinem Neffen zum Streit (vgl. Bf. Karl Wassmannsdorffs an Rudolf Schlichter, Berlin, 27. 3. 1936. NL Schlichter). Rudolf Schlichter hat seinen Bruder Max 1931 in einem Ölgemälde portraitiert; vgl. Berlin / Stuttgart 1984, Kat. Nr. 9, Abb. 113, S. 98.

– ***bekannten Sammler moderner Kunst:*** vermutlich Hugo Borst (1881-1967), Stuttgarter Sammler von Büchern und moderner Kunst. In »den Räumen der Privatkunstsammlung von Hugo

Borst, Stuttgart, Gähkopf 3« fand auf Vermittlung von Gustav Adolf Rieth (vgl. Anm. zu S. 258) »im November 1936« eine »Ausstellung von fünfzig Gemälden, Rohrfeder-Zeichnungen und Aquarellen« Schlichters statt. (Vgl. Rudolf Schlichter: Worte der Einführung. [Stuttgart] Privatdruck 1936. NL Schlichter. Vgl. Schlichter 1995, S. 217-222.) Eine ebenfalls bei Hugo Borst geplante Ausstellung mit Werken von Otto Dix kam nach einem leichten Autounfall des Malers auf dem Weg nach Stuttgart, was Dix als schlechtes Omen nahm, nicht zustande.

– ***der Autor des Kochbuchs, das ich illustriere, sitzt am Bodensee:*** Otto Nebelthau: Vom heiteren Kochen. Mit fünf farbigen Tafeln und 41 Zeichnungen von Rudolf Schlichter. Berlin (Ernst Rowohlt) 1936. Im NL Schlichter sind einige Briefe von Otto Nebelthau zu den Illustrationen Schlichters erhalten. Otto Nebelthau (1894-1943) war vorher, gemeinsam mit Hermine Körner, von 1920 bis 1923 Leiter des Schauspielhauses in München gewesen, und wohnte zur Zeit der Arbeit an dem Kochbuch in Nonnenhorn am Bodensee; vgl. Bf. Schlichters v. 10. 8. 1936, S. 77.

S. 71 ***Früher war er auch einmal bei der Hanseatischen Verlagsanstalt:*** Von Otto Nebelthau erschienen in der Hanseatischen Verlagsanstalt, Hamburg, der Roman »Die Stadt der Wolken und Winde« (1928) und »Kapitän Thiele. Roman aus unseren Tagen« (1929) sowie die Erzählungen »Der Gärtner und die Statue« (1930) und »Der Ritt nach Canossa« (1933). Die Hanseatische Verlagsanstalt (HAVA) war auch der Hausverlag Jüngers. Vgl. Siegfried Lokatis: Hanseatische Verlagsanstalt. Politisches Buchmarketing im »Dritten Reich«. In: Archiv für die Geschichte des Buchwesens, Bd. 38, Frankfurt am Main 1992.

– ***Herr Wenger:*** vgl. Anm. zum Bf. Schlichters an Paul Wilhelm Wenger v. 3. 9. 1936, S. 80.

– ***den Aufsatz über den Schmerz:*** Ernst Jünger: Über den Schmerz. In: Ders.: Blätter und Steine. Hamburg (Hanseatische Verlagsanstalt) 1934, S. 154-213.

S. 72
Rudolf Schlichter an Ernst Jünger, e. Bf. m. U.,
Stuttgart, 29. Juli 1936, 1 Bl., 2 S.

S. 72 ***Keuztragung (...) Das nächste, was käme:*** Zur »Kreuztragung« vgl. Anm. zu S. 60. Der Text wurde in dieser Form nicht ausgeführt bzw. hat sich so nicht erhalten.

– ***Zeichner Schweitzer:*** Hans Schweitzer, gen. Mjölnir, Zeichner (Lebensdaten nicht ermittelt).

S. 73 ***Rosenbergianer:*** Anhänger von Alfred Rosenberg (1893-1946), Redakteur und Politiker, Chefideologe der NSDAP. Seit 1921 verantwortlich für den »Völkischen Beobachter«, seit 1930 auch für die »Nationalsozialistischen Monatshefte«. 1933 Leiter des Außenpolitischen Amtes in der Reichsleitung der NSDAP. Werke: Die Spur des Juden im Wandel der Zeiten (1920); Wesen, Grundsätze und Ziele der NSDAP (1922); Der Zukunftsweg einer deutschen Außenpolitik (1927); Der Mythus des 20. Jahrhunderts (1930): Kampf um die Macht (1937). Als »Urheber des Rassenhasses« wurde Rosenberg 1946 vom Internationalen Militärtribunal in Nürnberg zum Tod verurteilt.

– ***Bogumil Goltz:*** Bogumil Goltz (1801-1870) aus Warschau war ein wandernder Improvisator und Rhapsode, ein seinerzeit bekannter Kauz und Sonderling, der sich vor allem durch sein »Buch der Kindheit« (1847) einen Namen machte. Im Freundeskreis Ernst Jüngers waren »Bogumil«, »Bodo« und »Bogo« die Spitznamen für Friedrich Hielscher (vgl. Anm. zu S. 43).

S. 73
Rudolf Schlichter an Ernst Jünger, e. Bf. m. U.,
Stuttgart, 4. August 1936, 1 Bl., 2 S.

S. 73 *Ihrem Wunsche entsprechend:* Ernst Jüngers Schreiben von Ende Juli/Anfang August 1936 ist nicht erhalten.

– *Verleumdungskampagne gegen Sie:* »Zu meiner Belustigung lese ich in den Zeitungen, daß ich mich am Treffen der sogenannten Kriegsdichter beteiligte. Auch wenn man sich in Türmen aus Erz verschlösse, würde man den Ausdünstungen des Niederträchtigen nicht entgehen.« Ernst Jünger an Friedrich Georg Jünger, 9. 11. 1936 (zit. n. Schwilk 1988, S. 148). Nach einer Hausdurchsuchung der Gestapo Anfang 1933 sah sich Ernst Jünger ständig observiert; er war vor allem durch seine Beziehung zu Ernst Niekisch verdächtig geworden (vgl. Schwilk 1988, S. 149).

S. 74 *Krapülen:* von frz. crapule: Lump, Schurke.

– *die Illustrierung des Kochbuches:* vgl. Anm. zu S. 70.

– *Ich möchte oft bitter lachen wie der Milizer in meiner Kreuztragung:* Gemeint ist die Stelle, an der die rechtsbeugende Verurteilung Jesu geschildert wird: »›Aber verurteilt haben sie ihn doch noch am selben Morgen. Wie haben sie das nun gedreht? Muß schon sagen, das interessiert mich!‹ / ›Wie sie das gemacht haben‹, lachte der Milizer, ›ganz einfach, sie haben die Buchstabenstrenge unter den Tisch fallen lassen und es wie das römische Gericht gemacht, d. h. die Zeugen als gültig genommen und dem Rabbi ein Geständnis entlockt. Das hätte zwar genau genommen nach unserem Gesetz immer noch nicht zu einer Verurteilung gelangt, aber in diesem Falle fand man die römische Methode als die Methode eines Weltvolkes eben besser. (...)«. Rudolph[!] Schlichter: Freitagmorgen in Jerusalem, o. O., o. J. [Nürnberg: Verlag der Nürnberger Presse, 1952], S. 32.

– ***Leni Riefenstahlklassik:*** Helene (Leni) Riefenstahl, Filmschauspielerin und -regisseurin, Photographin, geb. 1902 in Berlin, gestaltete nach ihrem ersten eigenen Film »Das blaue Licht« (1932), worin sie auch die Hauptrolle spielte, die Propagandafilme der Reichsparteitage »Sieg des Glaubens« (1933) und »Triumph des Willens« (1934) sowie die Dokumentarfilme über die Olympischen Spiele 1936 »Fest der Völker« und »Fest der Schönheit«.

S. 75 ***was Sie mir darüber geschrieben haben:*** Jüngers Mitteilung seiner Wohnungsvorstellungen hat sich nicht erhalten.

– ***»Zeitloses Antlitz«:*** Rudolf Schlichter: Zeitloses Antlitz, Ölgemälde, 1936. Maße und Verbleib unbekannt.

– ***Von Speedy (...) ein sehr schönes Farbstiftblatt (...) ebenso (...) Herrn Blessing verewigt:*** Maße und Verbleib der Zeichnungen nicht ermittelt.

– ***»Blätter und Steine«:*** In der Bibliothek Schlichter erhalten ist nur die spätere Ausgabe: Ernst Jünger: Blätter und Steine

[Kleinere Schriften]. Leipzig (Verlag Bernhard Tauchnitz) 1942 (Der Deutsche Tauchnitz, Bd. 127) (Mühleisen 1996, Nr. 38).

S. 76
Gretha Jünger an Rudolf Schlichter, e. Bf. m. U., Goslar, 9. August 1936, 1 Bl., 2 S.

S. 76 ***Hilde Gönnert:*** spätere Gattin eines für den Fuhrpark der Nationalsozialisten maßgeblichen Autohändlers (Auskunft Ernst Jüngers). Im Briefkonvolut hat sich auch das Werkfoto eines Bildes erhalten, das vielleicht Frau Gönnert zum Kauf angeboten wurde. Rückseitig ist das Bild von Schlichter wie folgt beschriftet: »Vom Roßberg aus 1934 / 550 M Größe 60 × 90 / Frühsommer, ungefähr Mai. Der Gesamtton des Bildes saftiges Grün, Himmel blau Vormittags, scharfe Beleuchtung«. [Abb. 9]

– ***»Ende der blinden Gewalt«:*** vermutlich das Gemälde »Ende blinder Macht«, eine frühere Version von »Blinde Macht«, 1937 [Abb. 18]. Vgl. die Anm. zu S. 11; 47; 53 f.

– ***»Liebe in mondloser Zeit«:*** Rudolf Schlichter: Liebe in mondloser Zeit. Ölgemälde, 1936. Maße und Verbleib unbekannt. [Abb. 15], S. Anm. zu S. 51. Das Werkfoto ist im Archiv Ernst Jünger, Wilflingen, nicht erhalten.

S. 77
Rudolf Schlichter an Ernst Jünger, e. Bf. m. U., Stuttgart, 10. August 1936, 1 Bl., 1 S.

S. 77 ***Anbei das Manuskript:*** vermutlich Schlichters »Kreuztragung«, vgl. Anm. zu S. 60.

– ***eine Schweizer Zeitschrift:*** Schlichter spielt damit offenbar auf die von Martin Bodmer und Herbert Steiner in München und Zürich herausgegebene Zeitschrift »Corona« an, in der Ernst und Friedrich Georg Jünger seit 1934 veröffentlichten. Vgl. Friedrich Georg Jünger: Galiani. In: Corona, 7. Jg. (1936/37), H. 2, S. 255-268. Sonderdruck in der Bibliothek Schlichter.

– ***Die Sache mit dem Maisbrot:*** vermutlich gestrichene Passage aus Schlichters »Kreuztragung«, vgl. Anm. zu S. 60.

– ***Herr Nebelthau bittet mich:*** Im erhaltenen Briefwechsel Nebelthau/Schlichter ist Ernst Jünger zwar nicht erwähnt; die Verbindung kam dennoch zustande. So schreibt Jünger in »Siebzig verweht II« (Stuttgart, Klett-Cotta, 1981) unter dem Datum »*Wilflingen, 6. Januar 1977*« im Zusammenhang von Bemerkungen zur »Gastrosophie«: »(...) So Otto Nebelthau in ›Mein Gemüsegarten [Eine nützliche Unterweisung]‹ (Leipzig, Insel Verlag 1934). Das war ein schönes Büchlein für Kraut- und Gewürzgärtner. Ich entsann mich, daß ich darüber mit diesem inzwischen gestorbenen oder gefallenen Autor bald nach dem Erscheinen eine Korrespondenz geführt hatte. Er wohnte in Wasserburg am Bodensee und bestärkte mich in meiner Lust, dorthin zu ziehen. (...)« (S. 292). Zur Korrespondenz Jünger/Nebelthau vgl. a. den Eintrag »*Wilflingen, 10. Juni 1982*«. In: Ernst Jünger: Siebzig verweht III (Stuttgart, Klett-Cotta, 1993), S. 149 f. Briefe Otto Nebelthaus sind im Archiv Ernst Jünger nicht vorhanden.

S. 78

Rudolf Schlichter an Gretha Jünger, e. Bf. m. U., Stuttgart, 14. August 1936, 1 Bl., 2 S.

S. 78 ***Frl. Gönnert:*** vgl. Anm. zu S. 76.

S. 79

Rudolf Schlichter an Ernst Jünger, e. Bf. m. U., Stuttgart, 3. September 1936, 1 Bl., 1 S.

S. 79 ***Beiliegendes Schreiben:*** vermutlich der Brief an Paul Wilhelm Wenger, s. S. 80.

– ***Die Beschädigung des Bildes:*** Die Beschädigung des Ölgemäldes »An die Schönheit« schildert Rudolf Schlichter ausführlich in dem nachfolgenden Brief an Paul Wilhelm Wenger, s. S. 80.

S. 80 ***Steinwürfen durchs Fenster unserer Rottenburger Wohnung:*** »(...) Ich ließ mich im Jahre 1932 mit meiner Gattin, einer gebürtigen Genferin, in der schwäbischen Bischofsstadt Rottenburg am Neckar nieder. Mit dem Jahre 1933 beginnt für mich eine Kette ununterbrochener Schikanen und Bedrohungen von seiten der Nazis. Der Auftakt dazu war zunächst ein Attentat auf meine Frau, die als Ausländerin auf jeden Fall verdächtig war. Eines nachts wurde ein kinderkopfgroßer Stein durch ihr Schlafzimmerfenster geworfen, der sie beinahe getötet hätte. Dann begann eine Reihe von Verdächtigungen, Haussuchungen, körperlichen Bedrohungen, Zitierungen vor Parteiinstanzen, Abschneidung jedes öffentlichen Wirkens und Refüsierung meiner Bilder auf Ausstellungen. (...).« Rudolf Schlichter: Anlage zum Fragebogen der Militärregierung (nach 1945), Ts., S. 1 f., NL Schlichter. Vgl. Schlichter 1995, S. 347 f.

S. 80

Rudolf Schlichter an Paul Wilhelm Wenger, e. Bf. m. U., Stuttgart, 3. September 1936. 1 Bl., 2 S. [Bl. eingerissen; Wasserschaden]. Bundesarchiv Koblenz, N 1332 Wenger/85

S. 80 ***Paul Wilhelm Wenger:*** Das Ehepaar Schlichter lernte Paul Wilhelm Wenger (1912-1983) aus Gundelsheim am Neckar schon im Jahr 1930 während seiner Zeit als Theologiestudent am Tübinger Wilhelmsstift kennen. Eine Postkarte Schlichters an Wenger aus Rottenburg vom 17. 1. 1933 ist das früheste schriftliche Dokument einer langjährigen Freundschaft. Insgesamt 28 Schreiben Schlichters, davon 16 aus der Zeit nach 1945, bis zu seinem Tod 1955 sind im Bundesarchiv Koblenz, N 1332 Wenger/85, verwahrt. Wenger war Nachbar der Schlichters in Rottenburg, arbeitete schon damals journalistisch und verfaßte 1933 einen - im Typoskript (1 Bl., 1 S.) erhaltenen - Nachruf auf Rudolf Schlichters Bruder Max (1882-1933), den berühmten »Dichter des ›Kalten Büffets‹« im Berliner Restaurant »Schlichter« an der Luther-Straße (vgl. Schlichter 1995, S. 362). Zusammen mit Paul Wilhelm Wenger verfaßte Rudolf Schlichter am 18. 9. 1933 das programmatische Typoskript »Grundsätzliches zur deutschen Kunst« (vgl. Schlichter 1995, S. 213-218 u. S. 353 f.). Drei Jahre später veröffentlichte Wenger den hymnischen Artikel »Rudolf Schlichter - der Meister der schwäbischen Landschaft« (In: Blätter des schwäbischen Albvereins, 48. Jg., 1936, Nr. 3, S. 50 f.).

Wenger studierte nach 1933 an der Tübinger Universität Rechtswissenschaften und Geschichte; 1937 legte er das Referendarexamen ab, 1941 das Assessorexamen. Den Zweiten Weltkrieg machte er bei den Pionieren mit, zuletzt als Oberleutnant der Reserve. Vor Moskau wurde er 1942 schwer verwundet. Vgl. Munzinger-Archiv/Int. Biograph. Archiv 6/84.

Paul Wilhelm Wenger wurde 1945 Landgerichtsrat am Landgericht Tübingen, gründete 1946 die CDU in Südwürttemberg mit und schied 1948 aus dem Justizdienst aus. Zwei Jahre nach der Gründung der Wochenzeitung »Rheinischer Merkur« trat Paul Wilhelm Wenger 1948 in die Redaktion ein und gab der Wochenzeitung bis zu seinem Tod ein markantes »katholisches, unorthodox-konservatives, föderalistisches, sozialliberales« Profil. Vgl. Hermann Glaser: Kleine Kulturgeschichte der Bundesrepublik Deutschland 1945-1989. Bonn (Bundeszentrale für politische Bildung / Carl Hanser Verlag, München) ²1991, S. 245. Der gesuchte Gesprächspartner für Konrad Adenauer ebenso wie für Walter Scheel galt, wie Otto B. Roegele in seinem Nachruf »Widerstehen zur rechten Zeit« formulierte, als ein »Journalist, der die Gründerzeit verkörperte«. In: Rheinischer Merkur, 9. 12. 1983.

In der Bibliothek Schlichter sind von Paul Wilhelm Wenger folgende Bücher erhalten: »Geist und Macht«. Augsburg (Johann Wilhelm Neumann) 1948, mit der Widmung »Für Speedy und Rudolf Schlichter mein Opus 1 als Weihnachtsgruss 1949 / Koblenz am Rhein / Euer Willy / Zitat Seite 99!«. Das Zitat lautet: »Wertvolle Anregungen zu der geistesgeschichtlichen Einordnung und kulturpolitischen Bedeutung des Werkes von Karl May verdanke ich einem bislang unveröffentlichten Manuskript meines Freundes, des Malers und Graphikers Rudolf Schlichter« (vgl. Rudolf Schlichter: Karl May. Ein deutsches Phänomen. In: Schlichter 1995, S. 181-188); »Irische Miniaturen. Zwölf farbige Bilder aus Handschriften irischer Mönche erläutert von Paul Wilhelm Wenger«, Hamburg (Friedrich Wittig Verlag) 1957; »Die Falle. Deutsche Ost-, Russische Westpolitik.« Stuttgart (Seewald Verlag) 1971 mit der Widmung »Für Speedy zum 1. September 1972 mein Pfeil für die Freiheit Europas / in dankbarer Verehrung / Willy«.

S. 81 ***Dieter und Ozef:*** Dieter Sekler und Otto Blessing, die Freunde der Schlichters, vgl. Anm. zu S. 25.

S. 82 ***Wuwu:*** Kosename für Speedy Schlichter.

S. 82
Rudolf Schlichter an Ernst Jünger, e. Bf. m. U.,
Stuttgart, 10. September 1936, 1 Bl., 1 S.

S. 82 ***Sie haben recht:*** Ernst Jüngers Schreiben aus der Zeit zwischen dem 4. und 9. September 1936 ist nicht erhalten.

S. 83 ***Das spanische Schauspiel:*** Der Spanische Bürgerkrieg 1936-1939.

– ***Die Herren Franco u. Mola:*** Franco Bahamonde (1892-1975), spanischer General und Politiker, Führer (»Caudillo«) der nationalspanischen Kräfte im Bürgerkrieg gegen die spanische Republik (1936-1939); Staatschef seit 1936, nach dem Sieg über die Republikaner Diktator auf Lebenszeit. Unter General Mola gelang den Nationalisten die Eroberung großer Gebiete des nördlichen und westlichen Spanien.

– ***Jakob Burckhardt:*** Jakob Burckhardt (1818-1897), Kultur- und Kunsthistoriker, Hauptwerk: Die Kultur der Renaissance in Italien (1860), Leipzig (Kröner) 1927. Bibliothek Schlichter. In der Bibliothek Schlichter sind von Burckhardt noch folgende Bände (alle Leipzig, Kröner) erhalten: »Die Zeit Konstantins des Großen« (1928); »Weltgeschichtliche Betrachtungen« (1929) sowie die »Griechische Kulturgeschichte« in drei Bänden: Bd. 1 »Der Staat und die Religion« (1935); Bd. 2 »Künste und Forschung« (1935); Bd. 3 »Der griechische Mensch« (1933).

– ***Herr Niekisch hat bei mir angefragt:*** die Anfrage ist nicht erhalten.

S. 84 ***»Über das Komische«:*** Friedrich Georg Jünger: Über das Komische. Berlin (Widerstands-Verlag) 1936, 95 S., Umschlagzeichnung von Rudolf Schlichter [Abb. 17b]

– ***Idee:*** die Bildidee, die an die Karikatur »Das gläubige Dennoch« erinnert [Abb. 17a], wurde im Umschlagmotiv umgesetzt [Abb. 17b]

S. 85

Gretha Jünger an Rudolf Schlichter, e. Bf. m. U.,
Goslar, 11. September 1936, 1 Bl., 2 S.

S. 86 ***Virginia (...) auf dem Spreedampfer:*** Wie Ernst Jünger in einem Gespräch mit dem Herausgeber am 6. 3. 1996 berichtete, rauchte Speedy Schlichter während eines Ausflugs der beiden Ehepaare auf einem Spreedampfer eine Virginia und wurde deshalb von einer Dame kritisch angesprochen. Speedy Schlichter gab der Dame daraufhin eine kräftige Ohrfeige, bei der sogar ein Kamm wegflog. Dieser Schlag wiederum veranlaßte einen unbeteiligten Augenzeugen zu dem Ausruf: »Deutschland, wirf ab die Sklavenketten!«

– ***Stralauer Allee, wo wir den Erzählungen über den Geischt des Urian lauschten:*** Die Familie Jünger wohnte 1929 in Berlin, Stralauer Allee 36/I. Vgl. Jünger / Kubin 1975, S. 14-22. Vgl. die Anekdote um den »Geist des alten Uriel Acosta« in: Schlichter 1991, S. 19 ff.

Aus jenen Berliner Tagen hat sich ein hs. Briefgedicht Speedy Schlichters an Gretha Jünger (2 Bl., 4 S.) erhalten, worin amüsant auch auf den »Geischt« eingegangen wird: »Berlin, 5. Mai 1930 // Ach Liebe Frau Jünger / Wie gemacht hat es mich jünger / Die Verse waren köstlich / Und garnicht garnicht östlich / Diese Zickezacke hei hei hei! / Oh wie schön schmeckt das Ei / Mit Petersille in Rührei! / Aber, halt nur kei Brei / Aus diesem schönen hei hei hei! // Italien ist ein schönes Land / Der Schwarzwald hat auch allerhand / Zum Beispiel Plätzele und noch viel mehr / Die Liebe nimmt kein Ende mehr. / Und die Wälder und die Wälder / Sind eben die schönsten Wälder. / Ô Schwarzwald. ô Heimat / Ohne Dich werden wir matt. / Doch gern wären wir gefahren, / In das Land der Gefahren, / Denn wo die Zitronen blühen / Muss auch die Liebe glühen. / Dass mir keine Klagen kommen / Aus dem schönen Land der Sonnen / Aber dies zwischen Klammer / Es ist für uns ein Jammer / Nicht bei Macaroni zu sitzen / Sondern in Berlin zu schwitzen. / Das Kleingeld fehlt mir noch, / Aber kommen muss es doch / Dafür werden wir sorgen / Und müssten wir es borgen / So denkt auch der Baron / Unser lieber Salomon / (Graf ist er allerdings / Erfuhr ich neuerdings / Denn seine Frau / wau wau wau / Auf Ihrem Taschentuch / (Ihr Mann schreibt ein Buch) / Trägt eine Krone / Und das ist nicht ohne) / So liegen die Sachen / Das ist nicht zum lachen / Es herrscht eben die Pleite / Die zieht in die Weite / Dies alles ist Schuld / Es bleibt nur Geduld / Sonst wären wir sofort gefahren / »In das Land der Gefahren« / In diesen Tagen soll sich's entscheiden / Ob Lachen oder Leiden / Nun warten wir noch / Und werden fahren doch! / Der Baron Salomon, / Nein Graf von Salomon / Will auch zu den Schwaben / Denn die wollen ihn haben. / Er sucht auch Geld / Er ist ein Held. / Aber genug mit den Klagen / Es ist eben die Lage. / Vielleicht wird es klappen / Dass wir kriegen paar Lappen / Dann fahren wir illico[?] weg / Aus dem staubigen Dreck / Die Schwarzwaldluft / Hat aber den besten Duft / Auf deutschen Boden / Lässt es sich loben. / - ›Wie haben da die Gerber / So meisterlich gegerbt / Wie haben da die Färber / So juchurot gefärbt‹ - / Der Schwarzwald ist ein schönes Land / Aus vielen Versen wohlbekannt. / Nun kommt und seht euch dieses an / Kommt alle, Frau, Kind und Mann / Wir werden dort lachen / Und lust'ge Sachen machen / Ich sage euch na weischte / Es gibt dort viele Geischte / Die Geischterdirektorin bin ich / Wendet euch nur an mich! / Im Klopfen bin ich die Meisterin / Und heisse Nachts auch Schlichterin / Weh dem wer nicht weiss was Gruseln heisst / Er wird es lernen von diesem Geischt. / Ô Gretha lass es Dir wohl ergehen / Wir werden uns bald wiedersehen / Dort wo die dunklen Tannen stehen / Ô Schwarzwald wie bist Du so scheen! // Nu, was sagen Sie dazu / Noch schlechtes deutsch dazu / Aber es wird alles werden / S' ist so viel geworden auf der Erden. // Jetzt aber Schluss / Mit einem grossen Kuss! // Ihre Speedy / Viele herzliche Grüsse / an Ihren Ma / und an Herrn Georg Jünger // [Hs. Zusatz] Herzl. Grüße an Euch Alle / Rudolf Schlichter / ›Speedy's Ma‹«.

S. 86

Gretha Jünger an Rudolf Schlichter, e. Ansichtskarte
[Motiv: »Goslar a. Harz vom Petersberg gesehen«, Foto Simonsen],
m. U., o. O., o. D.
[Datum des Poststempels: Goslar, 29.9.36]

S. 86 ***Ihre Karte*:** ist nicht erhalten.

– ***unser Wiedersehen:*** »(...) Frau Jünger war hier, sie hat uns ein[e] Menge erzählt. Sie ist sehr massiv u. dabei von einer sprudelnden Lebendigkeit. Sehr nett u. uns sehr zugetan, wie überhaupt der ganze Kreis Jünger. Alles andere bei Gelegenheit mündlich. (...)«. Rudolf Schlichter, Postkarte an Paul Wilhelm Wenger (Rottenburg, Hohenbergstraße 2), Stuttgart, 5. 10. 1936. Bundesarchiv Koblenz, N 1332 Wenger/85

S. 87
Ernst Jünger an Rudolf Schlichter, e. Bf. m. U.,
Goslar, 18. Oktober 1936, 1 Bl., 1 S.; Auszug in: Ernst Jünger: Briefe. II. An Verschiedene, 1. 28.1.1928–15.10. 1939. Ts., S. 210–340, hier S. 277, Archiv Ernst Jünger, Wilflingen

S. 87 ***Ihr Bild (...) Ihre Widmung:*** nicht ermittelt.

– ***Morgen früh reise ich ab:*** Ernst Jünger begab sich am 19. Oktober bis 15. Dezember 1936 auf eine Reise nach Brasilien, den Kanarischen Inseln und Marokko. Literarischer Ertrag dieser Reise war »Atlantische Fahrt«, Zürich (Verlag der Arche) 1948 (Mühleisen 1996, Nr. 53, s. a. Nr. 51, 1947).

S. 87
Rudolf Schlichter an Gretha Jünger, e. Bf. m. U.,
Stuttgart, 20. Oktober 1936, 1 Bl., 2 S.

S. 88 ***Hoffentlich zeigt sich bald am Horizont jene Gestalt, auf die wir es abgesehen haben:*** Näheres zu dem erwarteten Käufer nicht ermittelt.

S. 88
Ernst Jünger an Rudolf Schlichter, e. Fotoansichtskarte,
Motiv »Brasilianische Palmen«, Para, 8. November 1936

S. 89
Ernst Jünger an Rudolf Schlichter,
e. Fotoansichtskarte mit dem Aufdruck »Rio de Janeiro /
Alto do Corcovado – Ausblick vom Corcovado«,
Rio de Janeiro, 22. November 1936

S. 89
Gretha und Ernst Jünger an Speedy und Rudolf Schlichter,
e. Fotoansichtskarte, Motiv »Überlingen a. B. Osten«
mit Pfeil-Hinweis
[Dat. d. Poststempels: Überlingen, 16. 1. 37]

S. 90
Rudolf Schlichter an Ernst und Gretha Jünger, e. Bf. m. U.,
Stuttgart, 19. Januar 1937, 1 Bl., 2 S.

S. 90 ***Schluß meiner Ausstellung:*** vermutlich die im November 1936 eröffnete Ausstellung in Stuttgart bei Hans Borst, vgl. Anm. zu S. 70.

S. 91 ***Nichtbeantwortung Ihrer Karte:*** Die Karte von Gretha Jünger ist nicht erhalten.

– ***Meine »Kreuztragung« (...) der Roman Speedys:*** vgl. Anm. zu S. 60 u. zu S. 52.

– ***Revision meines Ausschlusses aus der Reichsschrifttumskammer:*** Mit Schreiben des Präsidenten der Reichsschrifttumskammer an den Reichsverband deutscher Schriftsteller, Berlin, 18. 7. 1935, wurde Schlichter zunächst »mit Wirkung vom 1. August 1935 an aus dem Reichsverband Deutscher Schriftsteller und der Reichsschrifttumskammer ausgeschlossen. Seine beiden Bücher ›Tönerne Füsse‹ und ›Das widerspenstige Fleisch‹ zeigen, daß er zur Erzeugung deutschen Kulturgutes im Sinne des § 10 der Ersten Durchführungsverordnung zum Reichskulturkammergesetz unzuverlässig und ungeeignet ist«. Der endgültige »Beschluss« mit demselben Wortlaut, datiert Berlin, 10. 9. 1935, legte den Ausschluß »mit Wirkung vom 1. Oktober 1935« fest. Bundesarchiv Berlin, R 56 V.

– ***Ihre schöne Wohnung:*** Im Dezember 1936 war die Familie Jünger nach Überlingen ins »Weinberghaus« umgezogen.

S. 92

Rudolf Schlichter an Ernst Niekisch, masch. Bf. m. hs. Zusatz u. U., Stuttgart, 5. März 1937, 2 Bl., 4 S., Bundesarchiv Koblenz, N 1280 Niekisch

S. 92 ***Ihr Buch (…) Besonders gefiel mir der Abschnitt »Zwischenspiele«:*** Ernst Niekisch: Die dritte imperiale Figur. Berlin (Widerstands-Verlag) 1935, 224 S. Das Buch, das als »DRUCK FÜR BÜCHERFREUNDE (…) nur in einer kleinen Auflage hergestellt wurde« (Impressum), ist in 48 Abschnitte aufgeteilt, die zu sechs Kapitelgruppen im ersten Teil »Die ewigen Alten« und vier Kapitelgruppen im zweiten Teil »Im technischen Raum« zusammengefaßt werden. Das sechste Kapitel »Zwischenspiele« im ersten Teil umfaßt die Abschnitte »21. Gewalt und Geist«; »22. Soldatenstaat«; »23. Weltliteratur«; »24. 1914-1918«; »25. Der ›Feldherr‹«. Armin Mohler stellte freundlicherweise sein Arbeitsexemplar zur Verfügung.

S. 93 ***Krapülen:*** vgl. Anm. zu S. 74.

S. 94 ***an die imperiale Kraft des Arbeiters glaube ich nicht:*** Vgl. besonders die Abschnitte »39. Die imperiale Berufung« und »47. Imperiales Ordnungsgut« im Schlußkapitel »Die dritte imperiale

Figur« des gleichnamigen Buches von Ernst Niekisch, vgl. Anm. zu S. 92.

S. 95 ***das genaue Zitat des römischen Autors:*** Das angedeutete Zitat ließ sich in Niekischs Buch nicht ermitteln; es bezieht sich vielleicht auf eine Stelle im nicht erhaltenen Begleitschreiben Niekischs.

– ***in meiner Kreuztragung:*** vgl. Anm. zu S. 60.

– ***Religionssoziologie von Weber:*** Max Weber: Gesammelte Aufsätze zur Religionssoziologie. Bd. 1-3. Tübingen (J. C. B. Mohr) 1920-1922.

S. 96
Rudolf Schlichter an Ernst Jünger, e. Bf. m. U.,
Stuttgart, 16. März 1937, 1 Bl., 2 S.
von fremder Hand Zahlenreihen auf dem 2. Bl.

S. 96 ***werde voraussichtlich im Mai bei Buchholz in der Leipziger Straße ausstellen:*** nicht ermittelt.

– ***Ausstellung von Kubin:*** Im Berliner »Ausstellungsraum Karl Buchholz« an der Leipziger Straße 119-120 fand vom 12. Januar bis zum 9. Februar 1937 eine Ausstellung zum 60. Geburtstag von Alfred Kubin mit Aquarellen und Zeichnungen statt. Vgl. Karl-Heinz Meißner: Alfred Kubin. Ausstellungen 1901 bis 1959. München 1990, S. 133 f.

– ***Herr Niekisch hat die Absicht, die Kreuztragung zu verlegen:*** Das Projekt kam nach Ernst Niekischs Verhaftung 1937 nicht mehr zustande.

– ***Er las mir auch einige von den neuen Gedichten Ihres Bruders vor:*** Friedrich Georg Jünger: Gedichte. Berlin (Widerstands-Verlag) 1934. »Friedrich Georg Jüngers Gedichtbuch enthielt ein Gedicht *Der Mohn*, das im Jahre 1934 einen der kühnsten Angriffe gegen das nationalsozialistische Regime darstellte« (Niekisch 1958, S. 141). Teil 2 der »Elegie« lautet: »Mohnsaft, du stillst den Schmerz. Wer lehrt uns das Nied're vergessen? / Schärfer als Feuer und Stahl kränkt uns das Niedere doch. / Wirft es zur Herrschaft sich auf, befiehlt es, so fliehen die Musen. / Ach, die Lieblichen sind schnell in die Ferne entfloh'n. / Klio, als sie die Grenzen erreichte, wandte zurück sich, / Abschied nahm sie, sie sprach scheidend ein treffendes Wort: / ›Toren heilt man mit Schlägen und Spott, bald kehr' ich mit Geißeln, / Die ein Richter euch flocht, kehre mit Peitschen zurück. / Oft schon herrschten Tribunen, es floh in die lieblose Fremde / Finster Coriolan, fort ging der edlere Mann. / Prahlend blieb der Schwätzer zurück, umjauchzt von der Menge, / Histrionengeschmeiß spreizt sich auf hohem Kothurn.‹« (A.a.O., S. 60 f.) Thomas Mann notierte in seinem Tagebuch am 30. 9. 1934: »(...) las in klassizistischen Gedichten eines F. G. Jünger, die Bermann geschickt hatte, erschienen im ›Widerstandsverlag‹ (!) Berlin, darin ein Stück ›Der Mohn‹, von fabelhafter Aggressivität gegen die Machthaber, das ich, als die Meinen vom Theater zurückgekehrt waren, ihnen beim Abendessen zu allgemeinem Erstaunen vorlas. (...).« In: Thomas Mann: Tagebücher 1933-1934. Hrsg. v. Peter de Mendelssohn. Frankfurt am Main (S. Fischer) 1977, S. 578.

– ***Speedy's Roman:*** vgl. Anm. zu S. 52.

– ***Lektor Herrn Hessel:*** Franz Hessel (1881-1941), literarischer Flaneur zwischen Berlin und Paris, war von 1924 bis 1933 zusammen mit Paul Mayer offiziell, danach inoffiziell bis zu seiner Emigration 1938 nach Frankreich, Lektor im Verlag Ernst Rowohlt. Der Verleger selbst emigrierte im selben Jahr nach Südamerika. Vgl. Manfred Flügge: Gesprungene Liebe. Die wahre Geschichte zu »Jules und Jim«. Berlin (Aufbau-Verlag) 1993, S. 214-217; Paul Mayer: Ernst Rowohlt in Selbstzeugnissen und Bilddokumenten. Reinbek bei Hamburg (Rowohlt Verlag) 1968, S. 132-135.

– ***E. v. Salomon:*** Das Gutachten Ernst v. Salomons ist nicht überliefert.

S. 97

Gretha Jünger an Rudolf Schlichter, e. Pk. m. U., o. O., o. D.
[Datum des Poststempels: Ueberlingen, 25.3.37]

S. 98

Gretha, Ernst und Hans-Otto Jünger
sowie Rudolf Schlichter an Speedy Schlichter,
e. Fotoansichtskarte m. U., Motiv »Überlingen a. B. Osten«
[Dat. d. Poststempels Ueberlingen, 31. 3. 37]

S. 98 ***H.-O. Jünger:*** Hans-Otto Jünger (1905-1976), der zweitjüngste Bruder Ernst Jüngers.

S. 98

Gretha Jünger an Rudolf Schlichter,
e. Fotoansichtskarte m. U.,
Motiv »Friedrichshafen a. Bodensee / Orig.-Fliegeraufnahme«, o. O., o. D.
[Datum des Poststempels: Friedrichshafen, 4. 5. 37]

S. 98 ***Ihre Grüsse:*** ein entsprechendes Schreiben ist nicht erhalten.

– ***Lektüre Hsi Mens:*** Gemeint ist der Held Hsi-Men des chinesischen Sittenromans »Kin Pin Meh« vom Ende des 16. Jahrhunderts. Der Titel lautet wörtlich übersetzt »Die Pflaumenblüte in der Goldvase«, deutet aber zugleich die Namen von drei Frauen an. »Der Roman schildert das unzüchtige Familienleben eines reichen, aber vulgär-sinnlichen Menschen namens Hsi-Men King. Wegen der anstandslosen Offenheit, mit der sexuelle Szenen geschildert werden, ist der Roman während der letzten vierhundert Jahre amtlich verboten gewesen, wurde aber dennoch gelesen. Man kann trotz der anstößigen Stellen, die er enthält, nicht sagen, daß er ein unsittlicher Roman wäre. Mit großartiger Realistik werden alle Verfehlungen und Laster innerhalb der Familie gezeichnet. Aber man erlebt, wie die Laster aus Verführungen immer mehr zu Bindungen werden, und wie schließlich diese Laster es sind, an denen die ihnen Verfallenen, jedes auf seine individuelle Weise, zugrunde gehen.« Vgl. Richard Wilhelm: Die chinesische Literatur. Wildpark-Potsdam (Akademische Verlagsgesellschaft Athenaion) 1930, S. 183. Schlichter bezieht sich vermutlich auf die Ausgabe: Kin Pin Meh oder Die abenteuerliche Geschichte von Hsi Men und seinen sechs Frauen. Aus dem Chinesischen von Franz Kuhn. Leipzig (Insel Verlag) 1930.

S. 99
Rudolf Schlichter an Ernst Jünger, e. Bf. m. U., Stuttgart, 11. Mai 1937, 2 Bl., 4 S.; m. hs. Zusatz von Speedy Schlichter

S. 99 ***Calwer Freund Perrot:*** Heinrich Perrot (1900-1975) aus Calw, gründete 1925 in der väterlichen Werkstatt ein Unternehmen, aus dem später die weltweit bekannte Fabrik für Beregnungsanlagen wurde. Während des Zweiten Weltkriegs war für die Produktion sogenannter fliegender Leitungen, also von Rohrleitungen für Wasser, Benzin oder Druckluft z. B. für die Luftwaffe, aus Gründen der Normierung im Großdeutschen Reich nur das System Perrot zugelassen. Die Firma ging zwar 1967 in Konkurs; ihr Signet ist aber noch heute das Markenzeichen der Firma »Regnerbau Calw«. Perrots Tochter Dorothea Elisabeth Bauer (1930-1993) gab im Selbstverlag (o.O., o.J.) die von ihr kommentierten Memoiren ihres Vaters unter dem Titel »Ile Perrot. Rendezvous mit meinem Vater« heraus (vgl. Perrot/Bauer). Darin findet sich das Kapitel »Die Begegnung mit Rudolf und Speedy Schlichter« (S. 118-129). Heinrich Perrot besaß einige Werke Schlichters, darunter Porträts seiner Frau Eugenie, seiner Tochter Dorothea sowie das - im Zusammenhang mit Schlichters zweitem Jünger-Portrait wichtige - Ölbild »Einsamkeit« (Privatbesitz) [Abb. 26]; vgl. Tübingen/Wuppertal/München 1997/98, Kat.-Nr. 154.

S. 100 ***die bekannte Angelegenheit:*** vermutlich die Verhaftung Ernst Niekischs im März 1937.

– ***Dr. Steiner:*** Herbert Steiner (1892-1966) leitete in Zürich von 1930 bis 1943 zusammen mit Martin Bodmer die Zeitschrift »Corona«. Von 1945 bis 1959 gab Herbert Steiner die Werke Hugo von Hofmannsthals im S. Fischer Verlag, Frankfurt am Main, heraus.

– ***mein Manuskript:*** vermutlich Schlichters »Kreuztragung«, vgl. Anm. zu S. 60.

– ***Lazarillo da Tormes:*** Anonym: Das Leben des Lazarillo von Tormes, seine Freuden und Leiden (1554). Früher spanischer Schelmenroman. Eine deutsche Ausgabe erschien »An Hand der deutschen Übersetzung des 17. Jahrhunderts aus dem Spanischen übersetzt und eingeleitet von Hubert Rausse« 1911 in Stuttgart (Franckhsche Verlagshandlung).

– ***Celine:*** Louis-Ferdinand Céline (eig. Louis Destouches, 1894–1961); Armenarzt und Schriftsteller; wechselte nach einer für ihn enttäuschenden Reise durch die Sowjetunion 1936 von der extremen Linken zum Faschismus. 1944 zog der Kollaborateur der Vichy-Regierung nach Sigmaringen. Am bekanntesten wurde sein Stationenroman »Voyage au bout de la nuit« (1932), dt. »Reise ans Ende der Nacht« (Mährisch-Ostrau, Kittl, 1933). Ernst Jünger erwähnt Céline als »Merline« im Tagebucheintrag *»Paris, 7. Dezember 1941«*, in: Jünger 1949, S. 72 f. In seinem ausführlichen Brief über Céline an Helmut Krausser, dat. *»Wilflingen, 20. Mai 1994«*, führt Jünger den Tagebucheintrag ebenfalls an. Vgl. Ernst Jünger: Siebzig verweht V. Stuttgart (Klett-Cotta) 1997, S. 139–142.

S. 101 ***den 3. Bd. der Friedellschen »Kulturgeschichte der Neuzeit«:*** Egon Friedell: Kulturgeschichte der Neuzeit. Die Krisis der europäischen Seele von der Schwarzen Pest bis zum Ersten Weltkrieg. Drei Bände, fünf Bücher. München (Beck) 1927–31.

– ***Marku:*** vgl. Anm. zu S. 31.

– ***Hafis:*** Hafis: Gedichte. Übersetzung von Hans Bethge. Leipzig (Insel) 1910, ^{2}1920.

– ***Omar Chajiam:*** Der persische Dichter Omar Hayyam (1048–

1131) war als Mathematiker, Astronom, Physiker und Philosoph hoch angesehen. Seine Sammlung »Roba'iyat« (dt. »Vierzeiler«) kursierte in Handschriften im Freundeskreis. Nach mehreren Übersetzungen ins Deutsche seit 1878 erschienen 1933 (²1940) »Die Vierzeiler Omar Chajjams« (Ü. C. H. Rempis) in Tübingen sowie 1935 »Omar Chajjam und seine Vierzeiler« (ebd.). Friedrich Georg Jünger veröffentlichte in der »Corona« (Jg. 8, 1937/38, H. 3, S. 298-314) den Aufsatz »Omar Khajjam«. Ein Sonderdruck davon ist in der Bibliothek Schlichter erhalten.

– ***Steinmühle am Neckar:*** Rudolf Schlichter: Steinmühle bei Rottenburg. Ölgemälde. Maße und Verbleib unbekannt. Werkfoto im NL Schlichter [Abb. 19].

– ***Profil Speedys in einer Juralandschaft:*** Rudolf Schlichter: Portrait Speedy im Profil vor Juralandschaft, Ölgemälde, 1937. Vermutlich identisch mit dem auf 1934 datierten Portrait. Werkfoto Archiv Ernst Jünger, Wilflingen [Abb. 11]; vgl. Tübingen/Wuppertal/München 1997/98, Kat.-Nr. 150.

– ***Alpenbild:*** Rudolf Schlichter: »Alpenbild«, Ölgemälde, 1937. Maße und Verbleib unbekannt.

– ***Jurafelsen:*** Rudolf Schlichter: »Jurafelsen in einem schwäbischen Hügelland«, Ölgemälde, 1937. Maße und Verbleib unbekannt. Werkfoto Archiv Ernst Jünger, Wilflingen [Abb. 20].

S. 102 ***wunderlichen Abenteuern Hsie-mens:*** vgl. Anm. zu S. 98.

S. 102
Ernst Jünger an Rudolf Schlichter, masch. Bf. m. U., Überlingen, 14. Mai 1937, 1 Bl., 1 S.; Auszug auch in: Ernst Jünger: Briefe. II. An Verschiedene. 1. 28.1.1928–15.10.1939, Ts., S. 201–340, hier S. 295 f., Archiv Ernst Jünger, Wilflingen

S. 102 ***Es ist schade, daß sich Ihr Besuch verschiebt:*** Die Nachricht Schlichters ist nicht erhalten.

S. 103 ***Aus Berlin leider nur die Nachricht:*** bezieht sich vermutlich auf die Verhaftung Ernst Niekischs im März 1937.

– ***Mit Herrn Steiner trifft die Schuld mich:*** vgl. Anm. zu S. 100.

S. 103
Rudolf Schlichter an Ernst Jünger, e. Bf. m. U., Stuttgart, 1. Juli 1937, 1 Bl., 2 S.

S. 103 ***Nepenthesblume:*** »Die *Nepentháceae* oder ›Kannenpflanzen‹ sind die mächtigsten aller Carnivoren und zeigen eine weitgehende Metamorphose und Arbeitsteilung der Laubblätter. In den zu Schläuchen umgewandelten Blattspreiten besitzen sie sehr vollkommene Einrichtungen für den Fang und die Verdauung, zumal die eingefangenen Insekten (bei einzelnen Arten kommen auch kleine Wirbeltiere, Reptilien und selbst Vögel in Betracht) von einem peptonisierenden, d. h. fleischverdauenden Fermente verzehrt werden. (...). Andererseits gibt es auch eine grössere Anzahl von kleinen Wassertieren und Insekten (vor allem Fliegenmaden), die ihre normale Entwicklung in den Nepenthes-Kannen durchlaufen. (...) Es sind Pflanzen des Waldrandes und lichter Stellen des tropischen Regenwaldes. Ihr Hauptverbreitungsareal liegt im Indischen Monsungebiet (...).« Vgl. Illustrierte Flora von Mittel-Europa. Mit besonderer Berücksichtigung von Deutschland, Oesterreich und der Schweiz. Zum Gebrauch in den Schulen und zum Selbstunterricht. Von Dr. phil. Gustav Hegi. IV. Band. 2. Hälfte. Dicotyledones (II. Teil). München: J. F. Lehmanns Verlag o. J., S. 510 f. Bibliothek Ernst Jünger. Ein Werkfoto des verschollenen Aquarells der »Nepenthesblume« (1937) hat sich im NL Schlichter erhalten [Abb. 21].

S. 104 ***Speedy's Bruder, der ein sehr begabter u. origineller Schriftsteller ist:*** Alexandre Koehler (1895-1942) schrieb viele Erzählungen und einen Roman: Kroum ou le poumon gauche. Boudry (Edition La Baconnière, Schweiz) 1939. Vgl. Rudolf Schlichter: Portrait Alexander Koehler, 1937 (Bleistift, 35 × 27,5 cm, Berlin / Stuttgart 1984, Kat. Nr. 290; Abb. Kat. Hasenclever, München 1990, Nr. 134); Rudolf Schlichter: Portrait Alexander Koehler, 1937 (Bleistift, 28,8 × 29,9 cm, Berlin / Stuttgart 1984, Nr. 289, Privatbesitz) [Abb. 22]. Schlichter widmete seinem Schwager ein Exemplar des ersten Bandes seiner Autobiographie »Das widerspenstige Fleisch« (1932) und schrieb auf den Vorsatz: »Lieber Alexander, bevor man / die Wahrheit erkennt, gleicht / man einem Menschen, der mit / dem Kopf im Kot steckt u. mit / den Beinen in der leeren Luft / herumfuchtelt. / In alter Treue / Dein Schwager / Rudolf Schlichter / 1931.« Die Datierung bestätigt, daß »Das widerspenstige Fleisch« bereits Ende 1931 ausgeliefert wurde. Bibliothek Frédéric Koehler.

– ***Galerie Moos in Genf:*** Eine Schlichter-Ausstellung in der angesehenen Galerie Moos wurde nicht ermittelt.

– ***Dr. Walter Meier:*** Dr. Walther Meier (1898-1982), Dissertation über Jean Paul (1926); Redakteur der »Neue Schweizer Rundschau« (1933-1955) und Verleger (Fretz & Wasmuth, 1943/44), Begründer und Herausgeber der »Manesse Bibliothek der Weltliteratur« bei Conzett & Huber, Leiter des Manesse-Verlags (1944-1971). Als Schriftleiter der von Martin Hürlimann herausgegebenen Zeitschrift »Atlantis. Länder. Völker. Reisen« veröffentlichte Walther Meier 1931 in H. 8 (S. 491-496) Rudolf Schlichters Erzählung »Flucht auf den Hohentwiel« mit drei Federzeichnungen (vgl. Schlichter 1995, S. 60-72). Vom späteren Herausgeber der »Neuen Schweizer Rundschau« sind zwei Briefe im NL Schlichter erhalten: Die undatierte hs. Einladung, in seiner Wohnung in Zürich, Kirchgasse 33, logieren zu können, sowie das masch. Begleitschreiben vom 28. 9. 1936 zur bedauerten Rücksendung der »biblische(n) Erzählung«, also der »Kreuztragung« Schlichters (vgl. Anm. zu S. 60). Vgl. »Begegnungen mit Dr. Walther Meier dem Herausgeber der ›Manesse Bibliothek der Weltliteratur‹. Freundesworte von Max Rychner, Carl J. Burckhardt, Erwin Jaeckle, Werner Weber«. Zürich (Manesse Verlag) o. J. [1963]; Ej.: Der Schöpfer der Manesse Bibliothek der Weltliteratur verlässt sein Werk. In: Tat, 26. 6. 1971.

– ***Ausstellung:*** Eine Schlichter-Ausstellung im Kunsthaus Zürich kam nicht zustande. Vgl. Absageschreiben des »Kunsthaus Zürich« mit Rücksendung von 22 Photographien an Rudolf Schlichter, Zürich, 4. 1. 1938. Kunsthaus Zürich, Archiv, Briefbuch 1938, Abschrift S. 472.

– ***Die Zeit:*** Die Zeit. Kunst, Literatur, Leben. Schriftleitung: Albin Zollinger. Die angekündigten Rohrfederzeichnungen Schlichters sind in der im V. Jg, Nr. 6, Oktober 1937 eingestellten Zeitschrift nicht erschienen.

– ***Berliner Angelegenheit:*** vermutlich die Verhaftung Ernst Niekischs.

– ***Artikel aus dem Stuttg.[arter] Tagbl.[att]:*** nicht ermittelt.

S. 105
Gretha und Ernst Jünger an Rudolf Schlichter, e. Bf. m. U., Überlingen, 6. Juli 1937, 1 Bl., 2 S.

S. 105 ***die Aufnahme aus den Ostertagen:*** ist nicht erhalten.

S. 106 ***den »Alten vom Berge«:*** der »Alte vom Berge« (arab. Scheich-ul-Dschebel), Titel des Hassan-ben-Sabbah, des Gründers der mohammedanischen Sekte der Assassinen und danach seiner Nachfolger. Gemeint ist vielleicht der Lebensbericht »Die Geächteten« (1930) Ernst v. Salomons, des Mittäters am Attentat auf den Außenminister Walther Rathenau 1922. Die von Dr. Reinhard Tgahrt im Deutschen Literaturarchiv, Marbach am Neckar, ermittelten Bücher mit dem gesuchten Titel von Hermann Löns (1911), Rudolf Haas (1921), Christian Friedrich Gehring (1926), Grazia Deledda (1928) bzw. Hans Arnold (»Der blonde Assassine«, 1937) waren oder sind Ernst Jünger nicht bekannt (vgl. Bf. v. Dr. Liselotte Jünger an den Herausgeber v. 4. 4. 1997). In Ernst Jüngers »Heliopolis. Rückblick auf eine Stadt« (Tübingen, Heliopolis-Verlag, 1949) findet sich im Gespräch zwischen Lucius und dem »Chef« die Stelle: »›Was wirft man ihnen denn vor?‹ / ›So ziemlich alles, was seit den Zeiten des Alten vom Berge bei solchen Anlässen üblich ist, und noch etwas mehr.‹« (S. 83).

S. 106
Rudolf Schlichter an Ernst Jünger, e. Bf. m. U.,
Stuttgart, 8. August 1937, 1 Bl., 2 S.;
m. hs. Zusatz von Speedy Schlichter

S. 106 ***die fruchtbaren Tage in Ihrem Kreis:*** Der Besuch Rudolf und Speedy Schlichters bei Jüngers am Bodensee fand im Juli 1937 statt; bei dieser Gelegenheit begann Schlichter sein zweites Portrait Ernst Jüngers [Abb. 25; vgl. Tübingen/Wuppertal/München 1997/98, Kat.-Nr. 153].

– ***die versprochenen Bücher:*** nicht ermittelt.

– ***K. Kraus »Die letzten Tage d. Menschheit:*** Karl Kraus: Die letzten Tage der Menschheit. Tragödie in fünf Akten mit Vorspiel und Epilog. Leipzig, Wien (Verlag »Die Fackel«) 1922. Zweite Auflage, o. J. Bibliothek Schlichter.

S. 107 ***Bei Meyrink:*** vgl. Anm. zu S. 24.

– ***Herr Litzmann aus Hamburg:*** eigtl. Ursula Litzmann (geb. 1916), Fotografin. Zum Mißverständnis vgl. den Beginn von Ernst Jünger: Atlantische Fahrt: »An Bord, 20. Oktober 1936 / Im Wartesaal Begegnung mit Ursula K., auf Grund eines Briefwechsels. Da ich den Vornamen als ›Ulrich‹ entziffert hatte, erwartete ich einen Knaben, etwa einen Sekundaner, und war durch die Erscheinung des Mädchens überrascht. (...)«. Vgl. Ernst Jünger: Atlantische Fahrt. Zürich (Arche) 1948, S. 5. Wiederum nicht richtig nennt Jünger den Namen (Ulrike) im Brief an Schlichter vom 26. 8. 1937. Ursula Litzmann hatte 1934 brieflich Kontakt mit Ernst Jünger aufgenommen und dabei nur mit »U. Litzmann« unterschrieben. Jünger nahm an, daß es sich um einen »jungen Mann« handeln müsse. Bei der ersten Begegnung im Hamburger Hauptbahnhof vor Jüngers Reise nach Südamerika mußte Ursula Litzmann entsprechend von ihrem nicht existenten »Bruder« berichten. Obwohl Ursula Litzmann später Jünger gegenüber eingestand, keinen Bruder zu haben, blieb das Mißverständnis offenbar bestehen. Frau Litzmann kann sich nicht erinnern, jemals an Rudolf Schlichter geschrieben zu haben (Angaben nach einem Gespräch mit dem Herausgeber am 17. 6. 1997). Ursula Litzmann ist übrigens die Großnichte des preußischen Generals Karl Litzmann (1850-1936), nach dem zwischen 1939 und 1945 die polnische Stadt Lodz von den Nationalsozialisten im damaligen ›Reichsgau Wartheland‹ »Litzmannstadt« genannt wurde. Die etwa 200.000 jüdischen Einwohner von Lodz wurden von den Nazis zum größten Teil ermordet.

– ***Das Bild:*** das von Schlichter in Überlingen begonnene Jünger-Portrait.

– ***Ernstle:*** Ernst Jünger jr. (1926-1944).

– ***Wildwestgeschichte:*** Rudolf Schlichter schenkte dem Sohn Ernst Jüngers später eine seiner Sealsfield-Illustrationen (vgl. Anm. zu S. 122); sie ist nicht erhalten.

S. 108

Ernst Jünger an Speedy und Rudolf Schlichter,
Fotografie (Lauterwasser, Überlingen), m. hs. Widmung,
Überlingen, 17. August 1937 [Abb. 24 b]

S. 108
Ernst Jünger an Rudolf Schlichter, Überlingen, 26. August 1937, masch. Auszug in: Ernst Jünger: Briefe. II. An Verschiedene. 1. 28.1.1928–15.10.1939. Ts., S. 201–340, hier S. 298 f.
Archiv Ernst Jünger, Wilflingen

S. 108 ***Die Nachricht:*** nicht erhalten.

– ***Herrn Litzmann:*** die Fotografin Ursula Litzmann, vgl. Anm. zu S. 107.

– ***»Jardin des supplices«:*** Der Roman »Le Jardin des supplices« (1899, dt. Der Garten der Qualen, Ü.: F. Hofen, Budapest 1913) von Octave Mirbeau (1848-1917). Vgl. Jüngers Reflexion über das Buch in: Jünger 1949, »*Sars-Poteries, 22. Februar 1941*«, S. 23.

S. 109 ***die Abenteuer des Hadschi Baba aus Ispahan:*** James Morier (1780?-1849): The adventures of Hajji Baba of Ispahan, 3 Bde., London 1824, dt. Die Abenteuer des Hadschi Baba aus Ispahan. Ü.: A. v. Kuehlmann-Redwitz, Leipzig 1913.

– ***der wackere Contreras:*** Alonso de Contreras: Leben, Taten und Abenteuer, von ihm selbst geschrieben. Aus dem Spanischen von Otto Fischer. Mit Zeichnungen von Max Unold. Berlin (Propyläen-Verlag) 1924. Ernst Jünger rezensierte diesen Band 1928 unter dem Titel »Alonso de Contreras«. In: Der Vormarsch. Blätter der nationalistischen Jugend. Berlin, 1. Jg., 1928, Nr. 11 (April), S. 275-277 (Mühleisen 1996, Nr. 333). In seiner Dankrede anläßlich der Verleihung der Ehrendoktorwürde der Universität von Bilbao am 19. Dezember 1989 erwähnt Ernst Jünger aus »der spanischen Abteilung meiner Bibliothek« u. a. »auch Schelmenstücke von Quevedo bis zu Contreras«. Vgl. Ernst Jünger: Siebzig verweht IV. Stuttgart (Klett-Cotta) 1995, S. 379.

– ***Octave Mirbeau (…) ›Journal d'une femme de chambre‹:*** Mirbeaus satirischer Gesellschaftsroman »Tagebuch einer Kammerzofe« (1900; dt. anon. Wien 1901; als »Enthüllungen einer Kammerzofe« Ü.: F. Hofen, Budapest 1901) versammelt ein Pandämonium der Laster und Perversionen zur Kritik an der Gesellschaft des Fin de siècle.

S. 109

Rudolf Schlichter an Ernst Jünger, e. Bf. m. U.,
Stuttgart, 11. September 1937, 3 Bl., 6 S.;
mit einer Randzeichnung von Schlichter [gekrümmter Wurm?;
Embryo in der Gebärmutter?] auf Bl. 1

S. 109 ***Photo Ihres Bildes:*** Rudolf Schlichter hatte sein zweites Jünger-Portrait demnach im September 1937 beendet.

– ***Speedy's Profilbild:*** Rudolf Schlichter: Portrait Speedy Schlichter im Profil vor Juralandschaft [Abb. 11]; vgl. Anm. zu S. 101. Auffällig ist die stilistische Affinität durch den starken Verismus und den Felsenhintergrund in den Portraits der beiden für Schlichter in dieser Zeit wichtigsten Partner.

S. 110 ***Zwei Geier:*** Rudolf Schlichter: Einsamkeit [Zwei Geier in einer wilden Gebirgspartie]. 1937. Öl auf Leinwand, 78 × 56 cm, Privatbesitz [Abb. 26]. Auf dem Werkfoto im Archiv Ernst Jünger, Wilflingen, hat Schlichter rückseitig hs. notiert: »Einsamkeit (Öl) / 700 M / Besitzer: / Heinrich Perrot / Calw-Althengstett«. Schlichter nahm in den Geiern die motivische Anregung Jüngers im Brief vom 14. 5. 1937 (vgl. S. 102) auf und entwickelte daraus eines der »merkwürdigsten und rätselhaftesten Zeugnisse ›innerer Emigration‹ im ›Dritten Reich‹«. Vgl. Tübingen/Wuppertal/München 1997/98, Kat.-Nr. 154.

– ***»Neckarlandschaft bei Wurmlingen«:*** Rudolf Schlichter: Neckartal bei Wurmlingen, Ölgemälde, 1935. Hanfstaengl-Druck, München 1938, 55 × 70 cm, Nr. 13456. Exemplar im NL Schlichter [Abb. 12].

– ***wie ich Ihnen schrieb:*** Brief oder Karte nicht erhalten.

– ***Musils »Mann ohne Eigenschaften«:*** Robert Musil: Der Mann ohne Eigenschaften. Roman. Berlin (Ernst Rowohlt) 1930; Buch 2: 1933. Auf einer Postkarte an Paul Wilhelm Wenger aus Stuttgart vom 31. 8. 1937 (Bundesarchiv Koblenz, N 1332 Wenger/85) skizziert Schlichter seinen Leseeindruck wie folgt: »(...) Sp.[eedy] liegt mit Hexenschuß, wie Frau Jünger. Wahrscheinlich am Bodensee geholt. - Z. Zeit lesen wir Musil ›Der Mann ohne Eigenschaften‹ ein ungewöhnlich interessanter Versuch. Der reinste Typus des psychologisch analytischen Romans spielt in Wien um 1913 (Musil ist Österreicher) [unleserliche Passage]. Ein trauriges Buch, [auf]schlußreich für eine sterbende Kultur. Natürlich besser als alles, was heute gemantscht wird. Du mußt es unbedingt lesen. (...)«

S. 111 ***Contreras:*** vgl. Anm. zu S. 109.

– ***Lazarillo da Tormes:*** vgl. Anm. zu S. 100.

S. 112 ***Hadschi Baba:*** vgl. Anm. zu S. 109.

– ***Conrad (...) »Spannung«:*** Joseph Conrad: Spannung [Suspense, 1925]. Roman. Ins Deutsche übertragen von Elsie MacCalman. Mit einem Nachwort von G. Jean-Aubry. Berlin (S. Fischer) 1936; vgl. Anm. zu S. 102.

– ***seine Lebenserinnerungen:*** Joseph Conrad: Lebenserinnerungen [A personal record]. Übertragen von Elsie Mac Calman. Berlin (S. Fischer Verlag) 1928.

– ***Corona:*** vgl. Anm. zu S. 100.

– ***meine Kunstrede (anläßlich der Ausstellung):*** Rudolf Schlichter: Worte der Einführung / zu seiner Ausstellung von fünfzig Gemälden, Rohrfeder-Zeichnungen / und Aquarellen / in den Räumen der Privatkunstsammlung von Hugo Borst, Gähkopf 3 / im November 1936. 8 S., mit einer Illustration (S. 2): Portrait Speedy Schlichter, 27. 10. 31. Vgl. Schlichter 1995, S. 217-222.

S. 113

Speedy Schlichter an Ernst Jünger, e. Bf. m. U.,
Stuttgart, 14. September 1937, 1 Bl., 1 S.

S. 113 ***»Ich würde es als billiger empfinden (...)«:*** Zitat aus dem Bf. Ernst Jüngers v. 26. 8. 1937, vgl. S. 109.

– ***Mirbeau:*** vgl. Anm. zu S. 108 f.

S. 115

Speedy Schlichter an Gretha Jünger, e. Bf. m. U.,
Stuttgart, 21.9.1937, 1 Bl., 2 S.

S. 116 ***Frau Dr Mirgeler:*** vermutlich die Gattin des Historikers Alfred Mirgeler (1901-1979), »von 1931 bis 1933 Leiter des Archivs für Volksbildung am Reichsinnenministerium zu Berlin; nach erzwungener Ruhe und der Teilnahme am Zweiten Weltkrieg (...) Ordinarius für Europäische Geschichte an der

Technischen Hochschule Aachen«; Mirgeler galt bis 1933 »als Exponent der anti-imperialistisch aufgefaßten katholischen Reichsideologie«. Vgl. Schmittiana. Beiträge zu Leben und Werk Carl Schmitts. Hrsg. v. Prof. Dr. Piet Tommissen. Bd. III, S. 81, FN 12; Bd. V., S. 43, FN 50.

S. 119
Ernst Jünger an Speedy Schlichter, e. Pk. m. U.,
Überlingen, 23. September 1937

S. 119 ***Geheim-Arbeit:*** Tatsächlich hatte Speedy Schlichter das Wort »Gehirn-Arbeit« geschrieben, allerdings mit verschobenem i-Punkt, so daß Ernst Jüngers Lesart nachvollziehbar ist.

– ***Gerade schrieb mir Kubin einen schönen Brief:*** Alfred Kubin an Ernst Jünger, Zwickledt-Wernstein am Inn, 22. September 1937. In: Jünger / Kubin 1975, S. 44 ff.

– ***Frau Mirgeler:*** vgl. Anm. zu S. 116.

– ***Ihr letztes Porträt:*** [Abb. 11] vgl. Anm. zu S. 101 u. 109.

S. 119
Rudolf Schlichter an Ernst Jünger, e. Bf. m. U.,
Stuttgart, 5. Oktober 1937, 1 Bl., 2 S.

S. 119 ***Seine Grüße aus München:*** Grüße von Friedrich Georg Jünger aus München vom Herbst 1937 sind nicht erhalten.

S. 120 ***Kunstrede (...) zwei Exemplare:*** nicht erhalten; vgl. Anm. zu S. 112.

– ***Photo von meinem neuen Bild (...) Der Jurafelsen:*** Rudolf Schlichter: Jurafelsen. Ölgemälde, 1937. Maße und Verbleib unbekannt. Werkfoto im Archiv Ernst Jünger, Wilflingen [Abb. 20].

– ***»Süddeutsches Land«:*** Rudolf Schlichter: Süddeutsches Land, Ölgemälde, 1937. Maße und Verbleib unbekannt.

– ***Conrad (...) acht Bände:*** Allein im Berliner Verlag S. Fischer erschienen bis 1937 u. a. die Titel »Der Geheimagent« (mit einer Einleitung von Thomas Mann, 1927); »Lord Jim« (1927, 1930); »Lebenserinnerungen« (1928); »Freya von den sieben Inseln« (1929, 1930); »Der Freibeuter« (1930); »Der Verdammte der Inseln« (1934); »Almayers Wahn« (1935); »Die Rettung« (1935); »Spannung« (1936). Keines der Bücher ist in der Bibliothek Schlichter erhalten. Vgl. Anm. zu S. 112.

– ***wie 1001 Nacht:*** In Schlichters Bibliothek sind »Die Erzählungen aus den Tausendundein Nächten« als »vollständige deutsche Ausgabe in zwölf Bänden auf Grund der Burton'schen Ausgabe besorgt von Felix Paul Greve« in der grünen Ganzleder-Ausgabe aus den Jahren 1907 bis 1912 erhalten. Der Besitzer-Stempel »Rudolf / Schlichter / Waldhornstr. N° 51« belegt zudem den Erwerb der Ausgabe während der Karlsruher Akademiezeit.

– ***Reise nach Südfrankreich:*** Ernst Jünger reiste im Sommer 1937 nach Paris und hatte dort Begegnungen mit André Gide, Julien Green, Jean Schlumberger, Joseph Breitbach und Annette Kolb. Vgl. Schwilk 1988, S. 316.

S. 121
Ernst Jünger an Rudolf Schlichter, e. Pk. m. U.,
Überlingen, 8. Oktober 1937

S. 121 ***Ihre »Worte der Einführung«:*** vgl. Anm. zu S. 112.

– ***Herr Steiner:*** vgl. Anm. zu S. 100.

– ***Poe:*** Edgar Allan Poe (1809-1849); amerikanischer Schriftsteller, von Ernst Jünger immer wieder angeführt.

– ***Stephenson und London:*** Robert L. Stevenson (1850-1894), schottischer Schriftsteller, »Die Schatzinsel« (1883), »Dr. Jeckyll und Mr. Hyde« (1886). Rudolf Schlichter illustrierte »Die Schatzinsel« zweimal: In der Übersetzung von Rudolf Lepa (Berlin, Werner Kube Verlag, o. J. [1940]) mit 5 farbigen Tafeln und 15 Textillustrationen, sowie in der Übersetzung von Arthur Seiffhart (Zürich, Atlantis-Verlag, 1944) mit 34 (davon 16 ganzseitigen) Textillustrationen. Außerdem entwarf Rudolf Schlichter den farbigen Schutzumschlag und 23 (davon 6 ganzseitige) Textillustrationen zu »Entführt« (Kidnapped, 1886) in der neuen Bearbeitung durch S. L. Sigwart im Hebel Verlag (Baden-Baden) o. J. [ca. 1948].

Jack London (1876-1916), amerikanischer Schriftsteller, u. a. »The call of the wild« (1903), »The sea wolf« (1904). Rudolf Schlichter zeichnete 1949 das Titelblatt zu »Jerry der Insulaner« für einen der Rowohlts-Rotations-Romane.

Rudolf Schlichter an Ernst Jünger, e. Bf. m. U.,
Stuttgart, 19. November 1937, 1 Bl., 2 S.

S. 122 ***die versprochene Gabe für Ihren Sohn Ernst (...) Sealsfield:*** Charles Sealsfield (d. i. Karl Postl): Das blutige Blockhaus. Potsdam (Gustav Kiepenheuer) 1922 (Der Graphischen Bücher 8. Bd.). In neuer Form hrsg. durch Walter v. Molo. Einband und 20 »Steinzeichnungen« von Rudolf Schlichter. Die Zeichnung für Ernst Jünger jr. hat sich nicht erhalten.

– ***Ihre Karte aus Kubins Behausung (...) Sein freundlicher Gruß:*** Ernst Jünger besuchte Alfred Kubin Ende November 1937. Einen anschaulichen Bericht über diesen Besuch gibt Ernst Jünger in einem Brief an seinen Bruder in: Jünger/Kubin 1975, S. 104-108. Die Karte Jüngers aus Zwickledt (Oberösterreich) mit einem Gruß Alfred Kubins hat sich nicht erhalten. Ernst Jünger erwarb bei diesem Besuch die aquarellierte Tuschfederzeichnung »Die Garküche« (1937, 25,5 × 35,5 cm) mit der hs. Widmung »Für Ernst Jünger zur Erinnerung ! / 25. XI. 1937 / AKubin« (Abb. in: Jünger/Kubin 1975, geg. S. 33). Schon 1932 hatte Kubin Jünger seine »›schönste Lithographie‹« der Tuschfederzeichnung »Begegnung im Walde« (um 1931/32, 43,8 × 32,7 cm; vgl. München/Hamburg 1990/91, Kat. Nr. 225) mit dem hs. Titel »Der Waldspaziergang« und der hs. Signatur »AKubin / s./ l. Ernst Jünger« geschenkt (vgl. Bf. Kubins an Jünger vom 18. 1. 1932. In: Jünger / Kubin 1975, S. 31, Abb. geg. S. 48). In einem Brief an Jünger vom 2. 12. 1937 beurteilt Kubin ein Photo von Schlichters zweitem Jünger-Portrait 1937 [Abb. 25] sehr wohlwollend: »Eine völlig ehrlich-echte Arbeit - bis ins Tiefe der Form eindringend (...) Eigentlich ein ›Galeriestück‹ (...) gratulieren Sie sich daß es ein so schönes Portrait von Ihnen giebt (...)« (vgl. Jünger/Kubin 1975, S. 49).

– ***Ortega, Aufstand d. Massen:*** José Ortega y Gasset: La Rebelión de las Masas (1930). Dt. Der Aufstand der Massen, Ü. v. H. Weyl. Stuttgart (DVA) 1931.

– ***Die »Sprache« von K. Kraus:*** Karl Kraus: Die Sprache. Wien (Verlag »Die Fackel« 1937. Schlichter hatte das Buch für Ernst Jünger bei Max Stefl (1888-1973), dem Herausgeber der Werke Stifters, in München bestellt und dankte für die Übersendung in einem Brief an Stefl aus Stuttgart vom 19. 11. 1937: »Für die Übersendung der ›Sprache‹ danke ich Ihnen herzlich. Das wenige, was ich bis jetzt darin gelesen habe, vermittelt mir wieder, wie einst die neuen Nummern der F.[ackel], jenen seltenen Genuß, den nur K.[arl] K.[raus] zu bereiten vermag. Ich wäre Ihnen sehr dankbar, wenn Sie mir die letzten Hefte der F.[ackel] nach 1933 verschaffen könnten. Geht das? Das einzige, was ich in die Hände bekam, war das letzte Heft kurz vor seinem Tode. Es enthielt die Angriffe, die gegen ihn wegen seines Schweigens gerichtet wurden.« Außerdem bittet Schlichter um Übersendung eines weiteren Exemplars der »Sprache« an Ernst Jünger in Überlingen (Stadtbibliothek München, Literaturarchiv, NL Max Stefl). Stefl antwortete am 28. 11. 1937: »Endlich kann ich Ihnen mitteilen, dass die »›Sprache‹ von Kraus für Herrn Jünger eben eingetroffen ist u. dass ich das Buch gleichzeitig mit diesem Brief nach Überlingen abgehen lasse. (...)« Außerdem berichtet Stefl, wie schwer es gewesen sei, Hefte der »›F.[ackel‹] aus den letzten Jahren aufzutreiben«. Nur ein Heft - »Nr. 876-884, Mitte Okt. 1932« - habe er gefunden, und empfiehlt darin den »grossen prachtvollen Aufsatz ›Hüben u. drüben‹ (gegen die österreichische Sozialdemokratie).«(NL Rudolf Schlichter) Ein broschiertes Exemplar von »Die Sprache« ist in der Bibliothek Schlichter erhalten. Zu Schlichters Portrait »Karl Kraus«

(Rohrfederzeichnung, 1929, 54 × 44 cm) vgl. Tübingen/Wuppertal/München 1997/98, Kat.-Nr. 124.

S. 123
Ernst Jünger an Rudolf Schlichter, e. Bf. m. U.,
Überlingen, 24. November 1937, 1 Bl., 2 S.

S. 123 ***Die Zeichnung:*** Zur nicht erhaltenen Sealsfield-Illustration Schlichters vgl. Anm. zu S. 122.

– ***Mein Besuch bei Alfred Kubin:*** vgl. Anm. zu S. 122.

S. 124 ***Napoleon III.:*** Napoleon III., Kaiser der Franzosen (1852–1870), ursprünglich Charles Louis Napoléon Bonaparte (1808–1873), Neffe Napoleons I., Verlierer des Deutsch-Französischen Krieges von 1870/71.

– ***Maximilian von Mexiko:*** Kaiser Maximilian von Mexiko (1864–1867), Erzherzog von Österreich (1832–1864), der jüngere Bruder Kaiser Franz Josephs I.; nahm auf Betreiben Napoleons III. die mexikanische Kaiserkrone an, konnte in Mexiko aber nicht Fuß fassen, fiel durch Verrat 1867 in die Hände seiner Gegner, wurde zum Tod verurteilt und erschossen.

– ***Dank (...) für die Aufnahme, die ich bei Ihnen fand:*** Ernst Jünger dürfte auf dem Weg nach Zwickledt Schlichters in Stuttgart besucht haben.

– ***Max Réné Hesse: »Dietrich und der Herr der Welt«:*** Roman. Hamburg (Wolfgang Krüger) 1937, ^{4}1944. - Max René Hesse (1885–1952).

– ***Das Mondjahr:*** Juliet Bredon / Igor Mitrophanow: Das Mondjahr. Chinesische Sitten, Bräuche und Feste. Darstellung und Kulturbericht. Deutsch von Richard Hoffmann [Originaltitel: The Moon Year]. Mit 25 Abbildungen. Berlin, Wien, Leipzig (Paul Zsolnay Verlag) 1937.

– ***Hemmingway:*** Ernest Hemingway (1899-1961), amerikanischer Schriftsteller. Hemingways Roman »The sun also rises« (1926) erschien 1928 in der Übersetzung von Annemarie Horschitz im Ernst Rowohlt Verlag, Berlin, unter dem Titel »Fiesta« mit einem Umschlag von Rudolf Schlichter.

S. 26

Ernst Jünger an Rudolf Schlichter , e. Pk. m. U., 22. Oktober [1935]; Datum des Poststempels »Goslar 22.10.35«

S. 124 *Ihr Brief scheint die diesjährige Frühjahrs-Offensive einzuleiten:* Schlichters Brief ist nicht erhalten. Der angesprochene Sachverhalt wird dafür deutlich aus einem Brief Schlichters an Paul Wilhelm Wenger aus Stuttgart vom 2. 2. 1938 (Bundesarchiv Koblenz, N 1332 Wenger/85, 1 Bl., 1 S.). Der Brief beginnt: »Lieber Wälly! Leider muß ich Dir diesmal eine Hiobsbotschaft mitteilen, die mich betrifft: Die Reichskammer d. b. Künste teilte mir mit, daß ich auf Grund des § so u. soviel aus der Kammer ausgeschlossen u. mir die Ausübung meines Berufes als Maler u. Graphiker untersagt sei. Als Grund wird, höre u. staune, wieder meine Autobiographie angeführt, die meine Eignung zu einem kulturschöpferischen Berufe ausschlösse. Bezeichnenderweise ist das Schreiben noch nach Rottenburg adressiert, obwohl alle andern Zusendungen der Reichskammer hierher kommen. Wir haben natürlich sofort die nötigen Schritte unternommen, um die Sache ev. rückgängig zu machen. Zunächst habe ich ein großes Protestschreiben mit einer ganzen Anzahl Photos nach Berlin geschickt. Sowie ich Antwort von dort habe, will ich selbst nach Berlin fahren u. die verschiedenen wichtigen Stellen aufsuchen. Vielleicht gelingt es doch, eine Zurücknahme zu erreichen. Mir scheint, das alles geschieht im Rahmen einer Säuberungsaktion. Der verschärfte Kurs wirkt sich jetzt aus. Man darf sich trotzdem nicht zu sehr ins Bockshorn jagen lassen. Ich werde weiter malen, nur noch etwas mehr unter Ausschluß der Öffentlichkeit als bisher. Aber die war ja schon vorher sowieso nicht weit her. Soviel ich weiß, ist diese Bestimmung so zu verstehen, daß man nicht öffentlich werben u. keine Ausstellung beschicken darf. Ich bin also Leidensgenosse von [Reinhold] Nägele u. Prof. v. Ciff [?] geworden, nur daß bei den beiden andere Gründe maßgebend waren, nämlich die jüdische Frau. Die Stimmung, die wir zuerst, kurz nach dem Eintreffen des Wischs, hatten, kannst Du Dir ausmalen. Aber Du weißt, ich lasse mich nicht so leicht klein kriegen u. werde auch diese Sache durchfechten. (...) [Am Rand] Ich bitte Dich, diese Ausschlußgeschichte noch nicht so publik zu machen; es ist nicht nötig, daß es sich so herumspricht. (...) «.

Der Präsident der Reichskammer der bildenden Künste (»gez. Lebrecht«) hatte sich in einem Brief aus Berlin vom 4. 11. 1937 an den Präsidenten der Reichsschrifttumskammer unter Bezug auf das Schreiben vom 10. 9. 1935 (vgl. Anm. zu S. 91), das Schlichters Ausschluß aus der Reichsschrifttumskammer festlegte, gewandt und angefragt, »ob der Ausschluss des Vorgenannten noch besteht oder inzwischen eine Veränderung eingetreten ist. Schlichter ist Mitglied meiner Kammer und müsste nach Ausschluss aus der Reichsschrifttumskammer ebenfalls aus der Reichskammer der bildenden Künste ausgeschlossen werden«. In seinem

Antwortschreiben vom 23. 7. 1938 führte der Präsident der Reichskammer der bildenden Künste (»gez. Hoffmann«) aus, Schlichter sei am 10. 9. 1935 aufgrund »seiner beiden Bücher (...) als unzuverlässig und ungeeignet aus der Reichsschrifttumskammer und demzufolge am 27. 1. 38 auch aus der Reichskammer der bildenden Künste ausgeschlossen« worden. Doch wurde eine Ausnahmemöglichkeit eröffnet: »Da Schlichter ein begabter Maler ist und in seinen Werken eine künstlerisch einwandfreie Haltung zeigt, beabsichtige ich, im Einvernehmen mit dem Herrn Reichsminister für Volksaufklärung und Propaganda, Schlichter die Mitgliedschaft zu meiner Kammer zu belassen.« Offenbar hatte also Joseph Goebbels persönlich der Wiederaufnahme Schlichters zugestimmt. Das Schreiben lautet weiter: »Bevor ich die Wiederaufnahme ausspreche, bitte ich um Mitteilung, ob ausser den am 10. 9. 35 in Ihrer Ausschlußverfügung enthaltenen Gründen noch weiteres Material gegen Schlichter vorhanden ist.« Dem hs. Vermerk »nein!« am Rande dieses Schlußabsatzes entspricht das Antwortschreiben der Reichsschrifttumskammer (»gez. Metzner«) vom 30. 7. 1938: »Auf Ihr Schreiben teile ich Ihnen mit, dass ausserhalb der in der Ausschlussverfügung der Reichsschrifttumskammer enthaltenen Gründe weiteres Material aus den Personalakten nicht ersichtlich ist. Sollte noch weiteres Material gefunden werden, erhalten Sie Bericht.« Bundesarchiv Berlin, Bestand RSK. Das Wiederaufnahmeverfahren ist nicht dokumentiert. Schlichter wurde, nach eigener Aussage, im Januar 1939 wieder in die Reichskammer der bildenden Künste aufgenommen (vgl. Schlichter 1995, S. 349).

– ***Das Gremium***: vermutlich die Reichskammer der bildenden Künste in Berlin.

S. 125 ***Dr. Otte*:** Dr. Kurt Otte (1902-1983) in Hamburg war der Archivar Alfred Kubins. Das Alfred-Kubin-Archiv befindet sich heute in der Städtischen Galerie im Lenbachhaus, München. Dort sind auch zwei Briefe von Rudolf Schlichter an Kubin aus dem Jahr 1943 bewahrt; vgl. Schlichter 1995, S. 282-285.

– ***die Traumstadt von Kubin:*** Die Traumstadt Perle ist der Schauplatz in Alfred Kubins phantastischem Roman »Die andere Seite«; München (Georg Müller Verlag) 1909. Vgl. Anm. zu S. 127.

S. 125
Rudolf Schlichter an Ernst Jünger, e. Bf. m. U.,
Stuttgart, 11. Februar 1938, 1 Bl., 2 S.

S. 125 ***Dieser Reichskammerausschluß:*** zum Ausschluß Schlichters aus der Reichskammer der bildenden Künste vom 27. 1. 1938 vgl. Anm. zu S. 124.

S. 126 ***von meinem Neffen in Berlin noch einen kleinen monatlichen Zuschuß zu erwarten:*** Karl Wassmannsdorff, Schlichters Neffe, sorgte - wie aus Briefen der Jahre 1936 bis 1938 im NL Schlichter hervorgeht - mit einer Reihe von Bildankäufen bzw. Bildvermittlungen in Berlin für ein Nebengeschäft des Malers; vgl. Anm. zu S. 70.

– ***Werner Peiner von der Göringakademie in der Eifel:*** Werner Peiner (1897-1984), deutscher Maler und Entwurfzeichner für Mosaiken, Bildteppiche und Glasmalereien, seit 1933 Professor an der Kunstakademie Düsseldorf, leitete seit 1936 eine Meisterschule im Eifeldorf Kronenburg. Vgl. Anja Hesse: Malerei des

Nationalsozialismus. Der Maler Werner Peiner (1897-1984). Hildesheim, Zürich, New York (Georg Olms Verlag) 1995 (Studien zur Kunstgeschichte, Bd. 94). »Der Marzipanmaler Prof. Peiner, der die Goehringakademie leitete? wo man vor dem malen erstmal drei Stunden mit Spaten & Hacke umzugehen hatte ehe man an zu malen fing?« George Grosz: Bf. an Rudolf Schlichter. Huntington, 26. 6. 1948. Vgl. Schlichter 1995, S. 304.

S. 127 ***Herrn Otte:*** vgl. Anm. zu S. 125.

– ***Ist Ihr Bruder wieder zurück:*** Reise von Friedrich Georg Jünger nicht ermittelt.

– ***Brief:*** der Brief Friedrich Georg Jüngers ist nicht erhalten.

– ***Oberst Lawrence »Die sieben Säulen der Weltweisheit«:*** Thomas Edward Lawrence: Die sieben Säulen der Weisheit. Aus dem Englischen von Dagobert von Mikusch. Leipzig (Paul List) 1936.

– ***Kubins Roman:*** Alfred Kubin: Die andere Seite. Ein phantastischer Roman. Mit 52 Abbildungen und einem Plan. München (Georg Müller) 1909, vgl. Anm. zu S. 125.

S. 128
Speedy Schlichter an Gretha Jünger, e. Bf. m. U.,
Stuttgart, 12. März 1938, 1 Bl., 2 S.

S. 128 ***Rodolphe genoss inzwischen Ihre liebe Gastfreundlichkeit:*** Näheres über den Besuch Schlichters bei Ernst und Gretha Jünger in Überlingen nicht ermittelt.

– ***die freundliche Karte Ihres Gatten:*** ist nicht erhalten.

S. 129 ***Lilo:*** Ernst von Salomons erste Ehe mit Lilo war während der Zuchthausstrafe Salomons (1922-1927) geschlossen und nach der Haftentlassung geschieden worden. Mit seiner zweiten Frau Ille, einer sogenannten »Halbjüdin«, lebte Ernst von Salomon während des Zweiten Weltkriegs zusammen. Nach dem Krieg heiratete er seine dritte Frau Lena.

S. 129

Gretha Jünger an Speedy Schlichter, masch. Bf. m. U., Überlingen, 20. März 1938. 1 Bl., 2 S.

S. 130 ***die liebliche Theodora:*** nicht ermittelt.

S. 131 ***die beiden Hausväter (...) Fahrt nach der kleinasiatischen Küste:*** zur Fahrt Ernst und Friedrich Georg Jüngers nach Rhodos vgl. Anm. zum folgenden Bf.

S. 131

Gretha Jünger an Rudolf Schlichter, e. Pk. m. U., o. O., 21. Mai [Datum des Poststempels: Ueberlingen, 22.5.38]

S. 131 ***Kartengruss:*** Schlichters Karte ist nicht erhalten.

– ***meine beiden Männer wieder von Rhodos zurück:*** Im Frühjahr 1938 reisten Ernst und Friedrich Georg Jünger nach Rhodos. Vgl. Ernst Jünger: Ein Inselfrühling. Ein Tagebuch aus Rhodos. Mit den sizilianischen Tagebuchblättern »Aus der goldenen Muschel«. Zürich (Verlag der Arche) 1948 (Mühleisen 1996, Nr. 56).

S. 132

Rudolf Schlichter an Ernst Jünger, e. Bf. – gedruckter Bf.kopf – m.U., Stuttgart, 24. Mai 1938, 1 Bl., 2 S.

S. 132 *»Lebensbrodem«:* Rudolf Schlichter: »Lebensbrodem«, Ölgemälde, 1938. Maße und Verbleib unbekannt. Johann Ludwig Döderlein erinnert sich in einem Rundfunkbeitrag »Vier Maler. Erinnerungen an Künstler der letzten dreißig Jahre« (in: gehört gelesen, H. 7, Juli 1971, S. 824-833) an ein für Schlichters Kunstverständnis aufschlußreiches Gespräch anläßlich des Bildes »Lebensbrodem« oder »Brodem«: »Kurz vor dem Ausbruch des Krieges besuchte ich ihn zum ersten Male in seinem Münchner Atelier. Auf der Staffelei stand ein großes Bild, voll von minutiös gemalten Schreckensgestalten in einer grausig wuchernden Landschaft. Er nannte dieses Bild ›Brodem‹. Ich mußte es genau betrachten und sollte mich darüber äußern. Ich sagte: ›Es ist zunächst zu bemerken, daß hier das Grausige und Häßliche überaus schön dargestellt ist. Vielleicht liegt dies an dem klaren ungetrübten Spiegel, der von Ihnen der Welt vorgehalten wird, damit sie sich selbst in diesem Grauenhaften erkenne und vor sich selbst erschrecke, und daß sie vielleicht selbst zu sich finden könne.‹ Er antwortete: ›Ja, der Spiegel ist wichtig, und er muß ungetrübt bleiben, ob er nun eine trübe oder eine heitere, eine in fürchterlichem Grauen erstarrende oder eine schöne, heitere, verheißungsvolle Landschaft spiegelt. Die Kunst, die auf eine niederträchtige, gemeine und verschrobene Welt angewiesen ist, gleicht einer schönen, seelenvollen Frau, in deren Umgebung sich nur ordinäre Männer finden. Ich habe diese Konstellation oder Konfiguration oft darzustellen versucht. Die Technik des Malers muß eine derartige Spannung so stark und kraß wie möglich zur Darstellung bringen können, wohlgemerkt die Technik und nicht die Intuition!‹« (ebd., S. 830).

– ***Samsara:*** Samsara ist die indische Bezeichnung für den Kreislauf der Wiedergeburt.

– ***Postkarte von dem Hanfstängldruck:*** Hanfstaengl-Künstlerpostkarte Nr. 199: »R. Schlichter, ›Droben stehet die Kapelle...‹ / Neckartal bei Wurmlingen // Nach dem farbigen Hanfstaengl-Druck 55 × 77 cm«; Reproduktion des Gemäldes »Neckartal bei Wurmlingen«, 1937 [Abb. 12], vgl. Anm. zu S. 110. Der »Titel hinten« auf der Postkarte zitiert die erste Strophe des Gedichtes »Die Kapelle« (1802) von Ludwig Uhland: »Droben stehet die Kapelle, / Schauet still ins Tal hinab, / Drunten singt bei Wies und Quelle / Froh und hell der Hirtenknab.«

– ***Onkel:*** vielleicht Codewort für Ernst Niekisch.

S. 133 ***Keyserlings »Südamerikanische Meditationen«:*** Hermann Graf Keyserling: Südamerikanische Meditationen. Stuttgart (DVA) 1932.

– ***den Lawrence:*** Thomas Edward Lawrence: Die sieben Säulen der Weisheit. Vgl. Anm. zu S. 127.

S. 133

Rudolf Schlichter an Ernst Jünger, e. Bf. – gedruckter Bf.kopf – m.U., Stuttgart, 31. Mai 1938, 1 Bl., 2 S.

S. 133 ***Sonderdruck der Corona:*** vermutlich Ernst Jünger: ›Figuren und Capriccios‹. Aus den Vorlagen zur 2. Fassung von ›Das abenteuerliche Herz‹ (1938). In: Corona (Zürich) 7. Jg. (1937), H. 3, S. 310-343 [22 Stücke]; ferner H. 4, S. 438-460 [9 Stücke]; Jg. 8 (1938), H. 1, S. 59-75 [›Der Hippopotamus‹] (Mühleisen 1996, Nr. 455, 456 und 457). In der Bibliothek Schlichter nicht erhalten.

– ***1001 Tag:*** Im Vergleich mit der - ebenso wie die Ausgabe von »1001 Nacht« (vgl. Anm. zu S. 120) - vierbändigen grünen Ganzleder-Ausgabe in der Bibliothek Schlichter (»Tausend-undein Tag. Orientalische Erzählungen« Ausgewählt und eingeleitet von Paul Ernst; Übertragungen von Felix Paul Greve [Bd. 1, 358 S.; Bd. 2, 370 S.] und Paul Hansmann [Bd. 3, 370 S.; u. Bd. 4, 418 S.] Leipzig (Insel-Verlag) 1909/1910) ist vermutlich die neue Ausgabe in zwei Bänden (Leinen und Ganzleder) gemeint (Bd. 1, 735 S., übertragen von Felix Paul Greve; Bd. 2, 775 S., übertragen von Paul Hansmann), die ebd. 1925 erschien.

– ***beigelegten Brief:*** ist nicht erhalten.

S. 134 ***Das Staudenmayer'sche Buch:*** Ludwig Staudenmaier: Die Magie als experimentelle Naturwissenschaft. Leipzig (Akademische Verlagsgesellschaft) 1912, anast. Neudruck 1920, 2. verm. Aufl. 1922.

– ***das neue Buch von W. Faulkner:*** William Faulkner: Absalom, Absalom! (1936). Dt. v. Hermann Stresau. Berlin, Stuttgart (Rowohlt) 1938.

– ***Schreiben Sie doch bitte wegen des Lawrence an M.:*** zum »Lawrence« vgl. Anm. zu S. 133. »M.« ist der Arzt und Psychologe Alexander Mitscherlich (1908-1982). Auf einer Postkarte aus Neckargemünd, Neckarsteinacherstr. 26 [Dat. d. Poststempels: Heidelberg, 4.6.38], schreibt Mitscherlich an Schlichter: »Herr Jünger schreibt mir, daß Sie wegen des Lawrence mahnen, den ich inzwischen von ihm weiterentliehen habe. Ich möchte Sie bitten mir das Buch doch noch einige Tage zu lassen. Sollte es nicht gehen, so bitte ich mir zu schreiben;

ich sende es dann sofort.« Außerdem bedauert Mitscherlich, sich nicht zu einem Bildkauf entschließen gekonnt zu haben. Mitscherlich gehörte zu Ernst Jüngers »›junge(n) Leute(n)«. Die Beziehung und die »Trennung« bereits 1937 wird von Jünger im Tagebucheintrag *»Wilflingen, 29. Juni 1982«* anläßlich von Mitscherlichs Tod ausführlich dargestellt. Vgl. Ernst Jünger: Siebzig verweht III. Stuttgart (Klett-Cotta) 1993, S. 154 ff. Vgl. Dino Larese: Alexander Mitscherlich. Eine Lebensskizze. In: Sibylle Drews u. a. (Hrsg.): Provokation und Toleranz. Festschrift für Alexander Mitscherlich zum siebzigsten Geburtstag. Frankfurt am Main (Suhrkamp) 1978, S. 1-5.

S. 134
Ernst Jünger an Rudolf Schlichter, e. Pk. m. U.,
Überlingen, 2. Juni 1938

S. 134 ***Mitscherlich:*** vgl. Anm. zum vorhergehenden Bf.

S. 135 ***»1001 Tag«-Ausgabe:*** vgl. Anm. zu S. 133.

– ***Den Faulkner'schen Roman:*** William Faulkner: Absalom, Absalom! (1936). Dt. v. Hermann Stresau. Berlin, Stuttgart (Rowohlt) 1938; vgl. Anm. zu S. 134.

– ***»Les grandes cimetières sous la lune« von Bernanos:*** Georges Bernanos: Les grandes cimetières sous la lune (1938), politisch-zeitkritische Streitschrift gegen die Erscheinungsformen des religiösen Totalitarismus, vor allem des katholischen Faschismus in Spanien. Der Titel (dt. Ü. 1948: Die großen Friedhöfe unter dem Mond) meint die zahllosen Opfer politischer Willkür sowohl in Spanien während des Bürgerkriegs 1936-1939 als auch in Frankreich während des Ersten Weltkriegs.

– ***Wolfe:*** Thomas Wolfe: Schau heimwärts, Engel! Eine Geschichte vom begrabnen Leben (1929). Ü. Hans Schiebelhuth, Berlin (Rowohlt) 1932.

S. 135
Ernst Jünger an Rudolf Schlichter, e. Pk. [aufgedruckte Adresse] m. U., Überlingen, 7. Juni 1938

S. 135 ***daß Sie sich auch einmal ... dem Capriccio widmen sollten:*** Ernst Jünger spielt damit an auf sein Buch »Das abenteuerliche Herz. Figuren und Capriccios (Zweite Fassung). Hamburg (Hanseatische Verlagsanstalt) 1938. Die erste Fassung war 1929 im Berliner Frundsberg-Verlag mit dem Untertitel »Aufzeichnungen bei Tag und Nacht« erschienen. Die Traumdarstellungen der »Figuren und Capriccios« könnten Schlichters Traumtexte (vgl. Schlichter 1995, S. 144-153) beeinflußt haben.

S. 136 ***wandert Bernanos in diesem Monat aus:*** Der französische Dichter George Bernanos (1888-1948) lebte von 1934 bis 1937 auf Mallorca und emigrierte endgültig 1938 nach Brasilien; 1945 kehrte er nach Frankreich zurück. Zu Bernanos vgl. Anm. zu S. 35 u. 135.

S. 136
Rudolf Schlichter an Gretha Jünger, e. Bf.karte m. U., Stuttgart, 30. August 1938, 1 Bl., 2 S.

S. 136 ***Herr Fritz:*** Friedrich Georg Jünger.

– ***Ich habe üble Träume gehabt:*** Vgl. Schlichters spätere »üble Träume« seiner Traumnotate 1939/40. In: Schlichter 1995, S. 144 ff.

– ***großen Bild mit viel Reptilien und Insekten:*** Vermutlich »Lebensbrodem«; vgl. Anm. zu S. 132.

S. 137

Speedy Schlichter an Gretha Jünger, e. Bf. (m. Bf.kopf) m. U., Stuttgart, 18. September 1938, 1 Bl., 2 S.

S. 137 ***Die Nachricht Ihres bevorstehenden Umzugs:*** vgl. den folgenden Bf. Gretha Jüngers v. 22. 9. 1938, S. 138 f.

S. 138

Gretha Jünger an Speedy Schlichter, masch. u. e. Bf. m. U., Überlingen, 22. September 1938, 1 Bl, 2 S.

S. 138 ***Wien:*** Der Umzug nach Wien kam nicht zustande.

S. 140

Ernst Jünger an Dr. Luetgebrune, masch. Bf.abschrift, Überlingen, 7. Dezember 1938, 1 Bl., 1 S.

S. 140 ***Dr. Luetgebrune:*** Der Rechtsanwalt Dr. Walter Luetgebrune (1879-1949) vertrat Rudolf Schlichter in dem gegen ihn Ende 1938 angestrengten Verfahren wegen »unnationalsozialistischer Lebensführung«. Die viertägige Hauptverhandlung [in Berlin?] im Januar 1939 endete mit der Verurteilung Schlichters zu zwei Monaten Gefängnis. Vgl. den Bf. Speedy Schlichters an Ernst und Gretha Jünger vom 26. 1. 1939, S. 143 f.

Dr. Walter Luetgebrune aus Ehrentrup/Lippe, seit 1909 Rechtsanwalt in Göttingen, von 1929 bis 1933 in Hannover, danach in Berlin, war ab 1920 Strafverteidiger in den Verfahren vor dem Staatsgerichtshof zum Schutze der Republik. Im Verfahren anlässlich der Ermordung Walther Rathenaus war er zwar nicht der Verteidiger Ernst von Salomons, nahm sich seiner aber besonders an. Im späteren sogenannten »Wagner-Verfahren« noch während der fünfjährigen Haftzeit hatte von Salomon 1927 in Luetgebrune »den besten Anwalt Deutschlands« (vgl. Salomon 1961, S. 112 f.; S. 117, S. 229 ff.; S. 261 u. passim). Der Nachlaß Dr. Luetgebrunes im Bundesarchiv Koblenz (N 150) ermöglicht eine fast lückenlose Dokumentation der nationalistischen »Opposition« vom Kapp-Putsch (1920), über die Ermordung Matthias Erzbergers (1921) und Walther Rathenaus (1922) zum Hitler-Putschversuch 1923 (Luetgebrune erreichte den Freispruch für Erich Ludendorff) sowie zu den Aktionen der »Organisation Consul«, den Morden der Schwarzen Reichswehr, den Bombenattentaten des Landvolks und den Vergehen der SA. Seit 1932 oberster Rechtsberater der SA, wurde Dr. Luetgebrune 1934 verhaftet und in einem Ehrengerichtsverfahren freigesprochen. Danach betätigte er sich als Wirtschaftsanwalt. 1949 wurde er als Anwalt am Obersten Landesgericht in München zugelassen; im August 1949 starb Dr. Luetgebrune in Mittenwald. Vgl.: Rudolf Heydeloff: Staranwalt der Rechtsextremisten. Walter Luetgebrune in der Weimarer Republik. In: Vierteljahrshefte für Zeitgeschichte, Jg. 1984, H. 32, S. 373-421.

S. 141

Speedy Schlichter an Gretha Jünger, masch. Bf. (Bf.kopf Rudolf Schlichter) m. U., Stuttgart, 12. Januar 1939, 2 Bl., 3 S.

S. 141 ***wie Sie schreiben:*** Schreiben Gretha Jüngers nicht erhalten.

S. 142 ***18 Seiten lange Schutzschrift:*** nicht ermittelt.

– ***Tapferkeit aus Roro's Briefen:*** Die Briefe Schlichters an seine Frau sind nicht erhalten.

– ***ein angenehm zu bewohnendes Haus:*** Die Familie Jünger zog im April 1939 nach Kirchhorst bei Hannover. Im ehemaligen Pfarrhaus, der »Herbst-Klarwetter-Klause«, vollendete Ernst Jünger den noch in Überlingen begonnenen Roman »Auf den Marmorklippen« (1939). Vgl. Schwilk 1988, S. 316.

S. 143 ***Ihr kleiner Alexander:*** Der zweite Sohn Alexander Jünger (1936-1993).

S. 143
Speedy Schlichter an Ernst und Gretha Jünger,
e. Bf.karte (m. Bf.kopf) m. U.,
Stuttgart, 26. Januar 1939, 1 Bl., 2. S.
Mit hs. Zusatz von Rudolf Schlichter

S.143 ***Hauptverhandlung:*** Die näheren Umstände der Verhandlung wegen »unnationalsozialistischer Lebensführung« waren nicht zu ermitteln; vgl. Schlichter 1995, S. 348.

S. 144
Ernst Jünger an Rudolf Schlichter, e. Pk. m. U,
[aufgedr. Adresse, durchgestrichen] Kirchhorst, 12. Mai 1939

S.144 ***Herrn Metzger:*** Paul Metzger, Buchhändler in Überlingen, »eine annähernd mythische Figur« (Ernst Jünger, mündlich); besuchte Ernst Jünger in Paris (s. Tagebücher). Vgl. Manfred Bosch: Bohème am Bodensee. Literarisches Leben am See von 1900 bis 1950. Lengwil (Libelle) 1997, S. 562.

– ***»La Crapouillot«:*** le crapouillot, frz. der Minenwerfer. Ernst Jünger übersetzte den Titel der Zeitschrift im Gespräch mit »Kröte« (le crapaud) und nannte sie »ein Skandalblatt«. In der Bibliothek Schlichter nicht vorhanden.

S. 145
Rudolf Schlichter an Ernst Jünger, e. Bf. (gedruckter Bf.kopf, hier durchgestrichen und durch die neue Münchener Adresse ersetzt) m.U., dennoch dat.
Stuttgart, 28. September 1939, 1 Bl., 2 S.

S. 145 ***München, Pettenkoferstr. 25 III:*** Schlichters wohnten in dem Haus in der Nähe des Hauptbahnhofs gegenüber dem noch heute bestehenden Palais Ingenheim-Molitor bis zur Bombardierung des Hauses am 21. 9. 1942; vgl. S. 194.

– ***Meine Karte aus München:*** ist nicht erhalten.

– ***Neffen:*** Karl Wassmannsdorff, in Berlin bis 1969 Leiter des Prominentenlokals »Schlichter«.

S. 146 ***in Ihr neues Heim:*** Die Familie Jünger war am 1. April 1939 nach Kirchhorst bei Hannover in das ehemalige Pfarrhaus gezogen; vgl. Anm. zu S. 141.

S. 147
Rudolf Schlichter an Gretha Jünger, e. Bf. m. U.,
München, 16. November 1939, 1 Bl., 2 S.

S. 147 ***das neue Buch von Ernst (...) mit seiner persönlichen Widmung:*** Ernst Jünger: Auf den Marmor-Klippen. Hamburg (Hanseatische Verlagsanstalt) 1939. Ernst Jünger hatte das Buch in

Kirchhorst am 28. 7. 1939 nach fünf Monaten Arbeit beendet. Die Widmung im Exemplar für das Ehepaar Schlichter lautet auf S. 1: »Für Rodolphe u. Speedy / Ernst Jünger / Blankenburg, 25.9.1939.« Bibliothek Schlichter. Vgl. Mühleisen 1996, Nr. 32.

S. 148 *Auftrag (...) Schulgeographiebuch (...) 60 Zeichnungen:* nicht ermittelt.

– *Cicero hat recht (...): »Ohne Freundschaft gibt es kein Leben«:* Nicht wörtliches Zitat nach Cicero: Laelius De Amicitia, § 22-24, bes. § 23. Vgl. Marci Tulli Ciceronis: Laelius De Amicitia. München (Heimeran) 1961, S. 30-35.

S. 149
Rudolf Schlichter an Ernst Jünger, e. Bf. m.U.,
München, 6. Dezember 1939 [Schlichters 49. Geburtstag], 4 Bl., 8 S.

S. 149 *Gruß:* nicht zu ermitteln.

– *den Ort kennen lernten:* gemeint ist Pforzheim, wo Schlichter von 1904 bis 1906 in einer Emailfabrik erste Erfahrungen mit der Fabrikwelt machte. Vgl. Schlichter 1991, S. 176 ff. (Kap. 8: Und die zu Männern die Fabrik erkor!). Vgl. a. den Bf. Schlichters an Jünger vom 27. 3. 1940, S. 162. Ernst Jünger war Ende November/Anfang Dezember 1939 in Karlsruhe auf einem »kurzen Lehrgang«. Vgl. Jünger 1942, *»Karlsruhe, 28. November«* und *»2. Dezember 1939«*, S. 67 f.

– *So begann ich die Grauzeit eines Fabrikalltags mit bunten Guirlanden zu schmücken:* Vgl. Schlichter 1991, bes. S. 182 ff. u. 207 ff.

S. 150 ***vor Kriegsausbruch zwei recht bedeutsame Träume:*** Vgl. Schlichter 1995, S. 144.

S. 151 ***Nestroy:*** Johann Nepomuk Nestroy (1801-1862), Schauspieler und Bühnendichter; führte die Tradition des Wiener Volkstheaters über die humorvolle Phantasie Ferdinand Raimunds hinaus zu entzaubernder Ironie und desillusionierender Skepsis.

– ***Der einzige Philosoph, den Österreich hervorgebracht hat:*** »Und Nestroy ist der größte, ja einzige Philosoph, den sie [die Barockstadt Wien] hervorgebracht hat.« Vgl. Egon Friedell: Kulturgeschichte der Neuzeit. Die Krisis der europäischen Seele von der Schwarzen Pest bis zum Ersten Weltkrieg. Viertes Buch (1931). München (C. H. Beck) 1979, S. 1104. Zu Friedell vgl. Anm. zu S. 101 u. 162.

– ***den »zerbrochenen Krug« und [»]Minna v. Barnhelm«:*** Heinrich v. Kleist: Der zerbrochne Krug. Lustspiel in einem Akt (1803-1806; UA Weimar 1808; gedruckt 1811); Gotthold E. Lessing: Minna von Barnhelm oder Das Soldatenglück. Lustspiel in fünf Akten (Druck Berlin / UA Hamburg 1767).

– ***Nestroy ist, worauf Kraus (...) schon hinwies, ein Meister des Wortspiels:*** Karl Kraus: Nestroy und die Nachwelt. Zum 50. Todestage (1912). In: Karl Kraus: Untergang der Welt durch schwarze Magie. Wien 1922. Kraus spricht hier vom »weisen Wortschwall« Nestroys, betont den »völlig sprachverbuhlte(n) Humor«, den »in die Dialoge getragene(n) Sprach- und Sprechwitz Nestroys«. Vgl. Karl Kraus: Grimassen. Ausgewählte Werke Bd. 1, 1902-1914. München (Langen-Müller) 1971, S. 426.

– ***Manfred Schwarz:*** Manfred Schwarz (1914-1988), zuletzt leitender Kulturredakteur des Bayerischen Fernsehens. Half Ernst Jünger 1945 in Kirchhorst bei der Abschrift der »Friedensschrift«.

S. 152 ***Ihr letztes Buch:*** Ernst Jünger: Auf den Marmor-Klippen (1939); vgl. Anm. zu S. 147.

– ***Perrot (...) ein W.betrieb:*** Wehrbetrieb. Die Fa. Heinrich Perrot Regnerbau stellte sogenannte ›fliegende Leitungen‹, also Rohre für die verschiedensten Verwendungen (Wasser, Benzin, Druckluft) her. Während des Krieges war im Großdeutschen Reich für den Bau von Rohrleitungen aus Gründen der Vereinheitlichung nur noch das System Perrot zugelassen. Auskunft Helmut Bauer, München.

– ***Ihr Buch (...) besonders die Widmung darin:*** Ernst Jünger: Auf den Marmor-Klippen (1939); vgl. Anm. zu S. 147.

– ***mein Aquarell:*** Rudolf Schlichter: Europa zum zweiten Mal geraubt. Aquarell, 1930. Maße und Verbleib unbekannt. Abdruck in: Aussaat, 2. Jg., 1947, H. 1/2, S. 67 [Abb. 6].

S. 153 ***Dostojewski (...) die »Brüder Karamassow«:*** Von einem der Hauptwerke des russischen Dichters Fjodor M. Dostojewskij (1821-1881), dem Roman »Die Brüder Karamasow« (1879/80) mit der Legende »Der Großinquisitor«, erschienen allein seit 1914 auf deutsch elf Ausgaben von acht verschiedenen Übersetzern. In der Bibliothek Schlichter ist kein Dostojewskij-Band erhalten.

S. 154 ***Wer viel hat (...):*** »I. // Weltlauf. // Hat man viel, so wird man bald / Noch viel mehr dazu bekommen. / Wer nur wenig hat, dem wird / Auch das wenige genommen. (...)«. Vgl. Heinrich Heine: Romanzero. Zweites Buch. Lazarus. Hamburg 1851. Zit. n. Heinrich Heine: Historisch-Kritische Gesamtausgabe der Werke. Hrsg. v. Manfred Windfuhr. Hamburg (Hoffmann & Campe) 1992. Bd. III/1, S. 105.

– ***Sammlung antiker Autoren:*** In der Bibliothek Schlichter nicht erhalten. Bei der Verifizierung der folgenden Zitate half freundlicherweise Prof. Dr. Heinz Neitzel, Bonn.

– ***Heraklit:*** »87. Ein blöder Mensch pflegt bei jedem Wort erschreckt dazustehen.« Vgl. Hermann Diels: Die Fragmente der Vorsokratiker. Hamburg (Rowohlt) 1957, S. 29.

– ***Marc Aurel:*** »Wie schändlich, wenn im Leben die Seele schon ermüdet, ohne daß noch der Leib müde ist.« Vgl. Marc Aurel: Selbstbetrachtungen. 6. Buch, Kap. 29. Verdeutscht und eingeleitet von Otto Kiefer. Jena (Eugen Diederichs) 1910, S. 72.

– ***Ovid:*** Vgl. Ovid: Heilmittel gegen die Liebe,V. 144, 149. Die Stelle ist nicht genau zitiert. In der Übertragung von Friedrich Walter Lenz lauten die Verse: »Wisse, der du auf das Ende deiner Liebe bedacht bist: Liebe weicht der Tätigkeit. Sei tätig, und du wirst sicher sein.« (V. 144) »Dem müßig Herumsitzenden pflegt dieser Knabe (Amor) nachzustellen, die Tätigen verabscheut er: Fülle deinen leeren Geist mit einem Werk, das ihn festhält.« (V. 149) Vgl. Ovid: Heilmittel gegen die Liebe. Die Pflege des weiblichen Gesichtes. Lateinisch und deutsch von Friedrich Walter Lenz. Darmstadt (Wissenschaftliche Buchgesellschaft) 1960, S. 31.

– ***Sallust:*** »Idem velle atque idem nolle, ea demum firma amicitia est.« Sallust, Cat. 20, 4. Zit. n. Heinrich G. Reichert: Unvergängliche lateinische Spruchweisheit. Urban und human. Wiesbaden (Panorama) o. J.

– ***Sophokles:*** Das Fragment aus einem unbekannten Stück (fabula incerta) findet sich in: Sophokles. Tragödien und Fragmente. Hrsg. u. übersetzt v. Willy Willige, überarbeitet v. Karl Bayer. München (Heimeran Verlag) 1976, Fragm. 25, S. 867.

– ***Cicero:*** »O dulce nomen libertatis«. Cicero, Reden gegen Verres, Verr. 5, 63, 163. Zit. n. Reichert (a. a. O.), S. 68 f.

– ***den 73. Psalm:*** Das Thema des 73. Psalms im »Alten Testament« (nicht im »Neuen Testament«, wie Schlichters Abkürzung »N. T.« suggeriert) ist »Anfechtung und Trost beim Glück der Gottlosen« (vgl. die entsprechend aufgeschlagene Seite von Ernst Jüngers Bibel in: Schwilk 1988, S. 189). Schlichters Anregung hatte für Jünger weitreichende Folgen. In »Gärten und Straßen« (1942) beginnt Jünger den Tagebucheintrag *»Auwaldhütte, 29. März 1940«* mit der Erwähnung des Psalms: »Am Morgen dieses 45. Geburtstages schien die Sonne sehr schön im lichten Pappelhain. Wie immer kam Rehm als erster in die Hütte, gratulierte und stellte Blumen und Orangen auf den Tisch. Dann zog ich mich an und las am offenen Fenster den 73sten Psalm. (...)« (vgl. Jünger 1942, S. 105). Für die Bergung eines verwundeten Wachtmeisters und eines toten Gefreiten an diesem Tag erhielt Jünger später das Eiserne Kreuz (vgl. den Tagebucheintrag *»Bourges, 23. Juni 1940«*, ebd. S. 183). In den »Strahlungen« (1949) hat Jünger die Hervorhebung des 73. Psalms so kommentiert:

»Das erste der sechs Tagebücher, ›Gärten und Straßen‹, schildert den deutschen Vormarsch durch Frankreich und wurde bald darauf bekannt. Ich liebte damals, durch eine Art Vexierbilder für Menschen oder solche, die es bleiben wollten, meine Lage anzudeuten, und zu ihnen gehörte die Erwähnung des 73. Psalms. Es dauerte ein Jahr, bis diese Arabeske zur allgemeinen Kenntnis kam, dann machte der Minister für Volksaufklärung die Neuauflage von ihrer Streichung abhängig. Da ich ablehnte, kamen die ›Gärten und Straßen‹ auf den Index, auf dem sie seither geblieben sind. Die Aufeinanderfolge der Autoritäten im modernen Staate ändert die Argumente, nicht aber die Mittel der Gewalt. Bei einiger Abweichung von der Norm wird man auf alle Fälle gefährdet sein.« (Jünger 1949, S. 14 f.) Vgl. Dieter Bassermann: Ernst Jünger und der 73. Psalm. In: Berliner Hefte I, 2, Juli 1946, S. 105-109. Vgl. a. Alfred Andersch: Jünger-Studien. 1. Amriswiler Rede. In: Ders.: Öffentlicher Brief an einen sowjetischen Schriftsteller, das Überholte betreffend. Reportagen und Aufsätze. Zürich (Diogenes) 1977, S. 71-86, hier S. 82.

S. 155
Rudolf Schlichter an Ernst Jünger, Feldpostkarte,
München, 10. Januar 1940

S. 155 ***meinen Brief:*** Schlichters Bf. v. 6. 12. 1939, S. 149-154.

S. 155
Rudolf Schlichter an Ernst Jünger, e. Bf. m. U.,
München, 24. Januar 1940, 1 Bl., 2 S.

S. 155 ***meinen letzten Brief:*** Schlichters Bf. v. 6. 12. 1939, S. 149-154.

– ***Buch mit zirka 50 Zeichnungen:*** Das Buch kam weder im Verlag Piper noch im Verlag Klett zustande; vgl. die folgende Anmerkung und die Anm. zu S. 160.

S. 156 ***Piper:*** Reinhard Piper (1879-1953), Buch- und Kunstverleger in München. In seinen Erinnerungen »Vormittag« (1947) und »Nachmittag« (1950) wird Rudolf Schlichter nicht erwähnt. Im Verlagsarchiv sind keine Schlichter-Dokumente erhalten. Auskunft Dr. Ernst-Reinhard Piper, München.

S. 157 ***die Resonanz Ihres letzten Buches:*** Ernst Jünger: Auf den Marmor-Klippen (1939); vgl. Anm. zu S. 147.

S. 157
Ernst Jünger an Rudolf Schlichter, e. Brief m. U.,
Feldpost »In Stellung 7.2.1940«, 1 Bl., 2 S.
Auszug auch in: Ernst Jünger, Briefe. II. An Verschiedene. 2.
15.10.1939–12.2.1945, Ts., S. 341–480, hier S. 349

S. 157 ***Der 73. Psalm:*** Ernst Jünger erwidert hier die Anregung Schlichters vom 6. 12. 1939; vgl. Anm. zu S. 154.

– ***Boethius:*** »Denn die Vorsehung ist jene im allerhöchsten Herrn gegründete göttliche Vernunft selbst, die alles ordnet, das Schicksal aber eine den beweglichen Dingen innewohnende Ordnung, mittels derer die Vorsehung jedes mit seinen Regeln verknüpft.« vgl. Boethius: Trost der Philosophie. Übersetzt und hrsg. v. Karl Büchner. Stuttgart (Philipp Reclam jun.) 1971, 4. Buch, 6. Prosa, S. 137.

S. 158 ***Ihr Atlantis:*** Rudolf Schlichter: Atlantis vor dem Untergang, Tuschfederzeichnung, 1934 [Abb. 10]; vgl. Anm. zu S. 28.

– ***Bezüglich des Bildes, das Sie in Überlingen von mir malten:*** Rudolf Schlichter: Portrait Ernst Jünger, Öl auf Leinwand, 1937 [Abb. 25].

– ***Bild von Speedy mit dem Monde:*** Rudolf Schlichter: Madonna, Ölgemälde, 1930. Maße und Verbleib unbekannt. Werkfoto im NL Schlichter [Abb. 4].

– ***wie es dem Kostüme – schwarz mit rotem Futter – entspräche, das ich auf den ersten Seiten der »Klippen« schildere:*** »Wir lebten daher mit einer gewissen Strenge und in schlichten Gewändern, obwohl kein Gelübde uns band. Zweimal im Jahre ließen wir indessen das rote Futter durchleuchten - einmal im Frühling und einmal im Herbst.« Vgl. Ernst Jünger: Auf den Marmor-Klippen. Hamburg (Hanseatische Verlagsanstalt) 1939, S. 6.

– ***Kubin (...) seine »Kleinen Schriften«:*** Alfred Kubin: Vom Schreibtisch eines Zeichners. Mit 72 Zeichnungen. Berlin (Ulrich Riemerschmidt) 1939.

S. 159
Rudolf Schlichter an Ernst Jünger, e. Pk.
»Feldpost // Hauptmann / Ernst Jünger / Feldpost 35 187 / C«
[München, ca. März 1940]

S. 159
Rudolf Schlichter an Ernst Jünger, e. Bf. m. U.,
hs. Zusatz v. Speedy Schlichter, München, 27. März 1940, 2 Bl., 4 S.

S. 160 ***Bret Harte:*** Bret Harte: Kalifornische Erzählungen. Potsdam (Gustav Kiepenheuer) 1925 (Das Neue Buch). Umschlag und 66 Illustrationen von Rudolf Schlichter.

– ***Sealsfield:*** Charles Sealsfield: Das blutige Blockhaus, 1922, vgl. Anm. zu S. 122.

– ***Puschkin:*** Alexander Puschkin: Dubrowskij. München (Orchis-Verlag) 1923 (Der russische Mensch, Bd. 6). Übersetzt von Alexander Eliasberg. Mit 16 Lithographien von Rudolf Schlichter.

– ***Ihre Profilzeichnung:*** Rudolf Schlichter: Ernst Jünger, vermutlich 1937, Maße und Verbleib unbekannt. Mit der »Profilzeichnung« ist vermutlich die Zeichnung aus dem Bestand der Berliner Nationalgalerie gemeint, die 1937 zu den im Zusammenhang mit der Münchener Ausstellung »Entartete Kunst« beschlagnahmten Arbeiten Schlichters gehörte. Vgl. Paul Ortwin Rave: Kunstdiktatur im Dritten Reich. Hamburg 1949, S. 81 u. S. 83.

– ***Kopf Ihres Bruders:*** Rudolf Schlichter: Friedrich Georg Jünger. Portraitzeichnung, Bleistift auf Papier, 60 × 45,4 cm, sign. u. dat. »Aug. 1937« [Abb. 23].

– ***eine Erzählung aus 1001 Nacht bebildert:*** Die ohne Auftrag entstandenen, aber wahrscheinlich von Ernst Jünger mit angeregten Illustrationen Rudolf Schlichters zu ausgewählten Erzählungen aus Tausendundeiner Nacht erschienen erst 1993 in der Edition Hentrich, Berlin.

– ***die Geschichte des dritten Bettelmönchs:*** In Schlichters Ausgabe »Die Erzählungen aus den Tausendundein Nächten«, »vollständige deutsche Ausgabe in zwölf Bänden auf Grund der Burton'schen englischen Ausgabe besorgt von Felix Paul Greve, erschienen im Insel-Verlag zu Leipzig« 1907-1912 steht im ersten Band »Die Geschichte des dritten Bettelmönchs« S. 178-209. Im »Gesamtinhalt der Bände I-XII« des 12. Bandes, S. 334 ff. hat Schlichter nur Erzählungen des ersten Bandes mit Bleistiftanstreichungen versehen. Bibliothek Schlichter.

– ***Verlag Klett (...) der junge Herr Klett:*** Ernst Klett, geb. 1911 in Stuttgart, seit 1936 Verleger in der Firma Ernst Klett, war in der in Frage kommenden Zeit als Offizier im Kriege. Im Archiv des Verlages haben sich keine Hinweise auf den Vorgang erhalten.

S. 161 ***speziellen Reiz:*** Damit ist vielleicht die Parallele der beiden Portraits Ernst Jüngers und Speedys jeweils vor der schwäbischen Felsenlandschaft gemeint [vgl. Abb. 11 u. 25].

S. 162 ***Sie nochmals malen zu dürfen (...) Ihrem Wunsche entsprechend bekleidet:*** Von einem dritten Portrait - nach den beiden von 1929 und 1937 - ist nichts bekannt.

– ***Sie schrieben mir doch in Ihrem ersten Brief von Ihrem Aufenthalt in der Pforzheimer Gegend:*** Ernst Jüngers Brief an Rudolf Schlichter, ca. Ende November / Anfang Dezember 1939 ist nicht erhalten; vgl. Anm. zu S. 149.

– ***Ende des zweiten ägyptischen Reiches während des Hyksoseinfalls:*** Vgl. Egon Friedell: Kulturgeschichte des Altertums. Leben und Legende der vorchristlichen Seele. 1. Ägypten und Vorderasien. Zürich (Helikon); London (Phaidon) 1936 (ab 1947 unter dem Titel »Kulturgeschichte Ägyptens und des alten Orients): Kap. 1, Das Geheimnis Ägyptens, Die Hyksos; zu Friedell vgl. Anm. zu S. 101. Zur »Hyksoszeit« vgl. a. Oswald

Spengler: Der Untergang des Abendlandes. Umrisse einer Morphologie der Weltgeschichte (1923). München (C. H. Beck) [12]1995, S. 1095 f.

– ***Delbrücks »Geschichte der Kriegskunst Bd. II die Germanen«:*** Hans Delbrück: Geschichte der Kriegskunst im Rahmen der politischen Geschichte. Zweiter Teil. Die Germanen. (1900). Photomechanischer Nachdruck der dritten Auflage (Berlin, Georg Stilke, 1921). Berlin (de Gruyter) 1966, Zweites Buch, Sechstes Kapitel, S. 348.

S. 164

Ernst Jünger an Rudolf Schlichter, e. Brief m. U., Feldpost »In Stellung, 28. 3. 1940«, 1 Bl, 3 S.

S. 164 ***der Dritte im Bunde inzwischen durch die neue Propaganda mit Beschlag belegt:*** Gemeint ist der Zeichner A. Paul Weber (1893-1980; vgl. a. Anm. zu S. 15; zum Plan Jüngers, über Weber, Kubin und Schlichter zu schreiben vgl. S. 15 u. 21). Von ihm erschienen 1941 »45 politische Zeichnungen« unter dem Titel »Britische Bilder« zunächst im Berliner Nibelungen-Verlag (45 S.); eine »Volksausgabe« erschien ebd. 1943 mit 48 Zeichnungen. Ebenfalls 1941 verbreitete die Deutsche Informationsstelle in Berlin W 35, Rauchstraße 27, das Werk unter dem propagandistischen Titel: »England, der Totengräber der kleinen Nationen. Britische Bilder. Ein Künstler entlarvt Englands Verbrechen. - L'Angleterre, fossoyeuse des petites nations. England, the grave-digger of the little nations« (30 S.). Alfred Kubin reagierte schon am 12. 3. 1940: »Paul Weber fand wohl Anerkennung bei Auswertung seiner Kunst im gegen den Feind gerichteten ›Propaganda‹dienst. Ich - mußte da versagen (...)« (vgl. Jünger/Kubin 1975, Faksimile des Briefes S. 11). Die Faksimilierung des Briefes geschah nach Angabe Ernst Jüngers ohne sein Wissen und führte die Tilgung des Namens »Paul Weber« im gedruckten Text durch »N. N.« (S. 61) ad absurdum. Weber habe ihm diese Veröffentlichung übel genommen. Die Britischen Bilder seien, laut Ernst Jünger, erst gegen die Nazis, dann gegen die Briten gerichtet gewesen (Gespräch mit dem Herausgeber am 31. 10. 1996 u. 4. 3. 1997). Ernst Jünger besaß von Weber die Federzeichnung »Optimismus ist Feigheit« (33 × 26 cm): Ein verwesender Kopf mit Zylinder geht im Wasser unter; aus dem Hut ringeln sich drei Maden (vgl. Weber 1936, Tafel 38). Zu A. Paul Webers Rolle als Propagandakünstler vgl. Thomas Noll: ›Zwischen den Stühlen‹. A. Paul Weber. Britische Bilder und ›Leviathan‹-Reihe. Studien zum Werk des Künstlers im Dritten Reich. Münster, Hamburg 1993 (Göttinger Beiträge zur Kunstgeschichte, hrsg. v. Karl Arndt, Georg-August-Universität, Göttingen), Bd. 1 u. 2.

– ***Montherlant und den sehr guten Flieger St. Exupéry:*** Henry de Montherlant (1896-1972, Selbstmord), französischer Schriftsteller und Dramatiker. Montherlants Abschiedsnotiz vor seinem Freitod mit der Pistole trägt den Aphorismus Ernst Jüngers »Le suicide fait partie / du capital de l'humanité. Ernst Jünger / 8. Juni 1972«. Vgl. Bruce Chatwin: Ernst Jünger: Ein Ästhet im Krieg. Ernst Jüngers Tagebücher. In: Ders.: Was mache ich hier. Aus dem Englischen von Anna Kamp. München (Hanser) 1989, S. 313-335, hier S. 335. In der Bibliothek Schlichter hat sich von Henry de Montherlant das Buch »Nutzloses Dienen« erhalten mit dem gedruckten Hinweis: »Aus dem Französischen übertragen und eingeleitet von Karl Heinz Bremer in Zusammenarbeit mit Otto Dierl. Die vorliegende deutsche Ausgabe bietet eine Auswahl des Originalwerkes, dessen Titel lautet: Service inutil« (S. 2), Leipzig (Karl Rauch Verlag) 1939 und trägt die hs. Eintragung auf dem Vorsatz »Horst Münnich / Speedy«.

Antoine-Marie-Roger de Saint-Exupéry (1900-1944, Flugzeugabsturz); französischer Flieger und Erzähler; weltberühmt wurde sein Märchen »Le petit prince« (1943).

S. 165

Ernst Jünger, Tagebuch, Auwaldhütte, 8. April 1940.
In: Jünger 1942, S. 110 f.

S. 165 ***Yburg:*** nicht ermittelt.

S. 166

Rudolf Schlichter an Gretha Jünger, masch. Bf. m. U.,
München, 14. Oktober 1940, 2 Bl., 4 S.

S. 167 ***W.Betrieb:*** vgl. Anm. zu S. 152.

S. 168 ***Ebenso hat Speedy eine Reihe guter Gedichte gemacht:*** Speedy Schlichters Gedichte aus der Zeit von November 1933 bis April 1941 sind als Typoskripte erhalten. Sie bilden etwa ein Drittel der insgesamt vorhandenen, bis 1945 verfaßten, Gedichte. Eine Auswahl der Gedichte ist enthalten in: Speedy Schlichter: Hinter der Mauer. Gedruckte Widmung »für Otto Blessing« (S. 4). [49 Gedichte]. 75 S. Privatdruck o. O., o. J. [Nürnberg: Verlag der Neuen Presse, 1952], NL Speedy Schlichter. Vgl.: Joseph Drexel, Briefe an Rudolf Schlichter. Nürnberg, 12. 12. 1952 und 7. 1. 1953. Bundesarchiv Koblenz, N 1258 Drexel/225.

S. 169 *Mereschkowsky:* Dmitrij S. Mereschkowskij (1865-1941), russischer Schriftsteller, bes. historischer Romane wie »Julian Apostata« (1894), »Leonardo da Vinci« (1901), »Alexander I« (1911). Er initiierte in Rußland die religiös-philosophische Erneuerungsbewegung. Seiner Auffassung nach wird die europäische Kulturgeschichte vom Gegensatz zwischen Heidentum und Christentum bestimmt. In der Bibliothek Schlichter haben sich von Mereschkowskij die Bände »Julianus Apostata. Der Tod der Götter. Historischer Roman« (Berechtigte Übersetzung von Johannes von Guenther. Leipzig: Grethlein & Co. 1931) und »Leonardo da Vinci. Historischer Roman« (Berlin: Th. Knaur Nachf.) o. J. erhalten.

– Klages, »Der Geist als Widersacher der Seele«: »Der Geist als Widersacher der Seele«, das philosophisch-anthropologische Hauptwerk von Ludwig Klages (1872-1956), erschien in drei Bänden zwischen 1929 und 1932 in Leipzig (J. A. Barth Verlag).

– lest Eichendorff's Roman: Ahnung und Gegenwart: Joseph v. Eichendorff: Ahnung und Gegenwart. Roman. Nürnberg 1815. In dem Entwicklungsroman um den Helden Friedrich, der sich am Ende aus der Welt zurückzieht, taucht als Nachfolger seiner als Mann verkleideten Gegenspielerin »Erwin« deren Bruder Rudolf auf, der wiederum zu den Magiern nach Ägypten reist.

– In der Oktobernummer der Zeitschrift »Das Innere Reich« sind sechs Zeichnungen von mir erschienen: Rudolf Schlichter: Sechs Landschaften. In: Das Innere Reich. Zeitschrift für Dichtung, Kunst und deutsches Leben. Hrsg. Paul Alverdes. 7. Jg., H. 6, September 1940. Abgebildet sind die Zeichnungen »Höllengebirge (Ostabhang)«, dat. »27/10 33« (n. S. 300) sowie »Kuttengeier«

(1936) (v. S. 301) [Abb. 16]; »Wildbach« (1939) (n. S. 316) und »Im Höllengebirge« (1939) (v. S. 317); »Österreichisches Land« (11/1939) (n. S. 332) und »Der Spitzberg« (1939) (v. S. 333).

Die redaktionelle Notiz am Ende des Heftes unter der Rubrik »Anmerkungen« (S. 340) lautet: »Rudolf Schlichter ist 1890 in Calw im württembergischen Schwarzwald geboren. Nach dem Besuch des dortigen Realprogymnasiums kam er nach Pforzheim in die Lehre und erlernte dort die Emailmalerei. Nach zwei Jahren Kunstgewerbeschule in Stuttgart wurde er Schüler an der Karlsruher Akademie und arbeitete bei Walter Georgi, Kaspar Ritter und Wilhelm Trübner. In der zweiten Hälfte des Weltkrieges war er Munitionsfahrer an der Westfront. Studienreisen führten ihn nach Italien, Frankreich, der Schweiz und nach Böhmen und Mähren. Seit 1939 lebt er in München.«

Im NL Rudolf Schlichter hat sich der undatierte Entwurf eines Briefes Schlichters an Paul Alverdes erhalten: »Sehr geehrter Herr Alverdes. / Durch Herrn v. Salomon erfuhr ich, daß Sie nicht abgeneigt wären, Arbeiten von mir im ›Inneren Reich‹ zu veröffentlichen. H.[err] v.[on] S.[alomon] bat mich zu diesem Zweck um Photos! Ich gab sie ihm im Sommer bei seiner Durchreise mit. Darf ich fragen, wie es mit den Verhandlungen zwischen Ihnen u. Herr[n] v. Salomon steht? Denn ich hörte seitdem nichts mehr von ihm. Um Sie nicht in Zweifel über meine öffentliche Situation zu lassen, teile ich Ihnen mit, daß ich Mitglied der Reichskammer d.[er] b.[ildenden] K.[ünste] bin. // Vor ungefähr ¾ Jahr, als Sie mich aufforderten, für Ihre Zeitschrift etwas über mich zu schreiben, sandte ich Ihnen einen Aufsatz von Herrn Wenger, den Sie mir zurückschickten, mit der Begründung, er entspreche nicht dem Rahmen Ihrer Zeitschrift. Inzwischen schrieb Herr W.[enger] einen neuen Aufsatz, der sich vorwiegend mit Graphik u. speziell mit meiner beschäftigt. Beiliegend sende ich Ihnen diesen Aufsatz, der sich diesmal vielleicht für Ihre Zwecke eignen wird. // Teilen Sie mir[,] bitte, offen mit was Sie davon denken u. ob Sie überhaupt gewillt sind, etwas von mir zu bringen. Ich könnte mir vorstellen, daß dieser Aufsatz mit schönen Reproduktionen einiger meiner Blätter eine eindrucksvolle Veröffentlichung abgeben würde. // Diese Bilder würden Ihne[n] sofort zur Verfügung stehen, falls ich mich einer Zusage erfreuen dürfte. // Mit freundlichem Gruß / Ihr ergebener / R.S.«

Paul Alverdes (1897-1979), zwischen 1934 und 1944 (bis 1938 zusammen mit Karl Benno von Mechow) Herausgeber der im Langen-Müller-Verlag, München, erschienenen Zeitschrift »Das Innere Reich«, war seit 1921 in München ansässig und wohnte seit 1937 in Grünwald bei München. Auf Schlichters Brief hin (eine schriftliche Antwort ist nicht erhalten) besuchte Alverdes den Maler am 4. Juli 1940 in der Münchener Pettenkoferstraße 25/III und schrieb darüber einen, gerade durch seine Vorbehalte, aufschlußreichen Tagebucheintrag:

»(...) Besuch bei dem Maler des Untergangs Rudolf Schlichter. / Sechs seiner meisterlichen Rohrfederzeichnungen ausgewählt, um sie im Inneren Reich zu veröffentlichen. / Wunderlicher, urtümlicher, wenig liebsamer Geselle, aber er kann zeichnen wie kaum einer. Seine farbigen Arbeiten bevorzugen kalte Industrie-Farben: ein fatales Violett, ein giftiges Grün, ein Blei wie von billiger Damen-Wäsche und ein knallendes, mörderisches Rot. Seine Figuren, wo er sie ernst meint, sind Nutten-Typen mit einem Schuss von großstädtischer Literatur, Simpelfransen und Vamp-Visage seiner Frau Speedy. Schaudervoll ein Bild: bei einem schönen Landhaus: wo vor einer virtuos gemalten Beuroner Landschaft ein paar nackte Menschen zu sehen sind, keine göttlichen Leiber, sondern ausgezogene Fräulein, mit den Requisiten[,] die dem Fetischisten Schlichter unentbehrlich sind. Schuhe, Damenschuhe in allerlei Farben und Formen, Unterwäsche in den von ihm so geliebten Giftfarben. [Gemeint ist das Ölgemälde »Frühstück im Walde«, 1938; vgl. Tübingen/Wuppertal/München 1997/98, Kat.-Nr. 157.] / Die weltanschaulich gemalten Bilder von einer schaurigen Trostlosigkeit: das abgeschälte, einsam zuckende Hirn [gemeint ist das verschollene Aquarell »Das einsame Gehirn«; vgl. den Brief Schlichters an Ernst Jünger vom 25. 7. 1936, S. 65 f.] in einer Urlandschaft, oder das an einer Leiche durch die Klippenlandschaft des Untergangs vorbeigalloppierende Schimmeltier, die vielfältige Fratze einer sinnlosen Verwesung und eines Unterganges, der dazu noch moralisch als der Vollzug eines Urteils, als das Bezahlen einer Schuld, als eine Sühne nicht ohne eine Art von Pharisäer-Triumph dargestellt wird, - das ist das scheusälige innere Leben eines höchst sonderbaren Geistes. Etwas von Verbrecher, etwas von nachtragendem Proletarier und Autodidakten und etwas von destruktiver Asphalt-Literatur; und in seiner Graphik etwas von Genie, von Besessenheit, von Liebe zur gewachsenen Welt der Bäume, Steine, Gewässer, Tiere. Wenn ich Sachen von diesem Gefährlichen und unseligen Menschen veröffentliche, muss ich es um ihres einmaligen zeichnerischen Ranges willen tun ohne Rücksicht auf die zwielichte Person, die sie hervorbringt. Zu denken, dass Baldung Grien und Urs vielleicht auch keine angenehmen Zeitgenossen gewesen, dass aber an ihren künstlerischen Arbeiten Geschlechter von Enkeln gelernt haben bis auf den heutigen Tag.«

Die Tagebuchstelle wird zitiert, dank der freundlichen Vermittlung von Ingeborg Schuldt-Britting, Höhenmoos, mit freundlicher Erlaubnis von Wolf Alverdes, Pöring. Vgl. Ingeborg Schuldt-Britting: Erinnerungen an Paul Alverdes zu seinem hundertsten Geburtstag am 6. Mai 1997. In: Literatur in Bayern, Nr. 47, März 1997, S. 53-58, hier S. 56. Zur Geschichte der Zeitschrift vgl. Marbacher Magazin 26/1983: Das Innere Reich. 1934-1944. Eine »Zeitschrift für Dichtung, Kunst und deutsches Leben«. Bearbeitet von Werner Volke.

S. 170

Rudolf Schlichter an Gretha Jünger, e. Bf. (m. Bf.kopf, Adresse Stuttgart durchgestrichen) m. U., München 24. Februar 1941, 1 Bl., 1 S.

S. 170 ***Lichtdruck (...) Kloster Hirsau b. Calw:*** Rudolf Schlichter: »Im Schoße des Tales«. Lithographie, 1939, 60,5 × 44 cm [Abb. 28]. NL Schlichter; die Original-Tuschfederzeichnung in Privatbesitz. Der Lichtdruck hat sich bei Ernst Jünger nicht erhalten. Abdruck in: Atlantis. Mai 1942, H. 5, S. 167.

– ***das Kriegstagebuch im »Reich«:*** Ernst Jünger: Aus den Tagebüchern von 1939/40 [Auszüge aus dem Kriegstagebuch ›Gärten und Straßen‹]. In: Das Reich. Deutsche Wochenzeitung, 1941, Nr. 6. Berlin, 9. 2. 1941 (Mühleisen 1996, Nr. 462). Die von Jünger ausgewählten und zum Teil in Auszügen präsentierten Tagebucheinträge sind datiert »Kirchhorst, 5. 4. / 8.4. / 28. 4. / 18. 7. 1939«; »Blankenburg, 29. 9. 1939«; »Bei Greffern, 15. 11. / 18. 11. 1939«; »Auwaldhütte, 8. 4. 1940« und »Boulzicourt, 27. 5. 1940«. Die »Erwähnung« der Schlichter-Zeichnung »Atlantis vor dem Untergang« (1934) findet sich im Eintrag »Auwaldhütte, 8. 4. 1940«; vgl. S. 165.

In einem undatierten Tagebucheintrag, etwa von Mitte Februar 1941, schreibt Speedy Schlichter dazu: »Heute lasen wir in die [!] Zeitung ›Das Reich‹ ein Teil des Tagebuches von

Ernst Jünger. Darin erwähnt er Rodolphe als *Rodolphe*, anlässlich einer Gedankenassoziation mit dem Bilde (Zeichnung) Atlantis, das Rodolphe machte und ihm damals in Rottenburg am Neckar verkaufte, als Ernst Jünger bei uns zu Besuch war. Ich freue mich, dass er Rudolf so wie ich ihn rufe, nennt. Macht Ernst Jünger mir dies zu liebe? Ich nehme an, dass er mit mir weiss, warum ich Rodolphe statt Rudolf sage und den gedanklichen und farbigen Inhalt vom O statt U in diesem Namen genau ahnt und unterscheidet.« NL Speedy Schlichter. Speedy Schlichters Vermutung ist so abwegig nicht. In seinem »Lob der Vokale« in »Blätter und Steine« (Hamburg, Hanseatische Verlagsanstalt, 1934, S. 44-85) geht Ernst Jünger ausführlich auf U und O ein. In »Sprache und Körperbau« (Frankfurt am Main, Klostermann, 1949) verstärkt Ernst Jünger im Kapitel »Kopf und Fuss«, Abschnitt »Oben und unten«, die Aufmerksamkeit für die »Gegenklänge« »im Doppel-U und Doppel-O« (S. 51).

– ***Fritz (...) seinen lieben Brief:*** Brief von Friedrich Georg Jünger an Rudolf Schlichter nicht erhalten.

S. 171

Rudolf Schlichter an Gretha Jünger, e.Bf. (m. Bf.kopf Stuttgart, durchgestrichen) m. U., München, 8. August 1941, 1 Bl., 2 S.

S. 171 ***u. k.:*** unabkömmlich.

S. 172 ***Speedy (...) Sammlung von 60 sehr überraschenden Gedichten:*** vgl. Anm. zu S. 168 sowie die Erwähnungen in den Briefen S. 179 f. u. 183.

S. 173
Rudolf Schlichter an Gretha Jünger, e. Bf. m. U., München, 25. Dezember 1941, 2 Bl., 4 S.

S. 175 ***das unvermeidliche Leiden, das hier ein Liebender auf sich nehmen muß:*** Vgl. Rudolf Schlichter: Der Liebende. In: Schlichter 1995, S. 198-200. Im Kontrast dazu stehen Schlichters schonungslose Notizen in seinem unveröffentlichten »Geheime(n) Tagebuch«. NL Schlichter.

S. 176 ***drei Novellen von Stifter illustriert:*** Adalbert Stifter: Die Scharnast-Erzählungen. Mit 12 Zeichnungen von Rudolf Schlichter. Textrevision und Nachwort von Dr. Max Stefl. Schutzumschlag von Rudolf Schlichter. Einbandentwurf von Hans Hermann Hagedorn. Königsberg i. Pr. (Gräfe und Unzer Verlag) 1942. Die Erzählungen sind: »Die Narrenburg«: 1. Die grüne Fichtau; 2. Das graue Schloß [Abb. 30]; 3. Der rote Stein (S. 5-123); »Die Mappe meines Urgroßvaters«: 1. Die Altertümer; 2. Das Gelöbnis; 3. Der sanftmütige Obrist; 4. Margarita; 5. Thal ob Pirling; 6. Das Scheibenschießen in Pirling; 7. Das Nachwort (S. 125-352); »Prokupus«: 1. Am Morgen; 2. Der Mittag; 3. Der Abend (S. 353-423). Einige der Originalzeichnungen sind in Privatbesitz sowie im Museum der Stadt Calw erhalten.

In der Bibliothek Schlichter befinden sich: Adalbert Stifter: Gesammelte Werke in sieben Bänden. Erster Band: Studien. Erster Band. Vorwort von Max Mell. Leipzig (Insel-Verlag) 1939. Mit der hs. Widmung auf dem Vorsatz: »Meinem lieben / Rudolf Schlichter / herzlichst / Mai 1939. / Max Stefl.«; Adalbert Stifter: Gesammelte Werke in sieben Bänden. Vierter Band. Der Nachsommer. Nachwort von Max Stefl. Leipzig (Insel-Verlag) 1939. Mit der hs. Widmung auf dem Vorsatz: »Rudolf Schlichter / in herzlicher Verbundenheit / 13. III. 40. / M. St.«

– ***Metzki aus Paris:*** der Buchhändler Paul Metzger aus Überlingen, vgl. Anm. zu S. 144.

– ***Manfred Schwarz:*** Vgl. Anm. zu S. 151.

S. 177 ***Todesanzeige:*** Die Zeitungsanzeige lautet: »[Eisernes Kreuz mit eingeschlossenem Hakenkreuz] *(Hans) Dieter Sekler / Dr. jur. und junger Dichter, / Uffz. in einem Inf.-Rgt., / Teilnehmer am Frankreich-Feldzug, / geb. 2. Dezember 1913 /* starb in München am 8. Nov. 1941 im Reservelazarett Schwabing. Unsere tiefste, verantwortungsvolle Verbundenheit ist eine Menschwerdungsgeschichte, die uns inneren Reichtum, Glück, Kraft und Sinn gab. Der Tod meines Freundes war groß. Meine Ehrfurcht und mein Schmerz sind schwer. / *Frau E. Speedy Schlichter* und die treuen Freunde *Rudolf Schlichter, Otto Blessing.* / Wir haben ihn still mit Liebe und Sorgfalt am 12. November 1941 im Waldfriedhof begraben.« Im NL hat sich zudem ein Grabmalentwurf mit einem deutlicher programmatischen Gedicht Speedy Schlichters erhalten: »Liebe / Die / Zum Sinn / Uns / Führt. // Dieter ! // Darf ich nur weinen / Vor diesem kalten Schlaf / Weinen, nur weinen... / Und spüren was uns traf? // Darf ich nur sagen / Wie gut Du warst, wie gross / Sagen, nur sagen ... / Und klagen, welch' ein Los! // Trägt nicht das Fühlen / Aus hoher Liebe ›Zeit‹? / Bleibt nicht trotz Kühlen / Das warme Zeichen ›weit‹? // In welchem Wiegen / drang Dauer weich in uns / Und wenn wir schwiegen, / So wussten wir um uns. / Speedy // Hier liegt, geb. 2. 12. 1913 gest. 8. 11. 1941 / Dieter (Hans) Sekler (Dr. jur.) / ein nachdenklicher junger Dichter, der / Kälte, Zerstörung und Tyrannei / verabscheute / E. Speedy und Rudolf Schlichter, Otto Blessing / umschliessen dich in Liebe.« Im NL Schlichter sind mehrere Portraitzeichnungen »Dieter Sekler« erhalten.

S. 177
Gretha Jünger an Rudolf Schlichter, e. Bf. m. U., Kirchhorst, 3. Januar 1942, 1 Bl., 4 S.

S. 177 ***Vorabdruck des neuen Buches:*** Es handelt sich dabei offenbar um eines der »Autorenstücke« von: Ernst Jünger: Gärten und Straßen. Aus den Tagebüchern von 1939 und 1940. Berlin (Mittler) 1942 (Mühleisen 1996, Nr. 39). In einem Brief »An den Verlag E.S. Mittler & Sohn«, datiert »Paris, 9. Dezember 1941«, schreibt Ernst Jünger dazu: »Für Ihre Mitteilung, daß Sie die Autorenstücke für mich abziehen lassen, bin ich Ihnen außerordentlich verbunden. Ich hoffe, daß sich auch die Umbruch-Korrekturen darin befinden werden. Ich wäre Ihnen dankbar, wenn Sie einen Weg finden würden, mir die Stücke trotz des Weihnachtsverkehres rechtzeitig zuzustellen. (...)«. Vgl. Ernst Jünger: Briefe. II. An Verschiedene. 2. 15. 10. 1939-12. 2. 1945. Ts., S. 341-480, hier S. 400. Archiv Ernst Jünger, Wilflingen. Das »Autorenstück« der »Gärten und Straßen« befindet sich, wenn auch ohne Widmung Jüngers, in der Bibliothek Schlichter. Die Erwähnung Schlichters und seines Bildes »Atlantis vor dem Untergang« auf S. 110 (»Auwaldhütte, 8. April 1940«) ist dort mit Bleistift angemerkt. Zur bewidmeten französischen Übersetzung »Jardins et routes« vgl. Anm. zu S. 188.

S. 179 ***meine Orchideen:*** Rudolf Schlichter, Orchideen, 1938, Öl auf Leinwand, Maße und Verbleib unbekannt. Werkfoto im NL Schlichter [Abb. 27]. Wie Ernst Jünger in einem Brief an Alfred Kubin aus Berlin am 19. 2. 1932 schrieb, plante er seinerzeit »eine ›Kritik der Orchideen‹, in der diese Blumen, die ich sehr liebe, in einer Weise gewürdigt werden sollten, wie man Schauspielerinnen bespricht.« Vgl. Jünger/Kubin 1975, S. 36.

S. 179

Rudolf Schlichter an Gretha Jünger, e. Bf.karte m. U.,
München, 7. Januar 1942, 1 Bl., 2 S.

S. 179 ***das schöne Buch von Ernst:*** Ernst Jünger: Gärten und Straßen (1942), vgl. Anm. zu S. 177.

S. 180 ***ein Machwerk Webers:*** vermutlich A. Paul Weber: Britische Bilder. 45 Politische Zeichnungen. Berlin (Nibelungen-Verlag) 1941, 45 S. Vgl. Anm. zu S. 164.

S. 180

Rudolf Schlichter an Ernst Jünger, e. Bf. m. U.;
durchgestrichener Briefkopf »Stuttgart=S; Neue Weinsteige 5«,
München, 24. Januar 1942, 2 Bl., 4 S.

S. 180 ***die Stelle, die vom Geflügelkauf in Baden-Oos handelt:*** »*Baden-Oos, 8. Januar 1940* (...) Um Mitternacht bezogen wir eine Kaserne in Baden-Oos, in der ich auf dem Feldbett der Kälte wegen angezogen schlief. Wie uns im Traume Gestalten reiner und deutlicher erscheinen als bei Tage, so stellte sich mir hier der Typus der *Zudringlichen* dar, und zwar in einem kleinen Gemüseladen, in dem ich eine gebratene Ente erwarb. Neben der Verkäuferin standen noch zwei, drei alte Weiber, von denen das eine den Vogel unbescheiden, und obwohl ich es mir oft verbat, betastete. Es tat das, scheinbar, um mir Ratschläge zu erteilen, wie so ein Leckerbissen zuzubereiten und aufzutischen sei - in Wirklichkeit jedoch nur, um sich dann die Finger abzuschlecken, und beraubte den Braten so allmählich der braunen, leckeren Glasur. Zuletzt fuhr dieses Wesen, das hager, beweglich und mit großen, spähenden Augen wie eine Fliege ausgestattet war, dem Vogel noch mit gekrümmtem Zeigefinger in die Hinteröffnung und holte ein

Stückchen Eingeweide zum Schmause daraus hervor. Dann huschte es schnell hinaus und ließ die Ente abgegriffen und unansehnlich auf dem Ladentisch zurück. Erst jetzt begannen die anderen Weiber auf die Verschwundene zu schelten, woraus ich schloß, daß sie mit bösen Kräften versehen war. So war mir nicht nur das Mahl verdorben, sondern ich wurde auch von der Ahnung, daß die Begegnung unheilvolle Wirkung haben würde, noch bedrückt.« Vgl. Jünger 1942, S. 75 f.

S. 181 ***Was Sie zu den consolationes des Boethius ausführen:*** vgl. Bf. Jüngers an Schlichter v. 7. 2. 1940, S. 157.

S. 182 ***Füßli:*** Für Schlichter sind der Schweizer Maler, Dichter und Kunstschriftsteller Johann Heinrich Füssli (1741-1825) wie auch der englische Dichter, Maler und Kupferstecher William Blake (1757-1827) »Außenseiter der Kunst«. Vgl. Schlichter 1995, S. 250.

S. 183 ***Mein Roman »Kreuztragung« (...) vielleicht bleibt es Fragment:*** Die Erzählung »Kreuztragung« bzw. »Sosias aus Kapharnaum« blieb ein 108 S. starkes Fragment; vgl. Anm. zu S. 60.

– ***C. G. Jung:*** Der Psychologe und Psychiater Carl Gustav Jung (1875-1961) entwickelte nach dem Bruch mit Sigmund Freud (1912) seine eigenen Lehren, u. a. vom individuellen und kollektiven Unbewußten und von den Archetypen des Bewußtseins.

– ***Bachofen:*** Johann Jakob Bachofen: Mutterrecht und Urreligion. Leipzig (Kröner Verlag) 1934. Bibliothek Schlichter.

– ***Richard Wilhelm:*** Richard Wilhelm (1873-1930), Sinologe, Missionar und Pfarrer in Tsingtau (1899-1921), Professor in Frankfurt/M. Seine Übersetzungen aus der klassischen chinesischen Literatur und seine Arbeit an dem von ihm eingerichteten China-Institut in Frankfurt am Main waren grundlegend für eine breite Rezeption der chinesischen Kultur in Deutschland.

– ***»Das Geheimnis der goldenen Blüte«:*** C. G. Jung / Richard Wilhelm (Hrsg.): Das Geheimnis der goldenen Blüte. Ein chinesisches Lebensbuch. Übersetzt und erläutert von Richard Wilhelm, mit einem europäischen Kommentar von C. G. Jung. Zürich u. Leipzig (Rascher) 1939. Bibliothek Schlichter.

S. 184 ***einige Photos der 1001 Nachtserie:*** Im Archiv Ernst Jünger, Wilflingen, sind vier Werkfotos der Serie erhalten [Abb. 29 a-d].

S. 184
Ernst Jünger, Tagebuch, Paris, 28. Januar 1942.
In: Jünger 1949, S. 88

S. 184 ***ein Bild der Messingstadt:*** Das Märchen der 455. bis 460. Nacht, »Die Messingstadt«, die Geschichte der Reise des Emir Musa in eine Totenstadt, um dort die salomonischen Flaschen mit den eingesperrten Geistern zu finden, steht in Schlichters zwölfbändiger Ausgabe des Insel-Verlags in Bd. 7, S. 206-258. Als »Gegenstück zu seinem ›Atlantis vor dem Untergang‹« [Abb. 10] ist wohl das Blatt mit der toten Messingstadt im Tal gemeint [Abb. 29 b]; vgl. Schlichter 1993, S. 105.

– ***Emir Musa:*** Auf einer Briefanfrage Günter Metkens an Ernst Jünger vom 3. 9. 1992 findet sich Jüngers hs. Notiz »Einverstanden. Emir Musa kann nicht genug gelobt werden. 6.9.92 EJ«. Archiv Ernst Jünger, Wilflingen.

S. 185
Ernst Jünger, Tagebuch, Paris, 29. Januar 1942.
In: Jünger 1949, S. 88 f.

S. 185 ***auch andere Märchen aus Tausendundeiner Nacht (…), vor allem jenes der Pari Banu:*** Gemeint ist das Märchen der 594. bis 616. Nacht »Die Abenteuer des Prinzen Ahmad und der Fee Peri Banu«, in Schlichters zwölfbändiger Ausgabe des Insel-Verlags in Bd. 5, S. 3-82. Im »Register der Eigennamen« (Bd. 12, S. 321-323) wird der Name »Peri-Bánu« [auch Pari] als »hohe Fee« gedeutet (S. 321).

S. 185
Ernst Jünger an Rudolf Schlichter, masch. Bf. m. U., Briefkopf »Ernst Jünger«, o. O., 29. Januar 1942, Feldpostnr. 06661, 1 Bl., 2 S.
Auszug auch in: Ernst Jünger: Briefe. II. An Verschiedene. 2. 15.10.1939–12.2.1945, Ts., S. 341–480, hier S. 408 f.

S. 185 ***das Bild der Messingstadt:*** [Abb. 29 b]; vgl. Anm. zu S. 184.

– ***Emir Musa:*** vgl. Anm. zu S. 184.

S. 186 ***Doré:*** Gustave Doré (1832-1883), frz. Zeichner und Maler. Von den Geschichten aus »Tausendundeine Nacht« illustrierte Doré nur das Märchen von »Sindbad, dem Seefahrer« mit 20 Holzstichen. In: Journal Pour Tous, Paris, 1862. Vgl. Gustave Doré: Das Graphische Werk. Bd. II. Frankfurt am Main, Wien, Zürich (Rogner & Bernhardt) 1975, S. 104-108.

– ***der Typus der »Zudringlichen«:*** vgl. Anm. zu S. 180.

S. 187

Gretha Jünger, Tagebuch, 30. Januar 1942.
In: Gretha von Jeinsen [d.i Gretha Jünger]:
Die Palette. Tagebuchblätter und Briefe.
Hamburg (Hans Dulk), 1949, S. 52 f.

S. 187 ***In München bei Hanna:*** Johanna (Hanna) Hermine Jünger, verheiratete Deventer (1899-1984), Gymnastiklehrerin in München, Schwester von Ernst Jünger.

– ***Besuch bei Rodolphe und Speedy:*** Vgl. die Reaktion Schlichters auf diese Stelle im Bf. v. 11. 12. 1949, S. 236.

– ***die Orchideen:*** vgl. die Anm. zu S. 179 [Abb. 27].

S. 187

Rudolf Schlichter an Gretha Jünger, e. Bf. m. U.,
München, 17. Juni 1942, 1 Bl., 2 S.

S. 187 ***Dank (...) für Deinen lieben Brief:*** ist nicht erhalten.

S. 188 ***Von Ernst bekamen wir die französische Übersetzung von »Straßen und Gärten[«]:*** Ernst Jünger: Jardins et routes. Pages de journal 1939-1940. Traduction de Maurice Betz. Paris (Librairie Plon) 1942 (Mühleisen 1996, Nr. 875). Das Exemplar in der Bibliothek Schlichter enthält die Widmung: »Für Rodolphe / Schlichter u. Speedy: / Ernst Jünger / Paris 22. 5. 1942.«

– ***ebenso von den Marmorklippen:*** Ernst Junger[!]: Sur les falaises de marbre. Trad. par Henri Thomas. Roman. Paris (Gallimard) 1942 (Mühleisen 1996, Nr. 874). In der Bibliothek Schlichter mit der beigelegten Karte »HOMMAGE / DE L'AUTEUR« erhalten.

– ***Das Blatt, das er wünscht:*** Das von Jünger gewünschte Blatt des Emir Musa vor der Messingstadt [Abb. 29 b] wurde von Schlichter offenbar doch nicht ein zweites Mal gezeichnet.

– ***Speedy's Bruder in Genf gestorben (...) ein ungewöhnlich begabter Dichter:*** Alexandre Koehler (vgl. Anm. zu S. 104) starb im April 1942.

S. 189
Rudolf Schlichter an Gretha Jünger, e. Bf. (m. Bf.kopf Stuttgart, durchgestrichen) m. U., München, 8. August 1942, 2 Bl., 4 S.

S. 191 ***Althengstett:*** In dem Ort nahe Calw wohnte die mit Schlichters befreundete Familie Perrot.

– ***Einen Brief lege ich bei:*** s. den folgenden Brief an Ernst Jünger vom selben Tag.

S. 192
Rudolf Schlichter an Ernst Jünger, e. Bf. m. U.; durchgestrichener Briefkopf »Stuttgart=S; Neue Weinsteige 5«, München, 8. August 1942, 1 Bl., 2 S.

S. 192 ***Ihr letzter Brief:*** Bf. Ernst Jüngers v. 29. 1. 1942, S. 185 f.

– ***Skizzenmappe:*** In den erhaltenen Skizzenmappen ist kein Entwurf zum babylonischen Turm zu entdecken. Vgl. aber: Rudolf Schlichter: Technisches Monument, Ölgemälde, 1952.

Galerie Michael Hasenclever, München (Berlin/Stuttgart 1984, Kat. Nr. 24, Abb. 161, S. 139).

– ***Kaiserin Theodora v. Byzanz:*** Angeregt von zwei Romanen, »Das Reich der Dämonen« (1941) von Frank Thieß und »Belisar« von Ranke-Graves (vgl. die folgenden Anm.) fertigte Schlichter 1943 eine Bilderfolge von 10 Zeichnungen unter dem Titel »Das Leben der Kaiserin Theodora« an. Der Plan einer Drucklegung der Zeichnungen zusammen mit einem Auszug aus Thieß' Roman im Verlag Alfons Bürger, Lorch, zerschlug sich 1948 in letzter Minute. Die Bilderfolge in zehn Andrucken ist im NL Schlichter erhalten.

– ***Thieß, »Das Reich der Dämonen«:*** Frank Thieß: Das Reich der Dämonen. Der Roman eines Jahrtausends. Wien, Leipzig (Zsolnay) 1941. »1941 lieferte er mit dem Roman *Das Reich der Dämonen* eine verschlüsselte Kritik an der Diktatur, die zum Verbot des sogleich vergriffenen Buches führte.« Vgl. Ernst Loewy: Literatur unterm Hakenkreuz. Das Dritte Reich und seine Dichtung. Eine Dokumentation. Frankfurt am Main (Hain) 1990, S. 325. Den Titel des Romans nahm später Ernst Niekisch auf für sein Buch »Das Reich der niederen Dämonen«, Hamburg (Rowohlt) 1953.

– ***Ranke-Graves »Belisar«:*** Robert von Ranke-Graves: Belisar von Byzanz. Leipzig (Paul List Verlag) 1939. Die englische Originalausgabe »Count Belisarius« erschien 1938.

S. 193 ***Giambattista Vico:*** Vgl. Giambattista Vico: Die Neue Wissenschaft über die gemeinschaftliche Natur der Völker. Nach der Ausgabe von 1744 übersetzt und eingeleitet von Ernst Auerbach. München (Allgemeine Verlagsanstalt) 1924.

– ***beigelegten Bildphotos:*** Im Archiv Ernst Jünger, Wilflingen, sind vier Werkfotos von Zeichnungen zu »Tausendundeine Nacht« erhalten [Abb. 29 a-d].

S. 193
Ernst Jünger, Tagebuch, Paris, 11. August 1942.
In: Jünger 1949, S. 150

S. 194
Rudolf Schlichter an Gretha Jünger, e. Bf. m. U.,
München, 21. September 1942, 1 Bl., 2 S.

S. 194 *beim letzten Luftangriff auf M.:* Es handelt sich hier um den ersten schweren britischen Flächenangriff auf München vom 19./20. September 1942. Vgl. Irmtraud Permooser: Der Luftkrieg über München 1942-1945. Bomben auf die Hauptstadt der Bewegung. Oberhaching (Aviatic Verlag) 1996, S. 118 ff.. Die Vermutung des Herausgebers, es habe sich bei diesem Angriff um den vom 21. Dezember gehandelt (Schlichter 1995, S. 375 f.), ist zu korrigieren.

– ***Glück im Unglück:*** Am 19. Dezember 1943 widmete Speedy Schlichter ihr Gedicht »Pupille« »Meinem prachtvollen Kater Tütür / durch Bombenangriff in der Nacht vom 19. zum 20. Sept. 1942 / spurlos in Fetzen zerissen, in memoriam (...)«. Ts., 1 Bl., 1 S. NL Schlichter.

S. 195
Ernst Jünger, Tagebuch, Paris, 29. September 1942.
In: Jünger 1949, S. 172

S. 195

Ernst Jünger an Rudolf Schlichter, e. Bf. m. U.,
o. O. [Feldpostnummer], 12. Oktober 1942. 1 Bl., 1 S.

S. 195 ***Es gilt dem Kaukasus:*** Hauptmann Ernst Jünger wurde am 15. 10. 1942 zum Stab der Heeresgruppe A kommandiert und machte eine Inspektionsreise an den Südabschnitt der russischen Front (Mühleisen 1996, S. 338). Im Frühherbst 1942 besuchte Rudolf Schlichter seinen Künstlerkollegen Alfred Kubin in Zwickledt und berichtete von Jüngers Abkommandierung in den Kaukasus (vgl. Alfred Kubin, Bf. an Ernst Jünger, Zwickledt 25. 3. 1943. In: Jünger/Kubin 1975, S. 72). Jünger selbst wiederum berichtete Kubin nach seiner Rückkehr, er habe während seines »Aufenthaltes im Kaukasus (...) öfters Ihrer und auch der Traumstadt Perle gedacht. (...) Besonders einmal, auf dem verwahrlosten Friedhofe von Stawropol, jetzt Woroschilowsk genannt, berührte es mich sonderbar, als ich auf einem verwitterten Grabstein das in griechischen Lettern eingegrabene Wort ›Patera‹ entzifferte.« (Vgl. Ernst Jünger: Bf. an Alfred Kubin, Kirchhorst, 1. 6. 1943. In: Jünger / Kubin 1975, S. 75) »Patera« ist die Schlüsselfigur des »Meisters« in Alfred Kubins phantastischem Roman »Die andere Seite« (1909).

– ***»Illusionen der Technik« (...) schmolz (...) im Satz*:** »Paris, 26. August 1942 / Friedrich Georg schreibt mir, daß bei dem letzten Angriff auf Hamburg der Satz der zweiten Fassung der »Illusionen der Technik« im Feuer zerschmolzen ist. (...)«. Vgl. Jünger 1949, S. 156. Der spätere Titel lautete »Die Perfektion der Technik«, Frankfurt am Main (Klostermann) 1946.

S. 196
Rudolf Schlichter an Gretha Jünger, e. Bf. m. U.,
München, 6. Dezember 1942, 4 Bl., 8 S.
Mit Anlage: Rudolf Schlichter,
Tagebuchblatt 20. Nov. 1942, 2 Bl., 4 S.

S. 196 ***Dank für Deinen lieben Brief:*** ist nicht erhalten.

– ***Heine Perrot:*** Dr. Heinrich Perrot (1900-1975; vgl. Anm. zu S. 48, 99 u. 152). Die Variante »Heine«, später »Henri«, für Perrots Vornamen stammt von Speedy Schlichter (vgl. Perrot/Bauer, S. 122 ff.; S. 134). Zum Haus- bzw. Grundstücksplan schreibt Dorothea Bauer Perrot: »Zwischen 1942 und 1943, nachdem sie in München ausgebombt waren, residierten sie mitsamt ihren Freunden im ›alten Haus‹ in Althengstett. Rudolfs Bilder standen in der Fabrikhalle. An Speedys 40sten Geburtstag [1. 9. 1942] schenkte ihr mein Vater das ›Äckerle‹, eines der schönsten Grundstücke in Althengstett und ließ gleich eine Hütte darauf errichten. Als Speedy später in Not kam, hat sie das Objekt dem Vater wieder angeboten. (...) Anfang der 60er Jahre entschlossen mein Bruder Conrad und ich uns spontan, Speedy [in München] zu besuchen. Damals lebte sie ziemlich vereinsamt. Ihren Unterhalt verdiente sie durch Französisch-Stunden und den gelegentlichen Verkauf der Schlichterschen Bilder. Sie gab uns zu verstehen, wie sehr sie eine Aussöhnung mit unseren Eltern ersehne. Diese kam allerdings nie zustande. Das jahrelange Zerwürfnis, von dem im Text [des Vaters] die Rede ist, wurde vor allem von meiner Mutter auf den sehr widersprüchlichen Einfluß Speedys auf meinen Vater zurückgeführt. Damals, als wir sie sahen, war sie noch immer eine wunderschöne Frau. Ihr Faszinosum hat auch uns beide erreicht.« (a. a. O., S. 248, Anm. 13).

Das »Zerwürfnis« kommentiert Heinrich Perrot allgemein mit einem anderen Vergleich: »Die beiden weiblichen Wesen [Speedy Schlichter und Wedde Weinhold, Gattin des Malers Kurt Weinhold, seit 1922 ansässig in Calw] waren grundverschieden. Zunächst wurde die Verschiedenheit durch Höflichkeit überbrückt. Aber Anderssein zeugt eben auch Haß, wie Stendhal sagt. Schon ein Feuerchen vermochte später die Verbindung zu stören und helle Feindschaft auflodern zu lassen, die dann alle Beteiligten ergriff.« (a. a. O., S. 120).

– ***Frau Perrot:*** Eugenie Schlatterer (1904-1972), seit 1927 verheiratet mit Heinrich Perrot. Schlichter hat die Freundin in einem Ölgemälde (1932/33, 68,5 × 48 cm, Privatbesitz, Abb. in: Bauer/ Perrot, S. 172) und in einer Pastellzeichnung (1936, 61 × 47 cm, Privatbesitz) dargestellt.

– ***ein lesbisches Verhältnis:*** Schlichter schreckt in seiner unerhörten Haßtirade auf Eugenie und Heinrich Perrot auch nicht vor einer, für die damalige Zeit nicht ungefährlichen, Denunziation zurück. Der freundschaftliche Umgang mit einer Gymnastik- und Sportlehrerin wurde, vermutlich teils aus Eifersucht, teils aus Selbstmitleid nach dem Verlust der eigenen Wohnung, teils aber auch aus Arroganz gegenüber den »bürgerlichen« Lebensformen in Althengstett, auf diese Weise verachtet.

S. 197 ***drei Kinder:*** Dorothea (1930-1993), Alexander (geb. 1932) und Conrad (1936-1987) Perrot.

– ***die 12jährige Tochter:*** Dorothea Elisabeth Perrot, verheiratete Bauer (1930-1993). Den zweiten Namen Elisabeth trug Dorothea Perrot nach ihrer Patin Speedy (Elisabeth) Schlichter. Die Verdrehung des Sachverhalts durch Schlichter zeigt sich auch daran, daß der geschilderte Krankheitsverlauf, nach der Erinnerung Alexander Perrots, genau umgekehrt war: Dorothea wurde krank, weil sie das erzwungene Zusammenleben mit Speedy Schlichter nicht ertrug.

S. 199 *Prof. Muth (der ehemalige ... Herausgeber des Hochlandes):* Der Publizist Carl Muth (1867-1944) gründete 1903 die katholische Monatsschrift »Hochland« und leitete sie bis zu ihrem Verbot 1941. In der »Anlage zum Fragebogen der Militärregierung« (um 1945) gibt Schlichter an: »In München gehörte ich dem Kreis an, der sich um die Zeitschrift ›Hochland‹ gruppierte. Ich verkehrte mit Dr. [Max] Stefl (Bibliothekar), mit Theodor Haecker und im Haus von Prof. [Carl] Muth [in München-Solln], wo ich 1943 auch Herrn [Hans] Scholl kennenlernte (...)«. Vgl. Schlichter 1995, S. 352.

S. 200 *Von Ernst bekam ich einen kurzen Brief:* vgl. Bf. Ernst Jüngers v. 12. 10. 1942, S. 195.

S. 200
Anlage: Rudolf Schlichter,
Tagebuchblatt 20. November 1942, 2 Bl., 4 S.

S. 200 *Geschäftstier:* Unter den zeitkritischen Texten im NL Schlichters hat sich auch eine kurze Polemik mit dem Titel »Das Geschäftstier« erhalten (Ts., 1 Bl., 1 S.). Dort heißt es in unverkennbarem Bezug auf Heinrich Perrot: »(...) Wohin dein sehnsüchtiger Blick sich auch richten mag, er trifft sicher immer auf einen solchen missgestalteten Kadaver oder auf sein hässliches Zubehör von ungeschlachten brutalen Weibern oder Fleischklös[s]en von Töchtern. Ein unproduktiver Kopf, denkt er stets und überall an seine Fabrikation; ja die Welt erscheint ihm eigens dafür eingerichtet. Wo er gewachsene Schönheit antrifft, tritt er sie aus und legt Planung darüber. (...)«. In einem zweiten Typoskript, »Das Labyrinth« (4 S.), läßt Schlichter »Herr[n] *Merbold*, Fabrikant und Mann der Zeit« eine Verteidigungsrede auf das Geldverdienen halten.

S. 202
Rudolf Schlichter an Gretha Jünger, e. Bf. m. U., München, 8. Dezember 1942, 1 Bl., 2 S.

S. 202 ***in Laim b. München fest gemietet:*** Schlichters neue Adresse lautete Egetterstraße 17/II.

S. 203
Rudolf Schlichter an Gretha Jünger, e. Bf. m. U., München-Laim, 28. März 1943, 2 Bl., 4 S.

S. 203 ***ein Bild von Dir und Deinem Sohn Alexander:*** Das Bild kam nicht zustande.

S. 204 ***Beim letzten Angriff:*** Gemeint ist der britische Fliegerangriff in der Nacht vom 9. auf den 10. März 1943. Vgl. Irmtraud Permooser: Der Luftkrieg über München (a. a. O., Anm. zu S. 194), S. 145 ff., bes. S. 148-154.

– ***Von Metzki kam (...) ein Brief:*** nicht erhalten; zu Paul Metzger, Buchhändler aus Überlingen, vgl. Anm. zu S. 144.

S. 205 ***Horst Münnich:*** Horst Richard Münnich, der zusammen mit Rudolf und Speedy Schlichter in Ausgaben der Zeitschrift »Der Zwiebelfisch« nach 1945 publizierte. Vgl. Horst Richard Münnich: Der Dichter Franz Kafka. In: Der Zwiebelfisch. Zeitschrift über Bücher, Kunst und Kultur. 25. Jg., 1946, H. 1, S. 16-21. Im selben Heft sind Rudolf Schlichters Aufsatz »Der kleine Mann (1943)« (S. 11-13) und Speedy Schlichters Gedicht »Aus einem Verlies« sowie ihre Kurzgeschichte »Sepp« (S. 21-26) abgedruckt. Vgl. Horst Richard Münnich: Die Krise der Literatur. In: Der Zwiebelfisch. Zeitschrift über Bücher, Kunst und Kultur. 25. Jg., 1946, H. 2, S. 19-24. Dieses Heft eröffnete Rudolf Schlichter mit seinem Aufsatz über den Surrealismus »Ein Wort macht die Runde« (S. 3-9); von Speedy Schlichter erschien hier das Gedicht »Was ist Licht, was sind Farben?« (S. 24 f.). In der »Süddeutschen Zeitung« veröffentlichte Horst Münnich den Beitrag »Das Schlieferl« (Nr. 154, 8. 11. 1949, S. 2). Im NL Schlichter sind zwei Portraitzeichnungen »Horst« erhalten.

– ***Herr Döderlein:*** Dr. Johann Ludwig Döderlein (geb. 1908), Hochschuldozent. In einem Beitrag Döderleins für die Zeitschrift »gehört gelesen« des Bayerischen Rundfunks (Nr. 7, Juli 1971, S. 824-833) über »Vier Maler in München« kommt neben Karl Caspar, Willy Geiger und Karl Friedrich Brust auch Rudolf Schlichter ausführlich zu Wort (vgl. Anm. zu S. 132).

S. 206
Gretha Jünger an Rudolf Schlichter, e. Bf. m. U., Kirchhorst, 4. April 1943, 3 Bl., 6 S.

S. 206 ***Am 9. Januar starb mein Schwiegervater:*** Dr. Ernst Georg Jünger starb in Leisnig am 9. Januar 1943 im 75. Lebensjahr. Vgl. Jünger 1949, S. 260 ff.

S. 207 ***die Orchideen:*** vgl. Anm. zu S. 179 [Abb. 27].

– ***eine schwere Prüfung:*** Anspielung auf eine Liebesaffaire Ernst Jüngers in Paris.

S. 209 ***Ankauf eines Landsitzes (...) im Spreewald:*** Das Projekt kam nicht zustande.

S. 210
Ernst Jünger, Tagebuch, Kirchhorst, 7. Mai 1945.
In: Jünger 1979, Bd. 3, S. 426; 429 f.

S. 215
Speedy Schlichter an Gretha Jünger, e. Bf. m. U.,
München, 25. Mai 1946, 1 Bl., 4 S.
Mit Anlage Zeitungsausschnitt o. O., o. J.:
Speedy Schlichter: Die große Straße. [Prosa]

S. 216 ***Die Nachricht vom Tode Ernstels:*** nicht erhalten. Der siebzehnjährige Marinehelfer Ernst Jünger jr. war wegen der Bildung eines Widerstandskreises durch ein Kriegsgericht am 15. 2. 1944 zu »Frontbewährung« verurteilt worden. Am 29. November 1944 fiel der junge Mann durch Kopfschuß in der Nähe der Marmorbrüche von Carrara. Die Todesnachricht traf erst am 11. 1. 1945 in Kirchhorst ein (vgl. Jünger 1949, S. 609). Die furchtbaren Anstrengungen und Ängste dieser Zeit schildert Gretha Jünger [als Gretha von Jeinsen] in: Die Palette. Tagebuchblätter und Briefe. Hamburg (Hans Dulk) 1949 (vgl. a. Paetel 1962, S. 108-112). Das Buch ist dem Andenken ihres Sohnes gewidmet. Ebenso hat Ernst Jünger seine Schrift »Der Friede. Ein Wort an die Jugend Europas und an die

Jugend der Welt« (1946) (Mühleisen 1996, Nr. 50) seinem Sohn Ernst Jünger jr. gewidmet.

– ***Rodolphe schrieb Euch damals einen langen Brief:*** ist nicht erhalten.

S. 218
Rudolf Schlichter an Ernst Jünger, e.Bf. m. U., München, 3. August 1946, 1 Bl., 4 S.

S. 218 ***Ihre kurze Mitteilung:*** hat sich nicht erhalten. Gemeint sein könnte Ernst Jüngers Brief an Freunde vom 15. Juli 1946 (vgl. »An die Freunde«. Offene Briefe 1-3. 12 Bl., z T. hektographiert mit Kopien. Deutsches Literaturarchiv, Marbach am Neckar. Ernst Jünger / Sammlung des Coudres) Vgl. den Auszug des Briefes in der »Vorbemerkung« von R. v. Rossum [d. i. Wolfgang Frommel] in: Ernst Jünger: Der Friede. Ein Wort an die Jugend Europas und an die Jugend der Welt. [Amsterdam, Erasmus, 1946], S. VIIIf.

Unmittelbar nach Kriegsende hörte Schlichter »(...) von Ernst Jünger nur im englischen Sender.« (Brief an Paul Wilhelm Wenger, München, 17. 7. 1945, Bundesarchiv Koblenz, N 1332 Wenger/85). Dabei handelt es sich, laut Tagebuch Ernst Jüngers vom 30. 6. 1945, um »(...) eine ausführliche Besprechung der ›Marmorklippen im Londoner Sender (...)«. Vgl. Jünger 1979, Bd. 3, S. 484.

– ***unseres Freundes Ringler:*** nicht ermittelt.

S. 219 ***»Mensch, Du bist vergangen«!:*** In Speedy Schlichters Gedichtband »Hinter der Mauer« (vgl. Anm. zu S. 168) ist dieser Vers nicht zu finden.

S. 220 ***Ich fand Zuflucht bei einem kath. Geistlichen in der Nähe M.:*** In einem Brief an Paul Wilhelm Wenger aus München vom 17. 7. 1945 schreibt Schlichter, er sei in Hirtlbach bei Markt Indersdorf nordwestlich von München bei einem Pfarrer untergetaucht gewesen und habe dort auch seine Mappenwerke in Sicherheit gebracht gehabt (Bundesarchiv Koblenz, N 1332 Wenger/85).

– ***Herr v. Salomon in Haft:*** Ernst v. Salomon (vgl. Anm. zu S. 9) wurde 1945 verhaftet und blieb bis zum Herbst 1946 in amerikanischer Gefangenschaft, zuletzt im Lager Nürnberg-Langwasser (vgl. Salomon 1961, bes. S. 615-668).

– ***Herr Schramm:*** Wilhelm Ritter von Schramm (1898-1983), Sohn eines fränkischen Hopfengroßhändlers, wurde für seinen Einsatz im Ersten Weltkrieg 1919 rückwirkend in die Ritterschaft des Bayerischen-Militär-Max-Joseph-Ordens aufgenommen und mit dem persönlichen Adel ausgezeichnet. Nach Lehrjahren im Verlag und in der Buchhandlung »Die Bücherkiste« während der Haftzeit ihres Begründers Heinrich F. S. Bachmair promovierte v. Schramm 1922 über Jean Paul und war von 1924 bis 1933 Feuilletonredakteur an den Münchner Neuesten Nachrichten. Literarisch debütierte v. Schramm mit den sieben Kriegsepisoden »Gefallene. Stimmen der Toten an die Lebendigen« (1919), die, wie die spätere Novelle »Vorpostengefecht« (1929), vom Erlebnis des Ersten Weltkriegs bestimmt ist. Die Münchner Räterepublik ist Thema des Romans »Die roten Tage« (1933). Mit dem Beitrag »Schöpferische Kritik des Krieges« ist v. Schramm 1930 auch in dem von Ernst Jünger herausgegebenen und von Schlichter mit einer Umschlagzeichnung [Abb. 5] ausgestatteten Sammelband »Krieg und Krieger« vertreten (vgl. Anm. zu S. 14).

Ein wichtiger politischer Beitrag war seine Schrift »Radikale Politik. Die Welt diesseits und jenseits des Bolschewismus« (1932) mit der Aussicht auf eine Überwindung und Vollendung der Weltrevolution durch die »Kirche Christi«. Nach dem Zweiten Weltkrieg entwickelte sich v. Schramm zum Militärschriftsteller. Ein Motto von Ernst Jünger leitet sein Buch »Der 20. Juli in Paris« (1953) ein; später erschienen die Studien über den »Geheimdienst in Europa 1937 bis 1945« (1974) und 1976 eine Biographie über Clausewitz. Vgl. Wilhelm von Schramm: Die Bücherkiste. Das literarische München 1919-1924. München, Wien, Langen Müller, 1979; Mohler 1994, S. 278; S. 448 f.

S. 221 ***Anbei sende ich Ihnen einen Aufsatz, der kürzlich in der Neuen Zeitung erschienen ist:*** Rudolf Schlichter: Kunst am Scheideweg. In: Die Neue Zeitung vom Freitag, 19. 7. 1946, S. 3. Der Abdruck ist im Archiv Ernst Jünger, Wilflingen, erhalten.

S. 221
Rudolf Schlichter an Ernst Jünger, e. Bf. m. U.,
München-Laim, 16. August 1946, 1 Bl., 2 S.
Mit hs. Notizen von Ernst Jünger

[Notizen zur Antwort vom 23. 8. 1946]: »Hals [aber auch[?] schon Dürer!] - Manet / Konfetti[rausch?] der / Pointillisten / Menzel ! / Einige Sätze[?], die nicht zum Thema gehörten. / Da-Da = zu Seife / verarbeiten / Meine Tagebücher: Pic[asso] / Braque / Surrealismus / Schl.[echtes] Wort! / Magie / höher«.

S. 221 ***den versprochenen großen Kunstaufsatz:*** Rudolf Schlichter: Im Schatten Satans. Eine Appassionata über die europäische Kunst. Der Aufsatz, eine Vorstudie zu Schlichters Broschüre

»Das Abenteuer der Kunst« (1949), erschien zwar erst in: Prisma, H. 10, August 1947, S. 20-25, wurde Jünger aber offenbar bereits im »Manuskript« zur Begutachtung zugeschickt.

– und den Zwiebelfisch: Der Zwiebelfisch. Zeitschrift über Bücher, Kunst und Kultur. 25. Jg., 1946, H. 1: Darin u. a.: Rudolf Schlichter: Der kleine Mann (1943), S. 11-13 (Schlichter 1995, S. 189-191)

S. 222

Ernst Jünger an Rudolf Schlichter, masch. Bf. m. U.,
Kirchhorst, 23. August 1946, 1 Bl., 1 S.
Auszug auch in: Ernst Jünger: Briefe. An Verschiedene. III.
18.9.1945–18.7.1949, Ts., o. p., Archiv Ernst Jünger, Wilflingen

S. 222 ***daß es bei Franz Hals »fleckig« zu werden beginnt:*** In Schlichters Aufsatz »Im Schatten Satans« (1947) heißt es: »Bei ihm [Franz[!] Hals] zuerst trat auch jene Auflösung der festen Form in Flecken und Drucker in Erscheinung, die dann im 19. Jahrhundert von den Impressionisten zum Axiom der ›reinen Malerei‹ erhoben wurde. Der Weg, den Franz Hals beschritt, mußte bei Manet ankommen.« (a. a. O., S. 22). Vgl. Schlichter 1949, S. 31 f.

S. 223 ***daß Sie in Ihrer Wertung des Surrealismus den Nagel auf den Kopf treffen:*** Schlichter hatte seine Skepsis gegenüber dem Surrealismus in dem Artikel »Kunst am Scheideweg« (in: Die Neue Zeitung v. 19. 7. 1946, S. 3; vgl. Anm. zu S. 221) zum Ausdruck gebracht: »Kunst soll und muß wieder Aussage werden. Aussage vom Hintergründigen unserer Existenz. Dies haben die Surrealisten erkannt. Allein auch die Surrealisten bleiben anscheinend auf halbem Wege stehen, allzusehr ist ihr Blick auf das ungesonderte Unbewußte gerichtet, zu einseitig beschränkt sich ihre Bildnerei auf die Sichtbarmachung unserer seelischen Unterwelt; der Traum vom Paradies fand, soweit mir bekannt ist, noch keinen Platz in ihren Schöpfungen.«

– ***zwei große Unterhaltungen mit Braque und Picasso:*** vgl. die Tagebucheinträge Ernst Jüngers zu den Besuchen in Paris bei Pablo Picasso *(»Paris, 22. Juli 1942«)* und bei Georges Braque *(»Paris, 4. Oktober 1943«)* in: Jünger 1949, S. 138 f. u. 423 ff.

S. 224
Rudolf Schlichter an Ernst Jünger, e. Bf. m. U.,
München-Laim, 15. November 1946, 1 Bl., 2 S.

S. 224 *Anbei den letzten Zwiebelfisch:* Der Zwiebelfisch. Zeitschrift über Bücher, Kunst und Kultur. 25. Jg., 1946, H. 2. Darin u. a.: Rudolf Schlichter: Ein Wort macht die Runde [zum Surrealismus], S. 3-9 [Schlichter 1995, S. 223-232]; Attentäter (1944), S. 33-35 [ebd., S. 192-197].

S. 225
Rudolf Schlichter an Gretha Jünger, e. Bf. m. U.,
München-Laim, 16. Juni 1949, 1 Bl., 2 S.

S. 225 *Zeichnung nach dem Profilbild:* Rudolf Schlichter: Portrait Ernst Jünger (1949). Technik, Maße und Verbleib unbekannt. Abdruck nicht ermittelt.

– ***Kunsthimmel:*** Rudolf Schlichter: Der Münchner Kunsthimmel. In: Süddeutsche Zeitung, München, Nr. 40, S. 5, v. Samstag, 3. 5. 1947; vgl. die Entgegnung von Hans Eckstein:

Nochmals: Der Münchner Kunsthimmel. In: Süddeutsche Zeitung, Nr. 42, v. Samstag, 10. 5. 1947, S. 5.

S. 226

Rudolf Schlichter an Ernst Jünger, e. Bf. m. U., München-Laim, 22. Juni 1949, 1 Bl., 2 S.

S. 226 ***Besuch Grethas:*** nicht ermittelt.

S. 227 ***den Streit um Ihre Person verfolgt:*** Wegen seiner Weigerung, den Fragebogen der Militärregierung auszufüllen, bestand für Ernst Jünger von Kriegsende bis 1949 in der britischen Besatzungszone ein Arbeits- und Publikationsverbot. Vgl. Mühleisen 1996, S. 339.

– ***weder auf Picassistische noch Baumeister'sche Weise:*** gemeint sind die Maler Pablo Picasso und Willi Baumeister als Reizfiguren Schlichters im Streit um die abstrakte Kunst. Vgl. Dirk Heißerer: Unterwegs im Alptraum. Schlichters Wandlung und Spätwerk 1933-1955. In: Tübingen/Wuppertal/München 1997/98, S. 56-62.

– ***»Abenteuer der Kunst«:*** Schlichter 1949.

S. 228 ***Mit George Großz stehe ich seit einem Jahr im Briefwechsel:*** Der fragmentarisch erhaltene Briefwechsel zwischen Schlichter und Grosz ist abgedruckt in: Schlichter 1995, S. 285-338.

– ***Rowohlt will den dritten Bd. meiner Autobiographie herausbringen und die zwei ersten neu auflegen:*** Die Neuauflage der beiden ersten Bände der Autobiographie kam ebenso wenig zustande wie der angesprochene dritte Band. Eine Rekonstruktion dieses Bandes wurde erst 1995 unter dem von Schlichter gewählten Titel »Die Verteidigung des Panoptikums« in der Berliner Edition Hentrich aus dem Nachlaß Schlichters herausgegeben. Vgl. Schlichter 1995.

– ***Anthologie moderner deutscher Autoren:*** nicht ermittelt.

– ***Ausstellung in Mannheim:*** Die Galerie Egon Günther in Mannheim zeigte im Mai und Juni 1949 eine Ausstellung von insgesamt 35 Gemälden, Aquarellen und Zeichnungen, darunter »Tigerfrauen« und »Der Beknöpfstiefelte« (1919), »Entartete Automaten« (1927), »Hinter der Mauer« (1932), »Der Teufel« (1942), »Vorhof der Hölle«, »Wuchernde Vegetation«, Tierzeichnungen (Gnus) (1948), »Bach im Walde«. Vgl. A. Gd.: Rudolf Schlichter / Ausstellung in Mannheim. In: Rhein-Neckar-Zeitung, 5. 6. 1949. Vgl. a. Reetz: Rudolf Schlichter. In: Rheinpfalz, 7. 5. 1949. Zeitungsausschnitte im NL Schlichter.

– ***Stuttgarter [Ausstellung]:*** Vermutlich eine Ausstellung surrealistischer Arbeiten Schlichters in der Stuttgarter Galerie Lutz und Meyer. »W. K.« schrieb dazu im »Schwäbischen Tagblatt«, Tübingen, am 19. 3. 1949:» (...) Eine entschieden surrealistische Gestalt ist der Schwabe Rudolf *Schlichter*, der treffsicherste, gestaltenreichste Zeichner in Deutschland, seitdem George Groß [!] nach Amerika gegangen ist. Die Galerie Lutz und Meyer in Stuttgart zeigt eine kleine Auswahl seines Werkes, meist jüngste Arbeiten von eigentümlicher Aktualität im Stofflichen. Es sind Untergangsthemen, denen der apokalyptische Satiriker einen breiten Raum in seinem Werk einräumt. Die Farbe der Gemälde ist kühl und künstlich, von einer quallenhaft wirbelnden Buntheit, der zeichnerische Strich von unheimlicher Prägnanz im Phantastischen. Ende und Entartung einer Kultur im selbstgeschaffenen Chaos bedrängt als schreckhafte Möglichkeit die Phantasie Schlichters. Man kann sich der Aktualität dieser Alpdruckvisionen eines ungeheuerlichen Zivilisationsunterganges nicht entziehen, doch ist man froh, in einigen meisterhaften Rohrfederzeichnungen, die sich mit dem Besten altdeutscher Zeichenkunst vergleichen können, einen schmalen Durchblick in die nicht surrealistisch deformierte Wirklichkeit zu tun: in die unberührte Natur des Tierdaseins und griechisch unbekümmerter Menschlichkeit. Ohne diesen vertrauenden Rückhalt in der schaubaren Wirklichkeit verstäubte der Surrealismus Schlichters in einem phantastischen Gestaltenchaos, in dem das Unförmige und Ungeformte den letzten Rest der gestalteten Welt verschlingt.« Abschrift in der Sammlung Rieth, Tübingen.

– ***Ihr neues Buch »Strahlungen«:*** Ernst Jünger: Strahlungen. Tübingen (Heliopolis Verlag) 1949. Bibliothek Schlichter.

– ***Ausstellung »Religiöse Kunst der Gegenwart« in Ravensburg:*** In der von der Stadt Ravensburg in der Kuppelnau-Turnhalle organisierten Ausstellung »Christliche Kunst der Gegenwart« vom 10. 4. bis 3. 5. 1949 war Schlichter mit den vier Federzeichnungen (Nr. 399-402) »Kain«, »Der Zinsgroschen«, »Der Jüngling von Nain« und »Der Kinderfreund« vertreten.

S. 229
Ernst Jünger an Rudolf Schlichter, e. Bf. m. U.,
Ravensburg, 25. Juni 1949, 1 Bl., 2 S.

S. 229 *»Myrdun«:* Ernst Jünger: Myrdun. Briefe aus Norwegen. Mit [14] Zeichnungen von Alfred Kubin. Zürich (Verlag der Arche) 1948 (Mühleisen 1996, Nr. 57).

– ***Kubin=Monographie:*** Gemeint ist vermutlich die Monographie von Wolfgang Schneditz: Alfred Kubin und seine magische Welt. Salzburg (Galerie Welz) 1949. Das Vorwort schrieb Paul Alverdes.

S. 230
Rudolf Schlichter an Ernst Jünger, e. Bf. m. U.,
München-Laim, 7. Juli 1949, 1 Bl., 2 S.

S. 230 ***Selbstverständlich übernehme ich mit Freuden die Illustrierung eines Buches von Ihnen:*** In einem masch. Brief an den Verleger Dr. Ewald Katzmann vom 9. 7. 1949 schlug Ernst Jünger Schlichter als Illustrator für »Heliopolis« vor: »Für Heliopolis müßten wir an ein Äußeres denken, das allen Einwänden gewachsen ist. Ich könnte mir denken, daß Rudolf Schlichter ein besonderes Verhältnis zu dem Buche gewinnen würde. Er schrieb mir soeben und erklärte sich unter Umständen bereit, auch eines der Reisetagebücher zu illustrieren. Sie haben vielleicht sein ›Atlantis vor dem Untergang‹ [Abb. 10] einmal bei mir gesehen. An etwas Ähnliches dachte ich für Heliopolis. Schlichter würde auch sehr gern, wenigstens leihweise, einmal die Zeichnungen von Kubin zu Myrdun sehen. Könnten Sie ihm dabei behilflich sein? Er wohnt München=Laim, Egetterstr. 17.« (Archiv Heliopolis-Verlag Ewald Katzmann, Tübingen. Mit freundlicher Genehmigung von Dr. Volker Katzmann, Tübingen). Ewald Katzmann teilte daraufhin Ernst Jünger in einem Brief vom 6. 8. 1949 mit, er habe auch »Herrn Schlichter aufgefordert, einen Entwurf zu machen«. Noch im August fiel jedoch die Entscheidung, den Auftrag an Prof. Emil Preetorius zu geben (vgl. Mühleisen 1996, Nr. 62). Am 29. 8. 1949 schrieb Ewald Katzmann an Ernst Jünger, er habe vom Arche-Verlag in Zürich die »Klischees der Kubin'schen Zeichnungen für Myrdun (...) mitgebracht. Herr [Armin] Mohler [damals Sekretär bei Ernst Jünger] ist mit mir der Ansicht, daß sie nicht ganz dem Inhalt Ihrer Beschreibungen entsprechen, und würde es für zweckmäßig halten, Myrdun und Ein Inselfrühling von Rudolf Schlichter illustrieren zu lassen. Dies würde allerdings eine Herausgabe der bibliophilen Ausgabe von Myrdun in diesem Jahr ausschließen.« Dieses Illustrationsprojekt kam ebenfalls nicht zustande. (Mitteilung von Dr. Volker Katzmann, Tübingen, an den Herausgeber vom 13. 3. 1997).

– ***illustrierte Ausgabe von Nathan dem Weisen:*** Gotthold Ephraim Lessing: Nathan der Weise. Ein dramatisches Gedicht in fünf Aufzügen. Bearbeitet von Studienrat Max Kafler. [Farbiger] Umschlag und [11, davon 7 ganzseitige] Textzeichnungen von Rudolf Schlichter. München (Bayerischer Schulbuchverlag) 1948, 164 S. Originalzeichnungen der Illustrationen sind im NL Schlichter erhalten. [Abb. 33].

– ***Das in der liter.[arischen] Revue Abgedruckte:*** Rudolf Schlichter: Der Skulpteur. In: Literarische Revue, 4. Jg., H. 3, Mai 1949, S. 166-169. Vgl. Schlichter 1995, S. 161-169.

– ***Ihre »Gedanken zur Ewigkeit«:*** Ernst Jünger: Gedanken zur Ewigkeit. In: Westermanns Monatshefte, 90. Jg. 1949/50, H. 4, S. 5-12. Abdruck von Tagebucheintragungen aus »Strahlungen« (Jünger 1949) aus der Zeit vom 22. 2. 42 bis 10. 10. 43.

S. 231 ***Die von mir im selben Heft reproduzierte Illustration:*** Rudolf Schlichter: Illustration zu den »Orientalischen Märchen« [Illustration zu 1001 Tag, Abb. 34]. In: Westermanns Monatshefte, 90. Jg. 1949/50, H. 4, S. 79, innerhalb des Artikels von

Emil Preetorius: Vom illustrierten Buch (a. a. O., S. 75-81) und neben Illustrationen von Hanna Nagel, Josef Hegenbarth, Helmut Bibow, Eva Schwimmer, Karl Staudinger, Charlotte Strech-Ballot, Walter Becker, Robert Hirschberger, Günther Strupp, Rudolf Kriesch, Toni Trepte und Alfred Kubin.

– ***Prospekt der Illustratorenausstellung:*** Im redaktionellen Nachspann zu Preetorius' Artikel heißt es: »Unser Beitrag zeigt ausgewählte Beispiele der von Dr. Otto Stelzer angeregten und zusammengestellten Ausstellung ›Die deutsche Buchillustration der Gegenwart‹, die in verschiedenen deutschen Städten zu sehen sein wird. (...)« (a. a. O., S. 82).

S. 231
Rudolf Schlichter an Gretha Jünger, e. Bf. m. U.,
Wiesbaden, 19. September 1949, 1 Bl., 3 S.

S. 231 ***in W.[iesbaden] wegen eines Portraitauftrages:*** »(...) Vor 1 ½ Jahren malte ich in Wiesbaden einen Rundfunk Obersten; dafür bekam ich 1000 M. (...)«. Rudolf Schlichter, Bf. an Joseph Drexel, München, 3. 6. 1951. Bundesarchiv Koblenz, N 1258 Drexel/225.

– ***eine Karte:*** ist nicht erhalten.

S. 232 ***große Teile seines Buches:*** Jünger 1949. Bibliothek Schlichter.

– ***Illustrationsplan:*** vgl. den Vorschlag Ernst Jüngers im Bf. v. 25. 6. 1949, S. 229 u. die Anm. zu S. 230.

– ***Manfred Schwarz (...) daß er über Ernst ungut geschrieben haben sollte:*** darüber nichts ermittelt.

– ***den Plan mit Ernstels Bild:*** Die Bemerkung bezieht sich entweder auf das 1949 gezeichnete »Profilbild« Ernst Jüngers (vgl. S. 225) oder auf den Plan, ein Portrait Ernst Jüngers jr. zu malen. Näheres wurde in beiden Fällen nicht ermittelt.

S. 233

Rudolf Schlichter an Ernst Jünger, e. Bf. m. U., München-Laim, 30. Oktober 1949, 1 Bl., 2 S.

S. 233 ***Zyklus (...) Apokalypse:*** Rudolf Schlichter: Tuschfederzeichnungen zur Apokalypse, 1948 [Abb. 35 a-d]. Vorhanden sind die folgenden (alle etwa 61 × 43 cm großen) Blätter: »Apokalypse« I (Die Atombombe); Apokalypse; »Der große Hagel« (Apokalypse); Der Engel mit dem Mühlstein (Apokalypse); Der Feuerdrachen; Wehe dir Babylon; Die Tiere des Abgrunds. Galerie Hasenclever, München. Zudem existiert im NL Schlichter noch das Werkfoto »Apokalypse / Die vier Reiter« mit der rückseitigen Beschriftung Schlichters: »Die apokalyptischen Reiter 1948« (Abb. in: Schlichter 1995, S. 145).

Die Entstehung und Schlichters eigene Hochschätzung des Apokalypse-Zyklus' lassen sich einem Brief Schlichters an Paul Wilhelm Wenger aus München vom 12. 7. 1948 entnehmen (Bundesarchiv Koblenz, N 1332 Wenger/85, 1 Bl, 1 S.): »(...) Die mit Herrn Schlösser verabredete Apokalypsemappe habe ich in Angriff genommen; zehn Blätter sind bereits fertig. Bis jetzt habe ich den Eindruck, daß dies die beste graphische Arbeit ist, die ich seit Jahren machte; ich habe selten mit solcher Leichtigkeit eine Fülle von Einfällen bewältigt wie diesmal. Dabei habe ich einige Blätter drei, viermal gezeichnet. Schade, daß Du sie nicht sehen kannst. (...)«.

– meine Broschüre »Das Abenteuer der Kunst« vom Rowohltverlag zugeschickt bekommen: Schlichter 1949. In der Bibliothek Ernst Jünger nicht vorhanden.

– 36 Blätter zur Bibel (...) Das Bilderbuch erscheint bei Kösel: Durchschläge von Briefen des Kösel-Verlags an Rudolf Schlichter (Archiv des Kösel-Verlags, Universitätsbibliothek Eichstätt, Handschriftenabteilung) lassen erkennen, daß die »Bibelbilder (...) als eine der wichtigsten Neuerscheinungen für Weihnachten 1950« vorgesehen waren (Bf. v. 7. 3. 1950). Das Format sollte der Neuausgabe von Konrad Weiss: Die kleine Schöpfung mit 35 (davon 12 ganzseitigen) Zeichnungen von Karl Caspar entsprechen (ebd.). [Das 1926 im Georg Müller Verlag erstmals aufgelegte Buch erschien, um vier Strophen des Dichters und zwei Zeichnungen vermehrt, 1948 im Kösel-Verlag (vgl. Marbacher Magazin 15/1980. Der Dichter Konrad Weiss 1880-1940, S. 77).] Der »Umschlag« des am 1. 12. 1950 zugesandten »Weihnachtsprospektes« der »Kösel-Bücher 1950/51« zeigte »eines Ihrer Bilder« und erläuterte umseitig: »Das Titelbild ›Die drei Weisen aus dem Morgenlande‹ ist einem noch unveröffentlichten Zyklus ›Bilder zur Bibel‹ von Rudolf Schlichter entnommen.« (NL Schlichter)

Um ganz sicher zu gehen, stellte der Verlag das Projekt mit einem Vorabdruck von vier Bibel-Illustrationen im Februar-Heft 1951 der Zeitschrift »Hochland«, für den Schlichter ordnungsgemäß ein Honorar von DM 200 angewiesen bekam (18. 4. 1951), zur Diskussion. Schlichter kommentierte in einem Brief an Paul Wilhelm Wenger aus München vom 11. 2. 1951: »(...) Je mehr positive Zuschriften der Verlag bekommt, desto besser für mich. An sich ist es ja nicht gerade erhebend, wenn ein Verlag sich auf diese [?]manier für die Publikation eines Werkes rückversichern will. Just solche Dinge verraten mehr von dem traurigen Geist dieser Zeit als alle schönen Reden. (...)« (Bundesarchiv Koblenz, N 1332 Wenger/85, 2 Bl., 4 S.) Im »Hochland«, 43. Jg., 1950/51, H. 3, sind die Zeichnungen »Die Gesetzgebung auf Sinai« (S. 225), »Samson und Dalila« (S. 227), »Der Zinsgroschen« (S. 237) und »Golgotha« (S. 239) abgebildet [Abb. 36 a-d]. Die redaktionelle Notiz auf S. 315 f. bestätigte Schlichter: »Sein Kunstwollen ist ein ethisches« (S. 316) und wies auf die Umfrage hin. Die »Neue Zeitung«, München, brachte am 15. 2. 1951 eine Notiz »Zum Problem der Bibelillustrationen« mit einer Abb. der Zeichnung »Samson und Dalila« [Abb. 36b], verwies auf den Abdruck der vier Bibel-Illustrationen Schlichters im »Hochland« und teilte den Plan des Kösel-Verlags mit, den »Zyklus von 36 Blättern zum Alten und Neuen Testament« veröffentlichen zu wollen. Die kontroverse Diskussion der Bibelillustrationen wurde im Hochland 43. Jg., 1950/1951, H. 4, S. 419 f. zusammengefaßt; das Ergebnis lautete unentschieden. Die mit 66% zu 33% zwar insgesamt positiv ausgefallene »Abschlußzählung zur Umfrage wegen Schlichters Bibelillustrationen« (Verlagsnotiz vom 25. 4. 1951) gab dann aber vermutlich den Ausschlag, die Neuerscheinung doch nicht zu wagen. Drei Jahre später erschien bei Kösel übrigens das unverfängliche Buch »Evangelium im Bild. Worte aus den Evangelien und ihre Darstellung in der Kunst« mit 160 Bildtafeln der klassischen Kunst, ausgewählt und erläutert von Helga Eggemann.

– ***Übersendung ihres Bändchens:*** Gretha von Jeinsen [d.i. Gretha Jünger]: Die Palette. Tagebuchblätter und Briefe. Hamburg (Hans Dulk) 1949. Das Exemplar in der Bibliothek Schlichter trägt die Widmung »Rodolphe und Speedy, meinen alten Freunden, als bescheidener Gruss einer bescheidenen Autorin. Gretha Jünger-v. Jeinsen 20./9. 1949«.

S. 234 ***schwierige Theaterinszenierung (Göthes »Natürliche Tochter«):*** Nach eigener Angabe fertigte Schlichter die Bühnenbilder zu einer Inszenierung von Goethes Schauspiel »Die Natürliche Tochter« (1803) am Münchener Residenztheater (Vgl. Fiche D'Informations, Angaben Schlichters zu seiner Teilnahme an der Biennale di Venezia (19. 6.-17. 10. 1954). München, 5. 4. 1954. La Biennale di Venezia, Archivio Storico. Auskunft von Dottoressa Gabriella Cecchini an den Herausgeber vom 13. 6. 1997). Die Inszenierung kam allerdings weder am Residenztheater noch an den Kammerspielen zustande.

S. 234
Ernst Jünger an Rudolf Schlichter, masch. Bf. m. U.,
Ravensburg, 23. November 1949, 1 Bl., 1 S.
Auszug auch in: Ernst Jünger: Briefe an Verschiedene. III.
18.9.1945–18.7.1949, Ts., o. p., Archiv Ernst Jünger, Wilflingen

S. 234 ***Peri Banu:*** Die »hohe Fee« aus dem Märchen »Die Abenteuer des Prinzen Ahmad und der Fee Peri Banu« (vgl. Anm. zu S. 185) wird vielfach in Jüngers Tagebüchern der »Strahlungen« (Jünger 1949) erwähnt.

S. 235 ***Ihr »Abenteuer der Kunst« (...) Ihrer (...) Wertung des Surrealismus stimme ich bei:*** vgl. Schlichter 1949, S. 69 ff.

– ***Ihre Darstellung des 15. und 16. deutschen Jahrhunderts in seiner Dämonie und Ihre helldunkle Beleuchtung des 19. Jahrhunderts:*** vgl. Schlichter 1949, S. 18 ff.

– ***Manfred Schwarz (...) gehört auch zu jenen, die auf meine Kosten moralisiert haben:*** vgl. Bf. Schlichters an Gretha Jünger v. 19. 9. 1949, S. 231.

– ***Rezept von Henry Miller:*** Henry Miller (1891-1980), amerikanischer Schriftsteller. Werke des ego- und erotomanischen Autors wie »Tropic of cancer« (1934) oder »Tropic of capricorn« (1938) erschienen unter dem Titel »Wendekreis des Krebses« und »Wendekreis des Steinbocks« 1953 im Hamburger Rowohlt-Verlag erstmals auf deutsch. In einem Gespräch mit dem Herausgeber am 17. 1. 1992 erinnerte sich der Verleger Heinrich Maria Ledig-Rowohlt, Ernst Jünger habe dem Rowohlt-Verlag seinerzeit den »Wendekreis des Krebses« empfohlen, das sei aber zu »outriert« gewesen. Ledig-Rowohlt wollte das Buch daher zunächst nur mit einem Vorwort Jüngers herausgeben, was dieser aber abgelehnt habe.

S. 236
Rudolf Schlichter an Gretha Jünger, e. Bf. m. U.,
München-Laim, 11. Dezember 1949, 2 Bl., 3 S.

S. 236 ***Übersendung Deines kleinen Büchleins:*** Gretha von Jeinsen: Die Palette (vgl. Anm. zu S. 231). Die von Schlichter erwähnte Stelle vom 30. Januar 1942 (S. 52 f.) ist auf S. 187 abgedruckt.

– ***Heli[o]polis (mit Widmung...):*** Ernst Jünger: Heliopolis. Rückblick auf eine Stadt. Tübingen (Heliopolis-Verlag) 1949. Das Exemplar in der Bibliothek Rudolf Schlichter trägt auf dem Vorsatz die Widmung: »Für Rodolphe / und Speedy Schlichter / mit herzlichem Dank / für ›Das Abenteuer / der Kunst‹: / Ernst Jünger«.

S. 237 ***das von Dir geplante Portrait von Ernstel:*** vgl. Anm. zu S. 231; das Portrait von Ernst Jünger jr. wurde allem Anschein nach nicht ausgeführt.

S. 238 *Speedy (...) Bändchen Geschichten:* Speedy Schlichter: Polyphem. München (Hans von Weber Verlag) 1947.

S. 238
Armin Mohler an Rudolf Schlichter,
masch. Bf. »Im Auftrag von / Ernst Jünger /
Dr. Armin Mohler«, m. U.,
Ravensburg, 13. März 1950, 1 Bl., 1 S.

S. 239
Rudolf Schlichter an Ernst Jünger, e. Bf. m. U.,
München-Laim, 26. Mai 1950, 2 Bl., 4 S.
Mit dem hs. Zeichen »b.[eantwortet] EJ« auf Bl. 1
Anlage: Ist die Kunst tot? Faltblatt (4 S.) des Rowohlt-Verlags,
Stuttgart, Hamburg, mit Pressestimmen zu Rudolf Schlichter:
Das Abenteuer der Kunst (1949)

S. 239 *Transzendierung, wie sie durch den blauen Piloten figuriert wird:* Ernst Jünger: Heliopolis. Rückblick auf eine Stadt. Tübingen (Heliopolis-Verlag) 1949. Der utopische Roman führt im vorletzten Kapitel »Der Blaue Pilot« (S. 423-433) die Figur des Phares ein, der mit den Hauptpersonen Lucius und Budur Peri davonfliegt.

S. 240 *Orwells: 1984:* George Orwell (1903-1950), englischer Schriftsteller; sein Roman »Nineteen-eighty-four« (1948, dt. 1949) entwirft das Bild einer von totalitärer Gewalt bis ins Privateste hinein verwalteten und beherrschten Menschenwelt der Zukunft.

S. 241 *in Ihrem letzten Brief:* vgl. die Nachschrift zum Bf. Ernst Jüngers vom 23. 11. 1949, S. 234 f.

– ***Denn das habe ich früher schon getan:*** Zu Schlichters pornographischen Blättern vgl. Dirk Heißerer: Eros und Gewalt. Schlichters »Liebesvariationen«. In: Tübingen/Wuppertal/München 1997/98, S. 27-36.

– ***Emir Musa in die Messingstadt einreitend:*** Rudolf Schlichter: 9. Die Messingstadt (1001 Nacht) / Emir Musa, 1941, Tuschfederzeichnung, 52,5 × 71 cm. Galerie Alvensleben, München. Werkfoto im Archiv Ernst Jünger, Wilflingen. Schlichter 1993, S. 109 [Abb. 29c].

– ***abgesehen von drei Blättern:*** Vgl. den Bf. Schlichters v. 13. 9. 1950 (S. 247), wo von fünf verschwundenen Blättern die Rede ist.

S. 243
Ernst Jünger an Rudolf Schlichter, masch. Bf. m. U.,
Ravensburg, 11. Juni 1950, 1 Bl., 1 S.

S. 243 ***nach Antibes:*** vgl. Ernst Jünger: Ein Vormittag in Antibes. Erstdruck »Zum fünfundsechzigsten Geburtstag, 29. III. 1960« in Olten (Vereinigung Oltner Bücherfreunde) 1960 (Mühleisen 1996, Nr. 112).

– ***ich hatte ja auch an Sie als Illustrator gedacht:*** Vgl. Anm. zu S. 228.

– ***Atlantisstück:*** Vgl. Abb. 10.

S. 244 ***In Basel (…) Maler Stöcklin:*** Niklaus Stoecklin (1896-1982), Schweizer Maler und Graphiker, war ansässig in Riehen bei Basel. Ein Photolitho nach dem Aquarell Stoecklins »Skarabäus mit Kugel« wurde beigegeben dem Erstdruck von Ernst Jünger: Das spanische Mondhorn. Olten (Vereinigung

Oltner Bücherfreunde) 1962 (Mühleisen 1996, Nr. 117). Vgl. Niklaus Stoecklin, Kat. Ausst. Winterthur/Freiburg 1997.

S. 244
Ernst Jünger an Rudolf Schlichter, masch. Bf. m. U., Wilflingen [Adreßstempel über der alten Adresse Ravensburg], 24. August 1950, 1 Bl., 1 S.

S. 244 ***Geschichte des Dritten Kalenders:*** »Die Geschichte des dritten Kalenders« [d. i. Bettelmönchs] (57. bis 66. Nacht) gehört zu der »Geschichte des Lastträgers und der drei Damen« (32. bis 73. Nacht) in den »Erzählungen aus den Tausendundein Nächten«. In Schlichters zwölfbändiger Ausgabe des Insel-Verlags Bd. 1, 1907, S. 178-208. Zur »Geschichte des dritten Kalenders« vgl. Ernst Jünger: Tausendundeine Nacht. In: Ders.: Sgraffiti. Stuttgart (Ernst Klett Verlag) 1960, S. 93-95. Jünger 1979-1983, Bd. 9 (1979), S. 401-403. Zu »Tausend und eine Nacht« als Lektüreerlebnis des neunjährigen Ernst Jünger vgl. Ernst Jünger: Bücher und Leser. In: Ders.: Bd. 11 (1978), S. 439. Vgl. a. Schwilk 1988, S. 30. Die jüngste Publikation zu diesem Thema ist: Ernst Jünger: Notizblock zu »Tausendundeine Nacht. [In der Handschrift des Autors lithographiert], 33 S. St. Gallen (Erker Verlag) 1994 (Mühleisen 1996, Nr. 1149).

– ***Wie Sie oben sehen, zog ich wieder einmal um:*** Familie Jünger zog am 15. Juli 1950 nach Wilflingen in Oberschwaben, zuerst ins Stauffenberg'sche Schloß, im folgenden Frühjahr 1951 dann in die gegenüberliegende ehemalige Oberförsterei.

S. 245
Rudolf Schlichter an Ernst Jünger, e. Bf. m. U.,
München-Laim, 25. August 1950, 1 Bl., 2 S.

Auf Bl. 1 sind Notizen Jüngers - offenbar Stichpunkte für die Antwort des Sekretärs - zu lesen: »↑ nur ›3 Kalender‹ oder ganze Geschichte des ›Lastträgers und der 3 Damen.‹ Was ist vorrätig an Zeichnungen?«.

S. 245 ***modernistischen Schlieferln:*** Gemeint ist wohl vor allem Hans Eckstein von der »Süddeutschen Zeitung«, der Schlichter mit wenigen Ausnahmen durchweg kritisierte. Zum Ausdruck »Schlieferln« vgl. den Artikel von Schlichters Hausfreund Horst Münnich: Das Schlieferl. In: Süddeutsche Zeitung, Nr. 154, Dienstag, 8. 11. 1949, S. 2.

S. 246 ***Herr Katzmann:*** Dr. Ewald Katzmann (1903-1988), Begründer (1949) und Leiter des nach Jüngers Roman genannten Heliopolis-Verlags in Tübingen, erster Verleger Ernst Jüngers nach 1945 (vgl. Anm. zu S. 230 f.). Zur Geschichte des evangelischen Katzmann- und des Heliopolis-Verlags vgl. Hans Widmann: Tübingen als Verlagsstadt (Contubernium, 1). Tübingen (Mohr) 1971, S. 195-197; Irene Ferchl: »Jahr des Erwachens«. In: Börsenblatt für den Deutschen Buchhandel 80, 6. 10. 1989, S. 3083.

S. 247
Armin Mohler an Rudolf Schlichter, masch. Pk.
[»Im Auftrag von / Ernst Jünger / Dr. Armin Mohler«]
m. U., Wilflingen, 29. August 1950

S. 247
Rudolf Schlichter an Ernst Jünger, e. Bf. m. U.,
München-Laim, 13. September 1950, 1 Bl., 2 S.

S. 247 ***Dann habe ich noch vollständig:*** Schlichters hier aufgezählte Illustrationen zu »Tausendundeine Nacht« sind alle erhalten; von den fehlenden fünf Blättern der Geschichte des zweiten Bettelmönchs sind sogar vier wieder ergänzt worden. Vgl. Schlichter 1993, bes. S. 27-43. Die Originalzeichnungen sind vollständig in der Galerie Alvensleben, München, verwahrt.

S. 248 ***nach wie vor ist eine gute Bebilderung der 1001 Nacht mein persönlichstes Anliegen:*** Das gemeinsame Projekt kam zu Lebzeiten Schlichters nicht zustande. Erst 1993 erschien: Rudolf Schlichter: Tausendundeine Nacht. [49] Federzeichnungen aus den Jahren 1940-1945. Textauswahl und Einführung von Günter Metken. Berlin (Edition Hentrich). In einem Schreiben an die Edition Hentrich vom 16. Oktober 1993 dankte Ernst Jünger »für Ihre vortreffliche Edition der Schlichterschen Zeichnungen zu Tausendundeiner Nacht« und ergänzte: »Ein sehr alter Wunsch wurde mir damit erfüllt.«

– ***die besten Übertragungen (…) immer noch die im Insel-Verlag:*** Günter Metken spricht in seiner »Einführung« zu Schlichters »Tausendundeine Nacht«-Illustrationen 1993 von der »klassischen Eindeutschung durch Enno Littmann in den Jahren 1921 bis 1928« (Schlichter 1993, S. 9). Schlichter benutzte jedoch die zwölfbändige Ausgabe des Insel-Verlags in der Bearbeitung von Felix Paul Greve aus den Jahren 1907-1912 (vgl. Anm. zu S. 120).

S. 249

Armin Mohler an Rudolf Schlichter, masch. Pk. [Stempelaufdruck »IM AUFTRAG VON / ERNST JÜNGER: / ARMIN MOHLER«] m. U., o. O. [Poststempel: Riedlingen, 18.9.50], 17. September 1950

S. 249

Ernst Jünger an Rudolf Schlichter, e. Bf. m. U., Wilflingen, 22. September 1950, 1 Bl., 1 S.

S. 250

Rudolf Schlichter an Ernst Jünger, e. Bf. m. U., München-Laim, 29. November 1950, 1 Bl., 2 S.

S. 250 ***Sie schrieben mir ja damals:*** Jünger hatte in seinem Bf. v. 24. 8. 1950 (S. 244) einen Besuch zum Oktoberfest in Aussicht gestellt.

– ***A. Bronnen (...) neues Drama vorgelesen:*** Arnolt Bronnen (1895-1959), Schriftsteller und Dramatiker. Rudolf Schlichter malte um 1930 ein Portrait von ihm (heute im Deutschen Literaturarchiv, Marbach am Neckar; vgl. dazu Schlichter 1995, S. 362 u. Tübingen / Wuppertal / München 1997/98, Kat.-Nr. 125).

S. 251 ***Dr. Faustus:*** Thomas Mann: Doktor Faustus. Das Leben des Tonsetzers Adrian Leverkühn, erzählt von einem Freunde. Stockholm, New York (Bermann-Fischer) 1947.

– ***Brecht (...) »Mutter Courage«:*** Die Münchner Kammerspiele hatten Brechts »Mutter Courage« (1939) mit Therese Giehse in der Hauptrolle auf dem Spielplan 1950/51. Zu Brecht vgl. Anm. zu. S. 48.

S. 251
Rudolf Schlichter an Gretha und Ernst Jünger, e. Bf.karte m. U., München-Laim, 10.12.1950, 1 Bl., 2 S.

S. 251 ***Eure lieben Geburtstagswünsche:*** Die Wünsche zu Schlichters Geburtstag am 6. 12. 1950 haben sich nicht erhalten.

S. 252 ***Georg Schwarz:*** Georg Schwarz (1902-1991); schwäbischer Erzähler und Lyriker. Der Student und spätere Buchhändler überstand den Zweiten Weltkrieg als Soldat in einer Strafkompanie und lebte nach dem Krieg als freier Schriftsteller in München-Solln. Mit Zeichnungen von Schlichter erschienen von Georg Schwarz im Eugen Händle Verlag, Mühlacker, das schwäbische Schelmenbuch »Pfeffer von Stetten« 1939 mit 23 Textzeichnungen sowie die Kurzgeschichten »Seltsame Gäste« (o. J.) mit einer Umschlag- bzw. Einbandzeichnung.

– ***Essay »Über die Linie«:*** Ernst Jünger: Über die Linie. Frankfurt am Main (Klostermann) 1950 (Mühleisen 1996, Nr. 72). Der Essay (43 S.) erschien zuvor in der Festschrift zum 60. Geburtstag des Philosophen Martin Heidegger. Das Exemplar in der Bibliothek Schlichter trägt auf S. 1 die Widmung: »Für Rudolf und / Speedy Schlichter, mit / guten Wünschen für / 1951 / Ernst Jünger«.

– ***im Monat eine Bemerkung darüber:*** vermutlich: Herbert Tauber: André Malraux. Eine kritische Würdigung mit Auszügen aus dem Werk. In: Der Monat. II, 24. September 1950, S. 550.

Ernst Jünger an Rudolf Schlichter, e. Bf. m. U., Wilflingen [Adreßstempel über der alten Adresse Ravensburg], 14. Dezember 1950, 1 Bl., 2 S.

S. 252 *die gewünschte Schrift:* Der Essay »Über die Linie«, vgl. Anm. zum vorhergehenden Bf.

– ***Der Maler v. Mandelsloh:*** Ernst August Freiherr von Mandelsloh (1886-1962), österreichischer Maler (besonders Aquarell und Pastell) und Graphiker, war zuletzt ansässig in St. Veit bei Neumarkt an der Rott in Oberbayern. In Goslar wurde 1955 eine Kollektivausstellung von 56 Bildern zu vier Büchern Ernst Jüngers gezeigt. Auszüge aus Briefen an von Mandelsloh u.a. von Ernst und Friedrich Georg Jünger sowie von Armin Mohler zwischen 1950 und 1956 finden sich in: Stift Göttweig (Hrsg.): Ernst August Freiherr von Mandelsloh. 1886-1962. Ein vergessener österreichischer Maler. Mit Illustrationen zum Werk Ernst Jüngers. Stift Göttweig/NÖ. 1978. Vgl. den bibliophilen Auszug aus Ernst Jüngers Roman »Heliopolis«: Ernst Jünger: Ortners Erzählung. Mit Aquarellen von Ernst August von Mandelsloh. Tübingen (Heliopolis) (1951 u. 1989), 54 S. (Horus. Die neue Reihe im Heliopolis Verlag) (Mühleisen 1996, Nr. 214).

Im Arbeitszimmer Ernst Jüngers hängen das Aquarell »Phantasie über das Palmarium in Heliopolis« (1950, 25,5 × 35,3 cm) und eine Illustration »S. 204 Rio, (das Echo der Bilder)« (1951, 28 × 40 cm) mit der Widmung: »zu Weihnachten 1951 / Herrn Ernst Jünger mit / vielen Wünschen von E. A. v. Mandelsloh«. Zu »Das Echo der Bilder / Rio« siehe: Ernst Jünger: Das abenteuerliche Herz. Figuren und Capriccios. Zweite Fassung«, Hamburg (Hanseatische Verlagsanstalt) 1938, S. 223. Vgl. auch Heimo Schwilk (Hrsg.): Das Echo der Bilder. Ernst Jünger zu Ehren. Stuttgart (Klett-Cotta) 1990.

S. 253
Rudolf Schlichter an Ernst Jünger, e. Bf. m. U.,
München-Laim, 8. November 1951, 2 Bl., 3 S.
Anlage [zu diesem Bf. oder zum Bf. v. 30. 10. 1949]:
Rudolf Schlichter: Die Explosion in der Kunst. In: Echo der Woche,
München, 30. September 1949. Vgl. Schlichter 1995, S. 239–244 u. S. 356 f.

S. 253 ***Herr Drexel:*** Joseph E. Drexel (1896-1976), Versicherungsprokurist; nach dem Ersten Weltkrieg Eintritt in das Freikorps Epp, mit Einsätzen in Nürnberg gegen die revolutionäre Bewegung. 1923 Eintritt in den »Bund Oberland«, seit 1925 Mitglied der Bundesführung, zuständig für die militärische Ausbildung. Artikel für die Oberland-Zeitung »Das Dritte Reich«; Annäherung an die politischen Ideen Ernst Niekischs, seit 1926 Mitarbeit an dessen Zeitschrift »Widerstand«. Organisierte den Absatz von Niekisch-Schriften und leitete den Verlag der 1934 von den Nationalsozialisten verbotenen Zeitschrift. Zusammen mit Niekisch im Januar 1939 zu einer Zuchthausstrafe verurteilt; dreieinhalb Jahre im Zuchthaus Amberg; dann in den Konzentrationslagern Mauthausen und Flossenbürg. Nach dem Krieg begründete Drexel die »Nürnberger Nachrichten«. Vgl. Ernst Niekisch (Hrsg.): Der Gesichtskreis. Joseph Drexel zum 60. Geburtstag. München 1956. Mit einer Tafel von Rudolf Schlichter. Mit Beiträgen von Max Bense, Max von Brück, Friedrich Heer, Hans Heinz Holz, Thomas Mann, Ernst Niekisch u.a.; Wilhelm Raimund Beyer (Hrsg.): Rückkehr unerwünscht. Joseph Drexels »Reise nach Mauthausen« und der Widerstandskreis Ernst Niekisch. Stuttgart (Deutsche Verlags-Anstalt) 1978.

Im Bundesarchiv Koblenz ist der ausgedehnte Briefwechsel zwischen Joseph Drexel und Rudolf Schlichter aus der Zeit von Januar 1951 bis zum Tod Schlichters im Mai 1955 sowie danach mit Speedy Schlichter bis zu deren Tod im

März 1975 erhalten (N 1258 Drexel/225). Die Briefe Schlichters sind geprägt von Finanznot, aus der ihm Joseph Drexel immer wieder heraushalf. Drexel ließ zudem im Druckhaus der »Nürnberger Nachrichten« zwei Broschüren des Ehepaars Schlichter herstellen. Am 16. 4. 1952 ging der ohne Ort und ohne Datum hergestellte Auszug aus Schlichters Christus-Roman »Kreuztragung« unter dem Autornamen Rudolph[!] Schlichter und dem Titel »Freitagmorgen in Jerusalem« (45 S.) in 85 broschierten Exemplaren per Kurier von Nürnberg nach München. Noch vor Weihnachten 1952 wurde auf die selbe Weise ohne Ort und Datum Speedy Schlichters Gedichtband »Hinter der Mauer« (75 S.) mit der gedruckten Widmung »für Otto Blessing« (S. 4) in einer nicht genau erfahrbaren Auflage broschiert. Zur Abgleichung seiner Schulden malte Rudolf Schlichter Anfang Mai 1952 in Stauf, Post Thalmässing, im Wohnhaus seines Gönners das Ölportrait Joseph Drexels und stellte am 11. Mai 1952 nur DM 500 in Rechnung. Das Bild (90 × 65 cm) ist heute im Besitz der Nürnberger Presse.

– ***auf seine Kosten eine Reise zu Ihnen zu unternehmen:*** Joseph Drexel wiederholte dieses Angebot in seinem Brief an Schlichter vom 14. 8. 1951. Schlichter bedauerte am 30. 9. 1951, von der »von Ihne[n] so liebenswürdig angebotenen Reisemöglichkeit zu Ernst Jünger (…) bis jetzt noch keinen Gebrauch« gemacht haben zu können, »da ich erst die Kohlenmisere beheben muß«. Noch drei Monate vor seinem Tod hatte Schlichter die Hoffnung, daß es doch noch zu einer gemeinsamen Fahrt mit Drexel nach Wilflingen kommen würde (2. 2. 1955): »(…) mit Gretha Jünger habe ich Briefe gewechselt, ebenso habe ich Ernst geschrieben. Sie erwarten natürlich, daß ich den lange erwarteten Besuch in Wilflingen wahr mache. Vielleicht ist es doch bald einmal möglich, daß wir miteinander hinfahren oder was meinst Du? Jedenfalls habe ich ihr geschrieben, wenn ich komme, dann mit Dir. (...)« (Bundesarchiv Koblenz, N 1258 Drexel/225).

– ***Diesen Sommer besuchte uns George Großz mit seiner Frau:*** Erstmals nach seiner Emigration im Januar 1933 kam George Grosz (vgl. Anm. zu S. 36) zusammen mit seiner Frau auf einer Europareise von Ende Mai bis Anfang Dezember 1951 wieder nach Deutschland zurück.

– ***Kollegen:*** Gemeint ist vermutlich der Maler Kurt Kyriß (1912-?), der in Osterhofen bei Bayrisch Zell ein Gasthaus betrieb.

– ***Großz (...) distanziert sich sehr spürbar von den damaligen Publikationen im Sinne des Gesichts der herrschenden Klasse:*** George Grosz: Das Gesicht der herrschenden Klasse. 55 politische Zeichnungen (Kleine revolutionäre Bibliothek, Bd. IV) Berlin (Malik) 1921. Auf diese Bemerkung Schlichters geht Ernst Jünger im Abschnitt Nr. 92 des Kapitels »Das große Babylon« - gemeint ist Berlin um 1930 - seines Buches »Annäherungen. Drogen und Rausch« (Stuttgart, Ernst Klett Verlag, 1970, S. 146) ein: »(...) Karikaturen von George Grosz und Dix lösten die Zilleschen ab, die immer noch Gemüt fundiert hatte. Ungern denkt man an diese Krämpfe zurück, die große Veränderungen ankündeten. So ging es wohl vielen; später schrieb mir Rudolf Schlichter, daß Grosz diesen Teil seiner Arbeit gern gelöscht sähe. (...)«.

S. 254 ***Er schätzt Sie sehr:*** Vgl. zunächst den kritischen Vorbehalt von Grosz gegenüber Jünger 1930 (vgl. Anm. zu S. 36). Grosz erwähnt Jünger in einem Brief an Schlichter vom 26. 6. 1948 nur anlässlich der amerikanischen Übersetzung der »Marmorklippen« (vgl. Schlichter 1995, S. 304). In einem Brief an seinen Schwager Otto Schmalhausen vom 31. 7. 1949 schreibt Grosz in der Nachschrift: »(...) Über Jünger würde ich streiten, da ist große Begabung, aber dann ist er mir wieder zu wenig, soll ich sagen: ›einfach‹, zu ›prächtig‹, zu pfauenschweifig ... ist nicht auch manches schwulstig??? Las auch Tagebuchblätter aus Frankreich von ihm. (...)«. Vgl. George Grosz: Briefe 1913-1959. Hrsg. v. Herbert Knust. Reinbek bei Hamburg (Rowohlt) 1979, S. 435. Bundespräsident Roman Herzog schenkte Ernst Jünger zum 100. Geburtstag am 29. 3. 1995 einige faksimilierte Zeichnungen von George Grosz.

– ***der Meister des Sürrealismus Salvador Dali:*** Über die außerordentliche Wirkung des spanischen Malers und Graphikers Salvador Dalí (1904-1989) in den USA um 1948 berichtet George Grosz in seinen Briefen an Rudolf Schlichter. Vgl. Schlichter 1995, passim.

– ***Chirico:*** Giorgio di Chirico (1888-1978), italienischer Maler u. Graphiker, entwickelte 1917 mit Carlo Carrà in Ferrara die ›Pittura Metafisica‹.

S. 255 ***Ihr neues Buch »Der Waldgang«:*** Ernst Jünger: Der Waldgang. Frankfurt am Main (Klostermann) 1951 (Mühleisen 1996, Nr. 79).

S. 255

Ernst Jünger an Rudolf Schlichter, e. Bf. m. U., Wilflingen, o. D. [Datum des Poststempels: Riedlingen, 20. November 51], 2 Bl., 3 S.

S. 255 ***Lily v. Schnitzler:*** Lily von Schnitzler, geb. v. Mallinckrodt (1889-1981), die Gattin Georg v. Schnitzlers (IG Farben); Lily v. Schnitzler war Kunstsammlerin und vor allem mit Max Beckmann, der sie auch portraitiert hat, gut befreundet. Ernst Jünger kannte sie bereits seit Paris. Vgl. den Tagebucheintrag »*Paris, 17. Januar 1944*«. In: Jünger 1949.

S. 256 ***Es hat schon seine Gründe, warum der Simplizissimus seit 1918 nicht mehr »zieht«:*** vgl. dazu Ernst Jüngers aufschlußreichen Tagebucheintrag »*Ansbach, 24. Oktober 1945*«. In: Jünger 1949.

– ***»Heliopolis« hat übrigens auch schon einen Maler angeregt:*** Ernst August v. Mandelsloh, vgl. Anm. zu S. 252.

– ***Den »Waldgang« sende ich Ihnen gleichzeitig zu:*** Ernst Jünger: Der Waldgang. Frankfurt am Main (Klostermann) 1951 (Mühleisen 1996, Nr. 79). Mit Widmung auf dem Vorsatz: »Für Rudolf Schlichter / in alter Verbundenheit / Ernst Jünger / 20. XI. 1951«. Bibliothek Schlichter.

S. 257

Rudolf Schlichter an Ernst Jünger, e. Bf. m. U., München-Laim, 27. Dezember 1951; 1 Bl., 1 S.

S. 257 ***»Am Kieselstrand«:*** Ernst Jünger: Am Kieselstrand. Frankfurt am Main (Klostermann) 1951 (Mühleisen 1996, Nr. 74). Das Büchlein (28 S.) erschien exklusiv »als Gabe des Autors an seine Freunde. Weihnachten 1951 - Neujahr 1952« in einer nicht für den Buchhandel bestimmten Auflage von 250

Exemplaren mit der hs. Signatur des Autors. Im Exemplar der Bibliothek Schlichter findet sich noch das Grußkärtchen »Mit den besten Festwünschen / Ernst Jünger // Dezember 1951 · 14b Wilflingen über Riedlingen«.

– ***Zeichnung:*** ist nicht erhalten.

S. 258

Rudolf Schlichter an Gretha Jünger, e. Bf.karte m. U., München-Laim, 29. Dezember 1951, 1 Bl., 2 S.

S. 258 ***die Zeichnung:*** ist nicht erhalten; vgl. Anm. zu S. 257.

S. 259

Ernst Jünger an Rudolf Schlichter, e. Bf. m. U., Wilflingen, 29. Dezember 1951, 1 Bl., 1 S.

S. 259 ***Ihr schönes Bild:*** nicht erhalten; vgl. Anm. zu S. 257.

S. 259

Rudolf Schlichter an Ernst Jünger, e. Pk. m. U., München-Laim, 17. Oktober 1952

S. 259 ***Das von Dir gewünschte Blatt steht Dir also zur Verfügung:*** Der geplante Verkauf des »Emir Musa«-Blattes [Abb. 29b] kam nicht zustande.

– ***Unsere letzte Begegnung:*** Bei der Begegnung vermutlich im Oktober 1952 (vgl. »Stammtisch«-Anm. zu S. 260) waren die langjährigen Briefpartner zum vertrauten Du übergegangen.

S. 260
Ernst Jünger an Rudolf Schlichter, e. Bf. m. U., Wilflingen, 24. Oktober (1952); 1 Bl., 2 S.

S. 260 ***Gretha kam aus Carrara zurück:*** In Carrara war Ernst Jünger jr. bis zu seiner Überführung am 6. 12. 1952 nach Wilflingen bestattet.

– ***Alexander:*** Alexander Jünger (1934-1993), der zweite Sohn des Ehepaars, lebte damals in München.

– ***Museum Frey:*** Konsul Georg Frey (1902-1976), Inhaber der Münchener Firma Loden-Frey und Entomologe, eröffnete im Juli 1954 sein entomologisches Museum in Tutzing am Starnberger See. Ernst Jünger dürfte auf Einladung Freys allerdings schon vorher in Freys Entomologischem Institut an der Münchener Osterwaldstraße 60 a zu Besuch gewesen sein (vgl. die Briefe Freys aus den Jahren 1950 und 1952 im Archiv Ernst Jünger, Wilflingen). Obwohl in den Ansprachen während der Eröffnung betont wurde, daß das Museum später einmal dem bayerischen Staat geschenkt werden sollte, übernahm nach langem Streit das Naturhistorische Museum in Basel 1996 endgültig diese weltweit einzigartig umfangreiche Käfersammlung.

– ***einen neuen Band von Friedrich Georg:*** Friedrich Georg Jünger: Die Pfauen und andere Erzählungen. München (Hanser) 1952. In der Bibliothek Schlichter existiert ein Widmungsexemplar des Buches mit dem Eintrag auf dem Vorsatz: »Rudolf Schlichter / mit herzlichen Grüßen / von / F. G. Jünger / Überlingen, den 27. Januar 1954« und einem Brief des Autors an Rudolf Schlichter vom selben Tag.

– ***die Publikation:*** kam nicht zustande.

– ***Rieth (...), der Vorgeschichtler:*** Gustav Adolf Rieth (1902-1984), Paläontologe und Landeskonservator des Amtes für Denkmalpflege (1945-1967). Der langjährige Freund Schlichters veröffentlichte noch am 4. 2. 1933 im Reutlinger General-Anzeiger den Artikel »Rudolf Schlichter - ein feiner Mensch, ein großer Maler unserer Zeit [mit u. a. einer Abb. des verschollenen Pirandello-Portraits Schlichters, Abb. 3]. Ein Foto von der Besichtigung der keltischen Heuneburg im Jahr 1953 zeigt Rieth neben Theodor Heuss, Ernst, Gretha und Alexander Jünger sowie Albert v. Schirnding; vgl. Schwilk 1988, S. 237. Vgl. Tübingen/Wuppertal/München 1997/98, Kat.-Nr. 155.

– ***Stammtisch:*** »(...) Kürzlich war Ernst Jünger hier, leider nur kurz, waren dann abends an unserm Stammtisch; er will übrigens bald wiederkommen u. ich hoffe dann, einmal ausgiebig mit ihm sprechen zu können. (...)«. Rudolf Schlichter, Bf. an Joseph Drexel. München, 19. 10. 1952. Bundesarchiv Koblenz, N 1258 Drexel/225.

S. 261

Rudolf Schlichter an Ernst Jünger, e. Pk. m. U.,
München-Laim, 28. Dezember 1952

S. 261 ***»Drei Kiesel«:*** Ernst Jünger: Drei Kiesel. Frankfurt am Main (Klostermann) 1952. Das Büchlein (16 S.) erschien exklusiv »als Gabe des Autors an seine Freunde. Weihnachten 1952 - Neujahr 1953« (Mühleisen 1996, Nr. 81).

– ***im Frühjahr eine größere Schau in der Städtischen Galerie:*** Die Städtische Galerie München zeigte vom 28. 2. bis zum 12. 4. 1954 insgesamt 84 Arbeiten Schlichters, vgl. Anm. zu S. 262.

S. 261
Rudolf Schlichter an Ernst Jünger, e. Bf. m. U.,
München-Laim, 2. März 1953, 1 Bl. 1 S.

S. 261 ***Das letzte Mal:*** Die Begegnung am Stammtisch in München vermutlich Ende 1952, vgl. Anm. zu S. 260.

S. 262 ***Herr Löbbert:*** nicht ermittelt.

S. 262
Ernst Jünger an Rudolf Schlichter, e. Bf. m. U.,
Wilflingen, 5. März 1953, 1 Bl., 2 S.

S. 262 ***Deine Ausstellung:*** Die Städtische Galerie im Lenbachhaus veranstaltete vom 28. 2. bis zum 12. 4. 1953 die Ausstellung »Rudolf Schlichter«. Dem erhaltenen Faltblatt im Archiv Ernst Jünger und im NL Schlichter zufolge wurden gezeigt: 43 Tuschezeichnungen in den Abteilungen »Bilder als Zeichen der Welt« (Nrn. 1-20); »Tragische Historien« (Nrn. 21-26); »Märchen und Mythen« (Nrn. 27-35) und »Antlitz der Landschaft« (Nrn. 36-43) sowie 21 Bleistiftzeichnungen »Naturstudien« (Nrn. 44-64) und 20 Aquarelle und Tempera (Nrn. 65-84).

– ***Speedy (...) Gedichte:*** vgl. Anm. zu S. 168.

– ***Gedichtbändchen meines Bruders »Die Morgenländische Stadt«:*** Friedrich Georg Jünger: Morgenländische Stadt. Frankfurt am Main (Klostermann) 1952, 16 S. Auflage: 200 Exemplare. In der Bibliothek Schlichters hat sich das Widmungsexemplar für Speedy Schlichter mit der Widmung Ernst Jüngers auf S. 4 erhalten: »8. 3. 1953. Für Speedy Schlichter, mit herzlichem Dank für die Gedichte: Ernst Jünger«. Zu den Gedichten Speedy Schlichters vgl. Anm. zu S. 168.

S. 263 ***Faruk und Agha Khan:*** gemeint sind vielleicht Faruk I. (1920-1965), von 1936 bis 1952 König von Ägypten, sowie der türkisch-mongolische Herrschertitel Khan.

– ***Abdul-Hamid:*** Ernst Jünger meint hier vermutlich »Abdul Hamid«, den »letzten Sultan der Türkei«, über den er sich bei einem Besuch in Zwickledt mit Alfred Kubin unterhielt (vgl. Ernst Jünger: Rückblick. In: Jünger/Kubin 1975, S. 107. Abdül-Hâmid II. (1842-1918) war osmanischer Sultan von 1876-1909, kämpfte 1877/78 wie sein Vorgänger ebenfalls unglücklich gegen Rußland und wurde 1909 von den Jungtürken abgesetzt.

S. 263
Rudolf Schlichter an Ernst Jünger, e. Bf. m. U.,
München-Laim, 23. November 1953, 1 Bl., 2 S.

S. 263 ***Das Zusammentreffen mit Dir:*** »Ernst u. F. G. Jünger waren beide hier; war tags darauf mit Ernst zusammen, es war sehr nett.« Rudolf Schlichter: Bf. an Joseph Drexel. München, 30. 11. 1953. Bundesarchiv Koblenz, N 1258 Drexel/225.

Die Bayerische Akademie der Schönen Künste veranstaltete vom 16. bis 20. 11. 1953 im Auditorium Maximum der Technischen Hochschule München eine Vortragsfolge über »Die Künste im technischen Zeitalter«. Es sprachen am 16. 11. Romano Guardini über »Die Situation des Menschen«, am 17. 11. Werner Heisenberg über »Das Naturbild der modernen Physik«, am 18. 11. Martin Heidegger über »Die Frage nach der Technik«, am 19. 11. Emil Preetorius über »Die Bildkunst« und Friedrich Georg Jünger über »Die Sprache« sowie am 20. 11. Walter Riezler über »Die Musik« und Manfred Schröter über »Bilanz der Technik«. Die Tagung wurde geleitet von Emil Preetorius.

Zum Vortrag Friedrich Georg Jüngers schrieb die »Süddeutsche Zeitung«: »Mit Friedrich Georg Jünger trat eine im Wortsinne stark profilierte Persönlichkeit ans Vortragspult. Heller Beifall begrüßte ihn und seinen Bruder, der durch seine Gegenwart ihrer geistigen Verbundenheit Ausdruck gab. (...).« eg [d.i. Erhard Göpel]: Ein Gefecht für die Sprache. F. G. Jünger und Preetorius in der TH. In: Süddeutsche Zeitung, Nr. 270, v. Sa/So 21. / 22. 11. 1953, S. 18. Erhard Göpel, der schon in seinem Bericht »Der Kompaß des Schiffes versagt / Heisenberg über die Position der Technk« über den Vortrag Werner Heisenbergs (in: Süddeutsche Zeitung, Nr. 268, v. Do, 19. 11. 1953, S. 3) bemerkte: »Die Gestalt von Jüngers Arbeiter taucht auf«, verstärkte diesen Akzent in seinem Resümee »Das Schiff fährt ohne Kompaß / Fazit der Vorträge der Akademie der Schönen Künste« (in: Süddeutsche Zeitung, Nr. 270, v. Sa/So, 21. / 22. 11. 1953, Feuilleton): »(...) Friedrich Georg Jünger überblickt vom Fenster seines Arbeitszimmers am Bodensee die Schiffslände Überlingens und wurde doch auch dort von einer bösen Vision verfolgt, die er unter dem Titel ›Perfektion der Technik‹ niedergeschrieben hat. Er führte damit Gedankengänge seines Bruders Ernst Jünger weiter, der in seinem Buch ›Der Arbeiter‹ das Überwachsen der Technik kassandrahaft schon vor einem Menschenalter vorausgesehen hat. Man sah ihn sitzen, ernstverhalten, als sein Bruder Friedrich-Georg, der zugleich ein Dichter ist, der Bedeutung der Sprache in unserer technisierten Welt nachdachte (...).«

– ***Heidegger:*** Der Philosoph Martin Heidegger (1889-1976), Begründer der Existenzialphilosophie, Hauptwerk »Sein und Zeit« (1927). Vgl. Ernst Jünger: Über die Linie. Frankfurt am Main (Klostermann) 1950 u. Federbälle. Zürich (Arche) 1980 (Mühleisen 1996, Nr. 58 bzw. 176).

S. 264 ***das Buch über Max Ernst:*** Vielleicht Loni und Lothar Pretzell (Hrsg.): Max Ernst: Gemälde und Graphik, 1920 bis 1950. Biographie, Texte von Arp, Ernst u. a., Bibliographie. Illustrierte Veröffentlichung zum 60. Geburtsjahre, anläßlich der Ausstellung in Schloß Augustusburg. Brühl 1951.

– ***Katalog, in dem ich zwei Bilder mit Sanduhren entdeckte:*** nicht ermittelt.

– ***Habe versucht, Herrn Neske für ein Buch über mich zu interessieren:*** Anläßlich des Treffens mit Ernst und Friedrich Georg Jünger traf Rudolf Schlichter auch den Verleger Günther Neske (1913-1997) aus Pfullingen: »(...) Bei dieser Gelegenheit lernte ich den Verleger Günther Neske, Pfullingen, kennen; er hatte Jünger im Auto nach Mü. gebracht. Bei der Unterhaltung machte ich Neske, der auch ein Buch von Ernst Jünger verlegt hat [genauer zwei Bücher: Afrikanische Spiele. Erweiterte Ausgabe 1951. Mühleisen 1996, Nr. 73; Auf den Marmorklippen. 8. Aufl. 1951. Mühleisen 1996, Nr. 75], den Vorschlag, über mich ein Buch zu machen u. zwar nicht in der üblichen Form eines Kunstbuches, sondern mehr als ein Mischgericht, etwa wie einige der Kubinbücher, halb literarisch, halb Bildkunst. Also Erzählungen, Aufsätze, Bemerkungen von mir, mit Bildern u. Graphik durchwirkt, wobei allerdings das Hauptgewicht auf den Bildern liegen müßte; u. dazu ev. eine Einleitung von E. Jünger. (...)« (vgl. Rudolf Schlichter: Bf. an Joseph Drexel. München, 30. 11. 1953. Bundesarchiv Koblenz, N 1258 Drexel/225). Schlichters Plan, den er im Januar 1955 ganz ähnlich auch dem Verleger Heinrich Maria Ledig-Rowohlt vortrug, konnte erst 1995 realisiert werden. Vgl. Schlichter 1995, S. 338-341.

S. 265
Rudolf Schlichter an Ernst Jünger, e. Kunstpk. m. U. [Motiv: Albrecht Altdorfer: Anbetung (Frankfurt)], o. O. [München?], o. D. [ca. Dezember 1953]

S. 265 ***Dein Büchlein:*** Ernst Jünger: Capriccios. Eine Auswahl. Hrsg. v. Armin Mohler. Stuttgart (Reclam) 1953. Mit der Widmung auf dem Vorsatz: »Mit herzlichen Wünschen / für das Jahr 1954 / Ernst Jünger«. Bibliothek Schlichter.

– ***Kunstkatalog (...) Max Ernst:*** vgl. Anm. zu S. 264.

– ***Herrn Neske (...) Herausgabe eines Buches über mich:*** vgl. Anm. zu S. 264.

S. 266
Ernst Jünger an Rudolf Schlichter, e. Bf. m. U., o. O. [Wilflingen], 31. Dezember 1953, 1 Bl., 2 S.

S. 267 ***wir werden uns später vielleicht noch alle Finger ablecken danach:*** Ernst Jünger paraphrasiert hier ein Wort seines Freundes Valeriu Marcu, dessen er in einer Rede am 29. 3. 1995 anläßlich der Feier zu seinem eigenen 100. Geburtstag gedenkt: »Ich bin 1895 geboren - in einem Jahrhundert, von dem Valeriu Marcu mir auf unseren Berliner Spaziergängen sagte, daß man sich nach ihm noch alle zehn Finger lecken wird.« Vgl. Ernst Jünger: Siebzig verweht V. Stuttgart (Klett-Cotta) 1997, S. 168.

S. 267
Rudolf Schlichter an Ernst Jünger, e. Bf. m. U.,
München, 19. Januar 1954, 2 Bl., 4 S.

S. 267 ***Der kleine Kalender:*** Ernst Jünger hatte Schlichter, dem Schuh-Fetischisten, zum Jahreswechsel einen Kalender mit Schuh-Motiven und einer Widmung geschickt. Die Widmung auf dem Vorsatz lautet: »Für Rudolf Schlichter / mit herzlichen / Wünschen zum / neuen Jahr 1954: / Ernst Jünger«. Bei dem Büchlein handelt es sich um: »Kalender / für das Jahr / 1954. // Des / Eigenartigen / Kalenders / Neunte / Fortsetzung. // Ein Eigenartiger Kalender / Für Eigenartige Leute // Von Einer Eigenartigen / Buchdruckerei // Zeichnungen von Frau Fulda-v. Lütgens, Haffkrug/Ostsee, nach Originalen aus dem Museum für Kunst und Gewerbe Hamburg, und dem Hamburgischen Museum für Völkerkunde // Gedruckt bei J. J. Augustin, Glückstadt - Hamburg - New York.« Bibliothek Schlichter.

– ***eine meiner letzten Schreibereien:*** vermutlich Rudolf Schlichter: Küsse, Liebesspiele, Gefühle überhaupt in der Bildkunst. Typoskriptdurchschlag, 6 S., im Briefkonvolut erhalten. Im NL Schlichter existiert ein Zeitungsausschnitt (o.O., o.J., hs. bezeichnet »Bayern-Kurier«) mit Auszügen dieses Textes unter dem Titel »Küsse und Familienglück in der Bildkunst / Von Rudolf Schlichter«.

S. 268 ***Das ist einmalig:*** Zur Verbindung von Wagner, Nietzsche und Karl May vgl. Rudolf Schlichter: Karl May. Ein deutsches Phänomen [1943]. In: Schlichter 1995, S. 181-188.

– ***Hedda Gabler:*** Drama (1890) des norwegischen Dramatikers Hendrik Ibsen (1828-1906).

– ***Dein schönes Büchlein:*** Ernst Jünger: Der Gordische Knoten. Frankfurt am Main (Klostermann), September 1953 (Mühleisen 1996, Nr. 85). Das Exemplar für Rudolf Schlichter trägt auf dem Vorsatz die Widmung: »26. XI. 53. / Für Rudolf Schlichter / Ernst Jünger«. Bibliothek Schlichter.

– ***Warsinsky (...) »Kimmerische Fahrt (...) im Spiegel nachzulesen«:*** Werner Warsinsky: Kimmerische Fahrt. Frankfurt am Main (Büchergilde Gutenberg); Stuttgart (DVA); Wien (Büchergilde), alle 1953. Bibliothek Schlichter. Das Buch des bis dahin völlig unbekannten Ofensetzers Werner Warsinsky hatte 1953 in Genf den Europäischen Literaturpreis verliehen bekommen. Schlichter bezieht sich auf den Artikel »Literaturpreis / Brüche ohne Nenner« der Rubrik »Bücher« in: Der Spiegel, 7. Jg., H. 48, v. 25. 11. 1953, S. 38 f. Dort wird berichtet, der Autorenname sei für ein Pseudonym Ernst Jüngers gehalten worden. »Und damit lag man nicht einmal so schief: ›Ich nenne Ernst Jünger meinen Meister‹, bekennt Werner Warsinsky und hat seine Freude am kleinen Wortspiel.« (a. a. O., S. 38).

S. 269 ***Hülsenbeck (...) Vorträge:*** Richard Huelsenbeck (1892-1974), Mitbegründer des Dadaismus und selbsternannter »Weltdada«, war zu Besuch in München im Dezember 1953. An Vorträgen im Bayerischen Rundfunk, München, war zu ermitteln: Richard Huelsenbeck / Gesprächspartner Kurt Seeberger: Über den Dadaismus als eine Protestbewegung, die zu einer Protestbewegung wurde / Über den Ursprung der Worte Dada, Dadaismus und Surrealismus. In: Kulturspiegel, Dezember 1953, Länge 5'55, Dok. 20098. Information von Herbert Kapfer, München. Vgl. Herbert Kapfer und Lisbeth Exner (Hrsg.): Weltdada Huelsenbeck. Eine Biografie in Briefen und Bildern. Innsbruck (Haymon) 1996.

In einem Brief an Joseph Drexel aus München vom 18. 3. 1954 (Bundesarchiv Koblenz, N 1258 Drexel/225) schreibt Schlichter etwas ausführlicher zu dieser Begegnung: »(...) Den Aufsatz über Großz von Richard Hülsenbeck (drüben nennt er sich Mr. Hulbeck) aus den N.[ürnberger] N.[achrichten] habe ich erhalten. Ich traf Hulbeck od. Hülsenbeck hier in Mü. Wir sind von Berlin her alte Freunde. Wie Du vielleicht weißt, war er Mitbegründer des Dadaismus im Jahre 1916 in Zürich, mit Hugo Ball u. Tristan Zara zusammen. Jetzt ist er psychoanalytischer Arzt in New York u. kuriert Komplexe weg oder hin. Daneben betätigt er sich als Schriftsteller. Hast Du ihn in Nürnberg vielleicht kennen gelernt? (...)«. Der Aufsatz Huelsenbecks ließ sich im Archiv der »Nürnberger Nachrichten« nicht ermitteln. Das im NL Schlichter erhaltene Werkfoto von Schlichters verschollenem Huelsenbeck-Portrait (um 1929) ist abgebildet in: Tübingen/Wuppertal/München 1997/98, S. 46.

– ***Robert Jungk, »Die Zukunft hat schon begonnen«:*** Das Buch trägt den Untertitel: »Amerikas Allmacht und Ohnmacht.« Stuttgart/Hamburg (Scherz & Goverts) 1952; 10. Aufl. 1954.

S. 270
Rudolf Schlichter an Ernst Jünger, e. Bf. m. U.,
München, 27. Dezember 1954, 3 Bl., 5 S.

S. 270 *Auftragsreisen nach dem Rheinland:* Im September 1949 portraitierte Schlichter in Wiesbaden »einen Rundfunk Obersten« (Bf. an Joseph Drexel, 3. 6. 1951; vgl. den Bf. Schlichters v. 19.9.1949, S. 229). Anfang 1954 hielt sich Rudolf Schlichter für drei Wochen im Rheinland auf. Er portraitierte in Köln den »Direktor der Fa. Sachtleben (Bergbau u. Chemie)« und besuchte in Bonn die Freunde Otto Blessing (Europa-Union), Paul Wilhelm Wenger (Rheinischer Merkur) sowie Carlo Schmid (SPD), der über »sinnlosen Leerlauf« seines Abgeordnetenlebens klagte. Die Landschaft der Eifel blieb ihm in besonders guter Erinnerung: »(…) Blessing führte mich mit seinem Wagen in die Eifel, nach Maria Laach u. dem Ahrtal. Da gibt es ganz pit[t]oreske Partien, die wie chinesische Landschaften anmuten. Habe so etwas in Deutschl.[and] noch nie gesehen. Kennst Du es? Wie dumm sind die dortigen Malersknechte, die sich so was entgehen lassen. (…)« (vgl. Rudolf Schlichter: Bf. an Joseph Drexel, München, 24.2.1954. Bundesarchiv Koblenz, N 1258 Drexel/225). Danach konnte Schlichter in Wiesbaden noch dem »Minister A. Hennig« ein Aquarell verkaufen (vgl. Rudolf Schlichter: Bf. an Paul Wilhelm Wenger, München, 19.2.1954. Bundesarchiv Koblenz, N 1332 Wenger/85). Eine schöne Bemerkung Schlichters über das Rheinland findet sich bereits am 12. 7. 1948 in einem Brief aus München an Paul Wilhelm Wenger, anläßlich dessen Einstands in die damals noch in Koblenz arbeitende Redaktion des »Rheinischen Merkur«: »(…) Übrigens ist das Rheinland kein schlechter Boden für Dich, wenn irgendwo, so ist dort noch am stärksten jener leichte u. humane Geist lebendig, der zur Auflockerung unserer ideologischen Schwerfüßigkeit unentbehrlich ist.(…)« (ebd.).

– ***Alois Melichar:*** Alois Melichar (1896–1976), Dirigent, Komponist und Pamphletist. Schlichter lernte Melichar am 25. 9. 1954 vermutlich in München kennen (vgl. Bf. an Joseph Drexel, München, 26. 9. 1954: »(…) lernte gestern einen sympathischen Mann kennen, der ein sehr gutes Buch geschrieben hat mit dem Titel: ›Überwindung des Modernismus‹(…)«. Bundesarchiv Koblenz, N 1258 Drexel/225). Melichars Streitschrift

»Überwindung des Modernismus. Konkrete Antwort an einen abstrakten Kritiker« (Wien, Frankfurt am Main, London: Josef Weinberger, 1954, Bibliothek Schlichter) wurde von Schlichter lebhaft und nachdrücklich unterstützt. In Melichars Buch wird in Kap. IX: »Naturhaß - Dingverachtung« (S. 88 ff.) auf S. 90, Fußnote 2, ohne Quellenangabe eine Passage zum Thema »Bilderstürmer« aus Schlichters eigener Streitschrift »Das Abenteuer der Kunst« (1949) zitiert und mit dem falschen, wohl durch den auf S. 14 zitierten George Grosz angeregten, Namen »Der Surrealist Georg Schlichter: (...)« versehen. In einem »Sonderdruck / des Vorwortes / zur 2. Auflage von / Alois Melichar / Überwindung des Modernismus« versammelte der Verlag schon 1955 »Auszüge aus Briefen / an den Verfasser / Begutachtungen - Rezensionen / Pressestimmen«. Zustimmung kam u. a. von Igor Strawinsky, Wilhelm Furtwängler, Thomas Mann, Oskar Kokoschka, Hans Sedlmayr, Theodor Heuss, Karl Schmidt-Rottluff, Otto Dix und natürlich Rudolf Schlichter (S. 10 ff.). Schlichters Brief (1 Bl., 2 S.) an Melichar aus München-Laim vom 9.11.1954 hat sich mit einem Begleitschreiben vom selben Tag im NL Melichar der Stadtbibliothek München, Literaturarchiv (Biogr. Dok. VII.4) erhalten. Melichars Methode, auszugsweise Zitate mit vehementer Polemik als Belege für vermeintliche Dummheit oder Scharlatanerie in der modernen Kunst zu verwenden, stieß allerdings bereits bei Schlichters Freund Drexel auf entschiedene Ablehnung (vgl. Joseph Drexel, Bf. an Rudolf Schlichter, Nürnberg, 13. 10. 1954, a. a. O.). Mit Franz Roh, dem Chefredakteur der Zeitschrift »Die Kunst und Das schöne Heim. Monatsschrift für Malerei, Plastik und Wohnkultur«, führte Schlichter im Dezember 1954 und Januar 1955 einen ausgedehnten und kontroversen Briefwechsel. Rohs Briefe sind im NL Melichar (a. a. O.) erhalten. Schlichters Einsatz für Melichar führte auch zu einem folgenreichen Leserbrief in der Zeitschrift »Der Monat«: Rudolf Schlichter: Kritik der abstrakten Kunst. In: Der Monat. Eine internationale Zeitschrift. 7. Jg., H. 75, Dezember 1954, S. 284. An der dadurch ausgelösten Debatte beteiligten sich u.a. Hans Sahl, Karl Hofer (der darüber starb), Will Grohmann, Carl Linfert, nochmals Rudolf Schlichter, Emil Preetorius, Oskar Kokoschka (nähere Angaben dazu vgl. Anm. zu S. 276).

S. 271 ***diese Stimmen (...) Prospekt:*** Sonderdruck / des Vorwortes / zur 2. Auflage von / Alois Melichar / Überwindung des Modernismus«; vgl. die vorhergehende Anm.

– ***George Großz:*** George Grosz (vgl. Anm. zu S. 36 u. 253 f.). Wie schon 1951 logierte George Grosz auch im verregneten Sommer 1954 im »Gasthaus Kyriss, Osterhofen bei Bayrisch Zell«. Vgl. George Grosz: Brief an Ernst Josef Aufricht vom 19. 7. 1954. In: Ders.: Briefe 1913-1959. Hrsg. v. Herbert Knust. Reinbek bei Hamburg (Rowohlt) 1979, S.478. Zum Bayrischzell-Aufenthalt mit Schlichters vgl. Schlichter 1995, S. 341.

S. 272 ***Dr. Hans Sahl (...) mit mir zusammen am Montag morgen:*** Hans Sahl (1902-1993), Kritiker und Feuilletonist in Berlin; nach der Emigration in New York, nach dem Krieg in Berlin, zuletzt in Tübingen. Hans Sahl war seit 1925 Theaterkritiker und ab 1928 Filmkritiker am Berliner »Montag Morgen«. Die linksdemokratische Zeitung erschien erstmals am 4. Juni 1923; Chefredakteure waren Stefan Großmann und Leopold Schwarzschild; erster verantwortlicher Redakteur war, ab April 1924, Carl von Ossietzky. Die Zeitung stand in lokaler und thematischer Nähe zu Schwarzschilds »Tage-Buch«, wenn auch

»›offener und aggressiver‹« (vgl. Markus Behmer: Von der Schwierigkeit, gegen Illusionen zu kämpfen. Der Publizist Leopold Schwarzschild - Leben und Werk vom Kaiserreich bis zur Flucht aus Europa im Jahr 1940. Inaugural-Dissertation, München 1996, Typoskript, S. 133-141; hier S. 137. Ergänzungen im Bf. an den Herausgeber v. 9. 1. 1997). Nach der Trennung von Großmann 1928 betreute Schwarzschild das Blatt allein (vgl. Peter de Mendelssohn: Zeitungsstadt Berlin. Menschen und Mächte in der Geschichte der deutschen Presse (1969). Überarbeitete und erweiterte Auflage Frankfurt am Main - Berlin - Wien (Ullstein) 1982, S. 331 f.).

Die künstlerische Seite der Zeitung, ihr »Glanzlicht und populärer Abschluß jeder Nummer« (Behmer, a. a. O., S. 140) hieß »Der blaue Montag« und wurde mit kommentierten Karikaturen in Verbindung mit Versen, witzigen Aperçus oder Spottgedichten gestaltet. Zeichner im Wechsel miteinander waren Rudolf Herrmann, George G. Kobbe (mit Unterbrechungen von 1924 bis 1932), Rudolf Schlichter (von 1928 bis 1933 stark vertreten), »Goltz« (ab 1931) und »Fodor«; die Autoren waren Walter Mehring (1924/25 in fast jeder Nummer), Roda Roda (ab und zu), Erich Weinert (1924 bis Mitte 1928), Erich Kästner (Mitte 1928 bis Mai 1930) und Karl Kinndt (Juni 1930 bis September 1931). Unter den insgesamt neun im NL Schlichter erhaltenen typographisch gleichen Zeitungsausschnitten von Karikaturen aus dem »Montag Morgen« sind datiert nur »Krise am Hausvogteiplatz« (hs. 19. 3. 28) und »Die Reichs-Verschiebe-Bahn« (10. 4. 1928). Eine weitere Karikatur, die den Arzt und Sexualforscher Magnus Hirschfeld (1868-1935), den Leiter des Berliner Instituts für Sexualkunde, darstellt, ist Walter Kiaulehn in Erinnerung geblieben: »Der Zeichner Rudolf Schlichter veröffentlichte im ›Montagmorgen‹, über die ganze Seite hinweg, eine Zeichnung, auf der man an einem Maientag den kleinen, dicken Professor Hirschfeld, umgeben von seinen dünnen, ephebenhaften Assistenten, sah. Durch ihre Hornbrillen blickten sie sich verwundert um, denn überall auf den Bänken sah man engumschlungene Liebespaare. Dr. Hirschfeld blickte zu seinen Schülern auf und sagte: ›Im Frühling, meine Herren, kommen solche Rückschläge in der Natur allerdings immer wieder vor!‹« (Vgl. Walter Kiaulehn: Berlin. Schicksal einer Weltstadt. München, Berlin (Biederstein Verlag) 1958, S. 555). Jahrgänge des »Montag Morgen« sind nur noch in der Berliner Staatsbibliothek Unter den Linden einsehbar.

– ***Babbit:*** Sinclar Lewis, Babbit. Roman (1922; dt. Ü. München 1925). Der Immobilienhändler George F. Babbit ist der Typ des amerikanischen Geschäftsmanns.

– ***die Bücher von Simone Weil:*** Simone Weil: Schwerkraft und Gnade. Mit einer Einführung von Gustave Thibon. Übersetzt von Friedhelm Kemp. München (Kösel Verlag) 1952; Das Unglück und die Gottesliebe. Übersetzt von Friedhelm Kemp. München (Kösel Verlag) 1953.

S. 273 ***das neue Stundenglasbuch:*** Ernst Jünger: Das Sanduhrbuch. Frankfurt am Main (Klostermann) 1954. Zur Widmung Ernst Jüngers vom 20. 4. 1955 vgl. S. 278 und die Anmerkung dazu; zur Reaktion Schlichters vgl. den Bf. Speedy Schlichters an Gretha Jünger v. 17. 6. 1955, S. 287.

– ***Mit dem Verleger Günther Neske, Pfullingen, hatte ich damals im Hotel, als ich auf Dich wartete, ein Gespräch wegen einer ev. Publikation:*** Schlichter meint vermutlich das Treffen in München mit Ernst Jünger vor oder nach dem Vortrag Friedrich Georg Jüngers am

19. 11. 1953 im Auditorium Maximum der Technischen Hochschule anläßlich der Tagung »Die Künste im technischen Zeitalter«. Vgl. den Bf. Schlichters v. 23. 11. 1953, S. 264.

– ***ausführlichen Brief:*** nicht ermittelt; vgl. auch Anm. zu S. 264.

S. 274

Rudolf Schlichter an Gretha Jünger, e. Bf. m. U.,
München, 28. Dezember 1954, 2 Bl., 3 S.

– ***Immer hoffte ich, durch Drexel würde endlich die geplante Reise zu Euch zustande kommen:*** In seinem Brief an Joseph Drexel vom 2. 2. 1955 schreibt Schlichter ein wenig anders: »(...) mit Gretha Jünger habe ich Briefe gewechselt, ebenso habe ich Ernst geschrieben. Sie erwarten natürlich, daß ich den lange erwarteten Besuch in Wilflingen wahr mache. Vielleicht ist es doch bald einmal möglich, daß wir miteinander hinfahren oder was meinst Du? Jedenfalls habe ich ihr geschrieben, wenn ich komme, dann mit Dir. Hast Du übrigens das neue Buch von ihm gelesen [Das Sanduhrbuch]? (...)«. Bundesarchiv Koblenz, N 1258 Drexel/225.

S. 275 ***Ich habe Ernst einen langen Brief geschrieben:*** vgl. den Bf. Schlichters v. 27. 12. 1954, S. 270-273.

S. 276

Rudolf Schlichter an Ernst Jünger, e. Kunstpk.
[Motiv: Hugo van der Goes, Anbetung der Könige (Basel)],
München [Dat. des Poststempels] 16. 1. 1955

S. 276 ***Aufsatz von Dr. Hans Sahl über moderne Kunst:*** Hans Sahl: Wie modern ist die moderne Kunst? Ein Diskussionsbeitrag. In:

Der Monat, 7. Jg., Januar 1955, H. 76, S. 353-357. Die weiteren Beiträger in der von Schlichter angeregten Debatte waren: Karl Hofer: Zur Situation der Bildenden Kunst. In: Der Monat, Jg. 7, Februar 1955, H. 77, S. 425-432; Paul Kunze; Klaus Lehmann: Zur Kritik an der abstrakten Kunst [Leserbriefe], ebd., S. 477 f.; Will Grohmann: Der Kritiker ist für die Kunst. Ein neuer Diskussionsbeitrag. In: Der Monat, 7. Jg., März 1955, H. 78, S. 545-548; Karl Schönkopf: Ornamente [Leserbrief], ebd., S. 573; Carl Linfert: Man muß weiter wissen. Ist die Kunst wirklich eine Flucht? In: Der Monat, 7. Jg., April 1955, H. 79, S. 65-71; Heinz Trökes; Hellmut Kotschenreuther: Zur Diskussion um die abstrakte Kunst [Leserbriefe], ebd., S. 89-92; Rudolf Schlichter; W. Neufeld; Anna Ronge: Zur Diskussion um die abstrakte Kunst [Leserbriefe]. In: Der Monat, 7. Jg., Mai 1955, H. 80, S. 187-190; Emil Preetorius: Die neue Wirklichkeit. In: Der Monat, 7. Jg., Juni 1955, H. 81, S. 248-250; Hans Sahl: Die Pflicht des Kritikers zur Kritik. Ein vorläufiges Schlußwort zur Kunstdebatte, ebd., S. 279-281; Carl Linfert; Oskar Kokoschka; Paul Taesler: Zur Diskussion um die abstrakte Kunst. In: Der Monat, 7. Jg., Juli 1955, H. 82, S. 380-384; Herbert Read: Die »seismographische« Malerei. In: Der Monat, 7. Jg., August 1955, H. 83, S. 460-463; Hans Sahl: Eine Antwort [Leserbrief]. In: Der Monat, 7. Jg., September 1955, H. 84, S. 572 f.

– ***den Anstoß dazu (...) gab ich mit einem Brief:*** Rudolf Schlichter: Kritik der abstrakten Kunst [Leserbrief in der Rubrik »Briefe des Monats]. In: Der Monat. 7 Jg., Dezember 1954, H. 75, S. 284. Schlichters Leserbrief kam wie gerufen. Wie Hans Sahl am 12. 8. 1992 aus Tübingen an den Herausgeber schrieb, hatte er bereits in New York den Artikel »Wallpaper Metaphysics« (Die Metaphysik der Tapete) über die Schwierigkeiten amerikanischer und deutschstämmiger Künstler mit der abstrakten Kunst veröffentlicht und sollte, als er nach Berlin zurückkam, für den »Monat« einen ähnlichen Aufsatz schreiben. »Tatsache war, daß im Verlauf der Kontroverse, die von Carl Linfert und Will Grohmann mit außerordentlicher Heftigkeit geführt wurde, zwei deutsche Künstler, die für mich Partei ergriffen hatten, Karl Hofer und Rudolf Schlichter, an den politischen Verdächtigungen, denen man sie ausgesetzt hatte, starben.« Vgl. Hans Sahl: Das Exil im Exil. Memoiren eines Moralisten II. Frankfurt am Main (Luchterhand) 1991, S. 140.

– ***Viele Grüße an Gretha für Ihren lieben Brief:*** ist nicht erhalten.

S. 277

Rudolf Schlichter an Ernst Jünger, e. Bf. m. U., München-Laim, 31. März 1955, 1 Bl., 1 S.

S. 277 *Zeichnung:* Die Schlichter-Zeichnung mit Gespenster-Motiv ist nicht erhalten.

S. 278

Gretha Jünger an Rudolf Schlichter, e. Bf. m. U., o. O. [Wilflingen], 19. April 1955, 1 Bl., 2 S.

S. 278 *Sardinienfahrt:* Bereits im Mai 1954 war Ernst Jünger erstmals nach Sardinien gereist. Der literarische Ertrag dieser Fahrt war: Ernst Jünger: Am Sarazenenturm. Frankfurt am Main (Klostermann) 1955 (Mühleisen 1996, Nr. 90).

S. 278

Ernst Jünger an Rudolf Schlichter. Widmung, o. O., 20. April 1955.
In: Ernst Jünger: Das Sanduhrbuch.
Frankfurt am Main (Klostermann) 1954. Zweite Auflage (6.–10. Tsd.).
Widmung auf dem Vorsatz. Bibliothek Schlichter

S. 281

Speedy Schlichter an Ernst und Gretha Jünger, Traueranzeige,
München, ca. 5. Mai 1955, m. hs. Zusatz

S. 281 ***Waldfriedhof München:*** Das Grab Rudolf Schlichters (WAT 108-W-69) wurde 1984 aufgelassen bzw. wieder neu belegt. Vgl. Erich Scheibmayr: Letzte Heimat. Persönlichkeiten in Münchner Friedhöfen 1784-1984. München 1980, S. 410.

S. 282

Ernst Niekisch an Speedy Schlichter, masch. Bf. m. e. U.,
Berlin-Wilmersdorf, 9. Mai 1955, 1 Bl., 1 S.

S. 282 ***Dr. Drexel:*** vgl. Anm. zu S. 253.

– ***jener Plan:*** zum Buchplan vgl. den Bf. Ernst Niekischs vom 14. 1. 1936, bes. S. 45.

S. 282

Speedy Schlichter an Dr. Joseph Drexel, München, 28. Mai 1955,
masch. Bf. o. U., Abschrift im Briefkonvolut »Rudolf Schlichter«
im Archiv Ernst Jünger, 3 Bl., 3 S. Der hs. Originalbrief (2 Bl., 4 S.) ist im Bundesarchiv Koblenz, N 1258 Drexel/225, erhalten.

S. 286 ***Ihr guter Brief:*** Joseph Drexels Brief an Speedy Schlichter vom 12. 5. 1955 ist im Bundesarchiv Koblenz, N 1258 Drexel/225, erhalten.

S. 287

Speedy Schlichter an Gretha Jünger, e. Bf. (Trauerrand) m. U., München, 17. Juni 1955, 1 Bl., 2 S. Anlage: Dankkarte für Kondolenzen

S. 287 ***Deine guten Worte in Deinem Brief:*** Brief ist nicht erhalten.

– ***»Das Sanduhrbuch«:*** zu Ernst Jüngers Widmungsexemplar für Rudolf Schlichter vgl. Anm. zu S. 278.

S. 288 ***sein Brief an mich:*** Der Kondolenzbrief Ernst Jüngers an Speedy Schlichter ist nicht erhalten.

S. 289

Speedy Schlichter an Gretha Jünger, e. Bf. m. U., München, 16. September 1955, 2 Bl., 4 S.

S. 289 ***Deinen lieben Brief aus Norderney:*** ist nicht erhalten.

S. 292

Ernst und Gretha Jünger an Speedy Schlichter, masch. Pk. m. U. u. hs. Zusatz von Gretha Jünger, Wilflingen, 26. Dezember 1958. Die Pk. mit der Adresse » 13b München-Laim / Egetterstr.17« ging zunächst mit dem Vermerk »Empf. unbekannt verzogen« am 27. 12. zurück und wurde mit der, wohl von Gretha Jünger hs. korrigierten, neuen Adresse »Franz Josephstr. 15« zugestellt.

S. 292 ***Ausstellung:*** Die Galerie Wolfgang Gurlitt in München, Galeriestraße 2 B am Hofgarten, veranstaltete vom 18. 12. 1958 bis zum 12. 1. 1959 eine »Gedenk-Ausstellung / Rudolf Schlichter / 1890-1955 / I. Teil: Aquarelle. Zeichnungen.« Der im NL Schlichter erhaltene zweiseitige Hinweiszettel weist voraus auf eine zweite Ausstellung mit Ölbildern. Als Titel des Zettels wurde eine Reproduktion nach dem Ölbild »Untergang von Atlantis« [o. J.] gewählt [Abb. 37]. NL Schlichter.

S. 293
Speedy Schlichter an Ernst und Gretha Jünger, e. Pk.,
dat. München, 5. Januar 1959

S. 293 ***Bei Gurlitt sind auch viele Arbeiten in Massen:*** Speedy Schlichter hatte am 17. 12. 1958 [Datum des Poststempels] der »Familie / Ernst Jünger« eine Postkarte mit dem Hinweis auf die »Gedenk-Ausstellung / Rudolf Schlichter / Calw 1890-1955 München / I. Teil / Aquarelle - Zeichnungen« in der Münchener Galerie Wolfgang Gurlitt zukommen lassen. Eröffnung war am 18. 12. 1958 in den Räumen der Galerie an der Galeriestraße 2B in den Hofgartenarkaden. Der Bildprospekt der Ausstellung mit der Darstellung des verschollenen Ölgemäldes »Untergang von Atlantis [o. J.] [Abb. 37] hat sich auch im Archiv Ernst Jünger, Wilflingen, Konvolut Rudolf Schlichter, erhalten.

S. 293
Gretha Jünger an Speedy Schlichter, e. Pk. m. U.,
o. O., o. D. [Datum des Poststempels: Riedlingen, 21.5.60]

S. 294 ***sein letztes Buch:*** Ernst Jünger: Sgraffiti. Stuttgart (Klett) 1960.

S. 294
Speedy Schlichter an Ernst Jünger, e. Bf. m. U., 1 Bl., 2 S.,
München, 4. Dezember 1960

S. 294 ***die Nachricht von Gretha's Tod:*** Gretha Jünger war am 20. November 1960 in Wilflingen gestorben.

S. 295

Ernst Jünger an Speedy Schlichter, Kondolenzdrucksache m. hs. Zusatz, o. O., o. D., [Datum des Poststempels: Riedlingen, 10.12.60]

S. 295 ***beim Tode meiner lieben Frau:*** vgl. Anm. zu S. 294.

S. 299

Ernst Jünger, Tagebuch: Porto, 30. Mai 1966;
Wilflingen, 24./25. Oktober 1968.
In: Ernst Jünger: Siebzig verweht I.
Stuttgart (Klett-Cotta) 1980, S. 250; S. 538

S. 299

Ernst Jünger, Tagebuch: Stalís, 12. Mai 1971.
In: Ernst Jünger, Siebzig verweht II. Stuttgart (Klett-Cotta) 1981, S. 32

S. 299 ***Hanni Guanella ist Autorin des allgemein benutzten Handbuchs über Kreta:*** Hanni Guanella: Kreta. Ein Reise- und Kunstführer. (1965). Zürich (Flamberg Verlag (bis 6. Aufl.) / Theologischer Verlag) ^{8}1984.

S. 300 ***die Ergänzung der Fresken von Knossos:*** Vgl. die Restaurierungen und Faksimilierungen von Vater und Sohn E. Gilliéron [nicht Guillemin]. In: Sir Arthur Evans: The Palace of Minos. A comparative account of the successive stages of the early cretan civilization as illustrated by the discoveries at Knossos. Vol. I-IV, Index (7 Bde.). London (Macmillan & Co.) 1921-1936.

– ***Bilder wie »Die Pariserin«:*** In Knossos war der »Kultsaal mit den sechs Säulen« einst von einem Fresko geschmückt, das »die Darbietung von Opfergaben an eine männliche und eine weibliche Gottheit« darstellt. »(...) Es ist vermutet worden, daß die junge Priesterin [Archäologisches Museum Iráklion, XV, 27], in abwegiger Weise ›die kleine Pariserin‹ genannt, zu dieser Szene gehört habe.« Vgl. Hanni Guanella: Kreta (a. a. O.), S. 206.

S. 300
Ernst Jünger an Speedy Schlichter. masch. Bf. (Bf.kopf) m. U., Wilflingen, 20. Dezember 1972

S. 300 ***Ausstellung, die vorbereitet wird:*** Die Galleria del Levante, München, zeigte im März 1973 Gemälde Schlichters aus den Jahren 1946 bis 1955: »Es handelt sich um Arbeiten der fast unbekannten Spätphase mit surrealistischen Bildern von einer gedrängten und phantastischen Metaphorik«. Pressenotiz von W. Wunderlich v. 22. 3. 1973. NL Schlichter; vgl. a. Hans Kinkel: Der Kulturspiegel. Sendung des Bayerischen Rundfunks v. 29. 3. 1973. Ts. NL Schlichter.

– ***der Briefwechsel (...) in einer schönen Edition:*** Jünger/Kubin 1975.

– ***»unser« Bild:*** Rudolf Schlichter: Portrait Ernst Jünger, 1937 [Abb. 25].

– ***Vorabdruck eines Romans:*** Ernst Jünger: Die Zwille. In: Frankfurter Allgemeine Zeitung, Nr. 3 v. 4. 1. 1973 bis Nr. 67 v. 20. 3. 1973 in 65 laufenden Fortsetzungen. Zeitungsvorabdruck mit einer Vorbemerkung von Karl Korn zusammen mit einem Foto von Barbara Klemm in: Frankfurter Allgemeine Zeitung, Nr. 302, v. 30. 12. 1972 (Mühleisen 1996, Nr. 566).

S. 301

Ernst Jünger an Speedy Schlichter. masch. Bf. (Bf.kopf) m. U.,,
Wilflingen, 14. März 1973

S. 301 ***ein Student:*** In einem Empfehlungsschreiben an Speedy Schlichter vom 9. 11. 1972 bittet Prof. Dr. Heinrich Klotz vom Kunstgeschichtlichen Seminar der Universität Marburg um Unterstützung eines seiner »Promoventen, Herr stud. cand. Eberhard Berg« bei seiner Arbeit über Schlichter. Die Arbeit wurde nicht beendet. NL Schlichter.

S. 302 ***Hans Wimmer:*** Der Bildhauer Hans Wimmer (1907-1992). Die Portraitbüste »Ernst Jünger« wurde 1973 in Bronze gegossen (Höhe 33 cm) und befindet sich im Besitz des Autors.

– ***jardins des délices:*** Gärten der Freuden, Anspielung auf den Roman »Les jardins des supplices« (1899; dt. Die Gärten der Qualen), über den Ernst Jünger und Speedy Schlichter im September 1937 korrespondiert hatten; vgl. den Bf. Speedy Schlichters v. 14. 9. 1937, S. 113-115 und Jüngers Antwort v. 23. 9. 1937, S. 119.

S. 302

Ernst Jünger, Tagebuch: Wilflingen, 28. Oktober 1979.
In: Ernst Jünger: Siebzig verweht II. Stuttgart (Klett-Cotta) 1981, S. 530

S. 302

Ernst Jünger, Tagebuch: Wilflingen, 17. April 1983.
In: Ernst Jünger: Siebzig verweht III. Stuttgart (Klett-Cotta) 1993, S. 286

S. 303
Ernst Jünger, Tagebuch: Wilflingen, 8. November 1987.
In: Ernst Jünger: Siebzig verweht IV.
Stuttgart (Klett-Cotta) 1995, S. 233

S. 303 ***»der ist von dunklem Gewuhre erfüllt«:*** »Daß Gewure auf deutsch die Kraft heißt, weiß man schon (...).« Vgl. Karl Kraus: Dorten. In: Karl Kraus: Die Sprache. Wien (Verlag »Die Fackel«) 1937, S. 26-43, hier S. 27. Vgl. a. Karl Kraus: »Die letzten Tage der Menschheit« (1922), IV. Akt, 19. Szene: »Der Patriot: Der Czernin hat eine Gewure! Jetzt ham wir den Brotfrieden! Und jetzt solln sie probiern, uns auszuhungern.« In: Karl Kraus: Die letzten Tage der Menschheit. Tragödie in fünf Akten / Mit Vorspiel und Epilog. Erschienen Dezember 1922. Wien (Verlag ›Die Fackel‹). Zweite Auflage, o. J., S. 449. Beide Bücher in der Bibliothek Schlichter.

S. 303
Ernst Jünger, Tagebuch: Wilflingen, 17. März 1990.
In: Ernst Jünger: Siebzig verweht IV.
Stuttgart (Klett-Cotta) 1995, S. 404

S. 303 ***die Maler Ficus und Höll, der bei der Bildhauerin Stapp wohnte:*** (Hans) André Ficus (geb. 1919) aus Berlin, seit 1946 ansässig in Friedrichshafen; 1947 Gründungsmitglied, seit 1961 im Vorstand der Sezession Oberschwaben-Bodensee; 1977 Oberschwäbischer Kunstpreis. Vgl. André Ficus: See-Bilder. Mit Texten von Gisela Linder, Peter Renz, Martin Walser, André Ficus. Friedrichshafen (Verlag Peter Gessler) 1980.

Werner Höll (1898-1984), Soldat im Ersten Weltkrieg, 1921-1928 Studium an der Kunstakademie Karlsruhe; 1939-1945 Kriegsdienst; seit 1939 Freundschaft mit Ernst Jünger, mit dem er 1941 in Paris stationiert war. Dort entstand im

Mai 1941 das Portrait »Hptm. Ernst Jünger« 2/287«. Vgl. Abb. in: Schwilk 1988, S. 173, sowie die Erwähnungen in: Jünger 1949. Werner Höll zeichnete 1949 den Stadtplan von Heliopolis, der auf die Innenseite des von Emil Preetorius gestalteten Schutzumschlags der Erstausgabe von Ernst Jüngers gleichnamigem Roman gedruckt wurde (vgl. Schwilk 1988, S. 225). Zum Vorschlag Ernst Jüngers, Rudolf Schlichter mit der Illustration zu »Heliopolis« zu beauftragen, vgl. die Anm. zum Brief Schlichters an Jünger vom 7. 7. 1949, S. 230 f. Werner Höll war seit 1945 wohnhaft in Ravensburg, später in Reutlingen. Ab 1953 jährliche Aufenthalte in Paris und Wendung zur informellen Malerei. Vgl. Werner Höll (1898-1984). Kat. Ausst. Galerie Schlichtenmeier, Grafenau (bei Sindelfingen), 27. 2.-21. 3. 1987.

Maria Elisabeth Stapp (Lebensdaten nicht ermittelt) aus Riedlingen a. D., Bildhauerin, Keramikerin und Metallbildnerin, war Mitte der Fünfziger Jahre ansässig in Ravensburg.

S. 303

Ernst Jünger, Tagebuch: Wilflingen, 19. Mai 1990
ebd., S. 421

S. 304

Ernst Jünger, Tagebuch: Wilflingen, Anfang Juni 1993.
In: Ernst Jünger: Siebzig verweht V.
Stuttgart (Klett-Cotta) 1997, S. 121

S. 304 ***Nay:*** Ernst Wilhelm Nay (1902-1968) aus Berlin, Maler und Graphiker, Schüler von Karl Hofer, fand nach landschaftlichen und figürlichen Darstellungen zu einer lebhaften und harmonischen abstrakten Kunst. Von zwei Besuchen in Nays Atelier in Le Mans während der deutschen Besatzung berichtet Ernst Jünger im Tagebuch der »Strahlungen« unter den Daten *»Le Mans, 1. Mai 1943«* und *»Paris, 2. Mai 1943«*. Vgl. Jünger 1949, S. 318 ff.

– ***mit Magritte korrespondiert:*** Mit dem belgischen Maler René Magritte (1898-1967) korrespondierte Ernst Jünger zwischen dem 15. 9. 1955 und dem 18. 6. 1956. Vgl. René Magritte: Écrits complets. Édition établie et annotée par André Blavier. Paris (Flammarion) 1979, Nr. 91, 101, 130; Henry Torcznev: René Magritte: Signes et images. Paris (Draeger) 1977, S. 122 (Zitat eines Briefes an Ernst Jünger vom 5. 6. 1956). Die Kugelschreiberzeichnung der Linde neben dem Stauffenbergschen Schloß und vor dem Haus Ernst Jüngers in Wilflingen findet sich auf einer Postkarte Magrittes an Ernst Jünger aus Brüssel vom 2. 1. 1956 mit dem Neujahrsgruß »La meilleure des années / 1956 possible à Wilflingen. / René Magritte«.

RS = Rudolf Schlichter / SS = Speedy Schlichter / EJ = Ernst Jünger / GJ = Gretha Jünger / EJ/TB = Ernst Jünger, Tagebuch / GJ/TB = Gretha Jünger, Tagebuch / AM = Armin Mohler / EN = Ernst Niekisch / CS = Carl Schmitt / APW = A. Paul Weber / PW = Paul Wilhelm Wenger / WL = Dr. Walter Luetgebrune / JD = Joseph Drexel

RS/EJ	9.6.35		
RS/EJ	18.6.35	EJ/RS	25.6.35 (2x)
RS/EJ	1.7.35		
RS/CS	5.7.35		
RS/EJ	5.10.35	EJ/APW	13.10.35
RS/EJ	20.10.35	EJ/RS	22.10.35
		EJ/RS	28.10.35
		EJ/RS	17.11.35
		EJ/RS	28.11.35
RS/EJ	2.12.35		
RS/EJ	5.1.36 + RS/EN 31.12.35		
		EN/RS	14.1.36
		EJ/RS	14.1.36
RS/EJ	2.2.36		
RS/EJ	25.2.36	EJ/RS	26.2.36
RS/EJ	28.3.36	EJ/EN	9.4.36
		EJ/EN	21.4.36
RS/EJ	25.5.36		
RS/EJ	1.7.36		
RS/EJ	25.7.36		
RS/EJ	29.7.36		

RS/EJ	4.8.36	GJ/RS	9.8.36
RS/EJ	10.8.36		
RS/GJ	14.8.36		
RS/EJ	3.9.36		
RS/PW	3.9.36		
RS/EJ	10.9.36	GJ/RS	11.9.36
		GJ/RS	29.9.36
		EJ/RS	18.10.36
RS/GJ	20.10.36	EJ/RS	8.11.36
		EJ/RS	22.11.36
		EJ/RS	16.1.37
RS/EJ	19.1.37		
RS/EN	5.3.37		
RS/EJ	16.3.37	GJ/RS	25.3.37
		GJ/SS	31.3.37
		GJ/RS	4.5.37
RS/EJ	11.5.37	EJ/RS	14.5.37
RS/EJ	1.7.37	EJ/RS	6.7.37
RS/EJ	8.8.37	EJ/RS	17.8.37
		EJ/RS	26.8.37
RS/EJ	11.9.37		
SS/EJ	14.9.37		
SS/GJ	21.9.37	EJ/SS	23.9.37
RS/EJ	5.10.37	EJ/RS	8.10.37
RS/EJ	19.11.37	EJ/RS	24.11.37
		EJ/RS	3.2.38
RS/EJ	11.2.38		
SS/GJ	12.3.38	GJ/SS	20.3.38
		GJ/RS	21.5.38
RS/EJ	24.5.38		

RS/EJ	31.5.38	EJ/RS	2.6.38
		EJ/RS	7.6.38
RS/GJ	30.8.38		
SS/GJ	18.9.38	GJ/SS	22.9.38
		EJ/WL	7.12.38
SS/GJ	12.1.39		
SS/GJ	26.1.39	EJ/RS	12.5.39
RS/EJ	28.9.39		
RS/GJ	16.11.39		
RS/EJ	6.12.39		
RS/EJ	10.1.40		
RS/EJ	24.1.40	EJ/RS	7.2.40
RS/EJ	[März 1940]		
RS/EJ	27.3.40	EJ/RS	28.3.40
		EJ/TB	8.4.40
RS/GJ	14.10.40		
RS/GJ	24.2.41		
RS/GJ	8.8.41		
RS/GJ	25.12.41		
		GJ/RS	3.1.42
RS/GJ	7.1.42		
RS/EJ	24.1.42	EJ/TB	28./29.1.42
		EJ/RS	29.1.42
		GJ/TB	30.1.42
RS/GJ	17.6.42		
RS/GJ	8.8.42		
RS/EJ	8.8.42		
RS/GJ	21.9.42	EJ/RS	12.10.42

RS/GJ	6.12.42		
RS/GJ	8.12.42		
RS/GJ	28.3.43	GJ/RS	4.4.43
		EJ/TB	7.5.45
SS/GJ	25.5.46		
RS/EJ	3.8.46		
RS/EJ	16.8.48	EJ/RS	23.8.48
RS/EJ	15.11.48		
RS/GJ	16.6.49		
RS/EJ	22.6.49	EJ/RS	25.6.49
RS/EJ	7.7.49		
RS/GJ	19.9.49		
RS/EJ	30.10.49	EJ/RS	23.11.49
RS/GJ	11.12.49		
		AM/RS	13.3.50
RS/EJ	26.5.50	EJ/RS	11.6.50
		EJ/RS	24.8.50
RS/EJ	25.8.50	AM/RS	29.8.50
RS/EJ	13.9.50	AM/RS	17.9.50
		EJ/RS	22.9.50
RS/EJ	29.11.50		
RS/EJ	10.12.50	EJ/RS	14.12.50
RS/EJ	8.11.51	EJ/RS	20.11.51
RS/EJ	27.12.51		
RS/GJ	29.12.51	EJ/RS	29.12.51
RS/EJ	17.10.52	EJ/RS	24.10.52
RS/EJ	28.12.52		

RS/EJ	2.3.53	EJ/RS	5.3.53
RS/EJ	23.11.53		
RS/EJ	Dez.53	EJ/RS	31.12.53
RS/EJ	19.1.54		
RS/EJ	28.12.54		
RS/EJ	16.1.55		
RS/EJ	31.3.55		
		GJ/RS	19.4.55
[Tod RS 3.5.55]			
SS/EJ/GJ	ca. 5.5.55		
		EN/SS	9.5.55
SS/JD	28.5.55		
SS/GJ	17.6.55		
SS/GJ	16.9.55		
		EJ/SS	26.12.58
		GJ/SS	21.5.60
		EJ/SS	10.12.60
		EJ/TB	30.5.66
		EJ/TB	24./25.12.68
		EJ/TB	12.5.71
		EJ/SS	20.12.72
		EJ/SS	14.3.73

EJ/TB	17.4.83
EJ/TB	8.11.87
EJ/TB	17.3.90
EJ/TB	19.5.90
EJ/TB	Anfang 6.1993

Jünger 1942: Ernst Jünger: Gärten und Strassen. Aus den Tagebüchern von 1939 und 1940. Berlin (E. S. Mittler & Sohn) 1942

Jünger 1949: Ernst Jünger: Strahlungen. Tübingen (Heliopolis-Verlag) 1949

Jünger 1978-1983: Ernst Jünger: Sämtliche Werke. Stuttgart (Klett-Cotta) 1978-1983. 18 Bände in drei Abteilungen.

Jünger / Kubin 1975: Ernst Jünger / Alfred Kubin: Eine Begegnung. Acht Abbildungen nach Zeichnungen und Briefen von Ernst Jünger und Alfred Kubin. Frankfurt am Main, Berlin, Wien (Propyläen) 1975

Schlichter 1949: Das Abenteuer der Kunst. Stuttgart, Hamburg, Baden-Baden (Rowohlt) 1949. Neuausgabe im Verlag Matthes & Seitz, München 1998

Schlichter 1991: Rudolf Schlichter: Das widerspenstige Fleisch [1932]. Hrsg. und mit einem Nachwort von Curt Grützmacher. Mit 11 Zeichnungen von Rudolf Schlichter. Berlin (Edition Hentrich) 1991

Schlichter 1992: Rudolf Schlichter: Tönerne Füße [1933]. Hrsg. von Curt Grützmacher mit einem Beitrag von Günter Metken. Mit 10 Zeichnungen von Rudolf Schlichter. Berlin (Edition Hentrich) 1992

Schlichter 1993: Rudolf Schlichter: Tausendundeine Nacht. Federzeichnungen aus den Jahren 1940-1945. Textauswahl und Einführung von Günter Metken. Berlin (Edition Hentrich) 1993

Schlichter 1994: Rudolf Schlichter: Zwischenwelt. Ein Intermezzo [1931]. Hrsg. und mit einem Nachwort versehen von Dirk Heißerer. Berlin (Edition Hentrich) 1994

Schlichter 1995: Rudolf Schlichter: Die Verteidigung des Panoptikums. Autobiographische, zeit- und kunstkritische Schriften sowie Briefe 1930-1955. Hrsg. von Dirk Heißerer. Essay von Günter Metken. Mit 13 Zeichnungen von Rudolf Schlichter. Berlin (Edition Hentrich) 1995

Schlichter 1997: Rudolf Schlichter: Drohende Katastrophe. Gedichte 1931-1936. Mit 7 Zeichnungen von R. Schlichter. Hrsg. v. Dirk Heißerer. Warmbronn (Verlag Ulrich Keicher) 1997

SEKUNDÄRLITERATUR

Berlin / Stuttgart 1984: Rudolf Schlichter. 1890-1955. Staatliche Kunsthalle Berlin, Württembergischer Kunstverein, Stuttgart 1984. Kat. Ausst. Berlin (Frölich & Kaufmann) 1984

Mohler 1994: Armin Mohler: Die Konservative Revolution in Deutschland 1918-1932. Ein Handbuch. 4. Auflage. Darmstadt (Wiss. Buchgesellschaft) 1994

Mühleisen 1996: Horst Mühleisen: Bibliographie der Werke Ernst Jüngers. Begründet von Hans Peter des Coudres. Stuttgart (Klett-Cotta) 1996

München / Hamburg 1990/91: Annegret Hoberg (Hrsg.): Alfred Kubin. 1877-1959. Kat. Ausst. Städtische Galerie im Lenbachhaus 1990; Hamburger Kunsthalle 1991. München (edition spangenberg) 1990

Niekisch 1958: Ernst Niekisch: Gewagtes Leben. Begegnungen und Begebnisse. Köln, Berlin (Kiepenheuer & Witsch) 1958

Paetel 1953: Karl O. Paetel: Ernst Jünger. Eine Bibliographie. Stuttgart (Galerie Lutz & Meyer) 1953

Paetel 1962: Karl O. Paetel: Ernst Jünger in Selbstzeugnissen und Bilddokumenten. Reinbek bei Hamburg (Rowohlt Taschenbuch Verlag) 1962 (rowohlts monographien, hrsg. v. Kurt Kusenberg)

Perrot / Bauer: Heinrich Perrot / Dorothea Bauer Perrot: Ile Perrot. Rendezvous mit meinem Vater. O. O., o. J. Privatdruck. Exemplare bei Helmut Bauer, München

Salomon 1961: Ernst von Salomon: Der Fragebogen (1951). Reinbek bei Hamburg (Rowohlt Taschenbuch Verlag) 1961

Schwilk 1988: Heimo Schwilk (Hrsg.): Ernst Jünger. Leben und Werk in Bildern und Texten. Stuttgart (Klett-Cotta) 1988

Tübingen / Wuppertal / München 1997/98: Götz Adriani (Hrsg.): Rudolf Schlichter. Gemälde, Aquarelle, Zeichnungen. Kat. Ausst. Kunsthalle Tübingen 1997, Von der Heydt Musum, Wuppertal 1997/98, Städtische Galerie im Lenbachhaus, München 1998. München (Klinkhardt & Biermann) 1997

Weber 1936: A. Paul Weber: Zeichnungen, Holzschnitte und Gemälde. Mit einer Einleitung von Dr. Hugo Fischer. I. Band mit 98 Abbildungen. Berlin (Widerstands=Verlag) 1936

ABBILDUNGEN

der im Briefwechsel erwähnten oder auf ihn beziehbaren Arbeiten Rudolf Schlichters in chronologischer Folge, sowie zwei Fotos

Abb. 1: *Portrait Ernst Jünger, 1929*

Öl auf Leinwand, 94 × 64 cm, bez. unten r.: R. Schlichter
Nationalgalerie Berlin
Foto: Nationalgalerie Berlin
Vgl. Ernst Jünger an Rudolf Schlichter, Goslar, 14. 1. 1936, S. 46
Vgl. Tübingen/Wuppertal/München 1997/98, Kat.-Nr. 122

Abb. 2: *Portrait Ernst von Salomon, um 1930.*

Öl auf Leinwand, Maße und Verbleib unbekannt, bez. unten r.: R. Schlichter
Foto: Galerie Alvensleben, München
Vgl. Ernst Jünger an Rudolf Schlichter, Goslar, 14. 1. 1936, S. 46

Abb: 3: *Portrait Luigi Pirandello, um 1930.*

Ölgemälde, Maße und Verbleib unbekannt. Die einzige bekannte Abbildung findet sich - neben Abbildungen des »›Porträt der Schauspielerin Carola Neher‹ (1928)«, der »›Madonna‹ (1932)« und dem »Blick vom Dreifaltigkeitsberg (Rohrfederzeichnung 1932)« - als Illustration des Artikels »Rudolf Schlichter ein feiner Mensch, ein großer Maler unserer Zeit« von Gustav Adolf Rieth in: Reutlinger Generalanzeiger, Samstag, 4. 2. 1933, S. 9
Foto: Jürgen Meyer, Wössingen
Vgl. Ernst Niekisch an Rudolf Schlichter, o. O., 14. 1. 1936, S. 44

Abb. 4: *Madonna, 1930*

Ölgemälde, Maße und Verbleib unbekannt.

Foto: Galerie Alvensleben, München. Der Titel und die Datierung sind auf der Rückseite des Fotos von Rudolf Schlichter hs. vermerkt. Die »Madonna« ist auch auf 1932 datiert (vgl. Abb. 3).

Vgl. Ernst Jünger an Rudolf Schlichter, In Stellung, 7. 2. 1940, S. 158

Abb. 5: *Umschlagzeichnung zu »Krieg und Krieger«, 1930*

Hrsg. v. Ernst Jünger. Berlin: Junker & Dünnhaupt Verlag, 1930, 203 S. (Mühleisen 1996, Nr. 244). Bibliothek Schlichter

Aquarellfarben und Tusche, Maße und Verbleib unbekannt, bez. unten l.: R. Schlichter

Foto: Wolfgang Pulfer, München

Vgl. Rudolf Schlichter an Ernst Jünger, Rottenburg, 18. 6. 1935, S. 14

Abb. 6: *Europa zum zweiten Mal geraubt, 1930*

Aquarell, Maße und Verbleib unbekannt.

Foto: Stiftung Archiv der Akademie der Künste, Berlin, George-Grosz-Archiv, dort dat. 1931. Abb. auch in: Aussaat, 2. Jg, 1947, H.1/2, S. 67

Vgl. Rudolf Schlichter an Ernst Jünger, München, 6. 12. 1939, S. 152

Abb. 7: *Portrait Speedy Schlichter, 1933*

Ölgemälde, Maße und Verbleib unbekannt

Foto: Galerie Alvensleben, München. Rückseitig eigenhändig von Schlichter beschriftet »R. Schlichter / Portrait meiner Gattin / Öl / 1933«

Vgl. Ernst Jünger an Rudolf Schlichter, Goslar, 14. 1. 1936, S. 46

Abb. 8: ***Goliath verhöhnt das Volk Israel, 1934***

Tuschfederzeichnung, Maße und Verbleib unbekannt.
Abb. in: Junge Front. 5. Jg., Nr. 30, 29. Juli 1934
Foto: Wolfgang Pulfer, München
Vgl. Rudolf Schlichter an Ernst Jünger, Rottenburg, 9. 6. 1935, S. 10 und die Anlage S. 12

Abb. 9: ***Vom Roßberg aus, 1934***

Öl auf Leinwand, 60 × 90 cm, Verbleib unbekannt.
Foto: Ernst Jünger, Wilflingen. Rückseitig von Rudolf Schlichter handschriftlich bezeichnet: »Rudolf Schlichter / Vom Roßberg aus 1934 / 550 M Größe 60x90 / Frühsommer, ungefähr Mai. Der Gesamtton des Bildes saftiges Grün, Himmel blau Vormittags, scharfe Beleuchtung«.
Vgl. Gretha Jünger an Rudolf Schlichter, Goslar, 9. 8. 1936. S. 76

Abb. 10: ***Atlantis vor dem Untergang, 1934***

Tuschfederzeichnung, 68 × 81 cm, bez. unten r.: R. Schlichter 1934
Privatbesitz
Foto: Galerie Alvensleben, München
Vgl. Ernst Jünger an Rudolf Schlichter, Goslar, 17. 11. 1935, S. 28; Feldpost, 7. 2. 1940, S. 158; Paris, 28. 1. 1942, S. 184; Ravensburg, 23. 11. 1949, S. 232; ebd., 11. 6. 1950, S. 241 f.; Wilflingen, 20. 11. 1951, S. 254
Vgl. Tübingen/Wuppertal/München 1997/98, Kat.-Nr. 146

Abb. 11: ***Portrait Speedy Schlichter, 1934***

Öl auf Leinwand, 63 × 49 cm, bez. unten r.: R. Schlichter 1934
Privatsammlung
Foto: Ernst Jünger, Wilflingen
Auf einem Werkfoto der Sammlung Rieth, Tübingen, ist

rückseitig von unbekannter Hand vermerkt: »R. Schlichter / Speedy 1933«.
Vgl. Rudolf Schlichter an Ernst Jünger, Stuttgart 11. 5. 1937, S. 101. Da das Bild zu diesem Zeitpunkt »noch in Arbeit« war, ist die Datierung wohl auf den Beginn der Arbeit zu beziehen. Vgl. a. Rudolf Schlichter an Ernst Jünger, Stuttgart, 11. 9. 1937, S. 109
Vgl. Tübingen/Wuppertal/München 1997/98, Kat.-Nr. 150

Abb. 12: *Neckartal bei Wurmlingen, 1935*
Öl auf Leinwand, Maße und Verbleib unbekannt, bez. unten r.: R. Schlichter 1935
Foto: Galerie Alvensleben, München.
Farbige »Hanfstaengl-Künstlerpostkarte Nr. 199« mit der Angabe »R. Schlichter / ›Droben stehet die Kapelle...‹ / Neckartal bei Wurmlingen / Nach dem farbigen Hanfstaengl-Druck 55 × 77 cm«.
Vgl. Rudolf Schlichter an Ernst Jünger, Stuttgart, 11. 9. 1937, S. 110

Abb. 13: *An die Schönheit, 1935*
Öl auf Leinwand, 100 × 185 cm, bez. unten r.: R. Schlichter 1935
Privatbesitz
Foto: Galerie Alvensleben, München
Vgl. Rudolf Schlichter an Ernst Jünger, Rottenburg, 9. 6. 1935, S. 11; 5. 10. 1935, S. 20; Ernst Jünger an Rudolf Schlichter, Goslar, 14. 1. 1936, S. 46; Rudolf Schlichter an Ernst Jünger, Rottenburg, 25. 2. 1936, S. 53; ebd. 28. 3. 1936, S. 56; Rudolf Schlichter an Paul Wilhelm Wenger, Stuttgart, 3. 9. 1936, S. 81 f.
Vgl. Tübingen/Wuppertal/München 1997/98, Kat.-Nr. 148

Abb. 14: *Wagnerblätter*

14 a) Siegfried u. Mime, ca. 1935

Tuschfederzeichnung, Maße und Verbleib unbekannt, bez. unten r.: Rudolf Schlichter [1935?]

Foto: Galerie Alvensleben, München

Vgl. Rudolf Schlichter an Ernst Jünger, Rottenburg, 20. 10. 1935, S. 23 f.

14 b) Gunther, Hagen und Brünhilde, 1935

Tuschfederzeichnung, Maße und Verbleib unbekannt, bez. unten r.: Rudolf Schlichter 1935

Foto: Galerie Alvensleben, München

Vgl. Rudolf Schlichter an Ernst Jünger, Rottenburg, 20. 10. 1935, S. 23 f.

Abb. 15: *Liebe in mondloser Zeit, 1936*

Ölgemälde, Maße und Verbleib unbekannt, bez. unten r.: R. Schlichter 1936

Foto: Galerie Alvensleben, München

Vgl. Rudolf Schlichter an Ernst Jünger, Rottenburg, 2. 2. 1936, S. 49; 25. 2. 1936, S. 52; Ernst und Gertha Jünger an Rudolf Schlichter, Goslar, 26. 2. 1936, S. 54; Gretha Jünger an Rudolf Schlichter, Goslar, 9. 8. 1936, S. 76; 6. 7. 1937, S. 105

Abb. 16: *Kuttengeier, 1936*

Rohrfederzeichnung, Maße und Verbleib unbekannt, bez. unten r.: R. Schlichter 1936

Abb. in: Das Innere Reich. Zeitschrift für Dichtung, Kunst und deutsches Leben. 7. Jg., H. 6, September 1940, vor S. 301. Eine von insgesamt »Sechs Landschaften« Schlichters in diesem Heft.

Vgl. Rudolf Schlichter an Gretha Jünger, München, 14. 10. 1940, S. 169

Abb. 17: *»Über das Komische« – Variationen, 1936*

17 a) Das gläubige »Dennoch«!, um 1936

Bleistiftzeichnung, 21,6 × 16,5 cm, bez. o. r.

Auf der Rückseite von fremder Hand: »Hoch 3x hoch das / Matriarchat! / Melitta Behr / Der Aprilscherz / 1937«. Melitta Behr war seit 1932 die erste Frau Alexander Mitscherlichs, der seit 1929 zum Kreis um Ernst Jünger gehörte. Das Blatt ist neben »Atlantis vor dem Untergang« (Abb. 8) die einzige im Besitz von Ernst Jünger erhaltene Arbeit Rudolf Schlichters. Die Karikatur gehört in den Umkreis der Umschlagzeichnung zu Friedrich Georg Jüngers Buch »Über das Komische«, 1936, vgl. Abb. 17 b

17 b) Umschlagzeichnung zu Friedrich Georg Jünger »Über das Komische«, 1936

Berlin: Widerstands-Verlag, 1936, 95 S. Bibliothek Schlichter

Foto: Wolfgang Pulfer, München

Vgl. Rudolf Schlichter an Ernst Jünger, Stuttgart, 10. 9. 1936, S. 84

Abb. 18: *Blinde Macht, 1937*

Öl auf Leinwand, 179 × 100 cm, bez. unten r.: R. Schlichter 1937

Berlinische Galerie

Foto: Stiftung Akademie der Künste, Berlin, George-Grosz-Archiv. Dort datiert »1934«.

Vgl. Rudolf Schlichter an Ernst Jünger, Rottenburg, 9. 6. 1935 (»Mars«), S. 11; 25. 2. 1936, S. 53 f. (»Ende blinder Macht«)

Vgl. Tübingen/Wuppertal/München 1997/98, Kat.-Nr. 147

Abb. 19: *Steinmühle am Neckar, 1937*

Öl auf Leinwand, Maße und Verbleib unbekannt, bez. unten r.: R. Schlichter 1937

Foto: Galerie Alvensleben, München. Auf der Rückseite handschriftlich von Rudolf Schlichter bezeichnet »Steinmühle bei Rottenburg«.
Vgl. Rudolf Schlichter an Ernst Jünger, Stuttgart, 1. 5. 1937, S. 101

Abb. 20: *Jurafelsen, 1937*
Öl auf Leinwand, Maße und Verbleib unbekannt, bez. unten r. [unleserlich]
Foto: Ernst Jünger, Wilflingen. Rückseitig von Rudolf Schlichter handschriftlich bezeichnet: »Jurafelsen (Öl) 1937«. Das entsprechende Foto der Galerie Alvensleben, München, ist rückseitig von Schlichter hs. bezeichnet »Jurakalk«.
Vgl. Rudolf Schlichter an Ernst Jünger, Stuttgart, 11. 5. 1937, S. 101; 5. 10. 1937, S. 120. Das Ölbild »›Im Mittag glüht die gelbe Klippe‹. Jurafelsen unter glühendem Sommerhimmel« ist vielleicht eine Vorstudie gewesen. Vgl. Rudolf Schlichter an Ernst Jünger, Rottenburg. 2. 12. 1935, S. 31

Abb. 21: *Nepenthesblumen, 1937*
Aquarell über Tuschfeder, Maße und Verbleib unbekannt, bez. u. r.: R. Schlichter 1937
Foto: Galerie Alvensleben, München
Vgl. Rudolf Schlichter an Ernst Jünger, Stuttgart, 1. 7. 1937, S. 103

Abb. 22: *Portrait Alexander Koehler; 1937*
Tuschfederzeichnung, 44,8 × 36, 4 cm, bez. unten r.: R. Schlichter 1937 u. unten l.: Alexander Koehler
Privatbesitz.
Foto: Galerie Alvensleben, München. Rückseitig von Rudolf Schlichter handschriftlich bezeichnet »Der Schriftsteller Alexander Köhler«.

Vgl. Rudolf Schlichter an Ernst Jünger, Stuttgart, 1. 7. 1937, S. 104

Abb. 23: ***Portrait Friedrich Georg Jünger, 1937***
Bleistiftzeichnung, 60 × 45 cm, bez. unten r.: R. Schlichter Aug. 1937; bez. unten l.: Friedrich Georg Jünger
Privatbesitz
Foto: Klett-Cotta, Stuttgart
Vgl. Rudolf Schlichter an Ernst Jünger, Stuttgart, 8. 8. 1937, S. 107
Vgl. Tübingen/Wuppertal/München 1997/98, Kat.-Nr. 152

Abb. 24

24 a) Friedrich Georg Jünger, Rudolf Schlichter, Speedy Schlichter, Ernst Jünger (v. l. n. r.), vermutlich Überlingen, Juli 1937.
Foto: Privat. Deutsches Literaturarchiv, Marbach am Neckar
24 b) Fotokarte Ernst Jünger. Überlingen, 17. 8. 1937
Foto: Lauterwasser, Überlingen. Mit hs. Widmung von Ernst Jünger für Speedy und Rudolf Schlichter. Vgl. S. 108

Abb. 25: ***Portrait Ernst Jünger, 1937***
Öl auf Leinwand, 77 × 54, 5 cm. bez. unten r.: R. Schlichter 1937
Privatbesitz
Foto: Galerie Alvensleben, München. Rückseitig von Rudolf Schlichter handschriftlich bezeichnet »Ernst Jünger«
Vgl. Rudolf Schlichter an Ernst Jünger, Stuttgart, 11. 5. 1937, S. 101 f.; Ernst Jünger an Rudolf Schlichter, Überlingen, 14. 5. 1937, S. 102f.; Rudolf Schlichter an Ernst Jünger, Stuttgart, 8. 8. 1937, S. 107; 11. 9. 1937, S. 109; Ernst Jünger an Rudolf Schlichter, In Stellung, 7. 2. 1940, S. 158; Rudolf Schlichter an Ernst Jünger, München, 27. 3. 1940, S. 161
Vgl. die im Hintergrund übermalte Fassung in: Tübingen/Wuppertal/München 1997/98, Kat.-Nr. 153

Abb. 26: ***Einsamkeit [Zwei Geier in einer wilden Gebirgspartie], 1937***
Öl auf Leinwand, 78 × 56 cm, bez. unten r.: R. Schlichter 1937
Privatsammlung
Foto: Wolfgang Pulfer, München. Das Werkfoto befindet sich auch im Archiv Ernst Jünger, Wilflingen. Das entsprechende Foto in der Galerie Alvensleben, München, ist rückseitig von Rudolf Schlichter hs. bezeichnet »Einsamkeit (Öl) / 700 M / Besitzer: / Heinrich Perrot / Calw-Althengstett«.
Vgl. Ernst Jünger an Rudolf Schlichter, Überlingen, 14. 5. 1937, S. 102; Rudolf Schlichter an Ernst Jünger, Stuttgart, 11. 9. 1937, S. 109f.
Vgl. Tübingen/Wuppertal/München 1997/98, Kat.-Nr. 154

Abb. 27: ***Orchideen, 1938***
Ölgemälde, Maße und Verbleib unbekannt, bez. unten r.: R. Schlichter 1937
Foto: Galerie Alvensleben, München. Rückseitig fälschlich von Rudolf Schlichter hs. bezeichnet »Fleischfressende Pflanzen«. Gemeint ist damit die Nepenthesblume (vgl. Abb. 18).
Vgl. Gretha Jünger an Rudolf Schlichter, Kirchhorst, 3. 1. 1942, S. 179

Abb. 28: ***Im Schoße des Tales [Kloster Hirsau], 1939***
Bleistiftzeichnung, 71 × 50 cm, bez. unten r.: R. Schlichter 1939; bez. unten l.: »Im Schoße des Tales«. Die Lithographie hat die Maße 60,5 × 44 cm.
Vgl. Rudolf Schlichter an Gretha Jünger, 24. 2. 1941, S. 170

Abb. 29: ***Tuschfederzeichnungen zu »Tausendundeine Nacht«, 1940–1945***
Fotos: Ernst Jünger, Wilflingen. Die insgesamt vier Werkfotos weichen in der Zählung und Bezeichnung gering von den 1993 publizierten Zeichnungen ab (vgl. Schlichter 1993). So wurde

Blatt Nr. 7 später Nr. 11 (S. 105); Blatt Nr. 9 später Blatt Nr. 19 und zusätzlich »Emir Musa« bezeichnet (S. 109). Das Werkfoto der Turm-Darstellung (S. 91) wurde aus Nr. 3 in Nr. 4 verändert. Das Bild von dem als Affe in die Stadt einreitenden zweiten Bettelmönch (S. 39) ist eine völlig eigenständige Variante.

29 a) 3 Geschichte von der Messingstadt / (aus 1001 Nacht), 1940

Tuschfederzeichnung, 66 × 50,5 cm

Galerie Alvensleben, München

29 b) 7 Die Messingstadt (1001 Nacht), 1941

Tuschfederzeichnung, 50 × 67 cm

Galerie Alvensleben, München

Vgl. Ernst Jünger, Tagebuch, Paris, 28. 1. 1942; an Rudolf Schlichter, Paris, 29. 1. 1942, S. 184 f.

29 c) 9. Die Messingstadt (1001 Nacht) / [Emir Musa], 1941

Tuschfederzeichnung, 52,5 × 71 cm

Galerie Alvensleben, München

Vgl. Ernst Jünger an Rudolf Schlichter, Ravensburg, 23. 11. 1949, S. 232; Rudolf Schlichter an Ernst Jünger, München, 26. 5. 1950, S. 239; Ernst Jünger an Rudolf Schlichter, 11. 6. 1950, S. 241 f.

29 d) Geschichte des 2. Bettelmönchs / (1001 Nacht), 1941

Tuschfederzeichnung. Maße und Verbleib unbekannt. Die Variante (Schlichter 1993, S. 39) hat die Maße 73 × 51 cm.

Galerie Alvensleben, München

Abb. 30: *Das graue Schloß, 1941*

Tuschfederzeichnung, 72,5 × 50 cm, bez. unten r.: R. Schlichter 1941; unten l.: 2 Stifter, Die Narrenburg

Privatbesitz

Illustration zu Adalbert Stifter: Die Narrenburg. 2. Das graue Schloß. In: Adalbert Stifter: Die Scharnast-Erzählungen. Mit 12 Zeichnungen von Rudolf Schlichter. Textrevison und Nachwort von Max Stefl. Königsberg i. Pr. (Gräfe und Unzer Verlag), n. S. 54

Vgl. Rudolf Schlichter an Ernst Jünger, München, 25. 12. 1941, S. 175 f.

Abb. 31: ***Tuschfederzeichnungen zu »Das Leben der Kaiserin Theodora«, 1943***

Im NL erhalten sind zehn Tuschfederzeichnungen (51 × 73 cm) sowie zehn Andrucke (24,7 × 34,4 cm) der im Alfons Bürger Verlag, Lorch, 1948 zwar geplanten, aber nicht erschienenen Mappe.

31 a) Blatt VIII: Der monophysitische Bischof

31 b) Blatt X: Ihre Allprächtigkeit

Fotos: Wolfgang Pulfer, München

Vgl. Rudolf Schlichter an Ernst Jünger, München, 8. 8. 1942, S. 192 f.

Abb. 32: ***Totenklage in Atlantis, 1945***

Tuschfederzeichnung, Maße und Verbleib unbekannt, bez. unten r.: R. Schlichter 1945, bez. unten l.:Totenklage in Atlantis

Foto: Galerie Alvensleben. Rückseitig von Rudolf Schlichter hs. bezeichnet »R. Schlichter / Totenklage auf Atlantis«. Das Blatt steht in Verbindung zu der Tuschfederzeichnung »Atlantis vor dem Untergang«, 1934 (vgl. Abb. 10).

Abb. 33: ***Nathan und Recha, 1948***

Aquarellfarben über Tuschfeder, bez. unten r.: R. Schlichter, Maße und Verbleib unbekannt. Umschlagzeichnung zu: Gotthold Ephraim Lessing: Nathan der Weise. Ein dramatisches Gedicht in fünf Aufzügen. Bearbeitet von Studienrat Max Kafler. Umschlag und [10] Textzeichnungen [davon 5 ganzseitig]. München: Bayerischer Schulbuchverlag 1948. Bibliothek Schlichter.

Einige der Originalillustrationen sind in der Galerie Alvensleben, München, vorhanden.

Foto: Wolfgang Pulfer, München
Vgl. Rudolf Schlichter an Ernst Jünger, München-Laim, 7. 7. 1949, S. 228

Abb. 34: ***Zu den »Orientalischen Märchen«, 1949***
Tuschfederzeichnung, Maße und Verbleib unbekannt.
Die Illustration zu »Tausend und ein Tag / Orientalische Erzählungen« (vier Bände, ausgewählt und eingeleitet von Paul Ernst, übertragen von Felix Paul Greve, Leipzig, Insel, 1909/10. Bibliothek Schlichter) erschien in: Westermanns Monatshefte, Jg. 90, 1949/50, H. 5, S. 79, im Kontext des Artikels von Emil Preetorius: Vom illustrierten Buch, S. 75-81.
Foto: Wolfgang Pulfer, München
Vgl. Rudolf Schlichter an Ernst Jünger, München-Laim, 7. 7. 1949, S. 229

Abb. 35: ***Zeichnungen zur »Apokalypse«, 1948.***
35 a) Apokalypse / Die vier Reiter.
Pinselzeichnung, Maße und Verbleib unbekannt
Foto: Galerie Alvensleben, München. Rückseitig von Rudolf Schlichter hs. bezeichnet: »Rudolf Schlichter / Die apokalyptischen Reiter 1948 / Pinselz. / 1890 Calw /Württembg.« Mit redaktionellen Hinweisen des »Bayern Kurier«
35 b) Der Feuerdrache 1948
Tuschfederzeichnung, 61 × 43 cm, u. r. sign. u. dat.
Galerie Hasenclever, München
Foto: Galerie Alvensleben, München. Rückseitig von Rudolf Schlichter hs. bezeichnet »R. Schlichter / Apokalypse (Der Feuerdrache)«. Abb. in: Bayern-Kurier, Nr. 16, S. 3, 16. 9. 1950; Illustration zu Schlichters Artikel »Kein zurück«.
35 c) »Der große Hagel« (Apokalypse)
Tuschfederzeichnung, 6 × 43 cm, u. r. sign. u. dat.

Galerie Hasenclever, München

Foto: Galerie Alvensleben, München

35 d) Wehe dir Babylon, 1948

Tuschfederzeichnung, 58,5 × 40,1 cm

Galerie Hasenclever, München

Foto: Galerie Alvensleben, München

Vgl. Rudolf Schlichter an Ernst Jünger, München-Laim, 30. 10. 1949, S. 231

Abb. 36: *Bibelillustrationen, 1949*

Tuschfederzeichnungen, Maße und Verbleib unbekannt

Abb. in: Hochland, 43. Jg., 1950/51, H. 3 (Februar), S. 225, 227, 237, 239

Fotos: Wolfgang Pulfer, München

36 a) Die Gesetzgebung auf dem Sinai. In: A. a. O., S. 225

36 b) Samson und Dalila. In: A. a. O., S. 227

36 c) Der Zinsgroschen.

Rohrfederzeichnung, 63,9 × 49,4 cm, bez. unten r. u. l.: Galerie Alvensleben, München. Variante in: A. a. O., S. 237

36 d) Golgatha. In: A. a. O., S. 239

Vgl. Rudolf Schlichter an Ernst Jünger, München-Laim, 30. 10. 1949, S. 231

Abb. 37: *Untergang von Atlantis, o. J.*

Öl auf Leinwand, Maße und Verbleib unbekannt.

Prospekt (1 Bl., 2 S.) der Galerie Wolfgang Gurlitt, München, anläßlich der Gedenk-Ausstellung für Rudolf Schlichter vom 18. 12. 1958 bis 12. Januar 1959

Foto: Wolfgang Pulfer, München

Vgl. Speedy Schlichter an Ernst und Gretha Jünger, München, 5. 1. 1959, S. 291

1: *Portrait Ernst Jünger, 1929*

548 **2:** *Portrait Ernst von Salomon, um 1930*

3: *Portrait Luigi Pirandello, um 1930*

 4: *Madonna, 1930*

5: *Umschlagzeichnung zu »Krieg und Krieger«, 1930*

 6: *Europa zum zweiten Mal geraubt, 1930*

7: *Portrait Speedy Schlichter, 1933*

 8: *Goliath verhöhnt das Volk Israel, 1934*

9: *Vom Roßberg aus, 1934*

 10: *Atlantis vor dem Untergang, 1934*

11: *Portrait Speedy Schlichter, 1934*

 12: *Neckartal bei Wurmlingen, 1935*

13: *An die Schönheit, 1935*

 14 a: *Siegfried u. Mime, ca. 1935*

14 b: *Gunther, Hagen und Brünhilde, 1935*

 15: *Liebe in mondloser Zeit, 1936*

16: *Kuttengeier, 1936*

 17 a: *Das gläubige »Dennoch«!, um 1936*

17 b: *Umschlagzeichnung zu Friedrich Georg Jünger »Über das Komische«, 1936*

 18: *Blinde Macht*, 1937

19: *Steinmühle am Neckar, 1937*

 20: *Jurafelsen, 1937*

21: *Nepenthesblumen, 1937*

 22: *Portrait Alexander Koehler; 1937*

23: *Portrait Friedrich Georg Jünger, 1937*

24 a: *Friedrich Georg Jünger, Rudolf Schlichter, Speedy Schlichter, Ernst Jünger (v. l. n. r.), vermutlich Überlingen, Juli 1937*

24 b: *Fotokarte Ernst Jünger. Überlingen, 17. 8. 1937*

 25: *Portrait Ernst Jünger. 1937*

26: *Einsamkeit [Zwei Geier in einer wilden Gebirgspartie]*, 1937

 27: *Orchideen, 1938*

28: *Im Schoße des Tales,* 1939

 29 a: »Tausendundeine Nacht« 3: *Geschichte von der Messingstadt*, 1940

29 b: »Tausendundeine Nacht« 7: *Die Messingstadt, 1941*

 29 c: »Tausendundeine Nacht« 9: *Die Messingstadt [Emir Musa]*, 1941

29 d: »Tausendundeine Nacht«: *Geschichte des 2. Bettelmönchs, 1941*

 30: Zu Adalbert Stifter: Die Narrenburg. *Das graue Schloß, 1941*

31 a: »Das Leben der Kaiserin Theodora«, Blatt VIII:
Der monophysitische Bischof, 1943

 31 b: »Das Leben der Kaiserin Theodora«, Blatt X: *Ihre Allprächtigkeit, 1943*

32: *Totenklage in Atlantis, 1945*

 33: *Nathan und Recha, 1948*

34: *Zu den »Orientalischen Märchen«, 1949*

 35 a: *Apokalypse / Die vier Reiter,* 1948

35 b: *Der Feuerdrache, 1948*

 35 c: *»Der große Hagel« (Apokalypse), 1948*

35 d: *Wehe dir Babylon, 1948*

 36 a: *Die Gesetzgebung auf dem Sinai, 1949*

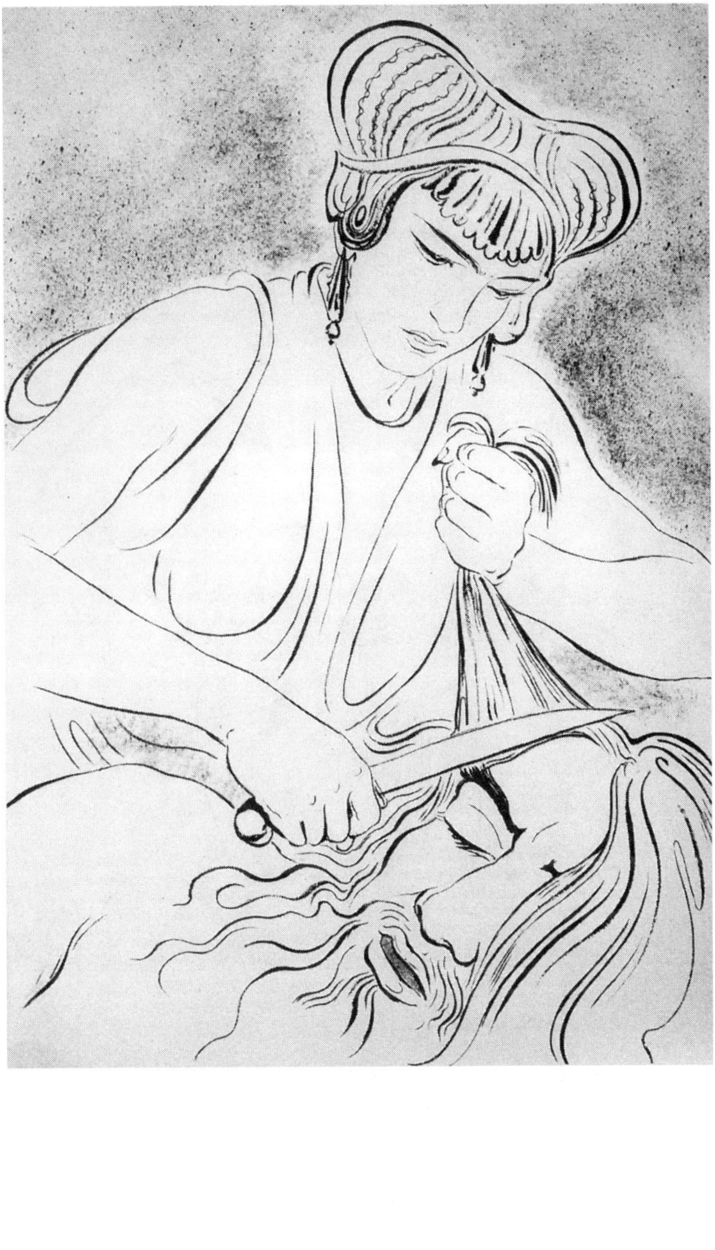

36 b: *Samson und Dalila, 1949*

 36 c: *Der Zinsgroschen, 1949*

36 d: *Golgatha*, 1949

 37: *Untergang von Atlantis, o. J.*

(Kursiv gesetzte Namen und Ziffern beziehen sich auf Nennungen im Anhang)

Klett-Cotta

Printed in Germany
Gestaltung: Philippa Walz, Böblingen
Gesetzt aus der Prospera und Scala Sans
von Offizin Wissenbach, Würzburg
Gedruckt auf holz- und säurefreiem Papier
und in Fadenheftung gebunden
von Gutmann + Co., Talheim

Der Abdruck der Abbildungen (mit Ausnahme der S. 572 f.)
erfolgt mit freundlicher Genehmigung von
Frau Viola Roehr-v. Alvensleben, München.

Die Deutsche Bibliothek - CIP-Einheitsaufnahme

Jünger, Ernst:
Briefe 1935-1955 / Ernst Jünger ; Rudolf Schlichter.
Hrsg., kommentiert und mit einem Nachw. von Dirk Heißerer. -
Stuttgart : Klett-Cotta, 1997
ISBN 3-608-93682-3